奇侠精忠传

民国武侠小说典藏文库·赵焕亭卷

赵焕亭◎著

（第二部）

中国文史出版社

目　　录

第　五　集

1

第 六 集

第 七 集

第 八 集

4

第 五 集

第一回

杏花村叙旧说邪气
马差官荐贤人福府

哈哈，光阴真快！作者笔墨与诸君相违，又有好多时了。便如展阅名家山水长卷一般，正看到千岩竞秀、万壑争流时，忽把来收藏起。岂不闷煞人、想煞人！今喜岁次甲子，国运当亨，作者再来献丑，为诸君寿如何？

闲话少说，书归正传。且说那老翁忽见遇春无状，抢上要打。遇春一声冷笑，刚要放对，却被一人如飞从后抱住，回头一看，却是杨芳。遇春还待挣脱，那老翁已怒喝道："杨兄来得正好，莫放掉这青皮！俺马某在京闯了一辈子，他居然要吃我的炸酱！"说罢，一捋长髯，十分矍铄，原来他和杨芳本厮熟的。

当时杨芳大笑道："且莫争吵，两下里都是自己人。"遇春听了，先是一怔，只得和那老翁彼此唱个无礼喏。杨芳又给两人一引见，遇春方晓得那老翁姓马名宽，旧在京营中充武职，近来却在福公爷安康府内当差。京城勋贵素讲交接，与额侯府时通声气，所以马宽素识杨芳。

遇春听了也没在意。当时马宽听得遇春姓氏乡贯，虽不在意，却暗暗惊异他英气勃勃，不由两手一张，大笑道："说起这匹骡来，却有缘故。方才遇春兄来得太鲁莽点儿，今好在都是自己人，便好说咧！"说罢，向街转角一指道，"前面便是敝酒楼杏花村，便奉屈饮叙一会儿何如？"遇春方要逊谢，当不得马宽老兴甚豪，一把拖住，即命杨芳扯了骡，跟在后面，直奔酒楼，将这里肆中人都望得互相惊异。

有的便道："这匹骡倒是不错，他们武家子是见不得好脚力的。"

不提众人说隔壁话，且说马宽拖住遇春，大踏步走进酒楼门。这座楼共有四层，十分华丽高敞。最上层都是幽室雅座，铺设整齐，自不必说，终天到晚，酒客纷纷，生意十分兴旺，便是马宽资本所开。当时楼中酒伙见东家到来，一字儿垂手肃立。那柜上先生有六十余岁，早笑吟吟睐齐老眼拖了条弯虾似的小辫儿哈着腰走来，一面前导，一面指挥酒伙，就要上楼。

马宽皱眉道："楼上面窄窄逼逼，俺性儿受不得，倒是后面敞厅不错。"那先生忙道："是，是。楼上本来人杂乱，近来阔少爷们都讲挑眼起刺、玩标劲儿，你老人家哪里看得惯？"说罢，一面引路，一面向遇春道，"尊客你不晓得，这头号冤大头都出在北京地面。去年春间有位阔少，他百样菜蔬不用，定要吃个糖拌屈屈芽（即苦菜。《毛诗》中"谁谓荼苦"即此物）。又要根白如玉，芽梢上带点儿胭脂色。这物件虽稀烂贱，只是一时间没处寻去。他便大笑道：'原来偌大一个杏花村，这一手儿便僵住咧。俺便有大钱大钞只好带回去咧。我们肆里有个半吊子徐伙计，听得有些不服气，便道：'您别这般说！您要是不拘价，俺便给您寻去。'阔少道：'好，好！大爷有的就是钱！'徐伙计一听，抽头便走，果然不多时寻得来。原来他有个亲戚，家下开花厂子，专以烘焙些非时菜蔬渔利，其中便有这屈屈芽一物。当时阔少大嚼罢，连连道好，以为贵到家不过三两串钱罢了。少时，徐伙计笑吟吟开进饭账，他一看，大跳道：'啊哟哟，岂有此理！这不是开玩笑吗？你这等唬人（北京谓捉瘟生曰唬人）玩，倒不如打杠子去，岂有一盘屈屈芽便值五十两头之理？'徐伙计道：'您别动气。俺方才赴丰台庄（在京西数十里，产芍药，其地园圃极多，菜蔬所聚），跑煞了一匹走马。又为掘这芽儿，踏坏人家四亩园。您算算，俺只算您五十两，是再公道没有了。'阔少听了，只得忍个肚子痛。"

遇春听了，微微一笑。说话之间已到后面敞厅，果然宽豁得很。这当儿，杨芳已系好骡，随后趸来，于是宾主相让入座。那先生却亲自捧上香茗，敬待东翁点菜。马宽便道："俺们随意小酌，你只拣齐整可口的酒菜来就是。"先生唯唯，方要趋出，杨芳却笑道："马丈怎的忘了那一桩儿？我想遇春兄一定也喜吃的。"马宽笑道："是呀，既如此，便添个大脔酥烧肥羊肉。"因向遇春道，"杨兄不晓得，俺肆里这样菜是九城驰名，和什么福仙居的黄焖肉，都见过《都门纪略》的。"说罢大笑，举茶相让，又笑道，"老兄端的好手把儿！那会子一拦骡儿，若非俺这老骨架还承当不起哩！"遇春听了，深致不安。

杨芳这时却替遇春撑起门面，便将遇春种种本领并入都应试之意一说。马宽喜得手舞足蹈，一竖大指道："今科武会魁一定是遇春兄咧！"遇春愧谢过，便将自己在店失骡之事一说。马宽笑道："这不须提咧，京中小窃最多，俺买此骡为时不久，一定是买了窃赃，今便相赠就是。"遇春忙道："那么马丈破价几何？"马宽笑道："啊哟，您这句话却不够朋友咧!"杨芳便道:"马丈为人伉爽不过,时斋兄不必再提咧。"于是遇春深深致谢。

这当儿,酒菜端上,三人便且谈且饮。马宽笑向遇春道:"贵省端的好风景!提起此话,有二十多年。俺奉兵部差委,曾向贵省去过一趟。那时节风气淳朴,俺沿途见庄户人家真是享太平日月,不似而今各处不安定。"因向杨芳道,"刻下黔、楚间红苗乱起,你们额府想早知消息吧?"杨芳道:"正是哩!"因将在额府所闻征苗消息细细一说。马宽掀髯道:"我看这次军功脱不了是额侯爷的哩!刻下该省告急书雪片似的,不久皇上定要命将出师咧!"

正谈得热闹,热腾腾大脔酥烧肥羊肉端将上来,用青花大瓷盘盛定,果然美味非常喷鼻儿香。马宽举箸一声"请",三人便狼吞虎咽,个个称美。酒过三巡,盘中却有连筋骨的一大脔,再也拨置不开。

杨芳便道:"等我寻柄小刀去。"遇春道:"不须去寻,俺这里便有。"说罢,由怀中掏出金错宝刀,铮然脱匣,将大脔一顿切割。拂拭净余垢,方要韬起,只听马宽失惊道:"噫,噫!"遇春忙一望,却见他捧着刀匣,只管沉吟,忽地带笑将遇春端详半晌,猝然问道:"遇春兄贵籍是四川重庆?城居呢,乡居呢?"

遇春道:"舍下世代乡居。"马宽耸然道:"哦,那么贵乡何名?"遇春道:"敝村名叫腾蛟。"马宽听得,一面掂弄刀匣,一面直站起来,急问道:"贵村有位宿儒,人称杨秀才的,和足下还是一家吗?"遇春悚然立起,敛容道:"那便是先父,不知马丈何以问及?"

马宽大笑,登时一拊遇春之背道:"时斋老侄!你长称俺,俺竟不须谦逊了。你可知你诞生之初,俺便和尊公偶然相遇,特赠此刀,与你取飞腾之兆吗?"说罢,拂拭老眼,满脸堆笑。

这句话不打紧,不但遇春失惊,便连杨芳都怔住。于是马宽连说带笑,将当年路过腾蛟村避雨一段事一说,又叹道:"当年俺还有个同事差官王朋友,可惜他早去世咧。"遇春听罢,约略记得母亲说过,此刀是一马差官路过所赠,却不料便是马宽,当时不由又惊又喜,又因忽遇父执,未免又增悲戚之意,于是恭恭敬敬向马宽叩拜下去,重新叙晚辈之礼。马宽这次半扶半还礼,登时亲热得不可开交。杨芳一旁也是眉欢眼笑。大家重整杯斝,好不高兴。

马宽便道:"刻下用武之秋,福公爷极能提拔人。时斋如此才略,便随我到福府中,定有际会。啊哟哟,俺是老没用咧,俺若退转二十年,这次黔楚军兴,还定要去玩一下子。"说罢,白须飘动,哈哈大笑,矍铄如画。遇春听了，连忙称谢。

正这当儿，忽听肆门外人声喧动。杨芳趋去一望，却见街心站着两个游方僧人，都生得凶眉暴眼，黑面短须，披一件破袈裟，赤着两条黑毛腿，髁贯铜环，足踹草鞋。头一个身背红旗四面，手秉一杆大方旗，一手执大铜铃，摇得震天价响。后面一个更为作怪，却用浓粉涂得脸如吊死鬼一般，身背明晃晃钢刀四把，用彩绳将胸背缠得花花绿绿，又特地将余绳结做个蛇头模样，昂起胸前，一手焰腾腾执了一股香，那一手却掐着剑诀。另有一短胖僧人，身背黄布药袋，一面做嘴脸，一面念诵道：

> 天清地宁，疠疫藏形，仰吾教法，百事吉贞。海澨山陬，吾教潜通，丹药济世，普渡群氓。结万人缘，扬教主风，千山万水，不碍虔诚。

一面念诵，一面捣药，引得街坊上人拥拥挤挤，竟有许多人将钱买药，顷刻间得钱甚多。杨芳正在诧异，那柜上先生瞅了一眼，却唾道："又是这干宝贝！据说他们是湖广一带的游僧，离离奇奇地来京卖药。对人谈起来，没头没尾，刚说几句和尚话，又说几句道士经。总言之是劝人修好，必能所欲从心，真是想富就富，想贵就贵。因为他们教主神通不过，就有好事的专去搜根，问他是什么教门。他初还不肯说，后来方约略说起湖广一带新兴一种教门，名白衣教，便是供奉白衣大士为宗主，硬编造出一种经，名为'白衣神经'。据说有神通不可思议，所以此教十分兴旺，蔓延甚广。人家便问他道：'你既是白衣教，为何还僧家打扮呢？'他笑道：'俺们这教何等人都有，僧家不僧家没相干的。'杨爷你说多么可怪。依我看，都是咱这里什么西山活佛招惹出来的。俗语道得好：'无孤魂不招野鬼。'你想天子脚下，还被个乡下妈妈子张李氏闹得一塌糊涂，那外省自然越发离奇咧。"

杨芳听罢，甚以为异，便趋转将所见所闻一说。遇春先皱眉道："这教门却作怪得紧！一定是些妖民。难道地方上就不禁止？"

马宽叹道："现在官中事真也难说。即如北京百官，但只一味撮合相爷的臭屁股，谁肯管别的闲事。便是去年冬里，忽地大家小户惊传夜间有妖人来剪头发，大家彻夜里鸣锣击鼓，不敢安睡。起初官中不肯信，一般地挂出四六句的告示晓谕居民，说些个邪不侵正的冠冕话头。无奈坊官、厅官不断地接居民报告，不是这家老头儿小辫掉咧，便是那家小媳妇忽变成师姑咧，并说得奇奇怪怪。有的说似梦魇一般，明觉得有人持剪唰唰地剪；有的说眼睁睁见一扁人儿由门缝挤进，虽心头清醒白醒，就是动转作声不得。

"坊厅中接报，还强挣着不信，合该一时买假发假髻的晦气，竟一律被官中封闭了生意。哪知全不相干，那剪发异事越闹得凶。后来有一家新婚夫妇，小两口方睡得一夜，次晨新媳妇一睁眼，见鸳鸯枕上老实实卧着个和尚。那新妇方惊得赤身出被，不想和尚醒来，也惊道：'晦气，晦气！你是哪里的师姑？为何跑到俺床上来？'两下里仔细一看，不由越发互相惊怪。这事一哄，闹得本家老主人垂头丧气。无奈喜事当儿，贺客正多，只得强勉应酬。

"贺客中有一少年，甚有胆气，闻得此事，便笑道：'人都说得剪头发的事作怪，我倒要看看是什么妖物作祟！'他和那新郎本是表兄弟，于是悄悄和新郎夫妇计议停当，登时买来假辫髻，夫妇扎括停当，依然绿鬓乌云。少年也自去预备应用之物。二鼓以后，他便伏在新房外面偷觇动静。待了一霎，忽地虚庭中一阵风吹过，喊喊有声。时当月望后，趁月光看得分明，就见有两个矮人儿鬼头鬼脑，步履飘忽，便似不踏地一般，直着眼便奔新房。少年一见，登时厉声大叱，手一抬，施展出一宗法宝，一条红浪喷将过去。两矮人儿应声栽倒，一些声息也无。于是大家闻声齐集，寻了半晌，哪里有什么矮人儿？只有两个纸人儿横在地下，被污狗血喷得一塌糊涂。仔细一看，那纸人儿有三寸长短，当胸前还有蚯蚓似的朱符。从此官中方才信咧，却也没作理会处。

"后来街坊上又起了一种浮言，说欲驱此祟，非西山活佛不可。官中虽强挣着不肯去求，当不得商民自家醵资去求。说也奇怪，西山活佛也画了许多符，命他们各贴门首，果然从此便不闹咧。依我看，这都非国家祥瑞之兆。"

杨芳笑道："巧咧，解铃就是系铃人，焉知这剪头发不就是西山活佛捣的鬼呢？"马宽听了，连连点头。三人这场快饮，直至日色平西。临散之间，马宽再四嘱咐遇春，并说明福公府的街道，于是遇春深谢赠骠之惠。眼看马宽笑吟吟扬长而去，杨芳便道："我出来访你，就为额侯有征苗之信很是机会。今巧遇马丈，巧咧，福公爷就许将兄荐引到额侯处哩！明日福公府倒不可不去一趟。"说罢，走至岔路，各自分手。遇春得骠，甚是畅快，一径地骑回店中。店人问知所以，方各放下心。

这时，满都中纷传红苗乱事。店客们互相议论，也有说红苗蓄意作乱的，也有说为官中所逼的。遇春听了，通没头绪。次日午后，方沉吟去寻马宽。只听得店门首人语嘈杂，少时一个店伙蝎蝎螫螫地跑来，不容分说，将遇春拖到后院，低语道："杨客人，咱们虽是初交，却是您离乡背井的不容易，俺们跳人儿吃饭，更透着难上难。咱们大家但愿无事才好。"遇春听了，登时愕然。店伙道："不是的呀，您实对俺说，昨天那骠究竟是怎么档子事？今天有大门头的人风风火火寻您来咧！立愣着眼，一定要寻骑骏骠杨客人。您自家思忖吧，俺知会您，却是好意。"

遇春随口道："大门头是哪个呢？"店伙道："哟，我的佛爷桌子！便是那福公府哇！"遇春听了，不由好笑，知他用意误会，便笑道："你放一百个心，便命他们进来见我。"说罢，从容踅回。

店伙脖儿一缩，只得狗颠似跑去。少时引进一人，衣帽齐楚。遇春方站起，那人已请下安去道："小人是马爷仆人，家主立请杨爷到府。"说罢，呈上名刺。遇春颔首道："有劳管家，俺正思去见你家主哩，且屈外厢暂候就是。"仆人听了，侧身退出。

遇春方起结束，那店伙早一脚跨入，没口子笑道："杨爷莫怪我胡诌白咧，我就是小心眼儿、热性儿、心直口快，外号'风火三'，他们顺口又叫我'张飞屁'。你老大量，不给我顿窝心脚吗？"一阵胡噪，遇春只是微笑。他见百忙里插不上手，却飞也似去牵骠。少时，遇春衣冠都备，他早将鞍辔整顿停当，便引遇春吆喝着出来。那来仆这时已控马而待，于是就店外各上坐骑。鞭丝一漾，如飞而去。

便有打趣那店伙的道："你就是心眼好，也须有个忖量。你看人家杨客人，正正道道，大气大度，会有别的不够瞧的吗？"店伙跌脚道："得咧，从此俺就有屁，只给他个不放如何？"

不提这里调笑，且说遇春随仆人来到福府门首，抬头一望，好一派潭潭甲第，气象深邃。由大门望进去，宅舍连延。这时门首舆马杂沓，仆人和遇春忙下坐骑，早有人带过一旁。于是遇春逐处留神，随仆人徐步而入。转过两层院落，方到一敞厅，马宽却笑眯眯迎将出来，拖住遇春道："公爷此时正在接见宾客，咱们趁这当儿正好细谈哩。"说罢，相携而入。

宾主落座，仆人端过茶，马宽目示他退去，然后笑道："昨天俺回来，恰好公爷在后射圃习箭。"遇春惊道："怎的公爷这等齿爵，还不忘劳动？可敬得紧！"马宽道："正是哩！想也是古人运甓之意。他老人家每天习射三次，风雨莫误，看光景比吃饭还要紧。俺们一班旧人儿曾从容问公爷道：'您一天到晚除披览书史外，便是殷殷习射，通没个暇逸时。何不撙惜些精神呢？'公爷笑道：'精神是越用越旺，体魄是愈动愈强。古人说得好，户枢不蠹，流水不腐。昔卫武公耄年犹勤学不倦，也是此意哩。'"

遇春听了，不由赞叹。马宽道："俺等公爷射罢，便从容将你的武功一提，公爷已经喜得什么似的。俺又趁势说道：'此人箭法尤其不同。'"
遇春讶道："马丈如此说，不觉冒昧吗？"马宽笑道："公爷性儿爱才若命，
俺是知得的。当年累次出征，赏拔起多少人！但有寸长足录，他便舍不得
哩，不然俺敢率尔进言吗？当时公爷听罢，越发欢喜，便命俺请你来见。
今晨起来，已经问过俺两次咧。"遇春听了，正要起谢，只见马宽略一沉
吟，忽叫道："来呀！"

一声未尽，即有一人飞步抢入。正是：

　　　　名将风仪犹未识，伟人气度已先闻。

欲知后事如何，且听下回分解。

第二回

述豪情夜盗火云驹
趋公府途逢花嘴豹

　　且说遇春见进来一仆人，马宽向他附耳数语，仆人道："小人理会得。"说罢自去，这里宾主依然叙谈。

　　不多时，仆人趑来道："众客已散，公爷正在吃茶歇息。"马宽点点头，仆人跑去。少时又报道："公爷传午后餐点。"马宽微笑笑，仆人又去。

　　遇春方谈得一霎，仆人又报道："公爷和赵师爷围棋哩。"马宽一眝眼道："快去，快去！"于是向遇春道，"是时候咧，咱们也预备吧。少时公爷问起你的履历，你虽是武举出身，莫说是来京应会试，只说是奔着我来。"遇春道："怎么呢？"马宽道："你不晓得。他是门荫出身，有个偏性儿，瞧不起科目中人，常说道：'就槽皆凡马，凡倜傥非常之士，不必尽从科目中出。'虽是偏见，也有些道理哩。"正说之间，仆人促步来报道："公爷已从容趋向射圃了。"马宽道："妙，妙，事不宜迟，咱们便去看机会吧。"

　　于是马宽整整衣冠，引遇春出厅，穿过角门，由夹道中迤逦行去。"卍"字围墙内便是内宅，静悄悄无一笑语之声，但听得机声轧轧，并掷梭声响。时有苍老妇女语音，似指挥群婢。遇春一面走，不由倾耳。马宽悄语道："这指挥的便是福夫人，她老人家和公爷真是天生伉俪，成日价浣衣布裙，乍望去就如乡下妈妈一般。却是一肚皮经经史史，时或谈论起来，便赛如汉朝曹大家。

　　"那年皇上万寿节，命妇人贺，夫人随班进叩。诸命妇争献奇珍异宝，或自矜女红之工，争绣些添筹祝嘏的屏障，真赛如针神一般。其中有位命妇，费全年之功，绣成一幅群仙上寿图。上面蓬山瑶水，琼室仙宫，异草奇花，珍禽瑞兽，群仙男女有一百零八人之多，或骖鸾驾凤，或跨虎乘龙，海波云气，祥光瑞霭。那精致法就不用提咧！皇上见了，只微微一笑。唯有夫人却平平地献了一篇自书端楷，皇上一见，倒登时大悦，立命清秘供奉诸臣，勒诸石刻。原来夫人写的却是周公一篇《无逸》。后来皇上御制《耕织图》诗，还特命夫人和诗进呈哩。夫人燕居，除家政外，便是督课群婢纺织。常说道：男耕女织，此是立国立家的大经大法。在上的人若耽安逸，何以率下呢?"

遇春听了，连连点头，不由想起自己母亲来，忽添感慨。沉吟之间，已到后圃门外。原来这射圃旧是一座极大花园，福公便辟地一半，做习射之所，仅留几处亭轩为燕息坐落。其中除箭场外，一般的树木交荫，花石纷列。圃额大书"游艺"二字，极其苍劲，便是福公亲笔。

当时门首厮仆等见了马宽，都笑吟吟地迎上来道："您来得正好，公爷今天甚是高兴。因平定苗乱，皇上有意命公爷去，公爷却特地保荐了额爷，已蒙谕允。便是方才得的信息。"马宽听了，不由笑逐颜开，便一扯遇春，侧身而进。

遇春一望，果然好大一所场院！碾沙掺土筑的路，其平如砥。马宽引路，转过一座小阁，忽地杨柳芙蓉相间夹道。迢迢望去，已见一株高槐下齐楚楚站着许多人，垂手围立，树阴影里早现出行椅行几。只听弦声一鸣，数十步外，啪的一响，那群人便互相交头接耳。马宽这时步趋甚谨，引遇春直趋槐下。众人见了，都点首相招。望见遇春，都耸然惊异。马宽摇摇手，引遇春隐入杂众人中。

便见一位老翁，生得骨相非常，精神岳岳。身穿暗龙纹蓝色长袍，秃着头，山也似立定。猿臂轻舒，雕弓张满，只一搭箭扣弦之间，那从容雅静之度已令人望而生敬，这人便是福公。遇春方在屏息，福公已一气儿发箭三支。只听鹄子上啪啪啪，便有鹄旁伺候人争去拔箭。

福公这里微微一笑，授弓从人，方要落座，忽一回头，登时大惊，忙指遇春向马宽道："此人便是你说的杨某人吗？好骨相，好骨相！"说着，竟目不转睛昂藏藏趑向遇春旁。众人大惊。马宽急回道："此人便是杨遇春，方才寻到。因公爷那当儿正在会客，没敢进见。"福公大笑道："什么客，千万人中难觅此士哩。"于是遇春趋上，拜谒如礼。慌得老头儿连道不消，竟亲手扯起遇春，拂拭老眼，尽管端详，只自语道："正是我辈。"忽又蹙额道，"天地生材必有所用，看来世运还须否剥几年哩。"

众人听了，哪敢作声，都光着眼呆望遇春。这时福公已自落座，略问遇春出身履历，大笑道："你虽置身科目中，我看非科目所能拘哩！"因问了些韬略兵家之奥，徐及武功剑术。当时遇春应答如流，音吐如钟，并且答对外无溢辞，绝不矜张。只将老头儿乐得喜溢眉宇，忽略一沉吟，却笑

11

道："我闻你箭法甚妙，今恰在射圃，老夫欲一扩眼界，却不是以击刺跳荡烦亵你。"

遇春忙答道："公爷尊前，怎敢矜丑？"福公道："不必谦逊，我自有用意。"说罢竟霍地站起。这时，马宽未免暗捏一把汗，因福公方才射过，遇春若一时逞能，施展出什么连珠巧射等箭法，未免显得是压人矜能。想到这里，便悄悄将遇春衣襟拉了一把。这时福公已目示左右，取弓来递给遇春。遇春接过，真是会家不忙，你看他足势踏稳，腰略探，好一个凝重姿势。两臂徐舒，先拭满一个虚式，试试弓力，然后就仆人手抽箭批好，真个左手如推泰山，右手如抱婴儿，神闲气定，嗖的一箭，只听啪一声，却中在鹄心外围。

马宽方心下怙愡，不由急取箭要递给遇春，福公已大笑道："射以观德，只此已足见足下器宇。便是老夫观射之意，亦正在此。至其余技射之巧，何足烦足下呢？"遇春听了，不由悚然，连忙释弓退立。福公又笑吟吟立谈数语，然后马宽引遇春徐徐退下。

出得圃门，马宽方两膊一抖，低笑道："时斋你看怎样？老头儿今天欢喜极咧！"遇春道："人都称福公大名，果然名不虚立。难得这副阔冲气度，真有乔林大岳、虎豹变化不测之概。"两人一路谈话，仍到敞厅。马宽喜道："时斋机遇端的不错！公爷虽好士爱才，却不会像方才如此倾倒。我只记那年他初见额侯，只喜得自家独坐，连连引手加额道：'国瑞！国瑞！'今天见你这番光景，我看他又有些着魔了。现在征苗在即，这不是巧机会吗？"

遇春听了，谦逊数语，一面饮茶，一面笑道："那会子马丈拉我喻意，俺尽晓得，岂有在大人跟前自家矜炫之理？但看公爷凝重器宇，也就令人躁释矜平哩。"

马宽忽笑道："凝重自是老境咧。你可知当年公爷呼鹰跃马，更是个跳荡角色哩。他曾有一段逸事，传遍人口，便是当年出征回疆，和海超勇公兰察各领所部，会于某处。海公英勇威名是没人不知的，两人既见，便会饮于海公帐中。酒至半酣，海公忽切齿道：'这些贼奴心肝，正当将来下酒！足下且坐，俺便去寻两具去。'说罢，结束出帐，但闻一骑马蹄声响亮，风雨般驰去。帐离贼卡还有二十余里，不消顷刻工夫，左右飞报道：'海爷来咧。'福公大惊，出帐一望，只见海公人马若飞，便如道电光直至帐前。将胁下挟擒之贼砰的一声掷在地下，业已夹得半死。跳下马来，十分得意。

"哪知福公更不理会，只将那马啧啧赞叹。原来海公那匹马委实神骏，名'火云驹'，通身深赤如血，没一根杂毛，真有追风逐电之捷。当时海公见福公意颇轻慢他，便如夸人写得好字，只管赞墨黑，不由不悦道：'虽有千里马，还须有千里人来驾驭。俺在军中，尝与诸将戏赌：有能将此马盗去的，便以相赠。特是那干人空爱得眼红，通没奈何。没本领的人只好瞎赞几句罢了。'

"福公听了，如何肯吃这渣儿，当时大笑道：'真个的吗？咱们一言为定，便今夜盗马，取个笑儿如何？'海公听了，也踊跃道：'好好，这倒有趣得紧。'于是福公别过，自去预备。这里海公自恃本领，也没将福公放在心上。到得夜里，便传令诸将一体戒严。后厩中加班防卫自不必说，自己却严装秉烛就帐中按剑而坐。夜深时候，通没动静。海公方有倦意，忽听帐后喊将起来，少时转静，左右进报道：'方才福爷大喊盗马，飞骑而过。'海公大笑道：'可知他无聊极咧，如此喊闹，难道想人牵出来给他不成？'

"正说之间，忽听帐前巡队一阵大乱，乱喊道：'追追追！'海公大怒，提剑赶去。只见四五骑从火光中飞也似奔去，正是福公部军。后面马上人分明是福公，短衣提剑，一手牵了一匹赤色马，大笑便走。海公一见，哪里肯舍，登时跨上将佐一匹马，大呼赶来，便似云催雾趱，一气儿直到福公屯帐。

"海公从后面大叫道：'福兄哪里走！你这等盗法，明明引个失主来，也不漂亮哩！'一言未尽，只听背后马蹄一响，有人笑道：'幸不辱命，海兄，你这位失主倒走到窃犯头里来咧！'海公猝然回望，只见马上那人结束衣冠，分明是自己围夫某人，正骑的是火云驹，如飞走来。海公摸头不着，急切里定睛一看，不由拍手叫绝道：'服你！服你！'原来此人正是福公，先遣人扮作自己模样，在海公帐前故意招摇大呼，牵赤色马如飞而过。惊得众人一乱，他早从帐后跃入厩中，登时将围人捆翻，脱下他衣装，自己假扮起来，便骑了那火云驹，大呼'主帅'，一直闯出。这当儿，前帐事起仓促，帐外巡队一见，只当是围夫给海公送马追盗，所以竟容易脱身而出。当时两公下马，不由握手大笑。虽是游戏小事，可见公爷当年豪致得紧哩！"

遇春道："声东取西，虚虚实实，这期间正见将才哩。"说罢，别过马宽，乘骡回店，静候消息。这且慢表。

且说杨芳连日在额府，早闻得额爷征苗消息，只是还未见朝谕颁下。过了两天，方知和珅在皇上面前说了点儿坏话，因此圣意犹疑了几天。亏得福公竭力保荐额爷，圣意方回。不多几日，朝命下，命额勒登保经略苗

13

疆，酌带兵马将弁，并黔楚军队悉听节制。杨芳大悦，正要兴冲冲去寻遇春，只见府中人奔走传呼道："福公爷来拜，侯爷就要会客！"杨芳听了，心中一动。他本是额爷亲弁，便趱去，就伺候事儿一望，只见福公爷正在客室高谈大笑地说那苗疆形势并夷人情俗。少时忽正色道："珠轩，你的威望自不消说，此去平苗，何异昔人铜面平蛮！不知夹袋中人才还足用吗？俺这里却有个簇新新的狄武襄，将来奉献。"额公惊道："怎的便有这等人！"

福公大笑道："啊哟，真是后生可畏！此人文武兼资，端的是大将才，将来定要与你我代兴哩。"说罢，由襟袋中掏出一红纸条儿。杨芳偷眼一望，只见上写一行细楷道："杨遇春，现年二十三岁，某科武举人，四川重庆府人。"杨芳见了，暗暗欢喜。这时，福公已如背书般将遇春本领一夸扬。额爷听了，喜洋洋只是点头，便道："伯乐厩中无凡马，既动得公爷赏识，一定可观。"说罢，收起荐条。方要让茶，只见左右传进一封书札，封面上有核桃大"珅缄"两字。福公望见，便笑道："怎么老和也荐起士来了？"

额爷微笑看罢书，却略皱皱眉道："都是公爷方才说什么狄武襄，您看，登时引了个岳武穆来咧。"说罢大笑，将书递给福公。只见上面潦潦草草几行大字，上写道：

珠轩经略台下：

　　侧闻台端新拜征苗之命，幕府需材，自劳硕念。今有王树风者，湘中奇士也。其人驰马击剑，慷慨自期，并谙风禽壬遁星卜杂技，而忠耿性成，尤负殊姿。至其偶傥处，雅歌投壶，尤有可观。倘蒙拂拭，何异宗泽之遇岳武穆耶！谨荐此士，敬候驱策。

和珅白

福公看罢，拊掌大笑道："武襄、武穆一股脑儿都来了，珠轩，你自家酌用吧，俺可不赞一词咧。"说罢，告辞而去。杨芳一肚皮兴头，也没理会王树风是何等人，便趁空儿去寻遇春，将福公厚意一说。遇春听了，也自欣喜。

杨芳便将在额府所闻苗乱情形说了一遍。遇春叹道："自来蛮夷称乱，都因当道抚驭不善，又必有许多事不足服其心，致生觊觎。再有奸民豪黠拨弄其间，登时乱作。即如方才说的这吴半生，便是豪黠之尤了。"少时，杨芳别去，遇春又去寻马宽，探听一回。

马宽喜道："你来得正好。那会子公爷回来，十分欢喜，命我知会你去谒额爷。你旅费如有不足，尽管向我说。"遇春谢过，便将滕氏三雄赠资足用一节一说，马宽道："如此说来，这滕氏弟兄也端的都是好汉。此后时斋在军，有机会倒可以招致了去。"说着，忽笑道，"真是笑话，那会子公爷回来，笑得什么似的，说和相荐与额爷一人，叫什么王树风，竟夸赞他如岳武穆一般。我看这不是和相说话，简直是王树风的一大堆银子说话。银子还许不在少处，不然和相肯使出吃奶的力气荐人吗？"

遇春是正大坦率人，忽听此话，不觉茫然。马宽笑道："你不晓得，现在和相荐书出卖，是他岁入一笔巨款。即如王树风这等结实荐札，少说着也须万把银两。你当他真个爱才荐士吗？恐怕王树风怎个长样，他还不知哩！"遇春听了，不由倒好笑起来。当时别过马宽，刚出得府门，只见一骑马飞也似从西跑来。马上一人，生得青渗渗面孔，两道浓眉斜飞入鬓。眼光瞟处，十分尖利。穿一件箭袖紫呢袍，外加件军机坎，头戴便帽。一条大辫拖下，中间却系着个扣儿。嘴角一处刀瘢，胁下佩着一柄刀，扬鞭匆匆，由遇春跟前飞驰而过。遇春一眼望去，却见他那柄刀长而且窄，端的是口上好苗刀。京师中侠少本多，遇春匆匆，也没在意。当时徐行回寓，业已掌灯时分。

那店伙风火三又跑将来，乱糟糟周旋一阵，一面笑道："多咱杨爷打仗去，俺跟您铡草喂马去吧。俺听说苗婆儿俏得紧哩，俺也不想将军做，只捞个苗婆儿就得咧。"遇春笑道："你且安静，你可知苗地里瘴气盅毒厉害？你若捞着苗婆儿，恐怕她不肯放掉你性命哩。"店伙脖儿一缩道："那么俺还干俺的旧营生吧。"说罢，提起长调，喊道："这屋里来开水！"一路踢踏，竟自趔去。

这里遇春沉思一会儿，忽因马宽日间提招致滕氏三雄，陡地想起逢春等人。暗想：机不可失，便是冷家兄弟，其材亦正可用。想到这里，便要挑灯作书，招致他们。忽又想自己尚未见额侯，足未站稳，莫如抵黔楚后再为招致为妙，倒是滕家那里可以先通书知会，于是匆匆作好书。一宿无话，次日，便命店人送至滕家商号，嘱其转寄。方思量饭后去谒额爷，只见帘儿一启，笑吟吟趔进一人，却是祝松山，劈头便道："恭喜，恭喜！我闻杨兄已蒙福公荐至额府，真妙得紧！"

遇春笑道："多日未晤，祝兄怎便得知？"松山道："俺福公府颇有熟朋友，偶闻他们说起。"说罢，宾主落座，茶话半晌。遇春略述马宽引荐之事，松山听了，越发欢喜，忽由怀中掏出千金银票，笑道："杨兄此去，哪里不用银两，这便是舍侄菲意。"遇春道："我辈相交，何须客气，便权寄顿在兄处，等有用处再取如何？"松山殷殷劝留，遇春哪里肯依，硬生生叫松山揣起。

两个又谈了会儿苗乱之事，松山忽道："真个的哩！贵州那里，俺还有个朋友。此人虽是书生，颇好武功，少年时泼皮得紧，专好臂鹰立马，和侠少们驰逐。打得一手好钢镖，百发百中。此人姓史名绍登，字倬云，虽籍江苏溧阳，却生长北方，所以颇有河朔豪侠之概。现方知文山县事，那所在左近也是苗人窝儿。杨兄将来到贵州，倘或遇见他，代我致意如何？"遇春道："当得，当得。据祝兄说，此君也非俗吏哩。"松山道："此人双瞳碧色，能夜中观物。数十丈高阁，一跃便上。"

正说得热闹，只听帘外道："咈，咈！好热，好热！"一言未尽，噌的声闯进一人。正是：

　　客邸闲谈论英杰，伧人举步惯仓皇。

欲知后事如何，且听下回分解。

第三回

额公府刺客祷三槐
龙母山戾气钟一孽

且说松山正谈得热闹，只见店伙端进午餐，于是松山站起道："杨兄且自用饭，俺还须到街坊上，过天见吧。"说罢别去。这里遇春匆匆饭罢，结束衣冠，带了写就履历，直赴额府。到门一望，却又是一番气象。只见静严严宅门，一个人影也无，但听得宅门内阵阵喧笑，忽地又一声喝彩，有人大赞道："好劲头儿！"

原来额侯性子豁达通脱，一概小节目都不理会，在军中待左右将弁十分宽易，颇有李将军解鞍纵卧之风。至燕居府第，越发脱略一切。家将等有时排墙似聚在门首，有时便各寻乐儿，三五成群，就门房或院中，什么纵博咧，打球咧，闹得一塌糊涂。额侯有时高兴，还往往负手踅来，指点一二。却是他们一有过犯，绝不轻恕，牛皮鞭蘸水，一打便得百记。这天他们恰好没事，所以又在那里举石磁子耍。

当时遇春先向门房一张，只见阔案上叶子纸牌咧，胡琴咧，球弹咧，乱糟糟横七竖八，那面榻上还拖下一条锦被，已踏得尘污狼藉。遇春喊了两声，没人搭腔，没奈何转过漆屏，便见甬道上攒簇了许多人。少时，石磁砰的声砸在地下，其人闪出，却是杨芳，一眼望见遇春，便飞也似抢上。

这时，众人都已望见，早有典谒仆人问知就里，笑道："您来得正好，侯爷现在南小阁午后小坐哩。"说罢，急匆匆就门房抓戴大帽，如飞跑去。这里杨芳却将遇春引入一所寻常客室，悄语道："他们都知得侯爷器重吾兄，所以方才狗颠屁股似的。恐怕待会子王树风来，他们便不这样爽快咧。"遇春随口道："你怎知他便来？"

杨芳道："昨天他便来候了半日，恰好侯爷事情忙，没得接见。临走他气愤愤道：'明日再见！'我偷眼瞧他，总觉野模野样，不像个材料。又轻躁得很，也没人问他什么，他却叽里咕噜，时或掺杂两句苗乡话，似乎矜夸自己熟悉苗疆。却是手把儿倒许硬实，我看他步履之间似很有武功哩！"

正谈得热闹，只见典谒仆人来唤道："侯爷有请！"遇春忙整整衣冠，回顾杨芳道："少时再谈吧。"说罢，一路留神，随仆人趋去。历过数重门，却到一宽敞院落。只见南阁五间，珠帘沉沉，廊下一小童却低着头和泥土玩耍。遇春方要趋近阶墀，仆人却小语道："侯爷在这里哩。"说罢，向一株桂树下紧趋几步。

遇春忙望，只见靠树一个伟丈夫，方就小凳箕踞而坐，秃着头，只穿件天蓝缎袍，生得虎头燕颔，剑眉海口，顾盼之间，十分精神。却勒起两臂，正在那里团塑泥器，一旁矮几上业已团成座玲珑小塔，有五寸来高，相轮铃铎之类一一皆俱。还一面手内工作，一面口中吟哦，时时顾望小塔，看光景甚是暇逸。遇春猛见，不觉诧异，暗想：莫非此人便是额侯吗？

便见那仆人垂手禀道："回侯爷的话，杨遇春现已唤到。"只见额爷哈哈一笑，啪的声掷下泥坯，大嚷道："现在哪里？"说着眼光一瞬，灿若岩电。遇春这当儿已疾趋而上，躬身通名。额侯却挓挲着两只泥手，大悦道："幸会幸会！你便是杨举人吗？好得很，咱们屋内谈吧！"

这当儿，廊下小童早揭帘伺候，于是额侯大踏步头前先入。遇春随进，便参拜下去。额侯躬身笑道："啊哟，快起，快起！你看我这污手，怎样扶你？"正说着，小童绞上湿手巾，额侯拭净，随手一掷，遇春趁势献上自己履历。只见额侯也不展开来看，只将遇春不错眼珠价端详，大笑道："你的履历本领，福公爷早就说给我咧，妙得紧！他说你剑术甚好，等暇时俺再验看。"说着，只管在屋内阔步大踱，并不归座，却冷不防问几句兵家要言，都是筋节奥秘。亏得遇春成竹在胸，只片言扼要，从容答去。喜得额侯只管连连点头，少时竟喜得忘其所以，忽顾小童道："你懂得吗？"小童吓得脸通红，又不敢笑。

正这当儿，忽地帘前人影一晃，额侯喝道："是哪个？"即有一仆人应声趋进，嗫嚅道："便是那王树风，又来进谒。"额爷沉吟道："叫他进来就是，还值得这等蝎蝎螫螫？"仆人碰了个软钉子，应声跑去。这里额爷向遇春道："此人便是和相国荐来的，一定靠不住。不知是何等富家子弟，仗了铜臭，要走这军功捷径。"

遇春听了，不便答话。正这当儿，只听院内脚步乱响，百忙中又听仆人急喝道："王爷你且站站，这是什么所在？须等俺进去传禀哪！"一面喊喳，已到帘外。就见仆人入禀道："王树风唤到。"

这时额爷正在室徜徉倚柱，和遇春相去数步，便略一点头。仆人揭帘道："王树风进！"只见噔的声闯进一人。遇春一眼望去，好一个彪形大汉！短袍马褂，头戴大帽，足踹两只高靿黄皮靴，靿口微露护书夹儿。只一抬头之间，两只眼骨碌碌乱转，嘴角上刀瘢早已耀入遇春眼中，原来正是昨日在福公府外所遇驰马之人。当时遇春心中一动，暗想：果然杨芳所见不错，此人真有些野相。正在怙惚，只见树风张皇四顾，一眼望见遇春，似乎一怔。这时仆人已垂手退出，额侯倚柱略瞟他一眼，忽地神眉一皱，引手一挥，似乎命他止步。

说时迟，那时快，树风已一抖机灵，促步而进，如礼参谒罢，挺然站起，一俯身便掏取护书。这时，遇春正立在他背后，恰好对面柱后有一架穿衣镜，就见树风取起护书夹，要抽履历，忽地狞色一笑，脸色暴变，青渗渗面孔中透出一股呆白煞气。遇春方暗道：不好！便见树风急匆匆将夹一抖，突地从中抽出一柄蓝晶晶锋利匕首，大喝道："姓额的，哪里走！"铁臂一撑，便奔额爷。

只听哧一声，砰啪一阵响，柱纸穿裂，连柱上半圆古瓷瓶都碎下来。这时，额侯已跳出数步外，方要抢摘壁剑，只见遇春抢到树风背后，拦腰便抱。树风势如疯虎，一个鲤鱼打挺式，翻转身，匕首乱下。好遇春！腾挪闪拈，手法如雨。两人风团般直裹至室门，唰啦一声，帘儿踏落。那树风一跃丈余，早牵连遇春滚到院中。

额侯看得兴起，提剑大笑，随后赶出，却不来助遇春，只遥立点头。这时两人已奔东击西，搅作一团。额侯留神望去，但见遇春赤手纵横，十分暇逸，拳脚到处，都向要害。那树风也十分精悍，一柄匕首挥刺如风，少时忽地一矬身，步法一变，但见刀锋霍霍，贴地流走，耸跃之捷，不可言喻。

额公是久经大敌的，什么阵仗，如何瞒得过？他当时暗惊道：此名邱祖拳派，传自黎峒。欲破此法，非猕猴滚山拳不可。却是此拳除当年我师茹南池外，恐怕没人传习哩。正在沉吟，只见遇春忽地双拳一捏，身一缩，噌的声跃起三丈余，足势一翻落，登时便是个金鸡独立，倏地一矬身，直滚入树风刀锋中。你看他：

> 东蹿西跃，戳胁锥胸。或骈掌，或竖指，或撑臂如弩直，或盘肘如环曲，任树风怎样来，他便怎样对付。至于身段步法，或趋风，或委地，全是轻灵巧妙，这阵颉颃，真赛如猕猴。

这一来额爷喜极，不由大叫："好！好！"一声未尽，只见树风急喘喘一匕首尽力子刺去。遇春侧身一闪，趁势进步，噼啪一声响，飞起个鸳鸯脚，只听铮一声，匕首踢脱。树风大叫道："不是你便是我！"虎也似扑去。哪知遇春滴溜溜一耸身，早到他背后，趁势一抬腿，闹了个喜鹊登枝。只听扑哧一声，树风便是个狗吃屎，方要爬起，只见院门外一阵大乱，乱糟糟撞进许多人，各执器械。当头一人提刀抢上，却是杨芳。不容分说，啪啪啪向树风两腿便是几刀背。这小子刚闹了狗吃屎，又找补了个鬼扯腿，登时狗也似卧在地下，却瞪起两只贼眼，只管乱骂。

原来事起当儿，小童吓极，苦于满室中打成一片，将他吓得钻在桌底下。及至遇春等打到院内，他方瞅空溜出。越是心急，两条腿只管乱扭，好容易奔至前面，张口结舌地说明，所以众家将赶来稍迟。当时大家七手八脚，先将树风缚住。杨芳怒极，又过去踹了两脚。额爷一摆手，众人立定。这时，遇春却镇定定站在一旁，面不改色。额爷大笑道："却巧得紧！王树风这厮便如特地令你显本领一般，倒不消我试验你咧！"

遇春趁势给额爷道惊，额爷道："怪得很，和相和我没什么过节呀，怎便就遣刺客？其中定有别故。"说罢，递剑左右，便踱到树风跟前一看，点头道："看你筋骨劲越，尽也是条汉子。忽来行刺于我，端的为何？额某素行如有不义，引动你侠客心肠，尽管说来，俺自有处置，却怎的又寻到和相荐主呢？"

树风听得，双目一张，大言道："咱老子远居湖南，纵横黔楚，人称花嘴豹的便是，可晓得什么和相？这次来都，却是受俺好友吴半生之托。"额爷听了，不由目视众人，点点头。树风接说道："他给我重金，命我行刺征苗经略，不拘他张王李赵，一概刺杀。姓额的你要听明，俺并非和你有仇，假如经略是只狗，俺便刺狗哩！"

众人喝道："禁声，小心掌嘴！"额爷却笑道："你这人却痛快得紧！俺问你，现在吴半生究竟是怎的猖獗法？"树风凶睛一瞪道："闲话休提，俺的话还没完哩！"因说道，"俺既探听得你是经略，便用重金买到和相荐书。依我意思，便放掉你也罢，因为你们大官们都这样爱钱，这等人刺不刺没甚轻重。"

额侯听了，不由慨然太息。树风道："当不得俺受人之托，不能不来。今事既不成，唯有一死罢了。"说罢，双目一闭，合掌当胸，口内嘟念几句，仿佛有个鬼八卦似的。额爷见了，颇觉诧异，既知他是吴半生所遣，正要从他口探些底细，当时便笑道："你罪虽不赦，姑念你为人愚弄，情有可原，你但将吴逆详情从实说来，便免你罪如何？"

树风听了，哈哈大笑道："俺事已说完，更无剩语。俺既在大教，是不许泄人机密、苟且偷生的。"说罢，竖起三指，两眼看天，再也不肯言语。众人见状，都摸头不着。额爷没奈何，姑命家将等将他监押下去，还想慢慢探吴逆底细。当时回向遇春道："亏得你有如此本领！方才拳法实非寻常宗派哩。"遇春从容将受学葛先生玄一之事一说，额侯叹息道："世界上真有异人，便是王树风这厮也尽有些来头。此后我们出征，倒不可轻敌哩。"正说之间，仆人进禀某官来拜，于是遇春随杨芳躬身退出，这里额爷自去会客慢表。

　　且说杨芳扯遇春趑到临押室内，只见众家将一个个装腔作势，连吓带诱，都围着树风想探他些口气。哪知树风理也不理，只偎坐在地，半晌一睁眸，冷笑道："早晚叫你们看，俺们教主会风也似卷到哩！"杨芳趁势道："朋友，你究竟信奉的什么教呢？"树风瞑目一望，却又不语。遇春道："不必管他，刻下边省不靖，奇诡之莠民甚多。即如俺家乡，不断地有开堂诵经、聚众烧香等事。便是俺北上当儿，川东一带闹得十分热闹，后经官中禁止，方才稍好些。无非是些乱象罢了。"说罢，别过杨芳，徐行回店。一路上颇喜额侯见知，倒将树风之事抛在脑后。次日，方想赴额府探听消息，只见杨芳匆匆趑进，劈头便道："奇怪得很，那王树风昨夜跑掉咧！"

　　遇春惊道："怎的许多看守人，更容这厮做了手脚？"杨芳拍手道："不然怎么怪呢！那厮坐到半夜，忽地合掌嘟念，众人听去，只闻得什么教主三槐。念了半晌，忽称口渴索水，及至水到，他一吸便是半碗。忽地含水一喷，众人一眯眼的当儿，急望他时，业已影儿不见，只有一堆绳儿委在地下。于是赶忙禀知侯爷。侯爷沉吟一会儿，倒不许声张。想贼人跑掉，没有证据，恐和相知得，反倒造起什么黑白来哩。"遇春听了，不由只管沉吟。

　　杨芳道："这等人左不过是些邪教，是不成气候的。"遇春道："不然，依我看，这苗疆之乱，倒是一哄之势，将来邪教若起，或反非旦夕能了。你不见近来上下泄沓，文恬武嬉，必有桀骜之辈乘机思逞哩。即如王树风，以一介莠民，公然睚及权相，横行都市。此何等事，真不可以示四方，额爷不许声张，正自有见。"杨芳道："且不须理论这事，倒是今天侯爷左右翼统领长龄、德楞太进见，谈议苗乱情形，咱们何妨趑去探探消息呢？"于是两人步出店，直赴额府，这且慢表。

　　啊哟，说了半天，这苗乱到底是怎么档子事？想诸君急欲快闻，恨不得作者咯嘣声嚼破这颗豆儿。却是树有根，泉有源，诸君勿躁，待作者转笔述来。

且说贵州地面迤东北黔楚之交有一座龙母山，周回八百余里，其中崇峰峻壑，密菁深林，若论风景，委实不错。却就是一样，即有谢灵运那般高兴，一望此山，登时裹足，也不是济胜无具，也不因险峭难登，却因其中窟聚着许多生苗，十分厉害。从古以来，绵延滋息，这当儿有三十九峒之多，占满山中，互相吞噬，整日价白刃寻仇，便如群疯狗一般，又如满山野猴，没个猴王弼马温来管理。好在他们等闲不出山，只在窝内狗咬狗，当地官吏也没人去管他闲账。如此光景，也非一日。

这山因何叫龙母？却因老年间有个苗女，偶就深潭边浣濯围裙（苗人习俗，本是不穿裤的）。这苗女脱下围裙，方叉着腿蹲将下去，忽觉一股奇感冲到下部，且是舒适非常。低头一看，便如自己那话儿衔着一条絮带，白瀯瀯直注潭中，原来竟是一股云气。当时苗女惊跳而起。过得两月，肚皮渐渐大起。及将临蓐，忽梦一狰狞神道说："吾嗣明当诞生，恐光怪致汝惊死，汝于清晨可急掘一坎，偎坐其上，但看东南有云气，即坚坐闭目，慎忽惊骇。"

苗女醒来，不由不信，果然一如所教。方坐将下去，只听唰啦啦一阵长风，顷刻间东南上苍白浓云厚絮般涌将上来，接着霹雳大作，狂风奇吼。苗女战抖抖两眼一闭，拼命撑坐。少时风雷顿息，苗女起身一望坎中，不由大惊：原来竟产下一尺许小龙。当时不敢抛掉，便将来养在园池中。哪消数月，业已鳞角峥嵘。苗女出猎，每得些野兽，便割剥来血淋淋地就池边喂他。久而久之，那龙但见水波上红色一映，便昂头吞噬。

一日，恰巧有一邻女偶到池边，却着的是红布短裙，那龙望见，以为是肉食来唡，更不客气，一口吞下。于是邻众大怒道："这妮子养毒虫害人，须要处置。如它三日不迁去，咱们便把它杀来吃了！"苗女知得，料不是事，当夜便潜祝那龙道："汝变化有灵，何恋杯水？深潭不远，便当急徙。吾亦当移居潭左高峰，静居避怨。"苗女祝毕，果然是夜风雨大作，次日池水顿竭。于是苗女亦结茅高峰之顶，等闲价不肯下来，后竟静极生慧，颇晓未来吉凶。于是群苗敬信，都以"龙母"呼之。每有旱岁，大家都祈请龙母，就潭祷雨，无不立应。及至龙母寿终，大家便将她葬在峰顶，广植树木，不许作践，却是自龙母殁后，每岁有一异事，便是四月十五那日午后之时，不怕晴亮亮的天气，必有一缕白云从潭而兴，须臾一级级铺开来，便如瑶阶玉墀，直接峰顶，任是怎的大风，凝然不动。古老相传，这便是龙子为母上寿，因那日便是龙母诞辰。苗地中浑噩气厚，又搭着信神尚鬼，如此等灵迹神话，本是古时代应有的，也不足为异。

却是到了康熙中叶，那山中生了个孽物，也不知是哪个苗人的遗孽，大家竟推奉起他来，做了个头脑，诸峒首领悉听指挥。他又偏有桀骜之才，能笼络驾驭，颇通汉语，广有贼智。此人便名石柳邓。今欲溯原委，先讲苗俗。

你道苗民究竟是怎么一种人？原来上古之时，高辛氏皇帝御宇当儿，曾有个叛民称兵作乱，厉害非常，饶是高辛氏神武不凡，还斗他不过。此人号称吴将军。高辛氏数战不利，看看就要推位让国。一日又要会战，高辛氏愁得眉头不展，没奈何下令军中道："有能得吴将军首级的，吾愿许以爱女。"

此令一下，诸将都面面相觑。不想高辛氏有一随军神犬，名叫盘瓠，忽地跳跃一会儿，如飞而去。原来这盘瓠神捷无比，猛逾虎豹，当时众人也没在意。不想次日高辛氏方才升帐，只见盘瓠衔了颗血漉漉的首级，飞也似走来，仔细一看，高辛氏又惊又喜，又是为难，竟怔在那里，方道得一声："这事怎处……"

只见一人飞步趱入。正是：

耳孙会见称兵乱，鼻祖须先溯渺茫。

欲知后事如何，且听下回分解。

第四回

老峒主临终托约法
猛柳邓慑众斗凶牛

　　且说高辛氏一望那首级正是吴将军的，方在为难，只见蹍入之人正是他爱女。这当儿，高辛氏恨无地缝可钻，虽说是天子无戏言，特是对了这长啄大尾的东床娇客，未免难乎为情。当时向爱女道："你莫生气，哪有人畜匹配之理！我但好好豢养它，以酬其劳罢了。"

　　哪知语方脱口，爱女正色道："为上者言而无信，岂可治天下？"高辛氏大骇道："难道你真个跟盘瓠去吗？"说着，不由气将起来，劝导百端，爱女只是不听。高辛氏怒道："那么我只当未生你！"说罢，拂袖而入，却终究放心不下。方要去唤爱女再为劝导，只见左右人报道："盘瓠负了帝女，直奔山中而去。"高辛氏一声长叹，只得罢了。

　　这盘瓠便是苗民初祖。后来滋生繁衍，遍于云贵、两广等处，各据穷山，自成种类。其名称各个不同，黎人咧，瑶人咧，倮倮咧，佬佬咧，其中细目，多不胜记。有以颜色分别的，如红苗、黑苗；有以形状分别的，如竖眼佬佬、大耳瑶子。

　　最凶狠的是一种栽骨瑶子，其人嗜杀无厌，最讲复仇。每先世为人所杀，必射矢屋梁，以志大恨。气力稍壮，便聚族会饮。望见屋箭，登时互相号叫，如群狗乱吠，顷刻尽族攻仇，得着仇人，必生剔肋骨一段，磨治得寸许长，便将来栽入颐颊，翘翘然外露骨顶，好不得意。其人复仇，不忘三世。有能颐栽二骨，这人便是响当当的朋友咧，大家见了，无不钦敬，但是这等苗也不过小小一部分。最繁旺的还是红苗、黑苗，如这龙母山众，便都是红苗。再就是楚南群山中还有最大的部众，红、黑苗杂糅，与龙母山众颇通声气。以外便是广西濒海黎姆山苗众也十分繁衍，却与龙母山不相通闻。这便是苗人来头大略。

　　至于苗俗呢，越发奇诡。孩子初生匝月，邻里聚贺，将来贺礼都是上好的精铁。从此每年锻几次，赶到孩子年至十五，那铁早成百炼精钢，便打成刀，真是吹毛可断。这把刀便是他第二性命，终日价佩在身旁。一言不合，登时耍起刀片，哪个要退缩，那算是差了种咧。他们又能蹿山越涧，腾踔如飞。因为小儿初生时便把铁烙烧红来烙脚底，久而久之，脚底厚如皮铁，所以能践踏荆棘，全不知痛。

其婚媾之俗越发奇特。女至十五六岁，父母任其游行，都不来问。每峒之中，必有几处彩木楼，楼的结构便如大大戏台一般，前为广场，后为棚室，都用薄席来隔成房间一般，极大的台能容数百人。每当春月，花明柳媚，衬着一川芳草，男女盛装，悉集台下。男的椎髻短衣，带刀插羽，翘翘然迎风而颤；女的金环明珰，头梳卧蛇高髻，余发四垂，香云委堕，身着花布短裙，赤着雪也似半段小腿，打扮得仙女一般。你看这当儿，目挑眉语，色授魂消，两下里唱起艳歌，互相戏逐，少时情浓意挚，便如许多惊蝴蝶翩翩乱舞。也有男进女退的，也有女逐男避的，迷离扑朔，不可方物。少时两人意合，即便揽手登台，就前场回翔一周，即趋棚室。以下光景，便不用提咧。所以这彩木楼上，终日价云酣雨腻，此名为招野郎。

他们所唱词曲，尽也有情致音节，大概是男女相悦之词，名为"浪花苗歌"，其所流传最妙的，有两首道：

> 月子弯弯照九州，几家欢乐几家愁。几家夫妇同罗帐，几个飘零在外头。

这一首词大约是思妇闺怨之意，颇有怨而不怒之旨。那一首是：

> 南山脚下一缸油，姐妹二人去梳头。大的梳个盘龙髻，小的梳个背苏州。

这首词意是喻人初质虽一，到得后来，却趋向各别，旨趣万殊。细味起来，便如风诗一般，很有意思。

于是这野郎招后，便公然牵向父母家，白日里各干各事，晚间仍宿彩木楼上。待生子后，那野郎方扯头牛来，将浑家换牵了去，这便是婚礼完毕。从此后，他浑家如再向人飞个眼风，登时便白刀子进去红刀子出来。原来做处女时，照例地淫奔不禁，每交一相好，钗上必挂一条红布，有多至数十条者，大家都望而称赞，以为她美丽到绝顶了。却有桩可笑处：苗妇通体都不忌抚摸，常有轻薄汉人专以去讨俏。不怕和她搂搂抱抱，屁股前阴，只管摩挲，她越发欢喜，以为定是我长得俊，人家才亲近。倘一不仔细，手触其乳，她登时翻脸，非杀掉这人不可——原来他重在此不在彼。

再如种种异俗可怪的，是有一类峒苗，初生儿子，必须支解开大嚼了，说是宜弟；父母六十以后，也把来烹吃了，说是腹葬，还视为大礼，必大会亲邻，歌呼终日。赶到明年二月子规鸟啼，他们这当儿，孝心却拥上来咧。必大哭道："禽鸟还有再来时，吾亲却不能再来了。"种种异俗，不胜枚举。每年春暮，大乐三日，满山中歌舞喧阗，却是祀盘瓠的佳节。至于苗民技勇，大概善用标枪硬弩，射飞逐走，十分儇狡。以上便是苗人大概。

且说那石柳邓为何崛起呢？原来康熙中叶当儿，龙母山中有一个石峒主，在群峒中，原也数不着他，却是其人秉性稍为慈善些，见群峒时时相杀，他心下大大不忍，便撰了几条约法，劝大家遵守相安。无奈苗人天性，善劝是不行的，大家看了约法，只当扯个淡。石峒主无奈，只得将来收起。目睹同类凶惨之状，闷闷不乐，便立心发愿，时祷于龙母墓前，愿佑生异人，戡伏同类。

果然苗运合当安定几年，一日恰值龙母诞辰，石峒主趑到那里瞻望潭云之异。正在徘徊太息，只听墓林内群鸦乱噪，并隐隐有呱呱儿啼。苗峒中野合弃子本不为异，只是在神墓所在，石峒主不由趑去一望。只见一片芊芊细草上面赤条条卧着个小孩儿，群鸦盘旋，却是不敢下啄。石峒主赶散群鸦，忙抱起小儿一看，却生得大头大脑，碧澄澄两只小眼，十分精神。石峒主暗念道：这不知是哪个的遗体，却抛在这里，作践神地。一路沉思，便将小儿抱回己峒。他有的是小婆子，便丢给她们抚养，取名柳邓，使从石姓，也没将此事搁在心上。

不想过了十余年，柳邓越发变得筋骨劲越，并有殊力，有时节顽皮起来，谁也制他不得。小婆子们便七嘴八舌地道："这小东西，将来恐是祸端。昨日某峒里打死仗，三不知他也搀入，据说十几个稍长大汉都被他宰掉咧。"石峒主听了，还不以为意。

一日，峒众出去打猎，日晚回来，只不见柳邓，大家方猜疑道："今日路过响水峪，即不见他，那里是大虫窝儿，莫非入了老虎肚吗？"正说之间，只听峒寨前一阵喧嚷，大家跑去一张，就见柳邓雄赳赳用粗葛绳拖了一只水牛似的苍花老虎，大踏步走来。众人大惊，忙去走报峒主。峒主跑来一看，好不惊异！只见虎臀内却露着弩箭杆儿。

原来柳邓走至响水峪虎穴前，恰值有一小虎见他便扑。柳邓大怒拔刀，眨眼之间，小虎中伤，便吼一声奔入穴内。柳邓更不思忖，直赶入去，一刀搠翻。方一驻足，便闻洞外一声震吼，风沙乱飞。柳邓料得是大虎转来，刚要挺刀蹿出，只见虎尾一掀，接着便虎臀偎入。俗语云："老虎大偎窝。"原来虎之入穴，都是如此，便如官府们入轿一般，再没有到轿内方掉屁股的（所谓"苛政猛于虎"也，官耶，虎耶？是一是二，一笑）。当时柳邓奋起悍性，登时张满强弩，趁那虎掀尾之势，一弩射入。只听震天价一声吼，那虎直蹿去数十步，狂挣死掉。柳邓趱出，觉这虎皮甚是好玩，只是一时间没法儿摆布，旋斫许多野葛绞成绳，这一耽延，所以他落在后面。

当时石峒主见他奇勇，从此方大为注意。后来柳邓长成，越发凶伟。十几次别峒来扰，都被他杀得亡魂落魄，因此威名渐播，诸峒中听得"石柳邓"三字，真是连大气儿都不敢出。如此光景，石峒主早暗暗定了主意。

这一年恰值他病将起来，自知不起，便将他两个儿子叫到跟前说道："你两个庸懦无能，不堪继业，欲保身家，须要依我吩咐。我死后便让柳邓为这峒主，你两个衣食游优倒也罢了。却是我也不空让给他，他须了我约法的心愿。"二子自揣无能，只有唯唯。

于是石峒主大集峒众，唤得石柳邓来，取出约法，将自己之意宣布明白。众人听了，哪敢道个不字！石峒主一丝两气地喜道："如此，你今日便就峒主之位。"众人听了，方要罗拜，只见柳邓昂然挺身道："慢着，等俺了掉一桩事再讲。"因问石峒主道，"当日约法被阻，端的是哪个为首？"说罢，目光一闪，熛赤如血。

石峒主凝想道："便是那青杨峒主沙赤健哩。"原来沙赤健既凶且狡，专以调三唆四令诸峒相屠，当日约法不行，便是他的暗坏。这当儿虽上了年纪，诸峒还都仰望他。当时石柳邓听罢，更不一语，突地拔刀，风也似跑去。石峒主吃惊道："不好，他定是寻沙赤健去咧。倘若不胜，咱本峒登时粉碎咧。"心内一急，浊痰上涌，只管要翻白眼。

众人正在大呼小叫地捶唤，只听峒寨前众人欢呼，须臾拥定柳邓，滔滔而入。便见柳邓一手提刀，一手拎着颗须发模糊的首级，正是那祸事端沙赤健。你看他不慌不忙，将那头抛在峒主榻前，大叫道："峒主放心，这便是俺行约法的初步。"说罢，按刀而立，真似天神一般。

这时，石峒主也便猛醒，问知情由，只喜得哈哈狂笑。这一来，气猛泄，两眼一翻，就此交待，于是峒众一齐向柳邓便拜，顷刻间尊为峒主。

这消息传到诸峒，众人大惊。情知柳邓抗不得，又有沙赤健的榜样，大家正没作理会处，那柳邓的知会业已过来，是请诸峒主于某日齐集龙母墓峰下，看他斗牛之戏。原来苗俗中斗牛非同寻常，必须极勇之士赤身下场，不持寸铁。那牛猛鸷，便如虎豹一般，专有力士搿扰他，性凶且警，一临斗场，万夫莫御。就是苗峒中也轻易不举行的，因难得斗牛之人。

当时，诸峒主既不敢不来，又侥幸石柳邓被牛触杀，岂不痛快！于是不约而同，三十九峒峒主届期咸集。你看花花绿绿，怪模怪样，东一团，西一簇，纷纷扰扰，将峰下偌大片广场围将起来，好不热闹。须臾，芦笙、骨笛呜呜吹起，即有数十苗姑散髻跣足，璎璐被体，筒裙飘拂，跳舞先到，随后便是石柳邓峒众标枪对对，列队而过。众人望到后面，你道石柳邓端的怎生模样？但见：

> 面如喷血，斜剔起两道浓眉；身似涂青，隐簇起几团健肉，结就朝天椎髻，颤巍巍插朵山花；捺定撼岳皮拳，恶狠狠指藏仙掌。豹皮围腰际，下露毛森森赤胫；金环荡肩头，上衬磊块块恶眼。眼光熛火，叱咤生风，真个是三十九峒恶魔头，龙母山中大罗刹。

当时众人见了，无不吃惊。抢攘之间，柳邓已率众直临斗场，大踏步走去，便据高石而坐。众峒主上前厮见过，柳邓喝道："俺鲁莽汉子，前日因沙赤健有惊众位，哪个要不服气，趁牛没下场，咱便斗斗如何？"说罢一瞬目，只见众峒主都低了头，弯虾一般。柳邓哈哈大笑，突地站起，大叫道："快将牛来！"一言未尽，只听场外暴雷似一声诺，哐啷啷铁链一抖，即有两壮士各持钢叉，飞步先进，双双地护在当头。随后一壮士怒发飞立，臂贯三环，头戴白鹄羽冠，衔弩插刀，牵定一条苍色牛，大踏步而进。那牛四蹄便如水碗大小，浑身狞毛虬筋，双角撑起，亮晶晶赛如大钢攘。这当儿络头蒙目，还不怎的，去柳邓数十步，昂然站定。须臾，角声一起，两壮士叉环一振，分趋左右，牵牛壮士忙解掉索络蒙目，就势一滚，闪开当场。只见那牛双眼一弩，哞的声便奔柳邓，角一低，恨不得铲入地里。

间不容发当儿，柳邓已狂吼跃起，嗖的声跳在牛后，嘣嘣的双拳早落。那牛一头扑空，一根尾巴直竖起来。柳邓飞步赶去，便捉牛尾，只一拉，那牛负痛，掉转头便触。柳邓一闪，早到牛胁旁，便用了踢倒泰山式，尽力子一足蹬去，只听轰一声，牛跌翻。原来凡四脚物儿都是竖劲最猛，你要迎头拦它，是一百个不成功，必须要旁敲侧击，它横劲是没多少的。当时那牛怒极，一起身，狞蹄踏土，狂吼乱触。柳邓耸跃如飞，却偏要显显手段，你看他赤手纵横，只随那牛势奋击。

这时，角声大作，万众惊呼，真闹了个山摇地动。执叉两壮士随势趋风，只护在牛前头，唯恐它横逸伤人。少时牛性奋起，忽退却数十步，猛力飞触。只听咯噔一声，却被柳邓执住双角，用力一按，牛头便低。那牛浑身一个震颤，欲进不得，欲退不能，猛地四蹄一奋，向偏下里一拧，只听扑喳声双角解脱，血淋淋连额骨皮一总儿揪下来。那牛乘急痛之势，直颠出老远，方才死掉。于是柳邓四顾大笑。

诸峒主相视大惊，方要趋进夸赞，只见柳邓冷森森换出一副面孔，向众人道："此等儿戏事，不值诸位注意。今柳邓却有一桩大事，大家从得来，是合山之幸；哪个不服气，便请来当面交代。"说罢，由从人手内取出约法，又述明石峒主临终托付之意。诸峒主见此光景，谁肯当那第二头牛？于是都服帖帖允行约法，不消说，自然柳邓为头脑，从此柳邓威震全山。诸峒赖约法之善，果然凶杀大减，过起安定日月。既大家相安，自然物力丰富，久而久之，大家视柳邓如神明一般。柳邓也便养尊处优，威福任意。直至康熙末年间，苗族越发繁盛。

不想杀运当开，凭空地来了个吴半生，闹得血染山峒，烟尘抖乱。你道吴半生是什么角色？今且约略述来。

原来这吴半生是楚南辰州地面一个落魄子弟，生得方面大耳，胎貌儿很够瞧的，并且伶牙俐齿，能说善辩。至于拳棒武功，尽也来得。好交游，讲义气，寻常朋友缓急相求，无不立应，却就是秉性阴狡，好酒及色。他本有偌大家私，被他一顿横闹，一扫精光，却博得江湖间"吴大官"三字。生计既穷，志气便颓败下来。起初脸一抹，不过趑向大户人家，"老爷奶奶"地喊半响，讨碗饭吃。后来觉得不济事，渐渐地偷鸡摸狗，被捕役捉得去，捶得半死。从此以后，越发不成模样，只穿了条破裤儿，赤着脊梁，在街上闲荡。

一日腊月天寒，吴半生正抱了双肩奔马似的走，只听后面有人喊道："大官哪里去？"回头一望，不由羞得掩了面蹲在地下。原来唤他那人是他父执王长者，一向在外贸易，有好多年不曾回家。当时王长者问知半生败落情由，十分太息，便道："大官莫怪我说，你不想个生活道路，终归饥殍。就你材质，江湖上医卜星相的勾当，哪一桩不抓碗饭吃？便忍以金刚般的汉子，自家作践吗?"一言未尽，只见大官疯魔似直抢上来。正是：

方叹冷灰难复热，谁知绝处又逢生。

欲知后事如何，且听下回分解。

第五回

恃奇术小试邪心
摄生魂又作淫孽

　　且说吴半生本是有性气的人，自落魄下来，多少热朋好友从没人温煦他一声，因将他狠僻性儿激动，索性不学好，便是俗语说的"破罐子破摔"咧。今忽听王长者一番话，登时如拨云见日，一阵感激。不由泪如雨下，趱上叩头道："小侄非不欲习业，怎奈没得机遇。"

　　王长者太息道："且随我来，慢慢区处。"半生大喜叩谢，便猥琐琐跟王长者取路回家。也是合当运转，两个方走到东门桥头，只见河下黑压压围了一群人。趱进一望，只见一只船板上直挺挺躺着个客人，勒出一条腿，红肿疮口上黑紫血溢出，如蟹沫一般只管腾沸，那客人已面如金纸，气息仅属。岸上却有一艄公，披发跣足，向南瞋目大叱，一面口内诵咒，地下却置一水碗，上横利刃一把，锋向上，旁置一顶方白小纸帽。须臾，艄公诵咒罢，便戟指向碗内画符，只见那碗水忽地浓白如浆。众人正在诧异，便听得岸旁草木簌簌有声，忽见一尺许小蛇蜿蜒走来，向艄公似一点首，顷刻绕碗三匝，顶起小白帽，便入深草。艄公这时诵咒越紧。

　　忽听众人一声喊，便见顶帽小蛇引着一条三尺长的怪蛇从南道上走来。那怪蛇红质白章，其头特大，顶上生着血点似的鸡冠，昂起头来，高有一尺，刚走到水碗前，便登时蔫头耷脑。那小蛇盘旋再四，仿佛向艄公复命一般，忽置下帽儿，徐行自去。这里怪蛇却蹙缩良久，没奈何，爬上利刃，只一蹿，登时肚裂死掉，一股鲜血便滴向水内。

　　艄公喜道："这老客还有可救之望。"说罢，端起碗给那客人敷洗疮口。不消半盏茶时，早已平复如故，竟抹抹眼跃然而起，便如睡了个自在觉一般。原来此法名祝由科，辰、沅一带，多习此术，专以符咒治病，极有神效。却是其中未免藏些邪术，所以授法之初，必要设誓，立志济人，不得倚法取财或坏种种心术。方才所行，是祛毒之法，使伤人毒物归命，以毒攻毒。以外还有移病之法。譬如一人生疮，能用符咒移向他处，移向

31

人身，自无不可，便是禽兽树木，都一般可移哩。

当时半生见了，又惊又喜，不由失声道："如此妙法，倘会得来，便不愁没衣食了。"王长者听了，心中一动，便道："你欲学此法，倒方便得紧。这艄公是俺熟人，我便给你些薪水，将你安置在他船上如何？"半生听了，自然欣喜。于是王长者和艄公一商量，居然成功。从此半生便习起祝由科来，不消一年，便已尽通其术。随船所至，施展出去，很得些钱物谢礼。

俗语说得好："人走时气马走膘。"这时半生依然精精爽爽，很够个朋友咧。便有旧时一班簸片，见半生又有些油水，登时又附膻逐臭地赶来。半生一概谢绝，便辞了艄公，回到家下，拿出点点积蓄，筑了三椽小屋，每日价东奔西走，趁起生意。过了年把，委实不错。他本想勤勤恳恳，再作起一份人家，一辈子也便罢咧，哪知人都有命，暗地里便有人撮弄他。

一日，半生晨起，方要结束出门，只听门外老声老气地喊道："吴半生在吗？俺头儿叫你哩！"半生暗诧道："这愣鸟来得蹊跷，怎的请先生这般大样？"一面沉吟，趱出一望，登时一怔。

只见来人敞披大衫，歪戴帽子，奔拉着一张驴脸，吊起三角眼看着半生，只管冷笑，原来却是捕班里狗腿子毛四。半生来得机警，当时忙笑道："毛老哥，稀见哪！端的为何光降呢？"毛四一捏鼻道："你少和俺论哥儿们，闲话少说，俺头儿正想你哩，叫你便去。"半生忙道："是，是，我就去。"毛四喝道："不怕你不去，你再想吃个全套儿体己（谓捕班刑具也），还现成得很哩！"说罢，一歪身，谩骂而去。原来这小窃，只要捕头处一挂名，一辈子休想清爽，他算是挟制定了你咧。

当时半生踌躇一会儿，没奈何，只得去看看光景。虽有体面衣帽，哪里敢着？只着了件补缀长衫，逼定鬼似的蹭到捕役门首。只见毛四正在那里张望，一见半生，便喝道："我看你这鸭子步又该出现咧，不是摸玄帝庙吴道士的小猪崽当儿咧，蹚开腿一蹦三条垄（俗语喻兔走也），这是怎么说呢？"半生听了，连忙赔笑，哈着腰随他进去。只见那捕头正吆吆喝喝忙得一团糟，里面悬灯扎彩，厨下刀砧乱响。捕头的老婆，外号白鹁鸽的，也搽抹得油头粉面，戴一枝喜绒花，脚下踹着四寸长的新鞋子，也在那里吱吱喳喳，仿佛有什么喜事一般。

这时毛四忙走上通报，捕头喝道："叫他先到屋内就是，难道还等我迎接他吗？"于是半生随毛四趱进一所班房，一眼便望见当年自己受罪的座位，只见诸般刑具，藤鞭咧，压砖咧，猴儿竿，榨油墩，依然摆设得阴风惨惨。半生触目生感，不由悔恨不迭，只得呆鸟似的惴惴而待，一面自叹道："俺吴半生尽也是条汉子，偶一失足，便受人如此制服，不知老天容我改过否？"

正在怙惚，只听捕头在窗外吵道："我的妈！那猪、米两项还用你挂心？我早预备得停停当当，自有好孙来孝敬咱。我要没这把神砂，那猴儿崽子们更狂到天上去咧。"便听捕头老婆笑道："有在那里更好了，俺不过问一声儿。"半生正在倾耳，只见捕头一脚跨入。半生赶忙垂手站起，方叫得一声："老爹可好？"只见捕头尽力子一口酽唾直吐在半生脸上，冷笑道："放你娘的屁！我有什么好不好？你这会子又是吴大官咧！俺本不应高攀请你来，却是当年咱们总算有个小周旋，今天俺家娶媳妇，不请你光降，不惹你怪嘛！"

半生听了，顿然气呆，却没奈何，只得借贺喜为由，叩拜下去。捕头扬起脸子笑道："今天咱打开窗户说亮话，你吴大官发了财咧，没别的，俺借个彩兴儿总还使得。所用猪、米两项，只好请你费心咧。"说罢，掏出一纸掷在地下。大官拾起一看，只见上面开米二十石、肥猪五十头，大官虽觉过多，如何敢问？只得忍气趑回。方屁股落座，那毛四便如奉了龙票，早风风火火赶将来。到得室内，大跳大叫，立等便要。半生没奈何，直了脚跑了一日，方将诸物办齐。细一算，竟耗去数十金，长叹一声，忍个肚痛，以为从此便罢咧。

哪知过得半月，捕头又寻将来，巧出名目，又挟借了许多钱去。话休烦絮，便是如此光景，弄得半生死活不得，这股暗气就大咧。偏搭着近来生意萧疏，他渗蹄之水，能有几何？堪堪地支撑不得。

这日，半生正在愁眉不展，越想越气，猛一抬头，三不知毛四又趑将来。半生不由大怒，登时悍性发作，大喝道："你莫把'头儿叫'三字吓人，左右姓吴的有条性命哩，快滚你妈的蛋，俺随后就去！"毛四听了，如何肯让？登时破口大骂。半生怒极，跳起来一掌掴去，毛四左颊顷刻间红了半边。两个便互相揪扭，跌跌滚滚，一路打出门。

早有坊众大家集拢来劝开，那毛四还跳得丈把高，一面骂，一面将半生当年丑事抖搂出来，经坊众解劝良久，方才趑去。这里坊众也便散掉，单将个吴半生愣在那里，良久气定，终没作理会处。方在心头烧焰，咬牙切齿，只见一人呻吟而过，半生一见，忽地恶念横生。原来那人是街坊上一名更夫，生了个落头疽恶症，已有半年光景咧。

当时半生叫他到跟前，仔细一看，便道："你此症可想它好？"更夫道："啊哟，俺的吴先生！俺大小是条性命，岂有不望好之理？"半生道："如此明天你须趑向捕头家，无论怎样，你引逗他出来。只须他身体一接

33

触你，你急急趯回我处，我自有施治之法。"更夫喜道："如此却好。你吴先生本领俺是久仰的，只差着俺是个穷光蛋，没法谢称。"半生道："都是街里街坊，还讲甚称谢！"更夫听了，大喜而去。这里半生更不怠慢，便趯去一见捕头。果然又是借钱事儿。半生见他大刺刺地拿腔作势，不由只管端详他肥油油脖儿。当时趯转，赶忙如数奉上钱。一宿无话。

到得次日，更夫先见过半生，便去寻捕头，一路走一路盘算，暗想：我这等样儿去找他，他一定不见。有咧，我只给他掉枪花，看势做事。想罢，如飞奔去，便如有要紧事一般，捶得大门砰砰山响。捕头吃惊，慌忙跑出，大怒道："你这厮，上月更钱已经敛过，又跑来做甚?"更夫赔笑道："不是的呀，俺特来给您送个要信儿。您可知西乡王大户窝着许多……"捕头不等说完，登时嘴一咧，笑道："你且进来说。"更夫暗道："有些方向了。"于是趑趄趯进。

捕头笑道："俺只是终日官忙，一向没暇和你谈谈。王大户怎样呢?"更夫听了，更不答话，忽地直撅撅跪在地下，拉着捕头衣襟叩头道："您老救命吧！俺昨天赌输咧，把老婆押给人家，求您搭个手儿吧！"捕头猛闻，不由气极，登时大喝道："你这厮好没来由，来胡缠俺！"说罢，拳脚齐上。更夫哈哈一笑，爬起便跑。这里捕头追之不及，方一路骂将进去。

且说更夫一气儿跑回，只见半生业已端整好水碗朱纸。当时半生大悦，便立时披发诵咒，一连画朱符三道，向东南吸口生气，吹到符上，焚灰毕，命更夫吞下。只听更夫肚内咕噜噜一阵雷鸣，顷刻觉天旋地转，一头栽倒。这里半生诵咒越紧，少时只见那碗水竟沸沸起泡。半生长啸一声，其声幽邈，一个胡旋舞，绕水碗三匝，登时端起水，向正西尽情一倾，原来那方向正是捕头家下。

说也奇怪，便听更夫尽力哼了一声道："妈呀，可闷煞俺咧！"抹抹眼，蹶然坐起，竟所疾若失。于是半生嘱咐他不许声张，各自散掉。过得两天，半生悄趯向捕头门首一张，只见当地有名郎中正你来我往，如赶集一般。果然不消月余，那捕头竟被落头疽要了性命。半生知得，好不畅快！但是人恶念一动，是不易收拾的。从此半生渐渐倚术取财，往往探得某人富厚，便设法移桩症候给他。那人莫名其妙，自然寻半生施治。诸如此类，不一而足。

他金资既多，便依然呼朋引类，闹起当年侠少标劲儿。嫖兴不足，便渔色及于良家。曾有一个闺女被他看中，他暗地里弄些邪法，那闺女含苞之间竟生了个恶痈，闹得幽闭不通，堪堪待死。人家寻他去，他皱眉道："此症若好，俺须大费精气。须洁除一静室，令她裸卧其中，俺须作法三昼夜，不得有人潜窥，方能成功。"人家无奈何，只得如法施治。半生这三昼夜，也不知费的是什么精气，却是那闺女出得静室，脸蛋儿上红红白白，真个所病就好咧。

人家细细一想，此后闺女婆家是不易找的，没奈何陪些妆奁，嫁给半生。又有一孀妇，生得窈窕端丽，一双小脚，爱着青鸦色鞋子，因此街坊轻薄子弟给人家起个绰号叫"小青娘"。却是人家安安详详，规矩是作家娘，每日除临河淘米洗衣外，等闲不出门。事有凑巧，一日半生偶过其门，只见小青娘正由河下回来，手内拎着半篮米，因雨后泥滑，正一手扶了门框，提起一只尖尖脚，刮除污泥，香鬓低垂，后影儿十分可人。这调弄女娘，半生是老行家，于是轻轻一嗽。小青娘猛一回头，不由脸一晕，登时莲步细碎，跑将进去。该死的半生，这当儿恶计又定，于是急急回家，便弄手脚。

且说小青娘次日晨起，忽觉不甚舒适，只管倦眼慵怠，便索性斜卧娇躯，盹睡半晌。及至醒来，却觉不便处满满实实，并且热烘烘，麻疼非常，便如塞着支灌水角先生一般，不由大惊坐起，解裤一看，只见阴户中挺出一段赤红肥肉，头儿特大，如松菌，又如蛇头，将玉门竟要堵严。在医书中，此名"阴挺"，有似茄的，有似蛇的，等等不一，大概是疮疽之变态。在法久而不治，仍变作毒疽，溃烂可畏。得此症大概是湿热积毒，南方卑湿，且多山岚瘴气，所以此症常有，故此半生又倚法移将来。

当时小青娘又惊又羞，索性思量悬梁，幸得被家人劝住。没奈何去求半生，半生正色道："医家济人，本有割股之心，俺岂不愿？特是病人是孀妇，俺男人家，施治此症大大不便。"人家问他却是为何呢？半生道："你不晓得，此类奇疽，种类复杂，俺不亲睹，如何对症做法？俺要亲睹，保你家病人一百个不肯哩！你说是不是呀？还是另请高明去吧。"说罢，竟拂袖而入。来人没奈何，踅转家，那小青娘已委顿不堪。大家慌了手脚，便计议一番，使人传语吴半生，将小青娘许嫁给他。半生这才喜洋洋踅来，就青娘香房中置备下应用之物，然后屏退众人，踅进病榻。小青娘羞得只好掩起面孔，这半生早从容掀起香衾，以下便如班孟坚"记女莹"一篇文章（见《秘辛杂记》）。不消说白馥馥臀儿、红殷殷阴沟被他先赏鉴了个淋漓尽致。从此小青娘病好，又归半生。

这狗头坐拥双美，论理说也应心满意足咧，哪知人欲一肆，便如烈火一般，越烧越旺，非闹自焚田地不可。这当儿，半生乘了一时邪运，竟闹得十分气焰，谁要得罪他，登时便有见过。合邑中大家谈起，已经互相猜测。不想半生一日酒后，和两美狂了一阵，得意之下，忽自己夸起手段

35

来咧。两美听了，方恍然自己被算失身。女人们嘴浅，不消几日，便渐渐张扬出来。于是大家方知半生是如此恶物，却是也没人敢惹他。

这时，辰州官儿姓鲁，进士出身，性气刚正。到任未久，便闻得吴半生倚法胡为，劣迹多端，因公事碌碌，还没暇访拿他。一日，半生由乡下驰马进城，离城五六里，只见由疏林中转出两骑马，雕鞍锦鞯，十分鲜明。前面马上是一青衣小鬟，打扮得丢丢秀秀，背弓腰箭，后面马上却是个二十多岁的美妇，生得圆姿替月，润脸羞花，高髻盘云，蛾眉簇黛。着一件百花锦袍，窄袖高领，下衬六寸长挖云小靴，好不风流旖旎。原来这鲁官儿是满洲大家，这美妇却是他得意爱姬，偶然到城外踏青，随意射雀儿玩耍。

满洲娘儿们另有一番大方气象，当时这爱姬缓鞯而过，恰好撞到半生跟前，便笑道："你且慢走，你瞧我这马，眼生得很。"一种窄音清脆，既娇且嫩，软笃笃送到半生耳中，好不写意。半生方一神凝，她已和小鬟驰马而去。于是半生一紧鞯，随后跟下，直送到衙署前，眼看着神仙归洞天，方怏怏而回。不消两日，已被他探听明白，却急得没处搔痒。原来半生早风闻鲁公要寻他晦气，他哪敢出头露面，再用前法，如摆布小青娘一般？左思右想，却又撂不下。俗语说得好："色胆天来大。"于是邪计陡生，暗暗留心，每日价街坊闲撞。逢着算命瞎先生，他便和人家言三语四，探听人家今日算的什么命。

过了几天，恰值一个先生由衙署算命出来，他趱去一问，只喜得心头乱跳。原来所算之命，正是那爱姬的。半生既得人家生辰年月，便暗地摆布他鬼八卦，这且不提。

且说那爱姬，一日晚妆初罢，正引逗狸奴玩耍，忽闻远远有招魂之声一阵阵送入耳，聒得人心烦意乱。辰、沅一带盛行巫师，她听了也不在意。不想那声音纤余婉咽，越听越不自在，便唾了一口，趱出香闺，想寻女伴玩耍。恍惚之间，便似身临荒野，四顾茫茫，但见风沙浩荡中，前面一女郎，疾行若飞，笑而招手。于是爱姬大惊，尽力子赶将去。须臾忽到一家门首，猛地足下一蹶，就要栽倒，便觉有人扶住道："莫惊，莫惊，且到敝庐小憩如何？"爱姬一望，却是个陌生男子，有三十余岁，衣冠华丽，一张紫糖脸，双睛暴露，笑吟吟将她扶定，神情很不正气。当时爱姬芳心乱跳，当不得四肢无力，通挣不得，羞涩之间，已被那男子拖入一处静室内。但见篆烟微袅，四壁雪白。那壁厢罗幕深深，衾枕灿列，棐几上瓶花茗碗，十分齐楚。

于是那男子笑顾道："我和你本有宿缘，都是龙华一会的人。今得畅叙，切勿惊怪。"爱姬惊极，急欲致诘，苦于不能作声，就这等清醒白醒地被那男子抱上榻去。当时不消说，自有一番光景。然而爱姬骇诧之下，早已将那男子面貌记牢。虽是四肢不能转动，却是心头清醒得紧，暗诧不已。少时，男子一笑放掉她，仍与她结束好衣服。忽地向外念诵数语，便听得一股怪声又生刺刺送入耳中，爱姬大惊。正是：

　　招魂古有少翁术，摄魄今看吴逆淫。

　　欲知后事如何，且听下回分解。

第六回

巧脱牢笼浪游黔楚
相逢意气结客仙榴

且说那爱姬正在恍惚，忽听招魂声复叫将起来，顷刻间竟到门外。男子便道："再期后会，今当送你转去。"于是携手送出。爱姬一眨眼当儿，又见那女郎在前相引，步履飘忽。不由暗恨道：这小蹄子，倒做得好牵头，牵人下浑水。我定要赶上她，问个仔细。想罢，足下一加紧，猛蹶而醒。不知怎的，自己却歪在榻上，业已香汗涔涔，娇喘细细。回想方才一番光景，便引手一探不便处，不由且羞且怪，难于告人，只好自己怙惚在肚里。便以为衙署老房舍或有狐魔，特请于鲁公，迁居正夫人院中。哪知全不相干，只隔得两天，依然被女郎引去，叫那男子弄了个不亦乐乎。

话休烦絮，从此过得三两天，便是一次。爱姬诧异得什么似的，没奈何只得吞吞吐吐地告诉鲁公。鲁公惊怒道："此名为摄魂邪法，一定是奸民所为。本治下如此奸人，哪里容得！"说罢，低了头只管沉吟，少时笑道，"今我授你一计，再去时只管如此如此，便好查访了。"爱姬应诺，果然过了两天，忙告鲁公道："俺已依计而行，快些捉查奸人吧。"鲁公听了，登时派手下人，先从城厢查起。不消半日工夫，差人回禀道："现在有粉记的门户已得，不知老爷可要拿这主儿？"

鲁公喝道："糊涂东西！我命你去做什么来？"差人嗫嚅道："话不厌问，小人恐冒昧拿来不相宜，所以特来请示。"鲁公转笑道："这益发离奇，有甚不相宜呢？"差人道："因这主儿有些扎手哩。"鲁公大怒道："那厮究竟是什么人？"差人道："便是满邑有名的吴大官吴半生。"鲁公听了，猛想起这个奸棍，又搭着有一腔说不出的冲天怒气，当时拍案大喝道："快些拿来！倘若跑掉，小心你的狗腿！"说罢，便怒吼吼唤左右排堂伺候。这里差人早招齐手下，如飞而去。

且说半生，这日已分时偶蹩向门首闲蹀，只见门框上抹着个粉十字，他以为是顽童淘气胡抹，也没在意，哪里晓得却是鲁公叫爱姬抹来以为标记的。当时他正在门首大摇大摆，忽见一群差役提索踅来，当头却是壮班上邓头儿。半生人情本熟，和郑头儿有个小吸溜儿，于是负手踅近道："喂，老郑哪里去？这泡油水想又不坏吧。"

老郑听了，登时向众人一挤眼，笑道："啊哟，吴老哥自在呀。咱们弟兄讲什么油水，难道俺不当伺候吗？"半生听了，方觉不对路，只见两差役抢上，黑索一抛，拖了便走。半生道："别这么玩笑，街坊上多透着不冠冕。"老郑笑道："冠冕哪，老爷那里还有座堂皇哩！俺这是上命差遣，概不由己，请你恕过一遭儿吧。"说罢，乱哄哄拥定半生，直奔衙署。

街上一阵传说，登时潮水似跟了许多人，一面走，一面纷纷议论，都以为官府明干，访拿积恶，哪知暗含着还有体己事儿。当时半生恃强，并不为意，到得堂上，依然倔头倔脑。

鲁公怒喝道："你这厮倚术不法，积恶多端，本县早已体访明白，今到堂还不服罪吗？"半生冷笑道："小人倚术不法，有何实据呢？"这句话不打紧，只见鲁公面孔铁青，大喝道："拉下去着实重打！"值刑人一声嗷应，登时将半生拖骤按倒，一气儿打了百板。一望本官，只是喝打。少时鲁公跳起，一抬手，一筒杖签尽数倾下，这叫作没有数儿。于是值刑人知本官怒极，这板子斤量儿登时加重，不消顷刻，吴半生业已肉雨横飞，堪堪毕命。鲁公盛怒稍息，只得暂命监押起来。方思量招人告犯，办他死罪，哪知吴半生横运当兴，凭空的鲁公调任他县，后任官儿却是个四方脑袋、钻钱眼的角色。不消说吴半生打发了一群孔方老兄前去交代，后任官一想，半生本没有告犯实恶，这种太平钱且乐得肥肥腰包，于是隔了数日，州衙前贴出一纸告示道：

> 本州接审吴半生，并无实在罪据；前任查访，或据风闻，为除莠安良起见，自宜监押待告。今执系多日，告犯无闻，自宜释放宁家。然声名恶劣，足见其人行止不谨，姑罚修城垣缺坏处一段，以示薄惩而警顽豪。切切此示。

轻轻数语，已将吴半生洗刷干净。官中事体，向来是雷声大雨点小，闻得太息一声。那半生早摇摇摆摆步出牢笼，却是恨鲁公入骨。因经此一番，未免面孔剥掉，大家遇见他，都远远躲开。半生自知不为乡里所容，好在有糊口本领，便慨然出游。一路上或卖枪棒武功，或符咒治疾，随路旅费十分丰足。这期间便交朋结友，很有声气，所到之处，豪侠辐辏。他的口才八面风本极来得，人猛望去，竟测不透他是个什么人。转眼六七年光景，黔楚一带，堪堪踏遍。

这日，来在楚南某县，五月天气，业已热得火也似的。只见一路棕阴郁郁，深草青青，随山转路，高高下下都是些黄茅草房儿。远望十里外，一片乱山合沓，也不知几许深远。

半生正在眺望，只见由山脚高阜后转出两男一女，都有十五六岁，倒生得红红白白，男结椎髻，女的却短发四披，顶结一盘蛇扁髻，斜插一整枝兰，青葱葱地颤动。各背着一筐山草，短布齐腰，下露白生生两腿，嬉笑而来，一面走，一面追逐顽皮。少时，一男将女子腿根一戳，女子腿一颤，几乎栽倒。后面男子却抢上，和那男子互相揪扭，女子一旁只乐得咯咯乱跳。少时，二男子各捉女子一只手，风驰而去。三筐草簇在一处，青葱葱假山一般，十分有趣。

半生一见，猛悟道：“我闻这所在苗民最多，这一定想是熟苗，不然不能如此白皙。”原来这苗人分生、熟两种，生苗据处山峒，不归王化，动不动讲杀讲掠。官中稍一处置失宜，他便成群价冷不防闹将来。及至官中调兵咧，行文咧，一切排场毕，他早又窜回峒穴。此等小杀掠是常有的，官中往往匿而不报。再就是小股苗盗劫杀商旅。熟苗却不然，一般地种官地，纳官租，趁墟进城镇，和汉人交易买卖。并且驯顺得很，看县官便如大皇帝一般，岁时令节，往往男女盛装，齐集县官堂下，跳回苗舞，唱回苗歌，仿佛表他敬畏之意一般。县官酌为赏赐花红茶布，他们便欢喜得没入脚处。只要与他相安无事，便不来扰人。此等熟苗，都有土司官儿管辖。

什么叫土司呢？便是其中豪酋，世袭其位，有“土知州”“土知县”的名称，还有各等小土司等名。一般地由土司岁输国课，却有限得很，不过示国家羁縻之意，总算其地莫非王土了。所以这土司世享富厚，那乌谷（京语谓气势也）大得很哩！

当时半生一路寻思，走得有点儿倦意，四外一望，恰好不远树荫中挑出一面酒帘。这时半生被热风吹得正口干舌燥，于是促步趱进。只见松棚茅宇，颇颇雅洁，里面一带群房参差于绿树荫中，十分静悄。这当儿，门首一个店翁正在午困，被半生惊醒，忙笑道：“客官吃酒吗？请里面坐。”于是半生随他趱进一所敞室。一脚刚跨入，便见西间榻上睡着个赤脊梁的男子，面孔朝里，臭汗淫淫。榻下有一副大大货担，布里藤篓，一弄儿俱全，担上还插着小摇鼓。半生粗估这副担足有五六百斤重，虽颇诧这贩客膂力，却也没在意，便直趋东间落座，一面道：“热得很，你先给我拿壶茶来。”

因见案上粗瓷瓶内插着盛开榴花，红灿灿大如巨盎，便笑道："你这所在，榴花倒肥大异常。"店翁笑道："好叫客人得知，俺这里便叫仙榴墟，是赴大姚山的大路。老客们来来往往，见了榴花，都爱得紧。"半生随口道："什么叫大姚山？"店翁笑道："哟，客人冲州过府，难道不晓得楚南一带有口号的吗？是'山属大姚山，人属石三保。若要上高枝，还须时气到'。都是顶呱呱叫的哩！"半生一笑，方要细问，只听店门外一阵儿童嬉笑，追逐而过。店翁忙道："这群崽子好不淘气！门灶上没人，弄翻热酒，不是要处。"说罢跑去。

这里半生打拂行尘，不多时香茗端上，店翁自去。半生一气儿斟了两碗，稍冷饮下，好不爽快。正在半敞衣襟，两腋生风，只听院中忽地童音徐袅，双声叠唱，一片天籁随风飘来。其词道：

> 天上的明星数哇越这么多，
> 侬的心肠曲呀便似那九曲河。
> 河流虽有弯环处，
> 还不如郎心一霎一风波。
> 新月高高哇水也似明，
> 在家女儿呀水也似清。
> 月明却怕呀乌云起，
> 女清哪却禁不得外郎情。

半生客中寂寞，忽听此歌，甚觉有趣，不由猛然触动情怀，暗恨道：干鸟吗！俺好好家园妻子一概抛撒，只落得风尘奔走。总因那混账鲁官儿来做对头，俺若遇着他，一百个做翻他，难道俺便罢了不成？想到这里，不由悍气勃勃，挺然而坐。

忽见唱歌两小童披着短头发，挽臂走来。半生大喜道："你两个再唱一个，俺给你钱买果儿吃。"两童应声，方要拍手，只见那西间睡汉忽地脖儿一窝，鼾声大作，便如春雷一般，只管轰轰怒吼。半生乘了余怒，拍案骂道："什么鸟人，只管搅！放着瘟尸不挺，还念他娘的睡藏经！"

哪知那汉子猛惊醒来，听得骂，登时爬起，不容分说，由矮纸壁上一跃而过，油钵似的拳向案一击，哗啦一声，碗碎茶溅。恰好半生正低了头，登时热茶淋漓，闹得一塌糊涂，于是大怒站起，便奔那汉。

只见那汉急叫道："噫，噫，这不是吴先生吗？"半生仔细一望，不由大笑，便道："杜老哥，你几时又撞到这里？真个的，你那几棵摇钱树哩?"原来此人姓杜名照,也是辰州当地一个街痞,却秉性狡黠,和半生气味相投。他恃着无赖劲儿,便在城内开了一处妓院。本来姐妹花十分漂亮,又有他这硬叉杆儿,子弟们寻芳访艳,都乐就他那里没光棍搅闹,因此车马盈门,生意兴旺。杜照从容其间,不但卖笑多金,并且迷香有窟,凡妓女没有客人,便须陪他枕席。

哪知乐极生悲,当地缙绅们因各家子弟沉溺其间,正思量禀官驱逐他,恰值鲁官儿到来,于是一纸公呈,便讼了这小子的忤逆。当时鲁官儿风火般将杜照捉来重责,枷示三日,立驱出境。那日,杜照领了一群莺莺燕燕,半生还特地捧场去吃了个送行酒儿哩。

当时杜照道:"咳,通提不得咧!只是你吴先生,放着快乐日月不过,为何也高兴到这里?"半生道:"俺的事更告诉你不得,且慢慢谈吧。"两人他乡遇故,好不畅快。方要落座,只见两童小眼儿不住乱瞅,半生忙给他俩数十文,两童喜跃而去。杜照便道:"这也是趁小生意的。"于是半生将店翁喊来,要了两角石冻春。这所在肴蔬无非是羊羹、葵菜并蚁酱之类,须臾端到,两人便衔杯谈起。

杜照扬眉道:"俺自那年别你后,在他州外县混了些时,后来她们姐妹过了风头,俺觉这行儿没甚收束,便次第散掉她们,趁了些资本,去做走贩。却专干的是苗地生意,数年以来,倒也十分得利。今大姚山跳月期将到,俺所以赶到这里。"说着拍案道,"那鲁官儿还没死掉吗?"半生愤然道:"别提咧!俺也因他才奔走出来。"因将自己所遭事故并近年流转情形说了一遍。杜照听了,反哈哈大笑道:"我看这狗官儿就像特地来摆布咱们,咱们一个个开了腿,他也滚蛋咧。却是咱们这些年也没受罪,倒开了许多眼界。吴兄是不消说,全挂子本事,便是俺行贩苗地,也结识许多人,人情透熟的。"

半生因问道:"你方才说什么大姚山跳月期,是怎么档子事呀?"杜照道:"这是苗俗中男女会合,便随意订婚。此期将到,苗女们都要预备盛装,所以走贩等便来趁卖,届时热闹得很,便是方才唱歌两童也是去乞钱的。却是俺特做的是石三保家生意,不过趁便他处卖些罢了。"半生听了,忽想起店翁所说口号,便道:"这石三保端的是何人物呢?"

杜照道:"啊哟,凶得紧哩!此人虽系苗人,深通汉语,并材武多力,能慑服生熟群苗,是某土司部下第一了得的头目。那土司年老昏聩,一切威权都归他。他便在大姚山西路居住,地名葵花寨。单是绕寨碉楼迤逦出十余里,都据四面山险筑就,那气势好不威实哩!吴兄高兴,何不随俺逛逛?更妙的是枪棒祝由法,苗人们最喜不过,您若去一趟,保管大有彩兴儿。”

半生听了，不由踊跃道：“那么咱几时去好呢？”杜照道：“乘机射利，不须耽搁。只今日在此歇一宵，明日便去如何？”半生大悦，于是两人酒到杯干。少时，唤店翁来饭用罢，又互谈一番频年所经，杜照忽恨道：“我想起那鲁官儿便恨得牙痒痒！这当儿，官府真也没好的，即如去年，此间县官儿忽地想捉土司的肥羊，你想石三保是什么角色？登时鼓动生熟苗，先断城镇的交易，然后火杂杂吹出风，就要起事。吓得县官儿闭城三日，幸而没闹起来。”半生也恨道：“可不是嘛，有朝咱遇着那鲁官儿再讲。”

两个正谈得对劲儿，忽听店门首一阵喧杂，群童拍手之中，夹着店翁乱噪。两人踅去一望，只见门限边横躺着个穷汉，有三十来年纪，生得形容古怪，业已呻吟成堆，一丝两气。端的怎生模样？但见：

面如削瓜，黑黪中透些紫色；发如怒鬣，焦枯中带些曲蜷。两耳耸而无轮，双眉逗而下吊。枯柴身段，俨似灵刍；虬筋簇起，又如庙鬼。穿一件破短衫，七零八落；着一条烂麻裤，五角六张。看精神业已墟墓游魂，相形容又似椎埋侠少。正是士不逢时偏病困，人以类聚巧逢群。

当时贫汉双睛紧闭，呻吟中一咧嘴，忽地一手抓胸，骨碌碌一仰面，短襟岩开，只见碗大个黑陷疮口，正当胸乳之交，好不险恶。

店翁一旁急得怪嚷。半生猛见，忽地动念，便踅向前仔细一看，叹道：“这位穷朋友大半也是出外的人，看光景甚是可怜哩。”因向店翁道，“咱大家且搀他进来，我有道理。”店翁方在踌躇，杜照道：“你但放心，他所费用，都有我们承当。”于是大家搀起贫汉，便就耳房中安置在榻。先给他些温水灌下，那贫汉双目微张，忽地一咬牙，又复昏去。店翁吃惊道：“吴客官，你看这事玄虚吧？”

半生笑道：“不须多话，你但与我拿杯冷水来。”说罢，就院中一望，只见墙角有一株臃肿老槐，半生点头道：“合该槐兄当个灾。”店翁将水杯取到，也不晓得他捣的什么鬼，只见半生取水踅向贫汉，默默诵咒毕，就见那疮口上忽地热气蒸蒸，冒了一阵，忽地一敛，都被冷水收入。半生一笑，疾趋槐下，向根尽情一倾，啪的声将杯掷碎。

店翁道：“可惜这碎杯底，便是留垫桌脚也是好的。”说罢，就要去拾。半生急拦道：“使不得！手要烂掉的。”店翁听了，惊疑莫测，只见杜照拍手道:"掉也,掉也。"一言未尽,那槐叶纷纷乱落,并且树腹上突地肿起块瘿瘤,苍皮绽裂,汁水下滴。店翁吐舌道:"吴客官你这等本领,莫非神仙吗?"胡噪之间,耳室中贫汉忽地长呼一口气,十分响亮。大家乱趄去一望,只见他双眸灼灼,业已晃摇摇强撑坐起,见了众人,甚是诧异。店翁方要致辞,半生道:"他大病初去,且让他安睡一霎,用些粥饭再讲吧。"于是吩咐店翁小心照应,自与杜照就店外闲步一回。遥望那大姚山色,十分苍翠。

杜照道:"山中深远得很,极险僻处,俺也没曾到过。因苗人既凶,并有一种苗人中的野人,简直是猛兽之类,逢血肉生物,捉住便吃,并且那所在奇蛇怪蟒,不一而足,有所谓'鬼子峡''断魂寨'等地名。将来我们入山,倒要小心一二。"两人一路闲谈,看看日落,正要回步,却见店翁笑吟吟寻来,劈头便道:"吴客官真好妙法,那汉子已能坐起,啜了许多粥,只是软弱得紧。问知您施救情形,好生感激哩!"

半生听了,也自欣然,便同店翁大家转来。一脚跨入耳室,果见那汉子据榻而坐。店翁便指半生道:"这便是救你的吴客官。"那汉听了,两只干眼眶就要落泪,尽力扎挣,想要起谢,半生忙道:"切莫动转伤气,你这光景,还须将养十天半月哩。朋友,你是哪里人?为何落到这般光景?"那汉听了,怆然泪下,便从容说出一席话来。正是:

　　　　湖海相逢多意气,屠沽结纳亦因缘。

欲知后事如何,且听下回分解。

44

第七回

长沙府凌鲤闹监牢
大姚山杜照讲贸易

原来这汉子姓凌名鲤，本贯长沙居住。少年无赖，专好枪棒，天生劲捷，耸跃如飞，数仞高阁，可以踏壁而上，因此大家都叫他"凌壁虎"。却就是性儿浪荡，吃醉了便在街坊闲撞，往往和人厮斗起，疯虎一般。他却有一件好处：但闻其母呵止，登时敛手。有个妹子，小他七八岁，却生得绢制的人儿似的。两人有时站在一处，一丑一俊，就不像一个娘的孩儿。他妹子名叫妥儿，女红之余，便跟凌鲤习艺。兄妹两个有时顽皮起，打得风团似乱滚。邻里长辈们见了，都道凌家一些家教也没得。却是妥儿性格警透非常，比较起凌鲤来，一个是玲珑剔透，一个是牤牛顶角——棒打不回。家下衣食粗能自给，兄妹奉母承欢，倒也十分自在。哪知清福难享，凭空里口头起祸。

一日，凌鲤偶到街坊，只见许多人纷纷避路，一面乱噪道："真好骨架，有个好汉样儿，不然做不得血淋淋的大案哩！"凌鲤就人一问，却是邑捕新捉了一群江洋大盗，解赴官中。盗首名满江红，真是杀人不眨眼的角色。凌鲤本来好事，一闻这稀稀罕儿，以为定是个身高丈二、腰大十围、牛魔王似的模样，他如何不想瞅一眼？于是兴冲冲跃登肆厦，登时出人头地。便见数名捕健各持单刀铁尺，大踏步拥定一人，长驱而来。

众人喝彩道："好哇！"那人凶睛一闪，哈哈大笑道："俺满江红久扰贵地，抱愧得紧。今不久这颗脑袋便要结识诸位，咱们二十年后再见，管保俺还是条长大汉子哩。"说罢，放开破锣嗓音，高唱而过。众人方越发喝彩雷动，哪知凌鲤早喉间闭了个大疙瘩。原来他见满江红生得其貌不扬，晃摇摇细沙槁一般，不由据厦大笑道："朋友，你便是满江红吗？啊哟哟，好恶心！"说罢，竟撇嘴大呕，唾沫直溅。

众人方在一怔，那满江红已咯嗻声站住，仰面斜睨道："厦上朋友贵姓高名？俺和你结个断头交如何？"捕健等阅事多，心眼儿快，当时忙牵索道："走走，不必理他。"满江红瞪起眼道："什么话呢，他敢瞧不着我，一定是响当当的好朋友。如不敢通名，倒不如钻向婆娘海子里哩。"说罢，一跃数尺高，破口大骂。

你想凌鲤一团茅苞性，哪里容得！当时拍胸大喝道："俺行不更名，坐不改姓，凌鲤的便是。朋友可听清爽？"一言未尽，只见满江红单足一踔，哈哈大笑道："领教，领教！咱们迟日再见。"说罢，和健役一拥而去。这里凌鲤哪里在意，趄回家下，倒和妥儿笑诉一番。

妥儿惊道："真个的吗？阿哥却不该调嘴戏弄他。倘若那厮衔愤诬扳，怎生得了？"凌鲤气道："你女人家心思特多，哪里便有这事？"妥儿笑道："但愿无事才好。只是阿哥终日无事，也非长策。"凌鲤道："俺也思量及此。前天某商号提起，想请几名护院拳师，倒也是个机会，迟日俺便寻那商号商量。"兄妹谈了一会儿，各自安歇。

次日午后，凌鲤方打算去寻商号，只见许多公人提索撞入，不容分说，拖了凌鲤便走。妥儿大惊，和母亲计议一番，只得包了髻儿，紧紧鞋子，一路遮遮掩掩，想赴衙署前探探消息。不想刚转过两条街，恰逢一家发殡的，仪仗人骑乱糟糟塞断道路。百忙中又有对头车马，成队价拥在一处，互相争路，一言不合，两下里打了个烟尘抖乱。这一耽搁，为时不小，急得妥儿香汗涔涔。

好容易道通，妥儿拔脚便跑，方转过署前照壁，只听后面喊道："妥姑不须去咧，等俺来告诉你吧！"说罢，赶到面前，却是他街邻黄二胖子，此人是个和气老头儿，专在衙署内帮人贴写。当时妥儿愣怔怔方要致问，二胖子顿足道："真是你哥子一时灾星！方才本官业已升堂提问，原来你哥子被满江红诬扳在一件血案内，现已收禁入狱。好在本官还须复审，或能脱清也未可知。"妥姑听了，惶急中方要细问，只听道旁茶肆中人喊道："黄先生这里来！"二胖子应声而去，却将妥儿呆在那里，思索一会儿，只得趄转，一路上好不为难。

原来凌鲤被捉当儿，他母亲已惊得要死，如闻此信，如何得了？还亏她心思警黠，便定好主意，将到家门，反笑吟吟趄进道："娘啊，不打紧的，是我哥赌博事儿被人牵扯，押两天就释回的。"她母亲听了，先念声"阿弥陀佛"。

便是这夜，妥儿方独坐愁思，只见帘儿一启，趄进一人。妥儿失声道："阿哥怎的得来！"这时凌鲤已血溅襟袖，急说道："快些背起老娘，走他娘的！俺气愤不过，就狱中扭断械镣，将满江红生生砸死，一径地跳出狱。恐怕官中跟追下来，牵累家中哩。"

46

于是妥儿惊极，不暇他计，两人忙告知母亲，只得抛掉家，连夜价逃往凌鲤姨娘处，暂避一时。哪里晓得官中缉凶，风声日紧。凌鲤见存身不得，只得辞了母妹，亡命出来，一路上便仗卖艺支撑。转眼三四年，不敢回家。

不想前两月来到仙榴镇地面，却忽地生起恶疮，日复一日，资斧用尽，便将个铁铮铮汉子登时困倒。这日蹅到店前，一跤跌晕，不想却遇着大大救星。当时凌鲤滔滔诉罢，吴、杜听了，都各太息。又因同为官事奔走出来，不由颇动同病相怜之意。半生便道："凌兄不必愁烦，便是俺两人也是因事飘荡。咱们结个患难交如何？"因将自己和杜照大概一说，又道，"凌兄只管静养，左右俺们还须在大姚山耽搁些时哩。"凌鲤听了，唯有连连称谢。

这夜里心体一舒快，睡得好不甜蜜，直至次日近午方醒。那店翁早殷勤勤地蹅来，笑道："客官大好咧，病体初愈，须要保养，俺且给你端汤水、整早膳去。"说罢趋出。须臾，端进脸水并新巾、香皂之类，便伺候凌鲤洗漱罢，又给他栉除发垢。凌鲤久不洗栉，这一来真个头清眼亮。方要问店翁话，他早忙忙跑去，不多时端进一碗热腾腾清糖白莲粉、一碟香糯方胜糕。

凌鲤道："哟，俺客中手头紧，不用贵物。"店翁笑道："得啦，您尽管海来着吧，管保不讹你就是。"说罢，向外喊道，"伙计，凌爷的清炖鸡汁粥多加些火候，以外香稻饭要烂着点儿！"伙计高应道："喳！"凌鲤听了，越发怙悐。转眼间，店翁又去。只是一股香甜气味儿只管向鼻孔中钻，不禁端起莲粉，徐徐啜下，又吃些方胜糕，好不适意。

大约病愈的人脾胃一健，元气便复。当时凌鲤精神陡增，正倚了被，坐着歇息，只见店翁又蹅将来，手内拎了一个包裹，打开来，簇新的衣裤履袜，一弄儿俱全，便笑道："凌爷初痊，还不宜沐浴，且先换套衣服吧。"凌鲤听了，更觉诧异，低头一看，自己破衣也实在不够瞧的，沉吟之间，已被店翁催促换好。店翁道："您且养神吧。少时晚饭，您尽管吩咐一声，马上就得。"说罢，笑眯眯将敝衣拎去。这里凌鲤哪里揣测得开？转索性不去思索。

不多时将近黄昏，微觉腹空，只见帘儿一荡，店翁蹅入，笑道："凌爷用饭吗？"将身一闪，后面伙计已从容端进，就榻几摆列下，好不齐整。凌鲤仔细一望，精肴美蔬之外，果有香稻饭、鸡汁粥，满满地排了一几，热香四彻。凌鲤暗估价儿，好生不得主意。待要问时，店翁又去，于是随意用吧。不多时店翁来撤具，凌鲤便道："承店主如此款待，只是俺客中资尽，怎生区处？"店翁笑道："一百个没要紧，这算什么！"凌鲤忽想起半生，便道："俺真个病昏咧，你快请将吴客官来，俺要深深叩谢。"店翁道："吴爷和杜爷入山去咧，您且安养吧。"说罢，匆匆便走。

话休烦絮，便是如此光景，直又过了两天，将凌鲤贵客般款待。却是凌鲤心头也就怙惙到十二分，以为自己贫汉断不能致店翁殷勤。想到没理会处，不由暗惊道：不好，事出无因，便许有祸。俺闻这所在人情险恶，常有养人预备宰白鸭的（即购人顶凶也）。想到这里，越发怙惙。

这时，日色将暮，满室中黑魆魆的。凌鲤偶一倾耳，忽闻院中有人低语道："俺嘱咐你的话，你都照办了吗？"一人答道："您但睛好子吧，俺一上就是一套儿。"那人又低笑道："好，好！莫冷落他，反正都在我就是。"凌鲤听了，直惊得汗如雨下。方要喊店翁，只见帘儿一掀，鬼祟祟钻进半个秃脑门，正是店翁。原来方才低语的，其中就有他。

凌鲤猛见，不由捶床道："好哇，你这老头儿，真个弄得好玄虚！怪道俺累次问你周旋之故，你只管支吾。今天打开窗户说亮话，究竟是哪个王八蛋要买到我骨头肉，宰你凌爷的白鸭？致你们一上一套地胡捣鬼，快说分晓是正经！"店翁一面跨进，一面失笑道："凌爷你这话多透着不够味！我老汉穷骨头，哪里款待起你？其间还有个主儿哩。"说罢，向外笑唤道，"吴爷请进来，你的朋友要翻腔咧。"一声未尽，只见笑吟吟踅进一人，正是半生。凌鲤一见，不由悟会过，登时万分惶愧，一阵感激直入骨髓，当时下榻，翻身便拜。

半生惊扶道："不须劳动。"这时，杜照也便跨入。半生先秉起烛来，仍叫凌鲤安卧，审视会儿疮口，笑道："还是凌兄气体精壮，这光景不消十日，便能步履如常。"因笑顾杜照道，"俺和杜兄入山三日，故嘱咐店翁加意伺候凌兄。又因牵念凌兄，未便深入山中，如今却好咧。"杜照笑道："明日咱们进山，破着半月工夫，那当儿回来，凌兄就大好咧。"凌鲤听了，唯有倚枕称谢。于是吴、杜就榻头落座，大家倾谈一会儿。讲起拳棒武功，益发投机，直至夜深方止，闹得凌鲤睡梦中都是感激。次日醒询店翁，吴、杜又已进山。店翁款待凌鲤，益发殷勤。这且慢表。

且说吴、杜先次入山，只在近处山环小小贸易。今见凌鲤痊可，放下心来。这日清晨，杜照挑起货担，另作一大包裹，给半生背在身上，各带朴刀，步出店门。

杜照遥指道："从这一带橡林弯道上踅去，便是进山。迤东诸路峒寨虽不及西路葵花寨左近繁富，却是其中有一峒寨，名为石姑寨，那气概一如葵花寨，便是石三保的侄女所居，故此名为石姑寨。俺闻这个石姑生得

48

长身白皙，乍望去婷婷袅袅，便不似苗女一般，却是矫武多力，追及奔马，善用绿沉枪。又有一桩绝技，名为飞鱼梭（用上好苗钢打成二寸长梭样儿，三面铦锋，一头却制就个飞鱼形，故有此名）。石姑此梭，百发百中。据说石三保所据基业，便是石姑父亲的，所以三保待石姑十分矜宠，特地令她雄长迤东，做自己羽翼。那所在也尽可卖些货物，吴兄，咱们先走那一路好吗？"

半生道："俺想望望葵花寨光景，咱们便先取西路如何？"杜照又指道："如此须由那边山脚下，转过那小小土冈方对路哩。"于是一路谈话，两人拔步而进。

这时熏风习习，草木丰缛，一路上时鸟野花点缀风光，好不有趣。须臾趱过土冈，路颇平敞，细沙历历，短草间时有细泉，一条条窄溪纵横皆是。正走之间，忽地树头尖刺刺地怪叫。半生仰望道："什么鸟儿？"杜照笑道："快躲开吧，哪里是鸟儿，这物件歹毒得很。"说罢，向树头盘枝上一指。半生一望，却是条油黄毒蛇，正探下头吐芯儿。当时怪诧间，身一闪，只见深草间忽地蹦起个亮莹莹物件。杜照急喊道："莫去看它！"说罢，拖开半生。遥遥一望，只见物件三寸长短，粗粗的似块截瓠，仔细望去，也是条毒蛇，忽地一跃，竟高二尺余。树上那蛇，又急叫两声。

杜照将半生拖出老远方说道："咱们山行，须处处留意。树上蛇虽叫得出奇，还不如地下这称人蛇霸道，它如跃过人顶，人便死掉哩。"半生道："俺素闻苗地毒虫奇奇怪怪，真个有哩。"

正说之间，忽见远远山岩上涌一团黄云，大如车盖，随风直上。顷刻氤氲四散，一丝丝晕脚如波纹，如雾縠，十分好看。杜照笑道："你看，这又是老蛤蟆作怪，不消顷刻，定有些碎冰雹。"一言未尽，真个长风徐起，那块云奔马似一铺展，有数亩大小。四外仍杲杲红日，忽地细雨纷纷，碎雹乱落。只一食顷，云收雹止。这时吴、杜避向林中，却闻得风儿吹来，有些腥气。

杜照道："这老蛤蟆大起来便如车轮，所吐的全是积阴秽气，所以挟腥味儿。若是八九月之交，黄茅正盛时，还有一种瘴气越发厉害，便名为黄茅瘴。初起之时，由山谷涌起个斗大的黄弹丸，此名瘴母。少时瘴母四迸，化为无数小弹丸，遍满天空。须臾各自晕散，如细雾一般混合在腾蒸湿气中，这瘴气便发作咧。"半生听了，连连称奇。于是依然前进，行有八九里，已到山脚。

半生抬头一望，果然好座大姚山！但见：

峰峦叠峭，拔地涌无数青莲；林壑逶迤，排空走一团云气。铁青石脉，隐似剑芒，汤沸溪流，又如汤谷。蛮花似笑，总带些惨绿愁红；狁鸟能啼，却不免悲音异响。重重掩映，好形势聚气藏风；漠漠钩连，大局面纳污含垢。真个是开阖阴晴，暗谷疑风雨；亏蔽日月，阴崖若鬼神。

当时半生瞻眺良久，连连赞赏。杜照道："今跳月期近，山中大乐个把月，一切弛禁。若在平时，山口间还有汛苗盘诘哩。"说罢，引半生趸入山口。果见靠岩有数间茅屋，外面插列着明晃晃标枪。两个苗人正在那里厮扑玩耍，见了吴、杜，登时野鹿似奔来。杜照忙由货挑将出一小包粗茶递给他，两苗欢跃而去。于是两人迤逦行去。

刚过得一条岭，便见山势陡开，其中一般的山田高下，秋稻青青，远望去依林傍涧都有苗户人家，却疏疏落落，不成村聚。杜照道："这都是近山熟苗，向内稍深方有碉寨哩。"正说之间，只见一群苗童用柳木结成个架儿，却抬了个醉苗，喧嚷而过。随后林内又跄跄踉踉撞出两个长大苗人，椎髻上盘了柳枝，舞刀高唱。杜照悄说道："这准是林中野祭去吃醉咧，他头上柳枝便是他父母忌日的标志哩。"

谈话之间，两人又走了十余里，忽见道旁岔路口上端正正插着一青树枝。半生方一诧顾，杜照道："快走，快走，恶心得很！"两个又穿回深莽窄径，方见一处碉寨，用坚木排结就，便如小小围城一般。其中苗族聚处，倒也十分热闹，却都是矮小茅团瓢，有的竟是穴居，就崖启户。居中却有三四座碉楼，坚壁直立，十分危峭，大概是富苗豪长所居。

半生一面浏览，一面和杜照趸进寨。杜照取摇鼓，方摇得一声，只听哄一声，苗男妇老幼齐上，登时将吴、杜围得风雨不透，却都光着眼乱指货担。亏得半生好些年奔走楚南，略通苗语，当时便一面和他们问答，一面帮杜照将出些货物。群苗一见，登时眉欢眼笑，争着乱买。

其中却有个白皙皙苗女，装束虽平常，耳环上却缀着两颗晶莹莹大珠，正拎起一段花布，樱唇绽笑，冷不防却被一壮苗夺去，给值便走。苗女哟了一声，只气得秋波四瞟，就待要哭。这杜照久历苗地，机灵不过，登时摇摇手，从挑内另取一段红绺丝布把给她。苗女大悦，便奔上扳着杜照肩头，咕噜数语。杜照更来得老气，便趁势附她耳根说了几句。苗女喜得跳了两跳，便牵定杜照，直奔一座大碉楼。半生摸头不着，怔怔跟去。方到楼前，苗女已一溜烟似跑进。

杜照道："吴兄你懂吗？管保一会儿有场好交易。我看这苗女定是富

50

家的，所以我送给她一段布，果然引咱们到这里来咧。"半生笑道："杜兄真好机灵，我看你舍了孩儿打不得狼，那便怎处？"正在调笑，只见苗女如飞跑出，笑嘻嘻躲向杜照身后，便如儿童藏迷一般。半生方看了好笑，只见后面惊蝴蝶似的追出个苗妇，两只眼东张西望，忽见苗女，登时赶上厮扭，那苗女却将所得之布抱得死紧。于是杜照一笑，又取一段布把给苗妇。不想这段是彩布，分外漂亮，喜得苗妇竟抢上来和杜照抱腰。再看苗女时，似乎且羡且妒，水灵灵两眼只管乱瞟。原来苗人性子嗜利不过，见不得好儿，却是不久便忘，说翻脸也在顷刻，所以驭苗甚难，是不易合他性格的。

当时半生见他们神情，颇觉有趣。这时杜照却和苗妇摩挲一阵，然后肩起担挑，那苗女已奔向前，便大家一拥进楼。楼底场面十分宽阔，其中老幼男女便都集拢来，须臾楼上群苗次第趸下。半生偷眼一望，一个个奇装异饰，好不有趣。这当儿，杜照手拣货物，口应主顾，百忙中那个捏一把，这个来捶一下，嘻嘻哈哈，还须去应付他们，真忙了个五官并用。半生闲得没事干，只帮着打裹捆包。正在忙乱，只听楼梯上裂裂怪笑，半生一望，险些惊倒。正是：

殊方乍到风气别，异族才瞻耳目新。

欲知后事如何，且听下回分解。

第八回

孔雀峒两客觇跳月
葵花寨三保款雄宾

且说半生抬头望去，便见从楼梯趸下个怪物：一头乱蓬蓬白发披到肩头，深目碧睛，光闪如磷；一张脸干瘪得僵尸一般，大嘴一咧，直到耳叉，露着白巉巉牙齿；瘦臂一撑，咯咯有声，却是满身上璎珞金环，挂了个叮叮当当。便这等攫拿跳将来，看了吴、杜，只是怪笑。半生仔细一望，却是个老苗妇。正在诧异，便见群苗将老苗妇推得跌跌撞撞，有的暗打一记，有的从屁股上踹一脚。那白皙苗女越发促狭，竟拎起杜照担杖，戳拨她筒裙内。那老妇都不理会，早拎起两件货物，越看越爱。

恰好杜照正抖出一件盘金绣蝶百花衫，灿烂精美，光辉四射。群苗一见，蜂拥而上，登时把来给老妇披穿起，又七手八脚拣了些绒花脂粉之类，大家插的插，抹的抹，顷刻将老妇扎括得花娘子一般，便牵向场中央，大家四面拍手。老妇得意之极，应声乱跳。这时花衫招展，绒花摇摇，衬了她这副俊庞儿，也就可观得紧咧。于是杜照趋近，拎起担杖，群苗这才罢闹，次第交值。半生草草一核算，竟大得其利。

当时两人挑担出来，行得数步，一回头，还见白皙苗女向他们摇头晃脑。杜照道："吴兄你看怎样，两段布不白抛吧？"半生道："啊哟，那老苗妇竟丑到这步田地，少说着也有九十多岁咧。"杜照笑道："你倒会奉承她，据我看一百零几岁，有多无少。山中老苗多寿，不足为异，却是苗人不晓得什么叫敬老，只好把来做个玩物罢了。"

两人一路闲谈，又厮趁了二三十里，中间又趸入两处碉寨，交易毕，看看日落。半生方愁没宿处，只见杜照直趋椰林边一家茅屋，一言不发，大踏步便入。其中两个苗妇和一十来岁苗童正在机上织一种斑斓厚重的苗布，花样颜色十分美丽。原来这苗布是苗地一宗大出产，他和汉人交易，大半恃此物。再细致的物件，还有一宗毛毯，是用鸟毛织就，又善能雕琢，有鹦鹉啄盏、云母石杯等物。最制得精妙的，是一种围乳细腰花腔

52

鼓，是用蚺蛇腹皮制就，敲动时渊渊远闻，十分高亮。可见苗人端的灵透得很，不过风气隔阂，不沾教育罢了。

当时杜照闯入，先将鼓一摇，两苗妇登时大悦跑来，四手一举，已将杜照担儿替取下，然后笑吟吟前蹿后跳。这时，杜照早取出两裹花粉置在地榻，然后合手向她们说了几句。半生听去，却是馈物求宿之意。两苗妇各挟花粉，只管点头，不待杜照收拾，已将货担安置在屋隅，那苗童也跑来打拂地榻。吴、杜奔驰辛苦，便稍缓结束，倚了朴刀，就榻歇坐。

这时，两苗妇你来我往，先掌上一盏鱼油灯，然后整备汤水，笑嘻嘻取出数十个谷馍，气蛤蟆似的摆在两人面前，一种诚意，十分有趣。半生乍见，暗暗称奇，杜照却不理会，便一面叫半生把来吃，一面婆儿似的和两苗妇叙谈起来。半生也尽谙苗语，只听杜照好不促狭，渐渐引谈及床笫事儿。两苗妇更不避讳，一面答语，一面笑得前仰后合。须臾，苗童困倦，先就榻头卧倒。半生道："时光不早，咱们也好安歇咧。"说着，一歪身要靠苗童。杜照却笑嘻嘻一使眼色道："吴兄睡榻脚最好，留这所在给俺吧。"于是半生趋就榻脚，方忖量主人家怎生安卧，只见两苗妇更不客气，便在榻中央双双卧倒。杜照起身，扑一口吹灭灯，大家登时懵腾一觉。

半生一时间却睡不去，便道："杜兄睡着吗？"杜照含糊道："老实点儿呀，咱们别没人样，村了东道，不是耍处。咱们山行，随处都要借宿的。"半生听了，不觉好笑，真个的老实实卧了个纹丝不动。哪知不多时，却闻得杜照那里窸窣有声，少时靠他的苗妇也只管睡梦中辗转。半生猛悟，暗笑道："他倒不村不俏，会找乐儿，俺为甚装憨子？"于是假作伸腰，下体一转动，恰好靠在苗妇屁股上，绵软软温和非常。知她睡沉，便放胆引手探去，于是摸摸索索，触处成趣。少时直到最妙所在，恰好杜照那边一转动，半生低语道："老实点儿呀。"杜照听了，几乎失声笑出。于是各自会意，大家掰抱了回干夫妻，方才睡去。且喜苗妇坦坦梦稳，沉酣中虽稍有觉察，只当是什么虫豸儿扰人罢了。

次日，吴、杜起身，仍然前进，午后到一处碉寨，小有交易。这日仍宿在一苗民家。傍晚郁热得很，杜照道："吴兄可要洗浴？此间有一很好浴处。"说罢，和半生沿涧流行去，须臾得一长溪，水清如镜。半生举目一望，不由失惊打怪：只见溪中许多赤条条少男少女，白鸭似拍浮游泳，舒眉展眼价你瞧我看，嘻嘻哈哈。有的踞坐溪石，有的跨骑卧树，也有翘股偃仰，吹晾水汽的，也有掀臂露腔，俯掬溪流的。望到胯下，未免郎郎当当，或翕翕张张，十分好笑。

杜照道："吴兄莫怪，俺闻人说，昔日大禹王身入裸国，一般脱得光溜溜哩。此间男女本是同川而浴，咱们便给他个入乡随俗吧。"说罢，竟居然脱光，趄将下去。半生没奈何，也便跟入。

这时，杜照促狭又发，单望娇滴滴少女群中混去，东趁西挤，便如穿花浪蝶一般。少时半生一抬头，忽见杜照一个猛子钻下，方在张望，却见百十步外溪流一浑，一对男女仓皇登岸，随后杜照却踊出半身，向人家哈哈大笑。原来那对男女方水中偷情，却被杜照瞟着。这时晚风徐起，吴、杜浴罢，好不舒畅，又就溪边徜徉一会儿，只听苗歌远近间作，溪中人次第都散。两人趄转，早已上灯时分。

杜照道："明日紧些走便可抵葵花寨，午后能到孔雀峒看会儿跳月，益发妙哩。"半生道："莫非跳月都集孔雀峒吗？"杜照道："不，不，孔雀峒场所大些罢了。各峒寨随地跳月，不出一月，都可以的。"两人谈了一会儿，各自安歇。

这晚上，吴、杜却晦气得紧，原来房主是两口儿，都生得肥肥壮壮。到得大家同榻时，两夫妇酣睡如雷，业已聒耳要聋，百忙中一阵阵汗气、下气，还有种胃口中食臭气都香喷喷送入杜、吴鼻孔中，已经足够受用唎。哪知睡到夜半，两口儿又高起兴来，公然对客兴云布雨。若安静些也还罢了，哪知苗人淳实，凡事儿都是率性，那股劲儿既发作，来得好不扎实！当时乒乒乓乓，滑滑嗒嗒，闹了个山摇地动。吴、杜二人只好各偎在榻两头，给人家数个度数。

好容易熬过一宵，次日急忙上路。二人走得里余，回思夜来事，不由相视而笑。半生唾道："晦气得紧！"回想前晚光景，却大不相同了。一路谈笑，便加紧趱行，已分时已到孔雀峒。

半生留神望去，果然好大一处峒寨。杜照道："今这里跳月，倾峒人都集跳场，便无暇来购货了。咱们不如寄顿下挑担，便张张去如何？"半生道："正是哩。"于是随杜照沿寨左行，去寻人家寄下货物。一路上已见少男少女都扎括得红红绿绿，喜气洋洋奔赴跳场。偏搭着天气晴和，微风不起，山花姹娅，都有些含笑光景。于是吴、杜循径厮趱，转过一带乔林，沿坡下去，只见一所广场，大可数亩，碧草如茵，好不软腻。半生举目四瞩，已见四外林影中红绿翩翻，如无数花蝴蝶往来穿舞。这时芦笙吹响，四下里断断续续，远远的莺嗔燕咤，甚为热闹。

杜照道："咱们来得正好，看光景就要开场唎。"正说之间，只听一阵腰鼓响亮，和着叫笛，低昂高下。杜照忙道："峒主临场唎，咱们快选登高处。"于是匆匆趄向高崖。方立定脚，只见十余对姣丽苗童椎髻上各插山花，一字儿腰挎苗刀，手持一杆青竹长梢，驱风而过。随后却是四五苗女簇拥着一个长大苗妇，单是臂胫上金环便有五六具，装束奇丽，自不必说。一头黑发，盘起个旋螺椎髻，穿件齐腰短袖衫，五彩陆离，便如上古卉衣形势。半生乍见，颇觉别有动人处，暗念道：人都说苗女丑陋，原来一般也有美丽的哩。正在沉思，只见杜照遥指道："快开场咧。"半生望去，却见场四外男女一齐仰首，即有一健苗飞登高树，手持一方小红旗，望见峒主据临崖上，登时举旗一招，口内呼喽喽一声怪唤，便如艄公叫风一般。下面一健苗早架鸽而待，登时应声放起。清铃音动当儿，但听四面芦笙如沸，密杂杂簇向四围，无量数痴男怨女，好不眉飞色舞！

说时迟，那时快，树上红旗再挥，满场外春雷似一阵拍手。就这声中，早已一对对跳舞满场，端的好一番光景！但见：

> 白羽飘摇，散作千团瑞雪；筒裙招展，化作万点彩云。列队分曹，东走西顾。或趋或避，此时漾万种风情；忽合忽离，顷刻定百年缘法。芦笙响暖，吹不尽刻骨相思；浪花歌柔，通几许灵犀心事。幕天席地，即是小青庐；腻雨酣云，何须大月老？勾头揽项，转瞬间眉语先通；联袂牵裙，一笑中芳心已许。真个是：广大场中无遮会，氤氲气结喜欢缘。

当时这场跳舞有声有色，吴、杜两人只看得眼花缭乱。只见众男女纷纷对对，千态万状。不多时，芦笙节奏越发繁促，有的递唱递和，有的双吭同音，末后当儿，两下合意的另有一番神融形化的光景。于是苗男身形一矬，肩起苗女便跑，那种快活法，不可言喻，登时各选僻处，各如所愿。

昔人有句咏跳月诗道"四山云雨皆为腻"，一句话便括了总儿咧。当时吴、杜看到将散场，那不得偶的男女也怏怏四散。两人方要趱转，只听腰鼓细捶，众苗童拥了峒主招摇而去。半生不禁笑道："这苗妇倒风致得很。"杜照笑道："你要看风流排场，还须向石姑寨去。"两人一路谈笑，直奔寄物之所，谢过主人，即便趱行。却是山径越发陡峻。又趱过十余里长一条大沟，两崖上草木荫翳，仰不见天。

杜照道："此名牛角沟，是入葵花寨第一险道。"因仰指道："吴兄你但看两崖上馒头似的草屋，其中都是石三保简练的苗丁，并健壮猎人，无事时射飞逐走，一有警动，数千健苗可以一呼而集。因过此沟，便是围寨许多的碉楼，上面都有豪目居守，与崖上苗丁做个内防外防的形势哩。"

半生笑道："怪不得人都称道石三保，果然有些鬼打算哩!"杜照道："哟，你莫小看他，他声气远得很。他与贵州龙母山红苗石柳邓都有往来的，便是去年石三保将要闹事时，俺听说石柳邓也愤他那里官吏迫压，累次通信，怂恿三保起事，他便响应相助。后来不知怎的，没发作起来。却是这么一来，官中越发处处猜忌抑勒，恐日久越挤越火头大，不免要爆裂哩。"半生掉头道："凡是现在官儿都该杀掉，是汉子和这群苗人们混混，倒也不错。"杜照笑道："你又发牢骚，多半是又想起你那位鲁恩官儿来咧。"半生笑道："彼此彼此。"

两人一路谈笑，不觉趑过长沟，忽地豁然开朗，万峰飞舞，扑面而来。从烟岚溦郁中，但见碉楼高下，远近相望，有的被浓云掩浮，仅露点楼尖儿，缥缈远空，十分有趣。曲折径中，竹树蒙翳，一眼哪里望到边?于是二人歇担渐息，这时，微风谡谡，空山悄然。杜照遥指道："你看数里外那座峰头，仿佛老人伛背一般，名为寿老峰。那下面一片树木便是葵花寨哩，咱们到那里，也不过日色平西时分。"指说半晌，却不见半生搭腔，一看他却攒眉沉思，连连点首，忽地又扬眉四顾，两臂一振。原来人当静坐下来，不由触景生感。

你想吴半生猂黠性成，忽地遭事，奔走四方，那会子听了杜照谈说石三保等事，不由登时勾起雄心悍气。当时挺然站起，哈哈大笑道："果然好座葵花寨! 我看石三保天不拘，地不管，山中称尊，倒也自在得紧。"说罢，意气坌涌，登时双足一踔，使个旗鼓，便左五右六地放开门户，端的一场好拳脚! 但见:

> 蹿高筚下，捷比猿猱; 指东打西，势如虎豹。双拳举处，恨不得撑破天关; 单足飞时，险些踢翻地轴。摩空翻鹘，冲荡无声; 顺水投鱼，回旋有势。真个是: 江湖亡命，偏逢雄恶山川; 草泽奸民，竞擅英雄技艺。

原来吴半生枪棒武功委实不错，当时兴之所至，真打了个龙争虎斗。杜照见了，连连喝彩。哪知这一来，惊动许多苗民蜂拥而至，都望了半生，大跳大笑。半生越发高兴，正打到醋畅处，只听路左岔道上鸣鸣吹角，众苗喜跳道："石寨主出猎转来咧! 你这客人莫要去，俺寨主就喜欢打拳脚哩。"说罢，闹哄哄拥定吴、杜。便有三四苗人飞也似迎向岔路，恰好角声愈近，转眼间一队健苗荷枪带刀，汹汹走来。半生偷眼一看，都是夜叉似的狰狞角色，椎髻上飘飘白鹄羽，一片雪亮，都袒臂跣足，露着鬼怪似一身虬筋。

杜照悄说道："这却巧咧，不想在此遇着他。好在俺都熟识，吴兄但看俺眼色行事便了。"正说之间，众健苗已一字站定，便见那迎去的三四健苗如飞趱回，一面叉手舞脚，一面回头乱望，似乎表明他这个勤献得很是当口。

群苗乱哄之间，只听后面大笑道："老杜在哪里？有趣得紧，你还带了个好朋友来吗？"半生忙望，早见一高大苗人大踏步走来，生得豹头环眼，虬髯乱连，结束虽同苗制，却是气概不同，只那步履之间劲越中带些沉稳，便知是雄长一山的头脑。

当时杜照望见，便一肘半生道："这便是寨主石三保。"说罢，飞步迎上。三保把臂大笑道："昨天俺还说起杜兄来，山中大会期，你该来咧。端的这次有甚宝货呢？怎么方才孩儿们说同你来的有个客人，试得好拳脚，快请来见见俺这野人如何？"半生听去，竟是清脆脆一口汉语，不由暗暗称奇，便听杜照道："不瞒寨主说，俺这朋友，便在汉人中也是数一数二的人物，人家本是长沙大富家，世代名门，财堪敌国；又性情慷慨，专好交纳豪杰。至于武功技击，更不消说。因他素好游历，又久仰寨主大名，所以高兴来跟俺玩几天哩。"

这一阵信口开河，直将半生抬在云眼里。半生方几乎失笑，就见三保欢跃道："幸会，幸会！烦杜兄快些请将来。"一言未尽，半生望去，倒笑得肚痛。原来杜照登时作嘴作脸，换出一副正经面孔，沉吟道："这个似乎须屈寨主就见他吧，不但给他个面子，也显得您好客下士。将来传到俺们内地，于寨主声望很有关系哩。"一席话有棱有眼，好不中听。

当时三保连连道好，碧闪闪眼光一瞟，登时趋近。杜照紧跟在他背后，忙向半生挤眼，高声道："吴兄且消停，这便是到处闻名的葵花寨主石爷三保。这次管保不负你高兴来游之意。"说罢，又尽力子一努嘴。半生会意，登时抱拳趋上。这时杜照早如飞地跑到前面，向三保道："这便是俺好友长沙豪杰吴半生哩。"

三保一望半生，果然仪貌堂堂，十分气概。就杜照跳花脸的当儿，两人已携手大笑，各道倾慕。三保只当杜照是一片真话，便喜谢道："俺是苗峒中一介粗人，怎劳吴爷特地来访？今幸到来，好歹要盘桓几日。"半生方要逊谢，杜照百忙中又一挤眼，忽笑吟吟哈着腰，向半生道："吴兄乘兴来游，不易得的。石爷盛意款客，更不易得。依我看，这番宾主都非等闲，竟不如从实吧。"于是三保大悦，连连叉臂，这便是苗人欢悦极咧。

这时半生衣服还扎拽得武气虎虎，三保便道："吴兄方才试技，恨俺没福与观，不知还能赐教吗？"半生听了，方要颔首，忽觉杜照暗扯后衣襟，当时猛醒须高端架子，便微笑道："技击末艺，何足辱目？俟到贵寨，自当献丑。俺吴某仰慕寨主来游之意，却不在此哩。"三保听了，不由益发起敬，于是携了半生，叱健苗列队前驱，直奔大寨。这时，杜照的货担早有健苗替他挑起。三个人一路上且行且语，每经一碉楼，群苗都愕异聚观，望半生便如天人一般。原来群苗畏服三保，便如神月，今见此客能致三保起敬，如何不相顾诧绝呢？

三保未到寨的当儿，早已传遍全山咧。当时三保每经一处，指指画画，十分顾盼自雄。半生且会拿腔作势，只略一瞟，付之一笑，三保越发不测。哪知半生却暗地留神，见碉楼坚大峭峙，苗众雄武，不由暗暗惊喜。

须臾进寨，早有寨中各路头目齐整整迎将出来，将一条平沙宽路列满。半生望去，真个五颜六色，十分气势，夕阳闪闪中，早望见迎面一座绝大碉楼，围墙形势，俨如雉堞。高耸耸寨门启处，便有一群姣丽苗女奔拥而出。正是：

　　　　杀运将开来恶客，兵端欲起会群凶。

欲知后事如何，且听下回分解。

第九回

羹尝不乃巧试祝由科
禁犯插青险遭苗女卡

且说吴半生将要进楼，忽见拥出一群苗女，一个个白皙长大，手执刀牌。半生猛惊，就要止步，杜照忙悄说道："寨主敬意到十二分咧。"原来石三保淫纵素惯，他所居碉楼中，没有男苗伺候，都选的是姣武苗女轮值执役，其实便是他姬妾之类，只不过苗人们没统系名目罢了。当时半生会意，连忙谦谢。

三保目光略瞟，群女便肉屏风似的闪开道路，于是宾主相让而入。里面十分宽阔，却是一切器具等类古朴中还有许多不知名的，唯有铜鼓苗刀却精致异常。半生略览之余，三保已就龙须地席上肃客就座——原来还是古代座席之俗哩。

当时三人就座，互相款谈。三数语后，半生已揣知三保是个桀骜角色，爆竹性儿，这种人非用大话镇不住。于是自叙平生，差不多有上山捉虎、下海擒龙的手段。杜照暗笑道：真有他的，眨眼间他就学了乖去咧。这时，三保喜得不可开交，忽拍膝道："俺只当汉人中没有够朋友的，原来竟有如此人物。"

杜照趁势耸肩道："寨主话莫说死煞，还有区区在下哩。"三保大笑，啪一掌打在杜照肩上道："杜兄顶呱呱叫，没得说咧。真个的，你这次贩货，利市怎样哪？"半生听了，方要替说，杜照赶忙一使眼色，笑道："俺的货物没经您挑选，如何便敢开售？便是石姑寨那里，俺也没去哩。"三保听了，登时面色一沉，却笑道："那妮子正在兴头上，你去卖货，倒好利市哩。"杜照忙道："礼不越尊，俺究竟须先到这里。"

三保叹道："什么尊不尊，便是这一半年，那妮子眼睛里很瞧不着俺，俺也不耐烦理论她。即如去年，她相中了一个苗男，这种玩意儿，便将去玩就是了，偏又自家不小心，被他跑掉。据说是跑藏在俺这里，俺替她各处大索，何曾有影儿？她便硬生生说俺爱那苗童，倚势夺她所爱。你说这事不令人气破肚吗？"说着，凶眉一扬，大声道，"俺石三保出世以来，还没被人撅了尖儿，不想却被自家人瞧不着咧！因此俺赌气不问那妮子的事，好在她那里从此也没和俺通问。你若去了，倒是不提曾到俺处，她还许欢喜些哩。"

吴、杜听了，不便掺语，只好唯唯诺诺。杜照却暗暗腹内盘算，随口恭维道："石姑姑真是寨主的硬膀臂，那身本领，只怕老吴还须输却一筹哩。"半生忙道："岂有此理，俺又晓得什么？"三保点头道："那妮子若没几手儿，也不至这等任性。便是去年石柳邓处通信，她都干预。"半生听了，暗暗称奇。

须臾，日色将暮，伺应苗女早七手八脚价掌上灯亮，满楼中红明明发一种异光。仔细一看，却是一种兽角灯，韧厚得很。正这当儿，又有苗女就西壁下铺好细席。须臾，酒馔都到，便有四名十余岁苗女袒臂披发，穿了彩蝶似花短衫，鱼贯而入，一个个伸眉舒眼，望了客人，抿嘴价笑。

于是三保站起，拉吴、杜趋就西席。杜照吃惯苗馔，却不理会，半生未免处处留意。其中各种兽肉之外，虫豸等物无不入馔。少时，一苗女提进酒筒，中插细竹管三支。杜照笑道："了不得，寨主加敬，竟将家酿款客咧。"因向半生道，"此名郫峒酒，清冽无比，咱们内地是没得的。"说罢，拈过一管，即便就吸。原来苗俗饮酒，不晓得用杯盏的。半生方如法饮得一气，只听席前清脆脆一阵拍掌，四苗女一展身段，登时穿梭似交舞起来。但见进退疾徐，十分妙丽，另有一番飘忽流利之致，一面拍手唱道：

山中日月常鲜新，主人结客肝胆真。酒如淮兮肉如岷，酒酣看剑能精神。千万亿祀恒青春，吾土乐兮靡祲氛。

四苗女齐声和唱，声调清遒。须臾，舞势一变，联臂掷足，一壁价摇头晃脑，大家作攫拿扑逐之势。杜照连连喝彩道："这便是古舞中《天魔会》的名色，咱们内地倒久已失传咧。吴兄但看她步法趋法，不含着些击剑意思吗？"半生细看，果然如杜照所说，不由连连称赞。这当儿，三保劝客，业已将一筒酒吸却大半，大家都有醉意，便越发高谈阔论。

须臾，苗女舞罢，依次而退。却另有两苗女笑吟吟昇进一件古鼎似的器具，上列铜勺三柄。三保一见，登时恭敬敬半跪致辞道："敝处食品，就是这一桩还倒罢了，吴兄莫客气，便请先尝吧。"说罢，递过一勺。原来那鼎中食物名"不乃羹"，是会和牛羊鸡鸭各精肉，重加椒盐等料，另有煎熬调制之法。苗俗以此为无上美食，非重客在座，是轻易不设的。当时半生取勺一尝，果然香美异常。杜照却笑道："俺也沾个光儿如何？"三保大笑："杜兄仔细，俺是要扣除你货价的。"杜照笑道："出门交友，一半儿为口。俺既逢寨主，又得这样美食，谁还理会货不货的？"说罢，便鼓起腮帮子，连连取食，招得进馔苗女都咯咯地笑。

须臾饭罢，大家仍就正席。方谈得数语，却见一苗女慌张跑来，附三保耳根说了几句。三保登时跳起，簇眉道："二位且宽坐，俺去去就来。"说罢，随那苗女匆匆而去。这里杜照窥得左右无人，便笑道："吴兄你看如何？果然弄得他七颠八倒吧！对于他们，就得拿架儿，等过天咱到石姑寨，我再教你一套大江东，保管更要写意。你没听见三保方才说石姑吗？一定是个风流角色。咱们便从这缝儿钻钻她，岂不有趣！"

半生道："这石姑，杜兄想必见过的，端的怎生模样？"杜照摇头道："不曾见的。俺虽去过两次，恰值她有事外出哩。"正说之间，只听三保远远地叹了一口气，杜照忙一摆手，两人仍端然对坐。这时，三保已搔首就席，没精打采地道："败兴得很。今嘉客在座，偏偏小孩子病得要死要活。想是他没福继续我，随他去吧。"杜照听了，不由心中一动，忙道："端的小寨主是何病症？俺货担中有的是上好丹药，都是北京城乐家老店的地道药哩。"

三保道："说也奇怪，他是生了个寻常疮疽，俺苗地里都讲信天缘，便是将病人晒露在空林中三日，若逢天救，自然得痊。俺这孩子空受了三天罪，越发沉重咧。天既不救，你说不是没福吗？杜兄虽有丹药，将如之何呢？"杜照听了，哈哈大笑，便道："请问寨主，这天在哪里？"三保一扬指道："自然是高高在上哩。"杜照道："依我看来，却在这里。"说罢，将半生一指。三保怔道："此话怎讲？"

于是杜照不慌不忙将半生祝由法历历铺叙出来，真说得如治活龙的孙思邈一般。三保听了，登时喜悦而起，向半生连连叉臂。半生既被杜照举弄，情知推辞不得，于是慨然站起。这时，杜照更得意到十二分，便一同拥了半生，随三保直赴正室，一路上松燎辉煌，亮如白昼，值夜健苗也便奔走传呼。

须臾到一碉楼，大家步入，只见许多苗女正拥了病人在榻，便是三保之子，只有十五六岁光景。原来苗人情欲事儿最早，这孩儿渔色颇甚，所以生了一种风流疮症。当时半生看罢病形，方要慨然施治，却不想杜照眼神又瞟过来，于是半生连连搔头，口内吸吸溜溜，做出十分棘手的样儿。直待三保竭力求请，他方用祝由移疮法治起来。三保没开过这种眼，好不疑神疑鬼，当时连连称谢，自不消说。半生道："且令他安睡一宵，明日便好。"

当晚，吴、杜便宿在客楼中，三保特选苗女侍寝。次日，吴、杜方春梦迷离，三保早排闼而入，只喜得就地乱跳，原来其子业已所病若失。吴、杜听说，自然得意。这一天宾主尽欢，越发款洽。三保又引半生等游览全寨，只见一处处丛峰攒崿，剑戟相似，真正合"穷山、恶水、淫妇、刁民"八个字儿。杜照道："吴兄，咱们明日起程，便当得紧，俺的货易都毕咧。"三保听了，哪里肯依，当时趄转，又硬生生款留一日。次日重谢半生，殷订后会，直送出寨外方回。

且说杜照这注交易甚是得意，一路上嘻天哈地。趄过一条石梁，东指道："从这蛇盘道儿走，是寿老峰阴，乃是赴石姑寨的小路。虽然崎岖些，却近得许多，并且苗户较密，便是交易上也多些，咱们便走此路如何？"半生道："依你依你。你本是山中过来人，只不要走迷了便好。"于是一路行去，果然履下升高，十分险阻。路中交易借宿，略如前状。却是迤东一带，苗民越发凶鸷，往往成群价带刀持弩，盱睢而过，遇着吴、杜，都横眉溜眼。好在两人都会拳棒，也不以为意。

这日，离石姑寨还有十余里光景，日方过午，骄阳当空，两人都走得汗流烦躁。恰好趄到一座林墓前，面溪负冈，树荫清美，杜照拉半生奔入林，放下挑担道："啊哟，可到了姥姥家咧。吴兄且歇坐，俺去寻找水来解解口燥。"说罢，由担中取出水具，便趋冈路。半生唤道："现存放着溪水不取，你为何舍近求远呢？"杜照吐舌道："这等暑月，此间溪水毒恶得紧，必须泉水方饮得哩。"说罢，从窄径中曲折趄去。

这里半生坐候良久，还不见杜照转来。一阵阵溪声入耳，十分清冷，不由暗想道：真是山川地脉，处处不同，为何如此活水清溪竟毒不可饮呢？于是起行半响，信步趄向溪边。只见萦青涵碧，游鱼可数，一阵溪风吹漾，烦襟顿解。半生心身一爽，不由沿溪行去。

转过一带短林，只见芳草如茵，翠生生山田如罫，好一片萧旷风景。却是歧路交错，粗望去，料是近溪苗户往来捷径。半生延眺一会儿，恰好趄至一歧路口，猛见一青树枝端正正插在当路，不由忽想起那日所见，自语道："可惜杜兄没在跟前，他一定晓得是怎么档子事哩。"一路低头喃念，随手拔起树枝，拨草而进。行得百余步，驻足望去，只见四围茂草便如麦田一般，微风一起，草头起伏，数十步外，却有一处平凹下去，忽地数十茎草挺然撑起，没有转眼工夫，又见一丛草突然折下。

半生正在诧望，忽翩然花绿绿飞起一物，掷落一旁深草上，仔细一望，却是件斑斓筒裙。半生暗道：这一定是苗女们在此割草捡柴，俺左右闲逛，且和她们打个趣儿去。想罢，放轻脚步，高曳树枝，想出其不意吓人家一下子。哪知将近凹草处，忽闻得那草内一片声响，并一片草头起落，竟似乎有人用力工作。半生暗道：到底是苗人们有气力，不然怎会连筒裙都累脱呢？这光景，不消顷刻便能割一捆草哩。于是伛身轻进，悄拨草缝一张，不由扑哧声笑将出来。这一声不打紧，登时要性命交关！原来凹草处有一对苗男女正在交合，男女两人都眉欢眼笑，露着一身皮肉。旁插一把泼风似苗刀，甚是铦利。那苗男面目凶恶，椎髻刺天，两只凶睛都有些直勾勾的。

　　说到此间，读者诸公未免起疑，以为苗人虽粗野，也不至于这般没人样儿。不知作书人落笔，都有来历。此事当地俗中名为"插青"，便是吴半生所拨的那树枝了。这插青便是示人不许拦入的标志，倘若误入，他定要白刃相仇。因这当儿正是他兴致勃发时，精遗草莽之间，一经岚瘴蒸腾，竟能化生一种短狐，常匿水底，暗射人影，其毒无比。由此看来，你想这交媾吃紧当儿，它的毒性会小得了吗？所以非杀误入的人不可。却有一样，他却不知怎么叫害臊，是一时不能开交的。

　　当时，那苗男猛见半生，却如没事人似的，只粗粗叫了声，越发鼓动起来。那苗女一见半生，忙要挣起，哪知苗男大怒，只呜呜两声，那苗女登时不敢转动。半生乍见，好不纳罕，不由暗想道：真是王化之外的人，全不知羞耻。若非此间俺来亲自目击，就有人说出大天来，俺也一定不信的。半生思忖之间，却不晓就里，以为如此奇观是等闲难遇的，竟笑吟吟拄着树枝，一定要观止方罢。

　　果然不多时，苗男事毕，那苗女一跃而起，赤身便跑，三四跃早影儿不见。半生提枝大笑，方要回步，只见苗男吼一声，拔起插刀，明晃晃向自己当头便剁。半生猛惊，急举树枝一挡，只听咔嚓声斫去半段。刀势风疾，雪片似卷将上来，直将半生逼得倒走出草地，只用半段树枝左格右拒，你想如何撑得住？

　　当时半生躁汗如雨，急欲跑避，不想那苗男追逐如飞。好容易遮遮架架退至一岔路口，半生不管是哪里，虚晃一枝，拔脚便跑。后面苗男舞刀怪叫，电也似赶来。还亏半生有些飞行功夫，便将身一矬，恰似弩箭离弦。不想苗人是天生捷足，苦苦一赶，一气儿便是八九里。半生惊惶中四下乱望，偏没有躲闪处，回头一望，苗男已相去数步，怒发四飞，凶睛瞟火。

　　半生这一急非同小可，足下一紧，跄踉中撞入密菁，啪的一脚正踏在个土豹子尾上。那豹吼一声，张爪便扑，半生一声大叫，直滚走出老远。定睛一望，不由暗谢天地，急趁这当儿钻入密菁深处，寻路便跑。原来半生一滚当儿，正是苗男赶到，那豹子抛却半生，竟向苗男猛扑起来。幸得这一来，方脱掉性命。且说半生急急逃出三四里方才心神稍定，却累得筋力都尽，只觉天旋地转，不由大叫一声，一跤栽倒，登时昏去。

少顷野风一吹，微有知觉，便如困极的人一般，两只眼再也睁不开。正在迷闷，只听踢踏踏许多人趱过，接着便纷纷相语道："噫，怪事！怎这所在撞来个山外汉，莫非死掉的吗？咱摸摸他心口再讲。"那语音十分清脆。半生便觉来摸胸口。一人道："还不打紧，他心头颇跳动哩。我们且弄他趱去。"于是便听得大家叽叽喳喳，一面笑，一面七手八脚地将自己抬起便跑。一路颠顿摇撼，反将半生弄醒，睁眼一看，却是四五个苗女前后抬定他，竟有一个钻入他两股中，两肩荷定，仿佛轿夫加班一般，一面飞走，一面笑吹半生裆中。须臾，直入一大大茅屋，半生恍惚中，却见屋外插设着标枪利器。

这时，众女已将半生安置在草榻，大家便挤拢来，你摸我抚。半生仔细一望，都是二十余岁的长姣苗女，红红白白的面庞，衬着青青散发，倒也风致。却是每人颈下都挂一青小竹牌，上面曲曲弯弯还有火烙的印记。半生正在诧异，只见一女竟探手直取他那话儿。

一女笑推道："莫便猴急，这当儿咱那老物儿快查点来咧！且将息起这汉子再讲。"众女听了，登时跑出。半生趁这当儿要挣扎起，无奈惊劳后手足失用，方撑起半段身，众女早纷纷跑来，一把扶他坐稳，便将所取食物纷纷献上。无非是兽脯蕃蓣之类，以外还有峒茶乳酪，都争牵半生来吃，笑成一片。半生料无恶意，心下稍安，这当儿正在渴极，便先取峒茶一饮而尽。原来水之为物，最能提神，疲乏人但一得水，精气立复。

当时半生饮罢，真赛如醍醐灌顶，双目一张。众女皆笑，即有一女端上乳酪。半生方用得半碗，又有一女取块精肉送到口。半生未暇咀嚼，只见又有一女尽力将那女一推，早取块蕃蓣挤送来。半生左顾右盼，颇觉好笑，却是看众女一番光景，不由瞧科三分，暗想道：这群雌儿定是想摆甚风流阵仗，群阴构难也可怕得紧哩。一面沉吟，一面大嚼食物，只管深思脱身计。这时，面孔上畅汗涔涔，精神大复，半生胎貌本自可观，只将众女喜到咯咯不绝。

正这当儿，半生衣襟无意中一扬，一女惊道："啊哟！你这是甚物？"说罢，忙探手由半生里衣襟取出一物。众女一见，都各大惊。半生笑道："这是颗蛇珠，难道你们不认得？"众女乱噪道："闲话少说，你且讲端的从哪里来？休得自误性命。这样大珠，除葵花寨是没得的。快说！快说！"众女一面催问，却一面互相惊顾。

半生便道："俺正从葵花……"一言未尽，只听铃声乱响，突地闯进一匹猱头狞毛猛獒，便如牛犊一般，十分凶实，就屋中一打旋，飞也似趋出。众女惊道："老物儿来咧！这便怎好？"惶急中七手八脚，便将半生掀置榻后，又弄了一片席把来挡好。却有一女，仰八叉卧在榻上。方草草布置好，只听铃声又动，猛獒跑进。半生就席缝一张，獒后面大踏步走进个山汉似的老健苗妇，一张脸黄肿狰狞，乱发四披，眼睛一瞪，便如鸽卵大小，大嘴一咧，抚着猛獒四顾道："你这群妮子好不怠懒！怎的都热羊似挤在屋内，门首便没人站瞭？恐有人拔得标枪去，你们还做梦哩。等俺告知姑姑，一总儿捋掉你们的毛！"

众女忙笑道："黑姆莫怪，便是这妮子方才中暑晕倒咧。俺们进屋安置她卧一霎，却再巧没有，您便查来咧。"说着，向榻上一指卧女。黑姆点头道："这还罢了，仔细各人职事就是。"说罢，夜猫子似的满屋一望，半生暗唾道：好砢碜人！

只见她方要蹔出，不想那猛獒忽地仰鼻乱嗅，叫一声便巡屋乱转。半生方在惊诧，只见它长足一奋，便趋席前。这时早有两女面目失色，急来挡住，其余之女早将食物乱投。那猛獒得食，方摇尾趋就黑姆。黑姆怔望半响，方牵獒逡巡而去。众女哄蹦出，直望她去得老远，方才笑嘻嘻跳进来。

这时，卧女已将半生牵弄出，大家便吵道："险得很！你若从葵花寨来，幸亏遇着俺们。若遇着别处寨卡，便不得了哩！因俺这里和葵花寨近来不和哩。"半生听了，猛想起石三保一席话，便道："莫非此地便是石姑寨吗？"众女道："正是哩，俺们便是寨卡上的人，方才那黑姆老物儿便是统管俺们的，专以盘查外来人。"一女唾道："那老浪货凶得紧哩，又专养猛獒护寨，像方才那獒还是小些的，还有一匹苍花大獒更厉害得很。"

半生听了，好不踌躇，只好来个逢人且说三分话，只说是自己由葵花寨漫游到此，偶然晕卧。众女听了，也不甚留意。却是这当儿一个个眉欢眼笑，情态毕露，少时一女竟抱定半生脖儿。众女笑道："你还客气的什么！"说罢，一拥都上，登时将半生脱得赤条条，大家乱成一片。顷刻间一女裸体而进，半生虽要客气，当不得那苗女有力如虎，紧紧抱牢。其余之女却环视而笑，看到酣畅之处，一个个桃花上脸，便不等前女尽兴，硬生生拖下来，自己上场。哪知这当儿，大家淫兴都不可堪，只厮并不多会儿，又被后人拖下来。

正在如此光景，闹得个吴半生又惊又诧，不知如何方好，只听哗啷啷铃声又作。这时一女向外一看，忙向大家摇手。大家不解其意，还是乱作一团的当儿，说时迟，那时快，只听一声大喝，黑姆牵犬早健跳而入。众女白羊似的一阵跌滚，争着腰布。只剩个光溜溜的吴半生四脚朝天，卧在榻上。众苗女一慌张，只是一阵乱推搡，好不有趣。

正这当儿，黑姆一个虎势扑过，捉住一女，便要举拳。正是：

　　　摩登淫席方参处，魔母歪风忽卷来。

欲知后事如何，且听下回分解。

第十回

落苗寨奇缘逢石女
得宝剑救友走山峒

　　且说众苗女见黑姆突然趤转，无不张皇失措。今见她发作起来，忙拉住她拳头，乱说道："这汉子是方才撞来，俺们还没得空去告知您哩。"

　　黑姆喝道："胡说！俺早已料你们有玄虚，故此暗转来潜看多时咧。"说着，将最先上场的一女一揉道："不是你这妮子当头阵吗？你们这点点手眼，如何瞒得獒儿呢？"原来猛獒那会子满屋巡嗅，黑姆便起疑咧。当时众苗女情知她意有所在，便索性凑趣道："不须说咧，俺们且将功折罪如何？"黑姆笑道："这么着，还见你们有人心。"说罢，挥退众女，顷刻间自家脱光。半生一望，不由魂惊千里，单是那一身紫黑肉皮已经承当不起，何况这当儿黑姆还定要摆弄些娇姿媚态？只眉梢眼角，恨不得将十地菩萨吓倒，何况凡人！

　　当时半生满身起栗，正思拼命跳起，哪知黑姆更来得老气横秋，只一跷腿便跃然登榻，顷刻铁缏般将半生抱得紧紧的，一张俏脸早偎将来。半生只觉嗖一声凉气贯顶，眼睁睁夜叉在抱，任你是登徒老兄的阿哥，也只好叹仆病未能咧。当不得黑姆却兴致勃勃，当时连啃带揉，将半生一阵撕扭。

　　半生惊气之极，不由大叫道："俺吴半生一条好汉子，不想今日命尽于此！"一言未尽，只听屋外娇喝道："哪个大胆，便敢藏吴半生！"这一声不打紧，众苗女登时大乱。先有两女如飞跑出，这里余女便死命拖下黑姆，掷给她短衫筒裙。唯有半生赤条条的，一时间收拾不来，便有一女急中生智，拖起那会子藏他席片，方盖得半生下身，只见那两女如飞跑进，随后从容趸进一个绝妙苗女。半生一望，不由将天外惊魂登时提转。你道怎生模样？但见：

　　圆姿替月，眉端荡万种风情；润脸羞花，眼底含半天丰韵。

身段儿不肥不瘦，神情宜喜宜嗔。说她是艳质出金闺，偏多英爽；说她像素娥辞月窟，却乏幽贞。春山淡淡，总带些瘴雨蛮烟；秋水零零，隐传出刀光剑气。正是：石姑寨里女魔头，大姚山中牝罗刹。

当时半生见那苗女这般风姿，不由诧望得呆在榻上。大家失措之间，便见那黑姆结束爬起，张口结舌地向那苗女道："姑姑怎的独自踅出？"那苗女脸一绷，秋波慢闪，望到她腰下，却嘴一撇道："黑姆，你也这般年纪咧，俺可说你什么？"说罢，樱唇一撮，尖锐锐一声哨，登时由外面踅进一群健姣苗女，各持劲弩标枪，也有负荷獐兔的，都列立两旁。

苗女笑道："你看俺为甚独自踅出？便是方才射猎回头哩。"说罢，一望半生，似乎惊喜，却又登时面色一沉，俏步轻移，直踅近榻。半生这时好不自惭形秽，无奈一片席便如黔娄先生的破被一般遮了下便掩不得上。正在赤膊张皇，苗女猛地蛾眉倒竖，大喝道："你这厮便是吴半生？不消说是从葵花寨来哩，且与我缚了去！"一言未尽，跟随人蜂拥而上，拎起半生衣服，眨眼间给他穿停当。黑姆忙道："不消姑姑动气，俺给你缚带去吧。"苗女喝道："便连你都一同处置的！"于是转瞬间跟随人又将黑姆捉下，便同半生一索牵定，乱纷纷拥将出来。

屋内众苗女都吓得惊颜如土，幸亏没找到自己。大家看那俊苗女督众去远，方才心神稍定。原来这俊苗女便是石姑姑。当时众女惊定，你望我，我望你，似乎失落物件一般，便吵道："恶人天报，管保那老物儿要受用受用。你不见姑姑盛怒吗？"有的道："便是那个什么吴半生，一定也得不了好儿，姑姑听得葵花寨就有气哩。"有的猛然回想道："是咧，便是前几天，咱这里传说葵花寨来了个姓吴的汉子，怎的好相貌，怎的好武艺，又有方法治病，将石寨主倾服得什么似的，一定就是此人了。却有一件，此人既是石寨主倾服的人，咱家姑姑却越发着恼哩。坏咧坏咧，他定要被杀掉的！"

当时众女在茅屋外东蹿西跳，大说大讲，正乱到热闹当儿，中有一女竟跳嚷道："可惜了的吴半生！"语声方绝，忽听背后有人道："姑姑们买货不呢？"众女回头一望，却又是个山外汉子，雄赳赳腰带长刀，肩挑货担，走得大汗满头，急说道："俺是进山卖货的，专趁富家生意。方才姑姑们喊什么吴半生，莫非此人是这里富家吗？便请赏示他的居址如何？"说罢，眼睛乱转，看光景十分急切。

众女不由都笑道："你这一岔打到哪里去咧！真是驴唇不对马嘴。俺说的是有个山外汉子，名吴半生。"挑担人忙问道："吴半生怎样呢？"众女哪知就里，更且苗人真性儿，于是如此这般，将半生方才被捉一节事一说，挑担人竟听得愣愣怔怔，一言不发，拔脚便跑。

原来此人便是杜照。当时就冈后取得泉水，趱至墓前，却不见半生。一望货担等却依然都在，以为他或者小解去咧，便不以为意。自己饮过水，坐待良久，还不见他到来，于是站起身，就左右前后喊唤良久，何曾有人搭腔？杜照不由着忙，举目一望，山林丛沓，这所在要寻一个人，真是大海捞针。

当时，杜照只急得躁汗雨下。还亏他有些定见，只好仍趱向石姑寨，打算先寻地寄顿下货担，然后寻人。于是肩担起行，一路上数步一唤，便似发卖吴半生一般。他山中路径虽熟，却因觅唤半生，一处处未免耽搁。哪知半生误打误撞，跑的倒是赴石姑寨的一条捷径，所以半生在茅屋内耽延多时，直待被石姑捉去，杜照方到来。事有凑巧，正值那苗女跳叫吴半生，于是杜照心机一动，几句话便探问出半生下落。当时众苗女见杜照突然而来，突然便去，倒觉好笑。大家望了一会儿，也便各散。

且说杜照猛惊之际，只管飞步趱向寨路。少时心下稍清，不由暗怔道："这事儿费了手咧！据苗女们说，石姑姑听得'葵花寨'三字，登时盛怒，将老吴捉去，料想凶多吉少。看来石三保嘱咐我们不必提从葵花寨来，这里面总有个结疙瘩。我若去了，一定也得不着好气儿，巧咧就许被人家宰掉，这注生意是做不得咧。"想到这里，越发急躁。

这时，杜照猛闻朋友患难，还稍有义气，当时跺脚暗忖，便欲趱转葵花寨寻石三保，想法儿救半生。但是此等小人交情，有什么坚心横劲，方一眨眼，又暗念道：不妥，不妥。他们两寨里本自不和，我若去挑弄起事来，将来不知怎样收场。倘闹得祸事飞到我头上，这才是一百个合不着哩。如此一想，嗒然气丧，急切里急得额汗有黄豆大小。良久良久，忽地仰天一笑，主意既定，登时扑翻身便寻归路。原来他拼着这里生意不做，要趱回仙榴墟，就左近熟苗家卖卖货物，单等九十月之间，赶本县城的大庙会去咧，将个吴半生抛在脑后。

不提杜照匆匆转去。且说凌鲤自吴、杜去后，转眼十余日，他是会武功的人，气体本壮，又得相当滋养，七八天上，业已精神全复。每日无事，和店翁闲谈外，便习练武功。

这日傍晚，与店翁谈起天来，店翁笑道："怎的吴、杜两客官还未转来？想定是交易得手，这会子不知在哪个峒寨里哩。"凌鲤道："俺听杜爷说山中大峒寨就属葵花、石姑两处，左不过那里吧。"店翁笑道："提起石姑寨来，倒风光得紧。因那里是女峒主，性复风流放荡，遇着合意男子，往往硬留住，所以她手下许多女卒也便效尤。孤身行客时常被她们捉去，虽没别的祸，那群雌吸髓也可怕得紧哩。"凌鲤笑道："还是男人们没志气，便由她们捉弄不成？难道没长着脚子，不会跑掉吗？"

店翁吐舌道："凌爷说得倒轻妙哩。那石姑姑好不厉害，一身本领不消说，寨防严密更不必提，单是那座峒楼，直赛如铜墙铁壁，飞鸟难入。院墙外还有两名勇妇防护，一名夫余，一名黑姆，善用标枪，都是母夜叉般角色。更兼养猛獒，夜里放出，虎也似凶实。你想哪个有能为跑掉呀？"凌鲤听了，不由捏起双拳，大笑道："她自是没遇着俺凌壁虎！俺看她那里，便如无人之境哩。"

一言未尽，只听院中大喊道："凌兄在哪里？咱们快走他娘的吧！"语声绝处，趔进一人，吧嗒声放下挑担，睁大了眼睛，只是喘气，却是杜照。于是凌鲤喜道："杜兄这次交易如何？吴兄为何落在后面呢？"

杜照一面摇头，一面歇坐道："晦气得紧！都因吴兄，累得俺一注生意也没做。"因将入山后一段情形一说，末后拍膝道，"吴兄既不小心撞入虎口，说不得了，由他去吧。凌老哥，你是怎样？咱们后会有期吧。"说着，唤店翁算账，乱成一片。凌鲤惊愤道："不是俺多话，杜兄这便不对。既是朋友相交一场，若在患难中不复相扶救，世界上要朋友做甚！"说罢，意气慷慨。

杜照道："噫，这话奇哩！俺有什么能为敢惹那石姑姑？只怕凌兄尽也是嘴上的劲，还不知那石姑姑是何等角色，只当是两个奶子一张屁股的寻常女人家，若知得……"凌鲤愤然道："不须说咧！她便是牛魔王的老婆罗刹女，俺凌鲤也怕不着她，定须救吴兄转来。"店翁惊道："凌爷仔细呀！"凌鲤只向杜照道："闲话休提，今且问杜兄，能耽搁几天，领俺入山吗？管保救出吴兄便了。"

杜照听了，倒颇觉踌躇。原来他并不愿舍掉半生，今见凌鲤如此意气，不由也自家稍为壮气，却是看凌鲤一身干骨架，又未免有些信不及他。正怙惚当儿，凌鲤早看透其意，便道："杜兄只管放心，但领俺到石姑寨，您大事便毕，其余都在俺身便了。俺倘若不胜，您只管自去如何？"杜照听了，登时跃然道："既如此，明日咱便去！"说罢，将半生所遗朴刀由担中抽下，道："凌兄想还没有兵刃，且用此刀如何？"凌鲤随口道："俺诸般兵器都能用哩。俺出门奔走以来，有口家传宝刀，吹毛可断，可惜穷途中卖掉了。"说罢，不由太息。

这当儿，新月初上，晚风清凉，店翁便将晚膳安排在院中。须臾，杜、凌用罢，店翁收拾过，大家便聚坐，谈起明日入山等事。任杜照和店翁说得石姑姑怎样厉害，凌鲤只微微而笑。

正这当儿，只见店外高冈树林中，忽地一缕碧莹莹的光腾踔激射，少时一落，顷刻间又扶摇上升。杜照方在诧望，店翁却笑道："喂，凌爷，那话儿又来咧！不知凌爷今晚还高兴去寻寻吗？依我看来定是财兆。"说着，笑向杜照道，"俗语说得好：见一面，分一半。杜爷好财运！"

原来昨夜林中便异光发露，喜得店翁忙邀凌鲤去寻看。就林中细踏良久，无奈那异光闪电似游走不定，再也看不清发于哪里。倒累得店翁睡梦中见一大堆金银，随他眼睛乱滚，所以这当儿又害起财迷来哩。当时杜照问知所以，也不由吃惊打怪，便道："咱们快再去张张！"说罢，拖了凌鲤便走。那店翁虽老腿笨脚，这时竟健步如飞，奔向头里。

说到此处，读者见利能驱人，就要失笑。殊不知更不必笑，但看世界上人，营营扰扰，三百六十行，无论哪一行人，从早晨爬起直到日头大黑，走马灯似的拼命价奔干，试问哪一个不是利之所使？世界上若没这"利"字，登时如走马灯没烛焰一般，马上就全局停摆咧。睫在目前，不必远喻。即如作者，若不因家贫，不足以自给，还不肯劳精疲神，以五色生花之笔，自托于稗官小说之流哩。不知诸公有此一般之感想也无？

闲话少说，书入正文。且说凌鲤等一行人出得店来，趸登高冈，先悄悄隐在林外一张。恰值那光从一株顶高树头飞落，忽地横岔里一游射，早又流向百十步外，还未及眨眼，又飞向一带茂草上，如银蛇乱挺。凌鲤一望那株高树，竟有十余丈。当时三人厮趁到高树下，偷望那光，没作理会处。店翁悄说道："昨夜俺扑追了许多时，累得这会子腰还痛哩。"凌鲤沉吟道："如此扑赶，须不济事。我想这光总有个发源处，须寻它老家方好。"说罢，一仰头道，"俺便上这树去，望得远些，你二人便就林左右伏觇，哪个看准下落，便拍掌知会。"杜照道："好便好，只是这高树怎样上去呢？"

凌鲤哈哈一笑，更不答话，只见他身形略耸，已猫儿似跃抱在树，两腿一蹑，咻咻咻手移足随，不消顷刻工夫，早已跨坐树头横柯。杜照见了，方知他"壁虎"之名不是吹大气咧，于是和店翁分头伏定，仰见凌鲤在柯叶间影绰绰凝神静觇。待了半晌，那异光越发明亮，走如掷梭，却只是总不落地。少时，忽见那光咻一声飞向高树，就半身上匝绕不已。一望凌鲤，却如树头人参果似的，声息俱无，随风摇晃。

正这当儿，便见那光一落千丈，杜照顿觉眼前一黑。方要喊凌鲤，已听得树头掌声大作，接着唰一声，恍如鸟堕，凌鲤早跳在地，一脚踏住光没之处。这时，杜照等忙岔息跑来，于是凌鲤命店翁奔回店，唤人取锹锄等物。不多时，店翁领人打起火亮，闹哄哄走来，大家一齐动手，就脚踏处挖至丈余深，只听铿然有声，将铁锹激得火星四射。

店翁大叫道："仔细着！掘断整元宝，掉了银渣儿，损了分两，不是耍处哩！"一言未尽，只听众人一声喊，店翁喜极，几乎跌倒。火向下一照，却是三尺来长一具细石匣儿。于是凌鲤跳下，双手端起石匣儿，一耸而上。大家拭净土花，打开匣儿，却是一柄宝剑。鞘上面镌着一行端楷道：

祥金铸，烈士哭。刚气不磨蛰斯土，慎哉勿为懦夫辱。

原来是几句铭词，下面还有缀款道："玄一所用，留赠烈士。"凌鲤见了，不由跃然大喜，锵啷抽出那剑，但见一片寒光，湛湛如水，涵溶着碧莹莹彩色，好不可爱！剑柄上镌着"南精"两字。当时凌鲤喜极，忘其所以，只管颠三倒四价看，一面用袖拂拭，一面哈哈大笑。冷不防店翁眵着眼唾道："早知是这等铁片片子，谁耐烦寻它来！"说罢，不等大家，掉头便走。

这里杜照却笑道："巧得很，凌兄正愁没应手兵刃，如今却天送将来。此剑大约是高人所留，那'玄一'两字，莫非是他名号吗？这兆头来得不错，管保救得吴兄哩。"凌鲤听了，越发欢喜。当时一行人匆匆回店，一看店翁，还在那里噘了嘴没好气。

当晚，凌鲤就灯下将那剑摩挲拂拭，一会价弹得铮铮的，不住价憨笑，直至夜深方睡。次日清晨，和杜照早饭毕，结束停当，便带了南精剑；杜照这次只携一货物小包裹，提了朴刀，两人便拔步出店。一路上所经途径，凌鲤都暗暗留神。不消四五日，已将近石姑寨。原来这次取途既不经西路葵花寨，又搭着负轻心急，逐处里不暇留恋，自然近得许多。

这日，趱过牛角沟，行经闻吴半生消息之所，杜照一望那茅屋前，却有两个男苗卒箕踞而坐，因悄向凌鲤道："俺那日得闻吴兄被捉之信便在此处。却是那日所见都是些女苗，如今俺还记得喊吴半生的那女苗，生得圆团团一张笑脸儿，怎的今天又是男苗卒哩？"说话之间，两人趱过。

杜照手指前歧路道："从这里盘折走去，便直抵石姑寨后，比走寨前宽路却近，就是难走些。凌兄你走哪条路？没别的俺要失陪咧，就这里寻个苗户家住，等你好消息如何？"凌鲤听了，一言不发，竟抢将近来。正是：

> 识途马欲知难退，缘壁虎方鼓勇行。

欲知后事如何，且听下回分解。

第十一回

踏寨路剑斩栽骨瑶
拯药客乔探人胙瓮

且说凌鲤一把拖住杜照，笑道："杜兄便真个如此畏葸？这里还望不见寨影儿哩，好歹且导俺个四五里，哪里便逢着石姑姑，将你夹生地吃掉咧？咱们便走寨后路，且是僻静哩。"杜照无奈，只得硬了头皮走去。一路上攀萝附葛，果然险峻。

两人方走了二三里，只见一个苗女，头发四披，腰布都无，赤条条如飞跑来，一面回顾惊喊。两人方在一怔，就见那苗女慌张张抢向身后。说时迟，那时快！对面一声怪喊，早有个山魈似的栽骨瑶子，晃荡荡持刀赶来，单是那两臂健肉，漆铁一般，好不凶恶！杜照惊喊道："凌兄快动手！"说着，脚下一跄踉，恰好肉腻腻撞在那苗女身上。

这时，凌鲤挺身迎去，恰好瑶子扑到，只听嘣一声，凌鲤头额却撞在瑶子当胸。瑶子怒吼如雷，趁势一刀斫去。这时凌鲤已势无可避，便见他猛一闭气，登时头额惨白，就这等猛地一迎，但听铿的一声，将那刀震回老远。杜照望见，只吓得冷汗直淋，方暗想道：怪不得人家吹大气，原来真有几手儿。沉吟之间，那瑶子的刀已大劈大斫。

好凌鲤，真是惯家！几个照面，猛地抽出南精剑，高举便剁。那瑶子忙横刀一迎，只听咔嚓扑哧一声响，登时红光迸现，凌鲤一剑竟按到瑶子耳肩之间，那半段刀合着血淋淋半边腮早掉在地下。好笑这瑶子，当不起回敬，就这等折受煞咧。

当时凌鲤收剑大笑道："妙，妙！杜兄你看此剑，端的非凡哩。"回头忽见苗女，不由唾道，"这怪相儿，料没甚体面事！凶瑶既死掉，咱们不必耽搁咧。"杜照道："慢着，我看此女有些面善，等我问问她。"

正说着，苗女也端详杜照道："噫，你不是那天从俺汛房前经过的那贩货客人吗？"杜照仔细一看她，可不正是那跳喊吴半生的苗女！于是心中一动，方要根问所以，那苗女却急叫道："俺还有同伴，正在危急哩！"

说罢，向一里外崖上一指。凌鲤望去，却是一处汛房，于是不暇细问，便命她头前引路，直奔将去。这时苗女随路拔些长茂青草掩裹住前阴后臀，远望去便如画上古人儿一般，倒也十分别致。

将近汛房，已闻得里面女人哭喊，十分急切。苗女惊急道："客官们快救命吧，那强徒生得直非人类哩！"凌鲤大怒，噌的声挺剑闯入，只眼光一瞟之间，不由怒发上指。原来屋内正有个怪魔似的长大瑶子，按着一光溜溜苗妇，干得好不凶实。这种怪状真是亘古所无，天下少有。于是凌鲤更不声响，手势一挺，恰好那瑶子做到妙处，屁股猛耸，两下里一凑合，早已停当，连叫喊都来不及，便由苗妇身上脱下死掉，横八叉仰在那里。草榻上苗妇也便绝叫昏去。

这时，杜照和苗女业已相继而入，杜照一眼望去，先吓得哟了一声。便见苗女咬咬牙，提起死瑶所遗刀来，猛地奔去，竟将他阴根割下，叭的声掷在地下，真正非同寻常。杜照一见，方恍然苗女情急之由，便道："这种栽骨瑶子，是没得人理的。"于是先拖出死瑶，又和苗女等捶唤醒苗妇。那苗妇见了众人，只是发怔。苗女便乱糟糟诉说一遍。苗妇十分感激，便强起问过凌、杜姓名，叉臂致谢，又忙寻衣布，给苗女穿上。

凌、杜这阵闹，都也疲倦，便相与坐下来，问苗女所以。苗女道："俺自那日在前汛房逢着杜客官后，过得两天，便被俺石姑姑调到这里来。此间是赴寨后的僻路，所以这汛房没多人，只有俺们两个。不想那会子忽地撞来两个挨刀的凶瑶，你想俺两人如何敌得住？三不知被他两个捉住。"说着，一瞟地下阴根道，"那追俺的那个，比这死瑶还凶实些。"杜照听了，不由哼了一声。凌鲤偷眼一望苗妇，却见她恶狠狠走去，一脚踢出那阴根。这里苗女却接说道："俺当时拼命挣脱便跑，却亏得你们救了俺。真丧气得紧，若不因那天那个什么吴半生由前汛房捉去，俺们也调不到这险僻所在来哩。想是寨主怒俺容留外人哩。"

杜照忙趁势问道："那么你可知现在吴半生怎么样咧？"苗女道："这不晓得。但是那天看寨主盛怒之状，连黑姆都缚将去，恐怕这当儿吴半生就许落在人胙瓮内，也未可知。"

凌鲤急问道："什么叫人胙瓮？"说着，挺然站起。杜照忙摇手道："凌兄且安静，你就是好听新新皮科（北京谓新新话曰新新皮科）。俺是久听人说过，这人胙瓮便是寨后面一条深涧，阔可数丈，深不知底，上面设一根铁索，飞踏往来，除得石姑姑有此本领，他人是不敢涉足的，所以那里并不设防卫。凡寨中杀掉人，便向涧中一丢。里面白骨委积，不知多少哩。"说着，向凌鲤一使眼色道，"却是咱们贩客们，谁问他这等闲账？倒是今天咱们就这里求个东道，住一宿是正经。"

苗女等听了，笑嘻嘻连连点头。于是凌鲤知杜照必有意思，便依然坐下。这时，日光堪堪西落，杜照沉吟一会儿，忽从货包中拣出些花粉之类，把给两苗女，两个只乐得眉欢眼笑。苗女便道："俺这里有一种殷王稻，这当儿正熟，且将来供客何如？这种稻香色非常，相传是古代有位皇帝殷高宗伐什么鬼方，曾经此地，军中所余之粮偶然弃落山中，便生此稻哩。"说罢，同苗妇跳跃而去。

杜照等她去远，方说道："凌兄本领虽好，苦于地势不熟。今就这里探些寨中光景，岂不方便？俺便在此相候，更便当得紧。"凌鲤道："既如此，你怎的对主人家说呢？"杜照笑道："俺自有道理，少时俺同她们谈起，凌兄但一旁装睡便了。到了明晨，俺自有留此之计。"说着屈指道，"明夜你入寨，若能得手，巧咧当夜就同吴兄奔到这里。如后日你过午不到，俺可要撒丫子（俗谓放脚跑也）咧。"凌鲤笑道："你放一百个心，管保咱大家这里相见。"

正说之间，只听屋外一阵咯咯乱笑，两人连忙一挤眼，早见苗女用一种青箬叶包稻而入，随后苗妇拎着腌脯之类。原来苗俗中还有淳朴古风，不怕十里八里的远邻居，都可有无相通，不像内地里死巴巴，所以苗女等特乞诸邻将来供客。

当时苗女等忙碌碌掌上火亮，便就屋角灶头炊起饭来。须臾，香气发越，直向凌、杜鼻孔里钻。杜照不由咽的一声咽口唾道："凌兄，你小时节是念过书的，这殷王端的是哪家皇帝呢？既能远伐鬼方，一定是个马上皇帝，大概和秦始皇一般的英雄，是黄龙转世，故能大破五雷阵，和孙膑老祖斗法。巧咧这殷王高宗许就是秦始皇以后的那代皇帝，和楚霸王打过架的。"凌鲤笑道："俺虽小时念过薄薄的两本书，可恨那鸟先生只知让呆念，一些儿故典不讲，俺如何弄得清楚？但是从古皇帝里面没听说有姓殷的，只有说书唱戏中有个殷纣王，宠爱妲己女。想来这殷王高宗便是纣王的后代，也未可知哩。"

两人这番考据，真个驴唇不对马嘴，如李三娘是张飞的媳妇一般，竟闹了个板是板，眼是眼，非常合局。正谈得起劲，只见苗女等已将饭食摆列停当。杜照遥望，只见一大堆青包儿，近前一看，却是箬叶包米的饭团儿。原来苗俗炊饭，都用此法。

当时凌、杜劈开个包儿，单是那青玉似颜色已经一望心爽，及至一尝，真个色香味件件俱全，还说什么天台胡麻。苗女等一旁只是憨笑，杜照眼睛一转，便一个个拖来同食，笑道："俺累次来此趁生意，差不多如这里地理鬼一般。却是这种美稻，竟不曾吃过。"苗女笑道："俺大寨左近道路好不绕脖儿，你便如地理鬼一般？此话俺便不信。"杜照道："这是吹唠的吗？"说罢，将近寨险道举出几处。苗女诧异道："果然不错。但是寨中道径，你却不知哩。"杜照赶忙将凌鲤微肘一下。那苗女说得高兴，便将寨中出入要道一一说出。凌鲤方恍然由寨后入去十分便捷，就差着索桥险些，然而他却不以为意。当时一面用饭，便暗暗定好主意。

须臾饭罢，大家就地榻安息。杜照忽地响亮亮饱咳一声。凌鲤道："杜兄怎么？"杜照便悄悄一脚踹去。凌鲤会意，便不再问。少时杜照竟呻吟着，似乎坐起，嘟念道："'少吃一口，安定一宿。'古老话不会错的。今天这美稻忒煞地可口，哪知肚儿却遭殃咧。"苗女笑道："你既不舒齐，俺给你摩按一会儿如何？"杜照道："敢是好哩。"说着，便闻窸窣有声。杜照一面微呻，一面还噪道："向上些，向下些。"招得苗女咯咯地笑。

凌鲤正在暗笑杜照做猴相儿，忽觉绵软软一只手摸到屁股上，不由惊道："怎么？"苗妇笑道："俺看你吃饭比杜客官还凶些，难道不用摩按吗？"杜照笑道："不打紧，他是有名的大饭桶，不怕你再烧一锅饭，他都装得下哩。"当时大家乱过一阵，方才次第困去。

次晨起来，杜照业已龇牙咧嘴，呻吟成堆，叹气道："这便怎好？俺一时肚内越痛，竟走不得咧。没别的，烦凌兄辛苦一趟，到俺主顾家送个信，请他们到此买货吧。"说罢，这里那里的胡噪一气。凌鲤道："不须嘱咐，俺都晓得。"说罢，匆匆结束，带了南精剑。杜照却皱起眉头，眼看凌鲤趱去，他却向苗女等道："这是怎么说？又须烦扰主人家。"

不提这里假做作，且说凌鲤既探得山中道径，打定主意，便取道直奔寨后。一路上升高履下，也无暇观望风景。少时趱登一线窄径，刚容得一人驻足，那道儿却羊肠似逶迤出老远。凌鲤正纳头奔去，忽听对面急喊道："慢着来！"凌鲤急望，只见一人荷囊挟锄，莽熊似奔来，咯噔声和凌鲤闹了个对面相瞅笑脸，谁也休想躲开。

那人急得乱叫道："死，死！后面有毒蛇赶来咧！"凌鲤惊道："既如此，不必着急。"说罢，略一耸身，已越到那人背后。恰好一条大菜花蛇昂起头，呼呼弄风，如飞赶到。凌鲤拔剑在手，闪身取势，横平一剑削去，噌的声蛇头飞去，正砸在那人脊背上。那人登时惊叫一声，往后便倒。凌鲤大笑，忙跑回扶起他，仔细一看，却是采药的汉人，已吓得面目失色。

苗地内遇着汉人，分外相亲，当时那人深谢凌鲤，便道："俺叫刘大成，便是本县城内人，卖生药为业。方才若非老兄见救，就没命咧。"因问过凌鲤姓氏，十分感激，因问道："看凌兄气概，真好武功！却是因何至此呢？"凌鲤不便实说，只推说入山访友。大成听了，将药锄一顿道："既如此，凌兄得暇，千万到城见访，容俺稍尽谢意。舍下便在县南街，一问刘大成，是没人不晓得的。俺因给这位新任官的姨太太来寻药，竟险遭蛇害哩。"

凌鲤忽见药锄，不觉心机一动，便道："刘兄这锄借俺一用何如？"大成赶忙道："可以，可以。"于是递过锄，彼此一拱手，各奔各路。

且说凌鲤既得药锄，便随路采些草药等类挂荷肩头，只做是采药人，放心奔去。一路上经两处汛房，都被他蒙混过去。不消已分时，已将到寨后。举目一望，便见三二里外树木葱茏，许多碉楼尖顶参差于烟云浩荡之中，倾耳一听，隐闻人声浩浩。凌鲤暗忖道：果然好座石姑寨！这时光早得很，俺且踏明入寨道路，就左右觑探一回再说。想罢，依苗女所说途径，一直奔去。

只见沿道都是深莽高崖，少时转下坡坨，陡现一条横涧。凌鲤一望，果见长虹般驾起一条铁索，索尽处便临寨后，都用竹木结就，势如坚城。于是趋近涧向下一望，但觉阴风惨惨，下面槎牙怪石利如锋芒，极深处目不可极，一股腥秽之气湿淫淫地扑上来。凌鲤一瞟之间，已见一立削石上还穿着半片枯骸，皮肉料被乌鸢食尽，只有筋络连系，不由惊骇道："好凶实的人胙瓷！石姑姑如此歹毒，只怕吴兄没得命咧。"

正张望间，忽闻寨内一阵欢呼鼓吹。凌鲤望望日色，不敢久停，只端详一会儿渡飞索的路子。却见距对面索根不远，有一株偃蹇老树，伸枝攫拿，直及铁索中腰。恰好这边索根是就一崖隙古树根系定，那树根生气郁怒，伸滋出怪蟒一横干，直走向涧，和对面那伸枝只差得丈余远，不相搭接，枝叶扶疏，掀掀对舞，十分有趣。

凌鲤望了一会儿，也没在意，便取路绕向寨前。这一路却石磴萦纡，颇颇宽敞。刚行近寨前，便见许多苗女，各簪山花，攒三聚五价相扑为戏，有的成群价坐卧谈笑，看光景十分暇逸。一见凌鲤，便登时争奔将来，乱叫道："你这厮真好运气！若非今日你撞到这里来，有得你受用哩。"凌鲤故作慌张道："俺是和同伴的进山采药，不幸同伴失路，所以俺跟寻至此。此处是哪里呀？"

一女道："哟，你这汉子，连石姑寨都不晓得，真是怯条儿！俺们方便你在此住一宿，明日快去是正经。若非今天寨主大喜日，一百个也杀掉你咧。"凌鲤听了，不敢多问，果然由她们撮弄到一泛房内。这时，众女正要午食，便让凌鲤同吃，却一面看了凌鲤干骨架只管笑。有的便道："俺只当汉人们都是金刚一般，原来也有怪丑的哩！不然，牵到寨主那里，岂不献个好儿？"一女唾道："你莫浪声嗓，人家寨主现正大嚼江瑶柱，还稀罕这土泥鳅吗？你且看得动火，快将去杀杀火气去。"众女听了，都各大笑，便依然莺翻燕掠，次第跃出，就房前广场扑戏起来。

原来这群苗女都是护寨女卒，平日价便操练身手，虽是跳跃如飞，却没有什么家数。当时凌鲤因入夜还老早的，且喜就此歇歇精神，便也蹭出房来，遥立而望，只见众女捉对儿风滚，怯手怯脚，十分好笑，无意中扑哧一声。一女攘臂道："你笑什么？难道你还懂得吗？俺们这一队人，便是寨中黑姆等都不敢小看哩。"凌鲤笑道："俺虽不懂什么，却是你们捉不住俺。"众女哄道："真个的吗？"一言未尽，便有一女雀跃奔去。凌鲤只一闪，那女便扑个空，于是两人风团似追逐一阵。

凌鲤便如引逗小儿一般，专待眼睁睁就要被捉，方一跃而逝，引得那女又急又笑。众女看得起劲，一声喝号，蜂拥而上，前后左右，奋捉如飞。好凌鲤！偏不着忙，只放开身段，在群女中游行自在。这时群女便如惊鸿舞蝶，捉到酣畅处，未免彼此乱撞，跌跌滚滚，外带着喧笑成一片。

正这当儿，只听场外猛喝道："你这班妮子，要作死呀！看起来就不赏给你们。"众女猛惊，内有两个脚势收不住，登时一块儿趴在地下。便有机灵的登时跑去，将来人一把拖入，笑道："黑姆早来时，岂不看个热闹？"凌鲤听得"黑姆"两字，急忙一望，果如店翁所说母夜叉一般，手内挂着根长枪，威风凛凛。

这时，众女争问道："寨主的赏赐喜酒呢？"黑姆笑道："这群馋妮子，难道俺还偷吃不成？便是夫余押送在后面哩。"说罢，趋近凌鲤，一端详，不由唾道："原来是猥琐物儿，空负个汉人坯子！"说罢，软笃笃叹口气道："如今那中人意的人儿是见不着的了。"说罢，眼皮一低，竟有抑怨不胜之意。凌鲤听了，莫名其妙，正在暗诧黑姆丑相，只听群女拍手道："来也，来也！"凌鲤一望，又是一惊。

只见吆吆喝喝从场外趔来四五人，各抬酒食之类。当头一个健苗妇，和黑姆模样简直是一对儿。抢攘之间，群女乱噪道："夫余辛苦咧，还自家亲送来。那么便同黑姆在这里，咱们大家吃吃喝喝，乐他一场子吧。"夫余道："今天寨前后越发忙碌，俺哪里有空陪你们玩？过得这两天更要忙碌，俺听说寨主高兴之余，竟要和葵花寨和睦起来。大约寨主不亲赴葵花寨，便是将那边寨主请将来哩。"

众女听了，都各诧异。凌鲤一旁，越发摸头不着，只端详夫余、黑姆两人，一壁价咂嘴儿。正这当儿，只见夫余怒目一瞟，飞步将去。正是：

莫讶深山逢不若，都因仗义救良朋。

欲知后事如何，且听下回分解。

第十二回

凌壁虎夜战中鱼梭
石姑姑选婿得鸳侣

　　且说凌鲤正在呆望，不想夫余一眼瞅到，怒喝道："你这瘦小厮哪里来的？"说着，跑近一抓，凌鲤挺然不动。众女忙道："他是个采药的，迷路至此。"黑姆便唾道："这种猴相儿，恶心得紧！咱们快去吧。"说罢，拉了夫余，催众便走。夫余走得数十步，却回头一望，自语道："这小厮虽瘦，倒好骨架。俺方才一把就像抓在铁石上。"一路咕哝，便已去远。

　　这时，寨内欢声越发加劲，众女便笑道："咱们没别的指望，且吃喝他娘的吧。"说罢，七手八脚将食物酒肉之类摆列在广场中，大家团团一围，拎来便吃，有的抢起酒器，咕嘟嘟饮一气。

　　正在热闹，忽一女望见凌鲤，拍手道："啊哟哟，咱们只顾吃，竟把远客给丢咧。"说着，拉过凌鲤，按坐在一处，笑道："与人方便，自己方便。倘或咱们到他汉地内，一般地吃主人家哩。"一女摇手道："了不得！俺闻他们汉地内都讲究吃客人，变着方儿让你花得精光方肯罢手哩。"大家听了，都各大笑。于是尽兴儿欢呼畅饮，或坐或跳，便似今天是什么良辰令节，通没拘忌似的。

　　凌鲤望望日色，方才挫西，欲延宕时光，便笑道："这种闷酒吃得没趣，俺们内地里有一套《破阵舞》的歌儿，都选关西大汉，穿戴起金盔亮甲，和着铁板铜琶，唱起歌词，一面作纵横挥刺之势，好不有趣！俺习得一段儿，你们愿看吗？"众女听了，都道："妙，妙。"

　　于是凌鲤跃起，倏地一开舞势，但见翩翩跌宕，指东挥西，一路步法，捷疾中还带沉稳，登时开了个四门，然后按剑扬眉，高唱道：

　　　　丈夫处世何纵横，千里一剑不留行。阵云翻空翳太白，血光
　　欲染旄头星。生为国殇固破敌，不然肝胆结良朋。国士国士何今
　　古，坐令豫让垂空名。吁嗟乎，世有智伯吾将从。

凌鲤歌罢，眉宇轩动。众女拍掌道："妙，妙！比俺山中《浪花歌儿》还好听些。俺们也唱个《月儿圆》如何？"说罢，呼啦声站起，大家牵手作个大圆圈儿，徐徐绕行，一面同声唱道：

> 万古清晖，谁更见古今圆缺。但明明在人心曲，何须去揣。照彻处世界涵虚，尽青天碧海，千万里相思不隔。漫笑俺山中无历日，一般看弯弯弓影，圆镜新磨。妙也么哥，且团栾欢聚，永绝离歌。一任他蟾光增减，将奈人何。

众女一片歌声，响震林木，又翻舞进退，作个连环式，方才罢唱。这一耽延，日色将暮，众女中颇有醉困的，便互相扶掖，各归汛房。凌鲤方在踌躇，已被一女拉到汛房后草棚中安置。凌鲤且喜躲得群雌，便当得紧，于是一个欠伸，歪倒便睡，却听得那女自语道："怪不得黑姆说他猥琐，真也有些儿。咳！别的不打紧，明日预备给寨主叩喜吧。"

凌鲤听了，只好忍笑，却又猜不出寨中有何喜事。沉思一会儿，便真个盹睡一霎。少时猛醒，业已月光微照，倾耳一听，汛房中鼾声相间。于是忙起结束，带了南精剑，出棚一望，但见夜气澄清，群峰静悄，只遥闻寨中巡柝方交二鼓。凌鲤日间主意既定，便扑翻身直奔寨后，这时施展出夜行术，不消顷刻已到铁索边。方要循下坡，直奔古树根，叫声苦，不知高低，仔细一望，何曾有铁索影儿！原来已被寨中收去唎。这铁索两端本是活枢乱钮，日放夜收，有定规的。凌鲤虽探知有铁索，却不晓得夜收一层。当时慌忙中无所措手，愣了一会儿，但见月光中两崖那两树虬枝晃动，如相拱揖一般。凌鲤忽有所触，喜道："凭俺本领，且这般玩一下子。"

好凌鲤！真是艺高人胆大，你看他竟行若无事，一个箭步跃蹬这边树身，哧哧哧闹了个穿枝过梗，不消顷刻已到枝头，离那边树枝还有丈把远。却是这枝头柔细，非老干可比，休说是用力蹬跃，便猴在上面，已如杠掀官一般（北方社火搬演杂戏，有杠掀官之戏，法用横杠一，两人持之，加竖杠一，其长两倍横杠，如十字形，扮官者翎顶公服，危坐竖杠前端，后一人按后端抑扬之云），时起时落。凌鲤踌躇一会儿，望望两枝相离处，便索性退回丈余远，一顿足，试试枝力，似可禁胜，但是离那边树枝已有小三丈来远。于是凝神集气，浑身力量都到腿足，猛地将身一矬，蹭的声蹿去。

只听咔吧一声响，树枝折落，凌鲤便如驾云一般，已到那边乱枝上。

赶忙站稳，一回头，不由悚然汗下，暗道：险得很，这一来便断了回头道咧。只好和吴兄从寨前想出来的法儿吧。于是循枝缘干趲落崖上，留神一望，离寨后栅只有里把地，一片竹树绵延相接。倾耳一听，唯闻远远巡锣声，少时树隙间火光一亮，似趲向寨左去咧。

凌鲤稍为定神，回想苗女所说道路，便直奔寨后栅。方穿过一丛短树，陡现出一条沙径。凌鲤方暗忖道：这定是绕寨巡更之路，不然不会寸草不生。正在沉吟，只听身旁奔蹄怪响，忽有一物猛虎似扑来。凌鲤赶忙一闪，但听哧一声，后衣襟业已拉落。急望时，却是匹猛獒，目光电耸，利牙如刀，一跃数尺，甚是凶猛。凌鲤大怒，只一拔剑当儿，忽觉背上猛地扑到一个人，并且毛茸茸两只手搭抓两肩以外，还伸过个毛乖乖，竟要和凌鲤接吻。

凌鲤急一摆脱，便觉肩头微痛，跳出数步一望，却又是匹大苍獒，竟凶实实向人立扑来。这时凌鲤前后被扑，两只獒凶警非常，剑光到处，他早跳开。惹得凌鲤性起，猛地一跃丈把高，趁一獒仰口扑望，一剑舂去，穿喉死掉。那一獒猛然大吼，回头便跑。凌鲤赶去，只一剑斫断后尻。那獒痛极，尽力子又一吼，蹿出十余步方才跌死。这一响动不打紧，只听前面林中呼呼风响，登时山魈似抢来两人，两杆长标枪向凌鲤分心便刺。凌鲤不暇细看，剑光一摆，上下翻飞，登时和来人杀作一处。妙在来人也不作声，只死力猛扑，月光中剑去枪来，银光闪闪，好一场恶杀！

不消顷刻，凌鲤趁来枪之势，一剑削去，直抢入一人怀里，对面一个冲天炮，一拳打翻。另一人却枪不及旋，只用枪杆横打去，凌鲤顺手一翻腕，那剑锋哧的声削到虎口，只痛得那人一打晃，撒手扔枪，刚待大叫，已被凌鲤掐住脖儿，捉鸡子似的揪翻。便掠下她腰布，捆缚停当，随手抓一把沙给她填在口中，嘣的声掷在那里。方要仔细去看，只见先倒的那一人竟挣扎要起，凌鲤赶去，一脚踢翻，也如法炮制起来。这才一看两人面目，却是黑姆和夫余。

原来她两个带獒夜巡，本是常班儿，不想今天晦气，却撞着凌鲤。当时两个一对儿瞪白眼，见是凌鲤，很透着诧异神气。凌鲤悄喝道："俺这猥琐样儿虽不惬尊意，今且给你个猛壮的如何？"说罢，将死獒拖过，每人身上压了一个，远远一望，甚是特别。凌鲤都不管他，便仗剑直奔寨栅。到那里仔细一看，又是一怔。原来那寨栅纯是竹树结就，高峻不用说，最厉害的是上面削成锐尖儿，一根根利枪一般，并且竹皮最滑，不堪驻足。凌鲤端详一会儿，没作理会处，便沿栅向左行去。忽见栅根有一处微透出寨内火亮，俯身一看，不由得计。原来是一泄水之窦，只有碗口大小。

当时凌鲤蹲下身，双手持剑，插入窦口，只用力一旋，真好宝剑！便如挖腐一般，越旋窦越大。顷刻间其大如笠，于是收起剑，伏地一听，没甚动静。夜行人规矩，仔细为先。当时凌鲤先捡一石子从窦抛入，只听骨碌碌一阵滚，知是平地。然后一耸身，来了个惊蛇入草式，嗖的声已钻入栅内。稍一闭目，然后跳起一望，只见群房连延，各有封锁，当中场还堆积着许多粮袋。

凌鲤暗想道：不错，那苗女说过，这粮院便靠石姑姑住楼后身。她还说靠寨栅有棵大橡树，却怎的不见呢？沉吟间向右一望，果见百十步间有棵大橡树，枝下垂，直拂栅外。不由暗笑道：俺早望见此树，便不消钻洞咧。但不知此时吴兄藏在哪里，只好拿住石姑姑再说咧。想罢，更不怠慢，直奔前面那最高碉楼。仰见灯光隐隐，由后楼窗射出，远浮高树之杪。于是就月光驻足一望，只见楼壁虽极峻滑，却数尺远近便有箍壁大钉，仅突露着蘑菇头，还堪着手。

好凌鲤！更不踌躇，略一凝神，嗖嗖嗖直上楼壁，手足略借露钉之势，一气儿便到后窗。猛一个鹞子翻身，早折上楼檐，更趁势两脚一绷力，钩住檐头，唰一个夜叉探海式，翻下身就窗一望，只见里面灯火辉煌，酒食罗列。一张木榻上斜坐着一个绝俊苗女，轻绡映肌，十分风韵，旁有两苗女带刀侍立。

俊女笑道："今天煞是热闹，却也疲乏极咧。咱们过两天还须向葵花寨走走。"侍女笑道："俺们久已劝姑姑须向葵花寨和睦，无奈姑姑不听。直待人家到来，三言两语就停当咧。看起来，说话第一人须对劲儿，不然越弄越拧。这会子新寨主和您便只如投簧的钥匙一般，单找您缝儿往里填，自然八下里都合适咧。"俊女笑道："憨丫头不要胡呲，快服侍俺安歇是正经。"侍女道："哟，您可是欢喜糊涂咧，难道忘了那个人吗？"俊女听了，哧地一笑，搭趁着解下佩刀，和壁上鱼梭囊挂在一处。

凌鲤一面张望，一面暗想道：怪不得苗女们夸得石姑姑天仙一般，果然不错。俺若闯进楼，又恐楼内有甚机关，不如引出她来为妙。想罢，身一折，复上楼檐。闪开后窗，一个顺水鱼式倒投而下，一翻身仍奔粮院，取出随身火种，就粮垛上放起一把火。他却挺剑绕赴楼门，就一块大石后蹲身专待。

果然不多时火头一冒，拉杂烧起，登时红光四彻，寨前后人声乱喊，奔走如雷。凌鲤都不管他，只不错眼珠价望那楼门。不想粮院内只管乱成一片，这楼门依然静悄悄的。待了良久，火都救灭，竟要渐渐静下来。凌鲤方在纳罕，只听身后娇叱道："什么人猴在这里？"一言未尽，刀光早曜。凌鲤惊跳起，急忙一望，正是石姑丢秀秀按刀而立，并不张皇。

原来火起当儿，石姑姑却从后窗一跃而下，直督众扑灭火方从容趑赴楼门。却是她机警非常，见忽然火起，早加了一番仔细，趁月光隐约，便见大石后蹲着个黑影儿，所以竟奔将来。当时凌鲤见石姑姑娇脆样儿，以为可手到擒来，登时宝剑一摆，当头便剁。

石姑姑略一闪，却喝道："你这厮不像山中人，为甚来寻俺？"凌鲤喝道："什么寻不寻，拿住你俺自有道理！"说罢，一挺手腕，分心又是一剑。石姑跳开，转笑道："你这厮好没道理，俺拿住你也自有处置哩。"说罢，一掣身，分开刀势。

凌鲤一望，便是一惊。原来武功中诸般器械，唯单刀之法能兼诸器之用，却非武功深至的不能头头是道。今见石姑一分刀势，却用杨姑姑梨花枪法（宋末淮南大盗李全之妻，当时梨花枪法天下无敌，遂传为一派）。这路刀专以钩刺挑掠、捷疾轻妙见长，并不大斫蛮剁，最讲究不触接敌人兵器，所以闪躲之法几于无迹可窥，它那攻取神妙更不消说咧。当时凌鲤一凝神，不敢怠慢，剑光一闪，登时碎步迎去。两人翻翻滚滚，端的一场好杀！但见：

> 刀锋起处，乱溅银花；剑气腾时，横旋瑞雪。一个是长沙豪士，为救友义气凌云；一个是苗峒妖姬，久自大雄心贯日。攫拿闪钻，一对儿各逞奇能；绕避回旋，两下里都藏巧法。南精剑利，却近不得俏身皮；苗铁刀铦，更沾不着瘦骨架。正是：国手着棋争一子，良将对阵看先筹。

两人这番相杀，真个功力悉敌。满院中吆吆喝喝，早惊动寨众，乱哄哄长矛钩竿，风也似卷来，并且火燎高举，照曜如昼。凌鲤暗想：这般光景，今天石姑姑是捉不成咧，只好明日再作道理。于是虚晃一剑，跳出圈子，直奔粮院。石姑姑喝道："哪里走！"苦苦一追。

恰好凌鲤跑到大橡树跟前，不由回头喝道："俺不跟你玩咧，咱们明日再见。"说罢一耸身，方跃上树身之半，只听石姑喝道："下来吧！"唰的声纤手一扬，凌鲤啊哟一声，翻身栽落，登时昏沉沉不省人事。原来石姑随手一鱼梭打去，正中凌鲤左腿。这鱼梭是用一种毒草药喂就，厉害得紧哩。当时石姑命人拖过凌鲤，以为不过是强梁之类，方要仔细审视，只听左右报道："吴爷来咧。"

众人一闪，半生已含笑而进，先拉住石姑手笑道："受惊，受惊。什么鸟人，便敢到此？俺方才去写给葵花寨的书信，不想这当儿便闹起来咧。那厮在哪里？俺且张张。"左右嘁的声举起火燎。

半生一望，不由大惊，登时高跳道："了不得，快拿药来！"说罢，额汗如雨，竟扑嗒声坐在就地，将凌鲤脑袋抱枕膝头，拍地道："了不得，药来！药来！"说罢，竟由凌鲤创口上去抹紫黑血。这时凌鲤已面如白纸，双睛紧闭。半生滴泪道："这光景，俺便瞧科三分。你定是闻俺什么风声，以为遭害，今特地寻俺。冒险到此哩。"说罢竟"凌老弟""凌老弟"地嘶唤起来。

这一来，闹得石姑姑竟怔在那里，但是见半生情急之状，便料得有些蹊跷，于是催取解药，用水调开，给凌鲤撬牙灌下。半生这才放下凌鲤，向石姑姑一说凌鲤来头，顿足道："此人虽和俺是新交，却很有义气，他此来定是闻俺被你捉来，前来救我哩。但是俺还有个杜朋友，恐怕也来了哩。"

石姑姑笑道："你说得倒怪好听，这凌鲤果为你来吗？"半生道："你如不信，等他醒来时，俺且躲在一旁，看他是怎生说法，便知分晓。"石姑道："便是如此。"正说之间，只听凌鲤啊哟一声，半生忙抽身缩在人后。这时石姑一整面孔，提剑趑近。火燎光中，便见凌鲤悠悠醒转，大叫道："俺和吴半生兄死在一处，倒也罢了。"说罢，双目一张，蹶然坐起。石姑喝道："你这厮为何入寨？快些说来。俺不看你是条汉子，早已宰掉！"说罢，随手一挺剑。不想凌鲤冷笑一声，猛地一伸脖，只差毫发之间。亏得石姑手快，赶忙缩回。

众人一惊当儿，凌鲤已大笑道："你休推睡梦，俺便为救好友吴半生来的。今既被擒，不须多话，给你这颗头就是。"一言未尽，只见一人鼓掌大笑，跳跃而入，突地抱住自己道："好，好，这才是俺吴半生的朋友哩。"再看石姑，也便笑容满面，递刀给左右，纤手儿便来扶持。这一来，倒闹得凌鲤左右乱望，不知所以。于是半生笑道："此间非说话之所，且随我来。"便和石姑扶了凌鲤趑入楼中。

凌鲤坐下来，却见半生和石姑同坐一榻，看光景便如两口儿。方在纳罕，只见半生一拍石姑肩头，却笑道："凌老弟，好叫你得知，这便是你吴家嫂嫂哩。"说罢，叠起三指，说出一席话来。

原来半生自那日被捉到寨，仗了一片口才，随机应对，不消三言两语，早已打动石姑姑，便觉得自己阅人虽多，只堪做面首的玩物，若靠以终身，都不是材料。况且她本爱半生仪貌雄伟，不由芳心暗动，嫣然一笑，亲解其缚，延之上座。两下里谈论起，越发投机。原来半生机诈绝伦，他一见石姑，便知是个矜夸好胜、不可控勒的女子，于是一路溜哄奉承敬，直将石姑姑抬在云眼里。他自己装门面、吹大气，更不消说，比杜照对石三保一席话更来得妙相。石姑虽慧黠，究竟是苗地女子，不晓得内地情形，便以为半生定是中原豪杰，登时大喜，愿托终身。

你想半生一个穷光蛋，忽然间抚有雄寨，坐拥艳妻，自然是肯上加肯。当晚酒足饭饱，一对儿携手入帏。半生原是好色之徒，便略展内媚之术，已将石姑弄得尽情倾倒，暗含着已做了石姑寨的新主翁，于是他开章第一义，便劝石姑和三保言归于好，将唇齿之意说得十分剀切。

石姑听了，不由秋波慢瞟，玉体一偎，将半生轻捻一把，笑唾道："你倒说得好风凉话儿，你可知那时节三保叔将人气得发昏哩。"半生笑道："什么打紧，左右一个臭小厮，算得什么！将来俺到内地，将玉娃娃般的小官给你拉几个来，由你受用如何？"于是石姑一笑怒解。

半生便道："事不宜迟，咱们过两天行过婚礼后，便先致书葵花寨，通知一切。然后咱夫妇便趁结婚之事，去拜见你三保叔子，便一天云雾都散咧。自家人岂可生分？将来倘若遇事，正须互相扶助哩。"一席话入情入理，石姑听了，只管点头，忽笑道："你远事倒替俺虑得到，怎自己一个伙伴倒不提咧？"半生道："那会子俺没说吗？杜照他本是赴寨来卖货，他在林墓中寻俺不见，一定会寻向寨里来。只吩咐寨左近汛卒留神，见他一到，便速通报就得咧。"两人说得入港，一夜欢娱，不必细表。

次日，两人方兴冲冲携手站起，要出览大寨前后，只见一侍女匆匆跑入。正是：

> 新欢乍结随缘住，旧雨其来且费猜。

欲知后事如何，且听下回分解。

第十三回

显奇能争道飞索桥
击警鼓大闹葵花寨

　　且说吴半生本是枭黠之徒，梦想不到得此机遇。只那一夜之间，一面和石姑云情雨意，一面却肚皮内打稿儿。第一先想周览此寨形势，次日和石姑说明此意。两人方相携而起，却见一侍女跑入，半生只当是杜照连夜寻将来，劈头便问道："想是俺那位杜朋友到了吧？"

　　侍女还未答话，石姑一凝眸，忽笑道："俺知得咧，你定是为那黑姆来取俺进止。"侍女一笑，不敢作声。半生大笑道："总算亏了她，放掉就是。"侍女听了，便要转身。

　　石姑忽娇嗔道："站着！你听得哪个的吩咐？"说着，向半生似嗔似喜，唇一咬。半生伶俐，不由暗暗悚然，自知大意失言，便笑道："俺是句玩笑话罢了。"石姑微笑，哼了一声，向侍女一颔首，侍女方得令而去，于是半生知这浑家非旦夕所能笼络。当日周览寨后，便不敢贸然议论，只陪石姑从容说笑，却是心中颇念杜照。

　　哪知转眼十来日，不见他到来，婚期既届，只好暂且抛开。不想这夜却忽得凌鲤。当时凌鲤听罢，只喜幸半生无恙，倒不理会别的。便将杜照赶回仙榴墟，竟要自家走掉，并自己奋然来救一切事一说。石姑听了，先拍掌笑道："如此说来，这杜照还在寨后路某汛房等傻雁哩。他既胆小如鼠，倒好耍子。今天是俺喜日，且不去理会他咧。"于是甚赞凌鲤剑法之高，又命人取过南精剑，赏赞一番。

　　半生听凌鲤说得剑之异，十分称奇，便道："这玄一定是个剑侠高人。今又得凌老弟来聚此寨，看来咱寨运当兴咧。"说罢，忽弹剑切齿道，"安得仗此剑斩尽鲁官儿一辈的人，方消我恨哩！"说罢，手携石姑，双双站起，向凌鲤道："老弟梭伤初好，还须歇养，明日便请得杜兄来，更加热闹哩。"石姑听了，不由回头一笑，于是命人引凌鲤就卧静室。一宿无话。

　　次日清晨，半生春梦初回，模糊中一抚胸前，空落落的，睁眼一看，不见石姑。左右便道："俺姑姑老早就出去咧，想是吩咐寨众什么事体。"半生听了，也不为意。便结束洗漱罢，去寻凌鲤。两人谈得一会儿，须臾早饭，凌鲤方拈起箸，忽地猛醒道："不妥，不妥，俺和杜兄约准今午前和吴兄转回汛房。若要不到，他便跑掉咧，再要寻他，便费手脚，俺还是便去为是。"半生道："是呀，如此饭且慢用，咱们就去。"凌鲤道："俺来时走的是寨后索桥捷径，快便得紧。吴兄若过不得索桥，便在寨相候如何？"

半生道："俺也颇闻索桥之名，今趁便跟你去望望岂不好吗？啊哟，老弟真可以，昨天你说起由两棵树上硬渡过来，这种手段，恐怕俺这新娘子也来不及哩。"一面说着，两人拔步便走，直奔寨后。后门汛卒见了，不敢致问。原来那会子石姑姑也从这里跫出，便以为他们随意游览罢了。当时凌、吴奔去，不多时已到后崖系索之所。

半生一望，不由吐舌道："啊哟！这种把戏俺可来不及。没别的，只好在此恭候咧。"凌鲤一笑，无意中向对崖一望，只见系索古树根旁丛草中忽微微翻动，似有野兽等钻入。当时匆匆中更不理会，便一凝神，展开步法，嗖嗖嗖直登索桥。半生望去，真个身轻如燕，行若驭风，方喝道："好啊！"

一声未尽，只听对崖丛草中也娇滴滴地喝道："好！好！"嗖一声蹿出一物，身高丈余，乍望去竟不分明，弹指之间早已跃登索上，电也似直飞过来。半生仔细一望，几乎惊倒。原来正是他浑家石姑姑，背了杜照闯将来。

这当儿，一条悬索上对厮面叉了盘（俗谓对面相撞，开不得路曰叉盘），上有青冥之高天，下有不测之深涧，进退固不能，左右亦不得。百忙中长风吹处，那条索凸上凹下，凌、石两人飘飘然随势起落，登时唱了出《荡湖船》。间不容发之顷，便听凌鲤大叫道："寨主仔细！"说罢，一个筋斗倒投向涧。半生方要大叫，只见凌鲤双足一并，勾住铁索。说时迟，那时快！半生眼光猛地一耀，那石姑姑已如彩云般一跃而过，一气儿跑到崖上方才驻足。

半生都如未见，两目直注铁索，只张大了口，忘却呼吸。原来凌鲤早挺翻上身，两手攀索，猛地一释足，将全身直悠开去。他便借悠转之势，巧力一跃，早蜻蜓似两脚点索，便顺势跑登对崖，转身站稳，不由拊掌大笑。这时半生方才长呼了一口气。一望石姑，却仍然端正背定杜照，原来也自看呆，忘其所以咧。

于是半生惊定，笑道："难道你这脊背是从人赁来的，为何只觉背不够?"石姑悟过,扑通声掷落杜照,然后揾汗道:"你看这场把戏够瞧的吧!"正这当儿,凌鲤又飞渡过来,三个人聚在一处,拊掌大笑。再看杜照,却又惊又疑又是惶愧,看看这个,望望那个,百忙中竟开口不得。于是石姑笑述所以。

原来杜照这早晨方和汛房苗女等东扯西拉,一会儿望望日影,便将货包裹收拾停当。苗女道:"你的主顾不久便来,还收拾货做甚?"一言未尽,只听外面唤道:"哪个便是杜客人?"苗女吃惊道:"怎的寨主查来咧?"杜照刚要惊避,忽地眼前神光一片,趱进个绝俊苗女,便是石姑。这时杜照只得硬了头皮说道:"俺便是贩货人杜某,正想进谒寨主。"石姑笑道:"这也罢了,可是你那凌朋友呢?"杜照大惊,忙说道:"没得,没得,俺向来不懂交朋友的,便连那个吴半生,俺一总儿不认识。"

这句话不打紧,真是四两面包一斤肉——露了大馅儿咧。当时石姑笑喝道:"你可知你那凌朋友业已被俺捉下,单等你这主谋人去质对哩。"杜照没口子噪道:"冤枉冤哉!哪个王八蛋才要来哩,俺便是吃了大虫心肝豹子胆也不敢来,都是姓凌的拔硬创,浑充朋友,定要寻吴半生,磨着俺引他到这里,其余通没俺的事哩。买卖人头皮脆,你老有什么不明白,俺这里有上好的香粉杂货,你老若用,俺少算您个价儿就得咧。实实在在,俺连葵花寨还没敢先去哩,因你老大仁大义,开过眼,见过世面,最能体恤苦哈哈哟。"说罢,竟没事人似的,就要开货包。

石姑暗笑道:这小子倒是个琉璃球的表字——滑蛋。因喝道:"闲话少说,快随我去。"说罢,蛾眉一竖,手按佩刀。杜照惊道:"是,是。"说着要拎货包。石姑喝道:"既到俺山界,你便有千万金都可随处寄放,且交给汛房中就是。"说罢,拖了杜照,拔步便走。那脚踪好不煞利,累得杜照只有喘气工夫。

一路风卷,更不晓所经道路,须臾望见索桥,杜照这一惊,只觉腿筋后转,登时打起坠嘟噜来。石姑笑道:"看此光景,还须我来服侍你。"说罢,一矬轻躯,背起杜照,趁斜坡之势直刷下去。杜照这时只觉眼前一模糊,直待三人相与大笑,方才清苏。

当时杜照那副神情,很透着不够瞧。半生知他摸头不着,便将自己并凌鲤之事草草一说。杜照听了,登时精神暴长,一骨碌爬起,喜跳道:"怎么样!我看吴兄便是有福气的,所以我初得到信息,一些也不着急。因这里寨主一双眼好不识得人,再搭着吴兄气度,一定会相见恨晚的。所以凌兄急得什么似的,我只是劝他不可鲁莽,今果然竟成了一家人咧。可惜我没福,却将这天字第一号的喜酒给耽搁咧。"说罢,哈哈大笑,向半生夫妇长揖下去，两只眼却瞟定石姑，急切里转不来，不由胡想道：吴半生却便宜得紧，怎这样的肥羊肉偏落在他嘴内！

抢攘间，凌鲤却笑道："杜兄这当儿保管不嚷撒丫子咧。"石姑听了，问知所以，只笑得一张樱口合不拢来。杜照红着脸道："不须说咧，凌兄一冲性儿，这一趟贸然入寨，没伤人，却妙得紧。"一句话提醒凌鲤，忽大笑道："快跟我来。"说罢，匆匆便跑。

大家怔着追到寨偏后沙径，忽见两只獒黑魆魆据压在两人身上纹丝不动。石姑眼快，便惊道："这是怎么咧？"说罢，和凌鲤掀掉死獒，一看黑姆两人业已委顿不堪。原来这所在甚是僻静，又搭着黑姆等巡山往往远出，所以寨众都没理会。若非杜照说伤人，提醒凌鲤，恐黑姆等便要压瘪咧。

当时，石姑等忙解去其缚，仔细一看，还不妨事。两人望了凌鲤等，只是发怔。夫余忽嚷道："那个瘦小厮便是奈何俺们的，寨主怎还和他客客气气？"凌鲤一面笑，具述所以。那黑姆却结结实实向半生盯一眼。石姑喝夫余道："不须多话！且去歇养吧。"两人听了，怔怔地自去。这里石姑也便率众归寨。杜照一路留神，见那寨气势比他往次来卖货时越发齐整，不由愈加暗羡半生不已，便打起精神，思量先在石姑面前献个好儿。

须臾大家入室，稍为歇息，这才觉泛上饿来。于是唤左右端进饭食，相与落座，一面吃，一面谈笑。杜照留神听去，见半生偶提到葵花寨怎的形势险要，石姑却笑吟吟的。暗忖道：怪咧，据三保说，石姑听得葵花寨便不自在，今却不然，这里面总有个杭榔头。今都不管他，且不冷不热地伸一腿再说。想罢，忽正色道："不瞒寨主说，俺和吴兄是先到过葵花寨的。"石姑点头道："俺早知得咧。只怕你们屁股没离那里，便已传说到这里。"杜照趁势道："既如此，可见两寨正是一家。今寨主如此大喜事，理应赴葵花寨叩拜老寨主，便趁势两下和睦，岂不甚好！"说罢，一整面孔，真像个人似的。

凌鲤听了，不禁扑哧一笑。杜照道："凌兄笑什么？这是顶大的事体，咱们既见得到，为甚不提拔寨主？难道只舒着长嘴当食客吗？"半生笑道："杜兄所见与俺之意正合，刻下俺书已写停当，就要遣人赴葵花寨咧。"杜照听了，咯噔地大扫其兴，方知自己这簇新的建议却落在人家后头。于是略一沉吟，第二腿又伸将来，忙赞道："好，好，虽是吴兄识见高远，还亏寨主从善如转圜。没别的，这趟喜差便委小弟何如？"

半生笑道："如此更妙。你本是两寨的索线，若没你，俺还到不得山中哩。"大家听了，都各大笑。于是且食且谈，十分款洽。少时饭罢，杜照乍膺美差，哪肯怠慢，便一迭声吵要书信，马上要赴葵花寨。凌鲤道："既如此，索性俺也且别过吴兄吧。"半生怔道："凌老弟向哪里去？区区在此，正须兄弟们相助哩。便是杜兄，从此后也离不得这块地了。"

凌鲤道："不是这等说。今吴兄既安然无恙，俺便放下心来。好在又入赘这里，居有定所。俺想暂且别过，回家乡一探母妹，随后再来聚会如何？"半生听了，哪里肯依。当不得凌鲤一定要去，石姑便笑道："依我看不须争执。凌老弟久在外面奔走，自然挂念母妹，此去若能接将来同居此间，岂不甚好？但早早转来就是。只明日便去如何？"半生听了，方才点头。

这当儿，杜照好不怙惚，暗想道：人都有个缘法，怎的他们意思格外亲密呢？一面沉吟，偷眼端详石姑，不由咽的一声咽了一口酽唾，便搭讪道："凌兄路过仙榴墟，便嘱咐那店翁，将俺货担好好收藏，九十月之间，俺若赴县城贸易，就近取用，且是便当。"半生等听了，也没在意，便匆匆取信，交与杜照，先行打发去了。这里自与凌鲤畅叙一日。

到得夜深，凌鲤方要安歇，只见半生笑吟吟趱进，手持一包银两，粗望去足有二百多两。凌鲤惊道："俺屡承推解，感切心骨。今便是再赐旅费，如何用得许多！"半生笑道："你不晓得，今你赤手还乡，如何安置？休说高堂菽水之奉，便是令亲处，也须有些点缀。倘老母有意入山，这长途资斧越发用得着了。"说罢，给凌鲤装入行装，又嘱咐许多言语，方才趱去。凌鲤安歇下，甚为感激。暗想：得友如此，母妹知得，一定也欢喜的。巧咧便许随俺入山，骨肉相聚，好不可喜。

次日起身登程，石姑夫妇直送至寨外方回。便匆匆整备山舆，酌带人众，随后向葵花寨进发。一路上风光美满，喜气洋洋，凡经险要之处，石姑一一指点。半生暗幸不多几日前还是个羁穷汉子，不想今日所遭如此，于是望望浑家俏风姿，不由心满意足，暗道：人生行乐耳，便是乡终老，有甚不可？

慢表夫妇趱行，且说那杜照既奉美差，真个应了他的话咧，一路撒丫子飞跑。这日将抵寨前，暗想道：俺若平常价进见，不显得事郑重并俺来意殷勤。有咧，俺且玩他一下子。俺听说寨门外有面极大的铜鼓，声闻数十里，非有至要之事不得擅击，俺到底试试是怎么档子事。想罢奔将去。恰好那里没人，一看那铜鼓竖立足有两丈多高，金光晃曜。于是不管好歹，摘下挂的三四尺长的大槌，两手抡圆，一跳身便是一下。只听轰隆一声，响震远近。

杜照一怔当儿，便听满寨中人声喊动，接着角声高低，直迤逦远接于寨前寨后，须臾，满山中一处处响应起来。杜照方觉好玩，只见寨门内飞也似抢出一队人，不容分说，拖起杜照，四个人分架手足，扛了便走。杜照大惊道："俺是杜照，是石寨主的好朋友哩！"众人哪里管他，抢攘之间，寨外角声越发四处如沸，寨中苗兵也便一队队分头乱撞，似就部伍，一片刀光雪亮，好不热闹！

这时杜照已高耸耸被人扛入大碉楼，一眼望去，便见石三保急匆匆按刀而待，业已结束得浑身伶俐。一见是杜照，登时抢起，急问道："端的报甚警闻？快说快说！现在敌人果由哪路来？"说着，扶下杜照，只是睁大了凶睛。这时杜照情知玩坏咧，一时间不知怎好，只得道："没得警闻的，俺是下书……"

三保不待听毕，登时一顿足，颜色忽变，但摇手道："少时再说吧！杜兄且随我来。"说罢，扯了杜照。寨中苗众已震天价一声喊，瞅了杜照，只管怒气勃勃。就这喊声里，三保已飞临寨门。杜照偷眼一望，不禁浑身汗下，方知这事儿闹大发咧。

原来，这时寨外业已各路头目雄赳赳闻鼓齐集，都摩拳擦掌地来听指挥，准备厮杀。单是所带部众，密匝匝不见首尾，枪刀光芒照耀多远，便如周幽王一把烽火召来十八路诸侯，你说这台如何下得来！况且三保是定法之人，你说怎样答对人家呢？却是杜照还不晓此中利害，当时虽惶汗无地，不过是对不住的念头罢了。

怙惚之间，便见三保慨然对众道："今有敝友杜照误击警鼓，实无警闻。劳诸位赶集，真真抱愧。"说罢，推出杜照道，"敝友在此，俺便当众问他来意如何！"这当儿，杜照可顾不得玩一下子咧，于是一五一十说明石姑姑遣来之意，并取出半生书信，交与三保。

众头目欣然道："今寨主却是天大的喜事，更难得姑姑回心和睦，真可贺得紧。"三保趁大家喜悦之间，忙说道："今敝友误击警鼓，诸位可否释掉不究，便以此当贺三保如何？"众头目正色道："这个寨主自有定法，俺们哪里敢掺言？"说罢，各顾部下，便听众卒齐齐地一声喊。杜照大惊，三保忙道："诸位且退，明日这当儿还集此处，俺自有道理。"众头目听了，方唯唯而退，引众客散。但见各路上尘土迷空，良久方静。

杜照望得目定口呆，心上便如十五个吊桶打水，只管七上八下，却还想不到有什么大不了的事。当时和三保转回楼，不由愧谢道："俺是想寨主早知喜信，觉击这警鼓报进得快些，不想竟至如此麻烦。"

三保道："今不必说咧。"说罢，看过半生之信，笑道："这却妙得很。俺一个长辈，如何和孩儿们一般见识？石姑等来，再好没有。原来杜兄等

93

从此走后，竟有许多新奇事儿。方才看书中之语，石姑等明日后日也就到咧。"杜照道："正是哩。"因将自己怂恿石姑和睦之意曲曲说出，以为三保定然欢喜。不想偷眼一看三保，却忽地颜色戚然，正一眼瞟过来，和杜照打了个对光，却掉转头，微叹道："杜兄，今天咱们这一会不同往日，且尽兴儿乐一回吧。"说罢，又啾唧道，"石姑终是孩子气，便大家同来，岂不爽快！又巴巴先遣杜兄来。咳，这是哪里说起？"说罢，一迭声唤传酒食并歌舞苗女。

须臾，左右人摆列停当，众歌女花枝招展次第趱入，侍立席前。杜照一望，比那日款待吴半生还风光许多，不由暗想道：这又怪得很，俺和他总算旧交咧，怎忽地如此客气？正在纳罕，只见三保微笑而起。正是：

　　　夜梦酒食旦哭泣，人生祸福本无凭。

　　欲知后事如何，且听下回分解。

第十四回

大姚山两寨释前嫌
永绥厅半生素罪卒

且说杜照正在纳罕，只见三保微笑站起，不知怎的，两条眉尾只管向一处攒，于是相让就席，且饮且谈。少时歌女献技，闹过一阵，三保忽慨然道："俺统御寨众真也不易，杜兄你是明白人，你说这驾驭之道，当用甚法儿方能整齐?"杜照贸然道："这何须说得，无非立法必信，令出唯行罢了。"三保道："着哇! 话虽如此说，却是每遇事儿，也很有为难之处哩。"杜照正色道："这是寨主过于仁柔了。统无量之众，若没法子去约束，恐一步也行不得。"

三保听了，微叹点头，忽地冷森森一股煞气飞上眉头，大笑道："承教，承教，嗣后三保遇事，定要谨遵大教。"杜照以为是服他议论，不由点头拨脑价十分得意。当时酒罢入夜，三保却恋恋长谈，更回溯当年和杜照初相识时许多旧话儿，一会儿又询些杜照家事，竟将石姑等一段事抛却不提，闹得杜照十分怙恺。三保至夜深方去。

次日，杜照兴冲冲起来，正打点了许多献勤言语，要等三保出来见个好儿，第一思量的，便是要提请三保派人去接接石姑等，方显他办事周密。不想等了许久，却不见他出来，但听寨众往来奔走。直至巳分时，忽闻寨外角声大起，惨厉厉吹过一通。杜照方在焦躁，只见两健苗提刀闯入，厉声道："寨主有请!"说罢，架起杜照，直奔寨外。杜照急切间仔细一望，不由大惊!

只见三保业已凶神似当场立定，左右是各路头目雁翼排开，寨门前早竖起一杆高标，上悬一方木笼，似乎是号令首级所用。杜照这当儿却瞧科三分咧，不由大叫道："寨主!"一声未毕，早被两健苗反手缚好，直拥过来。三保朗然道："杜兄昨天见教得明白，俺既统御寨众，须离不得一个'法'字。今杜兄滥击警鼓，法当斩首，三保辱当执法，却也无可如何。"说罢，一挥手，一健苗长刀高举，就要落下。

只听泼啦啦一阵脚步杂沓，早从场外撞进一队苗卒。当头两人，一个是魁伟丈夫，一个妖娆少妇，正是那石姑寨一双新夫妇。当时石姑不暇细问，登时先抢去踢翻健苗，拔刀大喝道：“怎便斩俺使人？难道俺夫妇来得不是?”说罢，气吼吼便奔三保。这时半生早飞步拦在前面。

三保张皇道：“且住，且住!”石姑趋近道：“你说！你说!”这时，众头目中早有两人趋近，具述所以。石姑冷笑道：“原来为此！倒是俺们无端多事，来想和睦，才闹出这岔子。既如此，俺便带杜照转去，便一天鸟事都完咧。”说罢，解放杜照，拖了便走。

众头目见不是事，不由同声道：“今天两寨主和睦相会，真是天大喜事！若因此散场，殊为不值得。俺们便请本寨主恕过杜某如何?”半生嚷道：“便是这样！俺也保杜某将来立功折罪。”三保听了，正中下怀，却是一时间不能不做些嘴脸，摆他的寨主排场。

哪知杜照挣命当儿误会其意，不觉咯噔声记在心里。当时但喜脱得性命，反帮半生劝得石姑怒平。众头目便一声欢呼，齐向两寨主并半生叉臂致贺，当即各散。这里三保方喜洋洋拥石姑等入寨。大家落座后，各述近状，十分欢洽。三保起贺半生夫妇道：“你夫妇来得正好，俺正因近来龙母山石柳邓处屡有书信，具言他那里被刻下官吏压迫不堪，凡内地盗贼不获，便一股脑儿推在龙母山。这还罢了，甚而至于山苗偶出，便被各汛兵擒去，索资邀赎，一不如意，便推入强盗群里，登时杀掉。至于山附近熟苗聚落被汛兵蹂躏越发不堪，并且寻常交易都设种种苛条。看此光景，只怕要激起事来，他书中之意，很要联络咱们哩。”

半生拍膝道：“刻下内地官吏本皆可杀，难保咱大姚山便安然无事。所以俺力劝令侄女，自家人不要生分，也便为此哩。”石姑笑道：“我看石柳邓终是软包罢了，咱们大姚山哪个有三头六臂，敢伸腿儿?”三保听了，拊掌大笑。一看杜照，却蔫奄奄坐在那里，便笑道：“杜兄莫怪，方才之事，俺不能不这般做作。今幸石姑等来解重围，大家正该欢畅才是。”半生道：“正是哩，今日之会，端的畅快，可惜凌老弟没得来。”

三保询问起，喜道：“如此说来，这位凌朋友端的是位英雄。几时他转来，俺定要会会。”杜照却一面沉吟，一面偷瞧石姑，暗想道：还是这雌儿有些情意，不像石三保翻脸无情，此后俺加一番仔细是正经。因随口说道：“今凌兄既有事暂去，俺大小还有点儿贸易营生，没别的，俺也暂时告辞吧。”石姑夫妇忙道：“岂有此理！杜兄若这样，是显得胸存芥蒂了。你那营生什么打紧，俺便包了圆儿如何？再者你常说要赶县城庙会，今去会期还有两月余，忙的什么？届时俺还想同你去玩玩哩。”

杜照听了，便不言语，一望三保，却如没事人一般，只笑道："杜兄只是发财心胜，难道俺们老主顾还销不得你的货吗？"大家一笑揭过。三保便兴冲冲命端整酒食，盛为款待。一连欢叙五六日，暇时节便引半生周览山中，直待半生夫妇屡屡告辞，方才放行，从此两寨和睦。半生安居石姑寨，娱乐之余，便帮同石姑简练寨众，添整险要。这且慢表。

且说这大姚山地界绵远，一半儿还属永绥厅管辖。永绥本是楚南重地，况且汉苗杂处，各镇聚都有交易等事，往往便两下里滋起事来，所以永绥特设总镇提兵镇守，以防意外。各营兵士一半儿调驻镇聚，分资弹压。这时总镇姓孔名铨，营混子出身，茅包性子。更模模糊糊，不晓得什么纪律，因此麾下兵丁大半掉臂横行，各镇上遇着交易苗人，不免有欺侮等事。偏搭着永绥厅官和仙榴镇本县官儿是一对儿老好子，凡遇事唯诺见长，因此孔铨越发不来约束兵丁。却是前半月，仙榴镇那县新调任一位官府，大家传说很有些风力，孔铨也没放在心上。

一日合当有事，孔铨手下两个兵丁偶撞到那县里入市吃酒，一言不合，将酒家翁打得头破血出、鳞伤遍体，却被新官儿登时捉下，派人送将来，并备有公文，立请处置。孔铨一向没吃过这硬茬儿，当时甚怒，满肚皮不自在，却碍着公事上说不去，只得如法重惩两兵，暗含着却将那新官儿黑在眼里。

不想过得两天，他手下兵丁又闹了一段事，却在永绥地面。原来某镇上他营中兵丁借巡查为名撞入靠山一熟苗家中，事有凑巧，人家妇女三四人方从机上脱下四五匹苗布，一旁榻上还有七八匹彩色汉布，上面印有永绥某商号的戳记，是新从城中买的，意思要比比苗布颜色。众兵见了，猛地一挤眼，大喝道："原来窝主在这里，怪得某商号昨天被劫！"说罢，大家拥上，夺了布拔脚要走。

哪知其中更有歹毒的，便有一兵哈哈笑道："这种贼老婆，若不就势乐他一下子，真憋透腔咧。"一言未尽，众兵共有八人，蜂拥而上，倒也有次有序，按个儿捉住人家轮奸起来。中有两个收场的，急切里挤不上，看得兴致勃勃，提得一身火热，不由先脱下外面号衣，预为之备。哪知苗妇中有一人颇颇机灵，趁众兵翻滚当儿眼丝不见，即将两件号衣塞入院内柴草中。众兵这当儿眼不够用，哪里理会，但是他们究竟胆虚，室内只管大闹，外边总有一人瞭远。须臾望见远径中有人走动，不由一声打号，屋内兵匆匆结束，个个争跑，便这等一哄而去。

事过后，苗男等蹉转，登时鸣锣集众，分头赶去，业已不及。于是只得将遭事情形忙报知某土司，想法办理，并附呈号衣两件，以备按号追究。这某土司便是石三保的正管，素来昏懦不管事，只仗了石三保做主心骨，不消说模模糊糊，交三保想法儿。恰好三保回报石姑姑，正在石姑寨内和半生等快聚，当时接得土司之命，不由大怒道："镇兵屡次欺人，真真可恨！看光景总是官长纵容他，久而久之，俺们苗族便不用过安生日月咧。"说罢，就要立带苗众直攻永绥。

半生劝道："不必如此。兵事一起，便没收煞。俺想替你向永绥走一趟，和那里文武官吏交代此事，定要办个水落石出，明正悍兵之罪，也便是了，还用小题大做吗？"三保道："也好，你如办不出什么要领，俺再动众不迟。"杜照道："吴兄久在楚南一带游历，江湖上很有名气，又搭着承寨主之命，此去定能如意，谅那里鸟官吏不敢轻视。"

当时计议停当，准备了某土司呈报公文两份，大概是叙说某熟苗家惨遭营兵淫掠，附呈该营兵号衣两件，请查人按法严惩等语，一份送永绥厅，一份便给孔总镇。半生一一赍好，更不带多人，只和杜照匆匆下山。这且慢表。

且说永绥总镇孔铨，这日方在衙署内燕坐，只见左右报道："厅官李老爷有事来拜。"原来厅官姓李，名一鹤，市井出身，专靠钻干，遂入仕途。其为人圆滑自不消说，况且这等天高皇帝远的地面，未免仰仗武官处居多，所以他和孔铨甚是相得，平日价饮酒听歌，不分彼此。

当时孔铨笑道："老李来没别事，想是知得正月里某土司送俺两坛好酒，来吃个便宜嘴罢了。"于是降阶迎出。便见值客吏引一鹤匆匆趱来，却一面低了头，嘴内只管咕哝，似乎盘算什么，直至阶前方猛一抬头。孔铨笑道："我一猜便着，你定是为某土司那桩事来的。"一鹤攒眉道："是，是，那桩事是搁不得日子的，迟了就恐怕变坏。"说罢，略逊登阶。孔铨暗笑道：他怎的便知酒味有些发酸？因笑道："总算人家某土司有点儿意思。"一鹤眙起眼道："可知他大有意思哩！"说罢，宾主入室。

一鹤一屁股坐在客位，一只手便掏入怀内，似乎摩腹，偶然口角一掀，拖下两点涎。孔铨大笑道："唔呀，李兄便是猴急，也须等俺吩咐厨下准备杯箸。"一鹤一愣道："你说的什么梦话？俺为的便是某土司那桩事呀！"孔铨拍膝道："咳，好啰唆！谁说的不是某土司那桩事呢。"两下里这一来再也缠不清。一对儿愣了一霎，末后还是一鹤悟过，不由笑着跺脚道："真怎么好，我的老哥！哪个来寻你吃酒，难道某土司那桩事你还没接着他公文吗？"正说之间，左右传进一角公文，正是某土司的。

这时，一鹤也从怀内掏出一角公文。孔铨却张大了眼睛乱噪道："究竟是他娘的什么呵卵的事呀！"原来孔铨是目不识丁。于是一鹤先将那公文朗诵一遍，然后又逐一讲说一番，咂嘴道："这事很有关系，总镇须作速想些道理方好。"孔铨唾道："俺只当什么大事，却是兵丁弄几个苗婆儿！好在苗婆儿完完全全，也没缺少一点儿。今俺便看某土司送酒面孔，赏他个脸，将那失号衣两兵查出，每人敲他几下军棍就得咧。再要好瞧，便加上穿箭游营，便是十二分劲头儿咧。"

一鹤道："哟，这个怕按不下吧。"孔铨诧异道："奇哩，难道李兄方到贵任，没见过兵丁常捣乱吗？"一鹤摇头道："唔唔，这次很透着棘手哩！你可知某土司虽然昏懦，他手下得意头目石三保却是个大大魔头，咳唾之间便可动全山苗众。本来这次兵丁闯祸，太令人落不得台，况且刻下某土司派来使人吴半生很是个江湖豪猾，俺一和他接谈，便瞧科三分。后来细一访他来历，果然在楚南一带很有朋游声气，近更入赘石三保之侄女，如虎传翼。他这次来意很透着不善静，不消说他背后定有安置咧，你当是小可的事儿吗？"

说着，哈了腰，趋近孔铨，附耳道："咱们这是背地里的话，你有什么不明白处？咱们这纸老虎是不可戳破的。咱们大家糊弄着多干几年，后半辈有碗粥吃，好多着哩。手下有兵是不错，说实了，他们肯打仗吗？无非是山狸遇着马狐子——两下里吓唬劲。再者针对针的，也犯不着哩。"

孔铨听了，不由连连点首，少时又沉吟道："啊呀，那一面总算了下咧，却是这一面，众兵丁被宽容惯咧，便如久撒的女人脚，忽然间一约束，倘或激出毛病怎好呢？"一鹤道："这倒不消总镇虑得，俺早准备下偷梁换柱之计了。"说罢，笑吟吟咐耳数语。孔铨大悦道："俺真佩服你，真是目无难事。"一鹤道："事不宜迟，今趁吴半生坐等消息，明日便依计施行，遣他回去便了。"

于是一鹤匆匆去准备，这里孔铨自然悄悄知会营众。当晚一鹤知会半生，明午到刑场看斩罪兵。半生得知，十分满意。次日，和杜照结束齐整，便赴刑场。只见夹道纵观之人十分热闹，见了半生等，都交头接耳。半生意气自得，大踏步昂然趑进，早见孔铨中军官和李一鹤都在那里，大家见了，也没甚话。便见中军官高举大令，左右一声喊"行刑"，便见值刑人由场外风也似拥进两个彪形大汉，却一对儿口衔木橛，那面孔气愤愤噀血一般。

半生百忙中方瞟得一眼，只见值刑人依次将犯人揪跪倒，钢刀一举，排头杀掉。中军匆匆便去复总镇之命。这里一鹤也便命半生等回客馆暂候，不多时遣人送来回答某土司的一封便函，其中词语，无非是犯罪兵丁某某两名业已按法斩决。半生看了，甚是欣然。哪知杜照暗地里却探得李一鹤的鬼八卦，暗笑道：半生一向奸似鬼，今日一般地吃人洗脚水咧。原来一鹤提出两名死囚，胡乱替却两兵。当时杜照知事关紧要，不便说出，两人便忙忙转去。却是一时间将"吴半生"三字传得沸沸扬扬，不消两日，已传到仙榴镇那新县官耳内，当时闻得十分诧异，便暗暗留神。这且慢表。

且说半生等趱转石姑寨，一脚跨入，却见满寨中人众奔走，处处里摆设齐整，似乎待什么上客似的。问起寨众，方知是龙母山石柳邓遣使来贺婚，并通款曲。半生听了，好不有兴。当时和杜照见了三保、石姑，具述所办之事十分顺手，将出带来便函交与三保。三保道："既如此，也还罢了。俺明日便趁回寨之便，去回复土司，便交代咧。"于是又说起石柳邓致贺之事。

半生道："这使人现在哪里？俺想龙母山来的人物一定可观。"石姑笑道："也不见得哩。倒是他夸起石柳邓来，颇像个英雄。"于是三保命左右去请使人。须臾引进一个大汉，生得虎背熊腰，面皮赭中带紫，一嘴短髯，紫油油颜色，一望便知是红苗族类。当时三保指半生给使人引见过，使人一望半生仪貌，登时叉臂致敬，于是大家落座。半生致谢过柳邓见贺之意，便笑道："俺久闻贵寨主端的英雄，十分仰慕，怎奈无缘得见。今复承使者惠临，越发令人渴想风采，不知能将贵寨主生平快事见示一二吗？"

使者见问，登时大悦，便手舞足蹈，将柳邓怎的英雄，并近来峒寨中气势铺陈得天花乱坠。半生一面点头，一面沉吟，两只眼只管霍霍上耸，随口称赞几句，却一望三保道："您看怎么样？俺久说龙母、大姚两处天然是唇齿之势，此后倒要格外亲近哩。"使者便道："敝寨主也委实渴慕得很。"大家听了，都各喜悦。因又谈起近来苗民被欺，使者恨道："俺那里地处正大、嗅脑两城之间，已被压制不堪，况复东近松桃厅，内地里设有重兵，苗人被欺侮，哪天没几起呀。"

大家听了，互相太息。谈过一会儿，使者退就客室，三保也去安歇。这里石姑和半生用过晚膳，就灯下促膝谈笑。少时半生只管低了头，含糊答应，石姑道："你想的是什么？"半生笑道："你猜俺这时心在哪里？"石姑头一摇，耸鼻道："俺不晓得你思量什么，却是俺眼前仿佛见龙母山一般。"一言未尽，半生大笑站起，趱近前挽住石姑玉手。正是：

同气相求总妖氛，寸心合处动戈矛。

欲知后事如何，且听下回分解。

第十五回

半生通好龙母山
杜照献媚藤筋具

且说半生挽定石姑，笑道："你真个知俺肺腑。现趁石柳邓来贺机会，俺想向龙母山走一趟，一来报礼联络，二来觇觇情形，将来或遇事故，省得彼此隔膜哩。"石姑道："正是。"因笑问道，"真个的，你方从永绥厅走了一趟，端的开了什么眼呢？"半生唾道："别提咧！李一鹤、孔铨一对儿废物，内地官吏大概是这等样子，所以俺常说，简直地怕不着他们。便是这场交代，管保他们不敢小看咱山中咧。"夫妇谈得入港，一宿晚景休提。

次日，半生便将欲赴龙母山之意向三保一说，三保喜道："俺也久有此意，只是俺是粗莽人，便是去了，也觇不出什么情形，今你替俺去最好咧。"于是知会使人，当日大家欢叙一日。次日，半生准备行装礼物，和那使人即便登程。三保看半生去了，也便率领从人踅回葵花寨。只剩个杜照闲得没事干，屈指一算，去赶县城庙会还有月余光景，便安下心来，想在石姑跟前打个进步。

只是石姑面首人多，一时间哪里便理会到他？这时杜照只好先破些小闲的功夫，石姑果然见了他便有笑脸儿。也是合当凑进，一日，杜照无意中却得了点儿秘诀。原来杜照有一日偶就寨外大树下歇坐闲望，只见影绰绰从身右道上踅来两个苗童，有十八九岁，各手拎骨笛、吹哨之类，仔细一望，却是石姑宠童中人，不由暗笑道：这两个崽子并拢来还不够石姑一口，也难为他撑着服侍。

正想间，两童却趋向树后，杜照赶忙一隐身，便听两童就地而坐，一个笑道："昨日黄昏时，你哪里去来？"那一个道："不瞒你说，俺又伺候了姑姑一场，且是玩得写意，俺这会子还觉软奄奄的哩。"一个惊笑道："俺便不信。自从姓吴的王八蛋到来，咱都倒霉咧。你看他那魁梧样，不消说那话儿撑得起体面，这会子还用得着你吗？"那一个笑道："你晓得什么！姑姑亲口对俺说姓吴的那话儿并不出奇。"那个忙道："总比你还有模样，并且要冠冕些。"那一人笑道："偏生你没猜着，姑姑高兴当儿，还用手比样儿给俺看，却还不如俺有样儿哩。"

杜照听了，登时心头扑通一跳，暗喜道：如此却有方向了。原来杜照阳道伟岸，并稍谙房术，当年作皮肉行时，众姐儿都被他弄得狼藉不堪，至于以接杜照相骂相诅，是很有名头的。当时杜照赶忙倾耳，那个接说道："凡事儿都要留心，姑姑性儿是无拘无束，兴之所至，譬如黄昏月下，曲径幽蹊间，若逢着她，你只作无心一般，和她闲闲调笑，等她兴动时，方能成功。你若涎着脸去寻她，是不成功的，巧咧还讨场没趣。"那一个笑骂道："促狭鬼！偏是你饶多个心眼儿。"说罢，吹弄了一阵哨子，联臂趱去。

从此杜照暗得诀窍，果然不几日，一如苗童所说之法，献身于石姑，大显其能。这期间便揣摩出石姑性格，是个生龙活虎般的角色，便暗暗留心。这且慢表。

且说吴半生跟那使人一路行去，使人山路上熟悉不过，抄近道儿，不消几日便抵龙母山。半生逐处留神，细望那山形势，果然藏风聚气，山路中经过许多峒寨，都整齐非常，不由叹向使人道："贵寨主不必见面，便知是个大大英雄，但为这三十九峒之众咸听约束，便可见他力量咧。"使人道："是的，这些年真也亏他整理，所以有此富庶光景，像老年时自相屠戮的事儿是没得的了。俺寨主自教练了一队藤牌健卒，共五百人，尤其骁勇哩。"

两人且行且语，须臾离柳邓大峒寨约有十余里，早有跟随人先去飞报。半生等将至大寨，忽闻远远铜鼓声喧，须臾，前林影里转出一队藤牌兵，随后一人风也似抢来，大笑道："幸会，幸会！哪个便是吴寨主？"于是使人促步引半生趋上，指那人道："这便是敝峒主石柳邓。"

半生一望柳邓，果然形容雄伟，气概凛凛，于是抱拳厮见过。柳邓叉臂答礼，一把拖牢，不由喜跳得丈把高，笑道："柳邓一介野苗，何劳豪杰辱临？吴寨主端的好气度哩。"说罢，手一攒劲，半生屹然不动，柳邓哈哈大笑。这时藤牌卒早倏地一卷间首变为尾，铜鼓声动，打起一套雄壮苗歌，但见步法开动，浑似一条率然蛇，滔滔汩汩，直趋大寨。半生暗想道：古人说得不错：九州不足限人，六经而外有事。今见柳邓，能不推为豪杰吗？于是和柳邓相携前进，但见夹道苗众无不欢喜跳跃。

须臾入寨，大家就席落座。半生一眼望去，便见正东壁悬挂一幅图像，上画一魁梧老翁据石而坐，手持素书一卷，仿佛深思一般，面目甚是和煦，上题着"朝阳峒主石某之像"，半生方知大寨之名。刚要启问，却见柳邓恭敬敬趋近像前，叉臂作礼。

使人便道："此像便是俺撰立约法的那位前峒主，俺柳邓寨主不忘旧德，至今凡有大事，必要向像前致告。今吴寨主惠临，可见俺寨主视为大事了。"因将柳邓当年威行约法一段事草草略述，半生听了，十分赞叹。于是使臣趋出，这里柳邓便和半生促坐畅谈起来。

先问候过石三保并石姑姑及大姚山近来光景，然后笑道："吴兄久历雄寨，看俺这蕞尔之区还能入目吗？"半生逊谢，即致三保渴慕之意。

柳邓道："俺往年即通书大姚山，意在彼此联络，因委实内地官吏欺人太甚，方才吴兄谈起贵处光景，不令人气破肚吗？今俺这里熟苗众常常被欺不必提，便是山中生苗众偶然群移势孤，踏入内地，也往往横遭无妄。不多日前，便有四五人在松桃厅界内被营兵劫杀掉，硬说是捕杀强盗，将首级去报功。还有各处趁墟镇之交易苗众，往往半路上被人劫掠，当地官吏都不理会。近来更有不许熟苗众租甸人田之说。"半生大惊道："真个的吗？如此恐变乱就在顷刻哩。"

柳邓愤然拍膝道："此说若行，俺柳邓自有道理，难道便束手待毙不成？"半生听了，便趁势大肆谈锋，虽是一片大话，却说得井井有条。你想柳邓一个山中生苗，晓得什么？当时真是闻所未闻，不由钦佩万状。即日酒食联欢，次日复大集三十九峒峒主齐赴朝阳寨，与半生会面。不多时次第到来，半生一望这群魔头，一个个怪模怪样，五颜六色。

其中最丑的是狗头峒峒主，身长丈把高，浑身短毛儿，掀起挺长的嘴，讲起话来总带些汪汪声调。当时见半生衣冠奇伟，十分阔绰，登时笑吟吟趋近，前蹿后跳。

最后是留人峒女峒主，生得姣好白皙，俏庞儿上另有一种粉淡淡、红馥馥桃花颜色，璎珞被体，穿一件孔雀尾毛织成短衫，金翠曜目，顶束颓云矮髻，余发漆光似直拖至腰，乍望去便如仙女一般。原来这留人峒女多男少，凡汉人到那里，十有八九不思量出来，往往髓竭丧命，所以名留人峒。这峒主名叫乌苏拉，善用两柄短剑，捷疾如风，更是绝世尤物。当时半生见了，暗暗称奇。

须臾，数苗女盛装前引，柳邓大踏步出来，大家参谒过，便同半生同入广室。里面列席早都准备停当，柳邓一一引就座，登时围成个栲栳圈儿，于是酒食迭进，欢呼畅叙。酒到半酣，柳邓便述半生怎的英雄并来龙母山之意，众人听了，都各欢呼。恰好乌苏拉和狗头峒主挨坐，当时嫣然一笑，偶一回头，不想狗头峒主一张长嘴正伸将来，意思想说什么，不偏不倚，正触在乌苏拉玉颊上。众人不由都笑，乌苏拉不好意思，水灵灵两眼却笑睃半生。

正这当儿，忽闻寨外一阵角声。柳邓起笑道："敝寨武备都是平常，唯有藤牌卒还会憨跳一二，便请吴兄赐观，不吝指点如何？"说罢，手携半生，便趱向寨外，众峒主也一拥而出。半生留神望去，便见藤牌健卒齐整整排作两阵，两阵主者手提长刀一挥，一跃丈余，口号喝处，两下里大呼突进，登时纵横跳荡，风团般互相攻取，真赛如猿猱般灵捷。半生仔细望去，虽然矫健，只是变化之法缺略尚多，不及内地阵势。自以新客，不便直言，便笑道："端的好一队健卒！于藤牌之道，十得八九。山地用武，此法最能制胜，只要不遇善用钩镰步枪的敌人，无不取胜。"因将钩镰步枪法胡吹一阵，众人听了，互相惊顾叹服。唯有乌苏拉竟眉欢眼笑地瞅定半生，目不少瞬，原来她也佩服极咧。

柳邓听半生一番议论，越发以为他知兵，当时相让入寨，大家匆匆饭罢，各归本峒。半生便趁暇又说会儿两山联络许多便当处，柳邓大喜，于是款待半生数日，遍阅山峒，方才放行，便仍命那使人相伴，一切馈贻丰厚，自不消说。

这次半生回程，却要趁便踏踏山左近厅县，其中用意自不必表。于是迢途行去，恰好行经文山县，刚来至近城道上，忽见一小小布裹丢弃路旁。从小岔路上正趱来个儿童，一看布裹，扬长便走。半生随口喊道："小哥转来！这布裹想是过路人丢掉的，你遇着何不拾去呢？"儿童吐舌道："俺可没这胆子，俺这里休说是大天白日没人敢拾物，便是黑夜里，只管将物件丢在街上，也没人去拾哩！因俺这里县官儿法度好得紧！"

半生耸然道："原来你这里有这等官府。此位县官儿姓什么呢？"儿童道："您真是外路客人，怎连史老爷都不知道？"正说之间，岔路上又一儿童跑来，叫道："阿哥快走，咱们进城看衙前打镖耍子去！"说罢，拖了前童如飞而去。这里半生十分怙惚，便也随后赶来。

不多时已近城，虽是小小山城，倒也十分齐整，楼橹森然。城头上飘起一面大旗，上现一大大"史"字，须臾画角鸣呜吹了一阵。原来近苗地的山县，县官儿都挂营务处的官衔，并招募勇壮，以为震摄地面并缉捕盗贼之用。半生见了，倒不为意，只是惦记着儿童之语，便一望日影，向使人道："看来日落还早，我们且去衙前张张，再寻店如何？"于是两人一路问途，直奔衙前。

只见衙左边一片教练广场十分宽大，场四角各有旗帜，门户井然，布置得十分得法。这时，场内正有十余健勇操演短刀，捉对儿或进或退，跳跃如飞，互相攻击。半生一眼望去，便知是经过名人指点，方在暗暗称奇，只见刀法演过，却另有一队登场，一个个短衣快靴，精神虎虎。百步之外早竖起一面标牌，那牌儿不过方寸大小，却是铁质。于是队人分曹，依次掏镖打去，但听当当当敲磬一般，无一镖落空。诸人发镖时，各显身手，或背手，或卧地，或连如贯珠，或突然一击，好不妙相得很！

这队过后，却是一排钩镰枪，半生这时越发凝神。但见两阵上银花乱卷，那钩挑掠刺之法端的招招到家，竟将半生看呆良久。须臾，司操人举旗一挥，诸队肃然列立，少时由四门徐徐退去，仍是静荡荡一片操场。

半生少时神定，方同使人踅向旅店。向店人细一探问，方知这本县官儿姓史名绍登，雅好武功，自抵任以来，便亲教了三百名随身勇壮，都选的是本地精壮少年，现方要招选各乡丁互相传习哩。半生听了，以为是少年官府好事罢了，也便抛在脑后。不多日，行抵大姚山。石姑等接见了，询知龙母山相待情形，十分欢喜，便一面遣回使人，一面着人报告三保，过得几天方稍静下来。只是杜照知得许多情形，倒冷冷的不甚理会。

这时，已交十月之半，去县城庙会之期只有三四日光景。原来仙榴镇这县名为长水，从先是一大大墟镇，改县未久。每年十月半后有次庙会，一连数日，十分热闹。左近县商贾云屯，百货山集，山内外生熟苗人也各备土货，趁会交易。县城南门外另有一片市场，长可数里，赶会之人真个蚁儿相似，江湖生意等人越发不可胜计，倒也是个非常盛会。

一日，半生和石姑正在款款闲谈，只见杜照一脚跨入。石姑俊眼一瞟，却笑道："真个的哩，县城会期快到咧，杜兄贸易勾当也须预备了。"杜照听了，一个欠伸，笑道："俺近些日只是懒懒的，不待价去，吴兄高兴，自去玩玩倒也罢了。"说罢，一望石姑。半生道："你是向导，如何不去？你交易事却不打紧，俺想自赴永绥交涉后，咱山中总算有骨头、满面子，不消说声气也大，咱就势到县城探探近来口风岂不好吗？将来杜兄贸易之事只好做影身，其实便是谍探的重任，以后许多事正要借重，如何说起懒怠话来？"

一席话说得杜照只好干眨眼，望望石姑，却笑道："俺恐您方从龙母山踅转，没歇得几天又要劳碌，其实俺早就闲得出油咧。"于是登时议定。这当儿，汛房所寄之货色早给杜照送至寨中，当晚便在己室中，一面检点应带之货，一面沉吟道：绝好的个空班儿，偏生他定要俺去。俺若不去，何等写意，只恐明日这时节，石姑姑许多妙态尽俺老杜受用咧。想到这里，竟有些痴痴迷迷，随手拈起一件货物，用手掂了掂，不觉失笑道："这物儿不须带去咧，大会上此货多得很。"原来是件广东藤筋人事，制造得惟妙惟肖。

杜照正在自捣鬼，只听背后微笑道："你一个人捣什么鬼？"说着一缕肌香钻入鼻孔，柔滑滑手儿已附向肩头。杜照忙一回顾，却是石姑，业已倦眼惺忪，偏着个睡髻，只裹了一件长披衫，下露半段白生生小腿儿，似乎梦回又起的光景。杜照猛见，未免不好意思，赶忙揣起人事，喜跳道："你怎的得暇出来，难道吴兄睡沉了吗？"说着，挽定石姑脖儿，拉坐于榻，一只手便去抚摩她小腿道，"你看都有些凉荫荫的咧。"

石姑笑道："他那会子便困咧，我不耐烦看他那蒙眬样儿，便顺步寻将你来。"说着，哧地一笑道，"你端的什么物事？这等鬼鬼祟祟，藏之不迭？"杜照正色道："没什么，左不过寻常货罢了。"石姑笑唾道："我早张着咧，便是寻常货，怎的那等怪样儿？难道你藏着有用处吗？"杜照忙道："啊哟，俺一百个不用它，倒是你用用还将就的。"说罢，笑吟吟探手于怀，猛地昂藏藏抽出那物。石姑虽是淫荡，却山中苗女，等闲不曾开过这种眼，当时一面惊笑，一面接过赏玩。

这时，杜照却搂定她，附耳数语，石姑玉颊生春，笑唾道："你只嚼得中听，我不信便有这等好法。"杜照笑道："此物不过堪当补阙之任，为燮理阴阳的一助罢了。你若不信，少时便知。"石姑听了，眼波一漾，登时笑嘻嘻靠入杜照怀内，拎起人事，只管向杜照嘴内塞。杜照一笑，方要去解她披衫，只听一阵砑轰乱响，两人大惊。正是：

饶他色胆天来大，难免惊魂鼠样微。

欲知后事如何，且听下回分解。

第十六回

趁庙会狭路逢仇
劫牢狱官衙溅血

　　且说杜照正要和石姑如此云云，只听承尘上砰轰一阵响，却是群鼠相逐。于是两人不复闲话，栩栩然渐入佳境，良久良久，杜照便趁势请出补阙官来以代己任，石姑果然纳谏，更且如流，方知杜照之话不是哄自己，当时便喜滋滋善藏起来，悄悄而去。

　　次日，杜照结束停当，带了应用货包，半生也扮作商伙模样，各携朴刀，匆匆登程。行至山半，已见苗男女纷纷价去赶庙会，及到得仙榴镇，越发行客络绎。这时，那店翁一见半生等，越发殷勤，忙笑道："杜爷货担俺隔两日便检点一次，今且喜杜爷来咧，明日赶会，保管利市三倍。头些时那位凌爷从此经过，谈起吴爷许多际遇，俺好生欢喜！并且说起在山道中曾救一采药客人，名刘大成。此人是俺认识的，他便在城内南门里住家，专以发卖生药。杜爷等到城，替俺带个好儿去如何？"杜照道："是呀，俺也听凌爷说过此人，他还借给凌爷药锄哩。既是凌爷救过他，咱们到城便老实实扰他一场，也不为过。吴兄你看使得吗？"半生听了，随便唯唯。

　　当时午尖毕，杜照挑起货担，那一货包便让半生背了，一路迤逦行去。原来这长水县城离仙榴镇不过百余里，两人旅宿一宵，次日不过巳分时便已到咧。正从市场旁趱过，两人不暇细看，好容易挤近南门。只见弹压庙会的城兵一个个横眉溜眼，却有一样，那眼光儿专向女娘儿身上瞟，因此吴、杜混入也没人理会。

　　两人趱过几家店肆，恰逢一人站在门首闲望，杜照赔笑道："借问一声，这里有位刘大成爷台住在哪里？"那人笑道："只在下便是刘大成。尊兄上姓？何事见访呢？"杜照喜道："巧得很！如此借一步说话。"于是大成让杜、吴人就客室。杜、吴放下担裹，和大成重新见礼，宾主落座，彼此一通姓氏。杜照提及凌鲤，大成惊喜道："原来兄等都是凌兄好友，既如此都是自己人了，幸会，幸会!"半生听了，方客气得两句，大成嚷道："俺不遇凌兄便没命咧，老兄们还客气什么!"说罢，将杜、吴另邀入一所跨院，十分静洁，又一面唤备酒饭，好不殷勤。

须臾，宾主就座，一面吃一面叙谈。大成是个朴实实商人，无非说些个市面交易等事。少时，饭刚用罢，便有肆中人寻大成讲说，于是杜、吴趁势道："刘兄且请治公，俺们也便赴市场望望。"大成道："好，好，今年会场上且是整齐，像往年那一应混混地痞人等都不敢出头咧。不但小偷、赌棍等绝迹，便是轻薄子弟，抓俏脸、攫女鞋的角色也都绝迹。因俺这位新官儿办事认真哩。"

吴、杜听了也没在意，当时别过大成，直奔城外市场，抬头一望，好一片热闹光景。但见：

> 芦棚栉比，俨然街巷纵横；布幕云连，宛尔阛阓填咽。眉摩
> 毂击，何殊四达之衢；异宝瑰珍，不减五都之市。红尘扑面，随
> 风卷浩浩人声；黄气腾空，践土化蒙蒙雾气。携男抱女，张家嫂
> 逐李家哥；跳东撞西，大伯伯拉小婶婶。高拱手，低讲价，逐处
> 是和气商人；腆狗脸，假虎威，又来了大衙朋友。觌面匆匆成一
> 笑，你东我西；刚才分手又相逢，大来小往。真个是边鄙相沿小
> 庙会，汉苗交易大商场。

当时两人逐处游逛，只见各熟苗成群结队，一般价占片市场，出列土物，却是牙侩等人格外价吹求勒抑，动不动呼来喝去，各熟苗只好唯唯。半生见了，颇为不平。两人趑到稍静处，半生道："杜兄见吗？你看内地里待遇苗人到处如此，将来总会闹事的。"杜照却不理会，只随便探询些刻下市情，预备卖货。直游至日色平西，方才趑转。

方进得南门，走到大成市肆前，只听背后马蹄乱响。忙一避道，却是一青衣干仆策马跑来，随后一乘蓝呢小轿，十分华丽。轿后一骑马，上跨一垂髫小婢，另有两名皂衣公人夹舆而趋，手提老大藤鞭，直吆喝过来。半生方要转身入肆，恰好一阵风过，吹起轿帘，半生一望，几乎失声。抢攘之间，那轿已如飞而过，走得半箭远，忽一打杵，便见一个公人属耳轿帘前，又向大成市肆望望，方一拥而去。

当时半生也不向杜照说破，及见大成，便问道："那会子刘兄说这新官儿办事认真，他姓什么呀？"大成道："姓鲁，是从某县调任的。"半生道："哦，那么他家眷定然随任了？"大成拍膝道："别提咧，若不因他家

眷，俺还不至失个险哩！那日俺采药遇毒蛇，便是给他宠姬寻药去哩。"半生听了，不禁哈哈大笑，却随口道："奉官命寻药，倒好得些善价。"

须臾天色将晚，大成自去吩咐晚膳。半生一望杜照，却忙碌碌检置货物，因悄说道："俺没说吗？你这买卖是影身儿，认真忙碌怎的？你可知咱们仇人现在这里，端须想个计较哩。"杜照愕然道："怎么？"半生道："你不听大成说新县官姓鲁吗？"杜照道："俺却没留心。"半生因将望见轿中人便是鲁官儿的宠姬之事说了一遍，杜照喜道："巧得很！但是怎样摆布他呢？"半生切齿道："他既到这里，不怕他飞到天上。停两日咱带领苗众，假扮强盗，劫他娘的县衙，抢了那雌儿便了。今夜等俺略施小术，且大家乐他一下子。"杜照道："妙妙！"

两个色鬼正谈得起劲，只听外面店人噪道："头翁少待，刘大成就去！"接着一阵脚步杂沓。吴、杜听了，也没理会。须臾，店人来掌上灯烛，端进酒饭，却笑道："尊客们且请自便，俺主人有些事体，不得奉陪。"于是吴、杜匆匆饭罢。店人来撤具，半生便道："今日奔走劳碌，有些虚火心跳，你店中可有朱砂？俺要用些定定心。"店人道："有，有，少时随茶水取来就是。"说罢趑去，不多时取到，便道："尊客们安歇吧，这院落静得很，最好养神。"说罢趑出，随手掩上院门。

半生一倾耳，业交二鼓时分，便和杜照略谈半晌，忽笑道："是时光咧。没别的，杜兄只好屈避片时，等俺事毕，你听俺呼唤如何？"杜照应诺，即便趋就厢室，黑魆魆猴在那里，但听半生窸窣做作，不知捣的什么鬼。少时见正室窗上红光一映，料是焚符。杜照正有些毛手毛脚，恰好有一阵旋风滴溜溜起于空庭，登时纸窗上忒忒乱响。

杜照脖儿一缩，暗道：吴半生真有些鬼吹灯，我且张张去，看个活春画哪些不好？也省得他忽然变卦，将我干起来。于是悄悄趑去，舐破窗纸，只见半生正一手捏诀，禹步作势，忽地一声悄叱，烛光顿绿，那焰头越缩越矮，微风一振，案前顿现一白衣女子，向半生一俯身，似候命令。杜照大骇之下，便见半生手诀一撒，哔剥声烛光大明，女子不见。

正这当儿，忽听院门外一声喊，登时灯笼火把火杂杂抢进许多公人。杜照大惊，忙一滚身，藏入室旁夹巷，但听砰啪哗啦一阵响，索子乱抖。半生大喝道："不必如此，吴爷随你去就是！"抢攘之间，早见半生被捉出来，大家一哄而去。

这里杜照赶忙撞出，冷不防店人等一拥而进，大家正撞个满怀。杜照张口结舌乱问道："这是怎么回事呀？"店人顿足道："俺也不甚明白，便是公人说奉本官之命，来拿吴爷。杜爷你和吴爷是朋友，想摸些头绪吧？"

杜照哪里敢说，便道："俺越发不晓得，你们哪位探探去何如？"中有一人道："俺便去，便是俺主人黄昏时被官唤去，也还没转来哩。"杜照趁势道："如此快去吧，官事儿牵拉上不是要处。"那人听了，匆匆而去。

这里众人纷纷猜议，有的道："想是吴客人货没上税，再不然得罪了公门中人咧。"有的便道："要是因平常事体，还值得差捕役单刀铁尺地闹吗？"杜照听了，却沉吟不语，只急得抓头摸屁股，热锅上蚂蚁一般。

转眼间一个更次，却见那去人气急败坏地跑来，劈头便道："这事儿可不在小处哩，吴爷已收入大狱咧。俺听人说，本官提上吴爷去，不容分说，便重责一顿，然后喝道：'你这厮恃邪肆恶，久已当诛；况又亡命于大姚山中，蛊惑苗众，意存叵测。前些时胆敢挟凶苗石三保之势，公然赴永绥和官长交涉，本县早就风闻得咧；今又趁长水庙会来觇虚实，据你哪一件罪，也应斫掉脑袋！'你说吴爷那句回话更透着稀奇，他却大喝道：'你不必多话，谁让俺送你顶绿头巾哩。'"

众人听了，都诧异道："这是怎样个交代呀？"杜照不由哼了一声。那人接说道："俺当时听人家说得糊糊涂涂，后来见着俺主人愁眉不展地在押房闷坐，向俺道：'官儿唤我，是问问吴爷来的情形，没甚打紧，只怕少时便释回的。'俺道：'吴爷今天才来，怎的官儿便访得呢？'主人道：'我听公人们谈论，说本官宠姬从庙会上回来，曾在轿中张见吴爷哩。'你说这不又是个过节儿吗？"众人听了，连连称奇，便向杜照道："杜爷莫着急，明天先去望望吴爷再说。"于是纷纷散去。

这里杜照静下来，沉思良久，忽暗喜道：我真是傻透腔，吴半生自作自受，干我屁事！我回山独据石姑姑，好不有趣。想到这里，喜得打跌。少时忽觉不甚妥当，仔细一想，猛又躁汗如雨，暗道：若舍掉半生，恐怕石姑姑怒将起来，不是要处。别看她和我要好，苗婆子一翻脸，不会认人的。那时节休说是独据她，便依然像刻下耗子偷油似的聊解馋吻，也怕不能咧。这事儿与俺老杜竟有偌大不便，但是凭我这脑袋又如何救得半生呢？况且这事儿耽搁不得，究竟怎好？想至此，只急得满屋乱踱。少时，忽一凝思，定了主见，便忙忙收拾货担，草草睡去。

次日，天色微明，他已一骨碌爬起，肩起货担，喊起店人，道："俺想公门中事，第一须用钱财，俺便将货物去折售于市场行中，以备打点吴爷之用，少时俺便回来去望吴爷。"说罢，三脚两步，匆匆而去。

这里店人等呆候过午，不见他转来，大家正在怙悒，只见哄的声又撞进一群公人，高举绿头签大叫道："杜照在哪里？"一言未尽，刘大成也随后赶来，问知杜照走掉，只急得跺脚。公人瞪起眼道："刘爷怎么样吧？

官中事您有甚不晓得？筋节儿只在俺差人回复哩。"大成赶忙赔笑道："这是头翁等亲眼见的，俺方才被释回，难道是俺放……"公人冷笑道："你这片理只好向婆子说去。那么俺带你回复本官如何？好嘛，跑掉了。"

大成听了，情知须钱到公事办，于是将总头儿邀入密室，两人喊喳了一阵。须臾，总头儿笑眯眯地出来，一面道："得咧，我的刘爷，咱们是老交儿咧，慢说这点把事，便比这大十倍，为朋友难道破不出屁股吗？"说罢，向众喝道，"走哇！咱们到市场上寻寻再说。"于是大家会意，反道扰而去。大成叹气道："这是哪里说起？那会子本官拷审吴半生，又究问起杜照来，原来也在他手内犯过事的。看官儿火头委实不小，现已忙备详文，飞禀上宪，那光景回文一到，吴半生便须吃刀。听说还要酌请永绥镇的兵来，以防意外哩。"

不提这里胡噪。且说鲁官儿见差人回复杜照跑掉，以为是知风远飏，急切间未料到别的，便略责差人，四处行文缉捕。却忙忙准备公文，详叙捕获吴半生之事，向永绥总镇处请酌拨兵队来长水，防护意外，怕的是山苗闻信，或有暴动。

当时孔铨接到公文，糊涂涂向左右道："啊呀，这吴半生是哪个呀，怎说得这般重要？"左右一回说，孔铨方恍然道："哦，原来是替苗人跑穷腿的那人呀，我看他做的也不像咧。左右兵丁们到哪里也是吃饭（到哪里仅仅吃饭，便是顶呱呱的丘八爷。此吾民馨香尸祝以求而不能得者），便拨给他一队，打甚鸟紧！"说罢，刚要传令，左右报道："李老爷来咧！"帘儿一启，一鹤已笑吟吟鞠躬而入。见案上有件公文，那读公文的仆人还逼定鬼似的站在一旁，因笑道："总镇精神真好，大天早晨便处分公事。"说着落座，随口道，"什么公事呀？"

孔铨一张大嘴，登时响亮亮一个呵欠，一拍大腿道："操娘的，俺昨夜玩了一宿，这当儿抽掉筋似的，谁耐烦理会没要紧，都是老鲁来麻烦，你听听吧。"说罢，向读文仆人一望，就势向炕榻靠枕上一歪，伸出只大粗腿向一小仆道："你给我捶捶，尽管酸软得像他娘的棉花咧。"

这时，仆人业已朗朗读起，捶腿小仆捏起对美人拳碎碎起落，孔铨合了眼十分舒齐。一鹤扯长了耳朵，只管点头咂嘴，半晌一掠鼠须，一时间各有各态。少时读罢，仆人退出，一鹤还只管点头拨脑，孔铨猛一睁眼道："李兄，你看多么麻烦！"一鹤道："麻烦倒在其次，鲁某人也太透着硬邦邦咧。他字句间明笑总镇被吴半生吓唬住，亏得他来捕获，这不是当面揭短吗？还特来请派兵，这一招更来得挖苦。"孔铨听了，登时跳起骂道："怎么姓鲁的竟来消遣我？"

一鹤冷笑道："总镇真大量，难道忘了他到任之初便来请办打架的兵丁吗？还等这当儿来消遣！"孔铨听了越怒，乱噪道："便是俺死爹跳出土，也休想请得兵去！"一鹤笑道："话又不是这等讲，官中事体，切忌莫说死煞，只给他个不痛不痒的大麻木方才面面圆到。譬如总镇定不派兵，倘或吴半生出了岔子，这干系便到总镇身上咧。今只用延宕之法含糊应付他，就说是不日派兵，现因本地面防务不敷，须待酌为抽拨。等他那里如果再催，再想别法搪塞便了。"孔铨听了，连连道妙，于是依一鹤之计，支吾过去。鲁官儿却不知就里，只得派本城汛兵加意护狱，呆等几日，不见派兵到来。

这夜，鲁官儿方在内室和宠姬闲坐，猛地帘儿一启，冷森森一股刀光眼前一耀，倏地一美貌苗妇跃入，喝道："狗官儿若动，且吃俺一刀！"鲁官儿方在惊呆，只见一人徐步随入，不由分说，唰唰唰向鲁官儿几记耳光，大叱道："认得俺吴半生吗？"说罢，推翻鲁官儿，高据在座，喝道："你听明白，俺可要别过你咧。这妇人便是石姑寨的石姑姑，区区不才便是她夫婿，俺来去须要明白。你若寻俺，只向石姑寨去。没别的，俺还得借用你一件妙物儿。"说罢，扎实实去拖那宠姬。

苗妇喝道："这娼妇正是祸端，且给狗官儿做个榜样。"说罢，刀光一起，宠姬一颗头登时落地，扑哧声项血四溅。仓皇中烛光一摇，苗妇拖了半生，瞥然不见，只剩个断头美人儿横尸在地。原来杜照早奔回石姑寨去报警闻，石姑大怒，就要领众攻城。正在部署，三保也闻警赶来，便道："凭你本领，一座监狱有什么费手处？莫如先救出半生，再作区处。若先张扬举动，恐于半生反大大不便。倘解赴省会，或立时杀掉，都未可定。"石姑听了，甚是有理，于是改装下山，只扮作寻常趁墟苗妇，混入城中。

一切途径情形，杜照已说得明明白白，当晚人静，石姑飞入监狱，略施身手，已将半生轻轻提出。那巡铃警只管响得震天，两人业已飞入衙署，却正是鲁官儿闲坐当儿。当时鲁官儿吓呆在地，怔了半晌，方极力大叫一声。值夜婢仆仓皇奔入，三不知一个跛脚丫头一脚踹去，正踏着尸身，登时一个扑虎，正砸在鲁官儿身上。鲁官儿喊得一声，顷刻昏去。正是：

> 惊余仓促犹疑贼，变起非常莫辨人。

欲知后事如何，且听下回分解。

第 六 集

第一回

大姚山苗众称兵
雷泽镇英雄奉母

且说鲁官儿惊惶之中，还认是苗妇扑来，登时昏倒，左右连忙救苏。那跛脚丫头战抖抖爬起，却张大了口，合不拢来。正这当儿，署外一阵喧闹，原来是飞报狱警，登时满衙大乱。

有位刑名师爷办了两件稿文，搁下笔，方凑到师奶奶床上，合身一歪，啪嗒声甩脱一只鞋，嘟念道："唔呀，这件案情，其中倒大有杭榔头。"随手一伸，却拍在师奶奶脖儿上。师奶奶惊醒，唾道："半夜三更，还只管闹杭榔头！"一言未尽，只听满署大哄。师爷大惊，秃头跣足奔出。方撞至二堂前，只见衙众纷纷，中有一人，急匆匆将他拖牢，大跳道："某翁，兄弟从此就交待咧！你看这可怎么好？"却是右堂四老爷（俗呼典史为四老爷已不可解，而吾乡俗竟至呼地保为六老爷，可谓愈出愈奇，匪夷所思。付之一笑），这时气急败坏，真赛如从面缸打出。

当时师爷问知跑掉要犯吴半生，刚叫得一声"啊呀"，只见一仆人面无人色从内跑出，见了师爷，不暇言语，往内便拖。师爷一面道："怎的，怎的？"业已脚不沾尘，撞至屏后，还听四老爷胡噪道："某翁见了堂翁，替兄弟维持呀！"抢攘之间，衙众也跟入几人，方来至上房门首，已听得师爷跺脚，一片山响，鲁官儿正和他述闹事情形。

师爷恨道："这都是孔总镇误了事，至今不派兵来！好在咱早去了请兵公文，这一招便站住理。今兄弟便连夜价办出详报上宪的公文，明天东翁速赴永绥，面谒总镇。他如肯认错，替咱办人，咱这公事暂不上报。都是同官一场，犯不着掀人过失。他如不懂交代，这就怨不得咱咧！"说罢，一望尸身，太息而出。

这里鲁官儿半晌之间，也没说出所以然，只得依师爷计划准备一切。当时忙忙棺殓宠姬，一切琐情，不必细表。

且说李一鹤这日傍晚方在闲坐，只见左右禀道："总镇有请。"一鹤点点首，便命摆晚饭。方拈起箸来，只见一仆又匆匆趥入，禀道："总镇有要事待议，便请就去。"一鹤顾左右道："不是日平西时，长水鲁爷来了吗？莫非又为请兵事儿？"左右道："恐怕不是。小人闻得鲁爷左右传出消息，说是要犯吴半生由狱中跑掉咧！"一鹤听了，啪嗒声箸儿落地，跳起道："这事儿是闹僵不得的，总镇性儿定不会对付鲁爷。"说罢，顾不得唤舆马，匆匆便走。

刚一脚跨入孔铨公事房院内，已听得孔铨拍案大跳道："哪个王八蛋才怕你详报上宪！你的干系，如何寻到俺头上来？"说着，哗啷一响，便有个仆人毛手毛脚拾了个碎茶杯出来，一见一鹤，赶忙揭帘高报道："李老爷来咧。"

一声未尽，孔铨嗖的声跳出，拖住一鹤，手掠鼻梁道："李兄你看着，俺姓孔的算和鲁某人干上咧！他有事寻俺，要好说好讲还有商量，动不动详文咧，上宪咧，腆起张驴脸，作腔作势，归根怨俺不派兵才致出岔子。吴半生还有可说，那么他玩小婆子，还须俺派兵伺候吗？"一席话夹七杂八，便将一鹤拖入室中。

一鹤道："总镇莫躁，此事须大家设法才是。不然闹到上宪跟前，都有不便。"孔铨喊道："若设法，只好动兵将吴半生夺回。"一鹤笑道："若这等大张旗鼓，上宪安得不知？"孔铨掉头道："噫，这就难咧！"一鹤沉吟一会儿，微笑道："总镇忘了过天恰是万寿节吗？"孔铨愕然道："怎么？"于是一鹤站起，附耳数语。孔铨道："便是如此，咱也软压他个当头儿。"两人计议停当，分头准备。这且慢表。

且说石姑等连夜价趥回寨，大家厮见，都各欣喜。三保余怒未息，只管和半生商议侵掠内地，这其间还有杜照扇起小扇子。原来他逃回报信的大主意，就在煽动干戈。官中一怒，杀掉半生固然好；即不然，官中必牢系半生，一时间莫想回寨。这当儿他坐山观虎斗，外带着独媚石姑，哪些不好？不想绝好主意，被三保暗暗打破，先救出吴半生来。这时三保趁怒，有侵掠之意，他如何不附会其间？因此一商议，转眼过得三两天，抢攘之中，便忘掉将半生这档子事去知会某土司。

这日，三保和半生等正在指天画地，半生道："苗众侵掠内地，本是常事，这次举事，咱须深入纵杀，给他个厉害，庶为一劳永逸之计。"正谈得高兴，只见左右入报道："现有龙母山急使到来，说有重大秘事，立候进见。"

半生惊道："莫非他那里禁熟苗租地之事闹起吗？"三保沉吟道："龙母山果有事发生，咱们当怎样打算呢？"石姑笑道："俺久已闲得不耐烦咧！咱趁势合伙，杀抢他娘的。从这里起手响应，先占了永绥、长水再讲，你道好吗?"半生听了，却眣着眼，半晌不语。

杜照喜跳道："妙！妙!"说着，一瞟石姑。半生道："你晓得什么?凡事儿须先看看筋节，如果他那里是因事来联络响应，咱须观望几天，以他胜败，做咱起事的标准，是不可冒昧的。"三保道："好，好！如今先问问来使之意再说。"于是请入来使，大家厮见，还是上次送半生的那使人。只见他行尘仆仆，十分慌忙，不暇寒温，便由贴身取出柳邓手札。三保忙忙拆看。这当儿，石姑等早麻林似立在背后，都睁大眼睛。只见书札上寒暄语后，便叙事道：

> 顷者内地禁熟苗租地之事行，是绝我也。绝我者，我得而报之！三五日间，起吾山之众，袭围正大、嗅脑两城。赖君之灵，势如破竹，两城之下，指顾间耳。会当分众，东指松桃。今已以偏师遏松桃来援之路，鼓行而东，当俟两城下后。黔中疆吏，靡知兵者，遏吾豪举，正在此时。足下与敝寨，辅车之势也。无龙母则无大姚，不待著蔡，幸起众响应，窥机进掠，则势厚而力雄，无虑不得志矣！专使以闻，敬待指挥。

三保看毕，方在沉吟，半生却跌脚道："松桃要地，怎的不出其不意，给他个并力齐下? 但以偏师遏援路，济得甚事?"

使人道："俺寨主本想同围松桃，因起众之初，拨一队去攻松桃，路经文山县界，刚趱至隘路中，冷不防由深菁中撞出一队勇壮，虽只三二百人，却骁勇非常，并分道埋伏数里之远，一声接号，大呼突斫，恍如有千军万马声势。拨去的一队兵，竟被杀伤大半。原来是文山县官史绍登的勇壮，委实厉害得紧。俺寨主要同围松桃，又恐文山勇壮跟袭其后，因此方暂作牵遏之势哩。"

半生拍膝道："不错！不错！前些日咱们路过文山，见勇壮操练，俺便诧异。原来这史官儿真个了得！此后倒要仔细。只是这不同围松桃，却大大失招。"说罢，一望三保，微微而笑。

使人焦躁道："石寨主尊意如何? 俺还须赶回复命哩!"半生笑道："足下且退用饭，容俺们斟酌。"于是使人退去。石姑跃然道："俺闻沿龙母山脉黔楚交界间有一险要，名赤霞关，真是'一夫当关，万夫莫开'的所在。咱要响应龙母山，先须扼拒此处，控制敌人，又可以策应两山。"因向三保道，"阿叔若脱不开身，俺愿当此任。"杜照拍手道："好，好！

117

俺也去。"半生失笑道："你们真正孩子气！你想石柳邓是何等角色？他早已向我谈过此处险要，这当儿他会不遣人扼据吗？巧咧，便许遣留人峒主乌苏拉去哩。"石姑笑道："如此说，这乌苏拉定是个三头六臂的角色了。"半生笑道："你偏没猜着！她是个三绺束头、两截穿衣的女人家，若讲模样儿，竟和你差不许多。"

杜照道："噫，噫！"百忙中笑吟吟瞅了石姑一眼。石姑诧异道："真个的吗？"三保摇手道："今使人急于回报，咱们到底怎生打算呀？"半生道："依我看，还是稍候消息，方为万全。"一言未尽，只见一人不待通报，飞步抢入。三保一望，却是某土司的心腹仆人，业已跑得急喘喘气息仅属，望了三保，只张大了口，连连跺脚，良久方急说道："祸事到咧！昨天俺家主照例赴永绥去叩祝万寿节……"半生眼睛一转，摇手道："低声！"

仆人接说道："不想总镇孔铨说什么吴爷在逃，并石姑姑杀死人命，便登时拘起俺家主，派兵严守，须这里交出吴爷，方肯罢休哩。俺家主并不晓此事头尾，只得遣俺来报石寨主。"说罢，取出某土司书札，呈交三保。三保看毕，不由乱嚷道："好！好！你既来硬的，咱们正好响应龙母山哩。"半生忙拦道："莫嚷出这段事！少时对使人，俺自有一番话讲。"于是挥退来仆，请进使人，一口应允克日起众，先取永绥、长水，相机进掠，响应龙母。谈词之间，半生先送了许多空头人情，意气慷慨，就仿佛专为龙母山一般，趁便儿问起赤霞关，果是乌苏拉率众据守。

杜照一切都不在意，只听到这里，忽地耸起耳朵。恰好石姑也笑靥生春，杜照偷睄一眼，不由悄问道："你杀掉的那官儿宠姬，我听说长相儿也一百成哩。"半生听了，却恶狠狠瞪了他一眼。这里使人便欣然起辞。三保匆匆作书回复柳邓，一面里分拨山众，各据山隘。登时满山中杀气飞腾，鼓角相闻，早悄悄派出两队，分头而去。真个是眼看旌旗捷，耳听好消息。

不表三保依半生计划，顷刻间称兵作乱，自家留守山中，且说永绥镇孔铨，自捉下某土司拘系起来，自以为老大把柄，千妥万当，不消几日，三保定来交割吴半生，便一天鸟事完毕。一鹤却颇颇机灵，便劝孔铨严为兵备，以防意外。

孔铨笑道："一干狗也似的人，算什么？俺这当儿是年纪大些咧，若当俺火星乱爆时，早整队进山剿捕咧！且正好张大其词，以邀军功，不过俺刻下不耐烦玩旧营生罢了。便是俺手下那冯千总，他是俺马蹄下爬出来的老古董儿，你问他那点儿前程怎样得的？便是俺某年做游击时光去剿土

118

匪，到得那窝聚村落，偏他娘的一个土匪也没得，只剩一群老百姓和我干瞪眼。俺不管三七二十一，兜起队，宰掉数十个。中有颗肥脑袋，生得黑油油恶眉暴眼，便把来做了匪首某人，一般价报上去，一般价叙功，冯千总的披肩大蓝翎便稳当当飞到脖颈上咧。"说罢，哈哈大笑。

一鹤道："总镇威声，虽然镇得住，还宜小心为是。"孔铨道："如此便下令各营，加班警备。"一鹤退去，孔铨方眯齐双眼，斜倚隐囊。只见帘儿一荡，微露一段毛茸茸的长尾巴，即便退去。孔铨叱问道："是哪个？"即有一仆应声趄入，手内提着只紫油油毛色的大狐狸。孔铨笑道："这又是雷扬来了吧？俺常说给你们，他一个猎户家子弟，家道既贫，又有老母侍养，得些野物，正好换柴米度日，不须累次送到这里来。你们这干奴才，一定是嘴懒，不曾传知俺意。"

仆人道："小人等早就传示总镇之意，无奈其母总是感恩不尽，只管命雷扬来献敬意。"孔铨笑道："这老妈妈子也古怪得很。俺想给雷扬在营补个名，混个小前程，她又道生平一子，不愿他插脚功名、服侍贵人。又是什么岩栖谷饮，是母子生平之志咧，闹了一大堆。如今却屡遣雷扬来营，也许是老妈妈子心意活动咧。俺营中哪里着不下个把人？便着他进来，俺问问他。"仆人应声，置狐退出。

须臾，引进一个少年猎人，生得剑眉海口，七尺身材，顾盼处精神炯炯，戴一顶范阳毡笠，穿一身蓝布短衣裤，脚下是百纳登山履，十分朴素，便是雷扬。原来这雷扬世居永绥雷泽镇，累代务农，到得其父雷必显，却由武举出身，投充营伍，数十年间，只挣了个千总，却在淮扬一带充运粮官儿。

这运粮千总职分虽微，却是发财根苗，因粮船上积弊甚多，便是一名运卒就可以成千累百地抓银子。因大家都沟通一气，无非是抵漏粮米挟带私货，再来头大点儿，更兼包庇奸商，夹运私盐，因此沿运河一带，往往有林园别墅。其中亭馆台榭阔绰不必说，便是一花一石，多有价值千金的。这都是运粮武官的私产，其富厚可想而知。

却是雷必显虽得美差，反穷得要掉腔，因他胸中坐了个害人的"义"字。明明白花花银子到来，这"义"字只喊着不要，你想孔方老兄岂是受人慢怠的？自然闹得裹足不前。必显只靠了应得之得，能有几何？再搭着"义"字摆布他，那一切交朋结友、推解缓急之事不期然而然都集拢来。因此必显久官，竟至减产。咳！这"义"字困人也就不浅了。

哪知还不到家，有一年必显和同官运粮，路逢淫雨十余日。必显性本疏略，偏那同官也是直性半吊子，两人既逢雨烦闷，在船中只拼命价饮酒歌呼。有时价醉，卧倒一双醉汉；有时价醒，同眰起四只白眼，因此在船各执事人，大得其手。这一侵蚀，未免太狠点儿咧，又搭着阴雨霉湿，粮官日游醉乡，不来检点，谁耐烦管这闲账？一任粮米蒸湿烂坏，到得北通州仓厂交代，必显等方直了眼咧！

这皇家运课，何等重大！仓厂总督登时震怒，将必显等押将起来。若认真说，便须正法，却是总督一般也是蚀米虫，平日价专吸属下膏髓，未免有些香火情，便从宽地监押赔偿。必显在押，还可支持，但是赔款太巨，不免焦愁。这日晚央及监者，方弄了一壶浊酒，呷得一杯，只听得窗外呜呜咽咽，探身一望，却是他同官，垂头耷脑地由窗下揾泪而过，踩踩脚，直赴厕中。

必显触目愁烦，便一气饮了数杯，摇摇壶，还有一半酒，不由长叹道："酒可忘忧，这半壶且留给他吧！他是少年孤露，是他叔子抚养他成人，便继在膝下，家私薄薄，老人家给他营干这前程，业已筋疲力竭，如今这么一来，真比我还苦十分哩。"沉吟良久，却不见他同官出厕，必显唤道："某兄快来闹一杯吧，愁煞了也是无益！"连唤数声，不见答应，这时，厕檐上有所家雀巢，忽地扑啦啦一阵惊飞，绕檐乱噪。

说时迟，那时快，便见他同官后衣襟高飘飘一荡。必显道："不好！"三脚两步奔去一看，他同官业已高挂在厕所横楣上。必显一见，又惊又痛，忙胡乱抱救下来，幸喜为时不久，扶进室捶唤一阵，渐渐苏来，一见必显，扑簌簌两泪滚落，便道："不瞒雷兄说，俺委实活不得咧！一来家贫不足了事，二来无颜去见继父，还是死掉干净。"说罢，号啕大恸。

必显这当儿胸中"义"字便如蛰龙经雷，登时摇头摆尾，略不思忖，慨然道："你且将息，俺便替你代偿如何？"一言方尽，只觉黑暗押室中非常光明，前后左右如有许多神钦鬼服，却是必显两条眉毛从此莫想舒展咧。于是两人事体完毕，必显落得四壁空空。阔绰惯的人，简直受不得，不消数月，必显穷愁去世。临终当儿，深慨宦海风波，便切嘱雷扬，莫踏仕途。

当时雷扬母子含泪听嘱，这雷扬已有十五六岁，生得矫健多力，一身武功。镇中少年偶然角艺相扑，哪个都敛手退避。山县中柴草极多，雷扬奉母之余，便入山取柴，搭补用度。又自出新意，制了一种袖弩，能及百步之远，发无不中。每次入山，总要射取雉兔之类回家奉母。或遇春秋佳日，便扶了母亲，就左近林木疏美处徜徉一会儿。值有飞禽等物，便欢跃射取，以博母笑。转眼过了三两年清闲日月，倒也十分自在。这时雷扬越发变得凛凛仪表，常有左近侠少或习武科的朋友慕名想交结他，被雷母一概谢绝。只是雷扬一个崭新的少年人，未尝世味，哪里能浮慕尽祛？便不免心头怙惔。

一日，母子偶在门首闲眺，只见三五骑雕鞍锦辔风也似跑来，上面都是鲜衣健仆，手弓腰矢，或架着韝鹰，随后怒马如龙。一华服少年打扮得金装玉裹，意气扬扬，垂鞭而过，一路红尘，直奔镇外郊野。雷扬不禁失声道："娘啊，快看，这不知是哪家去出猎，倒漂亮得很！"雷母凄然道："儿啊，你莫理会他！你可知你父当年驰骋仕路、挥金结客时，比这人兀自风光许多哩，却是后来那般收场！我儿今见可欲，难道忘掉遗嘱吗？"说罢，不由落泪。

雷扬听了，一阵伤感，却跳过来，扭股糖似的拖住他娘。正是：

　　　　不堪往事重提起，且把遗言诏后人。

欲知后事如何，且听下回分解。

121

第二回

结义士朝奉说官情
擒剧盗雷扬报友德

且说雷扬最孝顺不过，今忽见母亲伤感，不由现出孩子气，忙拖住他娘道："娘莫伤心，孩儿并非羡人阔绰，不过觉得母亲甘旨不全，孩儿心内过不去似的。"雷母笑道："你这又是孩子话了！岂不闻大孝养志，不在口体之奉吗？"雷扬喜道："是！是！"于是母子趱进，相对欣然用饭。

却是雷扬自这日见人打猎，也触动自己技艺，便日日搏节下来，购置了一杆线枪火器、铁砂火药，一弄儿俱全，不消几日，已习得枪无虚发。这日便兴冲冲结束停当，跨起沙袋，背了线枪，向母亲道："娘啊，这当儿溪泽边野鸭很多，娘且稍息工作，等孩儿打几只来，换钱买米如何？"雷母笑道："既是个人，便不可一刻逸居，我儿只管去；等你趱回，我这件衣服也制罢咧。"

雷扬听了，出得门，望望天宇，不由两膀一振，无限感触，暗道：母亲究竟是老年人性格，假令俺雷扬出涉世路，还愁不功名唾手、丰衣足食吗？如今却定要自费精力。一路沉吟，即便趱去。傍晚回家，果然野鸭累累，堆满两肩。方趱至街栅边，只听背后唤道："雷老弟慢走！你这营生倒不错，快让给俺两只。"雷扬回头一望，却是米商徐朝奉。

此人富甲一镇，性好结纳，久慕雷扬为人，常想交好他，无奈富贫异境，雷母一百个不愿攀缘。有时徐朝奉过访雷扬，方叩得一声门，或值雷母，登时回道："不在家！"巧咧还抢白几句道："你们有的是肉酒宾朋，还放不过个村小厮做甚？"左右邻舍人听见了，直诧异得没入脚处，都背地谈论道："雷老娘真个老悖晦咧！这种阔人物，掮着灯笼都寻不着，却反来摔脱人家，真个是穷骨头。"

徐朝奉却颇有意思，不但不怪雷母，反因此越敬爱雷扬，几次价探雷家空乏当儿去馈钱米，都被雷母撅丧璧回。这日忽见雷扬打来野鸭，徐朝奉心有所触，所以呼唤。

当时两人厮见了，徐朝奉道："俺正想凑些野味去送人，您这野鸭十分肥大，端须千钱一只哩！"雷扬道："唔，哪里值得许多钱，不过三二百文罢了。徐兄若用，只管将去，左右是从天掉下来的。"徐朝奉笑道："你看世界上人，哪个不是靠天吃饭？但是须费气力致得来。你家老太太常说的，无功不受禄，俺岂可白扰老弟？"说罢，拣了四只鸭。雷扬恐他给钱，拔脚便跑，招得坊众都笑向徐朝奉道："你老打杠子，却打到街上来咧！"

不提这里胡噪，且说雷扬一径地趱回家，一看雷母果然将所制衣服料理停当，见雷扬得来三只鸭，也自欣然。雷扬一面价整理鸭留供晚膳，一面笑道："孩儿今天共得七只鸭，偶遇徐朝奉，却被他将去四只。"雷母忙问道："那么卖的钱呢？"雷扬道："孩儿觉区区之物，不好意思要钱，便跑将来咧。"雷母正色道："你这事又不合理，物虽微，却关取予品行。你自处慷慨，却非待受者之道，所以古人耻独为君子，你这事应取应得之价才是。"雷扬悚然道："孩儿一时虑不及此。"雷母道："圣贤中道，须慢慢体察，久之便能纯熟，一切动静云为，方无过不及。我儿端须留意，勿以小节忽略之。"

雷扬听了，心下怡然，方鼓舞不禁，只听大门外唤道："雷爷在家吗？"雷扬应声跑出，雷母但听得雷扬似乎纷纭推让数语，少时却拎了八串老钱趱入，笑道："便是徐朝奉遣人送鸭价来，孩儿闻母亲方才之训，便直受了。"雷母惊道："这又取之伤廉了！四只鸭不过两千文钱，如何受得许多？"雷扬道："孩儿也如此说法，无奈来人置钱跑掉。"雷母沉吟道："如此只好再获野物，以抵多受之值罢了。"雷扬唯唯，过得两天，果然给徐朝奉送去两三只山兔儿。

话休烦絮，从此雷、徐时有往还，交谊渐稔。却是徐朝奉无故馈遗，雷扬绝不敢受。如此光景，过得数月。一日，徐朝奉偶步至米店门首，只见数十步外一个趱过去的老太太，后影儿甚似雷母，却步履从容，肘下挎着只饭箩儿。因向店人道："你看这老奶奶就像雷母。"店人道："可知正是她哩！她如今向巡检押所送饭去。"徐朝奉道："怎么？"店人道："主人不晓得雷扬前天傍晚弄出人命吗？如今暂在押所，过天就送县咧！"徐朝奉大惊道："真个的吗？"店人道："说起来也是冤业，主人可晓得南巷里醉鬼皮二傻吗？"朝奉道："那是当死孩、讹诈当店的街混子，俺怎不晓得？"

店人道："便是前天傍晚，这皮二傻吃醉后撞到街上，正摆开四六句子胡骂乱卷，恰好雷扬肩着线枪趱来，二傻乜起醉眼道：'喂，雷哥，少会呀！你这枪亮晶晶，倒好耍子，拿过来皮爷看看！'说罢，一扬脸，酒气醺醺，直撞到雷扬肩下。雷扬如何肯理他，当时一侧身，二傻扑空，登时闹了个狗吃屎，趔趄爬起，因骂道："你这邑邑蛋子，好不中抬举！皮爷赏你脸，你却不要，难道俺不配看枪吗？"说罢，抓住线枪，一阵撕扭。

"雷扬因枪是装饱的，赶忙取在手中，急喝道：'快莫胡缠，不是耍处。'二傻冷笑道：'俺是刀子逛朋友（俗谓青皮也），玩够的老把戏咧！你吓哪个？你这根打狗棒，俺偏要玩玩。'说罢，两手夺住枪上段，百忙中一来标劲儿，便将枪口挂在自己胸口，大喝道：'哟，你是好小子，就给皮爷一下子！'不想雷扬躁怒中尽力子掣枪，手一滑歪，触动机关，轰然一声，皮二傻登时了账。所以雷扬顷刻在押。这祸事可不小哩！"

徐朝奉听了，急得跺脚道："怪道三五日来不见雷扬，原来遭此横事。"沉吟一会儿，想先去询慰雷母，然后设法打点雷扬。又一思量，雷母倔巴巴不好说话，盘算良久，定了主意，索性不去理雷母。傍晚当儿，自赴押所，和雷扬面谈一会儿，便暗暗写好书札，遣人赴城，向镇署孔铨处投递。这且慢表。

且说雷母自儿子误伤人命，捉入官中，虽是误伤，有幸不偿抵之望，却是官断十条路，一时也难定得。后闻雷扬解送县城，一时价又难得消息，老人家虽是镇定，到此光景，未免泪痕不干。但是暗揣生平不应老来见儿子横祸，以此自解，便觉心下开放些。

这日傍晚，疏落落下了一阵小雨，天气微凉，雷母颤巍巍掌上一穗孤灯，悄坐一会儿，只有自己孤单单伛偻身影映在壁上，向壁角一看，不由一阵锥心，暗叹道：这时扬儿在狱中又当是什么光景？他手取之物还端然在壁，他却向哪里去了？原来壁角上还挂着只野鸡。

雷母正在寸心如割，吊影凄楚，忽地空庭中唰啦啦吹过一阵冷风，接着隐闻有人轻叩大门道："娘啊，快开门，孩儿回来咧！"这一来，闹得雷母竟毛森森的，仔细一听连唤，分明是雷扬声音，不由呀的声站起，秉灯趋出。门一启，闯进个汉子，不由分说，抱住雷母，两膝跪倒便哭，灯光照处，可不正是雷扬？

这时，雷母身一颤，登时哽咽道："我儿，你莫非已遭不测，魂灵儿来寻娘吗？"说罢一扑，几乎将灯抛去。雷扬站起，赶忙扶住道："娘莫惊痛，容儿细述脱罪之故。"于是回身关好门，母子入室。雷母先一望雷扬，只见他气貌华腴，衣履整洁，竟不像新出狱的囚人，方在诧异，雷扬已一五一十述出脱罪原委。

原来永绥镇孔铨和徐朝奉甚是相善。其相善之故，却因孔铨初到永绥时光，偶值大雨数十日，道路都坏，营中致缺饷两月之久。起初兵丁不过怨骂，后来竟有哗变抢掠之势。孔铨吓得缩在衙，大气儿都不敢出。街坊上兵丁百十成群，掉臂大骂。正在岌岌当儿，却亏得徐朝奉慨垫饷米，方才弭掉大乱，保全了孔铨功名。所以孔铨见了徐朝奉，便如他爸爸一般。当时孔铨接阅朝奉来书，笑道："这点把事，只消吩咐李一鹤一声儿就得咧。"于是立刻嘱托过去。一鹤乐得顺水推舟，两面送孔、徐的人情，笔尖一活动，登时将雷扬开脱出来。

这一番维持，徐朝奉也费掉数百金，所以雷扬在狱，饱食醰睡，齐头的没尝牢狱滋味。出狱来，方知都亏了徐朝奉，并且孔铨因徐朝奉函述雷扬怎的孝勇无双，是条好汉，竟传见雷扬，大加称叹，就要看朝奉之面，收他入营。雷扬未奉母命，不敢应允。

当时雷母听罢，慨然叹道："今徐君仗义如此，我儿受人大恩，倒不必寻常价前去称谢，只牢记在心便了。便是那孔总镇，也可感得紧哩。却是收你入营一层，倒可不必。丈夫报恩，也不在旦夕。"雷扬喜诺。过得两天，徐朝奉寻将来，雷扬只略为称谢。雷母却剪韭炊黍，款待朝奉一饭。虽是平常之味，朝奉吃着，便如山珍海味，因雷母之饭，是等闲吃不到的，从此雷、徐交谊日密。朝奉偶有馈遗，雷母却慨受不辞，但是米店门前，雷扬却不踏一脚。店人等未免觉雷扬不通人情，大家便言三语四。朝奉偶闻，但付之一笑。这时米店生意越发兴隆，山野地面人贼心多，眼孔小，便觉徐朝奉是大大一块肉。

一日，雷扬偶给一旅店中去送野味，只见院后敞棚下一个大汉正在那里虎也似据案持刀切黄牛熟肉，案旁一桶酒，中置长勺。那大汉生得青渗渗一张脸，疙瘩眉，毛鲜眼睛，白多黑少，衬着两臂虬筋，好个凶相。一柄薄锋厚背、九环鲫鱼头大斫刀明晃晃倚在座右。便见他咂的声置下厨刀，大喊道："伙计，快将薄饼来，多带醋蒜，别这般慢腾腾的！"伙计嗷应，如飞而至，却端将醋蒜来。

那汉大怒道："饼在哪里？"说罢，凶睛一瞪，便按刀柄。伙计一面抹汗，赔笑道："饼就得咧！"正说之间，后面伙计飞也似端来一大盘饼。雷扬粗望去，暗笑道：这厮倒是个大饭桶。便见他将饼卷肉，一条条驴肾一般，一面大嚼，一面引勺痛饮，顷刻间风卷残云，去了一半。两伙计望得只管咬小指，便搭讪着同雷扬趄向前院。雷扬道："这客人倒好食量。"伙计笑道："俺开店且不怕大肚汉哩！"

雷扬一笑出来，也没在意。刚走到镇栅外，只见一群人就僻静处交头接耳，或攒眉，或摇首，仿佛计议什么为难事似的。雷扬遥望诸人结束劲健，衣襟下各藏短兵，似乎是官中捕健。方要趄去，却被其中一人望见，便唤道："雷兄哪里去?"雷扬趋近一看，却是县捕马三把。当雷扬系狱时，三把因徐朝奉之故，颇致周旋，因此认识。

当时两人厮见过，雷扬道："难得众位到此，且屈舍下奉茶吧。"三把皱眉道："俺可没得工夫! 今在这里，是候个要紧人，仗他办案。现在案犯已落在某店中，这位朋友却不见到，真令人急煞哩!"因悄说贼人形状。原来便是雷扬所见的那大汉。三把等跟踪了两天，知贼人挟仇，要劫杀徐朝奉，只差着他所约之友未到，不敢动手，便一径地跟缉到此，却急切中没作理会处。因贼人是著名大盗，绰号"一点红"，凡作案件，必要见血，因得此号。前些年徐朝奉曾出重金，助官中募人缉捕，因此结仇。当时雷扬听罢，不由豪气飙举，突地两膊一振，捏拳大笑道："捉个把毛贼，还用呆等朋友? 马兄如不见弃，俺便替你缚将来如何?"

三把惊道："雷兄莫见戏，一点红高来高去，一柄斫刀甚是了得，倘若拿疵了，不是耍处。"雷扬愤笑道："马兄不必激俺。实不相瞒，俺若不为急徐兄之难，还不肯干预此事哩。事不宜迟，众位便遥为助势，看俺单身擒贼吧。"说罢，扎拽衣襟，匆匆要走。三把一见，登时也鼓起气来，便道："雷兄莫忙，此一去俺先带人布置在店前后，雷兄只伏在店门首，只着一人进去挑怒他，待他赶出，雷兄给他个冷不防便动手。"一言方尽，中有个高挑子拍手道："好，好! 这个挑怒角色，一定须俺去。"

众人一看，却是骚嘴王老太。此人生得斜眉瞪眼，善骂詈诙笑，一身本领都在嘴头上，却有一样，只要你掐住他脖颈，什么大，他叫什么。当时众人噪道："这角色正该你去!"于是一阵风似揎拳勒袖，滔滔便走。走得数步，三把道："啊哟，雷兄还没兵器哩。"老太笑道："不打紧，俺腰间恰有件能软能硬的大家伙。"说罢，从腰间掏出件九节索鞭，唰啦一抖道："喂，雷老弟，你玩玩这把戏，还来得吗? 若不成功，俺这里还有把大刀!"说着，手搭大腰刀把，作势一抽，嗖的声却是把五寸长的短匕首。众人望他神气，不由都笑。他却绷着脸递给雷扬。众人道："那么你的兵器呢?"

老太一摸嘴颊道："都在这里哩!"抢攘中，大家蹅入镇栅，互使眼色，便安静静直奔那旅店如计预备。这当儿，王老太早敞披大衫，抓歪帽子，乜起双眯齐眼，晃荡荡吃醉一般，一路哼唧小曲，蹅入后院棚底，拣个座扑嗒一坐，却跷起两只脚，直舒在案上，一面乱敲案沿，一面喊道："有活人吗? 给我连胳膊带腿拿出一个来。"

店伙跑来，忙笑道："噫，王大爷呀? 今天怎这等清闲? 您是自吃酒，还是待客呢?"老太一咧嘴道："唔，放你妈的屁! 咱老子看人灌马溺、吃瘟牛肉，还恶心不迭哩！"一点红听了，不由两眼一撑。老太只作不知，却笑道："实告诉你吧，咱老子今天高兴，要玩玩小娘儿，没别的，借你这棚底下风风凉凉，且是舒齐。便将南巷里小宝子、菜市后一捻酥都给我叫将来，你看我做个联床大会，玩个新花样。你若高兴，也抽个头儿吧。"店伙笑道："王大爷莫笑谈，看人家这位客官听得不雅。"说着，一望一点红，笑道，"客官添酒菜呀。俺这位王大爷就是好说好笑，嘻嘻哈哈的。"

一言未尽，冷不防老太跳起，一把揪住店伙脖儿道："哪个和你笑谈？什么客官咧，鸟人咧，俺一概不懂，都须给我滚他娘的，不然咱老子弄高了兴，不管他是男是女哩！"说罢，眼睛一瞪，早已迈开一腿。

一点红猛闻，如何容得？登时大喝道："你这厮敢是吃醉，如何小娘的、小娘的胡呲？"老太眈起眼道："大爷有钱，好乐儿，干你屁事！没弄到你妈身上，便是咯嘣嘣的好朋友。"一点红大怒，嗖的声抽刀跃起。老太喝道："来得好！"忙撮唇一声哨号，转身便跑。一点红一个箭步，几乎抓着。

老太惊嚷道："啊哟，我的妈呀！"屁滚尿流地撞到店门外。一点红方要举刀进步，只听哗啷一声，早有一条索鞭怪蟒似飞向当头。一点红侧刀闪身，方才躲开，那条鞭早变了个玉龙绕柱式，唰唰唰一气三四缠，直取下路。一点红左蹿右跳，虽是躲开，却吃惊不小。百忙中一望敌人，却是个朴健少年，方要喝问，只听一声喊，店左右围拢来七八名捕健，单刀铁尺铮铮乱响，却只是遥立呐喊道："雷扬兄弟仔细了，莫跑掉一点红！"

一点红猛闻转怒，登时一摆九环刀，分开门路，一片白光直泼开来。这时雷扬索鞭便如游龙一般，顷刻间回旋兜掠，使出浑身解数。行空如月阑，贴地如铅涌。猛击处霹雳起晴天，疾掣时电光闪午夜。将一片刀光逼弄得如银球乱滚，将街坊人众都惊得目定口呆。

少时，一点红气力不支，虚斫一刀，刚要拔脚，恰好索鞭贴地一兜，一点红叫声："不好！"一个跄踉，撞出十数步。刚一个鲤鱼打挺撑将起，只见黑油油一物冲面门直飞过来，叭的声打个正着，却是一只大鞋。一点红趁势一跃，已上对门楼檐。众人一声喊，却不见雷扬，只有索鞭在地。恰好挨楼房是一带染坊高架，但见一点红一路蹿跳，势如飞鸟，顷刻间直奔栅外。

王老太顿足骂道："你是好小子，敢下来咱爷儿俩较量较量！"说着一踢腿，却是光脚板，原来那只鞋便是他发的暗器。众人这时也没空笑他，便风也似奔截栅口。方在大家仰望，只听老太大笑道："这小子没人保着，便坐了殿（音同腚）咧。"

一言未尽，只听砰哧一声，靛汁四溅，众人大呼抢近。正是：

　　擒贼今朝试小技，捍城他日见奇能。

欲知后事如何，且听下回分解。

第三回

避深山贤母识兵氛
感寒疾孝子求医士

　　且说那临街染坊架下有只头号大缸正满盛靛汁，向风日吹晒颜色。众人猛闻老太大笑，急看一点红，凭空栽落靛缸中，于是抢近拖出，先啪啪几铁尺，打折他胫骨。这小子委顿于地，破口大骂。老太过去踹翻，喝道："你这一点红，倒好换一身蓝要子。"仔细一看他胁下，却中了一支袖弩。大家方叫得一声奇怪，只听嗖一声从栅楼内飞落一人，正是雷扬。原来一点红中鞋拭眼当儿，他便弃掉索鞭，先自飞登栅楼，准备和敌人在高处短兵相接，所以一袖弩，便自成功。

　　当时大家一见，无不喝彩。这一来轰动全镇，登时四街上锣声响起，闹个马后炮。便有巡检衙中公人也帮着狐假虎威，将一点红牢牢缚定。抢攘间，徐朝奉也闻警赶来。一点红挣身骂道："便宜你这厮不死在俺手，咱们哪辈子再交代吧！"朝奉问知就里，只吓得额手向天，一把拖住雷扬，转不知称谢些什么。这时三把早笑吟吟抱拳道："此案多亏雷兄方能办妥，就请同行进城领赏如何？"雷扬忙道："哟，诸位快噤声！便是这贸然捉贼，俺母亲知得，一定还训斥俺一顿，何况见官领赏等事？诸位见爱，放掉俺是正经。"说罢，掷下王老太的匕首，如飞跑掉。

　　这里三把等相顾诧异。徐朝奉道："他家老太太性子真是这样，俺是素知的。"老太一面插起匕首，一面却一抹嘴脸道："这位老太太若唱出《刺字》和《上寿训子》，管保不须打扮哩！"大家一阵诨笑，便押了一点红，直赴县城。这且慢表。

　　且说雷扬匆匆趱转，恐母亲看出跳荡气色，将到家门，赶忙敛容息气，便如没事人一般。抬头一看，恰好雷母倚门而望，雷扬唤道："娘啊，儿子回来咧。"雷母道："险事已过，可知你回来哩！倘若不胜，难道你忘掉娘亲吗？"雷扬知母亲晓得咧，忙悚然立定。雷母道："且随我来！"于是母子入室。

雷母道："古之烈士，亲在不许人以死，所以受人恩惠，非同等闲。今你这节事，虽冒险忘亲，却有以报徐朝奉救你之德。此后除留意孔总镇之外，再不可踏游侠行为，早晚间咱母子择地隐居，方是正理。你看近来黔楚间官政日坏，不久当有兵祸，咱母子既无意世荣，何不高举远引呢？"雷扬听了，不由顿首受教。雷母喜拊其背道："你既报徐君之恩，俺便有半个儿子了。"母子谈论良久，各自安歇。

次日，徐朝奉老早趱来，称谢雷扬，拜见雷母。便道："小侄家道老太太是知得的，今俺和扬弟又如手足，便请到舍下同居，小侄也好朝夕受诲。"雷母笑道："岂有此理！老妇菽水无缺，久甘淡薄，便是扬儿和足下一番周旋，也因受足下先施之恩，而今却各自各了哩！"朝奉听了，不敢再谈。

过得几天，孔总镇知雷扬捉贼之事，便又要借此提拔他入营。母子坚意辞掉，却是从此后母子闭门不出。雷扬打猎奉母，每得异味，时或去献孔铨。因此镇衙并诸营酣嬉情形，他十分了然，母子偶或谈起，颇抱杞忧。这日猎得大狐，故又来献。

当时雷扬趱进，叩见如礼。孔铨道："俺这些日事体忙，一向没遣人存问你娘，这大狐你换钱用度，哪些不好呢？却是筋力之养，究非长策，现在有一事体，将来叙功，很可多带几个人，俺将你带叙入，且是机会哩！"因将捉拘某土司之事说了一遍。

雷扬大惊道："总镇此事，却欠三思！这分明是召寇之谋，况且石三保叔侄久称跋扈，又有奸人吴半生诡计多端，此事既因他而起，他定要挑起兵端。总镇便当会合永绥、长水县官，请兵上宪，以防他意外暴动才是。"孔铨笑道："你说得倒凶实咧！只俺本麾下兵力防乱便有余，也不过捧了卵子过河，小心罢了。几个苗人，还乱到哪里去吗？"雷扬听了，不敢深言，却暗揣孔铨手下不但兵不足恃，便是营官将佐一个个都是饭桶，于是慨然道："雷扬久蒙大惠，愧无以报，今值总镇分拨防守，俺思效蚁力，以备驱策，三五日后，即当转来。"

孔铨道："便是如此！俺早有意给你混个前程。"正说之间，诸营官挺胸腆肚，纷纷地前来谒见，商议防务。雷扬瞟得一眼，暗笑退出，一路沉思，匆匆趱回家。见雷母一说情形，雷母且惊且喜道："今我儿庶有以报孔总镇，从此后当遂咱母子鸿冥之志了。只是我儿失算，不该还转来，我料奸人挑乱定不迟延，恐三五日间，便当有变哩。"

雷扬道："孩儿也自料得！因雷泽镇地处冲衢，多有不便，孩儿欲奉母到罗秀山中甄隐士家暂避，然后赴城不迟。"雷母道："你说的便是甄正叔那人吗？"雷扬道："正是哩！"雷母道："如此，事不宜迟，明晨便去。"正说之间，只听隔壁两口儿吵将起来。

女的道："你只知和人灌丧黄汤子，却将驴丢在白大家。他那里是鬼也不到的闷葫芦头（俗谓绝巷不通之处），便等一百年，也没有主顾。没挣钱还罢了，反将草料被白大赚去，你看驴都饿瘪了。"男的笑道："你莫着急，只消将你打扮好，跨上驴，哪里不趁大钱大钞？"（俗嘲游妓曰跑驴子。）

原来隔壁这家以放脚为业。雷扬听了，便唤道："某兄便将驴来，俺明日出门探亲，须去得三两日，某嫂不须怨吵，管保有大钱钞便了。"男的道："啊哟，三两日，定是远路！没别的，雷兄须多破费点儿。"女的唾道："你就是牵着不走打着走的脾气！人家雷大哥要用，还讲甚破费？多咱我离了你这穷骨头！"母子听了，不由一笑。

少时男子送过驴，母子便忙忙收拾。本来家计无多，粗重物便都弃掉，母子稍为歇息，晨鸡方啼，便匆匆锁门而去。不多时，天光大亮，那放脚男子不见雷家动静，喊了两声没人搭腔，一看大门却锁牢，便由墙上探头一望，方知雷扬母子都走掉咧，便安心等驴并大钱钞不表。

且说雷扬奉母跨驴，自己手提朴刀，背了包裹，从夜色朦胧中一径地厮趁出镇。走到栅门，栅卒方起来开栅，便道："雷爷哪里去？端的好早哩！今天俺却睡沉起迟咧。因往日栅楼上耗子成大队价跳闹得人老早便醒，今天却忽然一个不见。"雷扬随口唯唯，策驴而出。

行得十余里，方天光大亮，业已转入赴山窄路。一轮初日逼得郊野间晓气白蒙蒙的，远近林木紫青缭白，雷母飘萧白发控辔徐驱。雷扬一抚驴屁股，道："这栅卒好不惫懒，只管自家失睡，却怨耗子！"雷母叹道："古书所载群鼠渡河等事，大半都是兵兆。邵康节说得好，兵乱将作，禽鸟能得气之先，都是此理。"雷扬道："正是哩！数日前孩儿入山打猎，曾逢甄正叔。他说偶到县城，闻得谯楼鼓音十分噍杀，便暗惊不久当有兵乱哩。今群鼠又忽不见，真正可怪。"

雷母道："正叔为人极有意思，其人高简中颇好奇略，你看他所绘那本大姚山险扼地图，便知他极有深意。但是其人浮云富贵，我颇望你结交于他，亦正为此。"

母子谈论之间，已透迤穿林越岭，日方到午，已急驱了五六十里。雷母虽是老健，未免气体困乏，便就软草上稍为坐歇。雷扬取得泉水，与母漱尘止渴。少时雷母道："还是及早去吧，正叔孤零山居，无多童仆，咱们早到，也可让主人消停些。"于是雷扬扶母起行。午日已过，便凉飕飕吹起一霎山风，雷母也没理会，只将披帽按了按。

日将平西，雷扬遥指道："母亲看，前边山溪湾前，群松郁郁，便是正叔山庐。此处名洄溪，甚有风景，孩儿曾听他谈起，还不如曼陀谷风景更妙，并且幽僻异常，人迹不到。"雷母笑道："正叔为人，该有此高趣。我们安得与之结邻方好！"正说之间，忽一白兔儿从草间跃出，那驴一眼岔，狠叫一声，放腿跑去。雷扬促步赶上，已一气儿跑了四五里。雷母喘吟吟披帽脱落，险些栽将下来。雷扬捉住驴，赶忙扶好道："母亲受惊颠，再歇歇吧！"

雷母道："此间距正叔家还有多远？"雷扬道："转过这带短林便是。母亲听，溪头村女浣音都分明咧！"正说着，只见岔道有个樵夫遥唤道："雷大叔哪里去？"雷扬一望，却是山民常善。此人是洄溪旁土著，时常价卖与正叔柴草，因此识得雷扬。

当时常善趋近，问知就里，却拍手道："雷大叔早来两天，便寻着甄大叔咧，而今他老人家怪气发作，前三天夜间忽然望什么星气，便顿足叹道：'兵氛将作，此间虽可避居，却未免惊我猿鹤。'次日竟携了山童，收拾书剑家具等，飘然而去。只有寂寞草庐反锁在那里了。"雷扬听了，不觉跌脚。常善笑道："雷大叔既到此，便暂居小人家下何如？只是窄巴巴的，恐你老太太屈尊些。"

雷扬喜谢道："好！好！既如此，俺便从命，日后报惠。"常善道："得咧，俺的雷大叔！便请吧。"说罢，到雷母跟前恭恭敬敬一个大揖，带了驴便走。雷母看常善十分朴诚，便道："俺母子此来，倒叨扰足下了。"常善道："老太太不必客气，到俺家，管保和俺娘对劲儿。俗语说得好，一只牛也是放，两只牛也是放，这又费了俺什么呢？"雷母听了，颇觉好笑。

不多时穿过短林，便见清溪一曲，环抱一小小山村。各家炊烟一缕缕摇曳于夕阳中，十分有趣。方走到一片山家，只见个老妇人，有七十多岁，勒起两袖，挑了两桶水，健步如飞，山汉似走来。常善唤道："哒，你老人家快搁下这营生，咱家客来咧！"老妇一望雷母，便道："你说的敢是这位大婶婶和小哥儿吗？"说罢，趋近雷扬，只管端详，道："这小哥却面善得紧。"

常善道："你老真悖晦咧！那天你向甄正叔家寻母鸡去，没见着雷大叔吗？"老妇听了，不由放下担，笑得拍手打掌。常善都不管她，忙引她和雷母等厮见。原来这老妇便是常善的母亲。当时常母大悦，乱噪道："怪道今天帘儿打卷，茶叶棍儿立浮，原来远客到咧！我老婆子不会说什么，咱们快走吧。"说罢，挑起水桶在前引路，雷母一行人追随在后。所过之处，妇孺望见，都喊道："常老娘有空，给俺挑些水呀！"

有的笑道："你们的事都不打紧，倒是俺大嫂快添小人儿咧，常老娘去收生是正经。"常母骂道："小蹄子惯会胡呲！你大嫂又不是属母猪的，一年价几窝儿！"一路诙笑，直嚷到她家门。

雷母仔细一望，倒也好一所山家，槿篱中两层茅屋，颇颇宽敞。这时雷扬早奉母下骑，牵了驴子，大家步入。常母百忙中置下挑桶，来扶雷母，却见雷母激灵灵一个寒噤，接连几个大嚏，闹得涕泪纷纷。雷扬惊道："母亲怎么？敢是冒了风寒吗？"向她额上一摸，却热辣辣的。雷母道："不打紧，我稍为安歇便好。"常母道："少时俺有个海上方，给你治一下子，马上就好。"于是相与入室。

雷扬和常善自去料理牲口，置备晚饭。常母却踅进踅出，唤取汤水，果然急匆匆端了一碗葱须汤来。雷母难却其意，只得饮下。常母道："俺这海上方妙得紧，只消一发汗便好咧。"正说着，雷扬踅进，见母亲说笑如常，也便放下心来。当晚饭罢，各自安歇。雷扬一夜价思忖永绥之事，略略合眼，连忙爬起。

常善道："等我给你做早饭去。"雷扬道："不须得咧，俺见过家母，还赶赴永绥哩。那甄正叔一定是移家曼陀谷去咧，常兄有暇去访访他如何？"正说之间，只听常母大喊道："啊哟，这是怎么咧？"常、雷一怔，连忙奔赴正室。只见两母业已起身，雷母却颤抖抖伏枕呻吟，一抬头，面红如火。原来昨日劳顿中感受风尘，上年岁人正气未免来得软弱，登时闹得寒热交作，十分沉重。

雷扬大惊，顷刻将一切事抛在脑后，趋近一摸母亲身手，只觉炙手价热。常善道："雷大叔莫慌！此去西南九十里有家医士，方术甚好，俺便去请来如何？"雷扬急道："俺脚步快，此人姓什么？快说来！"常善道："他叫周一复。"一言未尽，雷扬已迈出室门。常善追喊道："他那所在名虎头峪，但问周一复，没人不晓得的！"雷扬急应跑去。这里常善母子服侍病人慢表。

且说雷扬心慌脚急，恨不得插翅飞到，便施展开飞行术，向西南一路撞去。只见山径盘纡，沿道山村相望，却越走越宽敞，顷刻间转入山坳，四围平阳，好一片山田沃地。原来虎头峪是山外环一片村墟，居民数百家，颇颇稠密。雷扬随路问途，一气儿趱了四五十里，望望日光，还不到巳时，便就一山家门首坐歇。只见一个小媳妇子，有二十五六岁，生得妖妖娆娆，青帕蒙髻，一身整洁布衣，手提半篮菜蔬，从小径中扭将来。此时四围山色辉映她一身风韵，颇觉有趣。

雷扬方在拭额汗，那小媳妇已翩然趱近。刚迈出一只小脚跨入门限，忽地秋波一瞟，向雷扬道："你这客人敢是行路劳乏，且里面歇息如何？"说罢，樱唇略绽，十分和气。雷扬道："多谢盛意，小可趱路事忙哩！此间想是娘子宅上，此村何名呢？"小媳妇笑道："俺这里叫鹿尾村，和虎头峪遥遥相对哩。"雷扬忙道："此去虎头峪还有多远？"小媳妇头一扭，纤手向西一指道："趱过这条山岭，敢好有三十来里便到咧。"

正说之间，只见一男子有三十余岁，白皙面孔，却微透青色，两只大眼睛死巴巴的，一半眯齐，秃着头，穿件长袍，脚下趿一双万福登云履，手执樱木细干，架一红额雀儿，徐步而出。一见小媳妇，登时满脸堆笑道："唔呀，你在这里山哨的是什么？"说着，将雷扬一瞟。

小媳妇眼光一溜，笑道："你快接过篮去，累得人胳膊都酸咧。"说罢，递过篮，却娇嗔道："这雀便是你命根！"那男子耸肩道："嘻，俺还有个命根哩！"小媳妇脸微红，笑唾道："人家行客在这里，莫嚼舌根。"因道，"真个的哩，人家方才问虎头峪距此多远，你是那地里的虫，应该晓得。"

男子听了，笑向雷扬抡起指道："趱过这条山岭，要舒齐些呢，便取左道，走九里之远，是黄瓜窝；再走十二里远近，是马王庙；又走八九里，是燕石沟。怎么叫燕石沟呢，因此地大石块中都包许多小石块，其地形如燕。再走二十多里，由橡树崖走个"之"字盘道，便到虎头峪咧。但是所说里数，不过大概罢了，自古以来，也没人丈量过。要想如医家候脉，寸关尺一丝不错，是不能够的。"说着，索性将指抡回道，"你要取右道呀，可是快些！但……"

刚要接说下，不想他架雀那臂还挎着篮，偶一晃动，那雀扑啦啦一阵惊飞。小媳妇笑道："阿弥陀佛，天报咧！多早我给你摔煞它。"两人一路磕牙，嬉笑而入。雷扬只当他是两口儿，方站起要赶路，只见个村汉灰扑扑地趱来，手内拎着鱼肉鸡子之类，油晃晃一张脸，便如厨夫。

雷扬随口道："司务忙碌哇！想是主人家宴客吗？"村汉模糊糊应道："什么客不客的！俺叫刘老实，便是此间主人哩。"雷扬一笑，便转身登程。须臾过岭，果见左右两条路，于是取道左边，不消日平西，业已抵峪。举目一望，果然好片村庄。这时各家篱落下村人都三五成群地蹲踞闲谈，见雷扬气概，都光着眼呆望。雷扬便趋就二位老者，施礼道："请问贵处有位周一复，家在哪里？"

一老忙倾耳，却登时笑得弥勒佛一般，便道："朱衣富？他老人家忙得很！新当了里正，又和城内王乡绅结了儿女亲家，这一趟赴城，少说着也需个把月转来。你想新亲新会的，王乡绅所交的人又是些有头有脸响当当的角色，哪一家不请酒摆宴？他老人家若不应酬，不惹人怪吗？他家离此不远，我们都是自己人，我领你去！"说罢站起。

雷扬方听得发怔，那一老却笑向雷扬道："足下莫理他，他耳朵不中用的！你问周一复，不是那医士吗？"雷扬喜道："正是哩！"那老遥指道："既寻他，需向这巷口趱进，门前有一树短槐的便是。"雷扬称谢过，方要拔步，只听背后一人哈哈大笑。正是：

　　莫讶心忙反曲折，由来世事惯参差。

欲知后事如何，且听下回分解。

第四回

策永绥吴石分兵
陷长水官绅死节

　　且说雷扬心急要去，只听背后有人笑道："尊客要寻周一复，须来问我！"雷扬一回望，却是个少年村人，虽是布衣粗服，居然有城中款式，如庄家张生一般，太阳穴上还贴张俏皮膏，手内转弄两铁球，丁字步站稳。雷扬忙一致问，少年道："周一复的兔儿窝俺都晓得！尊客莫笑，俺们同村娃子，少年性儿，都有点儿脚步飘，未免三里五舍价寻个俏儿。他新近和鹿尾村刘老实的媳妇子入了港咧，正热得火也似的，哪肯闲坐在家？尊客到那里一寻便着。只是这当儿要请他远去看症，恐他不高兴哩。"

　　雷扬诧异道："如此说来，我见过这人咧。"因将在鹿尾村所见一说。少年拍手道："对！对！他专好红额雀，那是他一匹走驴换得来，好不心爱哩。只是这般时光，尊客只好明天转去了。"雷扬道："不打紧。"说罢，拱拱手，扑翻身便寻归路，就村中买些胡饼，草草充饥。不多时，天色曛黑，幸有微月照路，雷扬一气儿奔回鹿尾村，已交三鼓左右，便直奔那刘老实家，不容分说，擂鼓似一阵敲门。

　　少时，从门缝微透灯光，一人踢踏趄出，嘟念道："刘老实吗？你这种人，真是没法说！这是什么当儿，你趄回来？你输了没赌本，我没嘱咐你，向李点脚暂借吗？却巴巴转来扰人困觉。"说着，大门一启，灯光闪处，正是周一复，猱着头，披件长袍，下露赤胫，神情十分好笑。一见雷扬，惊怒道："你不是日间在门首歇坐的那个人吗？为何半夜价敲门打户呢？"

　　雷扬赔笑道："先生莫怪，请借一步说话。"一复急嚷道："你有话便说，人生面不熟，少进来些吧！"说罢，置灯于地，两手把住门，只露一缝。雷扬没奈何，自说姓名，急述来意。一复听罢，嘭的声将门关牢，唾道："岂有此理！俺周先生便一百个没身份，便半夜里被你摄去不成？明日再说吧！"说罢，竟一路骂骂咧咧，踢踏趄进，任雷扬百般喊唤，通不来理。

雷扬奔驰一日夜，惦念母病，今见此状，如何不气？思忖一会儿，略一耸身，由墙跳入。只见正室内灯火明亮，那周一复披衣趿拉鞋地坐在榻前只管嘟念"岂有此理"。便闻那小媳妇笑道："你就像个倔巴棍子，就如此对待人家！我真当是那天杀的撞回来，原来却不相干。你不去便罢，也该给人家个死话儿，省得他敲门，怪厌气的。"一复道："他敲不敲干俺鸟事？俺就恨半夜里来请先生，何况咱两个……"那媳妇笑道："你别厌气，叫耗子听了，龇大牙咧！"一复道："厌气什么？你常说俺不爱你，如今上门的主顾，俺都为你辞掉，你看俺待你如何？"小媳妇道："哟！俺不知你这份空头情，你自是懒怠去罢了。你还是去为是！"

一复笑道："去呢，也还使得，究竟谁耐烦跑八九十里，治那老妈妈去？"小媳妇笑道："你忘了医家有割股之心吗？你跑都不爱跑，还讲什么仁术济世呢？"一复道："俺舍不得割股，但也看待哪个，如你要俺的肉吃，都可以使得，何况大腿呢？"说着，含笑站起来，脱衣登榻，凑向媳妇子，方要如此。

雷扬暗道：这种人须给他个硬作。想罢，伏转身，一推门，恰好掩着，穿堂内一盏壁灯，略有光亮。这时东间内一片声息越发急切，只觉纸隔壁岌岌欲动。雷扬都不管他，一望壁灯下矮几上还有吃剩的炙肉之类，并有把大厨刀，想是割切块窝所用。雷扬趸去，提刀在手，猛地一集气，舌尖上起个霹雳，大喝道："哒！姓周的，你到底去不去？为何将俺置在门外？"

一声方尽，只听两男女齐叫"啊哟！"接着，扑哧哗啷一阵响，雷扬一个箭步，早刀挑门帘大呼杀入。明晃晃厨刀一摆，早从地下将周一复精赤条条提发揪起，咔嚓一刀。小媳妇嘤咛一声，业已昏去，哪知这刀却斫在床沿上。一复战抖抖没口子乱噪道："刘大爷，老实大叔，你这是怎的咧？一定吃醉酒，听哪个的闲话。咱俩这桩事，是出于两下情愿哪，一家得钱，一家换乐儿，俺没硬占你堂客呀！"

雷扬喝道："你看仔细，哪个是刘大爷！"一复定睛一看，登时气壮，两眼一翻，冷笑道："真是末节年咧，什么稀罕事都有！你这等请医生，也太不像话咧。俺定然不去，你待怎样？"雷扬满屋一瞟，已见那架雀插在镜台旁壁上，便抛掉一复，赶去一掐，登时了账。

一复大叫道："你这厮！"白羊似赶去，一头撞来。雷扬随手掐住他脖儿，喝道："你不去，也自好说，俺再给你个榜样看。"说罢，将一复揪到床头道，"你且安静，等俺先料理这个再讲！"

这时小媳妇儿玉股双叉，只胸腹间拖掩着被角，雷扬凶神似拔刀在手，呼一声掀去被，厨刀一摆，左手指拢按刀背，向酥胸上一比，就要划下。一复喊道："俺去！俺去！雷祖宗，俺算怕你咧！"雷扬大笑道："周先生莫怪，俺不得不如此！你治好俺娘，自有重谢。"这时，一复也将一切啰唆话、淹缠性都收将起，先忙着穿好衣服，将雷扬请到穿堂坐了，然后捶唤醒小媳妇，两个唧哝一会儿。少时一复出来，接着小媳妇秉烛而出，红着脸一瞟雷扬，自就厨下端正汤饭。

一复道："黑夜里空腹奔驰，委实当不得，咱们稍为用饭再去。"因问起雷扬怎寻到这里一番情节，反相与一笑。少时两人饭罢，一复起身结束好，背上随身药笼，两人匆匆出门，便奔洞溪。这里小媳妇关门要歇，寻思一会儿，便如做了个有趣春梦，又连做个凶梦一般。

且说周一复随雷扬一路奔驰，又况夜行山道，他如何来得及？雷扬没奈何，放缓脚步，到得常善家，业已红日三竿。一复一脚跨入，早已委顿于地，卧歇良久，方才到雷母病榻去候脉息。一望气色，先是一惊，然后下指诊去。常母乱噪道："可把人吓煞咧！先生看怎样呀？"一复合着眼，通不搭腔，诊毕退出，向雷扬道："此疾是邪风入腠理。非一两日能愈，少说着也须五六日。"

雷扬这时只知母疾，什么事都忘掉，当时大悦，逐日侍候母亲。看一复用药，果然日见起色，五日后已然大愈。一复辞去，这次雷扬却厚致谢意，恭敬敬送出数里外，方才踅回。哪知五六日耽搁不打紧，永绥、长水业已杀了个尸山血海。

原来石三保所派两队，一是石姑姑和杜照，去取长水；一是吴半生带领骁悍头目两名，一名罗赫，一名姑连，去取永绥。当时两队共有四千多苗众，分拨已定，杜照乱噪道："咱给他个迅雷不及掩耳，两下一齐上，看哪个马到成功，才写意哩。"

半生正色道："你莫胡噪，轻敌者必败。长水虽容易得手，但永绥颇有重兵，安能必两路齐下？为今之计，你等一队但取长水，我队但当如此如此，在扼要处邀击永绥援长水之兵，先出奇给他个下马威，然后合兵一处，再取永绥，管保必胜哩。"石姑大悦道："妙，妙！便是如此。"说罢，和杜照检阅苗卒，克日下山。这且慢表。

且说长水县鲁官儿自永绥踅转县衙，知孔铨拘住某土司，挟换半生，心下稍安。却是花枝般宠姬惨死，未免心绪烦懑。文官儿都不脱书生习气，只终日攒眉，苦想些悼亡佳句，却将防变等事抛在脑后。长水小县仅有个吴千总，额兵本不多，又被他狠狠一吃空额，只有十余老兵在他武衙，无事时给他挑水种菜，遇着千总夫人忙碌，便索性替了乳母职任，抱了小官官到街上东游西逛，再暇逸便就衙前犄角高卧，遇着卖柴菜的乡人必要瞪起眼睛，抽个头儿。长水兵备如此，鲁官儿通不理会。

这日，吴千总方和典史官与鲁官儿闲谈破闷，正在东拉西扯，忽听衙前一阵喧嚷，接着便闻武衙内有气无力地吹了两声号，大家方在一怔，只见一仆人慌张跑入，急禀道："方才苦水驿驿丞遣驿夫飞马来报，说大姚山苗众杀来咧，为首的便是石姑姑！"大家听了，登时呆在那里。

吴千总张口半晌道："这……这……苦水驿距城只四十里呀，赶紧关城！赶紧关城！"正乱着，左右飞报道："崔乡绅和万儒学来咧！"一言未尽，两人匆匆趋入，不暇叙礼，崔乡绅道："为今之计，快遣人赴永绥求援，一面价分布城守。苗人淫杀最狠，趁这当儿，快收城外居民，既暂免杀伤，又添助城守。"说着，跺脚道，"我的吴老哥，快先料理放居民入城吧！"正说之间，已隐闻城外哭号之声。原来这崔乡绅乙榜出身，年只二十五六，生得风仪濯濯，有俊人之目，略通击剑，颇有才略，是鲁官儿最器重的。

当时鲁官儿长揖至地道："崔兄见教极是，便请协助城守吧。"万儒学听了，摇起头，用手画圈儿道："哎呀！是的，吾们虽没城守之责，但读书人讲的是见危致命，临大节而不可夺，方上不负吾君，下不辱所生，不然当得起一个'士'字吗？鲁兄但请急派人求救兵要紧，吾们城守是义不容辞的。"说罢，两撇胡一撅，挺起干虾似脊梁，很觉义形于色。

只有典史官这当儿还怕丢掉前程，乱噪道："啊呀，变起仓促，当小心内应呀！"大家也没空理他，登时各去分头料理。这时风声一播，满城大乱。鲁官儿一面遣人飞骑去求援，一面安抚居民，并协同吴千总等大开四门，放外民入城。好笑城兵只有十余名，只好每门拨上两个，如空城计的守门兵一般，聊为镇压。又一面召集城民，分陴而守。器械不能尽全，叉棒等物都有，乱糟糟拥上城头。只见四门来人潮水一般，便有崔乡绅等分头安插，直忙到日色将西，粗有头绪。

鲁官儿跟了两名健仆正在城上逡巡，只见东北上尘头大起，哭声震天，正是苦水驿来路。鲁官儿大惊，方要下令闭城，须臾尘埃抢攘中，一队人抢到，却是些逃民，一个个携男抱女，披发跣足。方赶到东门下，只见一骑马从人群中直踏过来，大叫道："快快准备，苗众大队只距此十余里咧！"说罢，飞马进城，却是先遣去的探子。于是城上人一声喊，拽起吊桥，城门立闭，将逃民遮断一半在外，一任他大哭大叫。

这时鲁官儿细询探子，知苗众一路淫杀之惨，只惊得手足无措。崔乡绅道："今将天晚，苗众地势不熟，必不敢贸然攻城，今夜但当严巡城中，防有内应奸细。前者吴半生是从刘大成处捉来，今此人便须缚捉下才是。"鲁官儿应诺，登时遣捕去了。

天光渐晚，忽闻远远一阵铜鼓喧阗，众皆失色。崔乡绅按剑道："不要着慌，这定是苗众扎营，待明晨进攻。依俺之见，吴千总须带领勇壮城民趁夜里去斫杀一阵，以挫其锐方好。"鲁官儿迟疑道："还是城防要紧呀！"吴千总巴不得这一声，忙道："正是哩，咱们只死守四五日，待永绥援兵到来，给他个里应外合，方是万全之策。"

崔乡绅听了，沉吟良久，长叹道："怕的是永绥也有变故，便自顾不暇哩。"正说之间，近探又到，果然是苗众就十里外安下营寨。须臾，野火渐起，密如繁星，遥望去如一盘长蛇一般。四野哭声远近不断，鲁官儿长叹一声，只得叠起精神，通夕守城。这一夜阴云掩翳，满城中啾啾唧唧，气象愁惨。

次日，天光才亮，便隐闻苗营中鼓角声动。崔乡绅短衣提剑，和万儒学巡城周呼道："众位仔细呀！"正乱着，便见东北上尘埃涨天，疾如奔马。不消半个时辰，苗众大队已风也似卷到。只那椎髻上一片白鹄羽便雪片似平铺多远，一个个精魔似标枪苗刀，铁光腾彩，一般价各分队伍，就城下分开两翼，绣旗开处，百余名壮姣苗姑执刀拥盾，花蝴蝶似左右冲出。中有一绝俊苗妇，结束劲武，衣饰奇丽，头梳百叠盘云髻，穿一件鱼鳞砌软胎细铠，腰佩鱼梭囊，手擎折铁刀，笑吟吟轻步而出。

鲁官儿那一夜是领教过的，当时大惊道："这苗妇正是石姑！"一言未尽，只见石姑仰头娇叱道："鲁官府你识时务，不须俺来动手，还救得一城生命。俺那夜手下留情，你须记得哩！"鲁官儿怒喝道："你这蛮妇竟敢如此！"方要喝城人放箭，只见万儒学急抢过来，斜袅袅一箭射去，却中在一苗姑腿上。

石姑大怒，忽地举刀向城一挥，苗众一声喊，便如两条飞蛇顷刻间将城包围，四面力攻，喊声大作。城上人竭力抵御，矢石如雨。石姑在城下耀武扬威，便如一朵彩云飞来飞去。

这当儿，有一壮夫，趁着石姑之威跳梁大叫，提一把朴刀，东指西挥，却是杜照。如此光景，两下里自早至午互有杀伤。石姑退队，稍为更替，进水食，检点死伤，一面价绕城相看缺隙。不想这当儿崔乡绅正伏在雉堞下，觑石姑来得近切，突然冲起，嗖的声一箭。石姑恰好仰起俏脸，赶忙一低头，只听哧的一声，正中云髻。

石姑拔箭大怒道："迟会子叫你阖城之众都是个死！"一望崔乡绅，不

140

由暗暗惊异，回顾杜照道："你可识得此人？"杜照分明认得，当时眼睛一转，便顿足道："这正是鲁官儿手下人，当时怂恿捉吴半生兄，其中便有他。快赏他一鱼梭，结果他吧！"石姑听了，反嫣然一笑，便道："此人我交给你咧，俟俺破城后，定从你要个活的！"说罢，纤腰一闪，又奔向他处。

杜照暗道：不好！崔乡绅这种脸子，她又相中咧。但是不敢违拗，只得吩咐手下苗众暗暗留神。这时，城上下又攻御得烟尘抖乱。鲁官儿把心一横，十分精神，出没陴间，亲手发矢石。城人一见，虽然勇气颇增，无奈苗众凶悍势大，又搭着外无救援，未免大家慌了手脚。

正在死命相持，只听西南角人声潮涌，喊杀连天。说时迟，那时快，只见吴千总血痕满面，倒提长矛，火杂杂撞来，大呼道："西南城角，苗众拥上咧！"一声未尽，这里城下苗众也便奋呼攀登。城人一阵崩溃，势如墙倒，直将吴千总挟裹将去。便见各陴口苗刀如林，白光乱闪，数百健苗早跳跃而上，直向人厚处排头杀去，鲜血四飞。登时满城大乱，鬼哭神号。

少时，铜鼓大作，石姑已由南门整队而入，满街坊杀气弥空，先纵众大掠起来。这时，鲁官儿仓皇逃下城，只剩得孤零一身。方从人堆中跌爬起，嘭的声和一人撞个满怀，却是万儒学，依然从容得很，便道："哎呀，鲁兄，咱们读书一场，今天总算有正经交代咧。你看这般乱糟糟，咱们将望北谢君恩一段仪节从权免过吧。"说罢，拖了鲁官儿，直脚飞跑。

刚撞到学宫河桥前，只见一群健苗驱了许多妇女，由东而西。末后两个少妇，金莲窄窄，任你驱打，只是走不快，并且鞋子褪掉，血殷罗袜。最后两苗一望同伴去得远，忽地咕噜几句，两人一笑，登时拖转两少妇，趋就桥边草地上，展眼间一阵撕掳，将两妇裤儿脱落，就这等云云起来。

万儒学大叫道："没得世界了，鲁兄快来！"说罢，拖着鲁官儿方要投河，只听背后大笑道："好，好，这一来倒也干净！我们前后走着吧。"鲁、万回头一望，却是崔乡绅，双手反剪，被一队苗众拥过来。万儒学方仰天大笑，便听苗众喊道："这两人都是官府，快捉起来！"于是四五人飞步赶去，只差数步远，但听扑通一声，鲁、万已相牵跳下，众苗一见，各个叉臂。原来苗人也知敬重忠义的。

崔乡绅登桥下望，还见水花四晕，于是向众苗道："俺是烈烈男子，绝不屈服，你们如识道理，便容俺在此毙命如何？"众苗道："不必如此，俺寨主令活捉于你，此去未必便死哩。"于是拥定便走，直奔县衙。崔乡绅随路寓目，见一处处杀戮光景，好不可惨。

须臾到衙前，业已兵山价似的，从刀枪林里直拥至衙内。便见石姑姑高坐堂上，左右苗姑按刀侍立。一起起手下头目，纷纷白事，十分忙碌。崔乡绅大怒，大踏步闯上堂，大叱道："你这蛮妇，擅敢称兵，罪应万段。俺拼得一死，你待怎样？"

石姑姑听了，并无怒色，转秋波溶溶，将崔乡绅端详半晌，笑顾左右道："且将这人牵入内室。"众苗姑一声嗷应，飞拥而入。一旁杜照好不心下怙惚，只是这当儿没法掺言，便伺候石姑检点队伍，分拨据城放卡等事，纷纭间天色已晚，稍静下来。

这日是纵掠不禁，这干野苗一群群逢户即入，恨不得将全城地皮翻转过来。不消说处处淫杀，一言难尽。便是杜照，早掠了两个美貌小娘儿藏入己帐。至于石姑姑，更有她手下心腹替她搜掠美男，一时间长水县城便如魔窟。这且莫提。

且说杜照当夜酒醉饭饱后，和两个小娘儿狂罢一度，看看这个头脚，觉娇小得可爱，望望那个胸臀，又觉白嫩得动人。自念一个小贩角色，忽到这般快活境界，仔细一想，还不知要闹到何等地位，越想越得意，不由歪在榻上，哈哈大笑，便索性叫两个小娘儿偎他安睡。无奈翻来覆去，一时困不着，及至稍倦睡去，一觉醒来，听听巡锣，方交三记。忽地想起石姑姑不知和崔乡绅怎生光景，于是起身结束，直奔县衙。

门首巡兵一望是杜照，都自会意，一任他入去。方趱入内宅，只见满院灯燎明亮，有十余值夜苗姑正围拢了四五美男，就两厢下摸索笑语，有的脸老辣，竟抱定美男，嬉皮笑脸的，无所不至。一见杜照，却悄笑道："你来得不是当儿，保管人家不用你咧。"一言未尽，只听石姑姑一声娇叱，便见正室窗上刀影一闪，杜照方惊。正是：

　　　　正士守身宁碎首，淫娃纵欲且驰心。

欲知后事如何，且听下回分解。

第五回

吴半生永绥困总镇
雷义士急难闯危城

且说杜照见刀影一闪，便听得石姑喝道："你莫逞牛性，俺宰掉你，只当杀鸡子！"杜照暗喜，忙趄去伏窗一觇。只见石姑酒后媚脸生春，虽复强作娇嗔，依然笑容满颊，手中颤巍巍掂着刀，指定崔乡绅大喝道："你究竟从俺不从？"

这时，崔乡绅和石姑只隔一案，案上杯盘罗列，两支三尺高铜烛台，上面华烛辉煌。便见崔乡绅虎跳而起，拎起一烛台，飞刺将去。石姑忙闪，咔嚓声却刺在榻柱上，烛油四溅，弄得一塌糊涂。这当儿，侍候的苗姑早抢上三四人，便捉崔乡绅。崔乡绅拳头起处，都打得跌跌滚滚。石姑冷笑道："你这厮好没人样儿。"说罢，抢近身，一足蹬去。崔乡绅赶忙一闪，足未站稳，石姑姑一移莲步，就势一个迅风扫叶式，平旋一腿，崔乡绅往后便倒。左右拥上，登时捆了手足。

石姑喝道："且将他仰置榻上，待俺细细开剥。"崔乡绅大骂道："俺堂堂汉子，岂肯见污于淫妇？要杀便杀，哪个怕你！"石姑笑道："俺自取其乐，哪个又由得你哩？"说罢，命左右先给崔乡绅塞上嘴，然后命两苗姑执烛侍候榻前，自己趄进榻，不容分说，将崔乡绅裤儿剥开。杜照这当儿格外留意，只见崔乡绅转动不得，气涌如山，两目光炬火一般。

杜照正想瞧吃紧事儿，不想石姑微微一笑，重新与崔乡绅掩上裤儿，道："你莫要执拗，你若从了俺，正有大事可做。你看俺山中兵强将勇，所到之处，势如破竹，将来大业能成，你归附于俺，怕不是一位新朝佐命吗？凭你这相貌气概，便做帝王也使得。俺情愿退处后宫，助你料理天下。这真是千载难遇的机会，你若执拗，顷刻性命全休。人生一世，不过快意罢了，你若偏执己见，岂非一百个想不开吗？俺也不逼迫于你，由你慢慢细想，再回俺的话。"杜照听了，不由暗道：不好！这下子崔乡绅准要应允下来，俺老杜却要叫他比下去咧。正在思忖，只见崔乡绅两目大张，那面色时红时白，也不晓得他是喜是怒。

石姑却嫣然一笑，百媚横生，登时唤进两个美男，就在崔乡绅面前和他们兴云布雨，那一番酣畅情态，有声有色，好不写意。杜照越发吃惊，以为崔乡绅便是铁石人也定要怦然心动，正在替自家栗栗自危之间，只见石姑趁着性起，忽地推开美男，赤条条趔近崔乡绅，伸手与他掏出口塞，娇声道："你想了这半晌，毕竟怎样呢？"

不想崔乡绅大怒，破口大骂。石姑便蛾眉剔起，大叱道："俺爱你这胎貌，你却不中抬举，如今由你死就是。"说罢，拎起刀分心一刺，崔乡绅登时死掉。左右苗姑赶忙拽下榻，就要拖出。石姑道："这时哪得工夫料理他，且丢在壁角，唤他们外边伺候人速速进来。"室外值夜苗姑赶忙嗷应，登时拥了美男等推入室中。石姑一一拖过，竟这等光着下身，先捡中意的拖抱登榻。美男等虽各惊栗，怎当石姑姑这时又漾出一番妖媚神情，少年人一团火性，哪里禁她拨拽，便登时大张旗鼓，鏖战起来。

于是其余美男依次而进，须臾都遍。石姑尽兴不消说，便连那旁观杜照都提得一身火热。却是石姑纵欲素来便是如此，杜照是见惯的，更不为意，只是石姑鸷狠之性却又被他觑破几分。当时杜照见崔乡绅死掉，便放下心，悄悄踅回。次日只作不知，便胡乱帮石姑料理军事，先草草出张示文，安民止杀，并一面盘查仓库。

杜照本没甚长才，如何料理得开？直过了两日，方想起去报吴半生。方要派人，恰好吴半生由锄头冈飞骑来报捷音。原来锄头冈是永、长之间扼要所在，半生伏兵于此，专截永绥援兵，果然被他杀了个落花流水，便乘势直取永绥去咧。石姑等大喜，专待大捷后，两下里商量进止。这且慢表。

如今且说永绥镇孔铨自得长水求援之信，只惊得手足无措，百样不理，先加人看守某土司。一鹤道："这事儿蹊跷，某土司拘在此间，石三保倒先扰长水，这定是分我兵力的诡计，其意未必不在永绥。为今之计，援兵固须发，此间城守也须急急准备哩。"孔铨噪道："真他娘的晦气，无端一个吴半生，竟闹得沸反盈天。咱们就这么办！"于是抽拨两营兵马，星夜赴援，又一面酌调各镇聚上的防兵，和了本厅营防之兵，共守城防。登时布置得杀气飞扬，铁桶相似。

却是各营官裨将等见孔铨无所措置，只好乱糟糟挨在城中。有时节登城一望，见荡荡空郊，便相与一笑而下，以为长水苗众必不敢闹到这里。及至援兵被截，急警报来，方大家慌了手脚。不多时，一营官率领残兵仓皇跑回。孔铨询知被截情形，越发着急。正这当儿，左右飞报道："长水吴千总单身逃来，前三日长水已经陷落。"孔铨大惊，急命吴千总进见，一面在厅上乱蹀道："怎好？"

须臾，吴千总进来，蓬头垢面，穿一件破衣袄，脚下草鞋便如花子一般。原来他乘乱逃出后，就死人身上剥下这副行头，方幸逃性命。只拣迂僻小路走，所以锄头冈大杀大斫，他竟没遇着。

当时吴千总细述情形，大家听了，都各失色，李一鹤顿足道："方才某营官不是说，吴半生不是紧蹑在后吗？总镇快登城，巡励兵士，选将应敌才是！"孔铨张口道："是呀！"于是匆匆价方要率众登城，只见快探接二连三地报道："吴半生业已距城十余里，石三保后发之苗兵一队，业已将雷泽镇等处抢掠一空。"

孔铨听了，不暇细问，赶忙和一鹤趱上城，果见十余里外，烟尘抖乱，上霫白日。一鹤细望道："这光景，扎在那里咧。总镇不见尘垢上浮，却不移动吗？今最好遣奇兵绕出其后，黄夜间斫他营寨，咱这里再遣队相应，两下加攻，必然得手哩。"孔铨犹疑道："端须仔细，安知他不直趋这里呢？还是城守把稳些。"于是左右将佐争告奋勇，大家一阵七嘴八舌，连一鹤点点主见也给吵掉咧。

正这当儿，忽见三二里外影绰绰一人跑来，比箭还疾，及临城下，却是一个凶悍苗人，黑凛凛山精一般，赤手挎髀，大叫道："城上听真，俺是苗寨中头领罗赫的便是，前来致书，面见你家总镇。"一言未尽，城下巡队奔上三四名，怪蟒似长枪如飞便刺。罗赫大笑道："好没分晓！难道俺怕你吗？"说罢，随手接住两条枪，向外一搡，两兵登时倒撞出多远。

这时，巡队又奔上十余名。罗赫道："不必啰唬！俺正要进见哩。"于是巡兵将罗赫拥上城，罗赫道："哪个便是孔总镇？今俺家吴寨主情愿束身归罪，但须即刻释放某土司，随俺转去，免得兵连祸结。"

孔铨怒喝道："吴半生罪不容诛，竟敢遣人戏侮本镇！快将这厮斩讫报来。"左右一声应，方待去推罗赫，一鹤赶忙悄蹑孔铨之足，便道："罗头领倒是条好汉子，今既到此，便宜犒劳他，我们事体自在，便借他之口，回谕吴半生，三日内不得进攻，容我们细为斟酌。"说罢，一使眼色。孔铨会意，便笑道："罗赫，你须明白，吴半生本是内地豪民奸棍，你们苗众犯不着为其所使，天兵一集，玉石俱焚，便是你那个石三保也难逃法网哩。"

罗赫昂然道："俺通不晓得许多事，只知往来传命罢了。"说罢，冷笑回顾，神气间很透着轻蔑。于是孔铨命他席地而坐，唤左右端到盆酒豚肩。你看他并不用箸，掇起盆饮一气，又啃一会儿豚肩，呜嗑有声，猛虎

145

一般。末后吃得高兴，竟张着两只蒲扇似的大手，乱舞狂笑道："俺久闻永绥地面好玩得紧，不消三五日，咱们再见吧。"说罢，哗啷声掷碎酒盆，跄踉跃起。孔铨没奈何，忍气命人导他出城。

一鹤道："吴逆狡猾多端，想诳出某土司去，他好放手肆逞。今宜趁他缓攻当儿，一面招募勇士，一面急遣人飞报总督，速发大兵。这事既闹大，掩饰不得咧。"孔铨顿足道："俺何尝不想上报？只是吴逆特煞来得急，不容人着手。而且还有一层，俺律例上是糊糊涂涂，不知擅拘土司一节有碍功名否？"一鹤沉吟道："详报上文法全是活的，只消说某土司指使苗众擅劫去吴半生，总镇设计软拘住他，意欲其悔罪交出吴逆，不想他等一气煽乱，遂至于此。如此一来，便见是变出意外，并非总镇措置乖方了。"

孔铨听了，连连称是。不多时天色已晚，便一面传令加紧城守，一面大集将校，问哪个有胆，敢去报警。众将听了，都知苗众临郊，卡卒四布，出去便是死数，一时间互相白瞪着，通没声息。有的便道："俺营中有个伙夫，长腿善走，很有把浑气力，这事儿他倒去得！"有的便道："办此事须机灵人改装混出，方才妥当。若在平时，只消差个八百里加紧便得咧！"一阵七言八语，通没所以然。

正在胡噪，只听城外一阵阵哭喊隐隐。孔铨大惊，忙复登城，只见四五里外，周围村聚一处处火光照耀，原来苗众已乘夜肆掠起来。纷纭之间，且自防他黑夜突城，通夕不寐。这且慢表。

且说吴半生本想诳出某土司，再放手攻城，既闻罗赫回传孔铨之语，不由冷笑道："你这稳军计，来哄哪个？"于是一面价拨队四扰，一面令中夜饱餐，天明攻城。既至，孔铨侥幸到天晓，方要下城稍息，只听铜鼓声喧，尘头大起。吴半生率领苗众业已漫山遍野价盖将来。登时就城下布成阵势，便有一队骑兵拥定吴半生，扬鞭大骂，直临城下，左有罗赫，右有姑连，黑凛凛凶神一般，手提明晃晃泼风苗刀，好不气势。

孔铨怒道："这厮竟猖獗如此，哪个敢去先挫他一阵？"一言方尽，左营中一弁闪出，应声愿往。这人生得五短身材，两膊如铁，在营中是属一属二的勇士，名叫许忠。当时孔铨大悦，起拊其背道："须要仔细！"许忠嗷应，拔步下城。不多时城门启处，许忠全身披挂，挺枪跃马，直临阵前，背后兵卒射住阵脚。

姑连一声长啸，纵步如飞，苗刀一挫，便取许忠。两阵上一声喊，两个登时杀作一处。一个马上，一个步下，两人来来往往，端的一场好杀。无奈姑连纵跃如飞，方在马前，又到马后，许忠兵器既长，回旋不便，不消二十余合，已被姑连跳跃得眼花缭乱。偶一失神，早被姑连一刀砍中马屁股，那马咳一声扑地便倒。许忠方健跳而起，姑连顺手回擎刀势，只听许忠刚唤得一个"不"字，早已断胁死掉。

孔铨方惊得睁大眼睛，只见后营中一个将校，不待吩咐，手提短铁鞭，步行迎敌。两人这一来倒对劲咧！鞭去刀来，步战良久，各逞腾跃闪纵的能为。少时，姑连刀势一紧，孔铨百忙中见那将校堪堪不支，不由惊顾左右道："这将校不是王铁鞭吗？"一言未尽，只见姑连刀光起处，王铁鞭直僵僵死在血泊里。原来这王将校善用铁鞭，也是营中有数人物。

当时孔铨只惊得手足无措，便见吴半生举鞭向后一招，苗众如潮，一声喊便来抢城。姑连、罗赫两把泼风刀竟火杂杂杀到吊桥边。亏得许忠手下兵一阵放箭，并城上石弩交下，方才射退。于是苗众纷纷压城安营垒，只这日攻城，便轮替着直到天晚方罢。孔铨只好紧闭西门，且办得一个"守"字。

次日登城一望，好不愁闷！只见苗众凶样儿便如野兽一般，攻一会儿城，叫骂一阵，这队方退，那队又来。退下的何曾肯安息？便就近郊中大肆淫掠，有的竟成群价牵了许多妇女，便就城下公然渲淫。竟有这个方上场，那个业已等不得咧，不容分说，老拳一挥，登时互殴，展眼间刀子相向，颇有许多杀伤的苗人在妇女身边。后来之苗哈哈一笑，通不理会。或望见别人掠的妇女标致些，便不容分说，挺刀闯去，虎吼来夺，因此妇女不胜其愈，往往当场毙命，他却把来斩掉或肢解开，挂得树枝上到处都是。

说到这里，便有质疑的道："苗人虽凶，想还不致如此。"但是作者忆得明人征大藤峡之苗乱，史载韩公雍将兵，尊严如神。沿道挂斩杀的苗人头，溪谷相望。曾有客从容进谏，宜少霁威严。韩公掀髯道："治苗非此不可。"这句话很有寓意，那苗人凶狠之状，便意在言外了。不过作史有体，不能尽揭当时状况罢了。

闲话少说。且说孔铨见城下情形，饶你怒气冲天，通没奈何。吴半生绕城策马，指挥苗众，有时节竟不衫不履，做出暇逸样儿，秃头长袍，手持长柄麈尾，跟随姣好苗姑十余骑，铜鼓骨笛，鼓吹而过。入夜后，四野柝声繁如密雨。孔铨几次价遣人混出，告警于总督，都被苗卡上一一捉杀。如此相持，直至六七日，永绥城已十分危急，便是雷扬奉母病愈，送周一复转去的当儿。

且说雷扬趱回，见母病大愈，只喜得手舞足蹈，方笑诉硬请周一复许多笑话，以博母欢，只听后院中驴子大鸣。雷扬便道："等孩儿另寻所在，寄顿下这畜生，免得聒耳讨厌。"雷母猛惊道："啊哟！怎还寄顿起？我不觉一病便已六七日，倘永绥有事发作，这便怎好？你须将驴子急急转去才是！"雷扬听了，猛地也想将起来，便道："既如此，母亲权避居此间，等孩儿回，再寻甄正叔也是一样。"说罢，忙忙结束，带了朴刀。方要拜别母亲，常母一脚跨入，问知情由，只笑得拍手打掌便道："你娘儿们真会关了门起国号！太平平世界，哪里会反将起来？倒是给人家送驴去是正经。"

正说着，常善也趱入，便道："雷兄去尽管放心，此间侍奉老太太，都有我哩！"雷扬称谢过，拜母跨驴，即便登程。可煞作怪，只觉驴子慢腾腾的，自知是心急觉路远，不由好笑。一望四围山色，衬着驴声嗍嗍，好不清虚闲适，不禁暗叹道：人生一世，难得个能适其性，即如俺雷扬志在山中养母，偏又人事迫促，使人不得不出。这次报孔总镇事罢，快些销声匿迹是正经。想到这里，心地洒然。方驱驴来至半途，只见一群男女急攘攘逃荒一般，对面撞来，一个个破衣跣足，有的呻吟扶伤。男人不消说各有负戴，便是妇女价都各有所挟，一步一颠，其中金莲瘦小的，哪管血殷罗袜，一般地挣命价跑。

雷扬诧望道："诸位从哪里来？为何……"这时，众人已风也似撞过，中有一人急喘道："说不得咧！"说着，一拥而去。雷扬暗想：近来没什么被灾饿民，听他语音，又是本处人，好生可怪。沉吟间一路趱去，距雷泽镇还有二十来里，却走到一个山村头上。

高柳之下，有一土井，井台上摆着两桶新汲的水，旁有两个破衣贫汉，一个呻吟仰卧，那一个却背着脸，跌坐于地，一面摩脚趾，一面叹道："老兄你将就点儿吧！这种年光，咱们还混在一处，也就罢了。虽是劳苦点儿，比家破人亡还好得多哩！方才俺给人家锄草去，把脚跟都磨破咧。"卧汉道："是呢，人到哪里说哪里！即如你前十天还是大富翁，我那点把家业，还值得叹气吗？都因那位朋友太煞小气，我借他的绳儿来汲两桶水卖卖，他定规还要四文钱去。"坐的笑道："车、船、店、脚、牙，无罪都该杀。放脚小厮，有什么大方？俺知他有个绝好的小媳妇儿，如今不知被哪个乘闹里撮去咧。"

雷扬听了，也没在意，方要走过，那驴子见水，却奔去便饮，哪知水面上有些土污，驴子见了，便不肯饮，只管掉尾大鸣。这当儿，卧汉已起，便道："客人且消停，等我新汲两桶如何？"于是雷扬下驴，就一旁放去滚尘。

这汉子方将桶水倾掉，重新打出一桶水，便见一个花子模样的人满脸

148

上污垢如漆，戴一顶破帽，几乎掩目，趄趄趁来，背着雷扬，就井旁一蹲，看那汉子汲得两桶，他却就地两画。少时驴子饮罢，雷扬给过数十文钱，方待要走，只听那花子哑声哑气地道："喂，老兄！人家客官给的水钱，咱们须均分哩。"那汉冷笑道："奇哩！哦，我晓得咧！你定是因新汲两桶水，又用用你的绳儿。如此也好说！"说罢，赌气掷给他四文钱道，"你还说什么？"花子冷笑道："这都是给我的吗？你倒发得好官价！上次两桶水四文钱，是讲明的，这次没讲明。俺的绳儿是东海龙王须捻线，西王母娘娘亲手结就，你晓得什么价值？就丢给俺四文钱？"说罢，索性卧地，口里便胡骂乱卷。

那汉怒起，奔去便是一脚。花子跳起道："我怕你吗？反正我家也没咧，咱们便拼个你死我活！"说罢，猛地一头，直将那汉抵得大哼一声，两个便互相揪扭，滚作一团。这时跌坐那汉也便跳起劝解，三个人跌跌撞撞，好不热闹。

雷扬大笑道："不须争竞，俺便再给数十文，快些放手！"一言未尽，只见那花子嘴一咧，放声大哭，不容分说，直抢到雷扬前，拖住驴子，连连跺脚。正是：

世变何常忽今昔，惊闻乍听且从容。

欲知后事如何，且听下回分解。

第六回

立首功刀劈罗赫
挫敌焰弩射石姑

且说雷扬猛见那花子拖驴大哭，仔细一望，却是那隔壁家放脚男子，方怔道："你为何这般光景，来在这里？"那男子已挥泪道："我的雷爷，通坏到底咧！自你去三四日后，大姚山苗众便反将起来，咱们镇上被一队苗众抢杀一空。俺闻得长水县接连陷落，近日里将永绥围攻，更十分紧急。咱们两家宅子都成灰烬，百忙中俺从死人堆中爬出。"说到这里，大哭道，"可坑煞俺咧！可怜俺浑家也不知被哪个捞去，早知如此，还不如让雷爷一总儿驮将去哩！如今驴子在此，她却哪里去了？"说罢，挥泪不已。

雷扬大惊，顿足道："果有这事！俺正为转来交你驴子，如今俺就此赴永绥去咧。"说罢，掏出两把银子，并驴交过，急匆匆拔步便走。男子拖住道："我的雷爷，这当儿永绥是何等世界，去不得了！"雷扬道："你不晓得！"说罢，摔脱男子，脚下一加劲，眨眨眼影儿不见。这里驴夫却望得发怔，至于和那贫汉怎生交代，不必细表。

且说永绥城攻围多日，弄得水泄不通，左近邻县虽是震动，但都不得详细情形，只当是寻常苗乱，百忙里召集勇壮，自顾地面尚且不暇，谁肯不奉公文，便去协助？便是府城上宪，也因不曾接永绥告警公文，哪敢贸然转详总督？因此永绥便成了舍哥儿咧，将个孔铨愁得累欲自尽，多亏左右救下。

这日，对一鹤长叹道："如今孤城坐困，危在旦夕，但得一敢死之士能冲围去报警请兵，还有几希之望，却恐怕此士难得哩。"一鹤听了，唯有搔首。正这当儿，只听南城上喊声动地，左右飞报道："南城被攻紧急，便请总镇登城指挥。"

孔铨大惊之下，愤气发作。他军伍出身，本有些生性儿，不过富贵以来，养尊处优，未免渐渐消磨，如今被迫急咧，不由猛现出当年气概。当时霍地站起，按剑叱左右道："快些备马，吴逆欺人太甚，俺将亲出，决一死战！"说罢，向一鹤长揖道："此后城守之任，都在李兄了。"左右亲校连忙苦谏，孔铨不从，竟大踏步出署来。早有百十名亲兵带马提枪，齐齐侍候。孔铨把心一横，绰枪上马，泼啦啦放辔跑去。随后亲兵勇气顿增，登时踊跃随后。城中人见孔铨忽现出当年威风，都各相顾慷慨。

唯有一鹤知他是意气用事，便一声不响，策马随后。方走近南城门，只听城上城下一片杀喊连天，矢石之中，还夹着火器砰轰。少时，城上人乱叫道："怪事怪事！这是哪个？"孔铨这时不由停辔一怔，一鹤趁势抢近道："总镇且请三思，还是登城料理才是。莫非有意外救兵来吗？"孔铨道："如此，且望望再处。"于是和一鹤下马登城，就雉堞下一望，只见苗众如蚁，正奋勇仰攻，就见稍后之苗，忽地都回头怔望。

说时迟，那时快，但见一个壮士一柄朴刀风也似从苗队中卷来，刀光到处，血雨乱落，苗众奔避惊喊，便如波分浪裂，直抢将近城。后面苗众又大呼赶到，附城奋攻之苗也便趁势回身便杀，登时密匝匝厚围数重。壮士大怒，忽地一跃三四丈，刀光一摆，直从群苗头上飞杀过来。群苗一声喊，又复围集。那壮士且跃且杀，便如飞鸟，就这等闹攘攘直到吊桥边。

后面苗众不敢再逼，却有四五个长大生苗各挺标枪，虎也似赶近。壮士喝声："来得好！"身形一矬，刀势一旋，登时将全身混入白光中，如水银泻地般流走。白光到处，生苗便倒，登时四五具长大尸身血淋淋横在地下，末后一苗只惊得呆立发怔。壮士杀得兴起，大喝道："去你的吧！"一刀飞过，登时夹头带项抹了个斜岔儿，扑的声鲜血一喷，栽倒于地。后面苗众登时山崩似倒退下去。

那壮士半身浴血，提刀大笑，一耸身越过城壕，叩关大叫道："快请开门，俺雷扬奉母命前来效力！"孔铨只喜得顾左右道："真是壮士！"城上人齐齐欢呼，顿添勇气。原来自被围以来，守军从不曾如此写意。于是孔铨下令放入雷扬。须臾，雷扬登城，叩谒如礼。

孔铨且喜且叹道："吴逆之变，起于仓促，故一时报警请兵都来不及。连日拒守，业已为势岌岌，今怎生是好呢？"雷扬道："总镇莫慌，小人不才，此来便为急难。为今之计，小人当先挫他一阵，减其锐气，他那里攻势必然稍缓，小人当乘隙突围，去报警请兵。看光景长水苗众不久必来助攻，便是石三保那里定然续起苗众，大有远图。永绥、长水不过发难之始罢了。"一席话条条有理，孔铨听了，只是点头，转恨道："使你早在我这里，何等妙法！"雷扬笑道："小人一介草民，平时仗义不当奔走麾下，今幸有以报总镇之惠。即今效命，尚未为晚！"

正说着，城外喊声忽又大起，左右飞报道："吴逆闻得雷壮士了得，气冲冲亲来突城，单搦雷壮士出战。苗众冲突，十分披猖，请令定夺。"雷扬喜道："这厮来得正好，便请总镇拨给小人一队兵马，先去挫他一阵。"孔铨大悦，立选五百精兵，命雷扬统带了，匆匆出发。

说也奇怪，这五百兵依然是孔铨疲乏之卒，不知怎的，一经雷扬统带，登时如生龙活虎。孔铨在署，但闻得城外战鼓如雷，喊杀连天，城上人齐呼助威，闹了个山摇地动。少时，又闻城上尽力子一声喊，一片马蹄殷动，其声渐远。孔铨只当是雷扬不利，方惊得张大口，倒在椅上，左右进报道："雷壮士大获全胜，刀劈罗赫，削掉吴半生甲裳一副，连踏苗寨四座，现领全队杀向吴逆大寨去咧。"

孔铨听了，一跃而起，一甩足，鞋子脱落，便跣足大叫道："马来！马来！"左右不敢笑，连忙进履备马，拥孔铨上城。只见正南上，吴逆寨前尘垢涨天，杀声如沸，隐见我军旗帜往来如飞。这当儿，各苗寨铜鼓大作，一处处鹄羽翻动，便要齐集去援。孔铨一见，唯恐雷扬有失，忙命鸣金收队，自己却张大眼睛俯临堞口。便见我军如一条长蛇似从苗堆中倒卷出来，末后一人，横刀殿队，腰下带着血淋淋罗赫的首级，正是雷扬。

孔铨喜极，额手道："天赐勇士，真是国家之福。"抢攘间，雷扬督众而入，检点损折，只伤亡八九人。孔铨大悦，连连奖谕。于是高起兴来，这日，全军赐犒牛酒，大吹大擂地庆贺，记雷扬第一功，自不消说。又在署内大排宴席，麾下将佐依次列坐，亲赐酒雷扬，以旌其功。这当儿，满堂之上真是目有视，视雷扬；耳有听，听雷扬。欢呼痛饮，十分热闹。

酒至半酣，孔铨向军吏一瞟，军吏趋出，须臾捧进一套功札，孔铨接过，笑道："雷壮士建此奇功，俺已保列你千总之职，这是一通公札。"说罢，笑吟吟递来。雷扬忙起席却立，正色道："总镇且慢！小人还有下情禀告。"因将雷母素志说了一遍，慨然道："小人此来专为报德，总镇若以功名相迫，小人便当辞去。"众人听了，都相顾诧异。

孔铨踌躇道："既如此，日后再说，皇上家不会负人的。便是雷壮士如此气概，正该为国尽力，岂有终隐之理呢?"众人听了，也帮着说一套学成文武艺，卖与帝王家的俗话儿。雷扬只微笑不语。

斯须间，掌上灯烛，孔铨倾耳一听，城外竟安静许多，因笑道："这都亏雷壮士一战之威。"雷扬道："总镇不可大意，今趁吴逆新挫之后，小人便当连夜价去报警请兵。明日这时光，小人便回，还不至有误城守。"孔铨吃惊道："雷壮士莫戏言，此去府城，甚为辽远，如何回来神速至此?"雷扬道："小人略通剑术，中有飞行之法，往返千里，不过一日夜哩。"孔铨惊顾众人道："你们听听！俺只当古传剑客，今无其人，不想雷壮士竟有如此本领！那么乘夜杀出，定须多带精健。"

雷扬笑道："一人也不须，小人飞行倏忽，何虑苗众！"说罢，掷杯站起，便请公文。孔铨惊疑不已，便命左右取过备就公文，交与雷扬。雷扬把来折叠起，藏于身畔，略为扎拽，提了朴刀，慨然道："总镇保重，专待好音便了。"说罢，身形一晃，满堂中凉风飕然，烛光摇曳之间，再看雷扬，业已影儿不见。闹得众人相顾称奇，恍若有失。

看官须知，兵之强弱，全在一个"气"字，所以古人说一鼓作气。今雷扬一人如此了得，便登时做起全军之气来咧。这夜，城守踊跃不消说，竟有一个偏校，奋勇领队，夜出斫寨，居然小小得胜，于是雷扬大名顷刻遍于苗寨。李一鹤也有急智，便叫孔铨命那五百名精兵依然捐起雷扬旗号，就城头往来梭巡。苗众哪知就里，都望而生畏，次日攻城，便不敢十分猖獗。吴半生因折了罗赫，忙命人赴石三保处请遣骁悍头目。

原来石三保屡次通知半生，具言石柳邓处一切攻取颇颇得手，现已兼围松桃厅。文山县史绍登虽然了得，苦于勇壮无多，只好自守本县。并知云贵总督已派兵来援，先到几营都被石柳邓设计战败，杀伤甚众。刻下方一面攻正大、嗅脑、松桃三城，一面拨遣苗众，向赤霞关一路上分布。石三保也正分遣精锐，向赤霞关沿道分据要害，以便大姚、龙母联络一气。

吴半生得知诸信，十分高兴，本要请将石姑姑来，助下永绥，一来自己不肯输气，二来掠得许多花枝似小娘儿，通宵价恣意快活，石姑姑若来了，未免碍手碍脚，因此一耽延。梦想不到飞将军从天而下，却被雷扬撞来，杀了个七佛勿出世，还带着死掉罗赫，所以他急急派人赴山。

这日，领队攻城，望见罗赫巴斗大的脑袋号令城头，好不有气。又见雷扬的兵梭巡如飞，料一时难以得手，不如且待山中骁目并生力军到，并力一鼓而下，因此这日只不痛不痒地胡攻一阵，便算了事。孔铨下城稍息。不多时天光已暮，晚饭后，听听谯楼，方起初鼓，不由皱眉对一鹤道："俺久历行间，也见过许多勇士，像雷扬本领，委实少有。只是他今晚便回，俺总有些心下怯惚。"说着，一听更鼓，笑道，"昨夜他去时，是二鼓后，难道不多时便转来吗？果能如此，真赛如《施公案》里黄天霸咧！"

一鹤正色道："总镇莫疑！俺虽不晓武功，但看雷壮士来去无端，并且志行绝俗，由此看来，甚合古剑客流派，恐怕少时真个转来哩。"孔铨笑道："咱如今便打个赌玩儿。"说罢，引手将烛身一划道，"这烛烧到划迹，敢好是他昨夜去时咧！"于是两人且谈且候。

须臾，烛焰轻袅，将到划迹，孔铨侧耳一听，没些动静，不由拍膝道："此事不妥！"一鹤赶忙摆手。说时迟，那时快，但听檐前唰一声，如飞鸟振羽，帘儿一启，雷扬笑吟吟手捧回文，徐步趄入，明鲜鲜府宪官印，早已跃入两人目中。孔铨只喜得拖住雷扬，张大了口，于是雷扬略述报警情形。大家看过府宪官文，知已星夜价转禀总督，火速请兵。当时李一鹤口讲指画，孔铨呆鸟似立听，雷扬竟大剌剌高坐在那里。左右侍者也都挨肩叠背地集拢来，一个个眉飞色舞，良久方定。

不提这里军心大定，城守人踊跃百倍。且说吴半生当夜在各寨巡视一会儿，听听城头巡逻金柝之音十分嘹亮，并且断续声中往往加个巧音节，微风偶送城上人语音，又复欣悦鼓舞，不由暗惊道：不好，不好！彼军中士气忽作，定有缘故。巧咧，便是雷扬那厮去请大兵。此人不除，真正可虑。于是怅惆回寨，和姑连猜拟一会儿，因恨道："此人端须石姑姑来方除得，吾欲使人赴长水如何？"

姑连道："长水探报本日日不绝，此间被雷扬阻事，石姑姑想已知得。或那里脱不得身，也未可知。今吴寨主不须着急，咱先软困他几日，等山中骁目到来，待姑连协力，共擒雷扬便了。只是攻城一节，更须加紧，好使他气力无暇养复。只一雷扬，还怕他凶到哪里？再者吴寨主所说彼军中或请得救兵来，此层倒须防备。但须于来兵之路拨我队众去牵制截击他，使他兵力里外不能合并方好。"

半生听了，连连点头。当时算计官中救兵定从府城一路来，这路上仙棋坪、黄草坡都是深林密菁，最宜伏兵。便与姑连计议一番，连夜价差出飞探，俟得信后，再做准备。

次日，吴半生果然鼓励众头目四面薄城，百道仰攻，一片喊声惊天动地。亏得雷扬领那五百精兵竭力抵御，方才无事。话休烦絮，如此光景，看看又是三日。孔铨屈指救兵到来，至少还需五六日，只愁得终日搓手。雷扬几次价要再去研寨，无奈城守不暇。

这日早晨，方与孔铨要结束登城，只见急探报道："长水那里，石三保现又加派骁目占据城池，女苗石姑姑率领一彪悍众前来助打永绥，不消顷刻就要到咧。"孔铨听了，惊得直立起来。雷扬道："总镇莫惊，石姑虽然骁悍，雷扬自揣足以当之。便请登城一望光景。"于是两人匆匆登城。只见长水来路上数里外尘头大起，便听得吴半生寨中鼓吹大作。须臾，一队健苗雄赳赳分两翼而出，中有一人，盛装跨马，气概昂昂。后随四名姣好苗女，捧剑拂之类，扬鞭列辔，正是吴半生。

原来半生自恃会些鬼八卦的符咒，便作意装点起来，闹得非道非俗，四不像样儿。其用意是震吓苗人，好使人敬服他。古来祸乱之作，往往掺杂此等作用，如张角倡黄巾之乱等事，不一而足，原不足为异的。

当时半生提鞭顾盼，鞭梢一指，风也似向尘起处迎去，须臾混入来尘中。这时城下苗众越发踊跃百倍，抢攘之间，便见来尘越高，风也似卷来，千余健苗闹嚷嚷而至。绣旗翻处，两骑马并辔而出，一个是吴半生，那一个轻装软甲，花容月貌，正是那女魔头石姑姑。猛地一停辔，向城一望，左顾半生，似乎轻轻数语，便听健苗一声喝号，齐齐驻足。城上人方暗暗纳罕，便见石姑一声娇叱，泼啦啦放马跑来，直抢到城壕边，却从容容观望一会儿，然后一抖辔，往来驰骋三次。但见彩云似来回飞卷，衬着纤腰云鬟，果然容态异常。城上人又惊又诧，都望得一齐发怔。

雷扬大怒道："这女苗好生猖獗。"说罢，觑得亲切，咇的声一袖弩发去。城人一声喊，便见石姑身一翻，早藏在马腹下，那支弩却射在鞍钉上，只激得星火四射。于是城下苗众一齐大呼，石姑早翻身跨马，仍从容容驰回苗队，和半生扬鞭大笑。一时鼓吹如雷，绣旗前引，早和半生驰入寨去。

原来石姑姑自先闻攻取永绥诸事十分得手，便以为指日可下，竟放心淫乐起来。杜照更不消说，这当儿只恨当初女娲氏团制人形，何不多制出几根淫具，岂不肆应有余？唯此是务，其余事都抛脑后。后来探报屡屡，知永绥旦夕可下，杜照暗想道：这现成功劳俺不分他点，岂不憋透腔？这日，在密帐中趁石姑欢喜，两人狂将起来，杜照一面动作，一面道："俺想到永绥去助助吴兄，你看好吗？好在你这里业已成功咧！"

石姑听了，只星眸略闪，咬唇一笑，却一声不哼。杜照见此光景，知是筋节儿咧，哪敢再说没要紧的话，只好肚内犯怙惚。少时，石姑却笑道："哟，你莫使乖觉，你又知惦念正经事咧。俺不消算计便知你肚内蛔虫。你一为成功在即，想去分功，再就是弄长水小娘儿有些厌烦咧，想到永绥新新脾胃。看起来，我就……"说罢，一推杜照。

杜照赶忙赔笑，不消说是竭力恭维。良久，石姑方挽住杜照，微笑道："我不因你这点就杀掉你，省得你这山望着那山高！"杜照一笑，两个正在厮并得趣，只听帐外侍女轻轻回道："现有急探转来，要见寨主，说永绥那里不甚得手咧。"石姑应声知得，忙和杜照揽衣而起，出就前帐，细询急探。方知近日横不榔子岔出个雷扬，十分了得。

石姑听了，笑向杜照道："如此你却去得正好。"杜照脖儿一缩，不敢作声。石姑沉思一会儿，忽地怒叱道："吴寨主也颟顸得紧，既有劲敌当前，如何不来唤俺？"急探道："小人闻得吴寨主现已向山中请遣骁目。"

石姑眉一扬道："他等济得甚事？端须俺去。"正说着，左右报道："石寨主特遣骁目两名，率数百人助守这里，并命姑姑速赴永绥。"石姑跃然道："快命骁目进见。"

须臾，两人入来，参谒如礼，同声致三保之意。石姑道："这雷扬端的是何等人？"骁目道："俺闻得他是猎户出身，便是罗赫都死在他手中。"

一言未尽，只见石姑翩然跃起。正是：

豹隐无人识玄雾，龙骧一旦起春雷。

欲知后事如何，且听下回分解。

第七回

战永绥雷石大交锋
据赤霞黔楚小遭劫

　　且说石姑猛闻罗赫死掉，不由惊起道："今雷扬猖狂如此，端须早除。"说罢，命杜照和骁目据守这里，顷刻点起数百名苗众飞赴永绥。早有前锋先去驰报，所以吴半生列队出迎。当时石姑欲示暇逸，所以在城下驰骋一会儿，即和半生来至寨中，夫妇各述两处情形。石姑道："方才城上那虎也似汉子定是雷扬，他那袖弩很有斤两，若非是俺，就险得很哩！"半生道："正是！他身后那青灰面孔的武官儿便是孔铨，只是雷扬这厮怎生除掉呢？"

　　石姑樱唇一撇，微笑道："你是全军头脑，俺此来敬听指挥。"半生道："啊哟，这个俺怎敢当？娘子既到此，且稍歇鞍马再说。"于是一起携素手，立命摆宴。夫妇饮到半酣，斥退侍者，一会儿哧哧昵笑，一会唻唻细语，也不知商量的什么勾当。

　　少时，但听半生拍手道："此计虽妙，却是险些，娘子须要仔细。"石姑道："孔铨虽没用，究竟是彼军主脑，俺一得手，彼军一乱，此城可一鼓而下哩。"于是两人默无声息，直待好久，但听石姑笑唾道："你不要假惺惺！俺若不来，你一般会快活哩。"半生一笑，这才唤进侍者，撤去饮膳，即命整备笔墨，写就一封约战书札，命人射入城中。这且慢表。

　　且说雷扬下城，方和孔铨在署谈论石姑，孔铨道："这苗妇好不凶悍，长水官长除吴千总跑向这里，其余都死掉唠。"正说着，左右传进约战书札。雷扬读罢，孔铨道："听这苗妇书中语气，却卑逊得很，究竟女人家，不脱雌调儿，要战便战，又何必将息两日，却又巴巴地早来下战书？"

　　雷扬沉吟道："这苗妇性如风火，万不会这般迁缓，今书中语气又特煞委婉，越发可疑。依小人看来，此半是懈我防备，她今夜乘虚，便暗做手脚，都未可知。况兼她超越高城，只如平地，总镇不闻她夜入长水县署吗？"

孔铨听了，登时慌了手脚。雷扬道："总镇莫惊，小人自有道理。"因附耳数语。孔铨道："妙！妙！"随即传令城上，今夜加班警备，又一面和雷扬分头准备不提。

且说石姑姑狡计既定，便一面传知各寨众，准备今夜三鼓后但见大寨飞燎为号，便并力攻城，自与半生歇息半晌。须臾晚膳毕，方交初鼓，半生又和石姑说一会儿石柳邓处得手情形。逡巡之间，早已二更敲过，石姑道："是时光咧。"出帐一望，但见星月微明，遥闻城上巡柝雨点儿相似。于是石姑回帐结束，用青帕包了髻，换一套夜行黑衣，背插屈铁苗刀，带了鱼梭并百宝囊，俏生生站在红烛光中，越显得明珰的烁、皓齿朱唇。

半生一见，只喜得两眼没缝，便道："少时孔铨头颅到来，这飞燎火号定须俺亲手发的。"石姑笑道："劳驾！劳驾！"说罢，促步出帐，轻躯一耸，便如一缕青烟，倏忽不见。这里半生危坐以待，单等乘乱攻城不提。

且说石姑施展开飞行术，不消顷刻，已到城壕边，便跳过去，直扑城根。城上巡兵望见黑影儿，因这当儿野狗、老狸夜啖残尸多得很，所以并不在意。石姑就城根伏听少时，拣僻静处援墙直上。刚翻进堞口，只见数步外行帐中灯火一闪，便有个长大守兵晃荡荡踅出，一面走，一面撩衣道："老二，该你歇班咧！俺这一觉儿好不自在。咳，如今城守多日，连个苗婆味儿都捞不着！你看今天来的那石姑姑好不齐整，有朝咱捞着她，须给她这家伙受用哩。"说罢，竟影绰绰扯开裤儿。

石姑赶忙一伏身，蹲在堆石之后。不想那守兵恰趁将来，模糊糊掏出那话儿，就要来个醍醐灌顶。石姑既怒且笑，便骈起两指，向他小腹一戳。守兵应声栽倒，行帐内漫唤道："怎么咧？"石姑都不管他，连忙一跃下城。只见街坊上空荡荡关门闭户，只有远近巡兵三五成群价错落分布。石姑索性跃登人家屋上，仗了本领，一路飞行，直趋镇署，由署后一跃而入。逴过两层院宇，却是内宅，石姑暗想：孔铨虽没紧慢，这当儿定不暇从容在内宅，于是就窗外略略觑望，果然都是些妇女们，睡醒各半。

恰好有两婢相语道："今天总镇想宿在公事房咧，那会子又取得一床压被去。"一婢道："真是新来的人摸不着门。有一天夫人命俺向公事房去请总镇，俺糊糊涂涂却撞到西院门房里去，有一个猴儿崽子鷩鸡似两眼只管端详俺脚。"那一婢道："你新来几天，哪里晓得，公事房却在东院哩。"石姑听了，轻步便走，就"卍"字围墙边略一耸身，已落东院。

果见正室五楹，十分轩豁，槅门静掩，沉沉无声。东间窗上却现出秃秃烛光，回廊下一棵桂树大可合抱。石姑不暇细望，先就自己前后左右瞟

158

探一过，然后掏一石子，啪的声掷向廊下，听了听，一无动静，然后趋就窗缝一张，只见案上红烛光残，已结了朵鬼眼似的大蜡花儿，靠东壁一张钿床，锦帐高揭，有一伟男子拥衾面壁而卧，下露青缎薄底官式快靴儿。

石姑方暗想道：这人气象，定是孔铨。一眼望到榻几上，不由大喜。原来几上横置一柄七宝镶鞘的宝剑，更有一顶官帽儿，红鲜鲜顶珠，翠森森翎支，放在那里。于是石姑更不怠慢，回身拉刀，轻躯一转，趋就槅门，用刀尖插入，轻轻一拨，吱扭扭一声微响，石姑已拔步跳入，刀头一摆，揭起东间软帘，一个青天落雁式，踊身一刀，向床便斫，但听扑嚓一声，细尘飞起。石姑惊望去，却是个草人儿！

方叫得一声"不好"，只听院中狂笑道："雷扬在此！"语声方绝，啪的声一袖弩从窗射入。石姑赶忙一伏身，那弩却正中床柱。夜行人最忌的是身在明处，当时石姑趁势仰刀，先斫翻红烛，就地一滚，撕落软帘，黑暗中趋到槅门，便见刀光一闪。石姑暗急道：这厮取势得地，俺一跳出，定然吃亏。略一沉吟，忽得一计，仍趋就东间，拎起半段草人，并抽出宝剑，竖插在草人当胸，便提置于槅门。自己却一跃上梁，抖开软帘，专待雷扬抢入，好于中取事。

这一来，登时反客为主，果然闹得雷扬摸头不着，但见黑魆魆当槅门一人站立，剑光隐隐，星月微光中望不甚清。于是袖弩一扬，噗的声那人便倒。雷扬大喜跳入，方一扬刀，只听头顶上呼啦一声，一片乌云似东西直罩下来。雷扬情知有异，便趁扬刀之势，来了个金蝉脱壳式，缩身反步。方两脚踏出门，只听脑后嗖一声，便是个金刃劈风。

好雷扬！反手一刀，只听噌一声。石姑喝道："来得好！"一个箭步，斜刺里已跃出三丈外，大笑道："饶你等多活一夜，咱们明日再见！"说罢，俏影一摇，翻身上屋，顷刻间疾若飞隼，忽然不见。雷扬究因悬念孔铨，不便去追，这时院外所伏卫兵等也便灯笼火把地撞进来，问知方才情形，无不咂舌，便乱腾腾请将孔铨来，告知一切。

这时孔铨秃了头，敞披着一件女仆的油垢衫儿，为了那半段草人，只管用手去摸脖颈，向雷扬道："若非你料事如见，真个着她手咧。"原来孔铨藏避当儿，看看这里也不妙，望望那里也不妥，众姬妾你道藏在我榻下，我道躲在俺大柜里，吵了半晌，通没作理会处，末后还是内厨下一个小老妈，有二十多岁，生得骚骚的，当时抬头笑道："俺倒有个计较，俗语说得好，藏了藏了，怕的是招风惹草。你想娘娘们整齐屋内，刺客来了，一定要先张一眼，俺那屋内地既背静，又肮肮脏脏狗窝一般，他一定不注意的。"

原来这老妈平日和孔铨有一手儿，所以竟逞头上脸。孔铨听了，居然正中下怀，真个猥琐琐藏在她榻后。小老妈一般价脱油衣，换鞋脚。孔铨没奈何，只好忍受，却是从此后见了端午角黍，便犯恶心。他曾从容话人道："妇人的脚是去不得裹饰的。便如矫揉造作的人一般，见了便令人发呕。"当时孔铨侧耳静听，又恐一时价刺客偶寻到这里，便随手拎过那女衫披在身上，刺猬似踡身一蹲，方才心下稍安。及至众人寻将来，慌忙之中，竟忘掉脱却女衫咧。

当时雷扬道："这女苗身手煞是便捷，总镇不须惊，待俺明日临阵擒她。"于是传令众军不必惊扰，仍小心值夜不提。

且说当时吴半生见石姑去后，便摩拳擦掌价准备趁势攻城，正呆等间，只听帐外嗤然一笑，石姑踅入。半生喜迎道："料想得手吧？"石姑头一摇，备述所以。半生顿足道："雷扬这厮委实可恨，他怎的便先下防备？"石姑道："这不打紧，明日先捉他，孔铨还跑到哪里去吗？"于是夫妇安歇一宵。

次日巳分时，半生寨中铜鼓大作，须臾画角三声，寨门开处，先拥出一队苗姑，一个个结束劲健，怀抱长刀，倏地左右一分，形如燕尾。居中一人，彩蝶似飞出，偏袒玉臂，举刀一挥，便率众直趋城下，就壕边分开阵势，踊跃大叫，单搦雷扬出战。

守兵认得是石姑，登时屁滚尿流地报入镇署。雷扬大怒，霍地站起，便仍率那五百名精兵一拥出城，却做个长蛇式，一字儿压住阵脚。这时两阵对圆，齐齐一声呐喊，一边是娇鸟啼花，一边是春雷震宇。就这声里，雷扬飞临阵前。石姑仔细一望，见雷扬凛凛仪表，提刀卓立，英伟中气象刚毅，不由暗诧道：原来男子中还有这般人物！登时觉自己所见许多美男，真不值一笑，一时间竟星眸凝注，忘其所以。

这当儿，雷扬已大喝道："无端苗妇，安敢夜逞鼠窃伎俩！俺不逼迫于你，也便是了，如何还来狂逞？"说罢，单臂横刀，使开门户。石姑喝道："不须多话，今日斩掉你便取城池。"说罢，碎步趋风，一挺刀，分心便刺。雷扬刀势一挫，锵啷声架开，彼此一换步，登时杀在一处。这一场大战，真个五雀六燕，铢两悉称。但见：

惊鸿倩影，翻掠起一片征尘；跃虎雄姿，跳荡开千重煞气。刀光浑合，一时间莫辨雌雄，剑术争奇，谁与解派分南北。风旋电掣，陡分处太华双峰；逐影蹑声，忽合时混元一气。一个是山林侠隐，报人恩逸气干霄；一个是苗峒妖姬，逞厉志兵氛播地。

正是：棋争一着，永绥城下小楸枰；艺卖当场，两军阵前好身手。

两人这场厮并，直杀了个翻翻滚滚，百十回合，不分胜败。末后刀光霍霍，竟如两团白气，风轮般翻飞驰逐，两军都看得呆了。

正这当儿，忽见府城来路上尘头翻动，并且断断续续横铺来不成行线。孔铨喜道："莫非是所请援兵将到吗？"一鹤却一声不响，只张大眼注望，半晌，忽失声道："不好，俺看来兵定是苗众！总镇请看，来尘既低，又且散漫横逸，定非骑兵。况这条来路上，仙棋坪、黄草坡等处都是险隘，莫非敌人拨队截击援兵吗？"一言未尽，急探早到，正如一鹤所料，果是总督迅调三营兵马，先行驰援，却被姑连截击于黄草坡，杀伤大半，现和姑连正在相持。姑连却拨还带伤苗众，来寨换人。

正说着，来尘已到，果是一队苗众，直入吴寨。这时雷扬和石姑鏖战愈勇，孔铨闻报，惊惶之间，当即鸣金收队。雷扬问知所以，顿足道："方才若稍缓须臾，石姑定然可擒，因她气力渐渐不佳哩。"孔铨道："啊哟，了不得！如今援兵一时间不能集合，此间城守，全仗足下，如何只管恶厮并？万一有失，岂同小可？"一鹤道："雷壮士不须心急，俺想总督援兵一定续发，姑连之众必不能挡，那时大军一到，城池无虞，雷壮士再奋勇杀贼就是。"当时城守之众闻援军被截，又未免慌了手脚。亏得有一雷扬，稍可壮气。

哪知雪上加霜，过得两天，石三保续发骁目，又率众到来。雷扬终日价防守攻城，衣不解带，相持多日。幸得总督援兵乘间从间道驰入永绥，因此城防稍可支持。其间雷扬和石姑又会战两次，虽不能便胜石姑，半生等却深畏雷扬才不敢十分猖獗。半生抽空儿却又奔走赤霞关一带，以联络龙母山声势。知柳邓那里声势越大，一面力攻正大等三城，一面侵掠附近州县，黔抚向朝中告急的章奏业已雪片儿般飞将去哩。

吴半生备知情形，哪肯落后，便急促三保，一面向赤霞关一路分布苗众，一面分遣小队侵掠楚南一带。其为意半在抄掠助军用，并捆载子女财宝，劫置山中，究竟都是些强盗行为，取快一时。却是楚南一带业已闹得天翻地覆，内地里有些强梁亡命，自然闻风掺入，为虎作伥。有的竟穿起苗服，说几句四不像的苗话，恣睢横行，互相报复，白日里杀人于市，莫敢谁何。一时淫杀之状难以尽述，今且略述一事，以见梗概。

曾有一处村聚，地靠小河口岸。南人尚鬼，便在那河口盖起一所小小丛祠，号曰水仙庙。临水筑基，夹道植树，也有点儿幽阒风景。每年春月，必有一番报赛。到得那日，优戏鼙鼗，男女集观。小村中虽不能遗簪堕珥、香车宝马，却是一时荆钗布裙、鬓影衣香，也自十分热闹。所以每当庙期，闾里间无赖少年、庄家纨绔不怕一张脸黑得驴臀一般，偏要成斤价用肥皂，直搓至毛孔血殷殷方罢。一般地穿起掌鞋，披起石蓝布长衫，戴起细草宽檐大凉笠，就妇女身旁摇摇摆摆，或冷不防玩个燕儿飞（此轻薄子戏妇女之名，其法两臂抖衫如燕翼，翩然而趋，以姿势飘隽为贵。同治中，吾乡有某侍郎者，未贵时，少年倜傥，曾以此法戏妇女，大遭棰楚，至今相传为笑），好不透标劲儿。

因此，每当庙期，庙前高树上照老例挂起一粗绳兜络。做什么用呢？便为是无赖少年辈，或脱人簪，或攫人鞋子，或趁势摸捏人臀腿，或故意说亵秽话，一经败露，会首便命人将他服侍到兜络内，或缚个寒鸭浮水，或绷个猴儿坐殿，直待一日夜，方啐面赶掉。却是老年间会首办事认真，这兜儿真正用过，到了后来，便视为具文，不过略存饩羊之意罢了。虽是后人圆滑，不肯认真伤人，也因而今的无赖多，凶横异常。

其时主持会事的却姓孙，为人奸狡不过，平日价欺压乡里只如寻常。曾有一村人去交他佃租，偶在他厅椅上一落屁股尖，他便睁起眼，大怒道："俺这厅房被你沾污，你须新汲河水，与俺洗净！"村人略一发怔，他过去便是两记耳光，立命豪奴押去挑水。村人没奈何，只得依他，直忙了半日，两肩尽肿方罢。这时光恰又新充里正，越发意气扬扬。到得庙会这日，他老早地来拈过香，主持僧屁滚尿流地摆上素点香茗，众办事人像众星捧月似的将他让在上座。这时庙外业已开戏，人山人海，男女耸观。

孙里正眨起三角眼，只吃了一犄角素点，便呸的声唾在地下。众人忙道："您老敢是不喜欢这品？"说着，拣好的送过来。孙里正一面皱眉，一面捶腰道："俺如今倒不如你们自在咧！你想俺官人官事，已经忙得一团糟，今又逢香火大庙，趁生意的来拜望，官人们来弹压，不怕狗打架的事都来找俺。哪一档儿不费心费嘴？俺齐头三日夜没得闲，累得胃火腾腾的，满嘴发苦，谁耐烦吃这个？倒是茶还来得。"说罢，端起杯一饮而尽。

主持僧凑趣道："还亏是您老真有精神，不然偌大庙场，照顾得来吗？便是昨天晚，贩货案还未出列，便有被三只手掏摸去的。"孙里正正含了一口茶咕咕漱齿，连忙叽的一声从牙缝激出，拍膝道："俺正思量今年庙会须大大整顿一下子，本来也太不像话咧！不管什么毛头小厮都来掠俏儿、充光棍，摆赌摊的吆五喝六，寻骚儿的成群搭伙，便是河湾苇坑中许多肮脏事，可还有人样儿？俺如今新任里正，再不整顿，如何下得去呢？"说罢，一望四座，义形于色。正说着，他家中小厮噘着嘴寻来道："便是

162

陶四子昨天孝敬您四只鸡，本说以外还送小人一只，小人方才去寻他，他却赖着不给，您若不问，恐下次惯了他。"

众人听了，不由抿嘴要笑。原来这陶四子是乡间小偷儿，捞得油水，往往沾溉孙里正。当时孙里正老着脸怒喝道："什么要紧事，还值得巴巴来寻俺？还不给俺滚出去！"

一言未尽，只听庙外一阵大哄，乱噪道："打！打！打！"正是：

蜂虿有毒难逆料，虎威暂假且当权。

欲知后事如何，且听下回分解。

第八回

逞凶锋里正遭奇辱
探乱状燕市遇同人

且说孙里正听得庙外大闹，便趁势和大家出去一望，只见个五十多岁的妈妈子扶了个十八九岁的小媳妇儿，一面走，一面哭骂道："可是没得世界咧！大庙上便这等啰唣，难道不怕雷击现报吗？"众人百忙中一望，小媳妇儿脚下却只剩一只鞋子，羞得嫩脸低到胸口，一步一泪。

这时，数十步外一片高冈，早围定许多人，大吵大骂。有的高叫道："他再强口伤人，不去给人家登门磕头，咱们便告知孙里正处置他。"便听居中一人跳得嘭嘭的，急口海骂。于是孙里正等挨近一望，却是大青皮高二棒槌，正绾起得胜鬏，敞胸露肚，腰间明晃晃插把牛耳攘子，大喝道："干你们鸟事？没摸到你婆子脚上，便是好朋友！孙里正难道两个头吗？若惹俺性起，俺当他的干阿爸，还带着当他女婿哩。"

众人怒道："你看……"一言未尽，孙里正冲冲大怒。原来高二棒槌末了那一骂，正戳了孙里正的肺管子。因其母其女都有些风流行为，颇传里巷。里正之母当年响当当的时光，诨号"一篓油"，是很以肉彩得名的。

当时孙里正大喝道："快将这厮兜起来！"高二棒槌拍胸道："高爷便在这里，瞧你的！"一言未尽，众人怒极，早蜂拥而上。孙里正喝道："不给他个厉害，这庙场便不用办哩。"于是高二棒槌极口大骂道："姓孙的，你慢高兴！泰山石不烂，黄河水不干，咱们走着瞧。"抢攘间，早被众人捉缚停当，喤喤喤一阵号锣，登时围的人风雨不透。大家唾骂交加，瓦石如雨。孙里正扬眉吐气，大踏步走在前面，便如凯旋献俘一般，拥至庙前，将高二棒槌荡悠悠兜挂起来，招得戏场前万众回首，笑骂如潮。

孙里正得意到十二分，哪知高二棒槌这股愤气就大咧，也就恨到十分加二分！于是两目如炬，锉得牙一片山响。直至日晚，方放掉他，鼠窜而去。事过后，众人只当作笑谈，哪知高二棒槌从此绝迹。孙里正也没在意，却从此越发增了虎而冠的气势。及至苗乱事起，他便借防卫村堡为名，醵金敛钱，腰包儿又弄得肥肥的。

这村本居僻所，兵氛不及，不想高二棒槌一日撞将来，仍然是昔日形容，却越发衣裳褴褛，沿门张了一会儿，逢人便问："孙里正之母和其女还在吗？"便有人道："你快躲得远远的是正经！孙里正张见你，怕不敲折你腿！人家这当儿火炭似日子，越发气概了，人口平安，其母其女为甚不在呢？"二棒槌喜道："如此俺可要讨他的欠账咧！"那人笑道："凭人家会该你账？"二棒槌冷笑道："皇帝还该人豆腐钱哩，你看我和他要去！"村人听得的，无不大笑，便乱哄哄跟在二棒槌身后，直至里正门首。

恰好孙里正徐步而出，一见二棒槌花子一般，不由喝道："你这厮还未死掉？快些滚开！"二棒槌笑道："孙爷发福哇？俺那年庙会上多承指教，如今没别的，特来讨您一项账。"里正怒且笑道："看你胡说，俺会该你账？"二棒槌逡巡道："您这账不须出钱，只要将你妈和你闺女让俺弄一会儿便算了事。那年庙会上俺说得明白，要做你干阿爸和你女婿哩！一言既出，岂可不践？你是晓事的，趁这里人不多，将你妈、你女唤出来，和俺见个意思就得咧。"

众人听了，乱噪道："疯汉！疯汉！"孙里正一张脸已气得如血灌猪脬，一言不发，拎起门棍，劈头便打。二棒槌闪开，却微笑道："你便再拖赖半日也不打紧，反正须有个交代哩。"说罢，头也不回，一径趔去。这里孙里正气得发怔，众人也只当是二棒槌穷疯咧，都传以为笑。

不想日色平西时，忽地满村大乱，却是二棒槌横刀跃马，结束整齐，领了百余苗众抢将进来。孙里正方知事情不妙，正想逃跑，只听一声喊，二棒槌踊跃当先，率领十余健苗提刀杀入，先将里正并其母一齐捉住。里正之女藏在茅厕里，也被搜出。二棒槌不容分说，登时喝令将其母、其女一顿剥光。那女儿白羊似的已然不像话，哪知里正之母业已六十余岁，一般的精赤条条，那砢碜法就不用提咧。

当时里正气涌咽喉，抢攘之间，已被苗众牵拽到水仙庙前，偷眼一望，又是一怔。只见庙前兜人的那棵高树下，列坐着七八人，如石佛一般，纹丝不动，每人背后一健苗提刀怒立。仔细一看，都是那年与会办事人，见了里正，大家干瞪一眼。这时二棒槌已虎也似立在当场，大喝道："冤有头，债有主，今日之事，却怨不得俺姓高的！少时你若不是意思，须想想当年的树兜儿。"说罢，裤儿一捋，登时挺出那话儿。这时两健苗早将一篓油仰丢在地，众人一眨眼当儿，该死的二棒槌，竟坦然云云起来。

众人中一人稍一闭目，背后健苗一刀早落，血淋淋一只耳朵登时削掉。于是众人只好目不转睛直看到里正之女钗横鬓乱，二棒槌方狗也似爬将起来，大笑道："姓孙的，再有庙会，你再多兜两人如何？"当时满村中淫杀之惨，不可言喻。楚南一带，直闹得天昏地暗，所以当时总督一般地慌了手脚，一面价措置防御，一面价飞章告变。于是黔、楚苗乱，至烦宵旰之虑。额勒登保受命专征时，楚之永绥和黔之正大等城业已被围攻两月余之久咧。那刺客王树风却是吴半生的朋友，攻打永绥，特招致来以敌雷扬，后来便命他入京侦探一切，并相机行刺经略的。

当时，杨遇春和杨芳在额府探知苗乱许多情形，略知头绪，又见长龄、德楞太两人在额侯座上侃侃而谈，都是奇伟丈夫，不由暗喜将领得人，苗乱不足为虑，便兴冲冲别过杨芳，从容踅回。

刚穿过两条街，踅进一僻巷，忽觉内急起来，恰好不远有一所公厕。原来北京街坊人烟稠密，不远便有公厕，一日早晚两时，都有背粪筒的阿哥前来扫除，所以满街上粪筒纵横，不可向迩，原也是没奈何的事。干这营生的，都是山东登、蔡、青三府的侉哥儿们。当时京师谈起这种人，有香、臭两帮，因各食馆善烹调的厨子，也都是那三府的人哩。

当时遇春入厕，方缓缓蹲下身，偶从墙缝一张，只见两人揽肩把臂，一面前瞧后望，一面喊喳低语，神情十分尴尬。两人都有三十来岁，一色的土布短衣裤，蝎子尾小紧辫，脚上是踢死牛的搬尖洒鞋。一个是漆紫大麻脸，那一个身材细瘦，尖脑瓜，眉目挤凑，龇牙一笑，便如庙鬼一般。两人踅到庙墙边，瘦子道："这时光还早点儿，咱们且掂算怎样下手。"于是两人趋蹲墙外，紫脸的道："左右是个外路小厮，混充朋友，不给他个知道，咱就不用在北京叫字号咧。"

瘦子道："这小厮也诡怪，俺暗跟了他好几日，也猜不透他是什么人。长了个像姑样儿，见了人却横眉溜眼，看光景很懂些武功拳脚。说他是来卖艺的呢，又不晓得江湖口诀、拉拢朋友。每日里街上闲撞，逢旅店就问什么杨某人。昨天在一家武试子小寓里，竟和人家口角起来，原来他闻得这小寓内有个南省姓杨的试子，他不管三七二十一，贸然闯入，偏逢那杨试子悄没声地在屋内正拉着女寓主的手哝哝细语，所以这小厮竟大遭抢白。他寓在张家店内，本已该下许多账，不知怎的，这几天忽然阔绰起来，竟有闲钱在此寻俏，我看这小厮大半离黑道儿近哩。"

紫脸的道："管他哩，反正这几条巷属咱哥儿们管下（京师光棍每分地以为势力范围，偶相侵越，则拼命打降。今警政立，此风稍息矣），他眼睛里没人，不来讲个过节，就算使不得。"瘦子道："别说没紧要，咱们究竟谁当头阵？"紫脸的奋然道："这全在我！我对面将他稳住，你隐在那槐树后从后下手，给他个冷不防摔翻他，打折他腿就是。"说罢，一蜷腿，露出明晃晃的铁叉子。遇春听了，方在诧异，结束要出，只听瘦子拍膝道："妙，妙！便是如此。"说罢，一阵脚步响。

遇春出厕一望，两人已跑向一家宅门。遇春信步趁后，就一家墙角后隐住身体。只见那瘦子果然猫伺鼠似的隐在槐后，紫脸的啪啪叩门，一阵山响。便有人连应道："来咧！来咧！"吱扭门一启，却是个半老妇人，一头烟煤尘，似乎从厨下趸出。一见紫脸的，忙赔笑道："对不住，今天俺娘子房中有客人，不好屈驾待茶。"紫脸的摇手道："俺不入内，你只将那客唤出来，俺有话说。"老妇沉吟赔笑道："那么你们如有什么过节，改天再交代吧。可是您常说的话咧，走外面的朋友，眉毛儿都是空洞的，俺刚捞进一注财，您好意思给踢掉吗？"说罢，一袅铜丝缠的脖儿，颤巍巍便是一福。

紫脸的低喝道："俺不入内，便是好大意思，你如何不懂交代呢？"老妇人一见，吓得赶忙入内。不多时，一个少年大踏步走出，戴一顶瓜皮帽，深覆眉际，一身京师打扮，十分华丽，步趋之间，捷便非常。刚一脚踏出门，紫脸的已促步迎上，脊梁一遮，遇春望不清少年面目。这时树后瘦子早瞪着眼，哈着腰，迈着步，张着手，做出个螳螂捕蝉之势。

但见紫脸的哈哈一笑，方说得两句话，少年大怒，手起一拳，便是个冲天炮，正中紫脸的鼻梁。紫脸的身形一晃，瘦子已飞趋少年背后，拦腰便抱。少年略一摆身，瘦子已跌出丈余外。紫脸的趁势掏出铁叉，尽力子叉去。少年却一闪身，骈起两指，就他腕上轻轻一点，那紫脸的登时端起大架，纹丝不动。遇春一见，不由失惊。恰好那少年一转脸，怒吼吼奔那瘦子，遇春急叫道："冷老弟，你为何来在这里？"语音方绝，那少年猛闻忙望，直抢过来，拖住遇春，喜得只管乱跳。可不正是冷田禄！

两人急切切方要叙话，只见门内乱头奔脑地跳出个小媳妇，长长身儿，很有风韵，一见门首一塌糊涂，不由怔住。田禄向紫脸的喝道："你等这般街痞，本不值俺动手，俺今饶过你，以后学好就是。"说罢，向他肘后用指一点，紫脸的登时长舒一口气，活动如故，便趋向那瘦子，鼠窜而去。

遇春素知田禄性格，知这家定是什么私倡门户，便道："此间不便谈话，且随我回寓细叙。"小媳妇望见遇春气概，忙请进奉茶。田禄笑道："不须咧。"于是两人一径趸出僻巷，直奔遇春寓所。方趸进门，店伙便说道："那会子福公府马爷前来访您，说额侯爷三五日间便要出京咧。"遇春点点头，携田禄进得室内，彼此落座，先唤泡茶水，斟起吃着。

遇春道："冷老弟安居在家，为甚奔驰来京？起程时光，家母和众家弟兄都还安好吗？"田禄沉吟一霎，含糊应道："都好！都好！便是小弟来的时光，逢春哥越发肥壮咧！小弟因家居闷倦，故此来京寻杨兄。不想到此多日，各处问讯，只是寻不着。今却巧遇，好极咧！弟因闻杨兄在家时每每念诵要寻际会，树立功名，所以赶寻将来，趁趁机遇。"遇春听了，哪知就里，不由喜道："你来得正好！"因滔滔汩汩将自己路过滕家庄，并在京一切遭遇说了一遍。

田禄大喜，不由诧叹道："原来杨兄出门一来，竟巧值许多可喜之事。杨芳兄又在额府，益发可喜。弟虽不才，定求挈带的。"遇春道："吾辈总角之交，祸福与共，何须说得？俺正要驰书报知舍弟逢春等，令他等从间道投赴大军。大约额侯经画行军，一定先着手永绥，因苗中最要之奸人便是吴半生哩。便是滕氏兄弟那里，俺也寄书去咧，只可惜叶情霞早出京几日，不然便可烦她寄书去哩。"遂将情霞偷珠之事略说一遍。田禄连连称奇，却只管眼睛乱转，忽道："杨兄若寄府报，恰有便人。便是小弟寓所张家店内有位重庆客人就要回家，托他寄去，再好没有！"

遇春喜道："如此便烦老弟转托。"于是匆匆作好家书。田禄道："事不宜迟，弟便回店去，面托那客人。咱们明日再会。"于是匆匆持书而去。遇春天性坦直，哪晓田禄来京缘故？当时且喜他乡遇故，十分爽快。不想田禄来京，却因杀人亡命，一路上又干些模糊糊的事。

原来田禄自红英夫妇回转襄阳后，万分地无聊无赖，热辣辣一时拆散，每想起林刀鱼扬风败事，只恨得牙痒痒。偏搭冷先生死后，家中生计萧条不消说，更兼门庭冷落破庙一般，一个人形影相吊委实当不得。有时节趑向腾蛟村，于益还倒罢了，依然冷兄弟长，冷兄弟短，嘻嘻哈哈。唯有逢春，一张笨嘴倒像个破布袋，高兴时还可，若值他不高兴，便眦起眼一阵讥嘲。又知遇春业北上应试，因此田禄益发不高兴常寻逢春等，只闷在家里，和村人们混混。

无奈人家讲起话，大半是种耕刨锄，自家一句也掺不上。过了些时，将个活泼泼的冷田禄竟闷得蔫头耷脑，想起和红英许多风光，只好叹口寒气。一日，村中有些会事，置酒聚商，人家看冷先生的老面孔，一般价邀将田禄来。在座之众无非田夫野老，讲些没滋搭味的话，田禄哪里有心去听？只借村醪拨闷，即至酒罢，竟有些醉意，便脱故起出，就村头小步一会儿。这时夕阳一抹，烘上林梢，远远的平田茂草，十分清旷。

田禄方觉胸次稍舒，忽一眼望到一块大青石，不由心头扑地一跳，登时千头万绪一股脑儿涌上心坎。竟痴迷途趋近大石，一面低头唏嘘，一面用手抚摸，后来竟弯了腰，将石面且看且嗅，便似蛮子相宝，仿佛石内蕴有荆山玉一般。原来这块石却是红英初到此村在此歇坐，后来两人既结情好，也曾偶然瞒过陈敬，在此小坐情话哩。

当时田禄情怀既触，逡巡间仍坐于石，只见远山簇黛，小溪横波，弱柳垂腰，野花开靥，环境所触，不由都一一印想到红英身上。想到极没聊赖时，竟恍惚见红英娇滴滴坐在他身旁，似嗔似喜，于是喜极一扑，险些栽倒。方恍然自己孤零零枯坐于石，四外一望，只有些无情的鸟声树影。于是酒怀一涌，跃然站起，一撑两膀，咯吧吧只管作响，不由暗想道：好没来由！人家既双飞双宿地去掉咧，你便想煞，又待如何？于是就石旁拽开拳脚，练习一会儿。

正在兔起鹘落得十分得意，只听背后有人笑道："喂，冷相公好手段哇！"田禄住手一望，却是村中曹老爹，撅着胡儿，眯齐了一双曹操眼，脸上酒气红扑扑，扶杖踅来。此人刻薄成家，在村中也算稍有头脸的人，就是一张讨厌嘴终日价评张论李，说现成话、假关切、送空头人情都是他惯技。人知他如此性格，都叫他"蜜嘴子"。他新续一房老婆，只有二十七八，生得妖妖娆娆身材，首脚都有七八分长相，本是人家弃妾，却被他捞得来，所以曹老爹越发高兴，这时也从酒会中踅来。

当时曹老爹望望田禄，口内啧啧两声，似乎赞赏，又似乎慨叹，便道："冷相公莫怪我说，咱们乡里乡亲，我又叨长几岁，你年轻人，有些没思虑处，我要不拨醒你，还像话吗？你如今靠山是没得了，令尊既逝世，便该自己想个道路作起份人家，只管踢踢跳跳玩这些江湖鬻艺营生做甚？你又没资力巴结武途，这事儿出息了，在捕快家混碗饭吃，并且都学得眼大手大，一百个抓不住钱。老汉偌大年纪，眼睛里见的人多咧，干这没要紧营生，是没得收成的！"说罢，连连太息，很透着老辈儿神气。

田禄听了，不由愤然，却强笑道："你老教训得是！那么便求你老借给俺几亩田，或借给一注资本，好去干正经营生。"一言未尽，曹老爹只是冷笑。正是：

> 话不投机遭抢白，情非真切见仓皇。

欲知后事如何，且听下回分解。

169

第九回

结新欢田禄纵淫风
思旧好花娘起痴念

　　且说曹老爹听田禄语气愤然，只得冷笑道："啊哟，冷相公真伶俐，便知种田经商是人生正当之业！但是老汉哪里有借给人的气力？这个还须冷相公自谋才是。"说罢，连连摇首，便想溜去。田禄大怒，正想恶狠狠再抢白他一顿，只听村外驴声大鸣，顷刻间，一个俏丽妇人穿一身新裤衫，髻插野花，脚下新鞋子尖翘翘，斜跨驴子，从林影中趲来。曹老爹一见，只喜得眼睛没缝，登时跑近前，带住驴子，乱嗓道："俺只当你过两天才来哩！"那妇人抿嘴笑道："他那里既有病人，并且窄巴巴的，俺住不惯。要紧的是你的茶饭也离不得俺，所以俺忙转来，倒惹得他二姨说了许多浑话。"说着，一瞟田禄，忽地腮一红，低笑道："和那相公闲谈去吧，少顷到家，再说他二姨病状吧。"

　　曹老爹道："没要紧，那是咱村中冷相公。我今便同你转去。"于是笑眯眯牵定驴子，转步进村。只离得田禄数步远，那妇人一个眼风早俏俐俐兜了一转。曹老爹背后没眼，哪里晓得，便欣然趲回家。

　　田禄认得这妇人是曹老爹新续的娘子，一时间竟怔怔的，暗想道：怪道人都说曹奶奶姿首不错，只是配了这老厌物，也怪可惜的。沉吟之间，忽想起曹老爹方才一席话十分讨厌。田禄这种人生性难改，当时心思一动，不由哈哈一笑。即便趲回家，混过一宵。

　　次日晨起，曹老爹方和他娘子款款笑语，只听外面有人叩门，出去一望，却是冷田禄，直入客室，不容分说，恭敬敬便是一揖，然后笑道："昨天老爹见教，真是字字良言，错非你老人家苦口婆心，谁来怜教于俺？便和俺父亲差不多哩！"

　　这一句话不打紧，正搔着曹老爹的痒筋，原来他生性就好贪个大辈儿。当时欣然正色道："什么话呢！有你父在日，俺们酒杯上交情厚得很，真个眼睁睁看老侄没把鼻吗？你既能听俺好话，便如俺子弟一般哩！"一言方尽，只见田禄纳头便拜。

曹老爹惊扶道："怎的，怎的?"田禄忽地现出一副诚恳之色，愀然道："小侄昨晚思量老爹好话，一夜也没曾合眼，只恨自家福薄，无缘常受教训。今老爹既视俺如子弟，便请拜为义父何如?"说罢，推金山、倒玉柱又施下四叩大礼。

这一来曹老爹竟没作理会处，方自恨这张嘴招惹闲事。只听窗外咯咯地笑道："怪道今早喜蛛只管向人脚面上落，原来有这等喜事! 给俺取个吉利，将来招一群弟弟，才是妙哩。"说罢，一掀帘儿，先迈进一只小脚，宝蓝缎扣花锁口弓鞋，好不俏丽。穿一件洒花娃娃脸色的短衫，大脚散腿裤，下露五寸长一段白腿腕，星眼微饧，满腮堆笑，正是曹奶奶。

田禄一见，连忙趋近。曹奶奶一把拖住他手，乱笑道："既是自家人，不必磕头礼拜，怪厌气的。俺便从实，叫你声阿大。俺常说呢，你父亲和你义父好得一个人儿似的，你为甚不常来走走?"说着，眼波一溜，低叹道，"没父母的孩儿，大煞了也是舍哥儿似的。如今却好咧，咱两家帮衬过日月，彼此都有个靠把。"说罢，竟老气横秋地拖近田禄，见他鬓角上有几丝乱发，便微蘸香唾，拭抿光润。田禄香泽微闻，饱餐秀色，只暗喜得心头乱跳。忙一捻曹奶奶手，笑道："今日仓促，不成礼节，明日孩儿当孝敬小物，略表孺忱。"

曹奶奶笑道："快不要如此，你小人儿家准备不易，你干娘还没好处到你身上，如何先生受你哩? 倒是早饭都备，你去给你义父斟个盅就得咧。"这一句将个老猾曹老爹扣得扎扎实实，望着曹奶奶只好干笑，于是一哄价趋入内室。田禄一望榻上锦衾角枕，不由心头痒惜惜的。这当儿，曹奶奶俏摆春风，便就外间命女仆摆下酒饭，三人依次落座。田禄真个敬过酒，便孩儿长、孩儿短地承起欢来，将个曹奶奶只乐得抿不上嘴。

少时，田禄恭敬敬辞去。曹老爹嗳嚅道："这事体你不该应允他! 他如没把柄流星一般，又没什么家私，将来借此走动，吃咱们、喝咱们，那才一百个合不着哩!"曹奶奶听了，登时眼皮一挑，酽酽地一口唾道："你这老悖晦，晓得什么? 你忘了去年秋里陈二混子硬生生割咱熟稻，咱若有这等个干儿子，怕得着他吗? 若不趁此撑撑门户，将来人家连我抢了去，你也只好干瞪眼哩!"说着，一抹眼，登时有气无力地叹道，"俺一个女人家，懂得什么? 这事原是他和你磕头礼拜，你嘴里含热蛋一般，俺以为你应许他咧。本来也是俺盼孩儿心切，想趁势取个吉利，你却这等向俺闲扯拉。"说罢，玉颈一低，那眼泪便如珍珠断串般直滚下来。

曹老爹登时慌了手脚，忙尽力跳了会儿花脸，曹奶奶方才笑了，便道："人家冷相公也是见过世面的人，端的人家备礼来了，咱可怎样给他见面礼呀？"曹老爹道："这不打紧，俺有的是好衣帽靴带，给他一套就是。"说罢，忙忙开箱，将许多老古董一股脑儿抖将出来。是一顶没颜落色的大呢帽，业已虫蛀得七穿八洞；一件土色茧绸袍，如土地爷道袍一般；一双青缎方头式官靴，最好昆剧中把去唱《借靴》；一条茶色腰带，却两头都劈了丝儿。曹老爹睹物生情，不由叹道："这还是俺当年做新郎时一副行头。你那亡过的姊姊，三朝后，亲手与俺庋藏起，一总儿不曾动。便是娶你时光，俺益发不待价穿它。如今回头一想，已四十来年咧。这些物儿，哪一件都跟俺打过响档子哩！"说罢，点头唏嘘，很有怀人之感。

曹奶奶不悦道："依我看，这些物都用不着，只好留给你备装裹！人家水葱似的人儿难道扎括起这副行头去跳鲍老吗？"曹老爹道："啊哟，这就难咧！"曹奶奶笑道："咱们便大大样样给他个大元宝，取小人儿们镇恶的意思，岂不冠冕？"曹老爹听了，便如快刀来割肉一般，皱眉道："五十两头，便是咱家半年嚼谷呀！"曹奶奶赌气道："俺不管咧！"曹老爹忙道："依你！依你！"话虽如此说，只是这一日通没好气。曹奶奶通不理他。

当晚，夫妇安眠，曹奶奶不知怎的有说有笑，对镜卸晚妆，将自己俏庞瞧了又瞧，又怔怔地束抹莲钩，忽然哧地一笑，道："冷……"曹老爹正睡得模模糊糊，便漫应道："你害冷添件被子吧！"曹奶奶不由失笑，便脱光入衾。只听灯影深沉中，帐钩一动，曹奶奶惊喜道："哟，阿大，你怎的这时光趸来？"说罢，刚要披衣，只见田禄业已赤条条猴上身来。曹奶奶半推半拒，急道："这当儿来不得！"逡巡间，只觉田禄已经扼要。正在痴迷，只听有人大呼道："啊哟，五十两头大元宝呀！"

曹奶奶猛然惊醒，哪里有什么阿大、阿二，却是曹老爹梦中一翻身，一只干瘪手正打在自己身上。于是唾了口，忙再合眼，一切景象都杳，只有曹老爹一片鼾声强来聒耳。胡乱睡过一宿，次日兴冲冲起身，梳裹打扮。曹老爹也居然换身新衣。方用过早饭，田禄业已衣冠楚楚地趸来，又备了八色丰盛礼仪，着两个庄汉抬将来。曹奶奶噪道："哟，这是怎么咧！阿大你总是胡闹，俺昨天怎样嘱咐你呢？"一路连笑带噪，竟忘掉两个庄汉还木撅撅立在院内。曹奶奶乐极，趁曹老爹眼丝不见，便笑吟吟将田禄嫩腮撕了一把。

于是一个庄汉喊道："喂，冷相公，还有啥个事体没有？俺待转去咧。"曹奶奶忙笑道："哟！可了不得，还有请的庄客哩。"于是俏步跑出道，"你两位屋里坐吧，有现成喜酒，吃两杯吧。"说罢，一瞟曹老爹，嗔道："你怎的通像木巴棍子，八下里都得人张罗。"

那庄汉笑道："不须咧，曹奶奶还认得俺吗？俺便是冷相公对门的快嘴王二哩。"曹奶奶一凝想，只笑得花枝乱颤道："是呀，这才个把月，你还在此做了天短工哩。"于是返身入室，拎起两串钱，强把给两人。原来村中习俗，都是请工照例不领赏的。当时王二笑眯眯和那庄汉谢了出来，一面走，一面咂嘴道："奇怪，怪不得冷相公这般高兴！今天一早，俺还搂着婆子睡，他硬生生将俺撮弄来，给他挑礼物。原来钻弄到曹奶奶跟前来咧。哼哼，好一块肥羊肉！"那庄汉道："怎么？"王二道："怎么不怎么！这是两串钱，你一串，我一串，别的话不提。"一路嬉笑，各自趄去。

这里曹奶奶等款待田禄，自有许多风光，不必细表。

过了几日，田禄脚踪便不离曹家。他本是伶透绝顶的人，有甚不会揣人心缝？于是当着曹老爹规规矩矩讲些农务营生，有时节工作忙起来，田禄一般价短衣挥锄，戴了草笠，去田中工作。冷先生虽没甚收藏好物儿，一般也有点儿寻常器皿玩物，田禄便不断地送给曹老爹。果然小、闲二字登时奏功。将个曹老爹欢喜得要不得，一任他穿房入户，通不留意。曹奶奶不消说早已猴急得很，恨不得舀碗水，吞下这粉团似的小官，只差着没得空隙。

一日，事有凑巧，恰当秋收将罢，田里只剩些稻皮茎草，本可不自去督作，那天光又有些雨阴阴的，恰值田禄趄来闲坐。曹奶奶便笑道："这几天俺只做短工们的饭，还累得什么似的，你爷儿俩黑汗白流地在田里，辛苦可知。今天俺煮上一只肥鸡子，新酒又熟咧，大家过个阴天，且是好哩。田里没许多事咧，便丢给雇工们收拾吧。"

曹老爹跳起道："不，不，田内临收场才须仔细哩。你想这当儿满地里母夜叉似的拾秋妇女，主人不在场，雇工镇得住吗？不但镇不住，还许拿主人物儿买个好、抓个俏。这种事，俺见得多哩！"说罢，急忙忙戴上笠，向外间屋角去取翻叉。曹奶奶忙向田禄一摆手，抿嘴而笑，方暗幸曹老爹自家趄去。不想他拎起翻叉，却唤道："阿大，若觉累乏，只跟我到田里着个眼吧！"曹奶奶听了，不好拦阻，眼睁睁看田禄厮趁而去。

这时，天光越发阴得要滴水，曹奶奶静悄悄坐了一霎，好不闷倦。又到院中闲步一会儿，只管觉百无聊赖，不知怎的，只是思念田禄。方觉好笑，便信步趄回，想盹睡会儿午觉。

正这时，忽闻背后低笑道："俺转来咧！"说着，扑近身，竟将面孔凑向乳旁，却是田禄。曹奶奶倒吓得一哆嗦，笑骂道："你这毛小厮，怎的便转来哩？"田禄这时已扎实实携了曹奶奶手道："俺只说害肚痛，趄回己家，不知怎的，两只腿子却顺步儿又到这里。"说着，两眼眯齐，端详曹奶奶嫩庞，不住价笑。

曹奶奶明知就里，却不肯一拍便合，便笑道："可知你惦念那只鸡子哩！如此咱们到屋内歇坐一会儿，敢好便熟咧。"于是两人双双踅进室，调笑一会儿，都有些耐不得的光景。曹奶奶便就外间内铺下席子，取过一副牙牌，和田禄顶老牛消遣。田禄一身短衣裤，便实啪啪箕踞坐地。曹奶奶一身新衣衫，恐揉压衣角，却又开裆，闹了个半蹲半坐。这时曹奶奶春色横眉，另荡出一段风情，笑语间，口脂散馥，加着弓弯云鬟，色色勾人，早将个色界情魔冷田禄引得痴痴怔怔，手中牌只管乱发，顷刻间已背叩了一大片，招得曹奶奶咯咯地笑。

这当儿，两人相去咫尺，偶然一缕风从曹奶奶头上吹过，一股油发香气，好不写意。田禄方心下一荡，一眼瞟去，又见曹奶奶眉目含情。因笑道："咱们闷着玩牌，也没意思，今不如哪个输了，罚说笑话一段，就不寂寞了。"曹奶奶笑道："俺就不爱听笑话，因为笑话上专一撒村胡数，怪羞人的。"田禄道："咱不许说那样笑话，只拣雅静些的就是。"于是曹奶奶笑着应诺。

田禄此时无心作局，不想曹奶奶也是一般。两人一面笑语，一面斗牌，三晃两晃，曹奶奶输咧，便笑道："俺拙嘴笨舌，就不会说笑话！分明很发笑的，从俺口内说出，也不发笑了。那么你打俺胳膊腕两下子，顶数儿吧。"说着，伸出藕也似胳膊。田禄一见，恨不得寻口水吞下她去，便趁势握住曹奶奶玉腕道："不，不，快些说来，不然须罚说两段！"

曹奶奶斜瞟一眼，抽回胳膊道："俺说就是咧！少时你要说不出时，你看我可饶你哩！"于是笑吟吟凝想一会儿，道："有了。有这么一家子……"田禄笑道："俺知道了！下面准是西锅里贴饼子，东锅里熬鸭子，鸭子一挓挲……"曹奶奶这时已笑得花枝乱颤，趁势去掩住田禄的嘴，一面大声道："吓煞一家子！吓煞一家子！你这猴儿，就这等嘴快！"不提防席子是滑的，曹奶奶又是半蹲半坐，身一歪，早跌向田禄这边。于是田禄便如拾到一颗夜明珠，便趁势一把搂住，两人一笑，登时相抱入室。两人以后事，极平平无奇，作者便总下一笔道：曹奶奶通与田禄就得咧。

当时两人新欢乍就，直厮缠好半日，方携手而起。有现成鸡酒，正好把来扶头。哪知曹老爹这好半日也不曾闲着，却因嚷骂人家拾秋妇女，妇女不平，登时结成一队娘子军，各持镰刀等物便要用武。亏得各田主都来解纷，硬派曹老爹出两串罚钱，方才了事。曹老爹怏怏踅回，田禄早得趣走掉。当时曹老爹气恨恨具述所以，顿足道："真他娘的巧，偏那当儿阿

174

大肚痛趱向己家去，不然俺怕那群人吗？"

曹奶奶却笑道："我还以为阿大在田里呢！因等候你爷儿俩，只管不来，我心头发空，对不住！那只鸡俺已落肚，只剩些汤汁留给你受用哩。"曹老爹笑道："本来那肥大大嫩鸡该你受用，我老头子只好咂些汤汁，刷刷锅便了。"曹奶奶听了，不由暗笑得肚痛。从此待田禄越发亲热，百计趁空偷会，只瞒过曹老爹。

久而久之，田禄手头宽裕，衣履整齐，自家家中成日价不动烟火。巴掌大村落，不怕狗打架的事都有人搜搜根儿，何况曹奶奶作张作致，逢人便夸他这干儿子。有时节笑眯眯送出田禄，神色间未免亲爱得过火儿。不消几日，大家便纷纷议论，只怕田禄手脚厉害，没人敢去撩事。这且慢表。

如今且说那林刀鱼自那日和田禄反唇后，有好些日不便再去寻他。这等泼滥货，吃用素惯，一时间失掉冷家，未免手头紧乏。便登时自跌声价，给他个来者不拒。过得个把月，闹得昏头耷脑，成日价似抽掉筋一般，却得不到一壶醋钱。方才想起田禄好处。原来别个村人既没有田禄胎貌，并且破费几文钞，总要弄个值。

一日，接着个黑肥村汉，笨蛤蟆一般，只那身斤量已够林刀鱼承载。哪知又是半阉子，细才如指，越不得驰骋冲围，越将身体尽力子压，一面喘吁吁臭涎直淌，一会儿索舌，一会儿索足，厌气得不可开交。林刀鱼委实耐不得咧，猛将身一侧。村汉正在吃紧当儿，不由跳起大怒，指着脸子，一顿臭骂，林刀鱼也便起身厮骂，两个直嚷到门首。这时，林刀鱼乱鬓散脚，眼皮惺忪，明显显嘴圈儿；村汉披衫缓带，拖散裤脚，众人一见会意，不由互相唾笑。两人觉得没意思，方叫骂两声各散。

当时，林刀鱼气怔怔趄回，向榻上一歪身，便如死去。忽听有人笑道："这猫儿惯不得哩！"急忙一望，却是田禄正似笑非笑瞅着她。起身扑去，一跌醒来，林刀鱼一声长叹，顿忆旧好。原来"猫儿惯不得"一语，却是两人情热时相调笑之词。当时林刀鱼思想良久，只悔自己不该坏人好事，伤透他。又一转痴念，红英既去，田禄久旷，或尚念宿好也未可知。一时模糊糊自宽自解，竟登时要寻田禄探探情形。

情丝缠缚人，厉害得紧！无论邪正，只要一藕断丝连，总要闹得不可开交方为止境。但看这林刀鱼，既已和人种下恶感，又要去拨撩旧情，岂非自寻苦恼吗？

当时，林刀鱼主意既定，跃然而起，重新梳裹打扮，更换衣衫，对镜一照，自觉俏生生秋娘风韵，犹自可人，暗喜道：男人们属阳性的，禁不得撩动，俺此去定然如意。于是兴冲冲趱出门，一路上蝎蝎螫螫，直奔冷家。

到门一望，不由大扫其兴，只见那门却反锁着。怔了一会儿，只得趱转。次日又去，依然关得牢牢的。林刀鱼暗恨道：这小天杀的，整日价哪里撞尸去？沉吟之间，便随手叩了两下，方待转身，只见田禄邻家徐步出来，却笑道："你寻冷相公吗？他终日不在家，只托俺代照门户。"林刀鱼道："那么您知道他趱向哪里？"邻家道："他是有脚子的，谁知他哪里闲撞？"说罢，回身趱入。

林刀鱼摸头不着，正呆望发怔，只见对门一个汉子奔出，扬手遮阳一望，嘟念道："这臭花娘，这当儿不来，一定是住在她姥姥家咧。"林刀鱼仔细一看，却是村人王二，本来都认识，当时便笑道："快嘴哥，望什么？难道快嘴嫂向娘家去了吗？"王二一见林刀鱼，不由上下打量，忙笑道："正是哩，她一去便是好几天，俺一人也离不得家，却闷得很。今天林嫂花鹑鸽似的，为甚到此呢？莫非想起冷相公来吗？"说着，向冷家一望，咬唇略笑。林刀鱼拍手道："俺便是特来寻他。"因将那邻家之话一说。

王二道："他哪里晓得，这事该来问我才对。"林刀鱼喜道："如此，快嘴哥便说来。"王二耸肩道："别忙，咱俩男的男，女的女，只管在街上长篇大论，什么样子！难道俺院中便值不得你踏一脚吗？"林刀鱼扭头笑道："哟，俺不怪你不让人家中歇坐，也便是了，如何还倒打一耙？"于是和王二嬉笑而入，果然院内静悄悄，柴草丢得七横八竖。

林刀鱼急欲知田禄行踪，入室后，只管絮问。王二却不慌不忙，一面端正茶水，一面端详林刀鱼头脚，忽笑道："林嫂有什么不明白，俺一个穷光蛋，要想亲近你，除非做梦。今天没别的，你要知冷相公下落，须要……"
一言未尽，只见林刀鱼猛地站起，酽酽地一口唾。正是：

有挟而求必得志，唯口召祸乃兴灾。

欲知后事如何，且听下回分解。

第十回

杀人亡命石卜起雄心
客路求浆水祝说邪教

　　且说林刀鱼一见王二猴相，早知其意。便笑唾道："促狭鬼再不得法生，老娘便布施你一遭儿，打甚紧？"王二大喜，登时拖住林刀鱼，便就寝榻。于是哝哝细语中，早将田禄近来和曹奶奶一段隐情和盘托出。

　　林刀鱼方才恍然，当时还望与田禄和好，没起什么念头。次日，索性趱向王二家老等，果然田禄傍晚时趱回。林刀鱼方趋近唤得一声，田禄大怒，一飞脚，林刀鱼闹了个仰八叉。于是两相嚷骂，王二却趱来劝得林刀鱼趱去。田禄见了，未免起疑。次日，便特地不出，留侦动静，果见林刀鱼又鬼鬼祟祟趱向王二家。过了一日，又见王二和曹老爹在田中悄悄讲话，望见田禄，一扭脸散掉。田禄越发心下怙惚，竟有好几日不敢向曹家去。这日午后，特地买了些时新菜蔬要向曹家觇个动静，方一脚踏出门，只见曹奶奶泪涔涔的，只穿了家常衣服，连腮带颊肿得红馥馥的，仍骑了那驴。曹老爹气扑扑牵定，如飞走来。

　　曹奶奶猛见田禄，泪珠直落，赶忙别转头去。曹老爹却向田禄恶狠狠冷笑道："冷相公吗？少时屈尊到舍下，我老汉有话讲哩。"说罢，猛一顿辔头，曹奶奶几乎栽落，便这等匆匆而去。

　　田禄见此光景，知事不妙，却定要探个底细。方趱回家闷坐沉思，只见王二急匆匆跑入，乱噪道："咱们对门当户，凡事儿有个关照，俺闻得曹老爹准备了许多人，要和你过不去哩。方才便是赶曹奶奶向她姨家去，昨天还打了一顿。本来你相公年轻性儿，不知轻重，闹得太煞张致，不知被哪个走漏风声。俺既闻得，怎能看你吃亏？你快快躲避两天才是！"说罢，急煎煎很透着关照。田禄何等机灵，略一揣度，不由大怒。却故笑谢道："多承你好意，俺便知过必改，省得因俺烦恼好街坊。"王二道："这不得了嘛！"说罢，欣然趱去。

　　这里田禄颇觉平日价不曾得罪王二，事出无因，他为何特地坏我事？

沉思一会儿，姑且向曹老爹处探探。曹老爹一见田禄，登时满脸生痛地道："冷相公，你这等稍长大汉的，尽管混在俺家，也不像话。年月萧疏柴米贵，自今以后，您便请吧。"田禄这一头撞在板壁，自然是狗拉屎狗知道，默默趑趄，沉闷不过。过得两日，也便想就此丢手。

不想王二忽然在曹老爹家出出入入，很透着高兴，并且林刀鱼也只管去寻王二。于是田禄疑团顿起，这夜晚便跃入王二家，就窗一张。只见王二正自己在室，打开一包银两，散散碎碎，分作两堆，一壁价眉欢眼笑，自语道："这种刻薄鬼，只好这般挖他一把。托俺给他营运，且让他做梦吧！等小冷子被吓跑，俺和林大嫂搭个相好，过下辈快活日月，吃也有咧，穿也有咧。他老王八若一翻眼，咱便兜根子抖擞一阵，说别的，现有你干儿子哩！"说罢，将碎银拨弄得叮当乱响。田禄寻思一会儿，虽稍瞧科，却没作理会处，当时趑趄，越发气闷。

一日晚，更鼓初定，方慢腾腾自去掩门，只见林刀鱼后影儿一晃，闪入王二家。田禄刚要急趁去，不想他邻家趑来闲谈，直坐至二更后才去。田禄沉思一会儿，只觉心头乱麻般一刻也耐不得。便霍地站起，无意中带了宝剑，隐身而出。方来至王二门首，恰好两个醉汉联臂趑来，田禄赶忙一伏身。一人模糊乱噪道："此处不养爷，自有养爷处！俺金刚似的大汉子，哪里不创事业？谁耐烦受这龟气！"说着，跄踉而过。原来这醉汉是从赌场被奚落摈出。

田禄猛闻，却不由心头一动，当时悍性一发，连忙越墙而进。便听得林刀鱼唧唧哝哝，似乎央及什么事体。就窗一觇，只见王二四平八稳地坐在榻上，林刀鱼却弯了身，一面万福，一面笑道："俺这等央及你，你多少先把给俺些钱，反正咱两个想的主意，这注钱还有俺应得的哩。便是没得，凭咱们交情说，也不是合不着哩。"

王二道："你晓得什么？这注钱本因戳破小冷子和曹奶奶那回事，曹老爹才喜咱们关切他，所以俺趁这当儿赚他资本。不然，那老王八好不精灵古怪哩！左右这钱有在这里，还怕狗吃日头去吗？一俟小冷子吓跑，事儿冷下来，咱再把来享用，岂不妥当？依我看，小冷子未去，你也该敛避些，少来寻我。万一被他摸着些踪影，那小子属狗性的，翻脸不认人，可不好搪哩。"

林刀鱼冷笑道："一百个没事！小冷子他敢怎样？老娘要怕他，还不把他表姊摆布走了哩。"

这句话不打紧，田禄一股无明火直冲脑门。综前后闻见一寻思，知定是两人在曹老爹跟前献浅儿弄嘴舌，好于中取利，于是一转步，喤的声向房门一脚。王二方喊道："不好！"田禄明晃晃利剑早架在他脖颈上，顺手一削，扑哧声头颅滚落。林刀鱼惊怕之极，反抢上来要拖田禄。但见田禄一挺手腕，登时剑锋入肚，往后便倒。田禄都不管他，血漉漉拔出剑，乘着愤气，便想去杀曹老爹。方一启大门，恰好过去的两醉鬼又踅转来，一个攘臂大叫，那一个却劝道："依我看，丢开手吧。可是你说的话咧，金刚似汉子，哪里不可创世业，置这瞎气做甚？"

田禄听了，愤气一泄，登时倒提利剑，模糊糊踅回己家。清醒一会儿，不由躁汗如雨，情知安身不得，便急忙忙略掳钱钞，拔步便走。慌忙之中，他终是心思机灵，便依然反锁了门，却向邻家喊道："喂，某兄醒睡点儿，俺方才犯点儿火症，要赴腾蛟村于家寻粒丸药。"说罢，匆匆而去。

这里邻人天明开门，只见王二家大开大敞，慢走去仔细一望，不由吃惊。原来有一道血点，由王二门内直接到街心，离田禄家不及二尺余。邻人忙喊王二，不见搭腔，硬着头皮进去一望，直吓得滚跌出来，极声大叫。村人奔集，但见那邻人战抖抖只管向王二家指画。于是大家拥入，登时又一声喊，便纷纷挤出。登时有人去寻保正。

不多时，保正走来，进去一看，却是王二和林刀鱼双双被杀，房内什物一丝没动。大家正乱糟糟挤在门首，七嘴八舌，只见冷田禄皱眉微呻，手内晃悠悠颠着钥匙，慢腾腾由街头踅来。一问众人情由，登时惊叫道："怪呀，俺昨晚三更来天，因闹火症，齐头没睡着，却不闻王二家什么动静。后来俺跑向于家取药，便不晓得一切事咧。"说罢，连连诧异，百忙中向邻人致谢听门之谊，竟没事人似的启门自入，众人忙乱中也没理会。保正只得料理禀官请验，并着人看尸首，侍候官府，忙了个脚打后脑勺。这且慢表。

且说那夜三更后，于益正料理家事，还未就寝，忽见田禄敲门打户价前来寻药，一看他面色并无病容，只是神态间有些慌促不定，便道："这黑魆魆大夜地里，你不须赶忙去咧。咱们许久不见，今夜连床抵足，且是好哩。"于是看田禄服过丸药，两人同榻而卧。闲谈之顷，不由提起遇春北上之事，田禄却愣怔怔似答不答，一会儿起，一会儿坐，有时还侧侧耳朵，有时毛悚悚向外瞅两眼。

于益虽觉诧异，也没想到别有缘故。及至他一觉醒来，田禄却三不知走掉咧。当时洗漱方毕，业已闻得田禄村中杀人之事。不由暗念道：这林刀鱼和冷田禄有杭榔头的，怎又和什么王二轧在一处呢？沉思之间，只见逢春大呼而入，一跳丈把高，拍手道："噫，噫，冷田禄杀了人咧！"于益

179

赶忙掩他嘴道："别嚷！这等事是胡吵的吗？"

逢春一面挣，一面悄说道："你哪里知道！俺是前天向村外掘田鼠玩耍，却遇见田禄村中曹家的两个雇工人，两人就树下歇坐闲谈，却被俺掩在石后听了一段新闻。原来田禄又和什么曹奶奶勾搭上咧，他旧相好叫林刀鱼的，不知为何被田禄嚷骂一顿。偏巧又有个快嘴王二将田禄新欢一事说给林刀鱼，两人竟将此事透给曹某，以致田禄被曹家斥绝。两雇工见王二等向曹家跑得尴尬，是破费了两壶酒，由王二口中探出此事。当时俺想田禄之性，惯各处钻狗洞，所以听了也没理会。如今想来，杀林刀鱼等的准是田禄歹毒手段哩。"

于益听了，回思田禄贪夜来寻药，顿悟他设计遮掩，好不狡猾，便向逢春略述。逢春跳叫道："这益发可见是他咧！"于益赶忙摇手，嘱他莫乱道，且自听候消息。过得两日，却闻得官中勘验毕，急切间无从捕凶，暂作疑案，行文海捕，敷衍下来。于益听得，心下稍安。

过得两天，忽见田禄垂头耷脑价趑来，手持文契一纸，劈头向于益便是一揖。于益笑道："冷老弟怎么呀？"取过文契一看，却是他家房契。田禄跌脚道："晦气得紧，昨天有先父所遗一项债务，今人家催讨得紧，没奈何请你援一手吧。俺只借百十银两，房契为押。"于益道："笑谈！笑谈！老弟用钱，尽管把去，何必如此？"田禄道："不是这等讲，今此契存于兄处，妥当不过，小弟不定哪时节还须出门生活，兄便照理敝舍，岂不甚便？"于益只得收下，把给他百金。

田禄愣怔怔接了银子，却向书室四顾，慨然道："光阴真快，去咱们从葛先生上学时，又好些日月了。如今遇春兄又北上求名，看起来人生聚散是没定的。"说罢，起视各处，十分恋恋。于益随口道："正是哩！那当儿大家混混沌沌，煞是快活，胸中便如太虚，一点儿云染也无。如今各有身世，便如一堆将染的素丝，眼看便分青红皂白了。"田禄太息，点头沉吟。忽又道："逢春兄怎的不见？这些时俺倒怪想他的。"说着，低头搭讪而出。

于益送他趑回，方暗诧他神情，猛一抬头，田禄又怔怔地趑回道："你可知遇春兄赴京，寓在哪里吗？"于益道："不晓得，大约武试子云集当儿，一定都落大店房哩。"田禄道："哦！哦！"于是匆匆趑去。这里于益甚是怙惚。

次日，逢春趑来，于益方提起此事。只见仆人进回道："方才人都传说，冷相公昨夜走掉咧，不知所往。"两人听了，都吃一惊。于益方恍然田禄昨日情形，略一思忖，已知他杀人之事十有八九，方想去探探光景，

180

只见逢春一跃而起，拔脚便跑。于益方拖住，逢春噪道："了不得！他既打听俺哥子寓处，一定是寻他去咧，等俺拖他转来是正经。"

于益笑道："他的脚步不强似你吗？并且你从哪里去拖他？"逢春听了，不由嘬起嘴没好气。于是两人趑至田禄家一望，果然封锁停当。邻家道："昨晚冷相公曾向小人说，这房舍交与于相公照理咧。"说罢，送过钥匙。于益启门进去一望，里面狼藉不堪，凝尘多厚，只剩些粗笨什物咧。知他去志已久，便略为安置封锁，仍托邻人就近照应，和逢春叹息自回。又过得几天，方闻得田禄跑掉，实因本村中七嘴八舌将杀人之事揣测到他身上，所以竟稳不住屁股哩。

不提于益这里。且说田禄因众口沸腾，携了随身包裹，带了宝剑，黄夜价奔出村来。回头一望，只见烟树沉沉中，便是他生斯长斯的游钓之乡。他虽桀骜成性，不由也凄然触感，便稍一驻足，仰望一痕凉月，沉吟道："如今究竟哪里去呢？近地耳目多，不稳便，还是远上为是。"于是一路怙悷，走得百十步，忽脚下一蹶，却触在块大石上。田禄一见，猛然浑身无力，便一屁股坐在石上，出神良久。原来又逢着红英来时所坐的石。

当时田禄猛喜道："有咧，这襄阳不在天上，俺如今正好去寻她去。不消说俺足趾一到门，她定笑吟吟飞迎出来。那时节前情重叙，慰俺相思饥渴，水也似柔情，不定怎样法倾泻出来。"想到得意处，竟觉红英俏生生站在身旁，云鬟低亸，幽怨不胜。田禄喜极一扑，却是个空。细一寻思，不由又闷将起来，暗道：俺两人都是傲性儿，今我这般落拓，便去寻她，即便她不理会，难道我有面目吗？她那里豪富非常，若被她家下人看低俺，却不值哩。于是越想越不得劲，只急得躁汗溽溽，对月长叹。

正这当儿，忽地一个旋风滴溜溜吹起，树叶乱飞，戚戚有声。细尘冲起，竟觉远远鬼声啾啾，偏搭着树头老鸦磔磔两声。田禄心虚人，不由大惊，猛一起身，脚下绊住草根，趔趄一跌，撞出老远。登时火性暴作，一拍脑门儿，拔剑向空便斫，大叱道："俺冷田禄会当纵横一世，什么邪鬼，敢来近俺？"一言未尽，当即声响俱杳，仍是皎皎天宇，野风飕然。

当时田禄雄心一起，不由便想起寻遇春碰碰际会。主见已定，意气潮涌，便拔剑在手，向空默祝道："俺此一去，若得际会风云，驰骋当世，此剑一落石分。"祝罢，单臂趫力，一跃丈余，只听咔嚓嚓一声响亮，火星射处，石分为两。田禄大喜收剑，又徘徊良久，方一径趑去。

只半夜当儿，业已厮赶了百十来里。天色方明，却经过一处山村，恰逢一贫家妈妈正猱了头，就井边汲水。田禄走得口燥，便趑去求饮。只见老妈妈舀了一瓢水，却望空祝告两句，然后递给田禄。田禄颇觉好笑。老妈妈正色道："俺这是敬重天地生产之水。俺教主常说世人暴殄太甚，杀劫将开，所以命人敬重天地，以消己罪难。小客人从哪里来？不听得江湖中传说此话吗？"正说着，只听门内两个娃子打将起来，都哭着争喊奶奶。老妈妈听了，提水自入。

这里田禄无从根问是什么教主，依然匆匆趱行。离家三百余里，方才心下稍安，便趋陆路，扑奔陕西，以便北达京师。一路上水陆随途，自不必说。刚踏陕界，业已资斧不继。好在他心思伶俐，兼有口才，便胡乱道几句江湖口套，借卖拳棒，一路撑去。乍涉风尘，不由顿忆从前遇春之箴规，暗自恨道：俺此一去，定须尽改旧习，着意为人。所以一路上虽有困窘，竟自规矩不过，不然，人家囊箧还不取之如寄吗？

一日，贪赶路程，行至得宝驿地面，已近太白山脚。只见群峰耸列，负秀争雄，便如朵朵青芙蓉从云际排出。田禄且行且观赏，举头一望，日已挫西。只见远远林薄中隐隐有小村落，人家呼鸡唤豕之声随风飘落，便信步趁去，欲投止宿。刚来至村首社庙前，只见对面黑压压一群人潮水似涌来。大呼道："捉！捉！"田禄大惊，便要拔剑。正是：

亡命客来疑按剑，负屈人至足惊心。

欲知后事如何，且听下回分解。

第十一回

太白山村姬遇假虎
大宏寺勇士戮奸僧

且说田禄惊惶中闪道一看，却是数十村人，各持杆棒，拥定一个贫疯汉，发似乱毡，赤膊跣足，只穿件破裤衩，都已被荆棘刺刮得条条缕缕。一张脸泥涂狼藉，仅露着灼灼两眼，白牙一龇，两手乱舞，口内只管霍霍有声，向众人偷瞧狞笑，且前且却。猛一个冷不防，将一人抱住，先扎实实亲了一口，随即放声大哭，两手抠紧，死也不放。众人忙劈开他手，一阵杆棒，雨点儿一般。贫汉都不理会，只团团一打转，两目火也似乱瞟。

恰好一个秃子从人丛挤进，方昂起亮晶晶脑袋，只听轰一声，那疯汉业已虎一般从背后扑抱上来，不容分说，连抓带咬，顷刻秃头上长血直流，赛如个血葫芦。那秃子只叫得一声妈，两人同滚在地，直闹到社庙前，方被大家劈折开。再望那疯汉，又就地作起虎跳，四肢据地，呜呜有声，忽地一滚，又大哭起来。

众人乱噪道："且将这厮撮在村外荒坟内便了。"说罢，一拥而去。田禄望得甚为纳罕，便徐行入村，只见街尽处，一家门首挑出支笊篱，一个老妈妈坐在门首凳上，一面缝纫，一面打盹儿。田禄料是村店，便走上招呼。老妈妈起笑道："客官莫怪，家中没得多人，老妇一身支撑，故此疲倦。"说罢，让田禄进内。

草屋数间，也还干净，短垣及肩，望望外面风景，十分空阔。田禄入室安置毕，方啜得一杯水，只听老妇人在灶下嚷道："啊哟，这是怎么说？闹得头破血出，还不敷药末，帮我料理生意，这会子又向我讨钱，哪里填陷去？"

便听一人说道："老娘莫怒，孩儿方才晦气，被那疯汉撕掳咧。今天晚上，南村王秀才家叫我去侍候大局，多少也捞点儿彩头，眼睁睁天气要冷咧，娘做件厚棉衣也是好的。这串把钱，俺是去尽个小意思，指望王秀才喜起来，多叫我几次，便有在里面了。"说着，又闻一阵嬉跳。老妇人笑唾道："你不用和我奶哥儿似的，由你去吧。"于是一路脚步响动。

田禄遥望去，却是那会子所见的秃子，于是田禄信步趑去道："主人家，方才那秃汉是你什么人？"老妈妈登时笑逐颜开道："那是俺没出息的儿呀。就知道忙我吃穿，成日价趁钱胡撞，却将店子丢给我。"田禄听了，顿然似有所感，不由猛忆起冷先生，不知怎的，只觉脸上热辣辣，便随口道："这倒是个孝顺儿哩。"

老妈妈得意道："什么孝顺，不过他不敢拧着我。前些日他忽地要入什么教，说一到教里，便吃穿都有，又有教主保护，什么都不怕。吃我骂了一顿方罢咧。客官，你想世界上除了孝亲忠君，孔圣人的大道理，还有第二个教门吗？和尚、道士两教，古来有的，也还罢了，哪里横不椰子又钻出什么教主来哩？"田禄信口道："端的是什么教呢？"老妈妈凝想半响，却笑道："俺哪里弄得清爽，只听他们白衣圣、白衣圣地念诵，说是川陕一带，各处都有。"

正说得热闹，忽听墙头上鸣的一声。老妈妈正在就锅下米，回头一望，登时一个震颤，米撒身倒。原来是那疯汉三不知撞将来，业已跨坐墙头，拍手大笑，一面悠起两腿，甚是怪相。

田禄心眼儿快，当时暗忖道：此人定是有心病，必被过极烈之惊痛，以致如此。等俺细望望他再讲。于是扶起老妈妈，嘱她不必惊怕，便飞步趑去。那疯汉猛见田禄，越发狂舞大笑，只是神色间愁痛异常，乱抓胸口，张得口血盆一般，只讲不得话。田禄忽一眼望到他左胁下，不由吃惊。便一语不发，猛地捉住他腿子，扑通声拉将下来。疯汉大怒，方要跳起，田禄一指，早向他乳旁一戮。疯汉大叫道："啊哟，我的妈呀！"说罢卧倒，便如死去。

原来田禄深谙点穴之法，一望他左胁下指顶大一块皮色，便知他吃过人大亏咧，于是一下儿轻轻点转。当时老妈妈却惊噪道："这不是野岔儿吗？这贫汉既疯且哑，在俺村中扰得人仰马翻，已有十余天咧，便是俺儿方才也吃他奈何得血漉漉的。今客官将他治煞，虽说去害，这干系怎了呢？并且好歹是性命，不可怜人吗？"田禄笑道："不必惊慌，俺正为可怜他，方才如此。少时他醒来，一问原因，便见分晓。"老妈妈听了，且信且疑。

果然不多时，那汉神气大复，一骨碌爬起，四下一望道："这是哪里？俺通惠师父呢？吃你好意，却将俺妻子送入虎口了。"说罢，大嘴一咧，这阵哭好不可惨。田禄待他痛罢，给他杯汤水吃了，问其所以。

那汉滴泪道："俺是河南人，姓吴名玉，同了妻子陈氏来陕寻亲。不想时运不济，亲戚死掉，俺夫妻便流落下来，处处流徙，只以佣工度日。上月间，被人荐到太白山下大宏寺中去种菜园。承主持通惠师父另眼相待，一到工便先给两月工值。便是俺妻子也得到两匹大布。"田禄眼睛一转，道："哦哦!"吴玉道："不想时运总颠倒，只过得二十余日，忽地那片菜园又被典主赎了去，俺一想没得事咧，无功不受禄，只好辞了工。咳，真是出家人慈悲不过，难得那师父竟替俺打算起来。"

田禄听了，不由口内微微吸溜。吴玉道："当时通惠慨然道：'你两口儿外乡人，举目无亲，煞是可怜。今去此五十余里太白山中有一庄农郑大户，富有田产，佣工甚多。他是俺寺中大施主，和俺甚好，俺荐你去，一定成功。俺便破些辛苦，亲送你夫妻去，面面相关，越发妥当。'"说着，眼又落泪，十分感激。这当儿，田禄只双眸灼灼，一声不哼。

吴玉道："客官，您说遇着这般慈心人，谁不感戴呢? 当时俺连连致谢，便想缴回多支的工资。哪知人家不但不收，格外还给俺夫妻两身粗衣。"老妈妈愣怔怔听到这里，再也耐不得，早合起手掌来，念了声阿弥陀佛。田禄却微微一笑。吴玉道："那夜晚俺夫妻方一面收拾行李，一面称颂师父之德。只见门一响，人家竟亲自趱来。俺妻子便想回避，俺道：'师父道德高重，看人都如儿女一般，还回避怎的?'果然人家头也不抬，只吩咐俺几句话，便自趱去。（相传一笑谈云，有士子数人，春日出游，纵观游女，众皆目不暇给，唯一士终不抬首。既归，各肆评骘，此友默然。已而评及莲足，此士乃大放厥词，确细甚，众皆为屈，始悟其意有专注云。）

"次日，俺三人一同入山，难得师父一路上小心照应。哪知俺走了绝运，方走了十来里，来至一处森林，便听林内鸣一声，蹿出一斑斓猛虎。师父大惊，提禅杖劈头便打。那虎只一扑，已到俺妻子身边。俺惊得模糊当儿，便见师父一杖又打去，那虎驮起俺妻子，一跃入林，转眼不见。"田禄道："噫! 以后怎样呢?"吴玉哭道："以后，俺但见师父忙来抚慰俺，扶掖当儿，俺忽觉左胁下针气似的一痛，便人事不省咧。及至醒来，竟成哑巴。山径畸岖，俺又迷却回寺之路，急痛交加，也不知过了几多时，如今却撞到这里。"

田禄听罢，不由拊掌大笑。老妈妈听得苦楚，便一面抹泪，一面将在村滋扰并方才田禄情形对他一说。疯汉愣了半响，越发摸头不着。田禄道："你不须问，俺今夜保管还你个妻子就是。"老妈妈道："哟! 客官莫说梦话，人要该是山神爷嘴内食，你便有武松的本领也是枉然。"田禄大笑，咯吧吧一捻拳头，喤一声打在壁上，簌簌尘落，立穿一洞，却说道：

"无论他山神庙神，俺只凭拳头对付他。"于是挟起吴玉，便就己室。须臾饭到，便命他同食。田禄道："你们这大慈大悲的通惠师父，平日价道行怎样？做何净课呢？"

吴玉道："俺到寺不多日，不甚晓得，只是体貌壮得很，比起您来，加倍高大。两膊黑油油赛如铁铸，数十斤铁禅杖只如弄草茎儿。却不见他怎的蹦跳，只每日静坐一霎，往往听得骨节作响，气息出入线也似直，并且绵长得很。"田禄听了，越发瞧科，便道："通惠师果然是高僧，不知往来之人还有似他的吗？"吴玉倾想道："他朋友却不多，只有荐俺到庙的那人常到庙中。"田禄忙问道："此人叫什么？是何等人呢？"吴玉道："他叫石守信，生得身高力大，是华阴县内牙行头，很是个角色哩。并且供奉着什么神道，所以好善恤贫，见俺夫妻困苦，便荐入寺。"

田禄细一沉思，早十知八九，便匆匆饭罢，歇息一会儿。天交初更时分，结束停当，佩了镖囊宝剑，向老妈妈一问大宏寺的道路，且喜相距八九十里。老妈妈只当他黉夜入山，去寻那虎，便道："客官，这大黑夜里，可不是玩法，难道您还有夜眼吗？"这时，他手内正串贯一日所入的钱，恰好手缝一松，落在黑影地上。田禄一俯身，登时撮起，笑道："妈妈看怎样？俺虽没夜眼，比他人总明了许多！"说罢，一翻身瞥然出店。老妈妈怔望半晌，自去照理吴玉不提。

且说田禄精力过人，黑夜间能望百步远。当时趁星光隐约，施展开夜行术，嗖嗖嗖俨若御风，不消一个更次，早望见群松郁郁中现出一所丛林，背山临野，甚是得地，便是大宏寺。于是先趑去一推山门，早已关得牢牢的。方张望进身之路，便闻庙内一阵欢呼狂笑，接着纷挐之声，似乎有人聚饮一般。田禄略一定神，趄向庙墙左边，恰好那里有株高树，便猴儿似爬将上去，向内一望。

只见大殿后院十分宽敞，西廊房内灯火明亮，笑语声喧。夜行人规矩，先须探路。于是田禄先掏一石子抛向前院，听了听知是实地，然后由树一耸身，飘落院内，猫儿似一路轻趋，便由夹巷角门边跳进后院。刚待一长身形，便听廊房内帘儿一响。田禄忙就一马槽后一伏身，早见一大汉晃荡荡趄出，一面噪道："通师父少吃杯吧，今夜该你班儿咧！若非俺这假老虎做得神鬼不觉，你捞得着这般快活吗？"说罢，撩衣到槽前，哗哗便溺。

好田禄，真有机灵！只趁那汉转步当儿，早悄悄趁向他背后，直至帘外。那大汉一些不觉，一掀帘儿，田禄早望见一个雄赳赳长大和尚正执壶斟饮，明莹莹铁禅杖置在座旁。对坐一个妇人愁眉不展，烛光中云鬓低鞢，很有几分姿色。田禄料是通惠、石守信并陈氏一干人，方要拔剑闯进，只听通惠笑道："你莫居功，俺也还你桩快活事儿。便是西村里小翠姐，近些日已被俺混演教法打动咧！单等她一入咱教，还愁她飞上天去吗？"说着，一瞟陈氏，笑道，"那时节咱属知了（蝉也）的，各抱一枝，省得一人闲得干咽唾，才是妙哩。"

陈氏哭道："俺求你们慈悲点儿吧！俺夫妻已生生落你圈套，如今俺求死不得，怎还忍心又摆布人坐家女儿？真个老天便不睁眼吗？"说罢，涕泪纷纷，通惠等都不理会。那石守信却喜得打跌，便笑道："真个你用那法儿引信她吗？"通惠得意道："什么话！俺没这点儿本领，还讲的什么武功？此是敛气归元、缩阳内功！若非借此混演教法装点儿道行，人家娇滴滴女娘儿肯近咱和尚吗？你若不信，当面可验的。"于是略一吸气，倏然站起，竟就烛下拽开裤儿。

田禄急望，果见他小腹下竟光悠悠的，不由暗惊此人武功未可轻敌。正凝想间，只见守信一倾耳道："怎的前殿里似有响动？"通惠道："一定是那守门老物儿又吃醉咧。"一言未尽，田禄最识窍，早已轻身趱出，急向暗处一伏。便听得前院内扑通一声，十分笨重。

说时迟，那时快，通、石两人早各持兵器如飞趋出，一耸身跃登殿脊，竟奔前院。田禄一见，哪肯错过？一拧身，疾趋入室。陈氏大惊。田禄喝道："不许声张，俺特来救你。"拖定陈氏，直趋靠后墙一带群房，就一所草柴室内藏置停当，然后仍伏身马槽之后。便听前院中有人大喊大骂，并驰逐角武之声。少时，夹巷中一阵奔马似脚步，石守信一跃而入，开了角门。便见通惠推进一汉子，业已反剪双手。那汉跺脚如雷，却就一声不响。田禄料他口中塞物，正注目间，通、石两人业已将那汉反捆在一个经石幢上。

守信刀锋一摆，便要动手。通惠道："慢着！俺不愿血污佛地，所以摆布吴玉费许多手。如今咱且尽兴饮酒，少时将他丢进僻室里，活活饿煞就得咧。"说着，一阵风趱进廊房。便听两人失惊打怪道："不好，莫非有警动吗？"田禄这时早已挺剑如风，趋到房外。恰好石守信慌张张一脚跨出，田禄手起一指，早戳到他小腹。守信哼一声，扑地便倒。通惠贼秃且是惯家，猛闻守信之声，知有劲敌，登时噗一口先灭灯烛。

田禄眼前一黑，忙闪身竖剑，护住面门，但听通惠大喝道："哒，照家伙吧！"嗖一声飞出一座小铁炉，接着游龙似禅杖一卷，一团黑风般直滚出来，猛一个乌龙探爪，斜刺里直奔田禄。田禄一挫剑，腾起两丈高，趁他扑空偻背当儿，倒搢剑锋，连身落劲势向下便搠。啊哟，凶得紧！此法在武功中号为霹雳飞火楔，敌人稍一含糊，登时背穿至腹。

好通惠，真有他的！当时略一侧身，反旋一杖，当的声格开剑锋，趁势一拧身，站稳脚步，见田禄秀秀伶伶，便如美妇人一般，惊喝道："你是哪个？"田禄喝道："俺特来捉大虫的！"一言未尽，两个已翻翻滚滚，杀作一处。但见：

　　风鸣电闪，杖去剑来。剑花落处，凭空撒撒青芙蓉；杖影翻时，就地盘旋黑龙子。一个是空门莽和尚，纵欲火引动无明。一个是剑术小英雄，仗侠气来除稔恶。前超后越，彼此间一招争先；巧避轻趋，攻御处千般随势。正是毒龙莫制怎安禅，猛虎虽凶逊初犊。

两人这场恶战，直腾踔半个更次。满院中吆吆喝喝，末后竟剑杖不分，但觉风生电逝。原来这通惠本是滚了马的大盗出身，住寺以来，甚多稔恶，暗地里交接豪猾，狼狈为奸，却是面孔上不愿撕破，除他心腹朋奸外，人都不晓他恶行。这当儿，川陕一带白衣圣教已渐滋蔓，于是通惠又首先入教，借恣其恶。往往夜深时开堂演法，引得蠢蠢村人男女颇生信仰心。方才说的那小翠姐便为他运气缩阳所惑，信他为道行非常，一定吵着入他教下。石守信是通惠第一心腹，一般是白衣教徒，诳陷吴玉夫妇，便是他所定奸计，取悦通惠哩。

当时田禄酣战良久，家居郁郁，蕴技日久，这时及锋而试，真赛如初犊下山，一柄剑神出鬼没。通惠虽凶，早有些手忙脚乱，便虚晃一杖，跳出圈子。方纵身跃登殿脊想跑掉，只见田禄一扬手便是一镖。通惠大叫一声，翻身栽落。田禄赶去，手起一剑，登时了账，圆彪彪一颗肥头却滚去数步之外。田禄提剑竦立，倾听良久，见没动静，方奔入廊房。先取出随身火种，掌上灯烛。夜行人规矩，凡僻隐处都照看一过。

只见几榻酒食之外，靠南壁几上却有个雕木小神龛，黄幔半启，龛前摆两样花果。龛中所供奉是一精铜所范的小神像，有二寸长短，头戴观音兜，身披白衣，下赤两足，踏一朵白莲花，背剑秉拂，又似乎道姑打扮。最奇的是当胸半露一狞恶鬼脸儿，赤发蓝睛，张着血盆似大嘴。

田禄端详一番，莫名其妙。但见那像制作精工，好玩得紧，便把来揣起。再望北壁下，却有一大柜，其余没甚诧异处。田禄看罢，见案上有现成酒馔，便拎起壶咕嘟嘟饮一气，以壮其气。随手一蹾壶，喊道："陈大嫂，这里来！"一言未尽，只见一人飞步抢入。田禄大喝道："不是你，便是我！"一摆剑当头便剁。正是：

余惊甫定犹防敌，恶战方休且细心。

欲知后事如何，且听下回分解。

第十二回

救羁穷义心显本善
触教友邪法动微机

且说田禄只当是还有敌党，刚一举剑，只见来人扑通跪倒，只是磕头。一面道："好汉饶命！俺是庙中苦哈哈的伙夫，一向被通惠硬制住的。"田禄仔细一看，见他有六十多岁，褴褛不堪，面貌甚是诚朴，料非虚语。便道："你庙中还有奸僧没有？"伙夫道："没得咧。"田禄道："如此，你便听俺发落。"方端烛台，想去寻陈氏，只听陈氏啊哟一声，踉跄撞入。原来她被石守信横一榔子绊了一脚。

当时陈氏和伙夫一阵礼拜，田禄都唤起。这当儿，方将遇着吴玉，并自己揣测陈氏所遇定非真虎，所以寻来探救之意，向陈氏滔滔一说。陈氏听了，唯有念佛，哭道："这都是石守信所为。俺听他话语间，还有张假虎皮，却不知藏在哪里。"田禄听了，哈哈大笑。便置烛于案，仍命陈氏坐在案旁，又引起酒壶鲸吸一气，见陈氏娟娟可怜，也有几分动人处，赶忙一整神思，倏然跳起，就门外将石守信拖狗似拖入，先捆住他手足，然后一指点醒，按剑大喝道："你这厮死有余辜，快将害人奸计一一说来。"

守信冷笑道："你这娃子，莫要张致！俺教门中都是铁铮铮汉子，杀剐由你，哪个和你闲磕牙？"田禄大怒，手起一剑，先剁掉他一只脚。陈氏一掩面当儿，守信已痛得面黄如蜡，索索乱抖。大呼道："教主在上哪！"一声未尽，田禄剑锋又下，哧一声却削去一片臀肉。守信痛极，便如鬼嗥。情知不是路，只得一一说出。果然都如田禄所料：通惠点哑吴玉，使他无从向人声说，还有张假虎皮，是采帛所绘，就藏在大柜里。

当时田禄开柜抖出，不由大笑。随手蒙向石守信道："今且还你皮！"手起一剑，守信死掉。田禄向陈氏道："事不宜迟，俺今便送你见你丈夫。"正要拔步，只听院中老牛似哼了一声。田禄猛然想起，便道："你且稍待，如今还有个落难的哩。"说罢，命伙夫执烛，相与趋出。须臾，扶进一个笨汉子，气喘吁吁，只是干呕。

陈氏方在发怔，那汉子已向田禄拜道："小人姓任名大年，便在山下村居，世世力农。本不懂拜神信鬼，不想通惠那厮忽地宣扬什么教法。起初还白日捣鬼，后来竟三更半夜价聚集男妇胡闹起来。有时节裸露示人，以明他淫根都断，所以众男妇更为所惑。小人有个妹，名叫翠姐，被惑得疯癫一般，直吵入教。小人恨通惠不过，总觉他不系好人，便趁空儿偷暗进庙，正遇他那夜里吃得醉醺醺，搂着一村中土倡，尽力子没人样。小人既看实破绽，如何肯让妹入教？无奈俺妹被惑已深，再不醒悟，近些日竟要真个入教。小人气极咧，自恃有些笨力，所以跑来，想宰掉通惠，给一方除害，不想反被他捉住。今蒙壮士搭救，好生可感，便请到舍下，容俺举家拜谢。"说罢，望见陈氏，颇觉诧异。

田禄草草将陈氏被算之事一说。大年愤然道："如何？小人总觉通惠不是东西，果然不错！"说罢，问过田禄姓氏，坚请到家。田禄道："不须咧，改日见吧！俺今夜还送陈娘子到得宝驿去哩。"大年惊道："此去得宝驿还有八九十里，今已交三鼓后，冷爷如何能到？"田禄笑道："俺自有道理。"说罢，向火夫道："此间你留不得咧，快走掉吧。"说罢，就通惠箱箧中一搜，居然有百十两碎银，便抓了一把给伙夫，其余揣入腰中。又寻着一大大布袱，把来一揽，缚在自己胸项之间，倏然蹲身向陈氏道："你便趴在俺背上，牢握俺胸前布缆，不必张眼，俺自能携你去哩。"

陈氏这当儿顾不得羞怕，真个如法趴上，小脚儿一分，插搭田禄两胁。大年等方在诧绝，忽听田禄喝道："俺便去咧！"倏然一长身，蹿到院内，但闻得一阵风鸣，殿脊上瓦垄微响。大年急赶出望时，早已影儿不见，于是和伙夫叹诧良久，急忙忙各自散掉。丢下两个大死尸，只好劳动本地有司坐个蜡儿耍子了。

且说陈氏战抖抖紧闭双目，耳边便如风雨交加，波涛汹涌，一阵阵微尘噎息，俨如腾空，百忙中觉田禄两手回兜已臀，方知一般价在平地奔走。恍惚之间，觉田禄猛然止步，便听得有人惊噪起来。一睁眼却在一草室内，自己丈夫业已拜倒在地，身旁一老妈妈已将自己扶持下来。陈氏一阵心酸，不由扑抱吴玉，放声大哭。

老妈妈不暇问怎么档子事，只管陪着抹泪。这当儿，哭的、拜的、惊诧的，喧喧围簇。田禄扶扶那个，止止这个，已然忙得手脚不闲。百忙中又从老妈妈腋下钻出一颗亮晶晶秃头，不容分说，拖住田禄便拜道："您这位客官竟从虎口中救得人来，真是从来没有的好汉，待俺去报知村众，大家瞻仰。"说罢，站起便跑。原来秃子那会子从赌场转来，已听得老妈妈说咧。

当时田禄好容易将他拖住，然后将通惠等奸谋一说。大家听了，方才恍然。于是田禄更掏出所得银两，自藏起一小包，其余分作两份，拿一份给吴玉道："你夫妻流转外乡，终非长计，便以此银，盘川还乡，剩下来做小本经纪，尽可度日。"吴玉夫妇未及答语，那老妈妈早念起豆儿佛来。田禄笑指那份银道："妈妈不须念佛，你母子贫苦可怜，你儿子又孝顺得紧，这份儿便把给你吧。"

老妈妈猛闻，只管不信起来。稍一定神，忽地笑哈哈将他儿子拧了一把道："你怎的还憨着，还不去报知村众？这等义士，是千载难遇的。"田禄顿足道："若如此厮缠，俺立时便去！你想大宏寺现放着血淋淋的尸首，大家一哄，闹得惊官动府，俺行程耽搁不消说，便是你这店，吃得起公人来往吗？你若过意不去，给俺个好东道儿吃，便再好没有。俺奔走半夜，委实有些饿咧。"老妈妈拍掌道："好！俺家中还有两只肥鸡子，腌肉蔬菜，一弄儿都有，便是新刍酒，也泛上鸭头颜色来咧。再加上黄粱饭，益发得劲。"说罢，千恩万谢地收起那份银，母子便要去整治一切。

陈氏道："姆姆忙不过，俺去帮你。"吴玉跳起道："俺没甚孝敬冷爷，也去尽个穷心。"说罢，一哄踅出，登时听得四个人满院奔走。少时斫柴声、磨刀声、捉鸡声、涤釜声，风匣呱嗒，米溲渐沥，闹了个锅滚豆烂，并且笑语隐隐，诵德洋洋。田禄听了，不知怎的，只觉胸次泰然，光明磊落，这种舒适法，竟是有生以来不曾觉得，于是心身交畅，酣然一觉。及至醒来，饮馔都已停当，齐整整摆在案上。

田禄一跃而起，便索性命他四人围坐同享。老妈妈一定不肯，当不得被田禄一把拖来，安置在陈氏座右。田禄这当儿高据上座，斟起一杯，望望左边是村父秃厮，望望右边是萧娘吕姥，不由暗笑这一会儿倒也别致。无意中一瞧陈氏眉目，只见黛痕微展，竟仿佛曹奶奶一般，田禄登时觉如芒刺在背。赶忙一定神，便大家吃喝起来，且谈且用，十分爽快。其中唯田禄和秃子痛饮大嚼。吴玉是神气初复，用不下。老妈妈食淡素惯，见美食不合胃腑，也用不下。陈氏不消说是羞羞涩涩，略见个意思罢了。

不多时，饮食方毕，那窗纸上已淡淡透出鱼肚色来。田禄背上包裹，结束带剑，向众挥手道："咱异日再见吧。"说罢，大踏步竟自踅出。慌得四人叩拜毕，赶出店一望，只见他行若御风，早已没在远林影里咧。于是四人骇叹非常。吴玉夫妇自奔乡园。这且不表。

且说田禄做得这件好事，一路上俯仰自得，十分舒适。经过许多名山胜水，赶路心忙，也自无暇赏玩。这日，行到渭南金水坝地面，只见阛阓云连，人烟热闹，三街六巷，便如城市一般，五方趁生意的人摩肩接踵。

田禄且行且望，恰好一抬头，街心中有座大店十分整齐。方要趱进，无意中一揣行囊，不由咯噔声站住咧。

原来他长途既涉，盘费无多，又搭着从救吴玉夫妇后，便高起兴来，一路上时济贫乏，早将通惠的银两花净，这当儿，早阮囊一钱咧。当时田禄暗忖道：左右时光还早，不如且弄些钱来再去落店。于是沿街撞去，就一宽敞处放下包裹宝剑，刚要拱手说白，开场卖艺，只听背后道："哒，你这汉子姓什么？叫什么呀？怎到这里俺会不晓得呢？"

田禄回望，却是个三十多岁的汉子，生得堆腮缩项，邪眉歪眼，一身华丽耍衣，却款式不伦不类，正瞪着眼冷笑。田禄觉他话儿来得蹊跷，便随口道："俺便姓冷。"那汉道："好，可知你热不了哩！"说罢，向众人高声道，"你们诸位只管看，哪个要塌我的台，咱们再见。"说着，一溜歪斜，竟自趱去。田禄只当是街坊上的半吊子，哪里在意？于是一展身，放开门户，登时拳脚纷纭，打了个龙争虎斗。看的人一片喝彩，春雷一般，都喊道："真好把式（北人谓武功曰把式）！"田禄打罢，巡场奉揖道："献丑！献丑！在下是外路客人，偶缺盘费，今到大邦之地，没奈何借献薄技，恳求资助一二。"说罢，丁字步一格，笑吟吟抱拳瞟眼，竟等着钱撒下来。

不想哄一声，众人散去大半，其余互相顾笑，一会儿也都陆续溜咧。只剩肆檐下两个老头儿，叹息道："客人别处开场去吧！俺这街上人都小气，是不成功的。"田禄踌躇一会儿，只好趱向别的街。方说过开场的话，只见那堆腮汉子忽从人丛中高唱而出，漫语道："噫！冷老哥吗？咱们到处相遇，总算有缘。"说着，又趱去。

这里田禄试罢拳脚，只见众人挤挤眼，又都走掉。田禄又羞又愤，不由发话道："贵处有名大邦，如何这等欺生？无多有少，哪里不交朋友？便不破费，俺也不恼得，却不该立时散掉，直如此不捧人！难道俺学艺不精，不足辱目吗？"说罢，卓然山立。

这当儿，场四围只剩四五人，便有人先鬼鬼祟祟四外一张，然后摇手悄语道："我劝客官省些气力吧，你便有天大武艺，也没人给钱。"田禄诧问道："此话怎解呢？"那人缩项道："俺可不敢多话。"说罢一笑，同那几人也自趱去。

田禄伫望半晌，心头闷了个大疙瘩，望望日色已将落咧，没奈何寻件小衣典些钱钞，就熟食店中胡乱一饱，闷闷地信步趱去，不多时已出镇栅。树影扶疏中，却现出一带人家，奔去一望，却都是些小家庄户。道口旁还有所东倒西歪的破庙，只剩了一扇山门掩在那里。田禄暗叹道：说不

193

了今夜这光景，只好在此作行台咧。

　　进去一看，十分狼藉，院儿却宽敞得很，想当年香火规模端的不错，而今只剩层正殿，上盖儿败龟壳一般七穿八洞。殿内的佛像土偶便如战罢的沙场死卒，七横八竖价断肢残体卧了一地。院中却有一绝大石碑，多跌下被乞儿们支锅燎火，业已烧得漆黑，许多断纹赛如冰梅纹。

　　田禄逡巡良久，偶一抬头，只见殿额上还有"大雄宝殿"四字。于是徐步趑进，只好就破佛案前略为摒挡出一席之地，放下包裹宝剑，席地而坐。这当儿，一痕月色冉冉东升。田禄正在沉思日间所遇，十分闷人，只听院中奔马似一阵脚步响，便有个花子，右胁下挟着一束稻草，贸然闯入。一见田禄，不由微征，便逡巡就东壁下丢下稻草，扑答一坐，随口道："您这客官，住得惯这所在吗？"田禄道："不相干！俺今天没寻到几个钱，只好在此将就罢了。"

　　花子叹道："现在人奸地薄，钱难挣，屎难吃，俗语是不错的。便是俺这没出息行儿，撑破喉咙喊半晌爷爷奶奶，还捞不到个把钱哩。"田禄听也是本处口音，便道："你是本地人，总还没人欺，趁钱还易。"花子笑道："客官这般口吻，想是受俺本地人气咧。本来俺这里青皮多，胳膊粗，动不动讲欺生，捉孤雁。如飞腿赵保、铁掌孙贵，还有个大屁股周老疙疸，都是打瞎子、踹寡妇门的角色。你老被哪个欺负咧？"

　　田禄道："俺乍到这里，谁省得这干人。只是俺今天卖了两场艺，看的虽多，却都不给钱。"因将日间情形一说。花子惊问道："您所见的大汉，可是邪眉歪眼的样儿吗？"田禄道："正是！"花子跳起道："啊呀，我的妈，这可坏咧！我可不跟你吃诖误。没别的！失陪了！"说罢，挟起稻草，匆匆便走。田禄大疑，连忙起去拖住，问其所以。花子顿足道："眼下便性命交关，你老放俺去吧！"田禄听了，越发不放手。

　　花子没奈何，说道："那大汉名叫朱烈，是这里第一青皮，真是跺跺脚四街乱颤。他又会邪法儿，又有靠山，今也没暇细说。通镇街坊上，他便如主儿一般，凡江湖中诸色人等，只要此地落脚，先须到他那里拜望通名，并多少出些见面钱。若游娼初到，须先让他白睡尽兴，然后方许做生意。你老准是不晓此例，漏了过节，所以朱烈放不过你。他一吩咐，哪个敢给钱哪！这还是小事，他今夜定寻你晦气，凶得紧哩！"说罢，挣身又要跑。

　　田禄大笑道："俺深通武功，他便领千百人来，俺也不惧！"花子跺脚道："俺没说他会邪法儿吗？又有大靠山！"田禄道："他靠山是何等人呢？"花子急道："好啰唆。"

两人正在牵扯，只听庙外群树间呼啦啦吹起一阵风，花子大惊，死命捽开手，三脚两步，竟自跑掉，招得田禄反倒好笑。一个大青皮，他哪里放在心上，便依然就龛前坐下，用一会儿运息内功。这当儿已将三鼓，一片月华水也似照澈虚殿。方要合眼盹睡，突地一个大旋风由庙外冲起，沙砾乱飞。便听得嘛啪一声，半扇山门凭空倒地。

吼声起处，一只吊睛白额虎一跃而入，利爪一奋，便奔殿门。田禄诧极，忙踊身提剑，由无棂窗格跳出来，脚式一转，早跃到那虎尻后。那虎一转身，人立便扑，两只凶眼碧莹莹好不可怕，田禄都不理会，仗了身手便捷，引得那虎奇吼动地，剪起粗尾，鞭得地啪啪山响。田禄且跃且刺，一柄剑风团一般。少时觑准虎腹，一剑攘去，只听噗一声，如中纸絮。仔细一望，牛也似大老虎，竟没得咧，只有张纸虎，被剑穿透。

田禄怔一会儿，不由大笑，暗道：这定是花子所说朱烈的邪法哩！便就月下捡起纸虎细看，只见上面还有一行朱符，蚯蚓一般。正觉好玩，倏地怪风又起，黑而且腥，可着山门直冲进来。便见两股电光倏地一闪，早现出一条黑蟒。头角森耸，有巴斗大小，血口一张，浓漫漫一口毒气便奔田禄。田禄这次神气益发闲定，只将身略闪，跃起两丈余，一剑直下，啪的声却又斫在地皮上，仔细一看，却又是一纸蟒。不由唾了一口，连纸虎一并撕掉，越发不去理会，便依然进殿安坐。倾耳良久。一无动静，暗笑道：原来朱烈就是这等伎俩，玩得好把戏，扰人清梦，这是哪里说起？神思一倦，向破案脚一靠身，真个沉沉睡去。

方在酣适，忽觉身如束缠，骨节痛楚，并觉似有毛茸茸面孔偎在自己脸上，一阵阵臭秽之气直钻鼻孔。连忙一睁眼，不由大惊。便一运气，挣出两膊，顷刻和那物件滚在一处。正是：

邪风渐起青苹末，异日同扬白教氛。

欲知后事如何，且听下回分解。

195

第十三回

拯贫妇夜探坝口街
觇教蠹巧逢高天德

且说田禄猛一睁眼，却见一个丧门无常鬼正抱着他，一张白渗渗大驴脸，倒吊眉毛，滴血眼，头戴白高帽，麻衣披拂，并且有力如虎，将他两膊挟紧，一张臭脸偎上来，牙一龇，似乎要夹项便咬。田禄大怒，猛地挣脱胳膊。那鬼又拦腰抱住，于是两个跌跌滚滚，满殿中撕打起来。

那鬼虽凶，究不敌田禄手脚，少时被田禄一拳正中要害，只听扑通砸在破案上，突地纹丝不动。田禄细望，却是个木鬼，刻画得甚是凶恶，腹背上都有朱符。田禄诧极，不由想起前途所诛的石守信，临死还呼教主。便是通惠庙中，也供着个异样神道，这都是怎么档子事呢？沉思一会儿，胡乱过得一宿。次日便想寻朱烈破破疑团。

哪知朱烈自暗蹑田禄入庙后，即回家作起邪法，及见所遣三物都没回头，便知这姓冷的手段非常，如何还敢出头？倒累田禄瞎寻两日。这时，田禄却寓在一小店内，街邻们都是贫苦小户。

这夜晚上，睡得一觉醒来，摸摸包裹中只剩得典衣所剩数百钱咧。不由暗想道：好没来由，自己放着路不赶，却耽延着做没要紧。方在自笑，只听隐隐一阵微泣之声。田禄一倾耳，却又不闻，方一就枕，又似乎呻吟断续。田禄坐起倾听，只觉在街邻左右。于是好奇心起，登时结束带剑，悄悄趱出。再一倾耳，那呻吟声越发真切，只觉在街西数十步远。于是从垣头跃出，循声趱去。却见一小户人家，灯光隐隐从短墙上耀出。就门缝一听，那哭声凄楚中还带唧哝细语。良久，微闻有妇人道："娘啊！事既至此，没得说咧。咱既用了他的钱，只好过天叫他来取吧。至于媳妇生死，娘便不须理会！万一天可怜见，你儿子倘有日回乡，您依然有人奉养哩。再者媳妇倘若不死，越发好哩。"说着，哽咽成一片。

田禄听了，心下大疑。连忙翻身跳入，就窗隙悄悄一张，却是姑妇二人相对抹泪。真是室如悬罄，只有盏半明不灭的瓦灯照着她两个愁苦影儿。那婆婆哽咽道："也是我老悖晦咧，误听马稳婆一夕话，说是什么坝口街朱大爷不惜银钱，要购取死胎，配什么治虚损的药，每一具可得二十两头。我因咱家这饿也委实难挨咧，因此做万一之想，倘若你胎气不好，小产落掉，左右是无知血泡，与其一般埋掉，还不如卖些钱，暂救目前。

"我和马稳婆原说得明白，媳妇你胎气万一自落，方算数儿。谁想她和什么朱大爷是定下圈套，生取活胎。所以两三月以来，马稳婆只管慷慨非常，借给咱钱钞，前天我忽闻取活胎之说，和她一翻脸，方知咱屡借的钱便是朱大爷购胎的那二十两头。当时我气得磕头撞脑，马稳婆却冷笑道：'你休胡缠我，自有朱大爷与你理会！你一定不愿卖胎，也自好说，快将用的钱本利都将来，我替你回复朱大爷就是。'媳妇你想，这不是明毙象眼，要人命吗？我气急中一探问这朱大爷，方知便是第一青皮朱烈。"

田禄猛闻，心下一动。那婆婆哭道："我早知什么朱大爷便是他，也不至落他圈套。为今之计，你快快明天躲出去，朱烈那厮明夜若来取胎，我拼老命去结识他。"说罢，婆媳相抱，就要大哭。田禄听得十分不忍，暗道：原来朱烈如此凶恶，俺正要寻他晦气，既在坝口街，且玩他下子再讲。略一思忖，便飞身跃登屋顶，高喝道："吾乃过路夜行人，听你婆媳落人奸计，被逼愁苦，少迟一时，便当助你银两，还债保胎，你婆媳千万莫寻短见！"说罢，唰一声，竟自飞出。

这里婆媳听得分明，惊慌中畏缩良久，方持灯就院中一寻，通没人影儿，两个白瞪一会儿，只当是梦，依然愁绪如山，相对凄楚。直坐到四更将尽，那婆婆哭道："不久天要亮咧，媳妇快作主意，逃着去吧！"一言未尽，只听有人拍窗台道："银两在此，俺便去咧！"婆媳大惊，逡巡持火，就那里一寻，果有一大包碎银，粗揣来竟有五十来两。于是惊定而喜，只好归之于过往神祇，向空顶礼一阵。这且慢表。

原来田禄既知朱烈住所，一径奔去，不消顷刻，已到坝口街。但见万屋沉沉，好大一条街道。从夜色中望去，方踌躇哪里是朱烈家，恰好趄近一株高槐旁，只见对面影绰绰来了两人，且行且语。田禄赶忙隐身槐后，便听得两人一路踢踏，也奔槐下坐地。一人道："孟二哥真没面孔，当了许多人，竟搪俺胳膊。咱不过借几两头捞捞本罢了，便将多年老交给掰咧。真是俗语说得好：'吃酒吃厚了，要钱要薄了。'他娘的一点儿也不错。"一人拍腿道："若依我，无论怎的，须借本捞一下子，才转得过场。孟二哥是什么慷慨角色？钱落到他手里，算是入了闷葫芦咧！连他婆子都饿得黄瓢一般，时常价穿露腔的裤，你和他挪借，如何会成功呢？"

那人道："咳，别提咧！我已看出其中的破绽，这当儿只要有本一捞，定然是赢。"一人道："真个你拿得稳吗？这大夜里放赌博债，只有朱烈一家儿，但是须多出些子钱。"那一人道："管他哩，舍不得孩儿，打不得狼。好在朱烈家就在不远，咱们快去。"于是两人联臂而起，直奔街心靠左一条长巷。

田禄料知是两个博徒，连忙悄悄蹑去，须臾到一宅前，遥见两人叩门而入。田禄都不管他，便略略端详门墙，耸身跳入。仔细一望，却是前院光景，那两人正在仆人房中商议借债之事。但听仆人道："你来得还巧，俺主人近些日为配制药料，每夜在厅房中，夜深不睡。若在平日，这当儿早搂姨奶奶好白相去咧。我便给你们说说去。"

两人都道："劳驾，劳驾。"仆人道："得咧！你二位得彩后，分我个成头儿，就是在里面咧。"田禄暗窥那仆人甚是俊俏，正在少年，于是矬身轻步，暗尾在后。便见仆人直奔厅房，掀帘而入。这时厅房东间灯光明亮，时时有捶碾之声。忙俯窗隙一张，只见临窗一条长案，上面横七竖八乱堆着药料乳钵之类，还有一包包药物，并天平戥子等物。那朱烈正在案前，偃偃偻偻，捡点量剂诸药。一面自笑道："为快活说不了就须麻烦，今诸味俱备，只等生胎一到，便好下炉火了。"正在捣鬼，那俊仆已到案前，将两博徒借债之事一回。

朱烈一面忙碌，一面随口道："问你姨奶奶把给他五十两就是了，不须再来回知我咧。"说罢，向椅上一靠，似乎甚是倦怠。仆人应诺，一转身却微微含笑。好笑田禄只给他个腔后跟，当时随仆人穿过厅房，由夹道向左踅去。须臾到一垂花角门前，那仆人略一沉吟，自语道："今天是合该，这是奉公来的，可不用偷油耗子似的咧。"说罢，一阵捶门，啪啪山响。便听院内娇滴滴急唤道："花儿！花儿！快问问他是哪个，先别开门。"

即有婢女乱应道："是咧，奶奶若睡下，先穿上裤儿吧。"说着，咕咚咚跑到角门边，还未及问，那仆人却一捏鼻，咩的一声。婢女笑骂道："贼短命鬼，却吓人这么一跳！这会子还不挺尸，又来想什么？"仆人道："快开门，主人命我来的。"婢女唾道："由你弄油嘴，我只不信。主人这当儿会命你来？"仆人急道："好人，你便是俺妈如何？这是人来借债取银的事呀。"婢女听了，方一笑启门。

仆人一脚方才踏入，田禄趁两人拉扯当儿，已一伏身，风卷而入。婢女略见黑影，只吓得一哆嗦。田禄早又隐身廊柱之后。百忙中一回望，早见仆人搂住婢女，扎实实亲了一口，悄语道："等我取银出，咱再乐一下子。这当儿奶奶困了吗？"喊喳未已，正室中娇唤道："花儿，怎么咧？"

婢女没好气，便将那仆人尽力子一推，高应道："怎么不怎么，有个人来咧。"说罢，奔向下房，啪的声关了房门。

正室内妇人一听，登时哧地一笑，这时仆人已推门入室。田禄一双眼早又张向窗隙，只见里面银红半明，衾绸缭乱，罗帏半揭，一个妖娆娆的美妇人正敞披短衫，从大红兜肚中露出雪也似酥胸玉乳，笑吟吟方兜鞋子，一见仆人，扭头道："小红那妮子，方才和你喊喳什么。"仆人这时眼睛直勾勾只是憨笑，不暇言语，一屁股挨坐于榻。妇人笑道："这时光你三不知来此做甚？"那仆人低笑道："有些没要紧事，主人命我来取五十两的债银。俺好些日没得进来，今趁此机会，别耽搁咧。"说罢，笑吟吟挨近妇人。

妇人笑道："你忙咧，俺还不忙哩。你这些日为甚不趁空进来呢？"仆人道："真真忙得很！"妇人笑道："俺就不信！"仆人道："主人今日也配药，明日也寻觅生胎，到底那混账药吃下去怎生光景，好人儿你定是试药器具，且说给俺如何？"妇人挽项低唾道："莫嚼舌根！这种光景，是口舌能传的吗？"说着，一推仆人道，"你不是很忙吗？快躲开这里，若误了你正经事，不是耍处。"仆人笑道："天下正经事，还有正经过这件事的吗？"妇人唾道："不要嚼舌根！"

那仆人如何肯听？竟自抱了妇人，附耳细语，也不知说些什么。那妇人却笑骂道："便宜你这厮！那西间药厨内第三个抽屉中还有一粒药哩，那是我把来藏起的。他那药宝贝似的都封在一锡瓶中，听说百粒可售价数百金。第一抽屉中藏有一瓶，不可去动。快将那一粒药来解解你喉急如何？"仆人听了，喜得打跌。

就榻上取矮灯台的当儿，田禄早鹤步轻移趸至西间窗外，便见仆人匆匆趸进，百忙中寻得那一粒药，持烛便走，也忘掉掩室门。于是田禄一闪趸入，方摸向药厨，只听妇人道："哟，错咧！这是药耗子的。"仆人恨道："我的妈，快些吧，谁让你说得不清不白！今药果在哪里？俺再去取。"田禄一惊，方想掣步退出，只听妇人咯咯地笑道："我就爱看你这猴急相，快剔亮灯，到躺椅上去吧。"于是一阵窸窣，并哧哧嬉笑。

田禄方知是妇人特意卖娇儿，这才放心揣去。果然第一抽屉内有一二寸长的锡瓶，连忙揣起，轻步而出。就外间一倾耳，早有一片男女笑话之音直送到耳根，并且那椅窸窣有声。田禄正在好笑，便闻仆人道："如今一定没人来，且好放心大胆哩。"妇人笑唾道："呸！你也没见过世面，你主人若不为这点子，肯破了大钱钞去寻生胎吗？再者他兜揽人家妇女入教，若没这本领，系得住人心吗？你初次开眼睛，便如此大惊小怪，真叫人说你什么好呢？"

便闻得仆人道："便是前两日，马稳婆又给主人买妥一副生胎，听说主人明夜自去揉取哩。"妇人听了，只喉咙内微微有声，似笑似叹，模糊答应。将个田禄听得竟是些当不得，不由心内暗自沉吟：难道这种劳什子药就如此作怪？想得怔怔的，便闻里面两人笑语越发款洽。田禄便望去，不由暗诧道：这药果然作怪！心神一动，不由猛想起红英来。

原来红英和田禄欢洽当儿，曾说过那年在意照寺诛凶僧，收取春药之事。并言散春愁能使男具长大，那益阴丸却只益女具，但服一粒，竟可以通宵不倦的。当时田禄心神一驰，索性连红英说这段事的当儿，许多的春情媚态并自己怎的和她抚摸款洽，无限风光，一股脑儿都勾将起来。古语说得好："不见可欲，使心不乱。"

当时田禄触景兴怀，想起了自己和红英许多的款洽事。正在心旌摇摇，只听妇人笑道："你快些去吧，时光大了，就许有人来哩。"那仆人如何肯依？便笑道："俺顾不得许多咧！可是人家道得好来：斋僧不饱，不如活埋。"妇人唾道："你别胡说！难道俺是布施于你吗？"田禄一听，几乎笑出。便见两人事毕，各自结束。仆人笑道："嘿，这里快活不打紧，那俩赌鬼想急得要死哩！银在哪里？俺须去哩。"妇人有气无力地笑道："只在枕箱中，你摸一封去就是。这会子谁耐烦起动！"仆人一笑，替她放下帐，自向枕箱中取出一整封银，掩闭停当，就要蹓出。田禄望得分明，心计早定，连忙转身趋出，直奔角门外，就暗处隐伏下。

不多时，只见提灯一闪，那婢女引了仆人蹓来。婢女恨道："没来由扰人困觉，不消说你得了甜头儿哩。"谑笑之间，仆人一脚跨出角门。

好田禄，手真快！随手拾一石子，啪的声先打灭灯。婢女方道声："啊哟！"田禄暗中一腿扫去，只听扑哧一声响，仆人倒地，银包摔落。田禄眼光不同寻常，仆人方一面就地乱摸，胡嗓道："这准是那只浪狗撞来咧，红姐快取火来！"一言未尽，田禄早就地拾起，一拧身风卷而去。这里室内姨奶奶听得角门边唤闹，也便执烛蹓出。三个人就地乱寻，何曾有银包影儿？互相白瞪一会儿，未免疑神疑鬼。姨奶奶恐声张起来，朱烈一定痛责仆人，没奈何自掏私蓄，把给仆人，不必细表。

且说田禄一气儿飞回贫家，那婆媳正相对愁苦，便置银窗外，匆匆回店。就灯下倾出瓶药一看，只如粟米般大，丹色焕发，燥香酷烈。赏玩良久，且把来收起。因闻朱烈种种异行，越发想看个究竟。又一思忖，那贫家媳妇虽得银两，难保朱烈就听情由，救人救彻，明夜里须去觇情形。主意既定，次日依然耽延下。

方用过早膳，店东踅来，赔笑道："客官莫怪，俺小本生意，没什么资本贴补，你老到此几天咧，多少且赐些店资，随后一总再算如何？"田禄道："有！有！"伸手向行囊中一阵掏摸，却急切间缩不转来，暗笑道：我好发呆，昨夜那五十两，该留几两自用才是。因向店东道："可巧银都净咧，等明日一总给你就是。"店东逡巡道："如此也好。"说罢，快快自去。

　　这里田禄自笑一会儿，闲着没事，便信步踅向朱烈门首望望。只见门前人马喧动，十余健男纷下鞍马，都是短衣劲装、高头长膊的角色。其中一人，生得身长八尺，相貌凛凛，头戴大毡笠，身披箭袖短袍，腰挂佩刀，足端鹿皮挖云靴，瞻视之间，颇有气概。方甩镫下马，朱烈已狗颠似趋近，连忙打千，便来牵马。那人只略略颔首，昂然道："吾已巡视各处教友，倒还罢了。朱兄弟，你我相与不久，此处各家，俺不能不亲来觇觇。没别的，只好叨扰几日。"

　　朱烈没口子应道："当得！当得！"于是牵马前引，导那人进去，随后众人也便一拥而入。街众看了，都互相吐舌，有的便低低议论。田禄望得诧异，便趋就一位老者，拱手道："老丈可知方才那丈夫是何等人？端的甚是气概哩。"老者听了，忙拭目一望田禄，道："客官，你是外乡人，一定不晓得俺这里许多神道。如今世界，都被这干人搅浑了。"

　　一言未尽，只见一健男大踏步踅出，恰经过老者跟前，突地圆彪彪一瞪牛眼。老者大惊，拖了田禄便跑。正是：

　　　　异日沆瀣同一气，今朝萍水且殊途。

　　欲知后事如何，且听下回分解。

第十四回

冷田禄仗义金水坝
高天德邀客青梓林

　　且说那老者拖转田禄，趋就僻处，四外一望，方低语道："那伟丈夫姓高名天德，家资豪富，任侠好友。自己一身武功，十分了得，江湖之间，人称'赛雄信'的便是。他家便在坝北金溪村居住，平日赴人缓急，周贫济乏，很有义气，因此乡里间无不推重。"田禄起敬道："如此说来，倒是个大大人物了。"老者叹道："可不是嘛！但是前几年他曾为一事所激，将性子弄偏僻了。只觉咱们堂堂儒教中没什么实在并做事的真精神。偏逢当时有一种什么白衣圣教渐渐传播。老汉没学问，也不晓得其中道理，只知大略是奉神敬天、劝人学好罢了。高天德正在激愤当儿，一闻其说，登时皈依那教。因此结交越多，声气越大。金水坝一带，他真是说一不二。

　　"便是朱烈，也因倾慕其势，仗了同教夤缘，新投他门下。所以高天德一到这里，朱烈赶忙殷勤趋奉。现在这般人到处都是，并且何等人都有。老汉活了偌大年纪，端的猜不透是怎么档子事。但依鄙见看来，总不像正大光明的事体。即如这高天德，还没有什么臭名儿，那朱烈就不用提咧。本是青皮出身，如今借教越发任意妄为，常有各处不三不四的人来寻他哩。"正说得热闹，恰好有人趑过，老者拱拱手，扬长自去。

　　这里田禄寻思一会儿，也没在意，便信步徜徉，在街坊上混了一霎，日色将西，便转归路。方来至街口，只见围了一群人，中有个妇人，泼声辣气地骂道："话是一句，板上钉钉，可是老婆价嘴里没舌头咧？你怎的应朱大爷来，你有钱自向朱大爷说去。难道俺浪着没事干，给你白跑穷脚？"田禄挨身一望，却是个四十多的黑丑婆子，一脸横肉，剔起两道扫帚眉，正摆叉着八字脚，在那里指天画地。

　　便有个小街痞抡臂笑喝道："依我说，马稳婆你滚开这里是正经！这街口本是溺窝儿，容不得你再放骚咧。"马稳婆笑骂道："小挨刀的，等你婆子养小人儿再见。老娘稍使手段，让你没处寻旧窝儿去。"街痞耸肩道："那不打紧，俺这个只着落在你身上便了。"众人听了，都各大笑，便推揉着马稳婆，纷纷各散。

田禄听她语气，料是从贫家婆媳处来，暗道：果不出我所料！今观马稳婆光景，那朱烈今夜定去肆恶。一路沉吟，慢步回店，稍为坐息。用过晚饭，业已掌灯时分，偏小街道中安息都早，方交二鼓，街上便已静悄悄的。田禄有事在怀，便悄然出店，到那婆媳家伏听一会儿，不见动静，只听得那婆婆一个人在院中悄悄祝念，少时转静。田禄听得不耐烦，只得趑转，暗念道：难道朱烈那厮今夜不来吗？明日趱俺的路是正经。心思一倦，顿觉困乏，因室中有桶温水，便把来倾向脸盆中，姑且解衣洗浴。

方在拍浮甚适，忽一倾听，一股悲泣之音又送将来，比昨宵还加倍凄楚。田禄大诧，也顾不得去结束，只裹了条夹被，赤脚便跑。跃出店，奔至那婆媳门首，引手一推，早已关牢。但望见室中灯火照映空院，那媳妇子一片呻楚，不可言喻。于是田禄耸身跳进，便是一惊。原来那婆婆已直挺挺晕卧在院，此时却听得室中晃啷水响，叽叽咕咕地竭力推揉，再加着媳妇呻吟，甚不雅相。田禄暗诧道：难道朱烈还有奸淫行为吗？急忙伏窗一觇，不由大怒。

原来那媳妇子正赤条条仰卧在浴盆内，水气蒸腾中，浸着两双烂草鞋。一柄泼风似抹头短刀，置在草榻旁。那朱烈正盘起大辫，赤着黑油油双膊，虎也似踞坐盆旁，手持一热淋淋的草鞋，在那媳妇亮晶晶鼓肚皮上竭力排揉。再望那媳妇，一丝两气，早已面无人色。于是田禄大呼，啪嚓声踹门抢进。一耸身，先用个凭空拿云式，左足一蹬，直奔朱烈肩头。朱烈不暇细望，歪身一闪，倏地抢起，便挈那刀，用一个老鹳出巢式，便奔院中。因脚下一带，早将浴盆蹬出数尺远，闹得满地上汤水汪洋。

田禄赤足一落，只听咕叽一声，险些滑倒，便大喝道："朱烈，哪里走！偏生咱合该有缘，又遇着俺姓冷的咧！"说罢赶出，双拳一分，早雨点儿似打入朱烈一片刀光中，虽是拖被累赘，依然捷疾如飞。展眼间朱烈夹肩带脸，连中数拳，只气得怪叫如雷，提刀乱斫。田禄只如没事人一般，身手到处，呼呼风响。朱烈情知不敌，跳出圈便奔垣头。田禄赶去，一脚踢翻，先夺了他手中刀，然后揪住他大辫，便拖鸡似拖入室中。咕咚声置在水地上，提刀喝道："朱烈，你认仔细，俺便是过路姓冷的！今先问你，为何欺弄过客？俺卖艺寻盘川，干你甚事呢？"

朱烈眼光一瞟，恶狠狠恨不得吞却田禄。田禄大怒，登时夹腮两掌，打得朱烈牙落血流，只得奋然道："你不必为难于俺。看你光景，也是江湖朋友，有什么不明白处？俺占此一方，若没此例，只好喝西北风咧，如何肯容你坏俺例子？"田禄道："这也罢了，今你恃强取人生胎，又怎说呢？"朱烈道："俺用钱买得，如何恃强？你若不信，只问这妇人就是。"

田禄喝道："不必巧辩，俺都知你的圈套！看你如此凶横，便不用钱哄买，贫家弱妇，岂敢支拒？好在为恶未成，俺也不耐烦斫你脑袋。你如悔过，从此后不得寻他婆媳，买胎之银只当济贫赎罪，俺便饶你。不然却要得罪了。"说罢，短刀一按，冰凉地搁在朱烈耳根上。

朱烈忙道："就是吧！俺如今一如台命，不扰她家。"田禄心思一动，知凡教门人都重起誓，便道："既如此，快向天盟誓。"这句话不打紧，只将朱烈恨得牙痒痒，没奈何赌气誓毕，站起便走。田禄笑唤道："朋友别忙，这里还有你的家伙哩。"说罢，掷刀与他，又道，"俺便叫冷田禄，寓此街某店中。你若寻俺，俺专候台驾。"朱烈如何敢作声，老着脸拾起刀，匆匆而去。

这里媳妇子业已清苏，一见田禄又惊又愧，赶忙爬起，穿衣不迭。田禄便道："昨宵窗台上的银两，你婆媳想已得到了？"那媳妇猛然悟过，不由泪涟涟翻身便拜。田禄摇手道："快去唤醒你婆婆吧。"说罢，持灯和那媳妇到院中捶唤良久，那婆婆方哇的声吐出一口浓痰，悠悠醒转。一张目望见她媳妇等，又痛又惊，两片干瘪腮只管牵掣，却一句话说不出。于是田禄持灯，媳妇扶她入室，定神良久，媳妇草草将田禄方才见救且昨夜得银之由一说，直感激得那婆婆泪如泉涌，身一颤，早直撅撅跪在地下。田禄忙扶起来，一问朱烈肆恶情形，果然是还银不成功，定要取胎。

那媳妇一壁落泪，一壁将原银取来道："今幸恶人誓不再来，冷恩公便请收回此银吧。"田禄笑道："岂有此理！今此银正有用处，你婆媳早早移居，方为万全。因俺是行路过客，朱烈那厮终是地头蛇，难保日后不来再扰哩。切记此语，俺便去了。"说罢，一抖裹被，大步出室，一路光脚板咕咕叽叽，登时不见。这里婆媳便连夜价收拾什物，托邻人照看房屋，换至迟明，暂避风头去了。

且说田禄无心中做得这件事，又是畅快得紧。次日一觉睡醒，先趄去向那婆媳家一张，只见门户反锁，知她逃去，这才放下心来。登时赶路心忙，匆匆回店。刚一脚跨入店门，店东已噘起嘴发话道："冷客人怎么想啊？俺委实撑不住咧！你多少先把给俺些钱，俺便算沾光咧。"田禄一听，暗自好笑，随口道："有！有！"一路沉吟入室。哪知店东更来得老气，竟寸步不离，只在背后说痒痒腔儿。闹得田禄一时间手足无措，没奈何搜寻行装，想去典卖。只见一件件都是行路所需，一眼望见宝剑，心头一动，叹口气方要解绦去卖。只见店东随手拈起一物，却笑道："这物儿售到古董店，倒可得善价哩。"田禄一望，却是那精铜神像，便笑道："既如此，俺便去售。"于是问明店东收买古物之所，一径奔去。

不多时，来至一条大街，靠路北一家大书"聚宝斋"三字，门市辉煌，清雅得很。正有两个老头儿在那里赏鉴画画，展开一幅大花卉，低头细玩。一个却是近视眼，架起圆光大眼镜，一条鼻梁几乎磨纸。自语道："哎呀！这笔墨烘染也还罢了，究竟画境嫩一点儿。"又念题款道："仿南田翁笔意，六如居士。哎呀！这六如是哪家呢？我只记得宋朝欧阳公，号六一居士，六如这号儿却古怪得紧！"

那一老者却笑得前仰后合，拍手道："别怄人咧！你不懂别的，难道没看过《三笑姻缘》吗？这便是秋香的女婿，风流解元江南第一才子唐伯虎哩。他的画款都署晋江唐寅，若署六如，便是他得意之笔，这都是有考据的。兄弟抛却一生心力，近些年方略得审定之奥哩。"说罢，一掠胡，满面得意。

近视眼道："老兄可称得起赏鉴家，老眼无花，佩服！佩服！但是南田是哪个呢？"那老者道："左右是元明大家，或六如同时人，如沈石田等辈，绝不会是本朝人的。如前代人仿后代人，真是笑话咧！"这一阵群盲评古，田禄都不理会，便趱进店，掏出神像，递给一个老板道："此物价值多少？俺要出售。"老板接过，审视良久，一面价指叩铜像，铮铮有声。

这当儿，复室内有人谈话，接着帘钩一响。老板沉吟道："神像等类到古董店却是冷货，客官尊意，要价几何？"田禄逡巡道："俺要售十两纹银。"老板笑道："太多！客官要落一半价，还可商量。此像铜质制造，都还不坏，可就是没名堂。若是观音宝相，便好出手咧。客官从何处收得此物呢？"田禄道："俺路过得宝驿地面，从大宏寺中得来。"一言未尽，只听复室内老板唤道："且将进货物来。"外柜老板连忙捧入。田禄一倾耳，但闻复室内纷纷喊喳。

良久，老板取出十两银交给田禄，却笑吟吟问道："客官在此地，还住些时吗？"田禄道："不耽搁咧，明日便登程北去。"老板笑道："若北去，第一站便路经金溪村哩。"说罢，骨碌碌两眼只管上下打量。田禄也没在意，只应了一声，拱拱手徐行回店。方趱过半条街，只见对面两个健男子手持杆棒，驱了三五人，蜂拥而过。那三五人都衣履整洁，甚是体面，一路上低头喃喃，目不旁视。田禄诧望，不由略一驻足。便有人悄语道："真实他们是什么教门，看外面倒也大有约束。这都是一干入教朋友，不知犯了什么教款，去到高教首那里受处置去咧。"田禄听了，方要就人

205

细询，却被一群人挨挤出老远，只得闷闷回店。

那店东见售得银来，不由笑逐颜开。田禄一一算还他以外，拈了一小锭作为酬谢，店东喜得只是跌脚。当日晚饭，便特意加敬，恭维得田禄倒起坐不安。胡乱混至傍晚，田禄偶出店闲望，只见朱烈后影儿在街口一晃，接着高天德率领十余骑扬鞭跑过，尘头滚滚，一径出街。马上各带火燎之类，似乎夜行光景。此时高天德全身劲装，跨在马上，果然威武。田禄踅转，只沉吟明日赶路，一宿晚景即过。

次日结束登程，出得街一望平阳，行不三里，陡现一条长河，堤坝屹然，一望无际。坝上面便是大路，槐柳夹道，甚有风景。于是田禄方恍然金水坝之所由名。便纵步循途，施展开飞行术。不消巳时分，已斯赶了六七十里。刚觉得腹中饥饿，恰好大道旁丛树下有两间草房儿，门首柴棚下摆列白木桌凳，上面茶汤食物一弄俱全，并有新煮鸡子、大碗价干烧酒，一个老翁正给一客人温得酒来。那客人身材长大，背面而坐，手提马鞭，只管画地。棚柱上系一骑马，毛汗犹湿。

老翁笑道："酒得咧，客官请用！你莫非向金水坝去吗？"那客人道："不！不！俺且问你金水坝究竟距此多远？"老翁道："这却没甚准考较，敢好也有七十里。凡从那里来的行客，到此间都须天西，巧咧就许黑天没日的。"那客人欠伸道："如此却消停咧，俺且自在喝一场儿。"这时，田禄步履声近，那客人猛一回头，两下里各自一怔。原来田禄依稀认得，那客人是跟随高天德的一名健男。

当时健男子一瞧田禄，很透着失惊神气，一言不发，跳起来解下系马，飞身跨上，唰唰唰接连几鞭，那马长嘶一声，没命地向北便跑。老翁急唤道："酒都热咧，你老忙的什么？你老酒钱还有敷余哩。"胡吵之间，人马已影儿不见。老翁笑道："这客人也是个半吊子，方才吵得一团糟，要吃酒，如今酒来，倒跑掉咧。"田禄趁势放下行装道："来早了不如来巧了，主人家给俺把来便是。"老翁一面笑，一面抹揩坐凳，随手端过两样下酒物，一碟是萝卜干，那一碟却曲弯弯、灰漆漆，蚯蚓一般，急切里不辨何物。

田禄拈一块一尝，不由呸的声吐在地上。原来是过宿的盐渍面筋，业已味败咧，便皱眉道："主人家这里可有什么荤肴下酒？"老翁道："老汉是有门槛儿的，又搭着不用荤酒，所以不敢预备。客官若用，屋后鸡栏内倒有肥鸡，俺便给你清煮一只如何？只是价儿贵些！"田禄道："好！好！快些整治。"于是老翁径趋屋后，须臾，屋后灶头烟起。田禄一面坐息，遥问道："此去前途，哪里有大店？"

老翁道："去此八十余里，金溪村倒是大站宿，却是今天赶不到咧！"田禄随口漫应，一望日色尚未交午，便起身慢踱一会儿，先饮了半碗酒，信步入草房一望，只见中间一张破案，上面乱糟糟还有香烛，壁上却挂一神像，尘污狼藉。仔细看那像，竟和售去的铜像差不多儿，不由暗诧道：这一路上却也作怪，怎的耳目之间，总有这些鬼祟事儿？正在思忖，只听老翁在外唤道："鸡已熟，客官请用吧。"田禄踅出，早见鲜亮亮肥鸡切作一大盘，外备椒盐卤汁，香喷喷好不可口，不由喜道："主人家费手费脚，便请来同用如何？"老翁叹道："俺如今却没这口福了。"

田禄道："此话怎讲？难道老人家忌口吗？"老翁道："不是这等说，因俺有个儿子在外当兵，只在湖北荆襄一带营伍中混饭吃，前两月偶然回家，谈起襄阳地面盛行一种白衣圣教，据说那传教首领却是个花枝似的半老佳人，名叫什么朱仙娘。说起来，神通就大咧！符咒治病，驱使鬼神，真有呼风唤雨、撒豆成兵的手段。因此远近信仰，各色人争先入教。听说她手下还有第一高弟，是襄阳有名的富家娘子，说起长相儿来，便如天仙一般。更奇的是武功绝伦，说是得过名家传授。"田禄这时正斟满一杯酒，手一耸动，不觉泼得淋淋浪浪，急问道："这富家娘子姓什么呢？"

老翁倾想半晌，大笑道："人老了，真没出息，我就忘得实啪啪的咧。"田禄听了，大扫其兴。老翁接说道："那地方既闹这些把戏，俺儿子是个浑愣，三不知他也钻入教咧，回得家来，白瞪着眼，吵那教的好处。俺问其所以，他又莫名其妙，只嚷道：'但一入教，到处里都有人扶助，走个千八百里，不须持一钱。但逢同教之家，就可以进去食宿，并且没人敢欺侮。便是皇帝老儿都管不得。'我听了不服气，他便将出一幅神像。"又向屋壁上指道，"便是这神道了。俺儿道：'这便是白衣教所奉之神，俗口相传，都呼为白莲教主。'"

田禄恍然想起所售铜像，便连应道："哦，哦！"

老翁道："俺儿如此一说，俺猛然想起说书唱戏中有什么刘玄德大破黄巾，那不是张角倡五斗米的教门吗？这白莲教难保不同此类。哪知俺儿一百个不肯信，偏搭着近年这里也不断地教门教门地胡闹，俺儿知得，越发高兴，临走当儿，竟将神像留家，命老汉供奉，不许吃荤酒。老汉贫苦度日，常整年价不知肉味，因此秃子做和尚，便将就材料儿，断起荤来。但是俺偌大年纪，谁耐烦供什么神道，不过当张画儿补壁罢了。如今客官让俺用鸡，所以俺说没此口福了。"说罢，给田禄斟了一杯，自去料理灶火。

田禄闻得白莲教等语，倒不甚在意，只是闻那富家娘子人又俊，又会

207

武艺，便只管揣拟着或是红英。竟闹得痴痴迷迷，顷刻间千头万绪堆上心来。一会儿思忖村北上去寻遇春，一会儿又想起那富家娘子，如果是红英，不知怎样闹得如火如荼。这当儿，俺若赶将去，她定然喜之不迭，还愁没事做吗？一会儿又揣拟一回白莲教，到底是怎么回事呢？如何陕楚之间到处都有，便在家乡时，也微有所闻？一面闷闷思索，一面酒到杯干，斯须之间，一盘鸡也吃得差不多唰。

俗语云："闷酒易醉。"田禄不知不觉有些困倦上来，便伏首于案，沉沉睡去。正在酣适，忽闻一阵金鼓之音，抬头一看，哪里是什么野店，但见一片战场，屯聚着千军万马，旌旗拂天，戈戟曜日，一队队赳赳官军，按部就班，笳吹震骇，和着凯歌，仿佛得胜振旅一般。中军内飘起一面杏黄大纛，许多服色军官都簇在那里。忽一人严装挎刀，驰马而入。田禄一望，正是遇春。那一番气概，好不威势！

方要失声高叫，忽自顾己身，更是一惊。原来翎顶辉煌，崭新的一身守备服色，正拽袍扳鞍，要上坐骑，前军风卷，浩浩已发，似乎就去临敌。田禄飞扬之性，不由心花怒发。刚要踊跃上马，只听背后山崩似一声响亮，官军一声喊，势如波分浪裂，万马蹴踏中，由外冲入一队女军，一个个红绡包髻，跃马如龙。当头一个女将军，生得花容绝代，头戴百叶簇花金冠，跨一匹桃花点雪嘶风马，手舞雁翎长刀，一声娇叱，风也似卷来。

田禄一望，不由惊叫道："红英姐快来，俺冷田禄在这里哩！"一声未尽，只听有人笑道："客官想梦鬼了，快醒来吃酒吧。"田禄睁眼一望，一切都杳，只有老翁伛偻在案旁低头扫地，一面道："你这一觉，时光不早唰！"田禄怔了一会儿，也便忘掉梦境，逡巡起身。一望日影道："果然时光不早，今夜落站，只好向金溪村了。"老翁失笑道："客官倒会打趣谈，若晚站住金溪村，还须寻神行太保的甲马去！"田禄一笑，解囊付值，随口道："主人家贵姓哪？"

老翁逊谢道："老汉便姓卜，客官回路但访卜老儿，没人不晓得！便是金溪村，俺也有许多主顾客人哩。因这一带教门朋友一年四季都赶赴金溪村高天德那里去摆什么斋会，来往路过，都在此歇脚，老汉生意也便借此支撑。便是方才飞马而去的那人，就是高天德的健仆。"

田禄听了漫应，拔步直奔平阳大道，脚下趱力，好不飞快。一路思忖所闻见，也没作理会处。一气儿走了四五十里，日才暂西，正行至一岔路间，四顾徘徊，只见两骑马从岔路上迎来。上面两个精壮男子，一望田禄，相顾跑过。田禄驻望当儿，恰好有一庄农趑出前途，田禄迎问道：

"借问老兄，此去金溪村还有多远？"庄农回望道："敢好有四十余里。"因遥指道，"客官看那处黑丛丛荠菜一般，便是青梓林，过得那林，不过十余里便到咧。"

正在指说，只见过去的两骑马风也似卷回，连加几鞭，直奔前途，顷刻间已没入高尘中。这里田禄稍为坐息，依然前进。不多时行将近林，只见密匝匝一带树木，长可三四里，丛柯接叶，亏蔽天日，一阵阵风声怒号，春潮一般。不由暗想道：这所在倒凶得紧！若其中藏人劫掠行客，真个得势哩。正在思忖，恰好林中撞出一群人，粗望去有四五辈，结束得不伦不类，各持刀斧，似乎猎人，又无鹰犬猎具。田禄暗想：这定是一干木工入林相木的。沉吟之间，趋步迎上，随口道："众位敢是在此伐树吗？"

一言未尽，只见众人明晃晃刀斧齐举，直裹上来。正是：

　　　　畏途狭路相逢处，几作椎埋一例看。

欲知后事如何，且听下回分解。

第十五回

慨谈教理大有深心
渐露恶端忽逢不若

　　且说田禄猛见众人不问情由风卷而上，不由大怒。赶忙撤身拔剑，趁势一摆，便是个大煞手的解数，一条白光瞬息间将众人兵器罩住。随步一腿，先将当头大汉踢倒，一挫剑锋，登时搅入余人队里。略为东指西杀，早已将余人逼得跌跌滚滚，一面大喝道："你这群毛贼，合该命尽咧！"

　　正在驰逐，只听林中有人连连喝彩，突地鞭影一动，跳出一人，秃着头，只略将长袍扎拽，大笑道："姓冷的，真有你的！认得俺高天德吗？咱且见个高下，再说别的。"说罢，脚下一捻，早轻云似飘将过来，态度从容得很。田禄一望，便知是内功剑派，忙一整精神，用一个箭穿七扎式，平剑便刺，那手势之劲，真可以穿金裂石。哪知天德更不躲闪，只将肚儿一腆，噌一声剑锋滑偏，倒引得田禄猛前一扑，一颗头几撞入天德胁旁。

　　说时迟，那时快，天德鞭起，向田禄脊背便落。好田禄，真不愧玄一高弟，赶忙一聚气，但听啪一声如中败革，一个莺梭穿柳式，田禄已跃向天德背后，剑锋一收，步法随转，早卓然山立，一抱剑，使个旗鼓。

　　这一开场，两下里各自吃惊，都暗暗佩服，因实扎扎各显内功，不同寻常。于是天德一挥鞭，窥虚打入。这一交手不打紧，登时林边簇起两团光气，顷刻间合而为一，翻飞上下，虹出电没。但见林叶簌簌，寒风乱抖，一时间人影都无，直至半个时辰。众人遥望，只惊得张口结舌。跌倒的那个大汉顾不得爬起来，索性来了个拐子打围，坐地乱喊。

　　正这当儿，光气一分，猛听天德大叫道："冷朋友且慢动手，俺有话讲。"于是两下里各收兵器。田禄喝道："你这干强徒，便再多些，俺也不惧！"天德笑道："哪个是强徒？足下那一肩行李，也值得引人窥伺？"田禄道："既如此，为何阻俺道路？"天德道："此事说来话长，足下可有胆气到金溪村舍下一叙吗？俺天德堂堂男子，决不暗算人！实见足下本领使人钦佩，又有桩疑事待示，足下若不敢去，俺也不便强勉，前途在望，就请便吧。"说罢，递鞭于众人，拱手于额。

这一来出人意外，倒将田禄怔住咧。心下疑团，未免怙惙，但也佩服天德本领，猛又想起探探他教门行为，于是大笑道："你那里便是龙潭虎穴，俺单身也不惧。"说罢，收剑于鞘。

天德大喜，趋近前便来握手，撮唇一呼，便闻得深林内马蹄响动，须臾，数十骑风驰而至，都是劲装健男。天德喝道："还不下马！"于是健男下骑咸伏。天德拱手向田禄道："劣骑尚堪代步，就请足下择坐。"哪知田禄欲显能慑敌，便道："不必拘拘，高爷但请自便，俺步行还可追随马足哩。"天德微笑道："如此更妙。"因叱众人道，"这里用你不着，快先去驰报，准备一切。俺和冷爷散散步，随后就到。"众人暴雷似一声诺，人骑杂沓，如飞奔去。

田禄偷眼一望，其中便有卜老儿野店中的健男，知是天德所差探骑，越发摸头不着。正在思忖，天德道："如去敝居，不过十余里，咱们且好携手徜徉哩。"于是两人相携拔步。这当儿，田禄脚下暗暗加劲，足尖点地，飞也似奔去。哪知天德并不理会，从容随行，气不加促，有时节反带田禄趋风而进，一路上略问田禄行踪。且行且语，不消顷刻，早已望见金溪村庙的斗竿从烟树苍茫中直耸出来，一带短堤直接村头。田禄遥望村圩蜿蜒，一般价土堞森耸，十分气概，不由喝彩道："好片所在，敢好能容聚千数户人家哩。"天德笑道："土村罢了。近些年承乡众不弃在下，才略见繁庶。"

正说之间，圩门大启。这时暮色渐曛，便见数十条火燎，左右一分，火龙似从圩门飞出，人声隐隐，凝然列立。须臾趑近，田禄留神一望，都是赳赳壮夫，一个个结束雄武，抱刀肃立。火光中两个长须老仆早已趑近前，接过田禄行装。天德嘴一努，两仆返身前导。于是火把照耀，一拥入门。这时村众耸观，十分热闹。田禄未免处处仔细，猛一抬头，只见对面一人匆匆撞来，神情急遽，就要趁乱而过，却是那青皮朱烈。

田禄方暗诧他如何也撞到这里，便见天德道："朱兄弟，这当儿哪里去？少时俺正有话请教哩。"朱烈一听，不由变貌变色，只得随众转去。不多时来至一所大宅门前，甚是气概，业已灯火毕张，烛龙相似。天德道："这便是舍下，便请先行！"说罢，奉了一揖。田禄这时颇为踌躇，虽见天德气象正大，这一进去，究不晓是吉凶祸福。沉吟之间，不由手按剑柄。天德大笑，抢上来和他携手而入。历过两重门阈，却来至一偏院中。其中厅事五楹，十分敞洁，廊下侍仆列立，帘内华灯灿然。于是宾主入室，相逊落座。

茶罢后，田禄致辞道："冷某一悠悠过客，和高爷素不相识，既无端见阻于途，又忽承款接于室，究竟尊意安在呢？"天德笑道："足下莫疑，少时便知。"因吩咐侍仆道："那朱烈且命他前边伺候。"田禄不由问道："那朱烈俺却在金水坝认得他，不是什么安分人。难道他和高爷有交情吗？"天德道："都不须问。足下这时也该饿咧，卜老儿店中吃不饱的，且容俺尽地主之谊何如？"田禄听了，越发愕然，料天德有心邀至，其中定有蹊跷。逊让之间，天德略一回首，阶下侍仆纷纷入来，便就东壁桌上摒挡停当，咄嗟之间，盛宴已列，酒炙纷纶，十分丰腆。

天德起身，相让就座，先满斟一杯，奉给田禄。田禄起谢道："高爷隆情俺不敢却，但何妨先示见邀之意，然后再饮，岂不痛快？"天德道："都不相干，此一杯是认识盅儿，该吃得很！"田禄眼睛一转，见酒色如常，方一气饮尽。天德大悦道："好，好，真正豪爽！"于是又斟过第二杯，不等田禄推让，便笑道："这一杯足下越发当吃！那会子咱们一场比试，好不快意。真是不打不成相识！既遇知音人，难道不当痛饮一杯吗？"田禄跃然道："当得！当得！"少时，天德第三杯又斟来。田禄笑道："高爷此杯又怎说呢？"只见他一整面孔，恭敬敬置酒于桌，长揖道："此杯稍待再吃方痛快，俺先谢那会子唐突之罪，少迟事儿明白，俺还要大大负荆哩。"说罢，另斟一小杯，一气饮干，向左右喝道，"快给我拿将来！"

田禄大惊，忙望时，只见一仆嗷应，趋入复室，须臾，捧出一小小包裹呈给天德。天德且不解开，却笑问田禄道："近来流行的有一种白衣圣教，且不论此教好歹，敢问足下，果有仇视此教之意吗？便是俺高天德也系教友，足下不须避讳，端须明言，才是大丈夫做事。"这几句话劈空而来，闹得田禄张口结舌。好在他还不晓这教是怎么回事，于是失笑道："此话何来？俺虽风闻近日有此教，还不解其意哩，哪里说到'仇视'两字？"

天德笑道："这就是了，幸亏还仔细。"说罢解包，取出一物，却是田禄售在古董店的那铜像。当时田禄诧异道："此物如何落在尊处？"天德道："若非此像引动教友见告，俺还不致唐突足下哩。"因叉手不离方寸，说出一席话来。

原来田禄昨日前去售像，恰值朱烈在复室内和一老板闲谈，望见铜像，登时忽生奸计，暗道：姓冷的寻俺晦气，好不可恨！今无端出售神像，这是俺教门中最忌讳的，便可为仇视教门之证。恰好高教主在俺家，俺且去挑起事来，定然要得姓冷的命。主意既定，立即付银买得。等田禄踅去，他便飞跑回家，向天德一挑是非，说田禄是外来强梁，蓄意与教门为难，便以出售铜像为证，并言田禄凶得紧，非教首除掉他不可。天德果然信以为实，于是连夜价赶回金溪村，却在青梓林埋伏了，要生擒田禄。不想一见田禄气概，已动相爱之意，及一交手，不由越发惊爱起来，暗道：如此英雄，正是俺愿交难遇的，便是他果然仇教，还须设法劝化他，引为我助才是。如此一想，所以将田禄邀得来。

当时天德述罢朱烈见告之事，田禄笑道："岂有此理！今不瞒高爷说，俺实因旅资困乏，恰好手下有如此神像，故去出售。俺并不晓得是尊教中所奉神道哩。"天德沉吟道："足下手中缘何有此神像呢？"田禄大笑，便将大宏寺通惠作奸一节事一说。天德吃惊，顿足道："杀得好！不想俺教门中有此败类。可笑朱教友不审皂白，便来胡告，总算是无心之过。俺今日唤他来，给足下当面谢罪。"

田禄微笑道："朱烈未必无心吧？俺曾在金水坝得罪于他。"于是将朱烈邪法见害，并自己阻他取胎等事细细一说。天德听了，只气得面目更色，忽地整襟一坐，引手加额，口中喃喃，似乎祈祷似的，然后拱手致谢道："高某不明，致得罪足下。朱烈那厮入教未久，原来是这等奸邪之徒。俺这里自有教规，少时便见分晓。"说罢。双眉一竖，大喝道，"快将朱烈唤来！"左右如飞趋出。

这里天德忽地站起，携田禄趋就西壁案前分立左右，即将那神像端正正置在案上。眼光一瞟，左右早捧上一柄利剑，置于像前。于是天德肃然拱立，满面威毅之色。室外侍仆登时视端形肃，鸦雀无声，但觉华烛光摇，凉风徐振，真如有什么神道监临一般，倒将田禄闹得毛森森的。

正这当儿，侍仆一启帘，朱烈跄踉趋进，一见如此阵仗，颜色暴变。天德冷笑道："朱兄，好个教徒！你事儿自忖怎样呢？"朱烈恶狠狠凶睛一瞟，恨不得吞却田禄，大叫道："不须说咧，姓冷的总算俺对头就是！"说罢，抢近案，取剑在手，回肘横锋，向项下一勒，扑哧声血喷尸倒，早已了账。田禄大惊。天德道："此不足奇。俺教中有犯罪恶，都用神剑自裁之法，不然驭众无术，不是作乱之源吗？说罢，叱侍仆打扫血迹，抬出尸身。天德依然拱田禄入座，早飞过那预斟的第三杯酒来，道："此杯足下越发该吃，不然怎能解秽呢？"田禄见天德豪气如许，岂肯示怯？忙接来一饮而尽，称赞道："高爷如山正气，方不愧教首之目。在下借花献佛，也应回敬三杯。"于是起身，一气儿斟满。

天德大笑，次第饮尽，然后看炙迭进，两人随意细酌起来。酒到半酣，天德却叹道："凡一教之立，其始本旨，万万不会错的，无奈辗转相传，又加以入教的良莠不齐，但有一奸恶行为，便归之于教门不善。其实天下岂有劝人为恶的教门？不过奸邪之辈，为教门之累罢了。便是这白衣教，大旨劝人谨身修行，无愧天地。其用意掺和儒、释、道诸教，即如束身自好，此近乎儒；静观息念，此近乎释；跌坐导气，此近乎道，何曾有什么邪僻行为？不想竟有通惠、朱烈等种种不法。如此看来，此教蔓延一广，难保无奸人乱民借聚徒众，却可虑得紧！"说罢，连连太息。

田禄听了，便将卜老儿所说荆、襄一带光景一说。天德扼腕道："如何愈传愈谬？还不知怎样底止哩！"田禄因笑道："高爷明见如此，为何也为教首？"天德叹道："不瞒足下说，俺因素好任侠，谬承乡里推重，左近入教的既多，通没总持，因此为众所推，不得不为。又因教旨本为正大，天德总教以来，还没有奸恶事出于教中，因此姑且为之罢了。"说罢，和田禄谈起武功，越发款洽。知田禄入京寻友，大悦道："大丈夫既负本领，自当驰骋当世。现在苗乱纷纷，当世需人，足下倘逢机会，正好飞腾哩。"田禄听了，只有逊谢，也不了了苗乱之语。

两人谈话投机，直吃至夜深方罢。即宿田禄于厅事内间，天德道了安置，方才趑去。田禄辗转卧念道：人若不出乡里，真如装在闷葫芦里。俺出门未久，便已闻见许多异事，如白衣教门，并方才天德说什么苗乱，又不知是怎么回事，将来到京寻着遇春兄，他一定有些闻见的。但不知俺有无时运可以驰骋当世。想得模模糊糊，方一合眼，忽觉鼻孔内钻入一阵幽甜甜的香气，接着有人附耳小语道："阿大睡了吗？俺便被那老厌物儿贬出来，你如何不趁空望望俺？"细语之间，一股口脂香，好不甜甘。

田禄一看，却是曹奶奶，依然地嫩面生春，丰姿如故，并自笑吟吟直赤体登榻。那田禄一阵模糊，仍如在曹家偷期一般，两人一语不发，登时动作起来。那田禄正在得意间，恍惚被人一推，只听扑嗒一声，倏然惊醒。哪里有什么曹奶奶，烛光中，一只挺大的耗子，却由榻顶跌落，如飞跑掉。田禄定神，一摸身下，不由好笑，暗道：俺久旷多日，这是满盛则溢的道理了。于是起身收拾干净，重复睡倒。说也作怪，只是翻来覆去再也睡不稳，好容易似乎困去，又复醒来。一时间竟没措置处，只得瞑目咀嚼梦境，越发弄得心头火热，没奈何爬起吃杯冷茶，神思一倦，方才睡去。

次日晨起，结束辞行。天德哪里肯让？硬生生留住一日，极尽款洽。中间谈起剑术，天德议论入妙，有许多奥理，竟为田禄所未闻。田禄叩其所师，天德却笑而不语，但道："现在教门中时出诡异骇人之事，吾方韬隐不迭，岂可张扬武艺，自速其谤？俟异日逢君，有机缘再谈何如？"田禄听了，悚然莫测，不由将自己所师葛玄一说出。

天德猛闻，耸然拍掌道："哦！哦！这就怪不得足下有如此本领。"因自语道，"葛玄一！葛玄一！"又急问道："那么足下同门，共有几人？"田禄道："只有杨遇春、逢春兄弟，并于益三人。"天德听了，又狠狠将三人念了两遍，仿佛谨记下一般，却叹道："海内尽多奇士，此后俺高天德越发不敢自谓武艺咧。"田禄听了，不便深问，只管暗暗纳罕，却随口试问道："看高爷词气，颇也不满白衣教门，既如此，何妨退教呢？"

这句话不打紧，天德登时正色道："足下此言冒昧之至。丈夫做事，岂可反复？但当于事中求至善，不当于事外寻巧机！天德不幸既入此教，但当竭力匡救同教之失，以明此教本旨才是。倘不如愿，只好洁身远引，存此教于万一，岂可说退教的话？"说罢，目光凛然。田禄自悔失言，不由愧汗起谢。天德一笑，依然款洽如故。次日，田禄起程，天德携他手直送出村外里余，方怅怅而回。

且说田禄一路上踽踽行去，资斧无多，未免闷闷。没奈何只从食宿上缩俭下来。因他这当儿去寻遇春，颇存向善之想，不然凭他本领，哪个囊箧之物他不取之如寄呢？却是客气用事，究竟不成功，不多几日，已然撑不住咧。

因每一落店，看人家大碗酒、大块肉地恣意受用，再阔绰的，还叫俩小娘儿陪酒弹唱。自己跟前冷清清放碗清水黄齑并粗粝饭，叫店伙十声，倒有十一声不搭腔，勉强安置你在狗窝似的下房，还不冷不热说许多撇邪话。田禄狞龙似的性子，如何能受？只走了三四日，早已心头啾唧起来，便暗自恕道：天下财本是天下人用的，什么你的我的？俺只下手时有分寸，使他不伤筋，不动骨，譬如九牛去一毛，害得甚事？如此一想，这夜落站，便大吃大喝，又到街坊上买几件鲜整衣服，都许人家明晨给钱。店人看田禄穷爷似的神气虽不放心，也不便深问。

不想次晨去算账，田禄一一开发，并剩一包银揣将起来。却是为时不久，街坊上忽哄传某典当里失窃十余金。读者心眼都玲珑不过，无烦作者点明咧。便是如此光景，田禄每一落站，人都趋承恐后。

却有一件，天下事都怕开端。这不正道行为既一露头，自然收煞不住咧。田禄资用既有无尽外库，便一路散漫用去，不消说旧性渐复，每逢美色，未免心头痒憎憎的，却因赶路心急，还没暇理会。

一日过午后，天色沉闷，阴阴欲雨，田禄行抵一处林莽窄径，正在纳头纵步，忽听吱一声，由深莽中跳出一物。头如巴斗，画得青青红红，巨口獠牙，蓝臂双撑，手执铁蒺藜，穿一件喇啦啦山响的豹皮裙，不容分说，举棒便扑。田禄乍见，也是一惊，却是他心思灵动，仔细一望，不由大笑。简直地拔剑迎去，略一晃动，那铁蒺藜棒早咔嚓声断咧，却是白木染就的。

那怪物身形一晃，连忙避路，果然人语道："朋友，走你的路吧，咱们井水不犯河水！俺因有老母待养，这也叫出于无奈哩。"田禄喝道："你这厮装神扮鬼，不知伤害多少行旅，谁信你养老娘的旧话头？"说罢，抢上前一脚踢倒，先掠下他戴的鬼脸儿，却是个浓眉大目的三十来岁男子。又顺手一撕豹皮裙，却是厚纸做的。

那男子已叩头不迭，道："俺叫毕得立，实因没法养老娘，才结了一干朋友散在左近地面，各想些意外钱为生，却真真从不会伤人。你老若不信，俺家便在前面山坳里，真有个八十多岁的老娘哩。"田禄笑道："如此说，你倒是个孝子了！没别的，快引我去看看你老娘，俺还有银两赏你哩。"一言方尽，只见毕得立爬起便跑。正是：

　　散漫黄金结鼠辈，会看异日助邪氛。

欲知后事如何，且听下回分解。

216

第十六回

堕一念枭狐恣淫孽
识四魔虎鼠结邪缘

　　且说田禄见得立想跑掉，连忙揪住。得立忙道："小人家下狗窝一般，如何辱你老大驾？且俺老娘病在床上，拉溺得腆臭不堪，真熏得死人。你老若见怜赏银，何妨就这里给俺？"田禄笑道："都不打紧，俺因走乏，趁便到你家歇歇腿儿，如何只管推三阻四？"说罢，按剑道，"快些引路！"得立没奈何，只得累累赘赘拾起假面断棒，反步前趋，却不住地回头望田禄，一会儿又道："俺娘这宗病怪得紧，一会儿好将起来，还能跑个十来里，去挑菜拾柴。这会子咱去了，她还许不在家哩。"田禄听了，暗暗好笑。

　　一会儿，得立又稍驻足道："你老真个不嫌腌臜吗？"田禄都不理他，却留神窄径越发畸岖，不多时转下一片陂陀，果然丛荆短树中现出三间草屋，四围短垣，篱门紧闭。得立这时脚步越发逡巡，便指道："那草屋便是俺家，你老自进去，俺拾些野柴来，好给您烧汤水。"说罢，斜刺里便要脱身。田禄一笑，略紧步，早已抓住，硬生生押赴篱门前。得立这时哪里有好气？便扑啪啪一阵叩门。

　　良久，忽听得屋内娇滴滴地喝问道："是哪个呀？"田禄微笑道："这便是你老娘吗？"得立红着脸不敢作声。哪知屋内只管问是谁，得立恨道："祖宗来咧，还只管慢腾腾的！"便听院内一阵小脚走动，跑得咯吱吱山响，娇唾道："你这天杀的，抛掉老娘出去这半晌，得油水还不一定，不知从哪个兔子窝里唤得猫三狗四来，却来充小祖宗。等会子看老娘揭掉你皮！"得立听了，急得跺脚道："我的妈，少胡吵，有体面人在这里哩。"

　　篱门内笑道："体面人什么样呀？夹卷荷叶的蒂长头发，挂大丝瓜的穿高袍儿，左右是人坯子，男就男，女就女，难道是二椅子吗？"说罢，篱门一启。田禄眼光不由一耀，原来是个俏生生小媳妇儿！有二十五六年纪，生得秀秀身材，容长面孔，浑身堆着娇俏，梳着漆光似家常髻，一身布衣，下衬金莲。水也似眼光一瞟，早嫩溶溶罩在田禄面孔上，不由猛地一惊，花容微变。

得立忙说道："咱娘一定是出去咧，怪得你来开门。"小媳妇儿好不机灵！且不应得立胡噪，只百忙里看田禄神色，少时已得主意，忙抢上来一拉得立，双双跪倒，娇泣道："您这位好汉爷，定然看破俺丈夫行藏，俺夫妇为贫所使，才致如此，俺们老娘就早没得咧。您宰掉俺们只如抹蚁一般，倘蒙高抬贵手，俺不祝赞您别的，只祝赞您将来娶个天仙似的媳妇儿。"说罢，扑哧地一笑，香鬟竟磕在田禄脚上。

原来这毕得立起初原有家业，娶得妻子夏氏，风骚不过，得立爱玩美妻，便事事不做。久而久之，坐吃山空，一贫彻骨。还亏得他素好滥交，有一班不逞子弟，大家平日价酒肉往还，颇颇相得。当得立有钱时，大家结队出没里巷，无非是赌场落脚，私窠儿内睡觉。稍和人有睚眦不快，便一窝蜂价寻人打降。大家也都会些三脚猫，白亮亮刀子耍得嗖嗖嗖，好不凶实。

那群子弟，一个叫罗有高，一个叫蒲三立，还有一个生得矮巴巴的叫地方鬼李七，和了毕得立，共是四人，闹得地方上鸡犬不宁，因此有四魔之目。及至得立穷下来，那三魔也早就精光蛋咧。里巷间住不牢，便陆续来至这僻道左近，各显奇能，做些没天理的事。唯有得立最后方携妻趁来，他最没能为，只好仗俏浑家去撮弄三魔，他缩着脖儿吃口白食。但是也非长计，后来还是夏氏想出个装鬼吓人之策，人见了不是吓昏，便是抛掉行李飞跑，得立好不写意。不想今天，却遇田禄。

当时夏氏一开门，见丈夫惶急之状，并田禄劲武气概，便料知机关坏咧。幸她看田禄一双色眼恨不得钉入自己肉内，便知这不速之客定可情动。于是现出狐媚子样儿，不管成不成，且撒这么一网。哪知这一网打个正着，登时将个翻江搅海的大妖鱼给弄住咧。于是田禄暗诧道：不想这所在有此尤物。不由开颜一笑，略一引手，那夏氏早绵条鱼似的，攀着田禄手臂，轻躯一扭，亭亭站起。不容分说，便去接了田禄行装，一面笑唾得立道："你还人不人鬼不鬼地装甚呆鸟？还不与好汉爷拂拂尘土，容咱们到屋内拜见，诉诉苦情。"说罢，纤手一伸，要并接那宝剑，前却之顷，俏脸儿却吓得红红的，十分媚气。

田禄解意，不觉将剑归鞘。这里得立早狗颠似抛掉所携之物，给田禄拂净征尘，和夏氏一前一后，拥田禄入房，转眼之间，一齐拜倒。那夏氏一张嘴便如推倒核桃车一般，委婉婉将得立身世一述，好不妮妮妮妮，字字圆滑。说到冻馁之苦，竟娇啼婉转，泪人儿一般。田禄模糊糊听得如流

218

莺百啭，却故喝道："你夫妇吓人取财，本当杀掉，姑念你还没害人，今俺这里有十余两银，便给你们，快快改一正业。毕得立尽也是条汉子，将来若逢皇家招伍，便吃一份口粮，也能为生，何必做吓人之事呢？俺今行路事忙，不得久留。"说罢，要解装取银，那灼灼眼光却注在夏氏面上。

夏氏好不知窍，绵团般手早已握住田禄手腕，狠狠一捻，然后道："您不要忙，这时光正该用午饭咧。既承您厚赐，俺夫妇还没动问姓氏，岂有便去之理！"田禄笑道："俺名冷田禄，进京访友，你可记得咧？"说罢，要取行装。

这当儿，得立还呆鸟似站在那里，夏氏噪道："你快些飞将去，就东村赊酒，西村赊肉，再到南洼米行中取一筲萝米，咱好歹留恩公一饭，方是道理。"得立道："好，好！你便热热地弄汤出水，先请恩公洗个舒齐澡儿。那当儿俺敢好回来咧。"说罢，匆匆取篮，便要拔步。夏氏一使眼色，咬唇道："西村肉不鲜，你便可赶赴北村，跑不大谁的脚哩。"得立会意，一路耸肩而去。

这里田禄也便趁势坐地，先一望这屋内，榻几等类草草略备，一片纸槅隔出外间，眼光一转，却正与夏氏眼风凑个正着。夏氏笑道："您且坐歇，俺便去整治汤水，与您洗浴。"田禄笑道："左右俺也闲坐，便帮你去整治，也快当些。"夏氏笑道："哟，可知好哩！可见您处处体恤人。人要嫁……"说着，眼波一溜，微笑道，"像俺丈夫，再不会帮人一手指的，不然会坐吃业尽吗？"说罢，先行趋出。田禄从后望她背影俏步甚是可人，于是转至屋后。却有一明灶儿，水瓮柴草，一概具备。于是两人嘻嘻哈哈烧柴注水，一壁价调笑闲话。

田禄道："你夫妻住在这里，不孤寂吗？"夏氏这当儿正坐在灶前，叉着尖尖脚，便笑道："不瞒您说，都因图生，便说不得咧，还幸亏有一干乡里旧识时来往还。"因将罗有高三人一说。田禄这时意在寻话说，便随口道："他三个人以何为生呢？"说着，一添柴草，却拨在夏氏的小脚儿上。夏氏赶忙一缩，掩口道："哟，俺的爷，您弄不惯这营生，且一旁安坐吧。"说罢，取一木墩儿置在灶前。田禄一笑坐下，和她相去咫尺，微闻发香，好不有趣。

夏氏道："这干人以何为生，您不须理会，左右和俺夫妇差不多，却也都是精壮汉子，都是出于无奈。若知您这等人物光降这里，早如飞跑来，一望颜色了。因他们一班人和俺丈夫有家业时，都好结交的。"田禄笑道："等俺慢慢认认他们。"夏氏道："敢是好哩。"

一言未尽，只听水锅内沸的一声，溢出许多，只将夏氏笑得前仰后合，道："只顾上面弄嘴儿，不想底上尽力子攘了一下子，却弄出这些水来。"说罢，抽出柴束，注汤于盆，挽起两袖，露着藕也似胳膊，端起盆向田禄抿嘴一笑，道："您便来吧。"说罢，疾趋入室，置在内间。

田禄沉吟一会儿，随后跟进，却正值夏氏一脚跨出，撞个满怀。田禄只觉软绵绵香肌触了一下，不由心下大动。两人相视一笑之间，夏氏已将槅门带上，低笑道："您若抹背，只好自己费手咧。"说罢，一路脚步，似乎趋出。这里田禄也便解衣就浴。浮拍之间，未免涉起冥想，只管揣拟起夏氏来。加以热汤触体，阳气鼓动，只觉百无聊赖，便恍惚惚，不由暗想道：女人风韵，真是各有各趣。俺虽所阅无多，已知其迥然不同。有红英姊之靡曼绝世，又有曹奶奶之丰艳熨帖，如今看这夏氏，却又另具一种媚荡之态。这还是就体貌而论，至于不可言传的光景，唯有自知之趣，越发各有各趣了。看起来秋菊春兰，各极一时之秀，此语真正不错，断不是胡拉八扯哩。

想到此间，心下越发恍惚起来。不由暗疑道：人都具此性质，为甚遇春兄言辞之间只拿这事儿规劝我？难道他就真个不的？这当儿，长安佳丽不知有多少，他客邸徜徉，真个心如木石吗？只恐也未必哩。俺若不念他规诫之语，一路上凭他高楼深院、密闼幽闺，哪一处不是俺行乐之所，不知受用了多少风光，岂至像那夜闹得盛满则溢吗？好没来由！俺为甚听人古板板的话，束缚自己呢？

正在思忖，只听纸槅边夏氏软语道："您可要换些汤水？"田禄听了，颇耐不得，却一时间不好意思。知夏氏隔槅暗张，不消说田禄故意做出些妙相儿。果然听得夏氏小脚儿窸窸窣窣，只在槅边踅来踅去，少时竟咘咘微笑，咽一声咽口香唾。

这时，田禄也无心洗浴，便赤体披件衣衫，吱扭声一开槅门。夏氏红着脸，含笑踅进道："您老莫怪，俺不便给您揩背。"说罢，秋波一闪，早望到田禄腰衫突自鼓蓬蓬的，于是端盆踅出，仍给田禄带上槅门，却笑道："您只管歇坐，俺也趁水洗洗身上。"于是置盆外间。

田禄这时如何还忍得？早放轻脚步，猴在槅门缝边。只见夏氏一阵脱光，粉臀一掀，早已坐下盆去。不消说酥胸玉乳，雪胫莲钩，一弄儿跃入田禄眼中。良久，良久，忽听槅门一响，夏氏忽然咯咯乱笑，但听一阵稀里哗啦，登时溅了一地水。却有一件，外间内登时无人，但闻嬉笑之声，竟自出于内间。直过得顿饭时，夏氏方蓬松云鬓，嬉笑而出。这次方安静静浴罢，摒挡浴盆。至于田禄钻在哪里，看官请自意会便了。

不多时，毕得立踅来，夏氏赶忙迎出一摆手。得立笑吟吟凑向夏氏，端详面孔道："怎么样咧？"夏氏悄唾道："死王八，俺不为你，为甚叫人摆布？今他困睡沉咧。"得立听了，猛地置下篮，两眼一瞪，便抓柴斧。夏氏嘴一撇，悄喝道："瞎乌龟！不睁眼，你当他是寻常客人吗？快跟我到屋后，从长计较。"

于是两人踅去，得立道："咱这业道，讲什么天理？他既睡熟，正好做翻他哩，难道你爱上他脸子，被他弄快活了吗？"夏氏唾道："放屁！你晓得什么？此人气概本领既不俗，又赴北京寻友营干，安知将来不会发迹。他又慨然赠银给咱，总是个慷慨好交的角色，咱们索性从好上来，将来或得他提拔，都说不定。难道你便装鬼一世吗？"得立道："啊呀！计虽不错，却是俺穷得叮叮当当，拿什么巴结他呢？"夏氏失口道："都不须你管！"得立一做鬼脸，便是一揖，道："借重！借重！"夏氏唾道："快整置酒饭去吧。"于是就灶头引起火，得立兴冲冲淘米割肉，和夏氏合作起来。

得立道："真正晦气！俺方才回至中途，却遇着李七咧。他一见酒肉，登时两眼都直，便趋了脚，要跟来吃白食。"夏氏笑道："那厮是害馋痨的，想这些时生意不得手，口内淡出鸟来咧。"得立道："俺说：'你别不害臊咧！这是有个客人在俺家落脚，本领强得紧，这是人家出钱买来受用的。'他听了只管不信。我没理他，便自踅来。真个他说这些时没捞着小人儿，倒是罗有高囚攘的运气还罢了，昨天挖了一处，很得彩头哩。"

正说得热闹，锅内炙香发越。夏氏斜睇日影道："酒肉都熟，人也该醒咧。"正鲜亮亮盛出一器肉，只听短树后大赞道："好香！可好给俺尝尝。"一声未尽，突地笑嘻嘻跳出一人，却是李七，乱噪道："好哇，你两口儿真是被窝里放屁——吃独食，还拿什么客人搪我老李！客人倒许有，恐早被你葬送咧。快给俺块肘核儿煞煞嘴是正经。"说罢抢近，拈一块入口，鼓着腮帮子只管大嚼。

夏氏唾道："你别没人样，真个有客人哩。你不信，到俺屋内张张去。"于是李七跑去，这里夏氏等方七手八脚地装酒切肉。李七又拍手跑来，不容分说，向夏氏便是一揖。道："恭喜！恭喜！你哪里出来个玉娃娃？那睡脸蛋儿真掐得出水。原来这是扶头酒，越发该我李七陪吃咧！"夏氏唾道："悄没声的！人家若听见，什么意思？"于是从头至尾将田禄来路一说。

李七惊道："冷客人真有如此本领吗？毕嫂儿，你的计算真不错，这般人如何不结识他？今天晚咧，好歹你留他两日，待俺约了罗、蒲等都来见见这人物。"说罢，一溜歪斜，竟自踅去。原来李七为人，放着正业不做，专好打听些没要紧事东报西告。又因他生得短小，所以有"地方鬼"

的绰号。这当儿，便靠和蒲三立一处混。

当时得立夫妇见李七趄去，也不为意。须臾，田禄醒来，夏氏先笑吟吟进去，得立倒逼定鬼似的立在外间。少时夏氏唤他进去，但闻田禄道："你夫妻倒如此破费，俺只得耽搁一夜咧。"便这等含糊交代过，一同出就外间，摆上酒饭。不消说田禄上座，夏氏夫妻左右相陪。大家无拘无忌，痛饮大嚼，中间田禄说起一路上许多事，惊得得立等下拜不叠，忙道："俺们真个有眼不识泰山，此后冷爷发迹，好歹要求提拔的。"田禄慨然应允，因问起罗有高等做甚营生。

夏氏笑道："今且欢饮，哪里有暇说这干狗也似的人？好在他们都想来拜见冷爷，自然会自报角色了。"说着，樱唇一绽，俏盈盈斟过一杯。田禄乘了酒兴，大笑道："当今乱世，哪里没有人物？俺冷某一朝得志，都引将你们去如何？"于是得立起谢，先自趄出。这夏氏和田禄又自在在饮至天晚，方才饭罢。这晚，田禄和夏氏欢畅高卧，自不消说，只难为了毕得立，只好缩在外间屋隅。

次日，田禄把给夏氏一包银两假意要去，夏氏哪里肯依？一壁价命得立去买酒肉，一壁价梳洗打扮得花朵一般。田禄看得动火，趁得立不在，便又狂了一度。须臾，早饭摆上，欢惊既畅，未免贪杯。只夏氏等收拾器具当儿，田禄在内间神思一倦，竟就榻困去。少时痴迷迷似醒非醒，但听外间有人笑道："俺昨晚听得李兄弟说，直喜得一夜没睡，今早便寻了蒲兄跑来咧。"

又一人道："方才俺暗张冷客人，果然气概非常，合该咱们见识个人物。"便听夏氏笑道："真个的，罗爷近日营生发财呀？"一人道："还罢了。便是西镇上任乡绅的儿媳妇新落葬咧，人都说这任老儿和儿妇不清白，所以装殓等物非常的阔绰。说珍珠手串、紫金镯便有好几副，其余衣褥之盛，自不消说。俺破了几夜工夫，挖通地道，方才弄破她墓子，虽得些彩头，也不过寻常罢了。但是还强似蒲爷，黄鼠打不着，几乎惹一身臊。"

便有一人拍膝道："别提咧！如今小人儿们都精灵，食物中下迷药，法儿虽好，无奈他们不吃！前些日俺看准一家孩子，好容易费了一车话，刚把他兜搭到野外，才把出药饽饽来，不想他叔子撞来咧，吓得俺回头便跑，好几日没敢露面孔。"

一言未尽，得立喝道："着家伙吧！"咔嚓声便是一棒。正是：

狐鼠相求原一气，肖小巧聚亦前缘。

222

欲知后事如何，且听下回分解。

七集紧接额侯平苗，杨遇春招合群侠，连破大姚、龙母两山。其间冷田禄建立奇功，滕氏三雄并于益、逢春等各显奇能，细目如"遇春两访甄正叔，挥泪斩凌鲤""逢春、于益巧擒吴半生""华倩霞纵火焚诸峒"，冷田禄大战赤霞关，活捉留人峒主乌苏拉，遂与遇春割袍断义，气走襄阳入白教，红英起事，联合川陕教匪，其间淫杀情节并手刃陈敬，小二夫妇誓死报主，直不减吞炭漆身，而史绍登之战功并带叙刘清天之折疑狱，尤为精彩绝伦也。

第 七 集

第一回

话椎埋群魔小聚会
议酒食一窃入牢笼

上回书交代到冷田禄一路恣为，竟在毕得立家放荡起来，以致引出四魔等人，向善一念登时堕落。似乎田禄为人，出诸情理之外，不知冷田禄原是恶根性人，早被其师葛玄一看透。不过趋恶之始，定先有点儿本良发现，所以有救吴玉等事，譬如回光返照一般，此是至理，莫认作情节支离，可见其为人反复特甚，所以后来和红英还自相忤，遑论其他？

闲话少说，且说田禄初醒，正听隔壁众声，方暗诧这班人说得不伦不类，便听得立一喝棒下。田禄大疑，忙爬起就楄门一张，只见是三个面生男子，或秃头，或绾起得胜纂，或叉着毛森森的黑腿，都围绕着夏氏笑语。得立手掂折棒，却笑道："蒲爷运气和我似的，我若非躲闪伶俐，也成了这半段棒咧。"夏氏笑向三人道："你们还没见那狼狈样儿，真像个倒运鬼。"

三人听了，都各大笑。就这声里，田禄一推楄门，徐步而出。夏氏却笑喝众人道："快安静些，什么样儿！"于是三人趋上，纳头便拜，乱吵道："俺等都是粗鲁汉子，今得见冷爷，实为万幸。"田禄连忙扶起，逊得数语。夏氏早扭头折项地笑指那秃头的道："他叫罗有高，绰号'地老鼠'，挖得好墓洞，专一去拜望死人，揭鬼债。不问死人肯不肯，一顿剥得精光。"又指那绾纂儿的道，"他叫蒲三立，专一拐贩小人儿。却是一样，时气不济，小人儿们到手，非病即死。"

正说着，那露毛腿的哼了一声，夏氏笑道："你莫着急！他叫夜猫子李七，和谁搭伙谁倒运。蒲爷险些被人捉住，都是他妨的哩。这便是他三个宝贝生业角色，冷爷可听明白咧。"说罢，笑作一团。

李七一眈眼，笑道："夏嫂儿，别打欢翅咧！俺同着冷爷，不说你罢了。去年俺毕哥有一次去做生意不如意，你亲口对俺说的，人要出去寻彩兴，千万那事儿洁净，莫犯月日忌。如今这次被冷爷削断棒赶将来，不消说，定是因你高兴，冲犯什么月宫日宫咧。你给我老实点儿，好多着的哩!"

夏氏听了，笑嘻嘻咬着牙儿赶去便打。众人一阵笑，便拥田禄，大家落座。田禄略述自己行止，众人已惊得颠颠倒倒，都道："冷爷如此英雄，好歹且宽留几日，便瞧得起俺们咧。"李七攘臂道："好! 好! 俺虽是精穷倒运鬼，定要在冷爷跟前尽个心儿。俺也不抢先，明日不消说是罗爷东道，俺便是后日何如?"

田禄忙道："诸位不须破费，俺趱路心忙，心领就是。"李七跳吵道："俺都不管，冷爷若走掉，俺只寻夏嫂儿算账，且试试俺的再说!"夏氏笑着，一掌打去，李七一闪，却踏在得立脚上。原来得立还直撅撅立在门首，候他浑家指挥。于是夏氏一使眼色，得立趋出。这里夏氏搭讪数语，一摸脚尖儿，皱眉道："真是鞋穿大不穿小，你们且安坐，俺去去就来。"说罢，也扭将出去。众人正在高谈，也没理会。

唯是李七缩项一笑，暗暗蹑去。只见夏氏正背着脸儿，在屋旁大树下数落得立。得立却脊梁朝着夏氏，一壁倔道："真他娘的晦气，这干人帮吃白食还罢了，却又要充朋友，做东道。留得冷爷，早晓都须我破费。罗有高新得彩头，还有油水。像李老七，两个肩膀扛一张嘴，也要蛤蟆垫桌腿——鼓着肚子办。除非他自己会拉金溺银，你看吧，归根儿弯弯转转，这项钱出在咱身上，他却去撑面孔。"

夏氏道："你莫小气，管他哩，反正冷爷亏不了咱们。往后大家都希望仰仗冷爷，你如何先鸡肠鼠肚?"李七听了，不由顿起土鳖火儿，略一沉吟。只听夏氏道："今天人多，须酒肉丰腆些，你快向北村去买吧。那里徐大户家大后日娶媳妇儿，趁生意的小贩儿业已到村，一切食物还齐整些儿。"李七听了，不由心有所触，于是默默踅转。只见有高等正在夹七杂八地闲谈，见李七噘着嘴，便道："咱们请冷爷，东道儿怎预备呀。"李七听了，越发不自在。

须臾夏氏踅进，笑盈盈挨坐在田禄身旁，大家会意。蒲三立便道："俗话说得好：表壮不如里壮。毕哥模糊糊性儿，真亏夏嫂儿调理他。"有高正色道："什么话呢! 牡丹虽好，还须绿叶扶持。凭夏嫂儿这表人物，若处在阔绰场中，什么人比得下去呀? 不过这当儿，钻在山坳里厮混，显得平平罢了!"说着偷眼一望田禄。

夏氏笑唾道："别胡嚼蛆咧，俺脑瓜皮薄，戴不起高帽儿。倒是前些日，你在人家墓子里得到什么好物儿呀?"有高道："俺没说吗，平常得紧。"于是略述挖墓之事。田禄道："这事儿倒费手得很。"有高摇手唾地道："别提咧，简直不是人干的！凡去挖墓，先破工夫远远地挖通地道，活跳跳的人，硬去学地蛆，手足上都戴铁耙，拱将进去。为力之苦，已然够受，更加上提心吊胆，若三不知被人张见道口，便生生活埋在里面。但是那道口，都在翳荟深莽间，或废井乱石中，轻易人张不见。虽是如此，去年俺一个伙伴儿去挖道，方进得数十步远，不料后边一只大獾跟钻进来，衔住他腿胫便是二口。"

众人听了都笑，有高道："这挖道已然艰苦，至于破墓取尸，剥检殓物，越发啰唆咧。先须喝得醉猫似自命凶神一般，腰斧挟锤，登时大骂，不然持不住气。但心下一怯懊，那算坏咧！不怕个虫儿一跳，风儿一刮，登时觉鬼掐脖儿哩！便是动手之先，还有一套说辞做作，也不晓得是哪个明公留得下来的。你若不依法而行，马上便见变故。"

众人道："奇哩！俺们虽听你常谈挖墓，却不知这节儿。"有高呸的声重唾一口（俗谈鬼先唾，被不祥也），然后道："便是动手之先，力扣棺的前板，谩语道：'朋友，咱好多日没喝一场儿咧，今你在家，快快出来。'于是连扣一阵，却怒道，'你直如此慢待人，酒友到门，如何缩头不出？难道你该俺酒钱，还不见还吗？'于是破棺，将尸身半拽出来，便笑道：'你装睡，当不得事，且起来说正经的。'于是将备就绳索，做一大套儿，一头儿套尸脖，一头儿套向自己项，一手揪尸胸，平挣起来。这当儿若是新尸，稍还好些；若是陈死人，那张僵尸面孔，和自己闹了对面相，就不用提怎生难看咧！"

夏氏听了，乱唾道："好砢碜！再说下去，迟会子都不用睡安生觉咧！"哪知田禄闻所未闻，听得十分有趣，忙摇手止住夏氏。有高接说道："这时切须作气，啪啪便是两耳光打将去，喝道：'朋友你没脸见俺，也当不得还酒钱，且剥你衣服作抵再说！'于是放手做事，一无变故。

"有一年俺去挖一处老墓，那墓所和人家一所荒园离得里把地。园中只有两口儿看园种菜，僻静得很，用不着挖地道。俺白日里踏好道路，记得明明白白，及至降晚，忽落起细雨来，一会儿潇潇洒洒，竟越下越大。俺一想天公不作美，这是哪里说起？心头一烦闷，不由多贪了一杯儿，便索性睡他娘的。及至醒来，只见一痕新月，清光如沐，原来雨早住咧。俺听听村墟远柝，方交三记，便模糊糊爬将起来，携了应用器具，跄跄踉踉撞去。

"本来到墓所没多远，却只管不到，并且荆棘纵横，顽石绊足，只觉前面影绰绰一带横墙，随人乱转。我焦躁中，猛悟道，这光景甚是蹊跷，敢是那话儿吧？原来夜行朋友都知有鬼打墙一说。于是俺提气大喝，咬破舌血喷去。说也奇怪，俺恍惚之顷，一阵野风过处，仔细一望，却来在荒园地里。一只看园狗冷不防闯来，汪的一声，敬了我一乖乖。我忙晃利斧赶掉狗，一摸腿胫，早去了一层皮。方要寻路趄去，忽听园屋内两口儿一阵笑嘻嘻，甚是写意。"

夏氏笑瞟道："人家两口儿，深夜间体己笑语，干你甚事？"有高拍膝道："谁说不是呢！俺若如你的话，一径趄去，还不至丧气哩。当时俺见那屋窗上微有灯光，便悄悄走近，就窗缝一张。"夏氏笑笑道："贼形儿，好没人样！"说着一瞟田禄，香腮微晕。有高笑道："夏嫂真伶俐，就知人家没人样，干那把戏。"说着伸两指纵横叠压道："可不他两口儿，正如此如此。"夏氏正含了一口茶，水灵灵两眼注视倾听，不由扑哧一笑，却喷在李七衣上许多水渍。

李七一忙，猛问道："北村徐家娶媳妇，是大后日吧？"众人听了，不暇搭腔，有高道："咳！俺们这行道，若张见这秽事，一百个丧气定咧。论理说，就当趄转。哪知俺醉后模糊，被鬼打墙摆布好久，已然不是意思，这时俺越发生气，略不思忖，拔步便走。这一来更坏咧，不知怎的，三脚两步跑出园，却撞入荆棘堆中，东摸也牵衣，西撞也碍足，磕颠半晌，栽了许多筋斗，业已弄得头破血出。百忙中一失脚，只听咕咚一声，一只脚却踏入野厕中，俺赶忙纵身拔起，已闹得粪汁淋漓，臭不可闻。

"你们想俺哪里有好气？愤愤中直奔墓所，便将事前做作一概忘掉。举起斧头，一阵劈斫，打开棺拽尸套起，一言不发，动手便剥。一件衣服还未剥下，只见那尸两片干瘪腮只管鼓动，并且掀唇露齿，意思竟要和我这暴客寒温寒温。俺方觉头皮上铮的一声，根根发立，只见那尸一张口，冷臭气直喷，接着便笔声大笑，既尖且厉，好不难听。俺当时魂魄都吓掉，脱套便跑。大病月余不算，后来竟险些儿被墓主侦缉出来。齐头半年，总没得顺利哩。"

众人听了，连连称奇，于是蒲三立也将他拐诱小儿之事略略谈了会儿。大家这阵胡诌，田禄倒觉耳根一新。只有李七没事人一般，昏头奔脑。须臾，得立趄转，酒食都齐，夏氏忙和他整治起来。这当儿李七却趄来，只管问北村徐家喜事门前怎生光景。

得立道："热闹得很！听说后日过嫁妆，阔得很！单那喜帐四角就是四个整元宝压福哩！"李七听了，不由一笑。不多时酒饭都停当，大家就屋外间团团围坐，将田禄拱在上座。夏氏只作张作致，偏藏在内间，不肯同吃，被有高一把拉来，竟安置田禄肩下，于是欢呼痛饮。这班人讲甚斯文，无非食若填巨壑，饮若灌漏卮罢了。

酒至半酣，田禄左顾右盼，不由说起来途遇高天德来。有高凝想道："不错，俺这里也素闻其名，他那般本领还胜不得冷爷，可见冷爷是天下第一条好汉咧。"说着躬身站起，递过一大杯。田禄乘酒兴，欲显本领，拈起箸，只向他腕上一戳，有高倒抽一口气，登时身儿弯着，眼儿睁着，不由来了个麻姑献酒的姿态，却纹丝不动，但是鬓角汗珠有黄豆大小，直淌下来。众人惊望之间，田禄箸势一翻，又一点，有高哼的声，杯落于案。夏氏方在惊笑，有高已偕众罗拜道："冷爷本领好惊人哩。俺虽不深晓武功，这定是古传点穴之法，俺们得近冷爷，真有幸得紧。"于是田禄大笑，一一扶起。少时饭毕，众各起辞，有高拍胸道："明天是俺微意，敬冷爷酒，哪个不到，须吃俺三拳。"说罢，一望李七，微笑便走。这里田禄自和得立夫妇说笑，这且不提。

且说有高等三人行至岔路，有高拱手自去，李七长吁一口气，自语道："人若没钱，连请人顿饭，人都信不及，你看罗兄神气，好不恼人。"因将暗闻得立一番话向三立一说。三立笑道："这都怨你这张嘴特煞快，先寻竹叶，再包粽子，方是道理，便知我近日没油水，便不敢说请人。眨眨眼便是后日，你怎生区处？"

李七昂然道："不打紧，您尽管厮空大肚皮，磨快后槽牙，等吃写意酒吧。"三立听了，不便深问，当时各散。次日老早起来寻李七，却不见他。少时有高却趸来，邀蒲、李去吃酒。候了一会儿，还不见李七到来。有高等得不耐烦，便道："李老七模模糊糊，没成头的，少时他必然自家寻咱去，不须候他咧。"于是罗、蒲二人，直奔得立家。一脚跨入，已闻得屋后灶上吱吱啦啦，烹煎的炙香扑鼻。夏氏正乱绾乌云，斜插山花，卷起衫袖，露着藕也似胳膊，一壁价鸾刀纷纶，一壁价指挥得立穿梭似的添水抱柴。

田禄却秃头趿履，负手闲踱，斜睇日影，自语道："今日若不耽搁，俺这当儿早去一程咧。后日李七兄盛情，俺只心领哩。"夏氏撇嘴道："李七不李七，且搁过一边。难道俺两口儿便留不得您一日？您这一去，不消说步步登高，知您几时高兴，想起俺们来。"说罢，眼圈儿一红，手儿一慢，釜中油激出数点，恰好烫在玉腕上。

得立不知就里，还只管大束攘柴。夏氏跺脚嚷道："爹！快抽出去吧，如今里面受不得咧。你这种人，和李七一样没成头。"说着一抬眼皮，只见有高等笑微微站在面前。夏氏百忙中，只当李七在内，忙笑道："李兄莫怪，俺没说你呀！"有高笑道："他何曾在这里，你斡旋的是什么？"因将寻李七不着一说，夏氏笑道："你放一百个心，他是笑话中白吃老祖的徒弟，不消你去寻，少时自然就到。"于是大家一笑，和田禄厮见过，便索性大家动手，帮做起来。

田禄没得干，只寻些枯枝去当柴草。一个冷清清山坳中，登时笑语喧喧，十分热闹。少时一阵风过，微闻得鼓乐隐隐，接连着爆竹哗剥。得立笑道："北村里徐大户家接嫁妆咧。李七兄这时不来，还许是瞧热闹去哩。"众人听了，也没在意。须臾日未及巳，酒饭都停当，便大家就屋内摆置好，只等李七到来就座。

闲谈一会儿，还不见到，于是田禄起身，就屋外宽敞处试回拳脚。罗、蒲两人等闲不曾开过这种眼，只喜得连连打跌，不由引起高兴，不管三七二十一，也各人打了一套怯拳儿。田禄望去，虽觉笨拙可笑，却也喜他等有些路数。于是略为指点，罗、蒲大悦。这一耽延，业已午末未初时光，一望李七，依然影儿不见。

三立焦躁道："等俺寻寻他去。"有高笑道："他是没把流星，哪里去寻他？据我看，给他留些酒肉，咱们且就座是正经。人家冷爷尽管空肚皮等候他，也不像话呀！"夏氏笑道："便是如此。万一他闯将来，等我打发他。"有高耸鼻笑道："只要您打发他，便不给他留酒肉，他也欢喜不迭哩。"夏氏听了，过去轻脆脆便是一掌。就这喧笑中，大家已依次落座。

这场聚饮越发款洽。中间田禄谈起来途所见老妈妈水祝之事，有高听了，忽拈起一块饭团，向空喃喃，撒在地下。夏氏笑道："咬人屎橛，不是好狗。难道你也入什么教门吗？"有高正色道："什么话呢？吃山的祭山神，吃水的祭龙王，俺规规矩矩吃的是鬼大爷，难道不该让他受些馨香臭味吗？"三立听了，登时一肘得立道："鬼大爷不远，就在这里，恐鬼奶奶分不着滋味要打架哩。"众人听了，都各大笑。不一时酒醉饭饱，杯盘狼藉，冉冉日影也便渐向西挫，却还不见李七影儿。

大家诧异一会儿，也便丢开。夏氏笑道："你们莫怕丢掉饭东，明日李七不照面，便是俺东道如何？"田禄漫笑道："俺明日可要趱路咧。"夏氏笑道："那如何由得您，俗语云：'事事由东。'"有高凑趣道："正是，正是。明日我们早来奉陪就是。"三立沉吟道："那时节李七忽地钻出，也未可定哩。"于是又和田禄闲谈一会儿，各自散掉。

次日有高去寻三立，同赴得立家，寻了半晌，只是不见，暗道：他们老伙计俩，倒是一路脾胃，一样地照不销（俗谓不见面也）。一路沉吟，方趄至山坳道口，只见北村里正和徐大户家仆人两人正在岔路口哈腰谦逊。

里正笑道："某管家不须客气还送咧，这是俺分所应为，照例跑腿的。

您转去回复贵上，那桩事须明天送县咧，因今天是贵上迎娶喜事，若乱糟糟捆贼送县，未免有些不吉庆似的。但小心看守一日夜，明天俺去效劳就是。"说着一转身，有高赶忙一隐身。便见里正低头笑眯眯踅过，自语道："什么笨贼都有，真可笑得紧。"

有高听了，料是小窃等事，也没在意。刚探出身，恰好得立攒着眉头，手拎菜篮酒瓶，从对面踅来，劈头便问道："李老七呢？"有高道："什么李老七，今天连蒲老三，俺都没寻着。"

一言未尽，只听背后有人大叫道："罗兄慢走，可了不得咧！"罗、毕一望，不由大惊。正是：

　　　　旁闻肱箧方猜拟，今告探囊又笑谈。

欲知后事如何，且听下回分解。

第二回

闹婚堂李七入瓮
闯洞房田禄采花

　　且说罗、毕两人急忙一望来人，却是蒲三立，跑得气急败坏，神情儿又愤又笑，连连顿足道："李老七真剥人面孔，简直的没有法，却是怎好呢？"得立方在愕望，有高心眼快当，便道："哟！莫非他向徐大户弄玄虚去，坏了事吗？"

　　三立道："你怎的便会猜？"有高因将所闻里正一片话一说，三立道："谁说不是呢！俺因昨日一天不见他，今天老早俺方想就左近寻他，恰逢北村里一干人慌张张去寻里正，说是徐大户家今早捉住贼咧。俺细细探听，方知底细，真令人气破肚笑断肠哩！说来话长，咱们且坐地细谈。"于是三人趋就树林，箕踞相对。三立便从头至尾说出一席话来。

　　原来李七自那日闻得立夫妇私语后，便登时牛性发作，定要做面孔。既知得徐家娶妇，且喜是大大机会，因闹忙中，人众出入，易于混入。况徐大户家只有几名庄汉护宅，越发容易得手。

　　当那天日暮，和罗、蒲分手后，他因后日便是自己东道，这注钱须先弄出，后日当众人面前慨然一交，方像个响当当的角色。于是计算已定，直奔北村。就村头一张，果然灯火错落，异于平时。因明日便迎嫁妆，这晚上俗例，必鼓乐暖房。主人的亲眷男女并知心宾客早都花鹁鸽似的张罗一切，一般地悬灯结彩，大吹大擂，直乱至夜半方罢。这时光，只更鼓初报，徐大户门首不消说杂沓非常。

　　李七遮遮掩掩，蹭至门首一望，急切间没作理会处，只见灯烛辉煌，亮如白昼。仆人等都着了鲜衣大帽，大家围绕着个小老妈儿，借引逗小官官为由，一壁价调唇弄嘴。那小老妈儿只好二十来岁，黑黔黔容长脸，穿一身梭布衣，跷着两个半大脚，一壁价丢眉溜眼，一壁价笑扑众人道："躲开这里，这会子都灌饱酒，麻林似立在这里，怎的那会子，娘子嫌石砧碍路，命俺叫你们移在空瓮木盖上，俺喊破嗓子，连鬼影也没得哩。"

一仆扼腕道：“这是怎么说？可罢了你这嫩嗓儿咧，俺若听得，早给你弄停当咧。”小老妈儿一听，笑着便打。小官官吓得嘴儿一撇，也哭咧。登时众人笑闹成一团糟。李七一看，没法混入，便怏怏退下来。方思从宅后想计较，恰好一个厨中杂使喘吁吁担了两桶水，脚下一蹾，险些倾翻，因放下报怨道：“灶下的营生却让俺灶上的干，简直是乱抓瞎哩。”李七一听，忽得计较，便道：“巧咧，不须报怨，俺正来替你哩。”说罢，不管好歹，捎起便走。

杂使随后漫问道：“你这位是灶下新来的吗？”李七道：“正是，俺叫祖老一，还有个伙计孙老九都来咧。”说着脑袋一低，如飞趱进门。众仆一看，是同杂使进来的，以为是厨中人役，都没在意。抢攘之中，李七已趱进二门。一望杂使，已不知哪里去咧。李七暗幸左右无人，正想置担藏身，只听对面娇唤道：“内院里正要水哩。”李七一望，却是个肥胖胖大丫头，手端两盘喜果儿，笑道：“俺给奶奶们送喜果去，没得工夫引你去，你到内院，便倾在东廊下水缸内吧。”说罢，一低大鬓髻，如飞跑去。

李七一想，正是机会，便大剌剌直奔内院。留神细望，只见各屋内灯火辉煌，一阵阵妇女嬉笑，合着正房新室内鼓吹如雷，正奏起《霸王别姬》一套高乐，双铙双锁呐，闹得春潮一般。大家都凑集室内，院中除两支橡烛外，倒静悄悄的。李七看东廊下，果有具大水缸，相距数武，还有具大瓮，厚木盖盖得严密密。李七大喜，以为是藏物之所，掀盖一张，大失所望，原来是空瓮。方在沉吟，只听院外夹道中，两人走且说道：“怪哩！这时节怎的还只管吹打，咱也进内张张何如？”

李七听得，恐被人撞来，觑出破绽，心下一急，忽生拙计，便不管好歹，半掀瓮盖，耸身跳入，两手托盖，徐徐运盖停当，果然严密无迹。方暗喜得计，单等夜深钻出再动手。还没有一盏茶时，只听一阵脚步响，三四人急哼哼走来，砰一声，如有千金重物置在瓮盖。便有人笑道：“好沉重石砧，今且姑置于此，明日再抬向后院吧。不然某嫂儿那张嘴吱吱喳喳，吵得人不安生哩。”说着一哄而去。这里李七忙两手用力一托瓮盖，直如生就一般，不由躁汗如雨，暗道这可糟透咧。幸喜听得有明日抬去之语，只得耐心老等。顷耳听人家欢天喜地，自家心内便如油沸一般。

不一时鼓吹罢，男妇散出，便闻有人诧异道：“怎的一担水放在这里？准是挑水的心忙得发昏，不暇倾到缸里。”接着便闻稀里哗啦倾水之声。又有中年妇人语音，向众女客殷勤道：“某姑某姨，劳乏这一天，早些安歇吧，明天摆嫁妆、捡针线，还须大大启动哩。”便有妇人笑说道：“徐娘子哪里话呢，俺们对门望户的，您有这喜事，当得效劳。您只管多杀两口猪，预备俺们吃嚼是正经。"

正说笑间，一个孩子道："娘啊，你给俺藏的肉疙瘩呢？"众人听了，不由大笑。那妇人笑喝道："没出息的东西，你倒像唱《瞧亲家》戏里的傻小子。"一阵喧笑，须臾出院。李七暗道：这个徐娘子定是主妇，送客去咧。果然不多时，听得徐娘子一路指挥进来，道："大事情上，火儿烛儿的须仔细些。"说着恨道，"天西时那石砧绊了俺一脚，至今脚还生疼哩。他们害懒痨的屄屄蛋子，移过了吗？"便听有少妇笑道："那会子俺抱了官官在门口玩，告诉他们咧。"

李七一听语音是小老妈儿，暗道：不须挂心，俺这里玩得好体面，泰山压顶哩。正咕哝间，恰好听得两人脚步已到瓮前。偏偏李七喉咙内一阵作痒，就要咳嗽，连忙竭力忍住，噎气既猛，只觉满身上火针刺的一般，好不难受。便闻徐娘子小语道："真没法呀，大事情上讲不得自在。那会子我瞅空儿换小衣，可巧他二叔一脚闯入。他又是近视眼，只管向我光腿腕上凑，吓得我将小衣一掩。他却顿足道：'哪里的大白猫，衔了段生红肉来。俺正要夺下来，如何却赶掉它？'我方恍然他张见我红鞋子咧，笑得我什么似的。"

小老妈道："哟，娘别说咧，那会子正热闹当儿，俺忍了大泡溺，胀得小肚儿生痛。好容易跑到内厕边，不想打扫外院的那毛头小厮，四平八稳价坐在厕旁大石上，望见俺，只是龇牙笑，一面摇手道：'大嫂儿莫言语，俺在这里等点儿吃食物。'我忙道：'你且滚开这里。'他登时做鬼脸，杀鸡儿，只管嬉皮笑脸。急得俺没奈何，他只不去，还亏得不久有人给他拿了一包剩果饼来。"

徐娘子笑道："他去了，你当入厕咧？"小老妈笑道："哟，俺的娘，还用入厕吗？俺一件新裤儿，连裤脚都湿得呱呱的。"徐娘子笑道："你也是憨老婆，一个毛头小厮，怕他怎的？他又张不见你白屁股，为甚沾污裤儿呢？"小老妈道："娘倒说得没事一大堆，他虽张不见，难道听不着澌澌的吗？"两人且说且笑，李七便觉有人手拊瓮盖。少时徐娘子道："你记着点儿，明日将石砧移向后院。"

李七听了，心中稍宽。少时听得徐娘子等各自入室，接着掩门落窗，似乎大家安歇光景。李七闷急，便运足气力，一头两手，齐往上顶，反弄得顶皮生痛，一毫没用。没奈何，只得学老僧入定，想且困睡，不想这时耳根聪锐得很，但听各室中窸窸窣窣，安置卧具，并呵欠连连，一一逼真。少时都静，约莫有一个更次，李七方要蒙眬，忽闻角门边微有声响。少时悄悄脚步，竟到瓮旁。

一人低语道："你便靠瓮仰卧下，咱们将就玩一霎吧。明天大热闹上，你真个还家去吗？"便听有妇人道："哟，快些儿吧，少时官官怕醒来哩。"于是一片声息，渐臻妙境。李七凝听那妇人口声，却是小老妈儿。料是什么偷情的事，怙慑之间，恨不得嘱咐他道："你玩只管玩，去只管去，莫忘掉移石砧，俺就承情不浅咧。"

话休烦絮，李七这一夜胡乱地混过。次日满院中人众奔走，笑语如潮，李七也没法审听，只盼人移去石砧。不想已过午时，一无动静，情知小老妈匆匆家去，不消说忘掉这档子事咧。这当儿饥肠辘辘，加着急火上攻，一阵阵耳根蝉鸣，眼花乱舞，一个头晕，登时昏去。也不知过了多少时，猛被人笑语惊醒。侧耳一听，已柝声两报，方知糊涂涂又已入夜。这当儿，饥火煎肠，万分难受。听得徐娘子分布众人明天迎娶之事，越发热闹。李七强撑过这一夜，委实要性命交关咧。这时清晨摒挡，满院人集，李七暗忖道：这事儿说不得咧，俺与其做瓮之鳖，生生闷煞，还不如自家声明，或不致死哩。

不表李七正在颠倒思忖，且说徐娘子兴冲冲晨妆已罢，正来至东廊下，就瓮旁笑语指挥。只听尽力子哼的一声，嗡嗡隆隆，其声绝异，似乎老牛，还加沉闷，却恰又发于背后。徐娘子大惊，脚下一慌，登时跌倒。大家忙扶起当儿，那异声又发将来，越发宏沉异常。众人乱喊道："怪事！"仔细一听，却在瓮中。众人怔望良久，还不敢去动。这时李七情急，不由放声大哭。

这一来，众人听得是人声音，方才七手八脚，一声喊，移下石砧，还未及掀盖，李七一长身，盖落于地，蓬松松囚犯般脑袋赫然冒出。早有健仆抢上，劈头两记耳光。遂揪出骂道："你这笨贼，倒弄得好玄虚哩！"于是李七长跪，具述所以。众人听了，又气又笑，不消说登时缚定，寻将本村里正来。有高旁闻里正和徐家仆人说话当儿，李七早被缚好久咧。

当时三立说罢，甚是着急。有高笑道："这种没成头人，随他去吧，便是到县，不过挨顿屁股，枷两天，没甚大罪的。"三立道："话虽如此说，李老七为人直性可取，这一来，捕快手中一挂窃名，便不妙咧。"有高冷然道："这便怎处呢？"得立趁势站起道："俺买物去咧。"于是各自分路。

须臾罗、蒲到得立家，大家厮见过，田禄漫问道："怎的李七兄还不见吗？"有高不由哈哈大笑。三立红着脸，只得将李七一段事一说。夏氏听了，只笑得喘不过气，便道："李老七笨牛一般，如何做这等营生？酒主人交代咧，我看你俺吃嚼什么？"田禄笑道："俺本想少时上路，今既有

237

此事，还须耽搁一日。"因向大家如此如此一说。

三立大喜道："冷爷本领到那里，真如无人之境。徐家新郎虽会些拳脚，直如儿戏。其余庄汉们更不济事咧。俺听得李七押在他隔院麦房中，冷爷去一寻便着哩。"夏氏听了，忽地眼珠一转，附田禄耳朵喊喳几句。田禄笑道："容易得很，那都如俺囊中之物。"不多时，得立买物转来，一进门便喊道："北村里轰动咧！都说是贼偷旺地，徐家阔绰极咧！更搭着这新媳妇好个俊人儿，姓贾叫素姐。"一阵胡噪，放下提篮。田禄听了，不由眉头轩动，哈哈大笑。于是大家仍如昨日整治杯盘，吃起酒来。田禄且饮且问明北村道路。及将日暮，罗、蒲便索性不去，因田禄明日定行趱路，一来恋恋叙谈，二来要候李七，以觇田禄手段。

田禄揣知其意，越发高兴，却故示暇逸。直至三更以后，还没事人一般，却忽地一欠伸道："今日酒吃多咧，只管疲倦。"三立听了，好不着急，又不敢催促，只得悄悄将夏氏拉了一把。夏氏会意，便笑向田禄道："今夜大家白坐着瞅相，像还许有点儿事，该办了吧！李老七着急不打紧，恐人家新郎甜蜜蜜一觉醒来，精神大复。你去了，若费手费脚，俺那点儿指望便含糊咧。"田禄大笑，一伸四指道："若少一个，便算俺没能为。"说罢，起身结束，带剑便走。但见灯火一摇，一溜黑烟似的飞出室，登时不见。大家见了，唯有互相惊叹。这且慢表。

且说李七被捉后，馄饨似的被人缚在麦房中，这个过去捶几拳，那个趱来踢两脚，种种笑骂，甚是难受。少时徐大户老两口儿也竟趱来，大户是五十多岁的老头儿，亮晶晶的秃天门，甚是和善，徐娘子只有四十来岁，慈眉善眼，一进门便叹道："咳！这是怎么说，人穷了，可也了不得，谁不是父母遗体，就作贱到这样儿?"说着老夫妇一望李七猥琐神情，越发不忍，不由点头太息道，"此事明天再和里正商议吧，倘隐得下不送县，便赶掉他，也是行个方便。"正说着，新郎穿一身崭新袍服，也趱了来。

徐娘子便吵道："你不去等拜堂成礼，到此做甚?"新郎笑道："拜堂还早哩，倒是方才父亲说放掉这贼，主意甚好。一来咱行方便，二来给他个自新之路，也免得断送一生，何妨这当儿就放掉呢?"大户笑道："这又是孩子话咧，不和里正商好，如何擅行? 只好明天说吧。"说罢，吩咐看守的庄汉不许难为这人，一般地给他饮食，便相与趱去。

李七见此光景，不由良心大动，自悔到十二分，暗道：人家一家儿如此和善，俺却来搅人家，真透着没人味儿。自今以后，端须改过咧。沉吟怨艾之间，已听得正宅中鼓乐鞭炮闹成一片，知新人业已入门。这里看守的两名庄汉早屁股上起刺一般，不住地向外探头探脑。少时一人耐不得，

238

竟自奔去。不多时笑嘻嘻跑来，拍掌向他同伴道："今天咱少东一欢喜，定要多给咱喜酒哩！娶了个画上的人来了，单是那小脚儿就不用提怎的俏丽咧！"

同伴一嘻大嘴，跳起道："你住着，俺也去张张去。"说罢便跑。李七听了，也没在意，少时胡乱吃些粗饭，看守的人时进时出，李七神思一定，便沉沉睡去。及至醒来，案上一盏油灯业已昏沉沉点在那里。听听更柝，已交三鼓，四外人声都静。一望两庄汉，有一个死狗似睡熟，那一个强撑坐夜，眯齐两眼，如艄公摆橹般只管打晃。

正这当儿，忽听檐前扑啦一声，明晃晃剑光一闪，便有一夜行人拔步抢入。那坐盹庄汉方叫声不好，一声未尽，早被那人一脚踢翻，登时割他腰带，捆缚停当，抓起一把麦堵紧嘴。那睡庄汉从梦中惊起，还未及张口，也被那人赶去，如法炮制起来。这时李七望得分明，不由惊道："冷爷如何来到这里！"

田禄忙一摆手，与他割绳索，附耳一说来意。李七喜道："多亏冷爷见救，咱们快转去吧。"田禄笑道："俗语云：贼无空过。你且悄悄稍候，俺向他正宅中还有些事儿。"说罢，给李七掩门熄灯，瞥然竟去。李七不由暗惊道："真好本领，俺李七虽也会爬高纵低，却笨得很哩。"一面沉吟，一面在屋走来走去。少时忽暗惊道："坏咧，冷爷虽是英雄，俺暗觇他性格，在色字上十分要紧。看他和夏嫂一番光景，其性可知。夏嫂还可说，本来是烂污货儿，他一入正宅，取银之外，倘格外一高兴，便不够朋友咧，俺须张张去才是。"想罢，便悄悄出屋，顺白日所由之路，越过几道墙，直奔正宅内院。

这当儿徐家人众劳乏醉饱之后，都睡得死人一般。就处处鼾声中，李七已趱至新房窗下，只见灯光隐约。突地窗上一长大人影一晃，绞巾翅摆动，正是田禄，连忙侧耳，便闻有人沉闷喘气，锉得牙关咯吱吱的。说时迟，那时快，猛听新妇嘤然一呻，田禄悄喝道："如再倔强，且吃俺一剑。"说罢，剑锋触地，其声铿然。李七大惊，不暇思忖，便要推门抢进。正是：

　　　　恶心自肆方唯我，冷眼旁观已有人。

欲知后事如何，且听下回分解。

第三回

毁家书田禄忮于杨
访乡友鸣凤得损益

　　且说李七刚要抢进，忽转念道：或是新媳妇舍不得压帐大元宝，也未可知，不如张张再讲。想罢暗戳窗纸，仔细一望，不由倒抽一口凉气，暗暗跌脚。原来田禄已将新妇贾素姐赤条条地搂按榻沿。但见尖尖金莲高分乱舞，田禄已自挦其裤，俯下身去。榻脚头捆定一人，正是新郎，业已两目如炬，浑身乱抖。李七一见，登时想起徐家父子厚道，一阵良心发现，便觉心窝锥刺般难受，百忙中不暇思忖，便扣窗低唤道："冷爷宽宽手吧，还是早去为是。"

　　田禄初闻一怔，听得是李七语音，便低喝道："你如何也跟来？快向村头等我就是。"说罢，急切切不暇再语，便扎实实抱住素姐，身子一压，但闻素姐微泣隐隐，以后便说不得咧。李七暗暗大叹，模糊糊随即跳出正宅，一口气跑至村头，抬头一望，只见青天湛湛，明星煌煌。野风一吹，李七如梦方觉，便扶头坐地，自念道：冷爷为人原来如此，虽有本领，终是没成头，俺还攀附他做甚？左右这一带俺也着不得脚咧，不如自想主意是正经。沉吟好久，只见一条黑影由村中突突奔来。李七料是田禄，连忙迎上道："冷爷吗？"

　　田禄一笑，忙递过两个整宝道："果然传闻不虚，一共是四个，你替俺挟两个，也省我力气。三立等都在得立家等你，咱们快去吧。"李七唯唯，揣起银，跟着田禄便跑。却是田禄步法何等捷疾，眨眨眼当儿，已将李七闪掉里把地。李七心急脚慌，又揣着银，未免心虚胆怯，一不留神，咯嘣声撞在老树横干上，登时长血直流，十分疼痛。方在懊丧，一阵风吹过树窍，隐隐似人愤愤唾嘴。李七大惊，尽力子一捺步，这一来更觉不妙，简直的有人从后抓住衣，仔细一看，却将后衣襟钩在丛棘上。

　　一时间风声鹤唳，闹得李七六神无主，不由慨然长叹道："原来人做亏心事，这般的不受用！"再望田禄，早影儿不见，摸摸怀中银，好端端的，只一刹那间，李七竟大得主意，转身向岔路一跑。作者对不住，且弄个闷葫芦给诸公玩玩，留俟后文交代吧。

闲话少说，且说罗、蒲等见田禄飞行去后，好不有兴，有高先拍掌道："咱们攀附着冷爷，真是大运亨通咧！这等本领，怎会不发迹？夏嫂两口子不消说，又近一层。俺和蒲爷也承冷爷青目。便是李老七颟顸样儿，将来说不定也走步好运哩。"夏氏笑道："这都是你弟兄们前世缘法，俺可算什么呢？"说罢，一掠鼻儿，哧地一笑。得立道："算了吧，俺什么不说就结咧！"大家喧笑一阵，已五鼓敲过。正在谈论田禄，只听微风一拂，田禄早笑吟吟徐步而入，掷剑于榻，一回手掏出两个元宝，白花花置在案上。

大家惊喜当儿，夏氏却笑道："怎的只两个呢？"田禄笑道："不须挂心，李老七挟在后面，少时就到。"于是众人大悦。一询田禄得手情形，田禄更不隐讳，便连宣淫之事都说出。有高拊掌道："妙！妙！冷爷真是大英雄，不拘细节，有趣得紧。"夏氏听了，不由嘴儿一撇，跺脚道："这是俺贪财的过处咧，不然冷爷还不耐烦进正宅去哩。"

田禄听了，不知是反语讥诮他，反欣然得意。大家乱过一阵，却不见李七赶到，逡巡之间，业已晨鸡喔喔。有高焦躁道："李老七总是没成头，又撞向哪里去咧？少时天便明，许多不便，徐家失事，定要派人跟寻，依我看咱们大家别过吧。"田禄道："正是哩，少时俺略为歇息，也便登程，大家再期后会吧。"一言未尽，夏氏登时眼泪汪汪，却瞥了元宝道："冷爷此去，千万莫忘掉俺们，此地名陀山坞，去由陕赴京大道只七八里，是容易寻访并寄书的。"说罢，取过田禄行囊，便要装银。

有高暗笑道：这雌儿真会做作。果然田禄连忙拦住，道："俺沿路都有银两，何须此物？今李七所挟之银未到，到来时，你等再均分。今罗、蒲两兄弟共分一锭，这一锭便归你夫妻就是。"正说时，只听远远一阵喧闹，田禄抢出一望，只见北村来路上，一行火燎，须臾分开四散。田禄道："此定是徐家人众，真个咱们便别过吧。"说罢，进屋结束。有高拎起行装道："俺送冷爷一程何如？"三立道："俺也去。"得立也要去，田禄道:你在此等李七为是。"说罢，携了宝剑，和罗、蒲匆匆便走。夏氏泪淫淫送出老远，方和得立趖转，单等李七不提。

且说田禄一行人遮遮掩掩，穿出山坞僻径，不多时已至大道。东方曙色业已微明。田禄道："不须远送，俺就此去咧。"于是有高交过行装，随口道："李老七这当儿不知转来不曾，别闹个扔崩二百五哇（俗谓逃跑也）！"三立不悦道："罗兄莫口过，李老七就是模糊点儿，还不致如此。

他和我做营生，除非空着肚皮当儿，被我催促急了，方去一次。若他手中有几文，他一百个不高兴去。他看钱财，不甚要紧的。"一路谈话，田禄已拱拱手走出数步。罗、蒲驻望一会儿，也便趑转，一问李七，依然没影。大家揣测一番，只得且散不提。

且说田禄欲心既纵，便勒不住悬崖马咧，一路上任意胡作，不必尽表。既到北京，真个耳目一新，业已听得传说番乱沸沸扬扬，他都不理会，便寓在张家店内，日以寻访遇春为事。不几日长安踏遍，试事考寓都串遍，只是不遇。田禄胎貌本自可观，又有随手银钱，不多几日，已然是京虚子样儿咧。不消说楚馆秦楼任意浪荡，渐渐跑私门头，寻暗俏，为所欲为，却是寻遇春心胜，还不暇做不法行为。

他心思狡黠，恐人觑破他挥霍无因，便有时节出场卖回艺，又故意拖欠人店钱，以为掩饰之计。不想两个街混子，因田禄没向他讲过节儿，这日竟来讹诈。却引得田禄正遇遇春，这便是田禄来京之故。当时田禄向遇春诉行踪，只好拣好听的说说罢了。

且说当时田禄持了遇春家书匆匆回店。一路上又是欣喜，又是怙悦，暗道：于益还罢了，逢春只管瞧不着我，他得信跑将来，抢人功绩还不算，我这骷髅气，便受不了兜着走咧。只是于益待俺不错，怎的单让他得信方好？沉吟之间，已到店门，便匆匆入室，将那书信置在案上，只管发怔，越想越不得主意。因于益得信，逢春没有不晓得的，沉思半晌，竟弄得起坐不安。少时忽顿足站起道："我好发呆，客人寄书不到，是平常事。将来遇春兄见问，也不打紧，只好连于益都瞒过再说。"主意既定，连忙将那书信烧掉。这一来不打紧，却累逢春、于益间道从军，犯多少艰难险阻，此是后话慢表。

且说遇春无意中得逢田禄，十分欣然。因店家说马宽见访，次日便趑去进见，恰好杨芳兴冲冲从内趑出，一见遇春，摇手道："不须进去咧，马爷事体忙得很，因昨天寻你不在寓，有几句要话特唤我来转告诉你，咱们到寓再说吧。"于是两人趑转寓所。

杨芳道："便是经略额爷出征在即，前两天福公曾向额爷谈起，要拔擢你我两人，以便随营立功。马爷知得此信，所以先嘱咐我们留意预备。"遇春沉吟道："拔擢须凭功绩，今兵还未动，怎样拔擢？且我等又怎的预备呢？况额爷用人极公极明，虽赏我们，定不以一喜为拔擢哩。恐此事不确，或马爷误有所闻也未可知。"杨芳道："俺也是如此想法，无奈马爷说得逼真。如今仔细想来，或额爷简兵当儿，就当场较艺上拔擢，也未可知。因凡投军的，第一步都须编伍，这次额爷征苗，各当道荐来投效的很多，所以我料额爷一定用此法拔擢我等。"说罢，不由喜溢眉宇，两臂一振，先作个开弓式，大笑道："额爷若用此法，合该咱们出人头地咧。"遇春听了，也自欢喜，便道："果如此说，咱们倒不消预备咧。随身之艺尽能足用。"说罢，两人相对鼓掌。

正这当儿，只听窗外有人笑道："时斋兄，有此机会，好挈带小弟?"说着一脚跨入，却是田禄。原来田禄来寻遇春，听得室内谈什么额经略，他便心中一动，忙收步就窗偷张。见一人英俊非常，正和遇春抵掌而谈。田禄眼识强得很，登时认得是杨芳，遽喜巧遇机会，所以闯然而入。遇春站起，大悦道："冷老弟，来得恰好，且来见过杨兄。"说着给杨芳一指引。

不想杨芳猛见一华服少年趸入，当年虽在东岳庙前匆匆一面，但是那当儿，遇春和逢春、于益三人凑银赠杨芳的时光，田禄却别转头去，只作没理会，所以杨芳当时不暇注意。今仓促见了，如何会便认得，所以当时不无踌躇。及见遇春一指引，方才趋近握手。哪知田禄已是不悦，因他意中杨芳曾受赠银之惠，定该一见就认得他，今还待指引，显见当日赠银里面没我，所以他不理会咧。

当时田禄却揽手欢笑道："幸会，幸会，昨天俺已听时斋兄说起杨兄，我们当年匆匆一面，今却巧遇。"于是两人重新施礼，大家落座，两下里各望丰采，暗暗称奇。互谈数语之后，杨芳又提起额经略出京等事，遇春猛有所触，便道："事不宜迟，今冷老弟也正要投军效力，俺便领他去见经略如何?"田禄听了，不由大悦。

只见杨芳沉吟道："此事且慢，等俺先去探探经略意思，方不冒昧。"说罢，匆匆站起，拔步便走。遇春追问道："几时听信?"杨芳笑道："这个哪里定得，左右咱们见面再说吧。"田禄也搭趁送出，杨芳早忙忙走掉。

两人回得室来，田禄怗惔半晌，道："看杨兄光景，俺去见经略，不甚妥当哩。"遇春惊道："怎么呢?"田禄嗫嚅道："人心不同，各如其面，难保杨兄不见嫉哩。"遇春正色道："你此话失言之至! 杨芳不弱于我辈，他岂是这等人? 冷老弟此后用心，宜向光明磊落，许多事业还须我辈共做，岂可存妇人女子的见解?"田禄听了，不由羞愧满面，便搭趁着说起高天德一段事。

遇春叹道："江湖中何地无人，但是这邪教一事，俺出门以来也屡有闻见，正恐此后天下多事哩。"闲谈一会儿，日色渐西，田禄道："杨兄这当儿不来，怕今天没信息咧?"正要起辞，只听院中有人喊道："好啰唆，俺只寻四川杨爷，什么额府杨爷那会子就走掉呢?"店伙赔笑道："您莫着急，俺一时没听清。"说着引一少年，大踏步趱入。遇春方在微怔，那少年已拱手趋进道："杨兄久违，可还识得小弟吗?"遇春仔细一望，却是在家县试时所遇的那武鸣凤，不由大悦道："武兄原来也在京。幸会，幸会!"于是大家见礼落座。

鸣凤一望田禄道："原来冷兄也在这里，俺还记得和俺打架的逢春兄，并劝架的于益兄，真令人想得很! 他们二位想不曾来吧? 俺家西乡离杨兄尊府不远，俺北上当儿，曾遣舍弟鸣鸾到尊府探候杨兄，所以知兄也北上咧，但是一向不曾寻着。近日小弟被人引到额府，方知杨兄居址哩。"说罢，哈哈大笑道，"此后俺和杨兄恰走到一搭儿来咧。"遇春乍闻，一时间摸头不着，及一细问，方知鸣凤小试得中后，因事耽搁，未应乡试。近日却被一家权贵荐到额侯处从军效力，所以一闻遇春居址，忙忙寻来。

当时遇春听罢，十分欢喜，便也将自己行止略略一说。鸣凤拍手道："俺俱知得，杨兄大名额府中早传遍咧。今俺还探得一件事，特来报知，便是经略欲就检兵较艺，特拔几人，不知杨兄早知消息不曾?"遇春道："正是哩，便是敝友杨芳方才也见告此事，此人现在额府，武兄一定相识的。"鸣凤大笑道："杨芳兄大名安得不识! 俺只近日才厮见过他，若早见得，恐怕早就得遇杨兄咧。"

两人这一叙谈，十分款洽，竟将田禄白不赤丢在一旁。田禄恔傲之性，不由默然不悦，正在低头思盼杨芳消息，只听鸣凤漫问道："冷兄想和杨兄同来的吗?"田禄听了，只漫应一声。于是遇春将田禄来意一说，鸣凤跃然道："只要冷兄本领来得，经略一定赏识，他拔取人才，是不会知足的，少时杨芳兄必有消息。"田禄听得"只要"二字，越发不自在。

哪知鸣凤为人十分热性，登时又乱噪道："若杨芳兄弄不出什么要领，俺便寻俺荐主，给冷兄拉一把子。"正在乱噪，只听门外有人道："哪个杨芳、杨芳的叫得这般脆生生? 俺若弄不到这点儿事，便不用说咧。"说着一脚跨入，正是杨芳，满面价堆着喜色，一望鸣凤，却笑道："噫，你却来寻乡亲来哩。"于是大家一笑，相与落座。

田禄一望杨芳喜色，料知事有可望。果然杨芳急匆匆饮得一杯茶，便站起道："今简断截说，时斋兄便领冷兄去拜见经略吧，俺都已弄停当咧。经略择吉，大后日大军出都，现正忙得不可开交哩。俺也有事，不得闲谈咧。"说罢，三脚两步跨出门，遇春方兴冲冲要取进见衣冠，只见杨芳如飞跑转，拍手道："俺还忘掉一件事，便是经略定于明日检阅投效之人，就中破格录用哩。"鸣凤拍手道："如何?"田禄听得，不由喜得心花大放，抢攘之间，杨芳早已跑去，便兴冲冲整饬衣襟。鸣凤站起，方要告辞，只见遇春手挈衣冠，略一沉吟，忽地啊呀一声，重复放下。冷、武两人不由一怔。正是：

只喜匆匆忙晋谒，岂容草草略威仪。

欲知后事如何，且听下回分解。

第四回

小客寓两友谈心
大教场群英较艺

　　且说鸣凤正要起辞，只见遇春忽置下衣冠道："慢着，如今冷老弟一身华丽便衣，岂可进见经略，快去置备才是。"说罢，便要开箧取银。鸣凤一看田禄像姑样儿，便道："冷老弟太好漂亮，这种市井要衣岂是咱穿的？杨兄不必忙，俺便去取来。"说罢，如飞跑出，须臾取到二蓝长袍，天青马褂，快靴大帽，一弄儿俱全。

　　遇春道："怎的如此捷便？"鸣凤憨笑道："巧唰，俺有家熟识衣帽店，就在巷口，所以到那里，手到买来。"遇春方颇致歉意，鸣凤也不理会，便道："咱们明天教场上见吧。"说着一径趄去。这里遇春连忙和田禄穿戴起来，匆匆晋谒。不想额经略正和德楞太、长龄商议行军机宜，便传知遇春，令冷田禄随伍检阅。

　　当时遇春一探听新投效的共有数百人，无非权贵当道大家所荐，还有走了和相门路来的，经略情面难却，也只得编入军籍。这当儿经略门前，缨弁如云，舆马坌集，还有些文绉绉京官儿纷纷进谒。大约是部属京曹，谋军功途径，要随军办文案、糈台等事。遇春张望一番，正要领田禄趄转，只听府内传呼如雷。须臾德、长两公大踏步趄出，便有手下亲兵牵过坐骑，两公翻身上马，一拥而去。田禄见了，不由暗暗生羡。

　　正这当儿，恰好杨芳匆匆趄出，望见遇春，赶忙拉向僻处道："额爷曾吩咐俺道：'冷田禄既是杨某同学之友，不会错的，便令他随伍检阅就是。至于你已在我府当过差，今便给你个千总职分，竟不必就阅了。我想将你派入长龄部下，助他去独当一面，正好建功。'俺忙道：'杨芳旧随经略，还愿侍经略麾下。'经略笑道：'难道长龄所部便不是我的人吗？何分彼此呢？且我这里还有一人，正堪跟我驰驱。你等分途建功，且是相宜，此不过用兵伊始，大致遣派。将来机宜变动，岂有定法？'我听了，虽不敢问那一人为谁，大约经略意在时斋兄了。"

遇春听了，方在沉吟，田禄却贸然道："大约俺总随时斋兄哩！"杨芳笑道："冷兄且预备明天检阅要紧，但有本领，不会湮没的。明天清晨，齐集教场，经略无暇自阅，已派长龄检阅咧。"说罢，附遇春之耳说了两句，遇春点头，便领田禄匆匆回寓。

田禄见杨芳背他说话，不由心下怙悌，便一问遇春。遇春笑道："没别的，他说经略业已赏识于我，此次检阅，但略见意思，到场就是，好为他人显艺之地，我意正是如此。他所见倒与我略同哩。"田禄听了，半信半疑。但自揣本领，定能拔萃，便也不以为意。

须臾到遇春寓所，业已掌灯时分，两人用过晚饭，遇春道："老弟不须回店咧，明晨咱同赴教场，更为便当，武兄必也在教场相候。"因笑道，"真是不打不成相识。那年和武兄考寓半面，不想他还很记念咱们。临北上时，又遣其弟到我家探候，不知我母亲曾遣逢春弟去回望他家不曾？若早遇武兄两日，我家书上提到此事，岂不便当？"因问田禄道："你店里那重庆客人想已走掉了吧？"田禄听了，只好唯唯，正在有些良心上过不去，遇春又笑道："人苦于没先知之能，我若知到京有此机会，便将逢春也携来咧。"因将逢春憨追自己一节一说，不由鼓掌大笑。

田禄听了，不由如芒刺在背，只得搭趁道："便是逢春兄早同您来，于益兄还须闻信方来哩。"遇春道："那是自然，但于老弟性近恬退，他即便出而从军，也是游戏意思哩。"两人谈至二鼓后，即便抵足安歇。遇春鼻息数转，已然酣睡如雷。田禄却一肚皮显功立名的念头，转闹得耿耿不寐，略为蒙眬。

方在五更将尽，只听店门外捶鼓般一片声响。店人大惊，纷纷起来，叱问良久，方听店人笑道："俺的愣大爷，真把人吓煞咧，这当儿地面上乱乱的，这不像砸明火吗？"说着店门启动，便有一店伙拍室门报道："杨爷起身吗？武鸣凤武爷来咧。"一言未尽，已听得武鸣凤跑至室外，大呼道："杨兄快起！这里离教场还老远，该走着咧。"于是遇春等忙忙起身，大家厮见。店伙屁滚尿流地端汤水洗漱。遇春一望鸣凤，业已崭新袍服，衬着他赭面鸢肩，果然英风凛凛，和田禄相形之下，各有英锐气概。

田禄忙先谢赠衣之事，鸣凤也没理会，却满屋乱踱道："听说今天教场中有面天字第一号的石磴，重可千余斤，还有面铁杆坐囊，大约分量儿也够玩儿的。囊上面平缀三个铜铃，只有龙眼大小，距百步外，须一一射落。然后秉囊巡场三周，如此者便是上选。其余还有各种击刺武功，随人所习演将来，但端磴射囊是正看验。"说罢，拍手喜道，"小弟无他长，但笨气力、射支箭还能来得。杨、冷两兄，不消说越发是拿手好戏咧。"

遇春听了，微笑道："俺不过奉陪诸君去走一趟。"因将杨芳透给自己之意一说，鸣凤大赞道："好！好！这方是杨兄襟度，本来杨兄早有以见重经略，王树风那小子，便是作成杨兄的哩。"田禄忙道："武兄可听说有超纵的看验吗？"鸣凤沉吟道："超纵想都寓在击刺之中，若有特别之能，便飞登教场斗竿，取那面小红旗儿。"这一句不打紧，田禄可到了姥姥家咧，当时不由暗暗心喜。

　　说话之间，天光大亮，于是杨、冷结束整齐，和鸣凤直奔教场。一路上投效之人并看热闹的诸色人等业已纷纷扰扰，水也似向教场流去。行至半途，已遥闻教场中轰隆隆一声大炮，途人乱噪道："头炮发咧，想长将军已由本宅起马咧。"于是一拥而前，势不可遏。

　　鸣凤一不小心，只听对面喊道："慢着来！"一声未尽，但闻唏溜哗啦一阵响，业已将个卖早粥的担儿撞翻，碎碗稀粥流得一塌糊涂。京师早粥都挂着卖油炸桧，那卖粥老儿拼命价去收炸桧。不想又被两只街狗争吃得正起劲。一见人来，登时汪的一口，老儿情急，便拖住鸣凤，大喊大叫。偏搭着鸣凤没带银钱，只急得双脚乱跺，一眼望见田禄，不暇言语，往田禄怀中便掏，恰好襟袋中有一小包碎银，约有三二两，便拿出摔给老儿，匆匆便走。

　　这一耽延，已闻得教场中二炮发动，鸣凤百忙一望遇春，业已去得老远。他心下着忙，便拖住田禄，两膊一晃，由人堆中直闯将去。但听一路倾跌呻呀，众人纷纷乱滚，便有嚷骂的道："好小子，真要他娘的骨头。"两人一路风驰，不暇理会。再望遇春，已混入老远人丛中，两人越发心急。刚趱至岔道口，只见数十骑骏马，上面都是精壮亲兵，骑后一个中军官模样的武弁，扬鞭徐驱，随后两名步行武弁，一色的精严军装，各抱大令，趋步如风。后面一骑赭白大马，上面端坐着一位黑凛凛的伟丈夫，顾盼间十分严毅，正是长将军去赴教场。两旁行人即忙避路。及至长将军等滔滔走过，两旁人蓄势一拥，登时又了盘。你推我搡，叫骂连天，再也分拆不开。鸣凤、田禄急得暴跳。

　　这一耽延，为时不少。两人好容易闯过去，飞到教场门首，叫声苦不知高低。只听轰隆隆三声大炮，便听教场内有人高叫道："将军令下，肃静听点。"接着令旗高飘，场门众兵弁雷也似一声诺，登时传呼远近。接着当职守弁早雄赳赳列立场门。

　　这时有一投效人冒死闯入，守弁大喝一声，登时抓付军吏。原来长将军已经登台点阅，莫想入去咧。田禄见此光景，方在发怔，只见鸣凤大叫道："冷兄快随俺来。"说罢，两膊一分，守弁等纷纷倒地。两人一个箭步，业已跃入场门。

哪知距场门数武，还有一队巡场兵，当时抢上，大喝道："什么人在此撒野，难道不要脑袋？"田禄一见，便想退步。哪知鸣凤憨人偏有憨打算，百忙中早望见遇春站在台下右队中，只急得连连扼腕。他更不思忖，拖了田禄，直奔右队。四五巡兵如何拦得住，竟乱哄哄赶去抓拿，满场上相顾失色，未免微微喧动。

这时遇春直惊得汗流浃背，因教场军法甚是厉害，这喧哗乱队是照例斫头的。正在着急，只见鸣凤一肘田禄，便没事人似的列入队中，反眈起眼呆望台上。这时执法军吏早已趱进，便喝问过武、冷姓名，令巡兵拿下。鸣凤愕然道："俺两人伺候听点，没犯规呀！哪个方从场外趱来，难道守门兵弁和你们通睡着吗？且待俺声起屈来，大家斫掉头，倒也痛快。"说罢，大嘴一咧。

军吏大惊。便见一人飞步抢近，附军吏之耳匆匆数语，赶忙退向一旁。遇春望见，登时心头石块落地，便留神场中投效人听点。原来那人正是杨芳，老早趱来，要照应遇春等。今见鸣凤撒起讹厮赖，为军吏所窘，所以赶来，暗晓军吏，武、冷两人都是经略在意的人。当时军吏会意，默然退去。

这当儿满场人都翘首台上，便见长将军端然正坐，左右亲兵肃然列立。另有军吏鹄立案旁，见将军披籍落笔，即便唱名，无非是赵国胜、钱得功之类，闹了一阵。这时场中，按名阅起刀剑击刺诸艺，众人形形色色，无所不有。其中能勉强舞一路刀法，已然不多。至于超耸等法越发是笨匠儿。长将军微微一笑，拈笔一落，军吏喝道："武鸣凤。"

鸣凤声诺而进，俨若洪钟，大家一望他气概，不由耸然。便见他趋就兵器架，提剑在手，一翻身卓立当场，放开门户，嗖嗖舞起，一路超耸劈剁，真个步步有根，招招到家。须臾舞酣，但见剑花错落。长将军大悦，连连点头。

合该鸣凤显能为，接着点阅一人，却是个油滑头。此人是北京优伶出身，学得一路好花刀，不知怎的，也钻到投效中。当时这一路刀舞将来，真个也翻飞上下。笨眼儿看去，真比鸣凤华丽得多。哪知长将军早已看得不耐烦，拈笔一落，军吏即唱道："冷田禄进。"

那人方舞得高兴，还不知怎么档子事，没奈何收刀退下，方要去送插兵器，田禄已台前声诺罢，健步一转，向那人拱手道："朋友，便请借刀一用。"说罢，接刀在手，平腕略一挺，但见白光一闪，嗖的声竟脱手三四尺远。众人大诧，方以为他失手咧，说时迟，那时快，但见他手儿一招，便如戏法一般，那剑竟凭空收回。

看官听到这里，便要质疑道：田禄武功虽了得，料没有祭起法宝来的说法，今作者江郎才尽，竟要来装神闹鬼的老套儿咧。下文不消说是剑锋一摆，明晃晃祥光万道，瑞气千条。我们与其听他捣鬼，还不如听《封神榜》哩。看官，话不是这等讲，凡事都有道理。田禄这一招儿，在武功中名为大煞手，非内功精纯运用罡气不成功的。气之为用，本有吸力，罡气运到，外看来剑虽脱去，其实为气所系，向外一发，便具有收转之势。寻常比验，即如戏场打全武行耍鞭花儿，明明鞭竖落下来，他赶忙用掌心一拈，还能吸起，何况真正罡气作用。此与打百步拳一样道理，都是罡气作怪，与鬼神没交涉的。

交代既明，话休烦絮。且说当时众人这一惊非同小可，长将军是老在行，早在座上微微含笑。这时田禄剑光拨处，早使开浑身解数，那一片闪占腾挪之势，竟不辨是人是剑。但见一团白气浑浑流走。遇春暗喜得心花大放，忘其所以，直待台上又阅过两人，他方定下神来，便听军吏唱到自己。于是应声趋进，凝然声诺。

遇春大名早已震动都下，不期然而然，众目无他视。长将军温颜示意之间，遇春已提剑当场。只见他从容镇静，舞了路菩提剑，这路剑四平八稳，看容易，却艰难。所谓绚烂之极，归于平淡，非有龙威虎震的真实力弄不来的。却是众人望去，转觉平平无奇，不由暗嘀咕道，真是百闻不如一见，传闻杨遇春天神一般，原来不过如此。

须臾技击阅毕，便见场左百步之外竖起那面坐纛。微风一吹，铜铃作响，众人极目望去，竟有少半人望不着铜铃。及至点阅到自己，只得声报目力不及，却还痴心要显力量。便依次走去拔纛，哪知都如蜻蜓撼石柱一般，纹丝不动，只搭上面红筋涨。

有一个山东侉哥儿偏不服气，全身搂紧纛杆，尽力子一个旱地拔葱式，果然杆脚掀动，唰啦声侧势便歪。其人大叫一声，登时连纛便倒，侍场兵连忙抢扶住大纛，可怜那侉哥儿已一臂拗折，只痛得发昏。当时急忙竖纛，扶出那人，众人见此光景，便不敢破命去试。其余就阅之人，或中一铃，或全不中，不必细表。

少时，点到遇春，一连三箭，嗖嗖射去，只听铃声一阵响，却不落下。司鼓吏连声报中之间，武鸣凤接着点到。便见他拈弓搭箭，轻舒猿臂，端正正射落两个铜铃。末后一箭，力猛且巧，竟将那铜铃钉在纛上。大家一见，都相顾动色。这时田禄早已心痒难挠。须臾纛铃缀好，又经两人射过，方才点到自己。

田禄大喜，早计定以巧胜人。便觑准铜铃，一气儿翻身背射三箭，但听当当当铃声连响，登时闹了个三元及第。这时遇春只有含笑，便索性不去拔纛，向鸣凤一使眼色。鸣凤方要撩衣趋纛，只见田禄早放下弓箭，趁势猛进，一路步法，真个矫疾如风。到纛前略一运息，两手秉定，喝声起，只听呼啦啦纛影翻风，已随他身势巡场飞去。不消顷刻，业已巡过两周，只是末后一周，步法渐慢，及至终场，已有强撑光景，原来田禄力量终差一点儿。

鸣凤暗道：你这手儿，端须让俺哩。想罢接踵而进，拔起纛，从容便走，却是越来气越勇，一气儿三周已过，还有些不是意思，于是精神一振，又搭上一周儿，才从容卓纛原处。于是座上长将军连连颔首，众人都相顾吃惊，其中田禄却老大不是意思。

少时余人验过，便是举石磴的看验。众人一看那大家伙，都吓得脖儿一缩，没奈何一一应名，去给石磴拭拭土儿，有的能撼动它，如不倒翁般便是顶呱呱的咧。长将军更会凑趣，便越过遇春等名，先一一点阅过诸人，然后方及冷田禄。

田禄应声趋进，迈步撩衣，骑马式站稳，先用右臂一靠墩腹，其间有凿就两枢耳可以容手，便趁势挺腕抠牢，运足气力，腿势微矬，左手并力，身形一长，便已平端及腹，却是顷刻间觉得气促吃力，连忙放下。这当儿武鸣凤业已摩拳擦掌，将随身矾袋搓了又搓。少时闻台上一唱名，应声而进，他的力量自揣足用，不由望田禄微微一笑，然后一运手法，竭力一端，只见那石磴倏然高过于胸，但是力已用到十二分，只一换气呼吸之间，但听砰訇一声，磴落于地，登时舂入三四寸深。这劲头儿已然可观咧。于是鸣凤退下，颇为得意。

正这当儿，只听台上唱道："杨遇春进。"一声未尽，只见遇春从容容躬身台下，寥寥数语，大家不由一怔。正是：

一言已见孙吴略，名将襟怀自不群。

欲知后事如何，且听下回分解。

251

第五回

平苗策揆文奋武
经略府寄柬留刀

　　且说遇春躬身禀道："遇春闻武备之道不仅在勇。以力而论，现已有武鸣凤、冷田禄等。遇春不才，昨已有平苗刍议上献经略，今缮得副本，便希将军赐鉴。至于试力举蹾，拟求免试。"说罢，从怀内取出副本，双手高呈。

　　便有当值军吏，接过来转呈上去。将军喜道："杨遇春果然文武兼资，但试力本是检阅一端，岂容独免，便去试来，静候经略甄拔。"这一言不打紧，遇春倒觉后悔不迭。原来他献策请免试力，原欲借此退藏，以显武、冷。不想将军如此吩咐，倒像自己特炫长处一般。偏这当儿，冷田禄望武鸣凤微微一笑，遇春越发不得劲儿，却是此时也没奈何，只得趋就石礤，叉步哈身，从容容两手一端。你想遇春自食肉芝后，那副神力岂同等闲？饶是通不着力，只见那礤唰一声已端至腹。

　　这较胜事儿，不同别事，不当场便罢，但一当场，不知不觉便流露出充分本领。俗语云："当场不让父。"真有此理。当时遇春刹那间精神虎震，便趁势屹然山立，索性放开左手，单臂攒力，只一荡，那礤凭空悠起，接着肘势一挫，向上一撑，那千斤重的石礤早已高耸过顶。

　　这一来，满场人登时呆定不消说，便连台上长将军也惊得拊案站起，口呆目瞪，良久方定。于是将军大悦，方饬吏摒挡册籍，准备散场，只见田禄超至台前，声诺禀道："冷田禄还有超耸末艺，请将军赐观。"

　　将军和颜道："谅超耸之艺已有在刀舞技击中了。难道你还能飞取斗竿上红旗吗？"田禄道："冷某不才，还能巴结。"众人一听，不由眼光齐注。将军喜道："如此便去试来。"说罢离座，直临台前。

　　这斗竿高可数丈，便在台右，大家一仰望，早觉腿儿发软。便见田禄喜洋洋扎拽停当，就竿下双掌一拍，突地反奔数十步，猛一翻身，电也似奔去。顷刻间跃登石夹基，两手挟竿，双腿只一蜷，但见哧哧哧手移足随，一路直上，转眼间跃入顶斗，却是顶尖上那小红旗，距斗儿还有丈余远，竿势到此，自然细得多唎。又加着高处招风，众人从下面望去，只觉连竿儿都有些颤颤的。

众人方替他捏一把汗，哪知田禄玩这把戏却是惯家。当年在重庆府城时，已玩得不耐烦唎。当时众人眨眼之间，便见田禄猫儿似缘竿直上，却偏要险中见巧，取得红旗，登时一个顺水投鱼，双脚扑空，直溜下来。众人惊得几乎失声，却见田禄端立斗中，举旗招展半晌，然后顺势而下，半跪台前，声诺而退。鸣凤一张大嘴只喜得合不拢来，便暗牵遇春，突地一竖大拇指。这当儿值吏传呼，将军起马，乱纷纷大家出场，次第各散。

鸣凤一路上手舞足蹈，十分高兴，便问遇春道："你那平苗刍议是些什么法儿呀？难道除到那里杀个快活，还有毒招儿吗？啊呀！这秀才营生俺可弄不来。便是那年小试默写兵书，已弄得俺昏头耷脑。他娘的也奇怪，小小三寸笔管，俺颠在手，便如大杠一般，一个纸格儿，哪里装得下一字，只好片片串串地写下去哩。"一路胡噪，行人都耸然相望。

遇春忙握手道："此间不是高谈之所，到寓再说吧。"鸣凤听了，还只管平苗、平苗地念诵，田禄却笑道："武兄不须怯懦唎。凭今天这一验看，你定是挂印先锋。"三人笑说之间，须臾到遇春寓所，一脚踏入店门了，便听得客室中，大家正谈得起劲，说得遇春等好不热闹。

一客道："总是国家有福，才生人才。三人中，我看杨武举更加有气度，将来未可限量哩！"一客道："啊呀！这一趟看热闹去，俺的晒衣，好端端在衣杆上，如何杆会倒唎。沾了许多泥土，还须费手再洗。"便有一人笑道："谁叫你插杆不牢，你若插在杨遇春举的石墩上，保管不会倒哩，因石头不会动的。"又一人笑道："石头便不动吗？怎么染坊里所用的元宝石偏整日价动哩！"先那人道："那不是有人踏着它动吗？"那人道："如此说，咱这里西山，成日价千万人去踏，如何不动呢？"先一人大笑道："你这老杠头，真怎么好！那西山又大又是实心，所以不动。"那人道："啊呀！我可糊涂煞唎，如此说来，那又小又空心的应该动，何以城河桥梁日踏夜踹，反不动呢？"

众人听了，哄堂大笑道："都是杨遇春一个石礅惹出许多啰唆来。"鸣凤听了，不由哈哈大笑。室中众人一齐瞩目当儿，遇春等已直奔己室。店伙跟来，登时另一番恭维侍候，自不消说。

少时静下来，遇春道："俺那平苗刍议不过先策划进兵布置，不知能否合经略之意？俺闻黔楚之交有一扼要之处，名赤霞关，现已为逆苗所据，颇可策应大姚、龙母两山。此险既为敌人所据，经略大营似宜驻那关

253

左近。一面价镇其势，防其奔突披猖，一面价相机遣将，由此分队进剿。俺闻那关之北有一险塞，地势回合，最易驻军，名雷门崖，相传便是雷祖诞生之所。此处做进兵根本，实有建瓴之势。"说罢，引杯中残茶，就案上画出一片形势，指点一番，慨然道："俺所见不过及此，经略深算，当必更有硕谋。好在出师在即，不久必见分晓。"

鸣凤跳起道："了不得！原来杨兄曾到过那里哩！"遇春愕然道："俺何曾远游过？"鸣凤大诧道："既不曾到过，怎知得如此详细？"遇春笑道："既侧身军伍，安得不略晓地理？这尽在载籍舆图中，但能留心，自然略明。并且这不过草草概略，至于那一片地势详细，非军到后，勤加咨访，如何便知？"武、冷听了不由连连点头。须臾午饭端上，三人用罢，遇春道："左右咱出都在即，冷老弟便移向此间，岂不便当？"鸣凤道："正是，俺也去收拾一切，早晚间还要写寄家书哩。"于是又谈一会儿，和田禄匆匆各去。

这里遇春望望日影，已有申酉时分。一痕晴晖由窗隙射入，映得野马纷纷，十分有趣，不由暗暗叹道：人生扰扰，何异此景！俺别母北上以来，倏已多日了。古人春晖之喻，令人感怆！想到这里，不由将母亲手制之衣抚摸一番。忽又想到逢春、于益，不知几时得信，暗忖道：以道途远近论，滕氏兄弟等该早得信息咧。俟后大军方向有定，还须急去一信为是。正在触绪沉吟，只听院内奔马似一阵响，接着武鸣凤喜色匆匆，大呼而入，不容分说，拖住遇春大笑道："杨兄真有你的，好一个平苗刍议，俺算佩服极咧！"说罢，跌脚乱跳。

遇春方在茫然，又听门外有人笑道："武把总尊重些，不怕失官体吗？"蹭一声跳入一人，却是杨芳。背后冷田禄也笑吟吟跟入。遇春正愣怔怔东瞧西看，鸣凤笑得张大了口，却乱指杨芳道："你说，你说。"大家这阵闹，竟惊动许多店客，都光着眼向室内瞧。于是大家落座，杨芳便具言所以。

原来长龄检阅毕，复命经略，经略甚喜，便拔杨遇春为千总，随侍麾下。武鸣凤、冷田禄给予把总职分，却拨在长龄部下。以外投效人，除汰去懦弱外，一概编入伍中，至于进军方向，大略计划，竟采用遇春之议，却分长龄所部去剿龙母苗众。至大姚那里，或是分德楞太所部，尚未发明。

杨芳说罢，笑道："经略见平苗刍议十分赏叹，端的苗不足平哩。"遇春沉吟道："那么杨兄定在经略麾下了？"杨芳踌躇道："恐不一定。俺闻长将军向经略请拨地势稍明之人，俺本籍松桃厅，怕经略因此拨向长将军麾下，也未可知。"遇春道："军势百变，原无死法，无论他怎样分拨，反正归经略指挥，为国杀贼罢了。"鸣凤大笑道："正是，正是！等俺得龙母山，先宰掉石柳邓那小子，其余便如滚汤泼老鼠，给他娘的一个不剩。"说罢，大拳一碰案，其声砰然。

田禄微笑道："若这般容易法，那石柳邓还须是豆腐人儿，容你打死狗去？单是那三十九峒，便够你蹉跎的咧。"鸣凤噪道："不打紧，都有俺杨老兄哩。"杨芳笑道："别拉上俺，俺这当儿还没准结果眼哩。"正在说笑，只见店伙传进一封书札，道："方才滕家商号中送来的。"遇春一听，知是滕家回书，不由大喜接阅。

大家知是郎舅深谈，恐其中有体己话，不便挨去掺看，只好静悄悄遥望。只见遇春阅罢，仰首沉吟，颇现诧异之色，道："这事儿倒也蹊跷，只好滕荟到来，或知底细咧。"说罢，将书信给大家一看，果然是滕蒙手书，契阔数语后，大概是知遇春得逢从征机会，本欲相助为理，无奈自己和叶一清都因寨事牵羁，不得脱身，并且叶倩霞回寨后，常闷闷不乐，近竟忽而无踪。现已遣滕芳游行寻觅，滕荟恰逢小病，一俟痊愈，即当驰赴军前等语。

武、冷看毕，没作理会处。杨芳却惊道："怎的倩霞忽而无踪，难道她还不忘和相吗？"遇春踌躇道："恐未必然，但倩霞性颇好胜，或因我去书中，带叙她盗珠失险之事，遭其父训责，负气远遁吗？若果因此，倒是俺疏忽之过了。"鸣凤听了，冒失失吐舌道："这位姑娘真也是岔儿哩。"大家揣测良久，只得抛开。鸣凤跳起道："那会子俺和冷兄方循途回寓，恰巧逢着杨芳兄，直喜得重转来。如今心头安稳稳，却该去咧。"说罢，拖了田禄，拔脚便走，于是杨芳也便踅出。

这里遇春因倩霞无踪，颇为闷闷。便复作一书，略述自己已承经略拔置麾下，并大军出都在即，进行方向，嘱滕荟病愈，探赴军前。另作一束，致叶一清，请其乘时建功，并探询倩霞情形。封好书，命人仍送交滕家商号。摒挡毕，时已入夜。一宿晚景匆匆已过。次日田禄果然移来。遇春因明日便当出都，要向额府探探情形，并趁势走别马宽。田禄道："俺闲着没干，且寻武兄去。"于是两人踅出，各自分头。

遇春方趱至中途，只见杨芳飞马跑来，一见遇春大呼道："时斋兄，来得正好，经略正传见你哩！"于是匆匆下马，附耳数语。遇春大惊之间，杨芳已上马回辔，唰啦啦连加几鞭，却跑向长龄府里去咧。原来他也拨在长龄部下。当时遇春一路怙惚，直趋额府，暗想道：如何竟有这等事？此人胆气本领也就非同小可，莫非又是奸民吴半生所遣，如王树风等辈吗？

却如何柬词上又十分离奇，匕首插案，又似有矜吓之意？逡巡之间，已到额府，只见府中人一个个面带惊惶，交头接耳，一见遇春，蜂也似拥上来，虽不敢高声，却只管乱糟糟喊喳低语。

遇春摇手道："不须慌乱，俺已闻杨芳见告，且进见经略，再作区处。"于是略一定神，随当值仆人匆匆入见。偏巧这仆人是个七十多岁老头儿，当年额爷微困时，他挑水打柴，很尽些牛马之力。其人忠耿可嘉，却胆小不过。当时蹀躞前引，一面颤抖抖回顾遇春道："俺的杨爷，可了不得咧！高兴兴统兵平苗，横不椰子却闹这岔子。你看这兵还出得成吗？依我看将经略大印交还皇上是正经，没出京门脸，深深府内业已刀儿斧儿地闹起来，以后事还干得下去吗？杨爷，你没见那匕首哩，别提多亮咧。榻头上铁梨小几，竟插进二寸深。咳，险哪！离咱们经略的脑壳儿只好一丝儿哩，这不是野岔儿吗。"一路胡噪，遇春只有唯唯。

须臾望见一精雅院门，老仆方默然无声，领遇春徐步而进。便见额爷便衣缓带，仍秃了头儿，在一座敞轩中从容阅书。轩外两童正在端正茗器。遇春一眼望去，便见案上一柄青莹莹的锋快匕首，压在一张字柬上，经略却没事人一般，一翻书页，口中微微吟哦，料是什么诗集之类。遇春阶下驻步之间，老仆已躬身上禀，经略微一颔首，遇春便徐趋而进。

经略置书笑道："咱们明日出都咧，你的行装都停当吗？南方瘴气重，你如会吸旱烟，再好没有。"说罢，合着眼向椅背一靠，便有小童捧上烟筒。经略一面吸得烟气腾腾，一面笑道："我也是新学这营生，吸多便不清爽。"因又笑道，"这些日事忙心闷，所以抽暇看看诗，这是本《熙朝雅颂集》，都是俺旗籍老先生所作，还委实不坏哩。"遇春听了，不敢搀言。少时经略又笑道："昨天检阅的那武鸣凤、冷田禄两人，技艺委实可观，你们乡人真也多才。"

遇春惶谢道："这总是经略栽培厚意。"经略大笑道："不然，不然，但是我看冷田禄却欠厚重，就是捷劲可取。"说罢，一张目，放下烟筒，意思又要取书。这时遇春不由禀道："方才遇春正来进谒，却恰蒙经略传见。"经略道："哦，我只顾看诗，还忘掉这事咧。"说着拈弄那匕首道："此物和字柬便是今早得于榻几上，此等儿戏事，不算什么，特是柬词儿颇颇离奇，你且看来，大家揣拟。"于是遇春恭身取起字柬，只见数行端楷，甚是秀润，上面写道：

侧闻经略大纛南征，敌王之忾，士之效命行间者，固已足干城爪牙之用。然铅刀思效一割，昔人所贵，敬援斯义，阴为经略前驱。倘侥天之幸，苗渠授首，则天戈一到，不难摧枯。不然，则无名之人，马革裹尸，犹嫌多事矣。留刀示信，无任惶恐。无名氏上言。

遇春反复看毕，好生委决不下。经略道："此事不必深求，只处以镇定就是。此大概是奸人示吓之意，如一涉张皇，转使其有以窥我。"遇春道："经略明见极是，但前者奸民王树风，竟能以邪法脱逃，此等鬼蜮之技，行军时亦当仔细哩。遇春稍谙布垒结营之法，并阴阳生克、孤虚向背之用，当加意卫护，以防意外。"经略大喜道："妙！妙！我常恨此道难索解人，原来时斋你竟省得。"说着十分高兴，便命小童捧过一杯茶，赐给遇春。

遇春谢饮罢，经略便一叩他所能大概，遇春简明略答，已为经略所未闻，只觉奇奥纷会，玄妙不过。你想遇春所言都由于玄女秘籍，自然比经略所能高出一筹了。这一阵谈论，竟将无名氏一段事抛在脑后。府中人见遇春良久不出，越发纷纷猜疑，正这当儿，只见遇春含笑踅出，大家拥上乱问。遇春摇首道："不须张望，经略自有道理。"大家一听，不由暗笑道："好！这可成了潘老公问迎儿的话咧，不问你，我还明白；一问你，我倒糊涂咧。"（见时剧《翠屏山》）

抢攘之间，遇春拔步出府，到得马宽那里。恰好马宽正作书札，一见遇春，掷笔笑道："你来得恰好，不须俺受罪咧。"说着摘下大花镜，叹道："人老了，真没出息。俺因闻一事，想写字儿知会你，不想戳戳点点，再也写不成个儿。如今想起俺二十余年前在你家避雨时，一般也是个漂亮角色哩。"说罢，笑吟吟哈腰让座。

遇春以为他所闻的事，定是无名氏刀柬一事，便笑道："无名氏之事，俺已知得咧。"马宽大笑道："那还算回事吗？依我看，不知谁和经略开玩笑哩。"说着低语道，"你想这次巴结军功的人，少得了吗？经略哪里能都用，开罪于人，自不消说。又搭着经略待左右太也坦易，安知非左右受人赌嘱，弄这出把戏哩？北京大爷们专有这种脾胃，惯三不知给你个痒痒挠不的，他背地里看哈哈笑，你若一着忙，他算是得了意咧。那一年俺福公府里，今日也得揭帖，明日也得匿名书，不是血淋淋的斫头，便是说火杂杂的放火，归根儿也没事。后来还是一个挑煤役夫，因他事犯罪，带供出揭帖等事，是他受人赌所为。"遇春听了，付之一笑，便一问他所闻何事。

马宽道："你拨在经略麾下，不用提咧，俺还闻经略有意用你去剿办大姚山。"遇春沉吟道："不确吧，此定是德将军楞太的职任。或命遇春随其麾下，也未可知？"马宽道："俺也是如此想，但既有所闻，不妨先知会你。"

于是两人又畅谈一会儿，遇春起辞，马宽大笑道："时斋此去，鹏程万里，俺那金错刀，给你取兆不错吧。"说罢，携手送出府，驻望良久，方才回步。

这里遇春一路沉思踅转，不多时，武、冷两人联臂踅来，听得无名氏一段事，各个惊异。鸣凤叫道："这无名氏口气好大！照他说法，我们只好闲着弄鸟了。"正说之间，只听院后青骡儿一阵长嘶，十分高朗。遇春倾听，颇为欣然，方要说马宽所示之意，只见鸣凤跳起道："了不得咧！"田禄等不由一怔。正是：

名骑嘶凤思破敌，壮夫临阵且磨枪。

欲知后事如何，且听下回分解。

第六回

额经略奉诏讨红苗
滕壮士乔装寻侠女

　　且说田禄正思倾听遇春言语，只见鸣凤噪道："真个的哩，明天出京，俺还须稍置备应用之物，冷兄用什么？咱们便去买来。"田禄道："去就是了，不须拖拉。"于是遇春将马宽示意草草一说，鸣凤道："完了吧，你还听什么？"于是不容分说，拖了田禄便跑。遇春追说道："有什么事今天办吧，明天没得暇了。"鸣凤也没听得，竟如飞而去。遇春这里也便摒挡一切，因今晚半夜间须赶赴队伍，便早早开清店资。

　　那店伙正哈着腰儿，一路恭维，只听院中马蹄乱响，一翻身跳下一人，却是田禄。店伙道："好马！好马！冷爷新买的吗？冲这毛片骨骼，端须百金开外哩。"遇春一看那马，赭白相间，果然不错。田禄道："怪道武兄风火似将俺拖出，原来他相中了一匹马，忙着去买，又定规赠俺这匹，俺只觉过意不去。"说话之间，店伙忙牵向后院，又赞道："真是人仗衣服，马仗鞍辔，您看这一扎括，又须数十金。"田禄漫应道："是哩，反正俺没费半文钱。"遇春笑道："如今一切都备，只准备明天赴队吧。"于是相与入室，用过晚饭。

　　须臾日光已落，掌上灯烛，田禄不由问起马宽示意之事，便道："倘真个擢用您去剿大姚山，怎的俺也同去方好？"遇春笑道："你这见解却拘滞咧。同此军务，哪里不是立功。"田禄逡巡道："俺只觉主逆吴半生现在大姚一方，若擒得他，岂非奇功？"遇春道："吴半生踪迹倏忽，现方策应两山，哪里定得他专在那里？且立功何必求奇，如老弟本领，何患不显。但当纯白此心，为国尽力，其余事何须置念呢？"一番话词严气正，田禄转无言可答。于是遇春唤进店伙，吩咐道："俺们走后，倘有什么滕姓客人来访俺，你只命他追赴大军寻俺就是。今夜三鼓，便须给俺整备坐骑，不可有误。"

　　店伙笑道："您尽管睡好子吧，俺一一记牢咧。明早经略爷大军启行，这当儿各营各队早忙得不可开交咧，到三更时分，单是马蹄响就把人惊醒哩，俺是不会误事的。"说罢退出。遇春等稍为和衣歇困，蒙胧之中，却听得一阵阵海螺隐隐，远近互应。原来是各营队伍次第发向卢沟桥。那里早准备就经略行幄，全军齐集那里，以便出发。便是随营各官，以及百官饯送，都一档档列出多远。另有钦派亲王大臣，恭赍上方酒脯，准备赐训祖道，以仿古推毂之礼，好不严整得紧。当时遇春略为蒙胧，店伙已备好坐骑，喊将起来。于是匆匆结束，和田禄厮趁出店，各上坐骑，泼啦啦放辔跑去。

这时星光动陌，街坊静悄，两人坐骑蹄声震动，坊口上恰有一家卖寒具的小店，两口儿正猱头撒脚，在当门油案上工作，女的猛闻蹄声，大惊道："哟！可了不得咧，骑马贼来咧，快些关门！"说着一抢门，几乎撞翻案。男的骂道："歪刺骨，你看你浪张样儿，尿罐子都有耳朵，难道你不知今天皇上发兵，这不知是哪家将爷哩。人家都是侯伯之苗哇，又成了骑马贼咧。"说着赌气一推门。恰好田禄骑在后，噔噔噔踅过，只见那两口儿不但蓬头垢面，并且精赤条条，女的只围件腰巾，掩了要紧所在。原来寒具店既狭小，又搭着热油烟灶，热不可当，两口儿图凉爽，又省污衣，所以竟显起父母清白之体来。

曾有个笑话儿，有两位山西老哥在京相遇，大家都是苦哈哈，没别的东道，只好吃个早粥寒具吧。于是凌晨而起，撞入一家店内，要两份，低头便吃。一位客忽然大呕，由寒具中拉出根二寸长的黑毛儿，蜷曲中还带些根锥。两客一想，若一根究这毛儿，殊不雅相，只得抛掉寒具，姑且吃粥。哪知旁座一客，因店人来得慢，自去盛粥，拎起长勺，就大锅只一搅，忽大笑道："怪呀！"说着挑出一物，众人一望，却是绝好的一只女睡鞋，尖瘦瘦平底软帮，好不写意。众客一见，无不大呕。山西老哥气将起来，便打起乡音骂道："乐子是怯条子，只知干那事在帐里榻上，却不晓得你们这里新花样，既在面案上揉搓够，还要下粥锅洗个澡儿哩。"由此看来，这家两口儿仅光溜溜的，还算是体面不过。

闲话少说，当时田禄一肚皮建功立名之念，听得男的说侯伯吉语，十分欢喜，便厮趁遇春，直奔国门。北京街道多，地面大，既出城门，业已天光大亮。瞳瞳旭日，辉鼎映于晓气中，十分精彩。举目一望，旌旆相属，由国门直接卢沟，笳鼓喧天，车马奔驰，官道尘头，宕起丈把高。

遇春不暇细顾，便趋就经略中军，恰好德将军楞太已率部将发。这时田禄早驰赴长龄军中，不多时大炮一鸣，长龄所部先行起马，随后德军继进。遇春马上顾盼，端的浩浩荡荡，但见戈戟光芒中，一片红缨，风卷而西，顷刻间德军前旌已没入远林影内。正这当儿，只听城中鼓角隐隐，众弁相顾道："经略起马咧。"不多时，一队辎重随后赶到。原来经略另有数百名亲兵护行，并中军官随侍，这时还未出城哩。

且说遇春扬鞭逐队，不多时已望见卢沟桥。但见黑压一片人，东攒西簇，桑干河水，汤汤作响，早混着人声送来。这时长龄一军早按部扎列桥左，长龄全身军装，佩刀肃立，背后军弁一字排开。遇春一望，便见武、冷两人，雄赳赳站在杨芳肩下。抢攘间，德军一声喝号，齐齐止步。德将军翻身下马，率属弁列立桥右。遇春这时站队和杨芳等只隔一道，只好相视会意，哪里敢稍作声息。但见许多文绉绉的官员，就一座精致行帐前三五散步，或悄悄顷谈，遇春料是饯送的官员。距行帐不远，便是经略歇马行幄，面南一幄，更为高敞，幄前官吏肃立，悄然无声。遇春隐约一望，其中似有香案等铺陈。

须臾从内踅出一位大员，气像华贵，望望日影，自语道："珠轩这时怎的还不见到？"说着重复踅入。须臾鼓角声动，大家忙翘首东望，只见尘头起处，一队兵马如飞拥至，就曙色葱茏中，早现出经略大纛，亲兵骑队后，八名健弁，拥定一乘大轿，其中正是额经略，距行帐数十武，连忙下轿，趋入少息。这时行帐前各官一齐列立，便见经略趋跄而进，直入那高大行幄。遇春看得分明，便见那位大员手捧圣谕，就香案后南面宣谕圣意。经略伏俯跪听，叩拜如礼。便有值吏跪进赐酒，经略饮毕，又叩头谢恩。一切仪文罢，方和那大员立谈数语。

大员道："珠轩努力，但视不久仍在此行凯旋郊劳的大典，便不负圣恩咧。俺复命匆匆，不得久留。"说罢，和经略一执手，趋跄出幄，翩翩上马，左右随员就这等簇拥而去。众官中便有悄语的道："你看他旗门子人儿分外透着几分漂亮，便是方才这几步走，和这一上马，咱们便学不来哩。"

这时经略望见众官，早笑吟吟迎上来，连连致谢。于是大家拥入那座行帐，登时呼筹传杯，闹过一阵，但闻得经略大笑道："诸公盛意哪里敢当，便请都回步，小弟也便登程咧。"纷纭之间，早有两亲兵牵过经略坐骑，中军官举令旗一挥，高喝道："经略起马咧。"一言未尽，只听那边桥下轰隆隆三声大炮，海螺大鸣，长、德两军齐齐一声诺，恍如暴雷。就这声里，经略从容上马，大纛一挥，全军俱动。但见旌旆风翻，马蹄雷震，滔滔汩汩，便如条长蛇般直压桥梁，众官见了，无不啧啧称叹，直望到后军发动，方纷纷各散。这且慢表。

且说遇春逐队过桥，猛触起自己从此入都，为时不久，果然际遇非常，一望军容，不由意气扬扬。正在顾盼，忽见那日那卖水果的依然在道旁营生。遇春想起他谈和相一番话，感愤之余，不由又惦念起叶倩霞来，偏搭着滕荟未到，又无从根问所以，一路沉思，早已行了二十余里。

大军所经都有一定站道，因头一站经略起马不无耽搁，这日便应宿在长辛店。这长辛店不过一小小镇聚，距京数十里，却是地处冲衢，为京西著名大道。自开国以来，凡命将出师，以至凯旋郊劳，无不从此经过。所以虽是小小镇聚，倒冲烦得很。

这当儿，不消说供办军差，当地官吏忙了个脚打后脑勺。经略行辕和长、德两将军的营帐早都准备停当。未至十数里，办差的探马便穿梭似来往，遇春一路留神，只见长军前旌徐徐入镇，随后德军继进，便见官道旁，远远有一官员公服侍立，虽有仆人，却自持红柬职衔。同行军弁悄语道：“你瞧嵩太爷来咧。”原来那官儿姓嵩名祝，便是良乡知县，这长辛店正是他该管所在。遇春听了，知是来迎谒经略的。抢攘之间，已随众而过。趱过里把地，一回头，只见经略大纛略为一驻，却听中军官高唱一个“免”字，转眼间那官和仆人鞭马如飞，从间道又跑向前途，原来又赶向行辕伺候去咧，遇春都不理会。

不多时德军入镇，纷纷价按部列营，长军先入，早已扎列停当。遇春下骑方就已帐稍息，忽闻行辕前大炮一鸣，鼓吹暴作，知经略已经歇马。一望日光，方才挫西。

大家饭罢，遇春便徐步出营，闲览一会儿。只见各营前纷纷攘攘，大半是随营各小贩并本地贩子赶趁营生。众军士三五成群，纷纷乱买，有的水果、糖饼只管往嘴内填。遇春看得不耐烦，便迤逦郊行，望望野色，既至趱回，已将薄暮。方趱进一营前，只见有两兵闲谈道：“这种冒失鬼真也稀奇。不问青红皂白，便闯行辕。偏搭着守门的也是个急三枪，他既说寻姓杨的，你就该问明白他。一声不响，四五人上去便抓。那愣哥儿且是不弱，只略一抬手脚，四五个都躺下咧。若非经略出看各营，亲命人带进那人究问，只恐这当儿行辕打成一片，那才是笑话哩。”

一兵道：“那人什么样呀？浑胆子却也不小！这一究问，若说不出什么招对，小命儿算交待咧。”那兵道：“样儿呢倒也精神，中等身材，两只碧莹莹眼睛十分溜亮。只是走得风尘满面，一身短衣，头戴大笠，背负包裹之外，还佩一柄绝好单刀，看光景是跑过远路的。”

遇春听了，也为纳罕。刚趱经行辕前，恰好一军吏持令，匆匆走出，一见遇春，扬令道：“经略有唤，你来得正好。”遇春听了，不敢怠慢，便随令趋进。还未跨入帐，便听经略笑赞道：“你志趣倒好生高超，既不愿入伍，俺也由你，且等杨遇春进见再讲。"正说之间遇春躬身趋进，一眼望去，不由心头扑通一跳。原来那人却是滕荟，遍体行装，直矗矗站在经略案前。左右亲兵不错眼珠价手按刀柄。

经略大笑道："杨遇春你且认来，此人自称姓滕名荟，特赴京寻你，欲随军效用，只迟了半日光景，所以赶到这里。我看此人气概不俗，大约所言不虚。但我那会子欲收他入伍，他又不愿，因此我又觉踌躇。"遇春听了，便说出滕荟底里，并自己去书相邀之意。经略喜道："如此说来，却是一名壮士。既愿随军，很好！便隶你手下就是。"于是滕荟先谢过经略，和遇春从容退出。直至行辕外，遇春方一抹额汗，喜道："荟弟，俺想不到你竟闯到经略跟前，真险得很！"

滕荟赞道："经略气度真正阔大！他见俺这尴尬样儿，一些不理会，劈头便问俺几桩武艺。幸喜俺没露怯，他便欢喜起来。俺说到来寻你，他越发大悦，竟无不相信之意。只这番襟度就足以驰驱豪杰了。俺滕荟来此效力，好生有幸。"遇春道："即如此，你为甚不愿入伍呢？"滕荟笑道："俺本没甚定见，都因俺大哥听你之言后，意存韬晦，临来时嘱俺不必入伍，但为国杀贼，便是尽力皇家，不负平生。将来滕家庄兄弟聚隐，便一生愿足了。"

遇春听了大喜道："蒙兄能如此，吾复何虑！咱们且到帐细谈吧。"正说之间，只听背后杨芳唤道："时斋兄慢走，有这等佳客，如何不等等俺？"说着抢进，把住滕荟之臂，大笑道，"这便是水底鱼滕三爷吗？好胆气，一投军，先和经略倾谈半晌哩。"遇春忙给两人一指引。滕荟是听倩霞谈过杨芳，倾慕已久，这时百忙中细一端详，登时想起他女装探相府之事，不由头儿一扭，逼紧喉咙道："哟，金婶儿吗？您跑大宅门的人，见俺灰扑扑的别笑话呀。"说罢，挣开臂，更来得干脆，登时绷着脸儿，深深一福。原来滕荟有乃兄滕芳之风，也是诙谐鬼。

这一来不打紧，两人忍不住方要拍掌大笑。遇春吃惊，赶忙一使眼色，拉两人直入己帐，方正色道："军伍中岂可诙笑？两君此后倒要仔细。"杨芳这时笑不得畅，连忙揉了肚，蹲在地下，良久指滕荟道："三爷真有你的，这一定是叶姑娘饶过舌。"于是站起，重新和滕荟见礼。

大家落座，遇春便致问滕荟来时一切情形，道："俺虽出京前接得蒙兄书札，苦于不甚了了。如今寨事端的有甚羁牵？"滕荟道："便是推交寨务，一时间不易得人。俺大哥想借重叶先生，先生大笑道：'俺栖迟此间，本为修道习静，若以此相迫，俺只好避却了。'俺大哥没法，只得会众公举。不想此风一传，左近强梁大有肆志之势，因此俺大哥不得脱身。"

遇春沉吟道："据叶先生恬淡情形，他亦不出咧？"滕荟道："那不消说得，他见你相邀书札，只付之一笑哩。"遇春拍膝道："这都不足奇，为何叶倩霞无端失踪呢？难道她因相府失险之事，曾受叶先生训责吗？"滕荟拍掌道："说起她来，俺也闷得很。她自转回寨，备叙失险遇救等事。"说着一瞟杨芳，笑道："俺那当儿便记牢这位金婶儿咧。"杨芳一笑，不由一抹鼻头。滕荟接说道："当时大家都替她额手称庆，便是叶先生，只说她道：'你初犊之性，不知利害，俺怎的拦你入都来？'其余并没有责备的话。但是倩霞从此颇闷闷不乐，时或独居，咄咄自语。有时和俺芬姊谈起盗珠事，还自愧得什么似的。"

杨芳笑道："女孩儿性子撅不得尖儿的。过些时，忘掉就好咧。"遇春漫应道："是的。"滕荟道："不多几日，时斋兄书信到来，大家欣喜之下，便商议哪个去从军。倩霞只乐得眉飞色舞，笑道：'俺受了奸相一肚皮气，可要借贼人出出气咧。'不想叶先生微微冷笑，眙起眼道：'你莫又轻举妄动，难道不记入都之事吗？'倩霞听了，一声儿没言语，逡巡退出。叶先生责备他，只有这两句，并不曾怎的严加训诫。当时大家忙碌写回书并俺害病等事，也没理会倩霞。不想次日，再也寻她不着。大家都猜她气不过，又去寻和相的晦气，独俺二哥不以为然。大家没法儿，便请他前去寻觅，只是茫茫大地，哪里是方向呀。"

遇春等听了，甚是叹异，揣测一番，也没头绪。遇春便将经略得刀柬之事一说，滕荟道："这定是奸人弄玄虚，摇惑人心哩。"谈笑之间，刁鼓声起。杨芳别过，杨、滕两人又清话半响方睡。

按下这里经略大军按程而进，且说滕芳无端奉了这糊涂差，好不怙惙，如大海捞针一般，怎定方向呢？思忖一番，只好先向北京探探，恐万一倩霞再寻和相。便带了短刀，并散碎银两，扮作落拓卜人模样，一路撞将去，为的是掩人耳目。每逢店道集镇都留意探访，恐倩霞经过，或有踪迹可寻。

这日甦入直隶地面，恰好向一家店翁谈起道："你这里近些日可有如此这般一位姑娘经过吗？"店翁说："有，有，便是前两日过去的。细细身材，丢丢秀秀，不用提怎的漂亮咧！"说着一细说容貌神情儿，正是倩霞。滕芳喜问道："这姑娘她说是向哪里去呀？"店翁道："她说是向京门脸左右寻一个相好的去哩，一定是要什么嫖账的事。"滕芳听了，不由高兴打掉。继又一想，或是倩霞乔装，也未可知，于是匆匆价竟入北京，白日价踏侦街巷，夜里便走探相府左右。

　　齐头两三日，也没些踪影。便连遇春寓中都不暇去。一日深想倩霞情形，不由怙悷道：北京既不见她，难道她因叶先生说她轻举妄动，竟负气自赴黔楚吗？若果如此，真正胡闹咧。少时自念道，不能，不能。她一个女孩儿家，如何有这等胆气？逡巡之间，忽又想起她三入和府，不由又暗惊道：这妮子自恃本领，果如俺所料，也未可知。但是这等险地，孤零零去了，岂非送死？如此一想，躁汗如雨，便赶忙出京，姑且向楚南大道一路奔走。又恐倩霞捷疾，赶她不着，便也施展起飞行术，日行三二百里。经略出都当儿，滕芳已去得老远咧，却是一路上通没影响，所挟银两用尽，便胡乱卖卜混去。好在滕芳既有口给，又好游戏，三言两语之间，便套弄出人家口气，他再添枝加叶一胡诌，竟显得卜术真灵。

　　一日来在长沙地面。道路之间，早已纷传苗乱，并说起什么雷扬力守永绥，是大大一条好汉。滕芳听了，也没在意。日落当儿，恰好趱进一处山村。滕芳方敲起竹板，徘徊四望，只见村头槿篱间有人喊道："先生这里来。"滕芳趱去一望，却是一处小小山家，门口儿立定一个老婆婆并一少女。那婆婆龙钟驼背，白发飘萧，少女风致中甚是端静。

　　老婆婆还未开口，少女便愀然道："卜以决疑，不疑何卜？依孩儿之意，俺哥子只不宜去。意气所感，不暇深思，终要自陷的，还卜他做甚？"说罢，不由长叹。滕芳方暗诧山村女子词态不俗，老婆婆已叹道："妥姑，俺非不知，但你哥子生牛性儿，只知人推解之惠，意气思报，俺已没法拦得他。今问问先生的卜，不过占他此去何如罢了？倘天可怜见，咱一家还能团圆。"说到此，不由泪下。少女忙道："哟，娘莫伤心，既如此便卜来，除除疑虑，也是好的。"

　　滕芳听了，肚内已加踌躇。因这当儿，苗众官军方相与对垒，未免依附两方面的人都有。这卖弄手段，便须先探出人家底里，然后方能相机上一套大江东。于是滕芳笑道："在下名张铁嘴，专占人流年时运，求官发财，以至卜婚占病，件件皆通，却有一桩对不住，不会奉承。老奶奶你问何事呀？"

　　老婆婆道："君子问祸不问福，先生便请里面坐吧。"于是将滕芳引入一处小院，客室三楹，颇为敞洁，隔墙一院，便是内室。老婆婆便道："先生且坐，俺去泡杯茶来。"于是领那少女从角门趱入内院，却隐隐闻那少女嘱咐道："娘少时问卜，只问人出门做事是否吉利？其余没要紧事不必提。"滕芳听了，越发留意。歇坐片时，就室中间踱几步。方趱至西壁下，抬头一望，不由大惊。正是：

为寻虎女方心切，乍见龙泉又目惊。

欲知后事如何，且听下回分解。

第七回

真壁虎巧赚叶倩霞
假铁口大闹芦花港

且说滕芳无意中抬头一望，只见壁上挂一柄古剑，十分精致。英雄壮士见了剑，便如美人见脂粉，名士见异书，哪会不看。当时滕芳脱匣一看，只觉冷森森一股寒气侵入毛发，神锋咄咄，不可逼视，不由失声道："端的好剑！"仔细一看铭款，剑名南精，款署"玄一所用，留赠烈士"八字，便暗诧道：这玄一之号，俺听时斋说过，是他师葛先生，难道是他所用之物吗？这家儿既藏名剑，定有武功朋友，刻下苗乱鸥张，倒要探探他底细。正在沉吟，忽听角门微响，滕芳忙挂剑入座。

须臾老婆婆领少女捧茶趑入，滕芳谢过饮，道："在下蒙老婆婆见招，不敢动问尊府上姓，家中还有何人呢？"老婆婆叹道："寒门衰薄，没多人口，只有个憨儿子，并这小女妥姑。"说着一指少女道，"俺便姓凌，先生上姓，哪里人哪？"

滕芳道："在下北省人，至于敝姓，早就上达咧。"老婆婆猛省道："哟，是呀！那么张先生，便给俺儿占占出门营谋是否吉利。"滕芳道："令郎何名呢？"老婆婆道："他单名一个鲤字。"滕芳道："好名儿！鲤跃化龙，很有变化飞腾的。但须得相宜之水方好，若误入沟渠，就可惜了。"一席话本是江湖溜口，不想妥姑听了，竟澄澄秋水，只管点头。

老婆婆道："便是哩！我也说出门做事须相人相地。今先生且看他生辰四柱如何？"于是子午卯酉地说了一阵。滕芳趁势闭目沉吟，胡掐指道："啊哟！依此命看来，此人天生直性，某宫中很坐威煞之气，若是习武，倒再好没有。"老婆婆笑道："先生真有些道理，俺鲤儿就是好武哩。"滕芳听了，越得主意，便道："他出门何往？欲做何事呢？"老婆婆还未开口，妥姑忙道："先生但占吉利与否便了，不须多问。"

滕芳道："唔，不然，方向不同，所事各异，若不说明，怎生向本命推断？卦虽占出，如何解诠呢？在下却不会学江湖骗人的。"一席话，将

267

妥姑问得水澄澄两眼只好白瞪。老婆婆道:"俗语说得好,问医不瞒医,问卜不瞒卜。先生是江湖散淡人,没的管人闲事,俺索性告诉您吧。"滕芳道:"对呀!必须说明,方好解断哩。"

于是老婆婆滔滔汨汨,将凌鲤亡命病困,结识吴半生,因入大姚山许多情节一说。又道:"俺儿回家来,便时时念诵吴半生之惠,后来闻得吴半生称兵,他便要赶去相助。啊哟,这作乱造反是玩的吗?亏得老身不允,并妥姑苦苦相劝,他方才稍为安生。不想前几日吴半生特遗书币,请他去助一臂之力,说现在永绥城不破,全仗一好汉雷扬,想请俺儿去除掉此人,即便遣回。书词十分恳切,说他若不去,便是忘恩负义。俺儿一见此信,那生牛性儿便怎的也拦不住咧。惹得他妹儿妥姑几番哭劝,他都不听。如今正火杂杂地寻朋觅友,安置俺母女家事,敢怕就要走哩。"说着老泪涔涔,被面而下。妥姑不由玉项低垂,长吁口气。

滕芳听了,暗暗诧异,便随手布卦,沉吟道:"此行倒还安稳,只凶险之地不宜久恋,若早早回头,还不碍事。"几句模棱话说过,一望天色,业已掌灯时分,便摒挡起辞道:"在下人地生疏,还须早去觅店。"不想老婆婆见滕芳词态不俗,便道:"小村中没得店的,先生不如在此歇一宿,晚饭后给俺小女占占命如何?"滕芳听老婆婆说凌鲤之事,正要再探探究竟,于是谢一声,欣然落座。老婆婆母女踅出,滕芳独坐,思量一番倩霞,望着壁剑,只管沉吟。

不多时老婆婆端得饭菜来,滕芳用罢,老婆婆便将妥姑命造说出。滕芳随口道:"啊哟!这卦命,俺既遇着,没别的,老奶奶须破费点儿,寻常卦礼是不成功的。"老婆婆笑道:"您只管放心,给你加倍数儿就是。"滕芳道:"此命宜夫宜子,富贵十全,终受皇封,克享大年,端的是位夫人之命。但是少年时稍有不遂心罢了。"几句话不打紧,倒像瞎猫撞着死老鼠,一口正着。后来妥姑身适逢春,可不正是位诰命夫人!

当时老婆婆喜道:"果如老先生金口,且是好哩。"谈过一会儿,业已初鼓敲过,老婆婆道了安置,自行回内院。这里滕芳想起自己胡诌,暗笑一番,也便和衣卧息。一时间念头如潮,再也睡不去。直至二更后,方要蒙眬,只听嘭嘭一阵叩门,有人喊道:"娘,睡了吗?孩儿回来咧。"滕芳料是凌鲤,不由欠身倾耳,便听得老婆婆一路窸窣踅出。方开大门,便噪道:"鲤儿呀!这时光你结束得如此整齐怎的?"凌鲤道:"孩儿只今便别母前赴永绥,且到屋内细谈吧。"老婆婆颤声道:"你这孽障,真怎么好。怎又大黑夜里走呢?"于是一路足音,直趋内室。

这里滕芳便耐不得,不由跃起暗想道:他家有此宝剑,这凌鲤究是何等人？俺且觇觇再讲。怙惚之间，悄步至内院墙下，凝听半晌，只闻得一家儿语音，并老婆婆洒涕之声，苦于不甚清晰。但闻凌鲤笑道："俺不遇这野丫头，还须过两日再走哩。"滕芳一听，摸头不着，便索性足下运力，一跃而过，伏窗一觇。

只见一条汉子，瘦棱棱面颊，骨相精劲，身格虽不魁伟，两只眼却委实有些精神，业已氆笠行滕，匆匆行色，方叉手站在老婆婆面前。妥姑坐在榻头，却默默沉思。滕芳料是凌鲤，不由暗惊道：此人气慨端的是我辈，却如何想助逆苗呢？沉吟之间，便见老婆婆泣道："你去志已定，俺也没法拦你。但须切记今日卜卦之语，早早回头。但是你方才说什么野丫头，听得人糊里糊涂，到底是怎样回事呀？有你这生小厮，便遇着野丫头，并且人家走路，干你甚事，要你猢狲似斯趁同走？半夜三更价跑来混我。"

凌鲤笑道："娘还没听清哩，今索性说给娘吧。便是俺今天访友回途，路经屈屈店，那里距咱家不过十余里，俺因口渴，到一家旅店中略为歇坐吃茶。还未吃得一杯，便听店人乱吵道：'这位大姑娘，好大气性！俺不过因你没行李，略问一声，本是开店规矩，没说旷外的话呀。'俺跑出一看，却是个少年女子，生得精神容貌，警慧非常。并且结束劲健，身佩宝剑，只背一小小布袱，乍望去竟似江湖角妓（即卖解女子），正扬起眉头，气得脸儿飞红，和店人相吵。俺一看，觉得此女来路别致，便走上呵斥店人。女子也喝道：'可是天高皇帝远，这里近贼苗窝儿咧，你们直如此欺生！'

"这时店客也便哄一声围拢来，大家七嘴八舌，一阵呵斥店人，却都光着眼呆瞅，互相诧异。纷纭之间，有一店客微语道：'这姐儿准是新来的生虎儿，无怪说话硬邦邦的。'女子听了，忽地张目一瞟，便有一股精锐神光射出。俺见此光景，如何不省得？凡稍习武功的人，也能看出是同道人，何况于俺？于是俺上前挥退众客，命店人引女子入厢室歇坐，可巧这厢室正对众客之室。

"还没一盏茶时，忽听女子娇叱道：'鼠子敢尔！'嗖的声跳出，就窗下捉住一少年客人，手起一拳，但听少年啊哟一声，登时吐血满地。原来众客俗眼，似为那女子定是角妓，在对室前挤眉溜眼，装些厌物相还不算，那少年客人自以为是个漂亮角色，竟趄近窗下窥伺起来，所以女子登时用起武。当时众客自知理屈，忙上前排解，扶开少年。女子喝道：'你听仔细，俺是北省武功专家，漫游至此，你等休瞎掉眼睛，自寻苦吃。'说罢，略一跺脚，阶石绽裂。"

滕芳听了，不由暗忖道：北省武功家，不差什么，俺都晓得，这女子可是哪个哩？沉吟之间，凌鲤接说道："当时大家一见，无不吃惊，便哄一声缩回客室。女子冷笑，方要回身，俺便大笑道：'姑娘本领，委实地有讲究。但论武功，在下也略明一二，不知可否赐教叙谈？'俺因她口吻间谩骂贼苗，因也说道：'看起来究竟北省刚劲，惯有能人。若俺黔楚地面也有姑娘这般本领的人，还不致便遭贼苗蹂躏哩。'"

妥姑听至此，便道："哥子说反话甜人家做甚？"凌鲤道："妹子且下听吧。当时那女子见俺这般说法，登时一望俺，笑道：'怪不得看足下气度与众不同，既是同道，何妨叙谈。'说罢，侧身肃客，十分大方。俺暗揣此女既非猥贱，又行径离奇，便接谈后处处留意，果然被俺一席话套出底里。原来她欲显奇能，要单身去探永绥城，伺便儿刺杀吴半生，方见她本领惊人哩。"

老婆婆惊道："哟！真也称得起野丫头哩，但是你管人家闲事做甚？"凌鲤笑道："娘好糊涂，俺不是去助吴半生吗，怎的是闲事？当时俺虽吃惊，却面上丝毫不露，便趁势就她口气扯了一路顺风旗。大概说俺久恨贼苗，正想去为国除害，今逢同志，正好一路偕行。大约是吴某当死，方有此巧遇。她听了果然大喜。但是俺究不知她本领怎样，若是平常，俺也没工夫去理会她咧。她一到永绥，自然就是死数。

"不想设词挑她比试武艺，她欣然不拒。当时俺两个一路拳脚，这一交手，俺越发须设法摆布她咧。原来她身手捷疾，竟是绝好的剑术，她这一去，吴半生便交待咧。却有一样：气力稍弱点儿。俺自忖就店中除杀她许多不便，因假作大喜道：'姑娘如此本领，合该吴某命尽。事不宜迟，咱们便连夜价兼程赶去，早得成功，岂不甚妙？姑娘在此相候，俺回家略为安置，即刻便来同行何如？'因前途数十里，须经苇花港，此处幽僻人稀，俺正好结果她。去见吴半生，这进见礼儿倒也别致。"

妥姑听了，方哼了一声，老婆婆早悲喘喘地道："鲤儿，你快别胡闹咧，她自赴永绥，便死掉，却怨她的命，你何苦半路伤天理？你不说去助吴半生，只除掉雷扬便转回吗，怎的什么事都管起来？既如此，俺越发不愿你去咧。"说罢，挥泪不止。

滕芳不由暗想道："好！原来凌鲤如此歹毒，今遇着俺滕二，没别的，咱须玩一下子。"思忖间凌鲤顿足道："娘莫着急，俺也不一定杀这野丫头。"妥姑大怒道："你待怎的？"凌鲤道："噫，妹子也来咧，俺倒成了贩不是的客人咧。俺说不定杀她，是因她本领委实可爱，她如听俺的活去助吴半生，俺正喜之不迭，如何还杀她？只好临时相机而行了。"母女听了，还苦苦拦阻，凌鲤如何肯听？便道："母亲不须挂念，俺不久便回，今取得宝剑，俺便去咧。"说着，身形一动。滕芳赶忙回步，跃过墙，还听得老婆婆道："鲤儿，取剑仔细些，休惊了人家卖卜先生。"于是滕芳忙入室歪倒，登时叉手舞脚，给他个鼻息如雷。

果然不多时，烛光一闪，凌鲤推门趿入，有意无意地向榻上一瞟，骂道："这狗头睡相，倒像他娘的死尸。"说罢，匆匆取剑，拔步便走。便听得老婆婆长叹送出，并掩门之声。

这里滕芳更不怠慢，一骨碌爬起，跳出院墙纵目四望。他这目力非同常人，能在水底视物，何况夜间还有疏星光亮。便见正南上一条黑影箭也似急，滕芳脚下一加紧，直跟将去。顷刻之间，已到一处小小村镇。这时街桥隐隐从夜色苍茫中传出音来。滕芳料是屈屈店，方念道：凌鲤这厮贪夜诱人女子，无论怎样便该杀掉。俺在这里结果他，再去看那女子是何等人，岂不便当？想罢略驻足，方要扯刀，只见凌鲤稍为四顾，就镇外短林边轻轻一拍掌，便听林内掌声一应，突地一个俏丽倩影飞出，低问道："凌爷吗？"

滕芳猛闻，大惊之下，又喜得暗跌脚道："惭愧，原来是她呀，虎狼烟瘴之窟，她竟自单身闯来，好志气，好本领！为你这野丫头，却累俺滕二充趟远军哩。"惊喜之余，便暗暗去做准备。读者试思这俏丽黑影，不消说自然是倩霞了。

原来倩霞自见遇春相邀之信，一团高兴，真有天来大，方暗悔自己出京稍早，误却遭遇。正思量飞赴北京，以便从军，不想被其父兜头几句话，羞得无地可容。当时默然退去，越羞越气，不由愤然道："难道苗人窝儿便是龙潭虎穴不成？俺偏要自去一趟，显显本领，省得连俺父亲都奚落俺。"气极之余，小眼眶内还洒了几点愤泪。于是暗暗摒挡，挨至当夜四鼓后悄然出寨。本要直奔黔楚，去刺杀吴半生，特是女孩儿心思弯曲，顷刻间又怨及遇春，暗叹道：不想杨爷也小觑俺，俺既先回寨，自然说明俺失陷遇救等事，今来书中何必又提？你既小看俺，俺偏去显显手儿，将来你等没到敌界，俺已将吴半生杀掉，那时才写意哩。如此一曲折，所以先赴北京，经略府中方有夜留刀柬一段事。

当时倩霞作用既毕，更不耽延，便连夜出京，直奔黔楚。一路上乔装无定，或扮丐女，或扮村姑，所经之处倒也没人理会。这日来在屈屈店，忽逢凌鲤，却被人顺口气套出底里。因凌鲤本是英雄人物，倩霞女孩儿家乍涉世路，如何不落圈套？所以登时引为同志，慨允偕行。恐贪夜忽去，扰店人追寻，所以和凌鲤约在短林相候。

当时凌鲤应声道："叶姑娘真是信人。趁晓色未分，咱们便去吧，赶到芦花港，天也亮咧。俺是本地人，都明道径，此间山溪险恶，不同北方宽敞大道的。"一路胡噪，两人厮趁而南。倩霞略问永绥光景。凌鲤含糊应对，却肚里暗笑。两人步履，一样地倏忽若飞，

少时忽闻水声汤汤，这时天光业已拂晓，倩霞仔细一望，面前横现一条大河。上有长桥，飞虹跨彩，沿岸芦苇，丛杂杂密若无地，晓风一吹，真个花浓雪聚。倾耳一听，鸟雀不闻，旷荡荡一片水乡，好不僻寂。凌鲤踊跃道："已到芦花港咧，咱们且就桥亭稍息何如？"倩霞点头，两人联步登桥，忽闻桥下泼剌一声，似乎鱼跃。凌鲤笑道："没的天要落雨，怎的鱼儿不安生起来？"说笑之间，两人步入桥亭，相与歇坐。

倩霞翘首南望，只见山川莽荡，另有一番雄阔气象，不由雄心勃然。回顾来路，却笑道："经略大军不久当必经此，岂知咱两个暗地去做先锋。"说罢，手拊剑柄，河风一吹，宕起几缕香云，好不意气飞扬，丰姿如画。

凌鲤却笑道："什么鸟经略？配用得起咱们两人。"说着削骨脸一沉，目光一闪，很透着尴尬。倩霞诧道："凌爷此话怎讲？"凌鲤冷然道："什么讲不讲？依俺看，咱们虽同赴永绥，却另有一番事做。你那腐主意只好打叠起，不但打叠起，还须翻个个儿。咱们就此去助吴半生，好多着的哩。"说罢跃起，嗖一声掣出南精剑，哈哈大笑道："俺凌鲤便是吴半生的死友。今日之事，不得旋动。叶倩霞你怎说？莫误程途！"

倩霞猛闻，大怒道："原来你这厮竟是贼党，你如此相儿，来吓哪个？"说罢，抽剑大喝道，"你狗一般的人，俺没暇污剑，快滚去吧！"原来倩霞自恃本领，哪里将凌鲤放在心上。不想凌鲤一眈眼，纹丝不动。于是倩霞大怒，双足一绷，抱剑于怀，略略一探身，这便是剑法中对敌的规矩。因剑法不同别的武派，虽是用武，却寓礼让之意，就仿佛古人较射的意思。

当时凌鲤如何不省，便提剑长啸，趁旋身之势一跃出亭。足还未落稳，便觉眼前白光一闪，赶忙一侧，倩霞一剑劈空，趁势一矬身，来了个莺梭织柳式，唰的声一道电光直奔桥下。凌鲤喝道："哪里走！"语音方绝，早飞临当场。彼此一开门户，两柄剑便如神虬夭矫，登时恶狠狠杀在一处。起初还有人剑可分，末后但见白气森森，一缕一团价搅成一块，两下里不由各自吃惊。顷刻之间，恶战百十回合。这时倩霞未免气力稍弱，鬓汗津津，下沾香颊。凌鲤大悦，使出浑身本领，一柄剑风雨般直裹将来。

正在得意，只听有人悄唾道："好没出息，一个魉魉似的汉子，却使出吃奶的劲头儿来奈何人家女孩，真透着不够朋友。"两人猛惊，百忙里偷眼一望，却不见人。这当儿性命相扑，又不暇仔细四望。正这当儿，又听得道："噫，你瞧，好笨蛋，几乎挨人家女孩儿一脚，这是何苦呢？"接着又鼻里一笑道，"这几招更不像话咧，可惜绝好的南精剑给你用。"

凌鲤一听，不由诧极。怙慑之间，手势稍慢，倩霞一剑削去，竟几乎正中左胁。凌鲤忙闪之间，便听得桥边有人哈哈大笑，接着大呕道："朋友，别不害臊咧，依我看，你给我两耳光，饶过我吧！"

这时两人一路颉颃，恰到桥下，凌鲤再也耐不得，便噌啷声虚晃一剑，跳出圈子，喝道："咱们争斗，姑且消停，俺倒看看这是哪个王八蛋。"一言未尽，只听桥孔边道："别骂，触犯吾神，该当何恶？"说着桥孔边丛草水藻忽地一分，端正正露出具花花绿绿窑变似的大面孔，顶了一头绿水沫，只露着灼灼双眼。

两人一见，都猛然一退步。凌鲤是猛见怪物，出其不意，倩霞却审音辨貌，梦想不到是滕芳追来，且又恰当危急当儿。两人略怔之间，滕芳且会作耍，故意价两手抓岸，蹒跚而上。这一副神情，好不可观，一件落拓大布袍，拖泥带水，瓜皮小帽扣到眉头上，一条曲辫蚯蚓似拖向脑后，腰间破带束着一双鞋子，足儿一扬，却光溜溜的。一路咕叽直跳至凌鲤跟前，手持打卦板一拱，道："在下张铁口，那会子叨扰尊府，不曾拜见主人家，尚祈恕罪。"

凌鲤仔细一望，可不正是那卖卜先生！当时匆忙，不暇细想是怎么回事，只当是他也起个黑早儿，恰好又遇着，于是喝道："你不去趁生意，为何鬼祟祟在此相戏！"

一言未尽，只见滕芳直抢上来。正是：

　　　　且喜婵娟巧遭遇，何妨游戏显神通。

欲知后事如何，且听下回分解。

第八回

激滕芳改计刺苗渠
赴大姚无心逢贼侦

　　且说滕芳见问，龇牙一笑，文绉绉踅近前便是一躬道："俺并非相戏，实见这位姑娘怪可怜的，您老高抬贵手，她便过去咧。你二位桥亭中一番交代，俺也听得。俗语说得好：河广不碍船，路宽不碍车。各走各路，再好没有。叶姑娘要毁吴半生，挡不住你老保吴半生。却有一件，须到那里战场上，正大光明地分个上下，方是丈夫做事。如今横不榔子，没人之处，拦住人家姑娘家大杀大矿，啊哟！王胖子跳井，恐有些下不去哩。俺张铁口既遇着，安能坐视？没别的，看俺个小脸面，放过她吧。"说罢，肩头一耸，连连作揖。

　　这一来，凌鲤若是老阅历家，看此光景，早就明白了咧。因来人若非具十二分本领，断不敢这当儿贸然出头来做鲁连。却是凌鲤生牛性儿，见不及此，当时仗剑怒喝道："休得多话，还不给俺滚开！"

　　滕芳笑吟吟连揖道："得咧，俺的凌大爷！得饶人处且饶人，务必求您看俺薄面，哪里不是交朋友哇？俺江湖生意人，冲州过府，哪里不到，只给您传个响亮亮的大名，就有咧。"说着一仰绿花脸儿，小鬼一般。凌鲤越怒，明晃晃一扬宝剑道："怎么你敢是要找死吗？"滕芳一眨眼道："噫，这把宝剑倒十分不错。"因大笑道，"凌大爷，你这光景，是一定不答应咧。依我看，还是就阶儿下得好，大家好聚好散，扯个淡，只当没这回事如何？"

　　凌鲤大喝道："放屁！"方要挺剑，只见滕芳双睛一瞪，道："你这厮，好不中抬举！真是湖南骡子性儿，给脸不要。不要走，看俺法宝取你！"说罢，左手虚晃，右手一扬，啪的声一物打去，正中凌鲤左颊。原来便是那副卦板儿，虽没什么分量，却是气力足得很。凌鲤左颊登时赛如火烧。你想凌壁虎出其不意，吃这横亏，如何容得？当时大叫道："你这人如此鬼祟，定是叶女一党。"

滕芳捋鼻道："好小子，真明白过来咧。俺行不更名，坐不改姓，滕家寨二太爷滕芳的便是！你家老太太倒怪好的，怎生你这浑蛋儿子，自家投浑水还不算，还要不害臊硬扯人，你真是人家对手吗？二太爷如今看你娘面孔，饶你去吧。"说罢，一回身，咕叽叽一路光脚板响，直奔倩霞。

凌鲤怒极，挺剑便赶，滕芳道："你这光景，咱们还须玩一下子哩。"说着一挥倩霞道："霞姑娘且闪开，看俺打这囚攮的。"说罢，一勒宽袖，扇起两只膊子，向凌鲤劈面一拳，回头便跳。哪知湿地泥滑，扑哧声仰面栽倒，光亮亮脚板一扬，大叫道："啊哟！跌煞咧。这一招不算数儿，你要打倒卧，也尽由你。"凌鲤一听，果然一愣，不想滕芳宽袖一舞，猛然跃起，不容分说，趁势一个鸳鸯脚，接着一回手，掏出短刀，大笑道："来来来，你我且拼个三百合。"于是两人顷刻杀作一处。

滕芳吆吆喝喝，一壁价口内乱噪，一壁价暗暗留神。见凌鲤一柄剑虹飞电掣，青光煜煜，颇与寻常剑气不同，便暗赞道：果然好剑！倒不可轻易去触它锋芒。于是怙惙间刀法一变，专取轻迅隽巧之势去蹈暇乘便。两人这场战便连倩霞边观也几乎失声喝彩，于是轻躯一纵，挺剑相助。滕芳大笑道："凌朋友莫怪，你既不害臊欺人家女娃子，没别的，俺们也学学草鸡毛，俩打一个。"于是短刀一奋，顷刻间急如风雨。这一来两下夹攻，登时将凌鲤杀得手忙脚乱。

好凌鲤，全然不惧，使开解数，左格右拒。哪知滕芳好不促狭，既有倩霞挥霍应敌，他这短刀便专以向敌人屁股后去找碴儿，左一闪，右一晃，只给他个死求白赖。不消顷刻，竟闹得凌鲤难顾其后，情知不敌，只得卖个破绽，趁倩霞一剑斫空，翻身便跑，就岸左芦苇深处只一钻，躲得去了。倩霞不舍，方要赶去，滕芳道："算了吧，这都是一百个用不着，俺见了你，便大事毕咧，咱且向桥亭细谈吧。"于是两人重复踅入。

滕芳且不暇语，先取了腰巾揩净面目，又将鞋子穿好，然后脱下长衫，就亭栏吹晾，自笑道："万般事不是力巴头干的。俺三弟水性，便那等妙相，俺虽稍习，就差得多咧。一藏桥下，就闹得泥母猪一般，鞋子一甩脱落，累俺摸半晌，所以俺索性系在腰中。"说着一望倩霞，笑道，"霞姑娘你使得好性儿，险不曾急坏人！亏得俺还没料错，向这一路赶来。你的大主意，俺已从凌鲤口中窃听而得，志气虽好，无奈行不去。如今一切不提，咱们就此回老家是正经，那时大家商量妥，再去从军，还怕误了杀叛贼吗？"因将自己特来相寻之意一说。

倩霞听了，却噘着嘴默默不语，一壁价颠弄短剑，半晌脖儿一挺，眼皮一抬，重复低下，恨恨道："都是这该死姓凌的这一耽搁人，不然您也错过去咧。"滕芳暗道：好！这倒有意思，她还觉得俺跑的路近哩。这妮子好不倔性，俺且哄得她肯走回路就好办咧。因笑道："霞姑且慢闲话，咱们快快回寨为是。"倩霞头儿一扭，冷笑道："不！不！"

滕芳一怔道："霞姑别玩笑，你这般说，俺老远的干什么来咧？"倩霞道："俺哪里晓得！可是您说得好咧，河广不碍船，路广不碍车，各走各路，再好没有。"说罢，索性娇躯一转，面朝亭栏，老实实给滕芳个脊梁骨，招得滕芳几乎要笑，暗道：这妮子须顺毛扑撒，方成功哩。因大赞道："好志气！军中将弁都似你如此勇往，还愁不马到成功吗？但是事贵三思，策宜万全，你只身入虎穴，委实危险。好在俺从北京南下当儿，经略就将起马，如今咱回头迎去，投军从征，何等妥当！俺索性也同去，又有俺三弟并杨时斋等人，大家同征，何等热闹！俺一面寄书回报尊大人，他老人家也放了心咧。本来强你回寨，觉得有些白不赤的，如今这一变通，面面圆到。好姑娘，你是机灵人，想没的说了吧。"说罢，自以为这一下子自然将倩霞扣牢咧，欣喜之余，无意中猛然站起。

哪知倩霞拗性，羞于回头，听滕芳一路胡噪，又急又愤，正在八下里不合辙儿，猛听背后滕芳站起，便以为是强来拉她，仓皇之中，不暇思忖，身躯一纵，向桥下便跳。亏得滕芳手疾眼快，一把拖住，倩霞且会撒赖，竟趁势一骨碌坐在就地，偷眼一望，滕芳已急得火燎猢狲似的。于是倩霞越得主意，索性云鬟一低，一颗头恨不得扎向前胸，竟呜呜咽咽哭将起来。

这一来不打紧，将个目无难事、游戏三昧的滕老二登时弄得火气腾腾，连连跺脚，乱噪道："霞姑有话好生讲，这就不像话咧。"倩霞一听，越发哭得抽抽搭搭。滕芳躁得紧，她越哭得凶，急得滕芳大汗直抹道："你究竟怎样哪？难道俺来得不是咧。"

倩霞哽咽道："不须说咧，左右俺都是死数，与其回头羞煞，还不如在此投河。俺乍见您，只喜得什么似的，以为您知俺苦心，赶来相助，不想竟是前来逼迫俺。本来俺素日没甚孝敬到您跟前，也不敢痴心盼助咧。你如今既见着俺，总算是受人之托，终人之事，交朋友，也盖得下场去咧，便请您大驾速速回迎大军，省得误您天大的功名。至于俺的生死无足轻重，并且不关您事。俺父亲等托您来寻俺踪迹，如今踪迹已得，您责任便已卸却。如虑回去无以为信，俺便给您件大大信物，此后咱相见更好，不相见是俺命该如此，您便请吧，功名要紧哩。"说罢，又明晃晃一闪短剑，登时将鬓边散垂之发割下一缕，赌气子掷给滕芳道，"您如以此物还不足为信，只好剪俺髻儿咧。"说罢，樱唇一撇，就要放声大哭。

这一厮赖，登时将滕芳塑在那里。待要放她去，又着实危险；待要强她回头，又着实不成功。若真个拿回信发，更透着不像话。左右思维，只急得在亭里乱转。倩霞俊眼暗瞟，越发呜咽有声。只见滕芳猛一顿足，大笑道："得咧，霞姑真有你的！俺本是叫你跟随俺，如今简断截说，掉个转儿，俺跟你去，便天大事都结咧。"倩霞听了，一抹眼皮，不由嫣然一笑，道："真个的吗？俺先谢谢您。"滕芳道："不须谢，少挖苦俺两句就是咧。"于是倩霞站起，深深一福。又拾起那缕发缠在髻上，然后两人相与坐下。

滕芳道："凌鲤这人尽也是条汉子，论武功，也是我辈，只可惜明珠投暗罢了。"因将在凌家卖卜闻密跟来一段事一说，因道："俺梦想不到，他所图之人便是你，真是巧遇咧。"倩霞道："正是哩，只是您出京时光，可曾闻经略府中有什么动静吗？"滕芳听了，顿忆都人哄传经略夜得刀柬之事，不由拍手道："不须说咧，这又定是你干的事。"

倩霞抿嘴道："您说是俺便是俺，您想俺柬儿上业已说得响当当，哪有回头之理。今得您相助，真好极咧！将来功成后，那无名氏便说是您，俺不过赌口气，还想争名夺利不成？"滕芳笑道："且莫闲谈，你的主意是赴永绥先杀吴半生。但俺风闻吴半生是策应大姚、龙母两山，行踪倏忽，不一定便在永绥。依我看，用釜底抽薪之法，简直地径赴大姚山，刺杀石三保。巢穴一乱，永绥之围自解，其余群苗一慌手脚，大军赶到，自然不劳而定，只就是烦难些罢了。"倩霞听了，只乐得一张樱口合不拢来，道："妙妙！您这主意，俺何尝没思忖过，只愁着山路不明，难以涉足。"滕芳道："不打紧，到那里再相机行事。"

两人一番说得入港，便匆匆站起。这时长衫业已晾干，滕芳仍累赘穿起来，便相与离桥亭，直奔大道。方走得十余步，滕芳忽笑道："还忘掉一件要物哩。"于是回身，就桥下寻起卦板。倩霞笑道："丢掉吧，什么要紧？"滕芳也不搭腔，忽一纵目，只见桥左岔道上，远远一带芦苇丛只管起伏，便似是水蛇钻行在内，顷刻间，已到半里外。当时滕芳也没理会，便和倩霞匆匆前进。

这当儿楚南一带纷纷扰扰，溃兵乱民合了伙儿东抢西劫，因此村墟道路间十分萧条。所过之处，不断地有逃民、客民成群逐队地来往。当地关津人等看得不耐烦，见滕、叶两人，只当都是逃难的，便也没人盘诘。却是一路上，早闻得大家纷传永绥雷扬怎的困守危城，并石姑姑怎的淫杀许多凶事。两人听了，不胜愤激，因地势不熟，只得直扑大道，耐心行去。

虽说是大道，若比较起北省道路也就相悬得很。一望榛莽，歧途错出，有时节峰回路转，还须绕个之字道儿。这时春末时光，业已炎燠非常，骄阳既不可当，湿郁尤不可耐，偶然风吹过，都热烘烘的，唯是草木丰缛异常。却有一样：大道往往沮洳纵横，丛草深荟之间，涉足一有疏忽，其中所藏毒蛇登时便咬。两人一路上好不艰辛，倩霞一无难色，捷步如飞，十分踊跃，滕芳不由也提起气来。

一日贪赶程途，竟误撞入岔道，周折十余里，方合官道。恰好距道不远有家山店，两人跫入，就食稍息。其中也有三五客人，都走得疲乏乏的，正在柴棚下大家就食，见了两人，彼此一招呼，各自就食。其中一客嫌饭粗，方要喊店主，一客叹道："我劝你将就些吧，咱在这安稳所在吃碗安稳饭，还不是天堂里吗？像永绥左近人享得着此福吗？"因笑道，"你要享口福，快刷刷脸子，整整衣帽，找石姑姑去，真是吃什么有什么。可有一样，你要没驴大……"忽一眼瞟着倩霞，忙干咳两声，然后道，"恐怕盛饭家伙还坏掉哩。"

一客道："真个的，咱们逃出时光，俺听说黄乡绅的小公子，只有十六岁，也被石姑姑掳得去咧。"

那客道："正是！如今石姑姑越发凶淫，当日长水崔乡绅怎样死掉，你是知道的。现在她又新标花样，兼掠幼男美童，以恣其格外之欲。你想幼男中得甚用？她却有一种摆布法，便是聚拢幼女，盛装赤体，和幼男置在一室，却没人监守。除那桩交媾事外，其余抚抱调笑，任意戏弄，一概不禁，直待幼男兴发如狂，不复可遏的当儿，她却将出一趸秘药，给幼男吃下，然后她方捋衣上场。据说这时幼男及锋而试，真个锐不可当。因其天全力全，元气融洽，石姑姑受用起来，觉另有一种难言奇乐。更且秀色天趣，发于自然，绝非壮夫所能比拟。却有一样，这幼男便如被烘得糖花一般，只此一度，精力全竭。间有调养不死的，不过十分之一。你说石姑姑不该万段吗？"

又一客叹道："如今贼苗石三保也越发凶得可恨，糟蹋妇女，一语难尽哩。今听说额经略将到，方稍稍着忙，大姚山各要路都防守得严密密的咧。"滕芳等方一倾耳，又一客笑道："且吃饭毕，趱路要紧。昨天俺一忙慌，便误走岔道二十多里。"倩霞因道："怎的此地道路这般难行？"便将自己误走岔道一说。

那客道："你们幸亏一路来都走大道，还不算难行。若由芦花港岔走桥左小道，那才上定当哩。一路上爬山越岭，都是蛐蜒窄境，错非俺本地人，三转两晃，便迷蒙咧。你们又有女眷，越发不成功。却是由小路到大姚山近得四五日程途哩。"倩霞听了，也没理会。

滕芳随口道："想从此到大姚山，一路道径都这般难走了？"一客道："北方人看不惯此间道路，这如何算难走？若到大姚山中没有向导，是寸步难行的。"倩霞听了，不由一怔。少时饭罢，众客趱去，这里滕、叶也便给资出店。倩霞一路沉思，滕芳也默默低头。走了里把地，滕芳偶一回头，恰好与倩霞目光相值，两人不由扑哧一笑。

滕芳道"你猜俺想什么？"倩霞道："无非是揣念大姚山中道路。"滕芳道："正是哩。"倩霞笑道："不必多虑，到那里再见景生情。况且见景不如听景，他们虽说得大姚山几有具茨山七圣皆迷之势，恐也未必哩。便是果不易入，总还有土人，可设法探问。如其人可用，咱索性用为向导，还愁杀不得贼人吗？"滕芳踌躇道："便是如此，定法不是法，临时再说。即如俺来寻你，哪里想到反随你来？可见凡事皆不能逆料的。"于是两人一路趱去。

转眼四五日，已距永绥百里之遥。途中人烟越发稀少，时有苗兵散队往来出没。两人也没暇理会，却是距两人一二里远，总是两三苗人或土著人相与偕行。

一日两人正走之间，忽听背后哭喊救命。急忙回望，却是土著庄农男妇两人披发跣足没命地跑来。男的三十余岁，衣服质朴，背一件大筐笼，里面夹七杂八都是日用器物，并有破衣等物掩盖其上，那妇人是二十多岁，也生得笨实实，蓬头撒脚，背负包裹。滕、叶方一怔，男妇两人早抢到跟前，喘吁吁跪在地，向后乱指。

滕芳忙望去，便听丛草中一声喊杀，虎也似撞出四五健苗，各挺标枪，如飞赶来。滕芳大怒，拔刀迎上，略一挥霍，众苗已跌跌滚滚，便相与呼啸一声，兔子似跑掉。滕芳大笑道："原来苗人这等不济！"回身一望男妇，还颤抖抖匍匐在地。于是和倩霞扶起他们，问其所以。

那男子眼睛一转，垂泪道："小人是此间土著，姓邱名乙，素以采山斫柴为业，养给家口。今因兵马荒乱，无从得食，素知大姚山外环柴草极盛，更兼永绥、长水一带，现因苗乱，柴价甚昂，所以小人夫妇想到那里去就食。方想由此趋一捷径，以省旅费，不想忽遇贼苗。若非您两口儿搭救，小人等便没命咧。"说罢，直撅撅只管磕头。

那妇人也牵了倩霞，乱拜道："大嫂儿，俺先谢谢你。"滕芳忙笑喝道："休得胡噪，俺两人是叔侄，也正要前赴大姚山寻一亲故。"那妇人喜道："如此可好咧，咱们正是一道儿。"男子道："你晓得什么，人家爷儿俩走的是平坦大道，又不图省费，好跟咱钻山窟去？"滕芳这时将邱乙细一端详，确是质朴庄农，又有妻小同行，不由放下心来，便道："此地的大小道路你想是熟悉的了？"

　　邱乙笑道："俺是本地娃子，哪得不熟。慢说这里，便是大姚山中东西两寨，以至各山峒的道路，俺都滚瓜烂熟的。因往年俺未卖柴之时，曾跟山贩客人挑过货担，哪一年不进山两次。恐这会子，山中各首领还记得俺老邱哩。"滕芳听了，不由暗喜道：俺正愁向导无人，这机会且是便当。且与他混熟了再吐衷曲。庄农人见不得钱，等俺以利赂之，使为向导，岂不甚好。因笑道："老邱，咱们今日一遇，也是缘法。你既明道路，咱们便结伴趋小径，总要快到两天的。"说着一望倩霞道，"你看如何？"倩霞正恨不得一脚踏到大姚山，且一旁属耳，已略明滕芳用意，因笑道："好！好！俺正走得心烦意不奈，如唐僧取经一般，多咱是个到哇？如今抄小道，却似取经回途，一过通天河，就得咧。"

　　滕芳听了，哈哈大笑。那妇人只光着眼呆望，倩霞不由一舒粉臂，笑道："大嫂儿莫吓得发呆咧，有俺叔侄同行，便是苗贼尽窝撞来，也不要紧。"一言未尽，只见滕芳恶狠狠瞪了倩霞一眼，又忽地腾身一跃，倩霞大惊。正是：

　　　　畏途将就偏详度，陷阱在前可奈何？

　　欲知后事如何，且听下回分解。

第九回

逞雄心两侠入危途
摆疑阵二憾探秘计

且说滕芳恐倩霞语不检点，露出底里，忙用目示意，不提防一脚踏入丛草中，只见嗖一声，由草中跃出一物，红而且亮，浑如棒槌形，一迸尺把高，转入深草，所以滕芳猛惊一跳。

邱乙道："此名红罗蛇，歹毒无比，秋深毒积，通身便映出白点儿，故得此名。"倩霞笑道："真是殊方异物，竟有此怪蛇。"邱乙笑道："这算什么，姑娘若到大姚山中，须要留神哩，真是奇虫毒豸无所不有。单是各种毒蛇便说之不尽，最奇的有称人蛇，长数尺，斑烂如锦，遇人便跃，倘高过人顶，其人定死。在法须拎物高抛，大叫道：'你高不如我高。'其蛇应声便死。又有一种方蛇，乍望去，俨同块肉。所过之处，草木都焦，凶得很哩。"

倩霞道："如此恶地，不知苗人们怎生居处？"邱乙道："这便应了俗语咧，一方水土一方人，他们毒狠之性本近禽兽，不但不畏，反设法捕捉各种虫豸，没毒的夹生便吃，有毒的配制毒药，淬砺刀弩，好不凶实。"说着忽愤然道，"也不知老天生这类恶苗做甚？但盼北京皇帝一生气，天兵到来，杀个罄净，方痛快哩。"滕、叶听了，越发心下帖然。

滕芳道："别闲谈咧，趱路要紧。"于是邱乙踊跃前导，一行人厮赶行去。倩霞落在后面，一面走得飞快，一面和那妇人言三语四。妇人竭蹶前进，冷不防足下一蹶，便笑道："噫，你看你姑娘尖瘦瘦小脚儿，便像站都站不牢，走起路来却飞快。俺这大脚倒不成功。"倩霞因戏道："既是小脚好，你当初为甚不缠裹呢？"妇人道："说起此话，俺就恨煞俺姨妈咧。俺娘家姓方，俺小名俊儿，据俺娘说，俺小时节真长得玉娃娃一般。"倩霞听了，哧地一笑，便道："怎样呢？"

方氏道："算命打卦的都说俺有个太太福分，至不济也是个秀才娘子，因此俺娘高起兴来，定要出落出落俺，以备大了做太太娘子。七八岁上便给俺缠起脚，虽是好看，俺未免痛得哭天抹泪。一日俺姨妈趩来看望，见俺白尪尪脸儿，且前且却，俑人儿似的，便道：'怎么咧，莫非俊儿害病来？'俺娘道：'没出息罢了，不过给她缠缠脚，她便装这猴相哩。小时不收拾，大来管保修八家子不下轿哩。'

"俺姨母笑道：'这倒不尽然，俗语说大脚夫人，八字撇开，掌起印来方有威武。凭俺俊儿小模样，就大家抢掉帽哩。'俺听了大得其意，本来也痛得受不得咧，从此趁了俺姨妈口声，登时撒了脚。俺妈没法儿，只得由俺。谁想到了选女婿当儿，却上了好体面大当咧。头一家求婚的是个老乡绅，要续弦。那媒人一切都相中俺，只见了俺的脚，一笑而去，再不回头。到如今提起她，还恨得人牙痒痒哩。第二家是俺邻村孙大户的儿子，年齿相当，更有文名，那模样儿就别提多漂亮咧，还不转眼就是个小秀才吗？只喜得俺一夜没合眼，反复思想，忽得一妙招儿。

"次日，老早盛装，更准备了一件长裙。果然不多时，孙家媒婆来到，相看之下，俺长裙曳地，端正正坐在那里，只给他个老和尚不动弹，以为是千妥万当咧，哪知婊子媒婆更会促狭，她忽地端茶来饮，手儿一颤，当啷声杯落于地，恰好在俺裙边。她伏身拾杯，趁势将俺裙儿一掀，道：'几乎沾了姑娘裙儿哩。'但是这一语之后，她回身掩口便走，就此通没下文。这当儿俺娘知因脚大没人要，好不有气，便将俺数落得眼大鼻小。俺这时方知上了俺姨妈老养汉的恶当，却是后悔无及，时常气得俺抱了大脚啼哭。

"哪知自己这一闹，更糟咧，张扬得左近村落都知俺大脚有名，竟齐头二三年没人提亲。俺妈一气，便将俺配给邱乙天杀的咧。可也好，真是命宫注定，恰好他靠卖气力跑道路吃饭，哪一天都须用脚程，俺和他相助过日子，倒是疲驴对破磨，都仗着大脚蹬踹哩。却是俺好端端一个夫人娘子，被俺姨妈轻轻几句说掉，如今想起，如何不恨她呢！"

正说得热闹，邱乙回望笑道："傻老婆，别胡呫咧。今夜这宿站还须宿在表弟家哩。咱便坐他船，由大沙溪直奔石门谷，岂非又近一程。"倩霞听了，虽觉好笑，却暗喜他夫妇诚朴，因笑道："大嫂儿，你走不动，俺背你一程何如？"方氏道："哟，不当家哗拉的，罪过，罪过。好姑娘，你当俺真走不快吗？"说罢，咕叽叽两只光脚一路好跑。

这时四人前后厮趁，须臾趩过二十余里。只见迎面一座极峻的坡坨，便似小山一般，其上树木森森，迤逦甚远。便有一道潺湲小溪，铄金夏玉，由坨趾曲曲流出。倩霞喜道："这溪水如此清亮可爱。"于是大家走临溪边，各自掬饮几口。倩霞却临流照影，抿抿鬓角。方氏却咕咚声放下包裹，竟就溪水连洗带漱地闹了一阵，索性一屁股坐在就地。邱乙喊道："快赶路吧。"

正说之间，方氏肚内咕噜噜一阵山响，便唾道："没的你要赶齐化门去哩，俺肚儿却不答应咧。"邱乙道："你这老婆，只顾嘴头儿。"于是拉滕芳相与歇坐，便由筐笼内取出气蛤蟆似的几个蒸馍，一面自吃，一面递给方氏。方氏道："哟，你可应了俗语儿咧，上炕认得白脸的，下炕认得黑脸的，怎的不让客人吃呢？"说着拈起两枚，直送到倩霞嘴上。倩霞一望滕芳，早拈起一枚，咬掉半个咧。因邱乙先自吃下，所以滕芳竟不质疑。当时倩霞也便吃过。

邱乙一面大嚼，一面指溪水道："这条小溪，便是大沙溪的下流支派。此间看来，阴沟一般，哪知上流却汹涌得紧。由此垞度过，便是赴大姚的小路了。"滕芳点点首，于是四人依然起行。穿过一带短林，渐次登垞，曲折良久，小溪或隐或现，却闻得潺湲不绝，到垞顶一望，但见林岩杳冥，却见东南偏隐隐水光，蜿蜒如带。邱乙指道："那便是大沙溪，据说是发源于大姚山阴哩。"少时下垞，于是邱乙踊跃在前，果然路熟得很。但见他穿林拨莽，滕芳等望去，直疑没道路，不知怎的，三转两晃，他偏得诘曲小径。沿路那条小溪也便渐渐宽展，与一行人若即若离，十分有趣。

滕芳便瞅空儿一拉倩霞，低语道："咱遇的这向导倒委实不错。"正说之间，恰好趸近溪湾，只见从上流冲下两个尸身，一男一女，都在少年，衣服连结，一俯一仰。那女的长发四披，瓠犀微露，还似乎含笑一般。滕芳一见，不由诧异。邱乙却唾道："又是一对儿不害臊的！爷台你不晓得，此间地近苗区，颇染异俗，这男女定是相悦之至，情到极处，便出此一途。以为是归极乐，大解脱，再不受人世相思之苦。这还不足奇，更奇的是，此溪中时有漂来木板，板上赤条条缚定男女二人，男的定规是死就成的，女的却活跳跳爬在死男身上，不住地娇呼救命。若一遇人，还能得生。这却是男女不端，被两家族众如此处置的。原情度理，总归于男子引诱，所以发觉后，便置之死，女的却如此漂来，任其生死哩。"

方氏道："依我看，这处置法却不公平。难道那事儿是一个人办的吗？"大家听了，各为一笑。少时这小道越入越深，两旁丛篁密菁，阴森映蔽，高如升坂，低似钻窟。不多时转入一条深沟，巉耸土崖，壁立千尺，偶一问答，回音响震，极窄处四人顶背相望，势须鱼贯。这时骄阳如炙，忽地十余里外涌起一片轮囷乌云，长风一吹，势如乱絮，顷刻间垂垂四布。果然不多时蒙蒙细雨，落了一阵，远望雨脚，还白茫茫平插下去。

倩霞一掠发，笑道："好凉爽。"一言未尽，但听前途轰轰磕磕似雷非雷。邱乙惊道："了不得，快些躲避。"说着连跌带滚，便爬土崖，直上丈把高，方据树蹲稳。于是滕、叶也如法而上。只有方氏，刚爬上几步，一不留神，仰八叉栽将下去。亏得倩霞重新下来，扶挽她同升上去。方才站稳，只听哗的一声，一股白茫茫山水可着沟灌将下来，飞波蹙浪，冲得拳大石块好似弹丸。水的余势直激上数尺高，距四人据处只差尺许，却是顷刻间便已过尽，沟内依然是净沙硬地。

四人逡巡趑下，邱乙道："走这路儿，就是山水讨厌。前途云势，定有大雨，所以展眼间便灌下来。若不躲得快，便是识水性的，也须丧命。因这水力量大得很，便是石撞崖碰，也须骨碎肉糜哩。所以走此路，非俺土著不可。"

一路闲谈，不多时趱出深沟，陡地眼界一阔。只见林木蔽天，雨后清光如沐。转折之间，溪声刷耳，竟忽地横在前面，水势宽浩，竟如河汉一般。邱乙笑指道："您看这溪，就是垱那面小溪，回环至此，便这样宽广了。若入了大沙溪，更有趣咧！"滕芳一望，且喜有独木小桥，于是四人次第趱过。望望日色，渐渐西挫，邱乙笑道："咱们这一路跑得不善，距那垱已有八九十里咧。今晚到俺表弟家，恐怕还赶上他晚饭哩。"

滕芳听了，觉他这一带还有亲故，定是庄农土著无疑，不由越发坦然。于是一行人循溪右疾步趱行，不多时，邱乙笑指道："好了好了，这里已望见鸬鹚嘴的高树咧，俺那表弟便居那里。"滕芳随口道："你表弟姓什么呀？做何生业呢？"

邱乙还未应声，方氏却唾道："他姓安，小名溜子，撑船过日，三十多咧，也没人给个媳妇。只有他那老不死的娘还活得怪有趣的，便是俺缺德行的姨妈哩。俺表弟也是个半吊子脾气，略识几字，又会两手三脚猫拳棒，便时常价英雄豪杰地念诵。挣了钱，不说是积留着娶房家小，却掉着样儿供奉他娘。再不就是交朋结友，看人窘困，他就受不得，往往成串价钱叫人拎去。自己没钱用，便念诵什么君子固穷，俺也不知是什么痒痒咒？想是念诵了肚皮就不饿的。不该我说，那种人定规没成头，都是俺姨妈德行大修的。"说着一瞟光脚板，突自恨恨。倩霞笑道："啊哟，大嫂儿这当儿怎还不忘情足下吗？"大家听了，不由都笑。

又走了里把地，忽闻一片棹歌出于前溪，歌杂土音，十分激壮，便觉水风激荡，两岸蒲芦猎猎作响。邱乙方一拍手，方氏却大笑道："巧咧，真是说着曹操，曹操便到。俺一百年也识得溜子的口声，却是这会子哪里撞尸去了？"滕芳忙望，果见从上流蒲丛深处，一声欸乃，撑出一只小船儿。须臾至近，船头一个汉子，生得疏耸身材，重眉毛，削骨脸，两只鲜眼睛甚是精神。赤膊跣足，只穿条裤衩儿，头缩椎髻，乍望去竟如苗人模样。手持青竹篙，船上面置有筐箩。一手翳影，顺流容与而来，一见四人，似乎一怔。

这时邱乙业已嘻开口，举手乱招，那汉子忙停船笑道："俺远望便疑是表兄两口儿，你早有信，说是远出生活，不想今日才到。却是这两位是何人？想是结伴同行的？"邱乙慌忙中不暇细叙，但有唯唯。那汉子也不甚理会滕、叶。方氏却乱噪道："来吧，好极咧，俺正走得脚痛，快将嫂嫂撑一下子吧。"说着就要向船跳。安溜道："别忙，左右你脚是跑大咧，索性再饶两步也不打紧。俺正去籴米哩，少时咱家中见是正经。"说罢，竹篙一点，悠然而去。

方氏骂道："小猴儿，总是大巴子元帅似的！俺们罢了，怎的连客也不知款洽。走，走，咱们偏撺他个马仰人翻。"滕芳随口道："这便是你表弟安某人吗？"邱乙道："正是。爷台莫怪，俺们山野人，大半都木八棍子似的，就是心眼诚实些儿。"

于是四人迤逦前进，不多时已到鸬鹚嘴，却是一片荒港，疏落落几户人家，都是渔人船户。安溜子数间草室便在港头，据岸临水，好不僻静。原来这里便是入大沙溪的要路。再看那水势便猛得紧咧，其中大石林立，略如险滩，一片奔腾砰啪之声，远闻里余。

这时溜子门前，正有一老妈妈倚门闲望，生得笨笨实实，气貌华腴，不像贫家老妇。方氏望见，便如飞先跑过去，不及寒暄，先低低数语，然后拉了老妈妈，高声说笑。老妈妈一面笑额，那副贼灼灼眼光早向滕、叶打了一转，忽大笑道："原来有贵客到咧，又是俺甥夫妇的恩人，真难得！怎的溜子呢，难道他籴米去，没相遇吗？"一路胡噪，邱乙等已都趑到。于是大家厮见，相让而入。院内前后室尽也宽敞，邱乙这时便做了半个主人，将滕、叶让入前室，自和方氏随老妈妈趑进后室。滕、叶两人一面缓衣歇坐，便听得方氏叽叽呱呱，乱述途中一切情形。老妈妈也絮絮两家许多琐事，真如至亲乍见光景。

唯有倩霞，只觉这老妈妈鬼头鬼脑，便向滕芳悄语道："您看这老妈妈子倒生得两只贼眼。"滕芳笑道："村庄人看人直勾勾的就是了，你看那方大嫂，还不像母夜叉吗？"两人一笑之间，恰好邱乙趑入，拍手道："巧得紧，俺表弟也正要赴山中寻觅土苗同捕蚺蛇，恰好结伴哩。"滕芳喜道："如此更好，他于山中道路想越发熟悉了？"邱乙慨然道："他往年入山，几乎丢掉性命，才博得熟悉道路。至今提起石三保来，他恨不得生嚼了他哩。"滕芳欣然道:"却是为甚呢?"

邱乙道:"便是石三保那厮贪货无餍。因俺表弟曾得一绝大蚺蛇,他劲说捕蛇有禁,夺下蛇还不算数,定要捉杀俺表弟。幸得有人先透消息,方保无恙。如今好多年,事儿冷咧,所以俺表弟又想去干旧营生。"正说之间,安溜子一脚踹入,大叫道:"好狗娘养的石三保,表兄你提此话来,俺今晚须气得少吃两碗饭!那当儿俺虽跑掉,却累俺两个好友都死在他手,俺哪一刻忘掉他呀!不过孤掌难鸣,又没机会。如今只好盼望经略兵到,杀掉他咧。"说罢,一握拳,十分恨恨,便略询滕、叶行踪,拉邱乙道:"表兄你别装客,快助我收拾晚饭去。"一路嬉笑,两人趄出。

这里倩霞便向滕芳悄悄计议一番,滕芳沉吟道:"且稍仔细,左右今晚宿在他家,俟探确此人,再露底里不迟。像邱乙夫妇本是咱无心相遇,又一路上那种质朴光景,是不会有差的。"倩霞笑道:"正是哩!俺只看那方大嫂儿,便放一百个心。再者咱们来意鬼神不觉,难道石三保有什么耳报神便遣人赚致咱们?依我看,竟不必踌躇咧。"

滕芳听了,却一抬头,恰好方氏在院内吵道:"表弟呀,明天俺们到石门谷便由旱路咧。你这船定要赶撑回来的,石门谷米贱些,你何不籴些来呢?"溜子道:"这哪里定得,巧咧,俺还寻人捕蛇去哩。"一言未尽,只听老妈妈喝道:"你这逆子,胡说的是什么?还不去伺应客人。"溜子听了,登时悚然,滕芳不由暗暗点头。

果然不多时掌上灯烛,邱、安二人穿梭价端上饭来,溜子致辞道:"家母老迈,不能奉陪,野人粗粝之供,便请胡乱用些吧。"滕、叶谢一声,大家落座,一面吃一面谈话,那溜子词气爽朗,提到大姚山道路,熟悉非常。滕芳有意看他意思,便将所闻捕蛇一节又一提。

溜子听了,果然慷慨激烈,拍案道:"俺只恨自己本领太弱,不然早去结果了石三保咧,还容他今日如此披猖!"滕芳听了,不由称赞几句,须臾饭罢,大家坐谈一霎,邱乙道:"明天还须趱路,早些安置吧。"于是和溜子趄出。这里滕芳目视倩霞道:"你看怎样呢?"倩霞道:"没岔呀,咱早吐底里,大家计议起来,岂不早安心些。"滕芳点首道:"俺自有道理,且歇卧一霎再讲。"于是两人对榻歪倒,倩霞颇觉困乏,不由睡去。

及至一觉醒来,忽见滕芳笑吟吟推门而入,向倩霞悄语道:"这事儿没岔咧。"因如此如此一说。原来滕芳三不知去趄向后室窗外觇听,恰值老妈妈数落溜子道:"你明天早早回船是正经,既险遭过石三保的毒手,又去涉险捕蛇做甚?捕蛇还不可,你时常念诵报仇,只好俟我死后,由你性闹去,这当儿快收此念是正经。"溜子听了,只有唯唯,却不由慨然长叹。不想都被滕芳觇听来。

当时倩霞大悦，跃然坐起，方要细商行止，只听后室内一阵大哄，两人大惊。正是：

机心角逐无休歇，恶计安排特密详。

欲知后事如何，且听下回分解。

第十回

石门谷误饮柳花香
鹿芝坪奇观藤棒舞

　　且说情霞方要细商行止，忽闻后室内方氏呻吟成一片，接着老妈妈噪道："不打紧的，这是忽犯痧症，吃些败火药儿就好了。甥儿呀！你快取些凉水来。"于是邱乙应声，匆匆跑出。趑经前室窗外，滕芳便问道："方嫂儿怎么咧？"邱乙道："犯痧咧，明天趱路，还是累赘。"闹过一阵，也便安静下来。这里滕、叶悄议一会儿，欣然自得，只等明晨倾心相告。

　　一宿既过，次日晓色甫分，溜子业已结束停当，整好舟楫。大家厮见了，却不见方氏。情霞道："方嫂儿呢，怎的还没扎括出来？"邱乙道："她去不得咧，痧症转痢，只好暂住这里。"说罢，匆匆便要相让起行。

　　滕芳这时话到咽喉，再也咽不得咧，于是慨然正色，向邱、安两人一说来意，并自己和情霞姓氏，又道："此去刺杀苗渠，便是你两人向导之功也就非小，将来经略录功，定赏官职哩。你等如不愿去，也不必强勉，凭俺两人本领，也自会计较得来。"

　　邱乙听了，方在一怔，便见溜子扑翻身便拜道："原来滕爷和叶姑娘是如此大人物，俺安某也因旧恨思杀三保，今捕蛇之举，正要趁便窥伺三保。说什么向导之功，总之大家为国除害罢了。"邱乙道："正是！今晚到石门谷再细商进行之法，现在各山隘盘查内地人甚严，须仔细哩。"滕、叶听了，都各欣然。于是相与登舟，溜子弄篙一点，逆流而上，好一片峻急水势，衬着两岸风光，甚是有趣。却是滕、叶无心领略，一会儿价肚内盘算，一会儿价向邱、安问问山中情形并永绥战事，两人或语或默，颇有条理。

　　逡巡之间，日已过午，便就船中炊饭一饱。溜子笑道："来得慌忙，没携得酒，石门谷有种酒，名柳花香，端的好味道哩。"邱乙笑道："表弟馋虫发动咧，真个的，你那酒友陶一妹还住在那里吗？"溜子道："人家卖酒生意好得很，怎的不在呢？"因叹道，"此人也是穷骨头，和我一般，只

288

要意气相许，漫说千金急难，便拼却性命只如寻常，不然他酒业早已致富咧。即如苗乱初作时光，他还有桩快事，便是石三保所派支队暗探四五人，曾到石门谷去吃酒，不知怎的，露出马脚，都被他设计擒杀咧。"

滕、叶一旁暗听，不由相视点首。须臾饭毕起行，帆势一转，风急水迅，日光将没，早已行抵一处山址。远望去双峰插汉，砑砑若阙，曲径盘纡，杳不可际，溪流至此，越发峻急。邱乙拍手道："到石门谷咧。"因遥指一条山径道："咱们明天便由陆行。"滕、叶仔细一望，只见山址下一带人家，随山势为高下，疏疏落落，十分有趣。小儿女见有客舟，都野鹿似的光着眼乱望。

这时溜子业已择避风处，将船泊好，先匆匆取出酒瓶，向邱乙笑道："咱可要去润润渴喉咧，没别的，有烦老弟烧烧晚饭，俺便寻陶一妹沽酒去。他那里若有新鲜野味，俺便取些来过酒。"邱乙笑道："你去只管去，莫被主人拖住灌醉，倒将俺们干起来。"溜子道："得咧，你虽没要紧，难道俺就忘了贵客吗?"一路调笑，即便登岸。

倩霞眼望他残阳在襟，顷刻转入深菁不见，便道："这陶一妹莫非是女人家吗，怎的安爷又呼他为朋友呢?"邱乙笑道："哟，原来姑娘不晓得此间风俗，往往男取女名，或名某妮某娃，不一而足，据说是取其易于生长之义。"倩霞笑道："究竟取这名儿沾些软媚气。此人语貌间定带些女人腔儿。"邱乙听了，扑哧一笑，便忙忙整治晚饭。

这里滕、叶却登岸信步浏览，一面指点风景，一面谈论此行得人，功成有望。滕芳叹道："你看此间地势业已山似锋芒，水如汤沸，若深入大姚，还不知怎样险恶哩。将来经略大兵深捣苗巢时，恐怕还用得着安、邱两人哩。"倩霞跃然道："正是! 如此说，咱们此行得两向导，还不只刺苗渠的首功哩。亏得俺一气便连您也引将来，这会子保管不叫俺回滕家寨咧。"

滕芳听了，哈哈大笑，无意中一抚腰囊，触着卦板，不由笑道："这副行头还是俺在寨临行时，俺三弟因病得发闷，亲手择湖边大竹给俺削成的。不想凌鲤那厮倒挨了它一下子。"两人说得高兴，迤逦散步良久，方寻归路。经过人家，妇孺等见倩霞风姿，都相顾啧啧。去船不远，却见大树下一家门首有两个孩儿，收晒得渔网，一言不合，登时打得跌跌滚滚。滕芳趱去拉开，漫问道："你们姓什么呀?"那小孩儿猛见生人，拔脚跑入门，却就门缝偷眼乱瞅。

大的道："俺便姓柳，叫阿根哩。"滕芳一笑转步，忽觉内急起来，四外望，恰好距那家数步之遥有处黄茅野厕，因向倩霞道："霞姑且自回船，俺去去就来。"踅到厕边,一望里面甚污秽,没奈何,攒眉解带,只听啪嗒一声,卦板脱落,因忙忙拾起,随手儿插向厕檐,匆匆入内。事毕出来,百忙中也便忘取卦板。及至回船,那一片苍然暮色已自远而至。

倩霞正和邱乙在船头闲望,滕芳道:"安爷还没来吗?"邱乙道:"正是哩,俺饭熟多时咧,莫非陶一妹不在家吗?"正在张望,只见远岸上两人,丁丁而来。邱乙诧道:"一妹也来了吗?哈哈,今夜定有酒吃咧。"倩霞好奇,听得"一妹"两字,急忙凝眸。

不多时,溜子携酒,一跃登船。随后一人生得黄肿膨脝,油晃晃一张大脸,麻而且扁,身躯笨拙,癞蛤蟆一般,却扇起两膊,似乎很有力量。手拎一藤食盒,相继而登,便是陶一妹。倩霞猛见,几乎大笑,忙引袖掩住口。这里溜子已放下酒瓶,邱乙七手八脚地接过食盒,便由溜子给滕、叶指引起来。于是大家施礼,各道倾慕。

一妹道:"陶某久慕……"溜子摇手道:"免客气,免客气!咱们知己相逢,且痛饮倾谈吧。明天入山,吃的是干粮,饮的是清水,钻的是山窟,睡的是草地,外带着步步留神,担惊受怕,便没得这般自在了,所以今宵定须痛饮。"一妹道:"小人闻安兄说起贵客来意,好生起敬。"溜子道:"得咧,俺没说别客气吗?俺这船托你照管,以备俺们功成回头之用。你便是船主人咧,怎的主人不醉客,难道怕多吃了你的柳花香吗?"说笑之间,邱乙已将酒饭就船头摆列停当,并将出盒中食物,大半是熏鱼炙肉之类。这时当月之上旬,一痕明月,早已冉冉东升,野风徐吹,烦热都祛。于是大家团团坐定,斟起酒来。

滕、叶一路上既深信安、邱,一见一妹,哪里还起疑念,又搭着成功在即,未免对酒开怀。于是大家举杯一声请,登时都一吸而尽。却是百忙中,安、邱、陶三人各由怀探取一物,如槟榔似含在口内。滕、叶也没理会,只觉那酒味淡且醇,另有一种冲虚之致,十分可口。

滕芳道:"端的好酒,因何名柳花呢。"一妹笑道:"俺这里有句口号,是不尝柳花酒,枉向石门走。此酒酿法,在柳花初作时,又搭着沙溪水甘洌异常,所以酒味独绝。却有一样,此酒有山中千日酒之力,极好酒量,不得过十余杯哩。"倩霞听了,只觉口内淡淡的,因笑道:"如此淡酒,便是尽一瓮也没要紧。"一妹大笑道:"叶姑娘倒好酒量,但是须仔细哩。"倩霞偏不服气,不待劝,便拉滕芳一气儿饮了十来杯,只觉口颊生芬,十分酣适。再一取瓶,一妹已悄悄藏过了,正色道:"这当儿小人宁受惜酒悭名,也不让您用咧。等君等功成回头,再为痛饮如何?"于是大家一笑,匆匆饭罢。

这时月色越发水也似涵虚弄彩，衬着山川明净，令人意气轩昂。倩霞三杯落肚，奇气垒涌，回思自北京被挫后，一总儿心头闷闷，今奇功且喜可就，真快意得紧，于是拍掌笑道："俺自芦花港和凌鲤一场厮并后，一向闲得身儿发倦，趁此月明，待俺舞回剑，以做杀贼之气何如？"说罢，短襟一翻，明晃晃抽出短剑，轻躯徐起，一跃登岸，剑光泼处，早丢开浑身解数。但见剑光月彩，浑身一片，其中裹着个丢秀秀的俏女郎，端的好个姿致：

> 前超后越，翩若惊鸿，斜掠轻翻，宛同飞燕。剑花错落，偏助成一片轻盈；虹彩缤纷，抛下了半天风韵。奔雷掣电，猿公值此也应愁；分风劈流，越女所传谁识此。何待空空一击，早已气慑苗渠；即看耿耿神锋，行见威震群丑。正是：侠气千寻来倩女，盗珠身手不寻常。

倩霞舞到酣畅处，真个人剑不分，唯见一团白光，浑浑浩浩，映得月色都有些黯黯不明。大家正拊膝默叹，忽见白光游龙似一夭矫，直奔一株老枫树，但听咔嚓一声，白光顿息，那上半树身早虎倒龙颠似断将下来。就这声里，倩霞一跃上船，收剑掠鬓，扑嗒声跌坐下，笑道："久不舞剑，今天两臂只觉软软的，也蹊跷得很。"

滕芳跃然道："俺也献回丑如何？"说罢站起，方要抽剑，忽地腿儿一软，重复笑眯眯坐下，道："奇怪，真是俗语说得好，懒病招人。方才霞姑喊臂软，俺登时也腿软起来。"一言未尽，只见倩霞杏眼一合，身形一晃，溜子拍手道："着！着！"滕芳大惊之下，猛地悟过，大喝道："无端鼠辈，安敢赚我！"尽力子站起，向溜子便是一拳。

哪知拳方打出，人也卧倒，顷刻沉沉冥冥，和倩霞都卧船头。昏迷中，似闻安、邱、陶鼓掌大笑道："好难摆布的一对儿精灵鬼，错非咱等步步摆阵，一层层引将来，他哪肯上钩哇！如今且连夜赶送去分赏便了。"于是拔锚解缆，闹了一阵。滕芳还微有闻觉，以后便一无所知，但觉浑身泰然，酒趣非常，越是模糊，心中急要醒，无奈周公老头儿极力地向梦里拉，便天大事也只好撒手咧。便是这般光景，也不知历了几许时，猛地神思清醒，忙一睁眼，哪里有什么安溜子、邱乙、陶一妹，但见自己和倩霞老实实被人捆定。左右一望，都是夜叉似的健苗，佩刀持枪，往来监守，并闻室外群苗杂沓，间有人探头探脑。

滕芳情知被算，怒极大叱，两膊一挣，咔嚓声臂缚立断一股。监者大惊，登时趋上四五人，重新缚好。这一哄，室外群苗便发喊道："快报知石纥纥，再作区处。"即有两人如飞跑去。

正这当儿，忽闻娇叱道："俺叶倩霞聪明一世，不想竟落鼠辈圈套。"滕芳忙望，恰好与倩霞目光相对，只见她颊赤如火，知气愤已深，不由想起自己一世英名，只急得叫喊如雷。倩霞道："这都是俺误了您咧。"滕芳喝道："霞姑莫这般说，难道俺拼不得一死吗？"一言未尽，只听室外一阵脚步响，即有人喝问道："此是咱家寨主敬慕之人，不可怠慢，快些去准备饮食，用毕起行。"

群苗嗷应声中，便有一高大老苗人徐步而入，生得鹰鼻凹眼，白须蝎磔。手持粗藤棒一条，看神态倒很和气，却是双睛一闪，碧磷一般。

原来此老还是石三保的族叔辈儿，在山峒中很有声望。却是他年老好弄符咒诸术，平时价借此消遣岁月，便如戏法儿一般，并非想兴风作浪，所以大家都以为他老而好弄，只拿他当个趣人儿。便是三保兴兵称乱，闹得乌烟瘴气，一总儿也没去请教他，好在他更不理会。当起事之初，他只付之一笑，却用藤枝上指浮云，微微太息。原来此老有些先知道理。这当儿三保兵事正殷，骁悍各头目大半调派各处，所以想起石纥纥来，便命他领人来此，接押滕、叶进山。

此地名鹿芝坪，为大姚山背，距石姑寨甚是捷近。只是路径险得很，中有一要隘，名小天门，真有一夫当关万夫莫开之势。瀑布悬流，汇为巨涧，涧水距人咋瓮里余，却折而南注，渟为深潭，方广直如小湖，深不可测。那潭心却有一天生石矶，方圆面积足有四五亩，其上草木森秀，风景绝佳。石姑姑见此佳地，便在矶上建筑碉楼一座，高耸精美，自不待言。秋冬时置卒防守，与飞索桥为掎角之势。若当春夏之交，便做一避暑之区，更为自己行乐的阳台，往往选置美男，裸逐终日。因此潭名浴日，这座楼也名为浴日楼。涧水峻悍，非舟楫可通，寨中置有活机布桥，随时舒卷，以通往来，若把来人藏起，任是飞鸟，也插翅难渡。

当时三保唤进石纥纥，说明滕、叶来此行刺之故，现已被赚，命他到鹿芝坪接押进山，便到石姑寨来见我，以便说降他二人，以当臂助。纥纥微笑道："好，好。"老眸炯炯，一望三保道，"你近日事体，想越发忙咧。假如你不得闲见他们，赶早给我个信儿。"三保笑道："现在军事得手，凌鲤前些天报秘后，又飞赴永绥，助攻城池，俺好端端在此相候，有甚不得暇见他们？"石纥纥白须一掀道："好，好，得暇见他们更好咧。"于是藤杖一晃，跃然而出，招得左右都笑。三保素知他的怪脾气，也不在意，便默默打点一片说降言辞，这且慢表。

且说石纥纥徐步趋入，还未开口，倩霞已气极，大骂道："什么臭老头子擅敢缚你姑娘，快给俺一刀，倒也爽快！"说罢，极力挣扎，捆索要松。群苗方要抢上，石纥纥以杖触地，恨恨道："人家是住不多日的远客，又是姑娘家，便是寨主还有敬意，你们绳捆索绑的，什么道理？凡事用不着瞎张罗的，他等该住十日，九日半也跑不掉，不然铁柜儿藏起来也不成功。有我老人家在这里，便千妥万当咧。"说罢，举杖一拨，倩霞捆索脱落，方苦手足麻木，未能跃起，只见石纥纥嘟念两句，两臂上虽没绳，依然分拆不开，只好气怔怔坐将起来。一望滕芳，也被石纥纥拨脱缚索。

两人方对坐发怔，那石纥纥已如鲍老般，就屋中大跳良久，然后哈哈大笑道："你两个莫怪俺寨主未能远迎，那来报的凌鲤，和安、溜、邱乙等人，都是俺这里的人。须知凌鲤由芦花港小道奔来，早先到山了。"

滕、叶一听，好不惭惶，细一揣想，定是桥亭中一席话被凌鲤暗地听去，于是滕芳气得怪叫道："凌鲤匹夫，真真可恨！他在哪里？俺定须和他拼掉。"纥纥笑道："如今用不着他咧，他自有他的交代。咱们的交代也该办之咧。"说罢，一瞟左右，众健苗登时横眉怒目，气势汹汹。滕、叶冷笑道："你这阵仗，来吓哪个？"纥纥笑道："好，好！你们且安静些，咱们好歹还须厮混些时哩。今俺寨主在寨专候，便请饭罢快行，巧咧半道上还有好玩所在哩！"一路胡噪，便连群苗也都不甚懂得。

这时左右便将饮食将来，滕、叶愤火中烧，哪里下得咽，却不欲示怯于人，便由左右服侍，努力一饱，石纥纥一旁只管微笑点首。须臾饭罢，便听室外铜鼓大作。纥纥笑道："鸟乱的是什么？今天半路上，反正有自在尖站哩。"说罢，挟杖前行，左右健苗便各扶滕、叶随后拥出。滕、叶两人虽腿脚自由，却苦于两臂若缚，施展不得，抢攘之中，不由暗诧纥纥定有些鬼八卦。情知想跑不成功，转复坦然望去，但见室外群苗，共百余人，一色的标枪若林，苗刀似雪，前围后簇，中有两乘山兜儿似的藤坐具，一见纥纥，暴雷似一声诺。

纥纥摇手道："安静些吧，几步的道儿还排场的是什么？"就这声里，便将滕、叶扶上藤座，一声号，滔滔便走。真个苗人行山，捷疾非常，但是纥纥仍不慌不忙，挟杖前导，任一行人竭力追逐，他只如没事人一般。倩霞望得，十分纳闷，没奈何，细观山路，暗暗惊心。只见窄径盘纡，错出于深林密菁中，直若无路，但觉越入越深，杳冥无际，那路势也便越趋越高。良久良久，忽见山势陡异，四面乱峰插天，攒锋簇锷，山风料峭，吹得藤座岌岌欲堕。便见纥纥举杖回招，大笑道："前面不远，便是小天门咧，大家小心着。"

众人应诺，随即长蛇式前后一字排开，蠕蠕然顶踵相接，势若凌虚。滕、叶方望得甚是有趣，只见对面两苗人各举苗刀，凶神也似飞迎将来，大叫道："寨主有要紧事驰赴永绥，命石纥纥不须赴寨，便就此间处置敌奸吧。"

纥纥听了，尚未答语，群苗中转出两人，手持长刀，向滕、叶劈头便剁。但听扑哧一声，纥纥舞棒大笑。正是：

　　畏途一入争生死，险状忽临孰主张？

欲知后事如何，且听下回分解。

第十一回

滕叶被困浴日楼
凌雷大战永绥邑

上回书说到滕、叶老实实束手被剁，诸君尽多解人，谅不致替古人担忧。怎么说呢？若滕、叶就此交代，不但作者以前种种布局白出几身大汗，并且此后许多奇事怎的发生？作者虽笨，笨不至此，此等平常筋节原可不叙自明，然而作书老例子，却免不得，也只好细细叙明了。

闲话少说，且说石纥纥举杖一挥，将行凶健苗拨倒一对儿，舞棒大笑道："慢着！人项一断，不可复续。你准知怎样处置，便这般冒失？"这当儿两来苗已惊得额汗如雨，急说道："寨主便命将他两人暂拘置于浴日楼中，就命石纥纥在此看守，不得有误。"说罢，递过一支木楔似的物儿，上面刻画着一行符记，这便是苗军中所用之令，如内地里契箭一般。纥纥信手接来，颠倒舞弄，然后传呼整队，转奔歧径。两来苗脚不沾尘，也便转回来路。

这里滕、叶摸头不着，又不知浴日楼是何所在，只怔怔地由人撮弄去。但见这一转路，越发峻险。须臾忽闻沉雷似的涛声刷耳，极目望去，却见林影深沉中一条条银光乱炫，又如一面玉屏，被树木亏蔽，不多时峰回路转，长林尽处，陡现一面峭壁，石气铁青，高可数百丈，便有一道瀑布，匹练似从壁顶飞舞而下，中经两折，蓄势甚劲。只觉水气蒙蒙，霏烟散雾，一直地泻落巨涧。那涧水被激，如万鼓骇震，急流箭驶，好不可怖。

这当儿纥纥背影早转入一团云气中，愈趋愈高，所经道路仅堪容足。舁藤座的苗人真有足二分逡巡垂在外之势，但是他神闲气定，腾踔若飞。滕芳不由暗念道：苗人奔走山路，真是长技，将来平地之战，我军固操胜算，只是这入山捣穴，恐怕要费手脚哩。正在沉吟，忽闻一阵铜鼓声从空飘落，急忙一望，便见前面最高岭上现出一座关隘，正当径口，两旁都是峻岩峭壁，车不得方轨，马不得并辔，纡余线路，直上青冥。早有虫儿似一队戍苗蠕蠕然摆列关前，这便是三保所置守苗特来迎候。

滕、叶正在纵望，便闻后队内相语道："到小天门咧，今天到浴日潭，不过日平西时哩。"逡巡之间，一行人已迤逦而过。滕芳此时处处留意，暗想这所在非有剑术家没法夺隘，纵有千军万马，也只好徒唤奈何了。左右一望，却见关前许多黄茅房儿，便是守苗的宿舍。这当儿，戍苗头目早雄赳赳迎上来，验过木楔，即便放行。

一行人曲折穿过，却循涧岸渐次而下。滕、叶纵目四望，又觉眼界一变。只见山田高下，弥望青葱，原来地势渐平，一般地也有山苗住户，往来耕作，于是大家气体稍舒。

纥纥拄杖道："左右没甚紧要事，赶獐似的怎的，且就此稍息何如？"众苗正跑得喘汗相属，巴不得这一声，于是一声号，齐齐止步。就中抬藤座的健苗早先将滕、叶放落平地，大家便攒三聚五任意歇卧。苗人们天生粗野，又搭着仅围腰布，不穿裤的，这当儿横七竖八，任意偃仰，未免便有掀臀露阴的，甚不雅相。

倩霞落落大方，倒没理会，纥纥却喝道："滚开这里，当着人家妇女们，什么样子！"于是众苗各远远坐地。这里纥纥却笑问滕、叶道："你们走得厌烦吗？俺倒有一简便走法，只用俺一人，便服侍你们到浴日楼。他们这群摆设儿，直堪就此挥退。却有一样，你们小人儿们却不许欺负我老头子，方才成功哩。"

滕芳一听，方在诧异，倩霞眼珠一转，暗咬牙儿，忙应道："如此甚好。"纥纥道："好，好，可知好哩！我老人家老胳膊老腿，却禁不起你一脚。我看你小小人儿，后发儿漂亮得很，少歹毒点儿吧。"倩霞听了，不由猛惊得一哆嗦，暗道：好奇怪，怎的俺方想待众苗退后，一脚踢煞这老物儿，如何他便得知？如此一想，觉纥纥这人十分古怪，不由水灵灵两眼凝住不语。

纥纥笑道："俺老人家岂与你一般见识，你们如不信，咱且玩一下子。"说罢，用藤杖就地纵横一画，口中喃喃数语，便招众苗说明自己押送滕、叶之意，因道："你等如不信俺走法捷疾，但看现在之处是哪里？"说罢，就巽地上，掬土一扬，众苗和滕、叶眼光一眩当儿，众苗惊叫道："好奇怪！这不是前途八步险的地面吗？"滕、叶急忙一望，果然境界顿异，惊顾之间，众苗越发失惊道怪。纥纥大笑道："只管人走路，难道不许路走人吗？脚底板舒齐舒齐，岂不甚妙？"

于是众皆乱噪道："你老人家连如此本领都有，料不致押送有失。既命俺转去，这差事干系便都在你老人家咧。"纥纥道："那是自然，你等回到鹿芝坪，见了头目，就照俺话交代便了。"众人一声诺，便要回步，纥纥指滕、叶坐具道："这劳什子如今用不着，也便将去。"于是舁座之苗扶下滕、叶，和了大家便寻归路，顷刻间足音不闻。

这里纥纥笑顾滕、叶道："如今清爽咧，咱们自在走吧。"不想滕芳早打定主意，冷不防向倩霞一使眼色，两个开腿便跑，一路飞行，转向岔道，顷刻间奔出十来里，方才驻足。

滕芳道："如今且喜逃掉，只两臂不得自由，且慢慢理会。"于是两人纵目四望，但见崖壑杂沓，歧路纵横，不由复相顾踌躇道："今虽跑掉，却向哪里去呢？"一言未尽，只听身旁有人笑道："歧路之中，复多歧焉。你等因好胜一念，已入歧途，又要抛掉我歧向哪里去？我早在此等得不耐烦哩。"滕、叶惊望去，正是纥纥，手拄藤棒，笑容可掬。

两人见此光景，情知此老有些道理，不由悚然心折，便赔笑道："如今悉听您指挥如何？"纥纥大笑道："事事由东，为客的原该如此。事不宜迟，咱们便去吧。"说罢，卓然立定，担起藤棒，命滕、叶前后站稳，各手攀杖端，嘱咐道："谨闭两目，切不可偷视，此缩地大法，非同小可。"

滕、叶听了，见他神情端肃，便也不敢轻视，只得一一如命。哪知刚一合眼，便听得飕飕飕风声震耳，斯须间云催雾趱，觉此身飘飘，俨如蹑虚，又闻得波声撺撞，起于足下。于是滕、叶大骇，手握杖端，不敢稍懈。少时觉波声转静，却微闻鸟语关关，并花香馥馥，一派草木微馨参于鼻观。

正这当儿，忽觉脚踏实地，纥纥将藤棒担得颤巍巍，却笑道："好一双远客，却被俺一棒担将来，如今可以张目了。"滕、叶恍惚中睁眸一望，不由大惊。只见静悄悄一片石矶，树石森罗，花草纷披，四面水气涵空，淳泓无波，中一有楼，高耸精美，粗望去可十来层，楼之左右有精室数楹，沙径绿莎，净无纤尘，便如内地里名园别墅一般。楼额篆书"浴日"两字，下款隐隐还有前任总督的大名，这便是因三保跋扈，原非一日，从前疆吏但以羁縻为能，凡有事儿，往往假以颜色，所题楼额也是俯徇其请的一端，由某土司给与三保的哩。

当时滕、叶怔望良久，相顾称奇。那纥纥却如没事人一般，便引滕、叶先就矶面循览一周。只见矶四面都是青石砌成，小堤一般，十分坚固。四外潭水沉沉，深碧可怖，不消说深不可测。滕、叶当此，如临异境，再看纥纥，白须飘飒，颇觉道气益然，不由心头猛一清凉，觉争功好胜之念顿然减却。

滕芳慨然道："此等所在倒很可习静学道，俺们便终老是乡，倒可省

297

许多烦恼。"纥纥大笑道："你等哪里有此福分，且享几日清闲之福也就罢了。"说着一望滕、叶交臂光景，便笑道："索性俺做个人情，叫你等舒齐舒齐。"于是藤棒略摆，滕、叶两膊上登时如释重缚。倩霞先乐得抡拳踢脚，盘旋一会儿。

纥纥道："不要儿戏，且随我登楼，看看你们住室。"滕、叶一听，只当是拘锢起来，不由相顾一怔。纥纥笑道："既到此地，由你们性儿游散，我老人家谁耐烦管得许多。"方要拔步，只听潭岸上鸽铃清越，直上半天，纥纥道，"送膳的来咧。"滕、叶一望，果遥见一群苗人各携膳笼，其中两苗似乎善泅，方共负布桥，牛腰似一大卷儿，意思要浮水过来，安设布桥，好渡余众。方要雀跃入水，纥纥连忙举棒止住，接着抛棒入水，一跃而登。

倩霞失声道："啊哟！"一声未尽，只见纥纥水嬉人儿似的直漂过去，便听得群苗乱笑道："您老这把戏，多些时没施展咧，真好玩得紧。此后传餐，倒省俺们许多手脚。"于是七手八脚，将所携膳笼交与纥纥，一哄而去。这里纥纥飘然渡转，滕、叶两人望得目定口呆，早将欺侮人家一片心老实实收拾起来。于是大家相与登楼，纵目一望，但见群峰浮翠，潭水澄空。若非楚囚恼人，倒很是无边风景。当晚滕、叶便食宿在楼，纥纥自在楼旁精室中趺坐安歇。从此滕、叶两人神不知，鬼不觉被困浴日楼中，这且慢表。

但是石三保好端端地在石姑寨专待滕、叶，为何忽驰赴永绥呢？原来因探子探得额经略大军不久便到雷门崖，正临赤霞关，为建瓴之势。又从中途分长龄一军直趋龙母山，去援松桃厅、正大、嗅脑三城。偏搭着凌鲤赴永绥，依然战雷扬不下。吴半生两山奔走，势不能专在永绥，百忙中杜照等守长水，却被本省续发官军战败两阵。石姑姑欲趋助长水，又恐凌鲤独力，有失攻取永绥之机。特地专人到山，请授机宜。

一片紧报夹七杂八，登时将石三保弄得不知怎样才好。他本是粗莽人，沉吟一会儿，不由大怒道："好个雷扬，直如此张致！看光景俺须亲去一回，好歹趁敌人大兵没到，力破永绥，方有根据。若待他鸟经略一到雷门崖，分头遣兵，便不妙了。"算计已定，便忙忙召集头目，吩咐他们小心守山。又选健苗千数人带领了，风风火火杀下山来，真赛如魔王出洞一般。一路上铜鼓震天，刀枪耀日。三保全身盛装，铁胄短甲，头戴翠羽，高坐在四人亮舆上，督队而行。左右二百名山魈似的亲卒，左是标枪，右是排弩，好不凶实得紧。

按下这里，且说雷扬等困守多日，与石姑姑屡次厮杀，也没胜负。因雷扬顾虑城池，便不肯和石姑姑尽能争斗，况搭着永绥文武视雷扬若婴儿之恃慈母，唯恐他万一有失，那还了得。因此每次交锋，孔铨必亲临城头，睁得两眼鹜鸡似的。但看雷扬稍却，他的手儿定从司金吏夺金乱鸣。

有几次雷扬劝道："总镇不必如此，俺有时微却，正是取势想制敌，今一概鸣金，几时能杀贼哩？"孔铨听了，当时虽也自笑，但一观战，还是手不由己。本来石姑姑骁勇非凡，和雷扬厮并起来甚是惊人。有一次鱼梭到处，竟将雷扬帽儿打歪，所以孔铨万分仔细。

这日雷扬正在巡城，只见数百苗众一字排开，鼓声起处，闪出一个精悍瘦削的汉子，倒提长剑，大叫道："哪个是雷扬？且来和俺凌鲤厮并三百合。"说罢，长剑一摆，神光四射。雷扬一望剑气，不由失声道："端的好剑！这是哪个？"左右惊告道："雷爷仔细，此人姓凌名鲤，绰号凌壁虎，本领出众，便是吴半生的死友。现在方由大姚山到此，闻他赴山当儿，却在半途中识破一双侠气男女，这男女两人想入山刺杀三保，被凌鲤赚出底细，由间道入山先去报告，大约这两人定遭陷阱。还有传说是额经略先暗遣来的，可也未见一定。"

雷扬道："额经略堂堂正正大军，想不能行此侥幸之计，即或有此事，这双男女定是侠义之辈，倒可敬得很。"左右道："此事甚确，闻得三保赚致那双男女，便在大姚山背后僻道，石门谷地面得手哩。"雷扬怒道："如此说凌鲤这厮甘心助逆，正当杀却了。"左右道："闻得凌鲤甚是一条好汉，却因逃难病困，几濒于死，感吴半生推解之惠，所以结为死党。他本领既高，又得了一柄锋利名剑，所以雷爷端须仔细哩。"

正说之间，凌鲤在城下业已跳踉大叫。雷扬大怒，便率领手下精卒抢出城来，两阵对圆，各约退左右。凌鲤一望雷扬气概，也自吃惊，便喝道："雷扬，你困守危城，真个不知死所。你未沾官禄，何苦为人出力？俺凌鲤既来，你绝难幸生，却是俺看你是条汉子，手下留情，放你去吧。不然你便与俺结个生死之交，共图豪举何如？"

雷扬大笑道："你这厮既没廉耻，又昧大义，但感人推解之惠，便投身逆乱，古来义士，断不出此。但俺念你是报友情切，还有侠客之风，只是背却君亲大义，真真可惜！你能觉悟，便当飘然远引，俺不迫于你，已是格外相看。俺虽武夫，却略明立身大节，你细细想来，当知自愧，如何还敢牵人入浑水呢？"说罢，正气凛然，山也似抱刀站定。

凌鲤听了，大怒道："士为知己者死，女为悦己者容。烈士之风，端在意气相诩，你胡噪的是什么？"说罢，一翻身便开门户，左手虚撑，剑锋回缩，作一个灵蛇收芯式，浑身精神登时内敛，反木撅撅似偶人儿一般。俗语说得好，力巴看热闹，行家看门道。雷扬一望，早知是太乙剑法。这路剑钩拦劈剁，另有一十二种意外毒招儿，全是蓄足精神，猛然便发，稍不留意，便要上当。

当时雷扬朴刀一按，身形一迟，也取个鸳鸟藏爪之式，猛然一挺腕，分心便刺，说时迟，那时快，但见雪亮刀尖已距凌鲤肚肋分毫之间。凌鲤木然，还纹丝儿不动，却左手一扬，咻的声剑锋跃出，便有青莹莹一道光彩。大家眼光一炫当儿，却闻铮的一声，雷扬刀尖却斜瓠似被削落一段。

好雷扬！趁势一翻手，向凌鲤左髁削去，凌鲤健跳一闪，冷森森剑锋已到雷扬背后。这一来，雷扬一个箭步突地闪开，两人互易方向，齐齐翻转身，相距咫尺，各摆兵器护住面门。两军望得，都为骇然。这叫作大交手，在剑法中最为厉害扎实，因几于肉搏一般，没些回避，倘或手眼身法步一有参差，立见生死哩。当时雷、凌只一交手，不由互相惊服，劲敌当前，岂敢怠慢，于是两下里各逞奇能，大战百十回合。却是雷扬百忙中还须顾忌凌鲤剑快，只得施展开轻妙功夫，处处留神，一柄刀翻飞上下，堪称敌手。

正杀得难解难分，哪知孔铨手儿又痒不可当，城头上早又鸣起金来。于是两人罢战，各自回军。当晚孔铨攒眉向雷扬道："今石姑姑力攻此城，已不可当，忽又来一凌鲤，真真可虑。"雷扬道："总镇且耐心，俟额经略大兵来，雷扬无城守牵挂，定能捉石姑姑等。况且近日长水那里，我军得手，此间敌人或有变动，亦未可知，今不宜与彼蛮战，且固城守就是。"

孔铨听了，只有唯唯。果然连日不战，一任苗众城下叫骂。石姑姑有时高兴，便盛装跨马，在城下耀武扬威，督众力攻。雷扬随处守御，甚是得法。

有一日雷扬夜晚巡城，忽见东南角上一群栖雀惊飞不定。雷扬暗想城东南角下原多树木，今栖雀夜惊，定有人扰。正在沉吟，忽见深树中似乎火亮儿一闪。雷扬大惊，赶忙率众趋赴东南，仔细一望，也没动静。凝驻良久，却微闻城下沙沙作响，似乎轻车儿碾行沙径一般，因问左右道："你等听这是什么响音？"左右道："城下此间土质最松，獾狼之类往往黉夜爬穴儿。况值此尸骸暴野当儿，一定是爬钻穴窟，衔拽尸肉。"正说之间，音响渐大，又似乎许多鲜蟹乱爬空瓮，沉闷闷发于地下。

雷扬细聆，甚是焦躁，便索性跃下城，伏地一听，不由大惊。一声不响，急匆匆缘城而上，便带领二百精卒，悄悄出城，直趋距城东南三四里外，就深菁中伏定。同时拨百余人，就音响发处竭力挖掘。分布停当，雷扬在深菁方伏了半个更次，便听音响发处，精卒等一阵喧呼，接着隐隐有格斗之声，顷刻便静。雷扬喜道："果不出俺所料！可恨逆苗，竟有这般毒计。"

一言未尽，只见东南上火光腾踔，势如长蛇，便有一队苗卒火杂杂顺风杀来。雷扬大怒。正是：

攻计千般难制胜，守方一着已争先。

欲知后事如何，且听下回分解。

第十二回

得警闻三保下山
感意气长兴斫阵

　　且说众卒见果有敌警，便要争先抢出。雷扬喝道："妄动者斩，但听俺口哨为号，方许杀出！"说罢，率众急伏定。顷刻间苗卒抢近，共数百人，一色的标枪竹矛，风卷而过。火光中督队一人提剑踊跃，正是凌鲤。方嘍喑道："怎到这里地雷还未发作？一定是药线潮湿，却又怎的石姑姑业已攻城呢？"

　　雷扬猛闻，百忙中一凝听，果闻城西北杀声隐隐。心下一急，忽得一计，便安静静待苗卒过尽，暗传号令，分手下人为四队，各相距里余，分四面伏定，然后脚下一加劲，飞也似赶上凌鲤，从背后起个霹雳，大喝道："你这厮哪里走！俺雷扬在此专候多时！"语声未绝，明晃晃朴刀一举，夹后脑便剁。

　　这一来不打紧，错非凌鲤了得，登时了账。当时凌鲤大惊，喊声不好，便从刀风来处，斜刺里侧身一让，饶是疾如电闪地嗖声蹿出数步，还听哧一声右肩大痛，情知中伤，不由转怒，忙用个鹞子翻身式，一摆南精剑，横斜里直刷过，便取雷扬。

　　哪知雷扬并不应敌，转身便跑。凌鲤一击不中，越发大怒，略不思忖，便举剑一招，众苗卒便如长蛇倒卷，随凌鲤回头便赶，项背相望，仓促中未免纷纷藉藉，一片火燎，野烧似横铺过来。雷扬手下伏兵在暗中觇得好不亲切，这时雷、凌两人已风团似卷到埋伏处，雷扬呼哨一声，突地钻入深菁。凌鲤方提剑四顾，略一沉吟，当不得后边苗卒滔滔价众势走发，急难收脚，潮头似直拥过来。凌鲤高叫止步，众人哪里听得，便这等互相排齾，竟将凌鲤也浑裹在内。凌鲤大怒，挥剑斩掉两卒，众苗越发摸头不着，便尽力子乱窜乱撞，竟打成死疙瘩，再也疏通不开。

　　正这当儿，却闻雷扬呼哨连连，四面应声，一阵呐喊，真赛如天崩地塌，连珠似的杀杀杀，四面大呼而来，黑暗中更不知有多少人，但见长刀阔斧雨点似斫入苗队。众苗大惊，火燎乱丢，纷纷四窜，自相践踏之势，真似排山倒海。雷扬手下精卒喊声震天，纵横决荡，只二百人，不消顷刻，将苗众杀了个落花流水，所余之众四散奔走。凌鲤情知被算，只得横剑冲出，更不暇再寻雷扬，便这等率领残众，奔回苗寨。

这里雷扬引众虚赶一程，急由东门整队而入。登城后，直趋西北，恰值石姑姑领众千余，正在城下仰攻得烟尘抖乱，雷扬一到，守城兵勇气百倍。恰好有四五凶苗携刀带弩，由云梯手攀雉堞，就要跃上，城守兵一声喊，用双手马刀直刷过来，但听噼啪咕噜，众凶苗人头乱滚，四五具长大尸身死狗似摔落城下，接着火药乱丢，登时将数架云梯烧得火焰山一般。

火光中石姑姑一摆刀，娇喝道："俺寨中凌鲤已从东南角轰城杀入，你等不知生死，还在此挣命做甚？"雷扬大笑道："牝贼不羞，你轰的什么城？便连你那凌鲤，都中俺宝刀，幸脱性命哩。"石姑姑一听，惊得花容失色，情知被人识破机关，死攻无益，便引众恨恨而去。

这里雷扬方指挥城众小心防守，只见孔铨秃着头儿，只穿一件单背心，精赤两膊，从短脚裤中露出两只黑毛粗腿，一手拎着血淋淋的长刀，提灯闪处，跳跃而来。一见雷扬，只喜得乱噪道："娘的，那会子捣乱当儿，寻你不着，他们还有噪着你非逃即降敌哩！吃我一刀一个斫却两个！果然不多时，你所拨派的百余人转来，说奉你吩咐，就城下东北上不远，掘得敌人所下地雷，地道中贼人十余，正在装安，一总儿杀得痛快！好狠贼人，那地道正当城下，若非你事先觉察，真糟他娘的咧。"说着滴溜溜身形一转，拖住雷扬道："真有你的！你怎的还便知凌鲤趁势攻城，竟迎去痛杀一阵，大获全胜？如此才具，像俺这位子，便该你坐。"说着从跟人手内夺过那顶翎顶辉煌大帽，不容分说，向雷扬顶上便戴。

原来孔铨从睡梦中闻得石姑姑攻城，一骨碌爬起，不及结束，飞赴城头，百忙中，寻雷扬只是不见。这里喊攻如雷，却见东南上，也噪杀连天。心下一急，便抖擞出当年精神，赤膊横刀，督众力守。正这当儿，左右复报掘得地雷一事，又说雷扬现方伏众杀贼。孔铨听了，精神大振，直待雷扬杀转退却石姑姑，所以一时间惊喜出许多猴相。

说到这里，便有杠头老兄道："你这书离了板咧。孔铨既慌得赤膊露腿，为何跟人还从容不迫，给他托官帽儿，难道预备着跳猴戏吗？"这话乍说来一听，岂不有理，不知主将出入，岂没标识？这官帽名器所在，威严不小。不然士卒纵横中，纷纷扰扰，何以辨哪个是主将呢？即如寻常官长出行弹压，有时便服，必要将官帽使人托出，都是一个道理呢。

闲话少说，当时雷扬忙笑避道："总镇不可有失体统，且转令通城彻夜警备要紧。石姑姑气愤之余,怕她添众再攻哩。"一句话提醒孔铨,这才传令毕,相与就城上巡视一周,见各苗寨没动静,方下城回署。

次日探得凌鲤伤肩却不甚重,孔铨便将安地雷苗卒首级十余颗累累然挂在城头,好不写意。石姑姑大怒,又欲来攻,却因凌鲤被伤,不无踌躇。这当儿,吴半生前两日因与石姑姑议事不合,竟致口角几句,便领众向赤霞关分布去了,以此石姑姑芳心自转,无人与商。这日正气闷闷不得主意,只见长水急使到来,并赍得杜照书札,立待回命。石姑姑吃惊,暗想道:前两日探子屡报,本省总督派什么总兵花连布领兵来救永绥,难道声东击西,倒去救长水,为釜底抽薪之计吗?杜照本领平常,想是拨不开麻哩。一面思索,一面看那封函,写得潦草恶劣,暗笑道:这东西还要自显手段哩。随手拆封,只见长笺上,写着胡桃大的字道:

军主石姑姑吴嫂儿麾下:

咱彼此心里都有,套言不叙。啊哟!可坑煞俺咧!咱俩在长水何等快活、何等写意!又玩又乐,又吃又喝,真是你乐你的,我乐我的。不想你狠着心儿,又赴永绥,闪得人孤鬼似的,倒也罢了。

不想近日鸟总督偏和俺老杜干上咧。瞅个冷子,派了个花连布领了两千人马,风火般杀将来。姓花的这小子单是那长相便如半截铁塔一般,跨一匹青鬃马,手使门扇似大斫刀,一刀下去,定规是四五个脑袋乱滚。偏他娘的他又会射浪箭,刚一到要显手段,飞马一箭便钉在城楼上,深入数寸。俺的亲亲吴嫂儿,你说这是玩的吗?俺一见他,腿肚儿只管向后转,还说什么交锋对阵?幸亏有骁目助守,替俺当灾。当时连打两仗,被人家花连布杀了个屁滚尿流、丢盔卸甲,百忙中花连布一箭射上城,险不曾闹俺个透心明。俺只得关城自守,连屁也不敢放一个响亮亮的。

啊哟哟!苦哇,俺的妈,若有你吴嫂儿在长水,俺老杜受得着这种苦吗?本来俺是夜猫儿上架,简直说,不够鸟儿。这等吓煞人的美差,老实说俺不敢巴结咧。便请您两口儿密切切商议一下子,若还要俺老杜呢,吴嫂儿你便快来,若拿俺当舍哥儿,没别的,俺也撑不往咧。吴嫂儿你斟酌吧。

石姑看毕,又是笑,又是不得主意,便随手将书札置在文件堆中,沉吟一会儿,只得先传进来使,问问花连布是何人物。来使道:"此人是满洲武世家，四十余岁，骁勇非常，骑射绝伦，所带之兵都是索伦劲卒，新由吉林、黑龙江等处调来。其兵长于驰突，还善用火枪。现方围攻长水，十分紧急哩。"

石姑姑听罢，姑命来使暂退，请进凌鲤，一说情形。凌鲤愤然道："姑姑便请速援长水，此间事尽在于俺。"石姑姑道："凌兄虽勇，怎奈肩伤不会大愈。依俺看来，还是遣使到山，请加派骁目到此，俺便可去援长水了。"于是打发使人，匆匆去讫。因此警闻，倒将攻城之事稍松下来。这时孔铨探子也早报长水之事，军心大安，自不消说。

雷扬何等机警，见近日石姑姑攻城松懈，便知敌心摇摇，又探知凌鲤伤未痊愈，不由喜告孔铨道："今趁此机会，雷扬当夜出斫敌，总镇也领一队，驰突苗寨，并使全队大呼道：'长水克复，花将军大兵来了！'敌人心目一乱，咱趁势两下夹攻，不但获胜，雷扬不才，愿致石姑姑之首于麾下，此围立解。"

孔铨听了，舌儿一吐道："消停着吧，左右额经略不久当到，咱们力守危城，总算有九分九了，若忽然出此一招，倘或有失，岂非前功尽弃？你前些日识破地雷，夜却敌人，建此殊功，俺还与你置酒痛饮，今天稍暇，且解解尘劳吧。"说罢，拖了雷扬，直入一处小阁，便吩咐从人传到酒炙，并请得李一鹤来。

大家就座，雷扬再申前议，孔铨只是摇首，只管大杯价斟起酒来。雷扬不便再说，只得且饮。一鹤道："前时雷壮士立此殊功，真真少有。但怎便知有地雷呢？"雷扬笑道："俺打猎日久，耳目较平人分外灵觉，往往伏地听野兽爬掘窟穴，能及数里之远。至于奔窜之音，尤能觉察。前时闻掘挖之响，正当城下，不过臆中是地雷罢了。"

一鹤道："这便是了，怎又便知凌鲤来攻哩？"孔铨道："这不难懂，你想既下地雷，一定有打接手的，乘城陷来攻，难道放个响炮便罢不成？"雷扬笑道："正是，这总是一串儿事。俺既听得掘挖，那七八里外洶洶奔走，岂有不闻？"一鹤道："是的，俺闻军中所用，有一种警枕，形如草囊，投地卧听，所闻甚远。今雷壮士不用此物，但伏地亦能闻得，可见耳目灵觉，不同常人了。"

这一席闲话竟将雷扬壮谋隔掉，从此三五日，两下里只不痛不痒地攻守。苗人们也会虚矫伎俩，有时节喊杀如雷，有时成群价裸体谩骂。孔铨这时只死等大军，不许出城。雷扬愤愤，也没奈何。

这日傍晚，探子飞报石三保亲领健苗千余人，由大姚山如飞杀来。孔铨大惊，便率雷扬等忙忙登城，从敌人来处一望，只见三四里外尘埃涨天，铜鼓海螺响成一片，那尘头便似旋风般捷疾。正在纵望，只见各苗寨鼓声大起，须臾一队队都出，一色的苗人盛装，十分奇诡。各骁目带领了直迎将去。其中有一队，更加整齐，绣旗翻舞，下面一骑马上正是石姑姑。不多时两路尘头合在一处，便滔滔卷来，直经城下。众苗队过尽，早见石姑姑揽辔徐驱，后面亮舆上，正是那兴风作浪的三保，方昂然翘首，一面指画城头，一面和石姑姑似乎问答。

三保身貌本自魁伟，又抬得高高的出人头地，城兵一望，未免色然而骇。雷扬大怒，一回手便要发弩，孔铨骇然道："快不要发弩，相距太远，未必能及，没的招风引火。今彼来势正锐，不必攫他，且徐作道理方是。"说话之间，三保等已风驰而过。须臾闻得石姑姑寨内万众声诺，接着大吹大擂地闹了一阵，各苗队也便纷纷归寨。不多时各寨灯火密如繁星，便闻一阵阵欢呼之声，似乎十分高兴。

雷扬城头徙倚，不由按刀浩叹，便和孔铨踅巡城上，抚励兵士。须臾踅回原处，只管听得各苗寨欢呼喧哗，似乎纵酒。雷扬恨道："这等乌合之众，竟披猖至此！可恨俺雷扬没得臂助，不然早踏平各寨咧。"说罢，连连太息。这时孔铨左右跟着三四名营官，一听此话，不由都垂头奔脑，雷扬也觉得语失，便拿别话遮掩过去。

正这当儿，忽见石姑姑寨内焰腾腾一股火光直冲霄汉，接着男女悲号，直如鬼嘷。城兵指道："总镇请看，这便是苗寨里烧人为乐，将人缚定，布卷油蘸，似蜡烛般点着。每夕时见火光，却不似今夜明亮，想是三保夜宴，便多烧人数哩。"雷扬听了，越发恨恨。因三保乍到，恐他乘夜来作怪，便请孔铨先行下城，自己却和营官等分路逡巡。

但见夜气沉沉，平铺大野。忽闻远树间栖乌哑哑，雷扬不由触动情怀，猛忆老母，惧然自念道："俺别母到此，倏已多日，不知老母山居，是否安稳。好没来由，俺无端久羁于此，若非总镇怯懦，不用俺前些日之谋，只怕这当儿围解事毕，俺早到老母膝下了。"思念一番，不由雄心勃勃，便大叉步向东城迤逦巡去。经过一处行幕，里面灯火尚自耿耿，并闻有人屡屡叹息。

雷扬暗惊道：倘军心怨怅，便不妙了。因悄悄就幕内望，却是三个营官，因巡城渴乏，在此歇饮，正拎着大水勺相与鲸吸。两个是中年人，形状猥琐，那一个有二十五六，正在壮年，生得猿臂蜂腰，甚有气概。

一人道："咳，咱们过了时的人，不中用了，不过跟人屁股后瞎哄哄。

你看总镇心坎上掂算、眼皮上供养只有个雷扬，咱们这倒运鬼往哪里摆呀？便是那会子雷扬口气何等张致，白叹没帮手，真把人冤苦咧。"因顾壮年营官道，"俺俩人是破鞋，提不得咧，只不服气，雷扬跟角儿，也瞧不着你傅老兄。"

壮年的听了眉宇轩动，却哼了一声。那一中年营官道："你莫这般说，人家雷扬真来得，无怪总镇器重。"那人鼻孔里一笑道："傻哥儿，你瞧着吧，姓雷的不过会撮总镇的猢狲罢了。人说话不可昧良，他初到永绥，真也卖两手儿，及至总镇奉他若神明，他就张满弓不放箭了。即如前些日，他明知总镇持重，不许出战，他偏告起奋勇，又是什么机会不可失咧，鸟乱得自己名满人口，真似有多大能为一般，先骗一席庆功酒落肚。如今石三保来咧，你瞧着吧，明天他又该张牙舞爪咧，归根儿还是拐子打围，坐着喊的勾当，他算摸准总镇脾气咧。将来大军一到，城围解后，那就属唱赏军的话咧。卑职的、小官的、士贵的，一总儿是他一人之功，咱们可不是瞎哄哄吗？"

雷扬听了，正在好气好笑，只见那壮年营官啪的声一摔水勺，愤然道："你这片话多透着婆子气，不够一句！雷扬并非新来乍到，许多战功有目皆见，怎说是撮弄总镇呢？他叹没帮手，咱们身居武职正当自愧，如何挖口拔舌，反说些没身份话？俺傅长兴委实不愿闻这等话哩。"说罢，气昂昂按刀而坐。

那人道："你几时爬到人家那头去咧，抱这种背地粗腿，也透着乏味儿。别位俺不敢说，你傅老兄这副本领，俺是早已领教的，难道你敢去帮雷扬吗？"长兴冷笑道："俺不耐烦和你争嘴。"说罢，突地站起。雷扬赶忙隐身幕后，直待他大叉步踅去，方才悄悄离幕。一路思忖，自叹道："悠悠之口，虽无足轻重，究是俺雷扬未能杀敌，致人不满哩。"又暗想那傅营官，倒还有持平之论，叹息一会儿，也便丢开。

次日方和孔铨在署议事，忽听城外喊杀如雷，左右急报道："傅长兴不待军令，擅领本营人马杀向苗寨去了。"孔铨大怒道："这还了得！"便喝左右道，"待他转来，无论胜败，先与我斫掉头！"一言未尽，但闻隐隐杀声震天。

雷扬大骇，急进道："总镇不可如此，傅军势孤，雷扬愿去接应。"孔铨未及答语，左右又报道："傅长兴全队业已陷入敌阵了。"孔铨听了，气倒在座，向雷扬一挥手。雷扬会意，便匆匆结束，提刀跨马，领了五百精卒，飞出城来。随后孔铨也便投袂而起，直上城头，仔细一望，不由大

307

惊！正是：

一士扬威作全气，两雄奋勇挫凶锋。

欲知后事如何，且听下回分解。

第十三回

勇长兴匹马战苗渠
莽逢春西乡闻喜信

且说孔铨急忙望去，便见石姑姑寨前杀气漫空，我军与敌人正在死命相搏。那如潮苗队忽东忽西，只管跟定长兴旗帜，纵横围杀，一片喊声惊天动地。须臾长兴旗帜忽地向阵外冲卷，便如将沉船儿布帆一般，或起或倒。

孔铨正望得连连顿足，忽听苗人震天价一声喊，长兴旗帜登时不见。一片追杀之声和着如潮苗众向城下直卷过来。这当儿雷扬提刀纵马，率领精卒，如一道电光般直迎上去。说时迟，那时快，便见苗队发声喊，势如波分浪裂，刀光一摆，匹马飞出。上面那人丢盔散发，浑身浴血，一柄刀直起直落，势如疯虎。

雷扬大叫道："傅将军不要慌，俺来助你！"语声未绝，只觉眼前金光一炫，石三保一马已到长兴背后。头戴百叶鹇羽金冠，身披软金鱼鳞砌短铠，跨一匹卷毛飞鬃五花马，手使三棱起脊精铁矛，虬髯蝟磔，叱咤如雷。不容分说，便向长兴后心一矛刺来。长兴忙一磕马，斜刺里闪开，回马横刀，即便接战。这当儿长兴志在誓死，一柄刀神出鬼没，锐不可当。三保虽勇，一时间还没分胜负，两骑马冲起征尘，大战约有百余合。雷扬一见，不由暗暗称奇，猛想起昨夜所闻烦言，便不欲攘人之功，只得暂押住精卒，驻马观战。

不想石三保越杀越勇，长兴堪堪不支，雷扬正思助战，只听苗队中又一声喊，阵旗开处，凌鲤舞剑纵步杀来。雷扬大怒，索性一跃下马，换柄朴刀，身形一矬，便如一道白光，猛滚至三保马后，觑得亲切，扎实实先是一抽弩。

也是三保命不该绝，不想那马猛地一奋跃，咏一声弩中那马臀尾之间，斜刺里长嘶一蹄，三保落地。长兴大喜，奋刀就地便剁，咔嚓一声，金冠剁落，还连了一片头顶皮。三保健跃而起，早已血发模糊，面无人色，手下骁目早麻林似标枪抢上四五条，敌住长兴。三保负伤，不敢再战，便趁空归阵。

这当儿雷、凌两人早接住大战，翻翻滚滚，两下里兵卒喊声震天，真个是剑气千寻冲牛斗，刀光一片散虹霓，杀了个难解难分。却是凌鲤，究因肩伤未大愈，又挂念三保，不敢恋战，于是虚晃一剑，败下阵去。这里五百精卒齐声大呼，随雷扬奋斫而进，顷刻间将苗队杀得叫苦连天、走投无路。雷扬等直追至石姑寨前，方被排弩挡回，急忙赶向长兴那里。还未到，已听得城头鸣金，响成一片，急看长兴，尚自拼命苦战，业已分不出面目，直成了血人儿咧。四五骁目已被他斫杀三个，还有两人，欲逃不得，一人方一转身，长兴大刀已到，登时化为两段。那一人吓昏，反撞到雷扬身旁，雷扬顺手一刀，也便了账。

这时长兴部下斫寨出来的，也都渐次四集，又合了五百精卒，追杀一阵，大获全胜。孔铨大悦，召进傅长兴，大加奖慰，立记大功。从此全军也便作气，又搭着石姑姑业已驰赴长水，依雷扬之意，便欲蹑击其后，无奈孔铨一百个不敢离他，只得和长兴等且固城守。这且慢表。

如今且说于益等闲居在家。于益性本闲散，又搭着经理家务，有时节趸向李氏娘子处问候起居，并知遇春路经滕家寨订姻等事，闲时和逢春谈起，大家欣喜，自不必说。逢春笑且顿足道："原来外边媳妇儿这般易招。可惜俺被俺阿哥阻转来，不然俺也招一个花不溜丢的哩。如今阿哥到京后，不知几时才来信哩。"两人说笑一会儿，从此日日盼信。于益还不甚理会，唯有逢春，竟急得猴儿一般，过两日，定须向村头北望一会儿。有时趸向于益处，必就书房中徘徊半晌，看看葛先生当日起卧处，并院中习艺所在，恍然似有所失。于益见惯，也不去理他。

一日于益正在院中整理盆花，逢春一张嘴噘得高高地趸来，唾道："人都没消息，你还有心有肠弄这劳什子！"于益笑道："奇哩！哪个没消息，咱两个好端端在这里，冷老弟也在他家，便是时斋兄，也定在北京，为甚没消息呢？"逢春道："你真怄人！俺岂不知阿哥赴京？只是他到京后还没来书，不知机遇怎样。越是人肚内不舒齐，偏又有人来问长问短，惹得俺伯母唉声叹气。过些日，还须回候人家，无谓应酬，好不厌气。"说着一屁股坐在院中石几上，扇起两膊道，"这武鸣凤也岂有此理！你既探问人，便该自己来，偏又打发他弟弟鸣鸾来。只有十余岁，说不清爽，俺伯母越说阿哥到京没来信，他偏问到京住在哪里。"

于益听了，摸头不着，仔细一问，方知逢春那会子趸向遇春家，适值西乡中武鸣凤因将赴京，遣其弟鸣鸾到遇春家致候，并询遇春京寓所在，以便过访。李氏娘子方触问叹息，逢春恰趱得来，因对客道："小儿自到京，还没来信，令兄到京，只好自去访他。迟两日，舍侄逢春当造府回候。"鸣銮听了，告辞而去。这里李娘子惦念遇春，不由和逢春太息一番，所以逢春闷闷地来寻于益。当时于益笑道："原来是没要紧事，机遇有早晚，信到有迟速，也值得闷得这样儿？不是昨天冷老弟说，池村中经过一群贩南货的客人，说起刻下黔楚间苗乱大起，朝廷用兵，必要破格用人，敢怕时斋兄值此机会，早晚间家信也要到咧。"

逢春道："不错，那个武鸣銮也说他哥子有人函招入京，想必是趁此机会哩。如此说来，咱两个不久也要露一手儿咧。"说着手舞足蹈，向后一仰，不想过了劲，仰八叉翻身栽落。于益大笑，扶他起来。从此逢春居然高起兴来，每日趁空儿总要拉于益去练拳脚。于益有时不耐烦，便趺坐院中大树下，看天望云，一任他跳来跳去。逢春每笑道："你这猴相儿，倒好似当年咱葛先生。但是他老人家何等气候，你点点年纪学他做甚？"

于益听了，微笑道："天下事哪里是跳得来的？即如俺好端端坐在这里，一旦时斋兄得遇机会，来书相招，难道还遗下俺吗？便似你日日乱跳，难道又跳得时斋信来不成？"逢春听了，只好咧了嘴憨笑，便道："遗下你，我也不答应。"于益道："奇哩！难道咱俩穿一条裤不成，你为甚不拉扯冷老弟去？"逢春道："屁话！他近些日越发和咱们疏远了，也不知他钻在家干得甚事！"于益笑道："你晓得什么？他头些日见了我，也殷殷问时斋兄信息不置，敢怕也似你，胸中有小把儿挠哩。俺老于就不理会什么功名事儿。"

逢春道："哟，你只是牙关劲儿罢了，将来俺大家旗鼓登坛，轰轰烈烈闹将起来，我看你就闲在家里。"于益道："这有什么，俺且落得自在逍遥。那黄山北岳不在天上，焉知我不能追步葛先生？"说罢，哈哈大笑。

过了两日，李娘子郁闷感病，逢春慌了手脚，逐日和鸟枪夫妇侍候医药，不但将回候武家忘掉，便连逐日习艺也歇下来。于益不消说，日来问候，直闹过半月余，李娘子方渐渐痊愈。接着便是冷田禄闹事亡命，于益因此忙了两日，方才稍静。

不想家中佃户因与人争田，涉起讼来，牵涉于益，赴县就质。偏逢县官惷懒异常，外号"一摊泥"，人证传到，他却忘掉不问，一搁便是两月有余。于益还不怎样，暗含着却将逢春急闷坏咧。因这些日既不见遇春来信，又搭着于益赴县，他齐头没处消遣，每日噘得嘴驴橛一般。一日鸟枪夫妇一言不合，打将起来。鸟枪没好气，倔将出去，逡巡一会儿，想到社庙中避避风头。刚徐步趱到山门，只见树荫下歇着两个客人，一色的行縢毡笠，各带朴刀，正在那里咭咭而谈，说什么果市行情。

鸟枪正在无聊，便趋近拱手道："客官为甚不庙内歇息，吃杯茶呢？"两客将鸟枪一打量，知是本村头脑人物，便致恭道："不须咧，俺赶路事忙，在此稍歇便去。"因问道，"贵村郁郁葱葱，端的好气象，便像俺那里滕家寨一般阔大，却是何名呢？"鸟枪道："俺这里叫腾蛟村。"两客一听，不由相顾道："哦哦。"鸟枪道："尊客上姓，哪里人氏？有甚贵干路过敝村呢？"

一客道："俺姓吴，敝友王姓，都是河南人，贩枣在贵省各处销卖，俺二人方回家趱转哩。"鸟枪道："原来如此。"因一望朴刀道，"可见近来道路不靖，尊客出门，还携带兵器。"吴客大笑道："俺滕家寨的人，除非没手的不会用兵器。"鸟枪听了，猛有所触，因道："原来尊客等是滕家寨的人，俺闻得那里有兄弟三人，十分英武，人称滕氏三雄，尊客等想都会过？"

两客听了，登时眉飞色舞，齐声道："那是俺寨中主儿，安得不识？不知足下从何晓得？"鸟枪大悦，便乱糟糟没头没脑将遇春在滕家订姻事一说，两客忖度其词，知遇春是此村人，却不晓得便是鸟枪的阿侄，因相视诧叹道："真是地灵人杰，怪得贵村如此气象。但是杨遇春将来更要发达咧！俺在家时，闻得杨遇春到京后，不久便被人引入额经略府中，他曾有信给滕家，所以寨中人都知。如今额经略出师平苗，像杨遇春那等人物，一定不可限量的。"说罢，匆匆站起，一望日影。

可笑鸟枪浑愣儿，只顾喜极，也不晓得向人再跟问明白，当时一跳尺把高，丢下客，回身便跑。刚一脚跨入门，只见逢春噘了嘴，背坐在院，郑氏却叉开八字大脚，面西坐在阶砌上，大马金刀地数落道："你爷儿俩真没差种儿，通是一个心窟窿。你大哥没来信，定是事情不顺，便安心候信就是，你却整日价哭丧着脸，便似谁欠你二百钱一般。你大哥便有机会，也生生被你搅悖晦哩。"说罢，脖儿一梗，小篡一撅，索性来了个猴抱树，抱起一只腿，连连唾地。鸟枪来得更老气，一声不响，猛一个扑虎奔过去，扳住郑氏肩头，大笑道："好了，好了！事情顺极咧，你怎的还说悖晦？"

不想来得势猛，郑氏出其不意，正抱膝前仰后合，如不倒翁似的，经鸟枪这般一扳，冷不防两脚朝天，不由大怒跳起，不管三七二十一，扑奔鸟枪，便要挥拳，一面噪道："你这老王八，什么好了歹了的？"亏得逢春跑来，横在里面，那郑氏还张牙舞爪，通不容鸟枪说话。鸟枪又喜又气，恨不得一口说出所闻，无奈郑氏闹得凶，便赌气拉住逢春，恨道："我不理你苦瓜妈咧，你可知你大哥在京，现得一天大机会。"因夹七杂八将方才所闻一说。

逢春大悦，急问道："那两客人想还未去，你老该细问问他才是。"一言未尽，只见郑氏拍掌大笑道："有这等喜事，你为何不早说？快告诉大嫂儿，令她欢喜。"说罢，撒脚便跑，逢春一把没拉住，她已如飞而去。这里逢春也不怠慢，便一气儿跑到社庙前，一看两客，哪里还有影儿。逡巡良久，没作理会处，只得且向遇春家望望。

刚一脚跨入门，已听得郑氏连嚷带笑，拍掌道："嫂嫂莫胡怙悷，他二叔那张嘴不会撒谎的，明明白白，是遇春做了天下都招讨兵马大元帅咧。听说挂着斗大金印，和什么苗人打仗去。我看他小时节就有气度，果然三岁知老，你看这不喜煞人吗？嫂嫂不信，我叫逢春来说给你听，人家爷儿俩说的还是体己话，我在旁听了个渗涝哩。"说着门帘一启，一脚跨出，恰好逢春急步趄到，扎实实一脚，正踏在郑氏莲船上，便皱眉骂道："你这蛋蛋子，来得正好，快说给你伯母听听。"

李娘子忙带笑拉回她。逢春这里，眵起眼道："糊涂得很，偏偏那两客人早走掉咧。据俺父亲所闻，是俺大哥跟什么额经略去平苗乱，可也不知这额经略是圆是扁，怎的滕家倒先得信呢？伯母想是怎么档子事呀？"李娘子沉吟道："逢儿这般说，还有几分道理。遇春随人出征，容或有之，若说他竟自督师平苗，不似乎说书唱戏吗？"郑氏这当儿正龇牙咧嘴，手摸脚尖，便道："元帅也罢，随人打仗也罢，反正是喜信儿哩。"李娘子笑道："不须胡猜，早晚遇春信到，便知分晓。"

郑氏拍手道："谁说不是呢，逢春这蛋蛋子，盼信盼得终天没好气哩。"于是大家又闲话一会儿，逢春道："于益哥早晚官事毕，要趄转咧，他的心思还灵快，等他来大家猜猜。"说罢，和郑氏趄去。

过了几日，果然于益来家，逢春劈头便说此事。于益笑道："依我看，还是等时斋信来，方见实落。"逢春兴冲冲满望于益必有特见，不想稀松地闹了这么一句，不由索然兴尽，重新盼起信来。

光阴迅速，这时距田禄亡命已有三四月光景。一日李娘子忽想起回候武家之事，一问逢春，方知他还不曾去，便登时整备礼物，遣逢春即赴西乡。逢春领命，方衣冠齐楚，辞了李娘子将要出门，恰好郑氏拎了件旧袍儿来寻李娘子替她改剪。一见逢春，只乐得眉欢眼笑，见他鬓发披下两丝儿，连忙蘸唾给他抿好，笑拍他肩道："你这般长长大大，还似抹涕孩子似的，通离不得人来扎括。"

逢春笑道："娘要这等蝎蝎螫螫的，真个俺到西乡，人家让茶，俺还拿鼻孔去饮不成？"郑氏笑骂道："薄福东西，你遇春哥这当儿想你伯母去蝎蝎螫螫，还想不到哩。"逢春听了，含笑便走。这里李娘子方要让座，只见郑氏置下袍儿道："哟，可是的哩，俺还忘了句话。"说罢，如飞跑出，直将逢春拖转，向李氏道："咱只顾闲谈，忘了拜年。可是逢儿这一去，顺便儿探探武鸣凤有无家信来，或者他到京访着遇春，知他消息，也未可知。"一句话提醒李娘子，笑道："还是婶婶想得周到。"

郑氏道："什么话呢，逢春这孩子，便似他老子，通似个二百五（俗谓没思忖人）。你不拨他，他可会转哩？"逢春道："哟，娘又说嘴咧，怎的昨晚俺爹说取那件半新袍儿来改剪，娘却抓了件老掉牙的来呢？"郑氏听了，取袍一看，不由拍掌大笑，就这声里，逢春已匆匆而去。这里郑氏噪道："逢春这小厮学滑咧，俺方才不数落他，他还闷着头不告诉俺哩。嫂嫂你看，可不是件打夹褙的货儿？"说罢，随手一掷，问李娘子道，"嫂嫂你有甚活计，俺给你做点儿呀？"

李娘子笑道："便是方才说起夹褙来，我正要打点，婶婶且坐，待我冲糊糊，取褙板去。"郑氏站起道："还是我去爽快。"于是匆匆入厨，须臾冲到糊糊，又扛来一堆褙板。李娘子方检点许多旧衣片，郑氏已揎臂勒袖，张开蒲扇似的手，抓一把白浓浓的糊糊，就褙板上咕叽叽一阵乱抹，随手撕块袍襟，向上便贴。李娘子道："这旧袍还是成物儿，这般用了，不可惜吗？"郑氏笑道："嫂嫂你快大方些儿，咱家孩儿都做了大元帅咧，你还舍不得这个哩。"于是两人一面说笑，一面工作。

过了半晌，李氏一望日影，道："这当儿逢春敢好到西乡咧。"郑氏笑道："嫂嫂真是大门不出的人，那西乡距此不过嘴巴骨子远，逢春腿又快，敢怕快趑转来哩。"一言未尽，只听大门前鸟枪语音乱噪道："你便是去，也须等我粜出谷，变下钱来，难道哪个给你蒸下面包切下面不成？偏你那该死的娘，趑出这半日，各处浪张去，不知还在此不曾。你既得此信，该先告诉伯母，却三不知奔到家，只管磨我，这是哪里说起？"一路胡噪，直撞进来，正是鸟枪。后面还喜洋洋跟定逢春，劈头便喊道："这回俺大哥可落实咧，俺不赶去，难道等人家杀净贼人，咱没的试手吗？"

李氏听了，方在发怔，只见郑氏仓忙站起，脚下一滑，扑味声跌坐在浆盆中，闹了一屁股白腻腻的东西，便这等淋淋漓漓，跳起来拖住李娘子便跑，逢春等大惊。正是：

喜闻入耳翻慌恐，误念惊心见性真。

欲知后事如何，且听下回分解。

314

第十四回

赴黔楚双侠从军
开坛会三槐闹教

且说李娘子被郑氏拖得跄跄踉踉，鸟枪大怒，一言不发，便过去力掰郑氏的手，一面嚷道："你这疯婆子，可有些人样？好端端的为甚撕掳嫂嫂？"郑氏力挣道："你们不是说贼人杀来吗，怎还不快跑？"鸟枪不由得大笑，便一推逢春道："你快说吧，我是缠你娘不清的。"于是大家落座，逢春却草草说出一席话来。

原来逢春去赴武家，果然被郑氏一下子料着，那武鸣凤恰来家信，备述自己从征，并遇春在都一切遭际，便连冷田禄的事都叙得详详细细。这书便是他将要出都所发，所以连额经略用兵筹划并行军道路都说得明白。逢春既得此信，心头老大疙瘩登时解开，只喜得如飞趐转，恨不得插翅去寻遇春。行至村头，便想起于益，此事须先和他商量。跑去一寻，恰值于益不在家。方如飞趐向李娘子处，经过自己家门，高兴之下，便跑进去向鸟枪一说所得消息，未免吵说要寻遇春去。

不想鸟枪刻下正有点儿手头儿窘乏，只认是逢春登时要走，所以爷儿俩就这等乱糟糟嚷将来。当时逢春诉罢，李娘子心下稍安，自不必说。只有郑氏反张大口，呆在那里，逢春已乱噪道："快些回去，与俺打点行装，俺刻下便寻于益去，敢好早到军前，多杀两个贼人！"

郑氏道："啊呀！我的佛爷桌子，我愁的就是你又要闹猴儿咧。但你方才说的这座山那座关的，通似些外国地面，好不凶实！现在你大哥虽从人家信内得消息，究竟他自己还没来信，你若扑风似奔将去，万一扑空，那还了得！外面事儿好生难做，你大哥那等精干，如今总没来信，还令人悬心，如今你再去了，倘一总儿没信，那不坑煞人吗？"说着声音哽咽道，"虽说是儿大不由爷，你可知我和你伯母将养你兄弟一场可容易哩。"说罢，落下泪来。

李娘子一见，触动思儿之念，也便凄然。逢春见此光景，赌气子一旁嘬嘴。偏偏鸟枪没眼色，向郑氏道："喂，咱那囤陈谷只好贱粜了，给逢春做盘川咧。"郑氏听了，跳起来一口酽唾，道："你莫血糊心窍，胡子都要白咧，通没些主意，由着儿子性儿闹！我看你除了那囤谷还有什么？"李娘子忙道："大家莫着急，且从长计较。"

正在不可开交，只听嘭嘭的有人叩门，逢春趁势踅出。这里李娘子道："若逢春自己去，委实令人不放心，若得于……"一言未毕，只见鸟枪向窗外一张，便嚷道："于老侄来得真凑巧，你且给俺们拿个主意。"李娘子忙望，果见逢春笑吟吟撮定于益肩头，直撮进来，一面嚷道："你若不去，咱们便拼个你死我活。"

须臾入室，大家厮见过，郑氏先少头没尾述说遇春消息。鸟枪也夹在里面，趁他浑家口锋稍驻，便掺入逢春要投寻遇春一段事。百忙中李娘子也请于益定个主见，闹得于益东答西应，接应不暇，只得道："方才逢春兄已将此事说给我，只是逢春兄要去，也未尝不可。"逢春听了，不由大悦，便道："娘看怎么样？人家于老弟百样精明，既如此说，一定俺该去的。"于益一眨眼道："却有一件，逢春兄自己远行，却差点儿。"

逢春急道："你这是什么话？难道你不去吗？"于益正色道："俺是定不去的。"这句话不打紧，只见逢春一言不发，扑通声跪在于益面前，急汗涔涔，被面而下。于益失笑，赶忙扶起他，却暗暗蹑了他一脚，便向李娘子道："这会子，小侄心不沉静，容俺和逢春兄细细计较，总之去不去，莫甚紧要。"说罢，携了逢春，即便辞出。郑氏追噪道："无论怎样，俺不放逢春去哩。"这里李娘子又和他夫妇计议一番，也没作道理处，只得且候于益区处。

且说于益一径携逢春到自家家内，天色已晚，便在书房摆下晚饭。逢春心头怯惬，只是呆坐。于益笑道："这点点事儿，你便肚内没出展，还要从军做甚？只管且用饭，停会子我自有妙计，保管你去便了。"逢春没奈何，只得纳头用毕饭，便跟问于益怎的计较。于益偏不理会，却叫进一干管事人，无非是东屯西甸经管钱谷的朋友，还有个本院管账先生，一并叫进来，一个个朴实实地坐定。

于益道："自太公去世后，俺少不更事，多亏诸位率由旧章，处理得家务井井。"众人听了，各个逊谢。于益道："俺如今要出门游历，少或一半年，多或三二年，然后回家，敢烦诸位费心，给我经管一切。应为之事，如周贫济邻等善举，便如我在家一般，该办就办。岁入总数，便交给管账先生。至于杨府上，更不可忽略。等我回家，再致谢诸位。"

众人道："少东哪里话来，俺们所管何事，理应效劳的，但不知少东欲哪里游历?"于益笑道:"这不能预定的。"其中管账先生是一六旬余老头儿,还是当年太公同学小友,为人耿直非常,便直撅撅地回道:"少东此事还要斟酌! 太公偌大家业,只有少东执掌,理应居家纳福,留心先对一门亲事,内政有人,然后出门游历,也不为迟。现在各处不靖,路途中担多少心,又何必去游玩呢?"

逢春听了,恨不得一口吞掉这老儿,便吵道:"俺们怕甚道路不靖。"于益一笑,又谆谆嘱托众人,然后命各自退去,向逢春道:"你吵的是什么? 咱们神不知鬼不觉走清秋大路,哪些不妙? 那会子俺二婶急得眼都红咧,你还缠帐到几时? 不如莫提这件事,咱自家准备便了。俺这里盘缠只愁携不尽,还用二叔去枭陈谷吗?"逢春听了,方才恍然,不由喜跃道:"你这促狭鬼,真可恶,早知如此,俺为甚屈膝于你?"

于益一抹鼻头,笑道:"你若觉得不上算,俺便还你一跪,从此扯个淡,别去咧。"逢春笑道:"够受咧,正经的咱们扑奔哪座山呢?"于益道:"你张口便没分晓,奔山做甚? 还是直奔经略大营。武鸣凤信上写得明白,经略大营,不是要驻黔楚间的雷门崖吗? 咱们图快当,便行山道,穿过青城山,由川西南一路奔将去,就是道路难走些,你道好吗?"逢春道:"妙妙! 咱们又不是小脚娘娘,怕甚道路难走? 如此咱明天便去。"于益笑道:"你又来咧,好歹也须预备一日。你到家莫露口声,你伯母那里倒须去告知,待咱走后,由你伯母告知二婶等,便一天捣乱都完咧,不省得这当儿缠不清吗?"逢春听了,喜得打跌。听听街柝,已交二鼓后,便辞了于益,欣然出来。一腔高兴只管按捺不住,等不得明天,便飞也似趱向遇春家。

且说李娘子自郑氏等去后,沉思一会儿遇春消息,通不得主意。这当儿方要就寝,忽听啪啪叩门,接着逢春声音嚷道:"伯母开门,俺又趱来咧。"李娘子不由吃惊,只当他们回家后打起架来,一面掌灯趋出,一面道:"逢儿莫要拗性,你去不去,且从容计较,只管拗你娘做甚?"

大门一启,逢春蹦跳而入,喜吟吟地道:"伯母放心,俺是去定咧,通不关俺家事。"因将于益主意一说。李娘子笑道:"我看他光景便似有打算似的,你两人同去,再好没有,只一路小心便了。你且进来,坐着细谈。到那里见你大哥,先问他怎的不来信呢?"说罢,语音不由稍咽。逢春道:"伯母莫愁烦,俺一去兄弟在一处,好多着的呢。俺也不进去咧,伯母但等俺去后,告知俺家便了。"说罢,手舞足蹈,如飞而去。

李娘子关了门户,不由心头一阵感触,暗想逢春兄弟几岁间还都是顽皮孩儿,如今却间关从军,都思做丈夫事业。太息一会儿,又想起当年他兄弟得啖仙芝,忽逢葛先生等事,如此看来,两人定有成头,不由又暗暗欣慰不提。

且说逢春一气儿趱回家，只见掩门而待，便从容关好门，悄步而入。他本住在厢房，便黑魆魆摸索就榻，突自听得他父母言三语四地拌嘴。逢春心事安帖，一觉恬然。次日没事人一般，出外荡了一日，郑氏等只认他丢掉寻兄之念。掌灯时分，两口儿忽然欢喜起来，方相对闲谈，只见逢春蝎蝎螫螫地蹭进来，咧着嘴，只是憨笑。

郑氏道："这会子你心事可定咧，俗语云：顺着为孝。我既不愿你去寻遇春，便应打掉此念哩。"逢春道："娘说得是，谁耐烦去呀。今晚于益兄约俺吃酒，倘夜深不回，便不须等俺咧。"郑氏笑道："你可别像你老子似的，但凡扰人酒，务必吃得醉猫似的方罢。"鸟枪道："屁话，也不知哪个没出息，今正去吃人年酒，灌得人都不认识，只管拉了人家姑娘叫大嫂哩。"郑氏道："你无论怎么说，俺横竖没躺在席前学狗叫。"鸟枪听了，连连大唾，说着又要吵起嘴来。

逢春正色道："父母别这样没正经，将来俺兄弟发达起来，父母都要受皇封的，该早些和气才是。"郑氏听了，不解其意，便唾道："滚你妈的蛋吧，什么黄封绿封，你早些趱回是正经。"逢春听了，偏又不去，只依依膝下，恋恋说笑，直待郑氏催促几次，方才起出。走了几步，重复跑转，道："俺想起来咧，明天父母须到俺伯母那里，她老人家闷得很哩。"郑氏道："好啰唆，难道你明天不会同我去吗？"

逢春一笑，匆匆而去，果然当夜没趱回。次日直至将午，还不见回，鸟枪趱向于益家，一问管账先生，道："难道您不晓得，俺少东今夜五鼓时分，和你家大相公匆匆起程游历去了。"鸟枪怔道："不能吧，逢春说昨夜来此吃酒的。"管账先生笑道："哪个吃酒？昨夜他两人整备行装，齐头忙了半夜便去咧。"鸟枪急道："你可知他们游向哪里？"管账先生道："这却不晓得。"鸟枪听了，甚是怙惶，却也料到几分。一路沉吟趱转，只愁浑家乍闻，定向自家来个雷头风。忽然心思一活动，想起逢春嘱咐到他伯母家，料李娘子定知分晓。跑去一问，这才恍然乃郎用了金蝉脱壳的招儿，竟去掉咧。当时回家，夫妇只好互相白瞪，这且不提。

且说于益、逢春匆匆上路，逢春还怕他父母赶来厮缠，迈开大步，走了个腿不沾尘。天光大亮，已离村二十余里。于益道："走长道儿，不是这等玩法，腿板走攒，欲速反迟，须散散淡淡行去，就如咱们当年逛东岳庙一般，方有趣哩。"逢春道："如今提起那一逛，真似大家都有缘法。你看俺大哥由滕家寨来信，说忽逢叶家父女，便是咱们那年在东岳庙所见之人，武鸣凤家信中又说着杨芳等事，将来大家会在一处，好不写意哩。"

318

于益随口道："正是哩，我还记得那年在华阳观遇着卜士刘清，此人说赴京求官，不知和时斋兄在京会着不曾？"

逢春道："哟，哪里都这般巧法？"两人一路闲谈，迤逦前进，当日便厮赶了百几十里。逢春到店，吃饱肚，纳头便睡。探访程途等事，都是于益预先打听明白，一路所经，都是小道捷径。

如此光景走了六七日，将近广元县地面，只见所逢男妇都好穿白衣，便不纯白，总要系条白带白幌，男子无常鬼似的不中看，妇女们皓衣袅娜，便如小寡妇上坟一般，倒有风致。两人见了，暗暗纳罕。

这日午后，走到一处大镇聚，人烟稠密，十分热闹，街坊上穿白的纷纷攘攘，便似赶庙会一般。路经街心一座大店，门口儿布彩扎棚，直接院内，左右两张长案堆的香便如山阜，出入人众各着白道袍，并且诸色人等都有，谈起话来，横眉溜眼。两人纳罕，驻足稍望当儿，便见一群妇女嘻天哈地，都结束得白鹁鸽似的，从内趔出。有的扭头折项，举白幌一扬，道："咱们晚上会吧。"

正这当儿，忽见行人纷纷避道，泼啦啦三骑马跑来，前后两骑上都是少年俊仆，结束奇诡，一条辫儿藏入帽底，居中马上那人，约有四十来岁，生得长驱伟干，淡黄面皮，疙瘩眉，蒜头鼻，两颧上一撮黄毛，长可二寸，眼睛一瞟，很透着锐利，只一盘马之间，已透着精通武功。到店前翻身下马，一拥而入，门前早有衣冠十余辈高喝道："教主方到，须闭坛歇息，今晚二鼓后开坛，与会者不得自误。"说罢，店门立闭，只有余众在外，攒三聚五价笑语。

逢春诧甚，便向于益道："你看他们都穿白挂孝，难道都死掉老子娘吗？"于益恐他惹事，忙瞪他一眼，牵他便走。逢春笑道："好于哥，俺这会子肚儿不做主咧，咱们打打尖再走吧。"于是两人趋就旅店，哪知连走几家，人家眼也不瞅，原来里面都住满穿白客人，有的一家儿男妇老少都来，所以严实实竟没隙地。

两人没奈何，直趔至街尽头，方见一小小草店，门首一个老太婆，方坐在凳上，看一个衣白少年蹲着淘米。门灶上还有个小媳妇儿，生得灵眉大眼，也穿了一身崭新白衣裤，正在那里用火棒通灶眼，呼一声灰飞满身，连乌黑的髻儿上通似罩了一层白霜。老太婆便恨道："你们忙的什么？真是养孩儿不等毛儿干，这会子扎括起做甚？反正你们那档子事须得三更半夜，没的这时污却衣服。咳，人老了，什么稀罕事都见识咧，俺就不懂你们信的什么教门，惹得你们失张失致？"

小媳妇听了，不由眼儿一挤，向少年抿嘴一笑。这时逢春业已一脚跨进，便嚷道："你这里可住客吗？"这一声不打紧，不但老太婆老大吃惊，便连淘米少年也是一哆嗦，小媳妇早已嫩脸通红，直站起来。

当时老太婆定睛一看，便笑道："你二位若寻尖站，便请进吧。"说罢，站起引路，一面回头笑道："今天俺这双老眼，被白花花衣色都照得发瞆咧。你们二位这结束，想是远客吧。"一路唠叨，直奔正室，木榻木几倒也干净，从后窗望见后院一带草房，十分宽敞。当时于益等各置行装，落座歇息。老太婆和那少年早穿梭价伺应汤水，一壁价喊小媳妇弄米烧饭，道："爽着些儿呀，恐客人吃罢赶路哩。"于益便笑道："妈妈安知俺不住宿呢？"老太婆笑道："俺看你服色，不像专到此地来。"于益随口道："此地何名呢？"

老太婆道："此地距广元县城二十来里，是县中第一镇聚，便名为元会镇。"于益道："好名儿，大气得很！妈妈店业可发旺哇，这双少年男妇是你什么人呢？"老太婆一听，只乐得眉欢眼笑道："这是俺一双业障儿子儿媳，一对儿忙牛性，不听人话。家下有这破店，便撑着胡乱度日，没法儿呀。"因叹道，"如今世界，小人儿们都另有一种见识，我老妈妈子哪里管得许多。"于益道："妈妈好福气哩！"

逢春听得不耐烦，摩着肚皮嚷道："好饿，你店中有什么熟食物，先给俺来点儿。"老太婆道："饭就得咧，今天天气阴晦，柴草潮湿，所以灶上慢些。"说罢，泡好茶水，刚要退去，只听萧萧飒飒，院中落雨。老太婆三脚两步抢出，喊道："大媳妇哇，后院酱缸还没盖哩。"喊了两声，不见答应，便恨道："俺的小妈儿，哪里去咧？便是饭锅也要水沸，小行行子，真正淘气。"

便听院隅茅厕内小媳妇低笑道："娘快别嚷，什么意思？"说着两手结带，扭将出来，嘟念道，"人家刚瞅空解个手儿，难道他不会盖缸吗？"说罢，直奔后院。这里老妈妈母子便就灶下忙作一团。于益见了，只管微笑。逢春道："你嘴头特煞抹蜜似的，吃饱走路便了，却和那老家伙说些没要紧做甚？"于益道："嘴头活动，是没亏吃的，你不见如今的大人先生，全副本领都在嘴头上吗？"

两人说笑一会儿，逢春就后窗望望雨势，颇为闷闷，却见小媳妇惊蝴蝶似的从后房笑着跑出，鬓云微乱，香腮半晕，低嗒道："好没人样，这会子忙得人手脚挓挲，你却思量那个，况且今天什么日子呀？"正在嘟念，前院老太婆已喊道："你们俩又向哪里去咧？真真淘神。"小媳妇忙应道："来咧来咧。"一路莲步细碎，跑得飞快。逢春还没理会，于益却趑向他背后，笑道："你说俺谈没要紧，你怎的也看人没要紧？"逢春怔道："怎

320

么?"于益道:"怎么不怎么,你看少时那少年总要从屋内出来。"

一言未尽,果见少年笑眯眯低头而出。逢春道:"奇哩,你怎的便知?"正说之间,只听店门前一阵喧闹,两人跑出一看,不由发怔。正是:

兵氛未熄红苗乱,劫运又来白教灾。

欲知后事如何,且听下回分解。

第十五回

劫运将开奸民逢妖道
雨窗闲话老妇说神君

　　且说于益等跑出一望，只见五六骑小川马鞍辔鲜明，簇拥而过。居中两骑上各跨着少妇，一色白衣，飘飘欲仙。一人是细长身材，有二十几岁，明眸皓齿，十分风韵；那一人只有十七八岁，生得娇小多姿，盼睐之间，憨憨的还似孩儿。前后骑上男子都像衣冠之辈，其中还有个老头儿，质朴朴一望而知是绅富一流人，一脸愁愤之色，两条眉毛结作个大疙瘩，望望店门，嘟念道："这里太窄小，住不下。"说罢，挥鞭冒雨而过。

　　这时少年业已挨挤在门前，不由吐舌道："好热闹，他们也来了。"老太婆噪道："快给客人端饭去吧，什么看头，左不过是没家教的歪剌骨，颠着屁股，来赶坛会。俺这里别说没地处，便有，也不耐烦着她，俺就看不惯这种浪张货。"小媳妇听了，不由面上微红。少年笑道："娘别冤屈人，这其中都有些不得已哩。娘没见那老头儿愁得要死吗？"老太婆道："谁耐烦查他们的底账？但凡赴坛会的，总不会有好东西。"

　　于益等听了，不便掺问，只好怙慬回室。须臾少年端将饭来，于益方要趁势根问他，无奈逢春要东要西，心急吃饭，支使得少年手忙脚乱，无暇说话。这时雨势虽不加大，只管淅淅沥沥，那天色阴沉得便似滴水。逢春一面大嚼，一面外望天色。于益道："你忙怎的？雨若不住，咱便住下，正好探探今晚这镇上到底是怎么档子事哩。"逢春道："理他哩，这都是没要紧。"于益笑道："依我看，便是咱两个赶鹿似的驰赴军前，统是没要紧，难道咱两人不到，人家军务还不办吗？"

　　逢春没得说，笑道："既如此，你为何奔来？"于益道："俺是陪你玩玩去，哪里都是玩。今既落雨，何妨在此玩一下子呢？"两人谈笑间，须臾饭罢。不想天公偏和逢春怄气，那雨只管大将起来，天色乌沉沉，哪里便晴？于益吃饱，抬脚高卧，笑道："雨落天留客，我看你怎样走法？"说罢，拍手唱道：

秋士瘦于竹，节老枝叶干。独有乘时心，动宕如跳丸。夕亦
不遑寐，朝亦不遑餐。凉风入我侧，帘幕生涛澜。长揖赤松子，
亢志青云端。掷剑谢时辈，安得共屈盘。

　　唱罢，恚然长啸。一看逢春，业已呵欠连连，向榻一歪，纳头便睡。
原来沉闷当儿，加以食困，疲性一发，登时便着。当时于益听听雨声，偏
搭着后院廊下有头瘦驴正啮残刍，两种声息一合并，十分萧寂。于益听
了，甚觉胸次旷然，两目一合，也便打起盹睡。

　　良久醒来，雨势已微，约莫天气已有日平西时分，一看逢春，还睡得
死狗一般，暗道：今天这光景走不成咧。于是趿履而起，信步蹍向门房，
只见老太婆正低了头，补缀旧衣，一见于益，让座道："客官今天倒须住
下咧，这时光又将做晚饭咧。您吃什么都现成，今天镇上虽不能用千猪万
羊，但有坛会这一闹，诸般食物都齐备哩。"

　　于益落座，趁势道："真个的，今天晚上究竟是怎么回事？"因将入镇
所见并在街心大店所见一说。老太婆叹道："如今官府们只知作乐要钱，
不管闲事，便纵容得各处不逞之徒无法无天、任意胡闹。您是远客，俺不
妨说说。"说罢起去，索性关了店门，然后道，"今晚坛会却是川中一种白
衣圣教。这教门蔓延甚广，现在陕楚之间，所在都有，川中各处越发教徒
如卿。您见那一撮黄毛的男子，便是这一带的白衣教主，姓王名三槐，桀
骜非常，兼通武功，还会许多符咒邪法，要摆布人，再奇怪没有。

　　"他曾夜间出门，却在静室内，置灯一盏，嘱咐家人道：'谨视此灯，
勿令灭熄。'家人守了半夜，困睡起来，醒来一看，灯已被风吹灭，赶忙
点上，没事人一般守在那里。须臾三槐踅回，便骂道：'好混账！怎的偏
弄灭灯，累我昏黑中走了十余里？'

　　"又一日，他有一爱妾，三不知被一门徒勾搭上咧，他看在眼里，只
作不知。一日门徒入厕，他却跟去，忽喝道：'哪里来的野猪，蹿入此处？
快把入厨下杀吃。'说罢，真个驱出一猪，登时宰掉。但是那门徒从此便
没影咧。门徒家属明知被他用邪法变畜，通没奈何。"

　　正说之间，有人叩门。老太婆启门一看，却是他儿子，便道："雨地
里哪里胡撞去？"少年笑道："俺到坛所先探探去。啊哟！好热闹，娘今晚
不张张去吗？"老太婆唾道："你们胡闹还不够受，俺可没那大工夫。"少
年一笑，直扑后院。

　　这里老太婆归座，说道："据说这三槐是川东一带的人，自幼儿不习
正，好学枪棒，结交匪人。曾逢一游方道士，在他家病困两月余，三槐不

厌，事奉颇谨。那道士偏求索美食，掉着样儿麻烦，三槐一无吝色。这时三槐还是穷光蛋，一日没得折变，竟掣得他妻子一条新裤儿要去换钱，被妻子赶将出来，大吵大闹地夺回。道士看在眼里，也不言语，趁三槐进来看望，便道：'居士夫妇不必反目，如今贫道将要痊愈，所用之物不须用钱。居士不信，咱且玩个戏法。'说罢，脱下破道袍，覆在桌面，戟手诵咒数语。须臾袍儿鼓将起来，揭起一看，竟是桌整齐酒馔，喷鼻儿香。

"三槐惊道：'吾师有此神术，何不自家养病？'道士笑道：'缘法所在，都有一定，贫道得逢居士，也非偶然。'三槐听了，望看酒馔，只是失惊打怪。道士道：'此何足奇，贫道还有许多撒豆呼风的大法术哩。'三槐听了，越发称奇，登时下拜求教。道士道：'俟吾大愈，教你不迟。'三槐大悦，越发待道士如祖宗一般。但是过了数日，道士虽病愈，总还有些小啾唧。三槐耐不得咧，累次求教。

"一日晚上，道士道：'贫道亢阳过度，须御妇人方能大愈。昨见尊夫人甚是可爱，不知居士肯见惠一夕吗？'这句话三槐乍闻，也是一怔，仔细一想，古来仙人多有故作佯狂试人心诚伪的，如以脓唾食人等事，不一而足，安知道人此举不是试我？难道他真个给俺顶绿头巾戴吗？想罢，一口应允，向内便跑。还未进房门，不由足儿趑趄，暗道：俺那婆娘，平日价说起嘴来，真是咯吧吧好朋友，胳膊中跑马，扎一刀子冒赤血。如今向她说这混账话，少说着俺须吃两记耳光。但是道士如此神术，若拗了他性儿，便当面错过，委实可惜。思忖良久，只得硬着头皮去说。

"一脚跨入，恰好他妻子就灯下做针线，是揽的人家活计，好挣些工资。这时三槐一抹面孔，趑进道：'你真想不开，一针半缕地做这营生做甚？'他妻子唾道：'做营生虽挡不得风雨，总强似饿着肚皮。'三槐笑道：'你只要从我一件事，吃喝穿戴，由性儿快活，真是要吗有吗。'说着嬉唇溜眼，很透着怪相。他妻子只当他要逼自己卖笑，登时怒起，刚一抬手，却被三槐抱定，附耳一说，妻子忸怩道：'你可拿得准他是试你吗？倘若不然，什么意思呢？'三槐道：'不能，那有神仙还弄这事儿？'于是夫妇议定。

"不多时三槐妻子羞涩涩趑入道士房中，还只当道士和平日般猥琐神情，不想道士满面精神，一无病容，更奇的是房中铺设锦天绣地，一股氤氲异香，非兰非麝，引得人春思迷离。三槐妻子本不是正经妇人，当时又惊又喜，登时媚态横生，弛服登榻，反唯恐道士不云雨起来。哪知道士只和她偎倚抚抱，反引得妇人丑态毕露。直缠至夜半，那道士索性打起坐来，三槐妻子倦甚，也便睡去。次晨醒来，道士已影儿不见，却有一张字儿留在案上，另有薄薄几页书，上面都是符咒之术。三槐妻子不认得字，便把给三槐，三槐先看字儿道：

> 贫道阅人甚多，贵莫如君。其气五彩上腾，乃成龙虎，属天下多故，此应运真人也，幸善自爱。然敌体太卑，福薄不足以佐之，将来母仪天下，自有人在。后运茫茫，不可预泄。并留赠道法一册，习而行之，天下不足定矣。贫道度人无方，行复游陕楚间耳。

"三槐看了，不由惊喜过望，登时此身如钻在云眼里，连忙焚掉字儿，刚要取书细看，不想那位国母娘娘见三槐惊惊喜喜，早丢眉扯眼的，得起意来。便道：'当家的，字儿上敢是些发财法儿吗？你怎的烧掉呢？再者你应当怎么谢谢俺？那道士通似个色魔，亏得俺白不理他，干净净混过一宿哩。'哪知三槐半夜里曾去偷看情形，当时眼皮一抬，微叹道：'总是人家出家人还禁拨撩。'他妻子急道：'你说什么？'三槐道：'别提咧。'说罢，拿书拂袖而出。他妻羞气交并，瞅空儿竟自缢死掉。

"从此三槐习起符咒，越发任意交结，家道日富，自不消说。久而久之，倾动四方，匪人日集，他便开堂收徒，创立教门。因那道士来时衣白，便起名为白衣圣教。又因人人皆知的是白衣大士观音菩萨，他便撮取些《观音经》的意思，再加上些劝人学好的套语，撰了一种《白衣圣经》。因大士足踏白莲，故又叫白莲教。诵经有期，徒众四集，名为坛会，闹得各处烟尘抖乱，鱼龙混杂，自不消说。无业游民和为非歹人更趋之若鹜。因一入教，便有人赞助营生，没人搜捕。

"教中势力既厚，便渐有迫胁入教之事。如看某富户可欺，便说白衣降坛，神示某人应为教目，那富户哪敢道个不字，便服帖帖输财教中。凡一坛会，男子诵经毕，尽数儿退出堂来，夜半当儿，只有妇女成群列坐，这时堂中不许掌灯，据说是教主看某人有缘，便传要道？黑魆魆中，可想没有好勾当，所以三槐恣意逞淫，一言难尽。"

老太婆说到这里，便唾道："那会子马上两个媳妇，看光景都是大户人家，还不是巴巴地来赴会吗？"于益愤道："结会集众，大干禁例，难道地面官府便都不问？"老太婆道："如今官府都是破了本钱来做官，因地方上大官府是贿赂了和相爷来的，原情度理，不能不收收老本。所以地方官承望风旨，也便纳贿得缺，依次而下，也须收自家老本。所以到任后，但知聚敛，岂有心肠管此闲事。虽如此说，那三槐起初在川东一带，也曾被位官府捉捕入狱。不想三槐金钱多，手眼大，没过旬余，那官调省撤任，他依然摇摇摆摆步出牢笼。如今越闹越凶，便连陕、楚各处教友等都互通声气。最盛的有两处，是襄阳朱仙娘、陕西金溪村高天德。其余小股教目不可胜数。朱、高两处，其势力不下三槐，听说河南、直隶也有潜伏的。"

于益道："可是妈妈说得好，总是官府怠懒之过。"老太婆道："话也别说煞，你看三槐这般闹，他就不敢扰南充县的地面。因那县官文武全才，甚是了得。他曾单骑入三槐庄寨，晓谕邪教，立命解散。那时三槐家下健徒数百人，刀枪剑戟，麻林一般，那县官都不理会，侃侃而谈，十分剀切。三槐被他气概镇住，只管额汗如雨，始终不敢滋毛儿。事后，教徒们吵道：'这种鸟官儿，就可以直叉出去。'三槐皱眉道：'别提他咧，俺这会子才似有了魂咧。'"于益道："如此说，这官儿一定好武艺咧？"

老太婆道："岂但武艺，他到任以来，真个政简刑清，安良除暴。许多异政也说不尽。便是他刚抵任，已将县中一著名猾吏给治服咧。原来这猾吏想试新官手段如何，倘若不济事，他便可恣意为奸。偏搭着这位县官粗粗略略，饮酒击剑，不甚留意琐务。这猾吏以为可欺，便悄悄去弄他的鬼八卦。这日署门清晨，忽赫然挂着一死人，公人等一喧闹，猾吏便迈开鸭步踅来道：'哟，了不得咧，快禀知老爷，俺在公门三十余年，头一遭见这奇事。若非龙图再世，恐怕弄不清爽。'正在得意，那县官已匆匆出来，望见猾吏神色，只作没理会。忽一沉吟，便老远地止住从人，自到死人跟前，端详一番，却一面祝道：'你被哪个挂在这里，有甚冤屈，不妨诉来。你若不说，本县可没法儿。'

"猾吏一听，几乎失笑，赶忙缩向人背后。却早被官儿看在眼里，当时也不说破，姑命掩埋过，猾吏得意到十二分。不想过了几日，官儿提猾吏讯问道：'你尝试本县其罪小，掘发人墓其罪大，擅敢用稻车载尸入城，难道本县不晓得吗？'猾吏听了，没口子叫屈。

"县官道：'不必狡辩。'说罢，传进守城门人，那人向猾吏道：'老爷问我挂尸的头一日，谁家稻车进城，俺不敢隐瞒。那日傍晚，只有你稻车进城哩。'猾吏大惊，只得服罪。原来死人口眼间沾了稻芒儿，官儿却从此根究出。

"又有一庄农夫妇，女的虽不算俊，在田姑村妇中就是顶呱呱的咧。两口儿少年脾气，时常价吵嘴打架，妇人恨将起来，便噪道：'多早晚咱俩不是你，便是我。'一日清晨，两人又乌眼鸡似的斗了一阵，老翁不耐烦，便喝儿子到田工作。妇人梗着脖儿，踅入屋没好气，直至将午，还不到田去送饭。

326

"老翁骂道：'这当儿还不送饭，难道你想饿煞他吗？'妇人听了，一声不响，却抿抿鬓，紧紧脚，扎括得秀秀俐俐，就厨下担了鱼羹米饭，俏摆春风，扭将出来，一面嘟念道：'他若饿煞，倒是天遂人愿了。'老翁见儿媳俏样儿，又闻此语，甚不自在。不想他儿子在田饭毕，登时口鼻淌血，大叫死掉，被邻田人众闹嚷嚷抬将来。一看儿媳，也吓昏咧，只有哭的份儿。老翁这疑团不由大起，便告到官中，说妇人毒杀亲夫。这还是前任手内的案件，当时前任不管青红皂白，提上妇人，一顿敲打。可怜妇人受不得苦楚，即便诬招。却从此久旱起来，大家也莫名其妙。

"及至这位县官到来，一阅案情，便沉吟道：'夫妇平常不睦，世上多有，怎便下此毒手？况且这毒人之事理应严密，这妇人为何明明自担饭去，就满地工作中去毒丈夫？'想罢，便提出妇人，先一察其辞色，只见妇虽稍有姿色，并没有轻相凶相。当时匍匐在地，诉词冤楚，唯有痛哭。

"官儿见状，便问过案由，道：'你那日所送的饭是甚物儿呢？'妇人道：'一碗鱼羹、一萝米饭。'官儿听了，点点头，又道：'你一路上，有无歇息，并遇人谈话不曾？'妇人道：'俺家下距田没多远，不曾歇息，不曾遇人谈话，穿过一带荆林便到的。'县官听了，哈哈一笑，登时命妇人烹鱼羹，又投入一撮荆花，牵一狗来，给它吃下，果然不多时流血死掉。原来官儿博通古书，知荆花和鱼便成毒剂哩。妇冤既明，登时甘霖大注。

"还有一命案，越发稀奇。县中西关有一家夫妇，卖豆腐为生，坊屋住不了，便赁给个江西客人。这客人卜术甚灵，生意甚好，一住三年，很积了些银两。这年腊月，夫妇穷得什么似的。俗语说得好：穷吵，穷吵。一日妇人敝裤在破凳上刮破一块，恰好露出雪白屁股，觉着不雅相，慌张张寻裤要换。打开破包裹一看，不由一行鼻涕两行泪地哭骂起天杀的来，原来三不知被她丈夫拿去抵债咧。

"当时男子不肯输气，便骂道：'臭花娘，休要惹我性起，连你也把去抵债。'妇人气极，一头撞来。男子趁势揪住鬓儿，直按下去，不消说尊臀高耸。男子正要挥拳，不想江西客人听得他夫妇吵打，一脚跨入，见他夫妇丑态，登时老大不忍，忙劝道：'你夫妇不必争吵，如没钱用，俺且把给你些，不拘早晚，等你发财时，再还俺如何？'夫妇一听，喜出望外，登时也不打咧。男子便跟客人到室取银。小户人家，院内窄巴巴，妇人早从窗外望得逼真。只见客人一开箧，里面大大小小都是银包儿。原来历年所蓄，是准备今年底回家的。江西老表和山西老哥们最有积钱本领。

"当时男子只知感激万分，也没理会，不想妇人心坎上早已小把挠动。当时夫妇得钞，混过几日，和客人越发靠近，自不消说。但是无源之泉，怎禁挹酌？年关将近，债主四集，竟有个豆店债户四平八稳地坐在妇人房中，鸭子嘴儿一咧，发话道：'朋友，说正经的吧，男子汉缩向龟窝里，却弄个鸟堂客在人前浪搪塞，须知老子不好这桩儿。'说罢，拍案村骂。两口儿无奈，向人赔了多少小心，那债主方谩骂而去。两口子趑进房，对了冷灶虚壁，相对愁苦。却见江西客人浑身鲜衣，大包小裹价买了许多回家送人的礼物，兴冲冲由外趑入。

"男子便叹道：'你看人家，便如此阔绰，这一去妻儿相聚，过个肥年，好不写意。怎的他再帮咱一下子方好。'妇人听了，眼珠一转，沉吟道：'你再要他帮助，只怕你须戴绿帽儿咧。'男子惊道：'难道你有些觉察吗？'妇人脸儿一红道：'傻哥儿，你当他真个仗义周济人吗？这话有几日咧。有一天清晨，俺正料理腐锅，他三不知从后趑来，却笑道：大嫂真会作家，怎这件露绽的裤还补缀上咧。俺忙惊望，他那两只色眼正盯在俺下体。又一日微雪后，俺拖双破鞋子，方趑到院。他见了，却笑道，可惜大嫂，好双小脚，却没得好鞋子。'男子诧道：'不能吧，他在此三个年头，便是娼妇家都不去，老诚得很哩。'

"妇人唾道：'你晓得什么？这才叫假老实哩，更来得扎实。你想他那钱用将来，好不有斤两，肯向娼妇家虚排场费掉吗？总须得个真实在，方肯出手。但是俺不是没志气的浪货儿，不过因你昏昏地还望他资助，不能不点明你罢了。'男子听了，登时抓耳挠腮，怙悇起来。望望房中，穷气森森，又瞧瞧浑家细皮白肉娇模样儿，只管纳头沉吟良久，忽然站起，对妻憨笑。妇人明明瞧科，只拿足架儿，不去兜搭。男子这时只恍惚见银子乱滚，便老着脸子，向妇人附耳一说。妇人脖儿一低，良久红着脸合眼道：'这可是你愿意。'

"男子忙道：'那是自然，我的妈，快救命吧。'妇人道：'别装猴相，咱且先试此计，他若是不捣手脚，算他造化。'于是圈套设定。当晚趁客人去索债未回，妇人便打扮俏俐，脱得赤条条，先钻入客人衾中。男子自在己室，侧耳静听。须臾闻院中有人走动，客人门儿一响，接着便闻客人掌灯，忽地哟了一声，妇人咯咯一笑。男人此时哪里坐得住，便悄悄趑去一听，登时一按额门，倒抽一口凉气，暗道：怪不得妻子说他是假老实，原来这小子真个讲实在哩。听得站不住脚，只得趑回，倒头便睡。

"次晨一睁眼，妇人已不知多早晚趑回，红馥馥脸儿，横添春色，正仰卧睡得一堆泥一般。于是推醒她，要问昨夜情形，妇人恨道：'人家这会子浑身似剔了骨头，你赚着花大钱钞还不算，却又来混人盹睡。'男子听了，且喜银两可到手，十分欢喜。哪知过得几天，客人装起大麻木，不哼不哈。妇人耐不得，向他张口。客人皱着眉头，把给她两串钱，还叮咛道：'咱们凡事心照，俺不便问得，你也别尽管这么着。'几句囫囵话，好不气闷。

　　"当时男子见钱，怒道：'歪剌骨，你的皮肉便这等烂贱不堪？快再去问他要钱，什么是凡事心照哇？'妇人趄去一问，客人却眍起眼道：'俺江西人不会取便宜的，头些日俺借给你的银两，难道便不算数儿？'妇人趄回一学说，男子火头，直冒得丈把高，揎拳勒袖，便想寻客人厮打。妇人恨道：'你真是没思忖的王八，这样事张扬不得的。'男子道：'难道你便白让他……'妇人笑道：'你莫着急，左右他是外乡人，不久要回家，坊众皆知。咱那时想个计较，不强似和他要钱吗？'于是附耳一说，男子道：'哟，这血淋淋勾当，是玩的吗？'妇人唾道：'穷命鬼！那么你就白舍掉老婆吧。'"

　　看官须知财色二字，最能引起杀机。"于是男子略一沉吟，登时谨遵阃教，转眼间年关已到，邻舍都以为江西客人回了家咧。但见腐店两口儿高兴兴准备年事，旧债全清还不算，居然成斤价割肉，论罐价沽酒。桃符年关贴挂得花花绿绿，房儿也不出租咧。腐坊歇业，却剩了一片牡磨石，丢在临街敞房中。两口儿新春拜年，都扎括得花鹁鸪似的。大家看得眼热，都道：'真是十年河东，十年河西，人家腐店，便发财咧。'"

　　老太婆说到这里，忽听门首有人声唤。正是：

　　　　神君异政方惊座，过客寻居又到门。

　　欲知后事如何，且听下回分解。

第十六回

元会镇隐识邪氛
关帝庙忽逢难女

　　且说老太婆趄出一望，却是两个寻店客人。老太婆料是赴坛会的，便直撅撅回掉人家，进来接说道："大家虽是眼热，也没想到是别的事。不想春二三月，河下渔人因捞鱼，发现了一具死尸，业已烂坏面目，仰缚在一片牝磨上，便连忙报官请验。这位官到来，照例验过，仔细看那磨眼中还有粘干的豆壳儿。回到衙，暗饬干役，悄探城厢各腐坊，如有堆度一片牝磨的，便连人带磨都提来。干役领命，大索各腐坊，磨倒都有，却是牝牡完全。干役没得销差，闷闷地趄近这两口儿门前，却偶闻邻家妇人吵小儿道：'你看你新衣裤，弄得尘土狼藉，准是向隔壁骑青龙（俗谓牝磨曰白虎，牡曰青龙）去来。'

　　"干役听了，心中一动，便向坊众探问道：'这街上有腐店吗？'坊众一指大门道：'这家便是。但是人家发财，不干这营生咧。'干役叩门进去，一眼先望见牝磨。于是黑索一抖，带了男子便走。另有手下人抬了牡磨。官儿升堂，不消三推六问，只先将牡磨一试牝磨，男子已吓得面无人色，于是从实招出。原来江西客人被他灌醉后，背缚牝磨，投入河中，尽有其资。不想却因一片磨，被官儿究出底里。"

　　于益道："这位官府真不错！他叫什么？"老太婆道："他叫刘清，抵任以来，人都呼他为刘青天哩。"于益暗诧道：奇哩，莫非是那卜士刘清吗？望望天色，约莫是日落时光，便道："今天只好住下咧。"老妈妈随口道："行路遇雨是说不定的，客人用什么，只管喊唤。"于益信口答应。逡巡回室，一望榻上，不见逢春，方要慢步去寻他，只听背后气吼吼地道："于兄且坐，俺去就来，这种王八蛋，非宰掉他不可！"于益惊望，正是逢春，兀自睡得肿眉塌眼，一张脸却气得猪肝一般，不容分说，拎起朴刀便跑。于益只当是他睡梦发作，又如那年在考寓一般，忙大笑去拉。

　　不想逢春正色道："咱们侠义自命的人，眼看着魅魑昼舞，哪里容得？"于益见他光景，不像在梦中，便忙忙问知所以，大笑道："原来老弟去听隔壁戏，却听出气来咧，这才是一百个没要紧哩。"说罢，牵他坐定。

原来那会子逢春一觉醒来，不见于益，听听门房中老太婆呱呱而谈，料于益定在那里谈天，便欠伸而起。发了一会儿怔，只觉小肚内胀得甚不舒齐，良久方悟是睡久，积了一大泡尿，忙由穿堂门踅入后院，就墙根下小解毕。一看天色，好不闷人，虽是雨势已过，还滴沥未已。方信步踅经后房前，只听里面一阵泥滑滑的声音，逢春暗道：真是破房间咧，外面不下雨，里面还下。

刚要踅过，只听小媳妇咯咯一笑，少时又有气无力地断断续续说道："快放人起来，只管厮缠到几时？停会子要端晚饭，娘又该喊得惊天动地咧。况且今天什么日期，弄得肮脏脏去赴坛会，什么道理呢？"少年笑道："莫转动。这与赴坛会什么干涉？你当王三槐是什么角色，只怕这会子，他也不曾闲着，少说着也是三两小娘儿过手哩。"小媳妇唾道："罪过！罪过！若像你说，还称甚教主哇？"

少年道："你不见那会子从门首过去的两个妇人吗？人家都是邻县富家，那年长些的丈夫还是响当当的秀才，被三槐一总儿弄到教下，两家输钱还不算，又都搭上娇滴滴媳妇。其余教下妇女，哪一个不由三槐任意快活？"小媳妇道："哟，好没人样。如此，今晚俺不赴坛会咧，早晚你也出了这浪教门吧。"少年道："不相干，像咱们穷苦小户，三槐是眊睬不到的，俺不过因在教中，易觅生活，只图混碗饱饭吃罢了，你道俺不知他非正道吗？"

小媳妇道："那些歪货儿难道都是棉团，便由三槐撮弄？"少年道："三槐势力既大，又善诱惑，所以恣肆。虽然如此，不多日某处有个姑娘，烈性不从，生生被三槐摆布煞咧。"逢春听到此，不由大怒，向窗缝一张，只见屋内无人，唯有榻上布帐深掩着，索索微抖。于是气哄哄跑转，却正值于益也踅回。

当时于益眼睛一转，忽正色赞道："老弟主意不错，三槐这厮正该杀掉，我也助你一膊儿。却有一样，血淋淋一杀人，免不得惊官动府，耽延起来，都没日期，咱这趟雷门崖也不用去咧。老弟你斟酌吧，我都陪着你。"逢春听了，只好气瞪眼。良久笑道："如此，暂将三槐脑袋寄放下，等咱破了红苗再说。"于益道："但随尊便，倒是今晚这坛会咱须张张去。"因将所闻老太婆一席话一说。逢春道："原来三槐是这等物儿，这刘青天莫非是华阳观中卜士吗？可惜咱们没工夫去访他，俺至今还记得他虎似的吃肉，并大书壁上，真豪气得很！"于益笑道："你就记得吃。"

一言未尽，只听老太婆喊道："媳妇哇，又挨到哪里去咧？也不帮个手儿，只管仰着脚子赌着捣搡。"便闻小媳妇一面微笑，一面拉开砂糖嫩嗓，连连答应。须臾笑嘻嘻云鬓半松，趑过前院。逢春嚷道："今晚咱也张张王三槐什么样儿，怎就摆布煞人家姑娘哩？"

于益赶忙瞪他一眼。小媳妇猛闻，知被人听了隔壁戏去，只羞得脸儿飞红。逡巡之间，少年也趑来，老太婆恨道："你俩真是一对儿，大懒配小懒，晚饭已具，还不给客人端去。今晚你们还须赴坛，不定三更半夜价才转来。我老人家须瞅空儿先盹一霎，好给你们听门儿呀。"一路唠叨。不多时，少年端将饭来，于益等用罢，方才掌上灯烛，已听得街坊上奔走笑语，热闹异常。因问少年道："莫非这当儿已开坛吗？"

少年道："这是没相干趁闹的人，因一有坛会，街痞们便借此聚赌窝娼，兜揽客人。有的三五成群，挟了茗果之类，向各商店户富家起发资财，说是坛会盛日，教主降福。另有头号泼皮跟在后面，赤膊椎髻，携了明晃晃的牛耳尖刀，倘主人略一沉吟，不遂需索，他登时提刀向腿臂便划，就热血向脸一抹，卧在门首，大喊大骂。有的便拎只粪桶，一和主人说岔了，舀粪便泼。他都自称为教中人，所以没人敢惹。便是各商店这晚上都须悬灯志庆，街上点得一条火龙似的，倒有趣得紧。只有开坛须二更以后，客人若高兴去张张，但听俺请唤就是，不然和俺夫妇同去更妙。"

于益笑道："不消了，俺们自去倒便当。"于是少年退去，于益等闲谈一会儿，听听街上，越发闹如集市，不多时却见院中提灯一亮，少年夫妇扎括得齐整整趑来。少年唤道："尊客若去，是时光咧，这当儿教主唱经，方着看哩。"说罢自去。

这里于益等便略为结束，斯趁而出。却见老太婆正坐在门房内揉睡眼，一见于益，却向门外一指，微叹道："俺这俩业障也去咧。尊客今晚且开个眼儿吧。"于益一笑出门，和逢春直奔街心。果然各商店灯烛错落，亮如白昼，游人如织，一大半白服色，妇女们花儿朵儿戴满头，嘻嘻哈哈，便如逛元宵佳节一般。逢春张大了眼，一颗头拨浪鼓似的东摇西摆，大步小步地撞去。便见少年夫妇老远地和一络腮胡子男子笑语。那男子竟握了小媳妇手儿，只管搭煞。逢春暗诧，脚下匆忙，恰好一队妇女吱吱喳喳横冲过来。

有的道："俺今天慌得饭都没吃饱。"有的道："俺还是当了件绸袄儿，才赶制件白褂儿，这才叫拆东补西哩。"便有个少妇慌花似的笑道："某大嫂，你好古板，你若向玄帝庙和尚说一声儿，他保管打扮得你似雷峰塔内白娘娘一般。"那妇人笑骂道："小蹄子，我不待说你便了，那一天大家去采菱，你三不知却钻向苇岸里做什么？"少妇笑道："你看我撕你这张浪……"向前一扑。其中有个黑肥婆娘，方叉开鮎鱼脚，两手一拦，恰好逢春一脚，踏个正着。婆娘啊哟一声，身儿一矬，逢春收不住脚，被她一绊，但听扑通一声。婆娘大喊道："了不得，撞坏肚儿咧。"

这时逢春爬起要跑，众妇人早一拥而上，乱噪道："好贼王八，快捉向坛会处置他。"于益赶近，忙笑道："众位且慢，咱都是教门人，没的因小事麻烦教主。"众妇道："你等既也在教，为何不穿白衣？"于益道："俺们白衣被朋友先赍到坛会去咧。"众妇听了，方笑哈哈一哄而去。黑胖妇人还瞟逢春一眼，嘟念道："这人便似鸟枪枪出来的，好一铳劲儿！"于益听了，不由大笑。

两人方要走，忽听背后喝道："悄没声的，老爷过来咧。"两人一望，却是几名老迈营兵，还穿了少颜落色的号褂儿，一个个低眉塌眼，养气火候已到十二分，各肩着蛀缨锈枪，拥定一位官儿，鸭步而过。那位官有四十多岁，弯虾身段，高颧骨，长削瘦脸，椒眼鼠须，掀嘴唇，露出两颗黄板门牙，甚不雅相。腰下也微拖白带头儿，原来是本镇把总汛官，一向暗含着靠入三槐教内，上官只图省事，因他和教中通声气，所以将他安置在此，敷衍地面，这时因坛会，却照例出来弹压。

当时行人俟把总过后，便有悄悄议论的。逢春嚷道："岂有此理，他好歹也是朝廷官儿，不说是尽职分，禁遏邪教，如何倒蒙了虎皮，去跑狗腿。"行人失笑道："你真少见多怪，如今官府大似他几倍的恐怕还有入教的哩。"于益恐多话惹事，忙拉逢春便走。须臾趄到大店门首，业已人山人海，香烟氤氲，灯火烛天，好不热闹。

两人挨将进去，只见那座坛场，便借用了五间大厅，庄严灿烂，自不必说。两旁各室都是教中男女休歇之所。这时坛前，正然大家作礼，三槐高据坛位，喃喃诵经一章，又说了一套不伦不类的话头儿，无非是劝人学好，便在上装模作样，瞑目少息。坛下男女虽东分西坐，这当儿谁能安生，但见一条条眼光互相飞注，只管拣可意的人打起无线电来。

于益等看得不耐烦，便趄出场，就两旁室外随意张看，却也没甚新奇，还是男女杂错，纷纷笑语，妇女们谈到夜深传道等事，都笑得一张口合不拢来。恰好店中少妇正搭着一女伴肩头，附耳笑语，于益道："某嫂儿回去不呢？"少妇忙道："还须待一霎哩。"于是两人一笑而出，匆匆回店。

老太婆道："客官怎这么早便转来？"于益道："没甚看头，这教门总不以好论，将来闹大了，恐怕要出大岔子。"老太婆叹道："谁说不是呢！"

因悄声道，"三槐这当儿业已广招亡命匪徒，蓄积粮械，并交结楚陕朱高两处，可知他没安好心。左右俺主意打定咧，俺有个外甥儿，在青城山下当老道，还种了几亩山田，此处若不安生，俺一家儿便奔他去。"

于益听得青城山，是前途之路，因随口道："妈妈说起青城山来，倒是俺们必经之路。你这外甥叫什么呀？俺经过那里，到他庙歇歇腿也是便当哩。"

老太婆道："提起俺外甥来，活是笑话。他自小儿也就富生富养，念起书来，也很灵慧。七八岁上却害了一场大病，好了，便吵道：'我向哪里去了？'他父母以为他神识癫痫，掐了脖儿，灌了他一杯黑狗血。从此他不甚笑语，往往独坐叱咤，头面不知洗沐，见了同学的书籍便撕。

"邻家有座道观，他三不知便溜去翻看什么道书。却有一样，看罢便烧掉，累他父母终日淘气。长到十八九岁，父母给他娶房媳妇，绝俊的人儿，大家都啧啧称叹。哪知合卺那一夜，吓得他掩面流汗，冷不防拔脚便跑。从此三四年没有下落。后来方探听到他在某县内当了道士，几经流转，却又云游到青城山下。俺只记得他小名叫石头，如今人都叫他癫道人，客官访问便知，便请顺便为俺致意，更再好没有。人都说他疯言疯语的很有意思，客官若向他探探山道，也很便当。"

于益听了，忽大笑道："说了半天，俺还没致问妈妈上姓，若见令甥，说妈妈致意，这秃头妈妈可是哪个呢？"老太婆一听，不由也笑，便道："俺姓殷，客官尊姓呢？俺也没动问呢。人老了真是悖晦。"于益等一说，各自一笑。

当晚逢春、于益一觉酣眠，也不知少年夫妇多早晚趸回。次晨别过老太婆，匆匆上路。路经南充县界，果听得刘清德政，口碑载道。两人不暇细问，一路上晓行夜住，经过许多险僻道径，只见乡野村落间居然也有教徒们小小坛会，愚民无知，趋之如鹜。

这日将近青城山下，空翠遥扑，如展画屏。这青城山是川中名胜之区，说不尽许多风光。傍晚当儿，两人趱过站店，仔细一望，前途烟树依微，两人只当是村落，奔将去一看，却是片小小山垇。草木丛杂，杳无人居，只有座多年破野庙，孤峙于荆棘丛中，仔细一看，却是座关帝庙。这时暮色业已苍然，亏是月之上旬，一痕月色约略照径。两人无奈，趸入破落山门，走得乏乏的，无暇细看，便就正殿佛座下席地而坐，一面将行装朴刀倚在身后。

逢春不管别事，先将装中干粮取出，和于益分吃着，一面笑顾七横竖八的废缺土偶道："你等想是站立得不耐烦，都困倒咧，停会子俺老杨给

334

你等做伴儿，只不要搅俺的觉。等俺杀贼回头，与你重整宇庙，再塑金身何如？"于益笑道："你许愿也不在行，不向正面坐着的祝念，却向旁边站着的说。"逢春笑道："而今世界，就是这样儿，请问当今和相是坐着的站着的？却弄得烟尘四起，累咱们间关从军哩。"

两人一面说笑，须臾吃罢。于益有些盹困上来，方要合眼，逢春倾耳道："于兄你听后院中似有人走动。"于益蒙眬应道："这所在哪里会有人，左不过是狐鼠之类。"说罢，鼻息数转，业已坐睡沉沉。逢春听了霎没动静，月光入殿，恰好照到一卧鬼卒面上，龇了牙似乎瞅着他。逢春唾了一口，索性移坐殿门扇后，也便睡去。良久忽醒，向院中一看，不由大惊。正是：

　　莫讶深宵来弱女，须知荒聚伏强梁。

欲知后事如何，且听下回分解。

第 八 集

第一回

审金姐侠徒知恶霸
闹东村教目逞凶锋

　　且说逢春一觉醒来。这时月色被疏云所掩，淡如白雾，照得院中阴冷冷，十分寥萧。恰好坏殿脊上住着老鸮，忽地干咯两声，磔磔怪笑。逢春一听，本有些毛戴，忽见人影一闪，从后院夹道转出个长细细身材的女子，一头乱发，趁着白渗渗面孔，蓝布衣衫，窸窣有声。竟款款扭到阶下，向东呆望。又逡巡趋向院隅，摘取短棘青实，望望月儿，一声长叹。

　　逢春暗骇道：这定是狐鬼之类，哪有深夜间女子来此！于是猛然跃起，大呼抢出。这一声惊醒于益，忙赶去一望，只见逢春抓住女子，举拳要落。于益喊道："不可鲁莽！"便拉开逢春。只见那女子已抖倒在地，吓得没口子叫道："表舅饶命！"逢春喝道："什么表舅！你端的是何狐鬼，要来迷人？你那一套话俺替你说吧，不是死掉丈夫，孤身无依，便是走娘家去，天晚迷路。俺二人你看哪个好哇？"说罢大笑。

　　那女子哽咽半晌，忸怩道："原来尊客是过路的。可怜婢子近遭家难，为恶人逼迫，来此躲避。尊客不信，但看俺两日不食，方才摘取棘实，想充饿腹。不料惊动尊客。"说罢，举目东望，扑簌簌落下泪来。于益道："你莫要怕！且细述来。"于是女子呜呜咽咽从头至尾，说了一遍。逢春一面听，一面摩腹乱转，及至听毕，奔入便抽朴刀。于益追去道："便是去，也须想个计较！"逢春怒道："于兄，俺等不得咧！早杀掉那狗头，早舒俺这口气。"

　　原来那女子便是此间东村人，姓阮名金姐。父亲阮柱生得粗粗笨笨，茅包性儿，又好贪一杯儿，吃醉了便胡骂乱卷，人都叫他阮酒鬼。先年时，曾充本村地保，因为一桩事，他只贪人一席酒，便将个窝盗主儿给放掉咧，因此被官儿敲顿屁股板，地保革掉，便闲在家里，日游醉乡。这时金姐只有八九岁，家计本过得，一般有婢女侍候。那婢女大得金姐十来岁。

一日忽闻阮柱向其母大吵道："怎的你的高亲贵眷专一来此撑门面？你瞧瞧去吧，越发不像话咧！"其母刘娘子也愤然道："没出豁的东西！俺只当他那一去，充军不回哩。真可有什么法儿？"说着匆匆跑出。

金姐一拉婢女，道："咱也张张去，是哪个来哩？"跟到大门外，只见一个赤膊乞丐，只穿一条破裤衩儿，正抱着囚犯似的头，蹲在那里呻吟不止。便见刘娘子脸都气白，走上前，不容分说，便揪他乱发。一面哭骂道："你要要人命，便早说话，不须来钝刀割人。俺前此为你，受你表姊丈多少气！见着人，俺通抬不得头。你这会子又来显魂，难道阮家该你前世债吗？你五尺五的大汉子，靠亲戚，可有人味哩？便是俺打发你去，衣裳盘费你知是怎么来的？只除了你表姊没卖给阮家！今只两月光景，难为你都抖搂净，靦了脸子又撞来，快给我滚蛋是正经！"一阵吵，邻右也围将来。

这时乞丐一抬头，金姐望去，却是他表舅马铁腿。此人凶狡无赖，家业荡尽，只靠吃赌场为生。赌徒恨极，便想试试他骨架儿。一日大众咸集，又特特请了个著名老赌棍，外号儿笑脸狼的，白银百两、钢刀一把都端正在案。须臾马铁腿敞披青袖衫，手溜江西柳（黑折扇俗名江西柳），高唱而入。一见大众神色，便早瞧科，却故笑道："今天众位都佛儿似坐在这里，难道有大局须等俺先抽彩头吗？"说罢，一望银子，拿起刀儿来颠弄。

这时笑脸狼真个满脸是笑，方站起谦坐儿，众人已正色道："马朋友是明白痛快人，俺们这窑浅水，本养不得大鱼，好在马朋友吃局多日，俺等都没慢待。却是马朋友始终没露服人本领，俺们便是含糊下去，却恐马朋友反怪俺小看于你。"说着，一瞟笑脸狼，道，"你看人家这位老英雄才是流血抓钱的！各局中提将起来，谁不佩服！马朋友如也来得，俺等便没话说。若自料来不及，却请见谅，俺们小意思，百金在案，即请拿去。此后你一脚踏到俺局，却莫怪俺翻脸无情。打折腿，揉瞎眼，都不定哩！"

笑脸狼忙劝道："自家弟兄，不必认真！俺入土半截的人，有甚本领形容人？此来无非打个和儿。顶好马兄便从命取得银去，大家好聚好散，又够面子，又透着马兄海量。流血勾当，是俺泼皮笑话，便是学得来，又算什么呢？"说罢，哈哈大笑，十分得意。

马铁腿一听，甚是麻辣，因笑道："银子呢，既承见赠，俺不好辞。但是大家相处一场，分散在即，俺总没骨架，哪怕戳个针尖大血孔，也不负诸位盛意。不知你老人家端的怎样舍骨头，便请见示如何？"笑脸狼只是谦逊不肯露，当不得铁腿催促再三，只得慨然撩衣，卷起裤脚，露出一段黑肥大腿。这时笑脸狼正颜厉色，顾盼自雄，取钢刀向腿一划，哧一声长血直流，四五寸长一道血口，肉皮儿便翻卷来。

于是众人啧啧叹服，便七手八脚将金疮药替他敷好。一看马铁腿却如没事人一般，但笑道："他老人家究竟上岁数咧，凡事儿草草应酬。今天闲暇，咱且细玩玩。"说罢，勒裤现出大腿，先脆生生击一掌，笑道："众位看清，这可不是假大腿，外国医院安得来的。"说罢，取刀微触皮肉，沉吟皱眉道，"原来这果儿真不中吃。但是这么一划，没意思得很，我且划个吉祥字句，也是咱一番别意。"说罢，刀锋立下，哧哧有声，纵横婉转，顷刻划成"天下太平"四字，血迹淋漓，深切至骨，他却谈笑自若。于是众人大惊，再也不敢遭他咧。从此他便得铁腿之目。却是吃赌局的人，不会长久的。过了几年，早成了穷光蛋，便寻到他表姊刘娘子家，吃碗瞪眼饭。

初来时还有点儿人样，也帮着辛苦做事，只得半月光景，便故态发露，整日价吃酒玩钱，和了各村坊无赖之徒，三瓦两舍家招惹是非，将个阮酒鬼厌恶得不可开交。刘娘子没法儿，只好背地数落劝他，未免瞅空儿给他些钱钞，累劝他去此，自寻生计。铁腿随口唯唯，所得钱到手便罄。一日竟悄悄偷巢粮米。亏得酒鬼不觉得，却被刘娘子呵斥一顿，从此撵他到场房去住。

过得几天，酒鬼忽问道："怎的场中大柴垛里面都空咧？定是夜里被人偷去。马某人真是吃凉不管酸，便睡得那么死？这总是活爹哩！"刘娘子听了，便心头老大一跳。瞅空儿悄悄一盘问他，他眵起眼道："俺没钱用，偷卖点儿柴草，表姊还值得絮问？"说罢，一扭脸扬长而去，将个刘娘子气得发昏。当晚趁酒鬼酒后欢喜，便道："马表弟尽管浮住在此，也不是事。咱不如狠一狠，费一注钱，打发他去自寻生计，也省得在你眼前，看了生气。"酒鬼一想，甚是有理。夫妇议定，还没暇和铁腿说。

一日夜间，天热蚊盛，刘娘子想起场房中还有熏蚊火绳儿，便拖了鞋子，由角门踅出去取。刚踅进场院门，忽闻一阵狗肉香气，门也虚掩着。刘娘子暗道，这定是场院隔壁许小脚家，不知从哪里掏摸了狗来，趁夜下锅哩。

原来隔壁那家姓许，屠狗为生，男叫许大，女人生得几分姿色，脚下伶俐，村坊无赖，便品题出小脚佳号。这许小脚本是个花案中官卖的烂污货，却被许大不开眼弄将来，奴视其夫，自不消说。她却有一桩本领，正合许大营业，便是善会诱狗，但诱到家便一棒打煞。狗主人倘寻将来，她登时撒起泼风，一阵哭骂；有时性起，反披发握刀，登门去俯仰叫骂。因此人都不去惹她。这婆娘凶既如此，还挂着淫荡不堪。有时打扮得水葱似的，傍晚时立在门前，见得精壮中意的男子，便明明拖进去，公然同宿。许大见了，大气儿都不敢出。

当时刘娘子逡巡踅入，刚要喊唤铁腿，只见他房窗上人影乱闪。便闻有男子粗声野气地笑道："马老哥，你看俺这妙计如何？不但吃香喝辣，外带着还帮衬了小脚嫂。这现成大肥狗肉，少说着也须卖到数十千钱。便是一半人情，一半生意，小脚嫂也须陪俺乐一家伙哩！今天俺不客气，占个头水儿。没别的只好有儹马兄，等俺走后，不怕你们捣掉底儿都没我事。"说着一阵啧啧怪响，便闻许小脚笑唾道："呸！没羞的，难道老娘怯你吗？你说是怎么玩？这会子你抖飘儿，仔细人家阮柱和你要狗哩！"

男子道："马铁腿剥的狗，干我甚事？"小脚道："律重主谋！是哪个造意偷狗哇？"刘娘子听了，知家犬被剥，不由大恨，暗道：我到底张张这群挨刀的都是哪个？刚凑向窗缝，便听铁腿怪笑道："喂！唐三哥，你也特煞不像话咧！"

这时小脚咯咯一笑，男子道："莫转动！"刘娘子一眼张去，只羞得心头乱跳。只见那男子却是邻村唐三儿，正按倒小脚在榻，滚作一处。小脚只笑得头发要散，一不小心，早被唐三儿掣掉裤儿。铁腿也趁去，想歪倒在榻，和小脚打个趣儿。

刘娘子见此光景，腿儿只管发颤，好容易悄离窗下，早有一种热辣辣声息直送将来，还听唐三儿笑道："马老哥真是好人，没钱用只自己受弊。俺若有你这等个表姊，总要弄得她笑眯眯给俺钱用。"刘娘子听了，只吓得面红耳热，悄悄踅回己室，连蚊虫咬也不觉得咧。暗想铁腿这厮是一刻也留不得咧！只和这干无头光棍们厮混，将来什么事都许做出。于是瞅空儿，着实数落铁腿一场，给他衣裳盘费，遣得去了。哪知铁腿这等人知做甚生业？在左近县荡了个把月，早已赤条条剩了孤身，久而久之，便落在乞讨场中，将狗脸一抹，又想来吃旧锅粥，所以一旦又寻将来。

当时刘娘子按住铁腿，且捍且吵。金姐和婢女却吓得踅进院中。这当儿邻右走上，纷纷解劝。酒鬼恐气坏娘子，也便攒眉来慰解。铁腿只好自言知悔，连连叩头。酒鬼夫妇没奈何，只得连斥带说，命他进来。于是铁腿山精般呻吟而起，刚踅至院内，不想裤儿特破咧，被风一吹，竟荡开一片，恰好露出所以然的所在。这婢女已有十八九岁光景，当时猛见，掩口便跑。铁腿百忙中望了一眼，忽见金姐垂着小髻儿憨笑呆看，便趋进拉住小手儿道："甥女儿可还认得俺？"

金姐儿猛惊，登时撇了嘴儿咧。刘娘子红了脸，便噪婢女道："你跑的是什么，倒不领了金姐去？"婢女跑回，不由又笑瞅铁腿一眼。这时酒鬼却咳声叹气的，拂袖而出。刘娘子到得屋中，询起铁腿去后情形，唯有太息。从此铁腿脱去丐籍，依然在东村摇摇摆摆。

刘娘子暗察情形，盼他学好。不想过得几天，铁腿旧交儿如唐三儿之类已渐渐来寻。往往出外闲荡，深夜方归。一日，邻村捉得两个鼠窃，一口咬定还有铁腿合伙。亏得村中地保和酒鬼有交儿，便一力摘清爽，方才送案。刘娘子生气不消说，还搭补了许多人情。幸亏酒鬼外出，便掩盖下去，只狠狠骂了铁腿一顿。

一日酒鬼夫妇方在闲坐，只见许小脚大剌剌地踅来，一屁股坐在榻，便吵道："姓马的呢？怎齐头住俺两夜不给嫖钱？难道老娘许下愿，舍吗！"酒鬼喝道："姓马的须不姓许，你为什么闹到这里？"小脚道："他住这里哩！今天若没钱，须不成功！"说罢，一阵风向外便跑，卧在门首，大喊大骂，招得村众指点笑唾道："马某人真也罢了，便在自家家中，也够瞧的了。"

酒鬼夫妇气极，立撺铁腿。不想铁腿又学了油滑调儿，一阵叩头知悔，又将刘娘子闹得无可如何。从此，铁腿居然数日不出，刘娘子方想给他觅件事做，束束性子。一日晚上，忽见那婢女神色有异，哭诉道："主母开恩，容婢子到家去几时吧，今夜马舅爷要玷污俺哩！"说罢，将铁腿调戏逼奸之状哭诉一遍。

刘娘子一听，浑身乱抖，便道："有这等事？"说着站起，气愤愤要寻铁腿。婢女忙拉道："主母仔细！他说的话凶得紧。昨天傍晚逼迫俺的时光，他手持钢刀，喝道：'你当这家儿谁是主人？俺早晚叫你看，约会了俺的朋友，抢他娘的，便带了你定哩。'"

刘娘子正在吃惊，只见酒鬼一脚跨入。问知情由，便喝退婢女，道："俺就不信马铁腿有此大胆！使女大了，便出缘故，不知究竟是怎么回事哩。今晚俺自有道理。"于是低低和娘子一说，笑道："他若今夜真个到婢女房中，他那片凶话便有因儿。娘子莫怪，俺须下辣手处置他咧！咱村中向有埋人之例，凡搅扰村坊，犯着奸盗放火等事，大家公议定，免得惊动官府，便如此埋掉哩。"刘娘子切齿道："这没人心的，正该如此！但是你今夜也须仔细。"酒鬼应诺，便悄悄去埋伏不提。

且说马铁腿，自再来当儿见婢女瞅他一笑，他却不自菲薄，只认是婢女看上他俊脸儿咧，暗含着便伏下一股色劲儿。这当儿数日不出，只见婢女踅来踅去，便登时引动他一团宿色。昨晚更定后，三不知闯入婢女房中，一阵歪缠。亏得婢女还有主张，便假意允他今夜行事，想趁便告知主母，暂避风头。却是铁腿如何觉得，自以为新鲜果儿稳稳到口。当晚便兴冲冲趸到婢女房外，只见灯火已熄，一推门，却虚掩着，不由大喜，那话儿登时鼓动，便一面将裤，一面疾趋而进。向榻一摸，果然软腻腻、温绵绵，先撞着一张屁股。于是不问情由，挺戈便上。

不想那睡人大喝道："姓马的！真够朋友。不想俺阮酒鬼这把年纪还有人照顾哩！"接着房外灯光一闪，趸进两人。头一人揎臂勒袖，手提木杵，后一人气愤愤两腮如火，拎一把大针锥，却是刘娘子和婢女。再一望榻上，阮酒鬼已弥勒佛似的坐定。这时铁腿这贼形就不用提多够瞧咧！百忙里先收起那话儿，结裤要跑。

说时迟，那时快，木杵、大锥早雨点似又敲又刺。铁腿没奈何，抱头蹲地。刘娘子直气得嗓音都岔，连喝婢女道："锥杀这厮！"酒鬼握手止住道："姓马的，你既安下这般心，没别的，马上您请出去吧！言尽于此，咱没有第二句话交代。"铁腿羞愤中连应道："好！好！只是俺叨扰多年，只好来世变犬马答报咧。"说罢，趁势跑出。酒鬼夫妇相顾气愤，却喜得祸害离门。

哪知过得三日，铁腿觍了脸子又趸来，并且这次理直气壮，如有所恃。酒鬼暗道：不好！这厮强态已露，别真个被他做了手脚。于是大会村众，如此这般将铁腿许多无状并要约人劫抢等事一总揭出。村众大怒，便要举行活埋。可笑阮酒鬼当断不断，却因刘娘子哭天抹泪，口气稍松，村众事非切己，也便含糊下来，却由酒鬼捆倒铁腿，捶个半死，登时逐出东村。铁腿含愤而去，自不消说。

光阴迅速，转眼十年来。这当儿刘娘子早已去世，酒鬼续室黄氏，只得三十来岁。酒鬼爱玩娇妻，过起丰腴日月，且是自在。这时白教盛行，东村无赖辈早倚教结党，到处横行。一日，忽传闻马教目将到东村料理教事。这教目甚是厉害，便是三槐手下支教头脑，数千人可一呼而集，好不有势力。于是东村无赖辈大高其兴，便借此敛财，准备教目到来。一切费用，不在教的也一视同仁，谁敢道个不字？

这日阮酒鬼被人挤了一注大钱，方和黄氏闷闷闲坐。金姐儿已出落得窈窈窕窕，笑问道："怎的咱家不在教，他们也来敛钱呢？"酒鬼叹道："他们教门有甚道理？俺闻这马教目是光棍出身，半路上又学得好拳棒，在江湖上做些杀人放火的勾当，不知怎的，又钻到三槐那里。他血案多得很，人称马世杰。咱们咬咬牙破注财，图个平安无事，好多着的哩！"

这黄氏生得白白胖胖，就是性格颠预些，当时惊道："是呀！俺家庄上讲起他们教门来更磣碜人。就是教门中还有邪法，全仗着割拆人，采取什么眼睛咧、心血咧，更奇的是男阳女阴，一概都挖取哩。"

344

正说着，只听院外儿童喧呼道："马教目到咧！快看去呀！"酒鬼道："他们教徒在社庙中借的寓所，正从咱门首经过。"说罢站起，方要去看，只听大门擂鼓似一阵响。酒鬼趋出，业已黑压压挤满一群教徒，乱噪道："主人家呢？马教目就来拜望！"酒鬼一听，摸头不着，刚要拉人细问，只见街众扰攘之中，风也似一骑闯到。上面那人结束雄劲，大笠革靴，胁下佩刀，突地跳下马，抱拳趋上道："别来无恙！足下还认得俺马某吗？"

这一声不打紧，酒鬼登时怔在那里。原来这威实实的马教目，就是那最不堪的马铁腿。这时酒鬼心头正如十五个吊桶打水，七上八下。只见众教徒蜂拥而进，不由大惊。正是：

　　　　遭逢狭路难回避，恩怨未明且细参。

欲知后事如何，且听下回分解。

345

第二回

伏魔庙神刀斩铁腿
徐妃村双侠访黄冠

　　且说阮酒鬼猛见铁腿，真是梦想不到，回想前隙，不由大惧。正这当儿，教徒已狐假虎威，一拥而进，吓得院内黄氏和金姐跌跌撞撞。铁腿忙喝道："你等都向社庙伺候，俺自和阮爷叙叙亲情。"众人一听，嗷应都退。酒鬼见了，心下稍安。只得和他寒暄毕，让入内室，彼此谈回别后之事。铁腿知刘娘子死掉，居然太息，忽又笑道："她死了倒也干净。"酒鬼一听，又是心头一跳，察他辞色，幸还和平。于是黄氏、金姐都来厮见。

　　铁腿大喜，各狠狠瞅了两眼，大笑道："俺就知甥女儿越发长成哩！老舅此来，且与你说门婆家如何？"说罢，解下佩刀，啪的声摔在案头，两只夜猫眼灼灼一瞟，十分尴尬。

　　金姐害怕，便暗肘黄氏，悄悄退出。这里酒鬼留神陪他谈话，只盼他少时必赴社庙。哪知铁腿从容缓装，一面价吃茶闲话，忽笑道："俺旧日那住屋收拾了吗？没别的，旧梦重温，还须打搅两天。"酒鬼一听。只得赔笑连应，便索性尽力趋奉，吩咐家下准备酒馔。不多时日光已落，掌上灯烛，便内室开起筵来。黄氏本刺猬似缩向后房，当不得铁腿连连催觅，也只得惴惴趱来，一同落座不提。

　　且说金姐本是机灵女子，见铁腿忽来，便觉不妙。却还想不到他有甚歹意，只当铁腿借势勒财，这时便悄悄趱来一张。只见里面灯烛辉煌，酒炙罗列。酒鬼夫妇陪坐左右，一个是苦眉笑脸，一个是怯鬟愁颜。那铁腿正虎也似踞在上座，连灌数大杯，忽地拎起佩刀，冷森森抽出，对烛一晃，向酒鬼道："足下但看俺这身荣耀，都从此刀杀得来的。这几年闯荡江湖，它也吃够人项血，俺也恩仇了了哩！"说罢，咔嚓声插在旁几，战战有声。

　　酒鬼悚然赔笑道："舅爷端的英雄！但俺闻贵教颇讲慈善，此后这宝刀也须韬在鞘咧。"铁腿狞笑道："您这般称呼，俺哪里当得起？今晚这刀便开利市都未可知，如何韬在鞘呢？"说罢，又举数杯。忽笑吟吟端详黄氏，半晌飞过一杯，道："尊嫂，且喝个认识盅儿！"黄氏一见，羞惧得直待要哭，酒鬼赶忙道："她不会饮，还是俺酒鬼来吧。"说罢，吸尽那杯酒，哈哈强笑。那声音颤中带岔，十分难听。

金姐看到此，芳心乱跳。且喜铁腿也哈哈一笑，忽地和颜叙起旧来，又掺说他许多杀人做强盗的事。金姐听了，越发害怕。这时铁腿业已醉饱半酣，忽四望道："金姐呢？怎的不来吃杯？"酒鬼忙道："小人儿好困盹，想已睡下咧。"铁腿笑道："睡下也罢。不瞒足下说，俺近来有桩脾气，每逢酒酣，便须妇人遣兴。当年那婢女空使人咽场干唾。如今她还在吗？快与俺唤将来！"

酒鬼冷不防他旧事重提，知他宿恨不忘，不由倒抽一口凉气，便假作一笑，喝黄氏道："你真是木头疙瘩，还不去取水果，与舅爷解酒！"铁腿喝道："住着，哪个有酒！"黄氏吓得呆在座上。酒鬼无奈，笑道："那婢女早寻人去咧。舅爷真个高兴，好在许小脚虽上几岁年纪，姿色如故，更且是你的老相好，停会子便唤她外室侍候如何？"

铁腿听了，忽地杀气满面，仰天大笑，纵身跃起，劈胸揪住酒鬼，大喝道："姓阮的，今日你埋人威风端的在哪里？可知俺特来寻你哩！什么许小脚，顷刻便叫你见个分晓。"说罢，拎鸡子似的将酒鬼缚向屋柱，一回身按抱黄氏，便解她衣裤。金姐但觉噢一声真魂欲冒，两眼迷离之间，已见黄氏被剥得精条条，白馥馥肥朦头儿婉转于铁腿肘腋之间。这时酒鬼嘴被堵，只气得两目如炬。

金姐惊惶中便如做梦，愣怔怔闯出家门，向西便跑。少时被野风一吹，方清苏来，一望道路，业已离村三四里，但见四围黑魆魆，树木丛杂，野禽乱啼，正在恐怕，忽觉身后沙沙的响，竟似有人悄来牵衣。金姐大惧，便不顾鞋弓袜小，暝黑中一路好跑。少时一脚踏空，翻身栽倒，起来趁星月微光定睛一看，却已到山垞破庙跟前。这时金姐神疲力尽，便不管好歹，闯入庙，伏在后殿中只管发抖，只图暂避凶人，更想不出什么计较。一伏两日，饥渴委顿，此处既没行人，又不敢蹅回探听，不想这夜却遇逢春。

当时逢春听罢金姐所述，便要提刀奔杀铁腿。于益道："不要忙，你只听我指挥！咱杀铁腿这厮须要干净，既免村坊之累，还不使教徒结仇。咱们结果他，拍腿便走，又省得误路程。你道好吗？"逢春道："好！好！但是怎样料理呢？"于益道："你不要管，俺自有道理。"说罢，命金姐仍退向后殿，自在前殿仔细一看。

一眼望见周仓将军虽已摇摇欲倒，还虬髯乱卷，圆眼环睁，手执青龙偃月刀，很有生气。于益笑道："好咧！今天须借重将军威灵。"因向逢春道，"老弟快来！且提刀屈尊在将军腔后，少时俺授你锦囊妙计。"逢春暗笑道：这倒不错，俺这刀却有名儿，真成了八宝护腔刀咧！知于益素多鬼八卦，当时也不问所以，真个藏向周仓背后，却笑道："老黑呀，你若放屁，可透着慢待远客咧！"

　　这时于益在殿中窸窣良久，也不知是干什么。逢春探头一看，不由大笑。原来于益用尘垢抹了个鬼脸儿，去掉帽，抖开乱发，手提朴刀，跳舞将来，吩咐逢春道："老弟但看俺将铁腿引到周将军跟前，便冷不防转出给他一家伙。"逢春道："就是吧，这事儿交给我咧！"于是于益吱一声跳将出去，便奔东村。招得逢春哈哈大笑。这且慢表。

　　且说马铁腿奸污黄氏，将酒鬼缚置空室，一连两日，搜括金资，准备捆载而去时，再将酒鬼杀掉。忙碌之中，便忘掉搜寻金姐。这两日中，闹得满村中天翻地覆，村人愤恨不消说，便连教徒们都有些看不过。并且马铁腿只知吃独食，搜括酒鬼金资，莫想丝毫分给手下，因此他跟来的教徒们也纷纷嗟怨。

　　这夜铁腿又将黄氏摆布一度，方就灯下检点所搜金资，自笑道："当年俺偷卖你点把柴米，你便恶言恶语，今日且叫你家败人亡！"正在得意，只听窗外吱吱一叫，十分锐厉，接着喊道："呔！马铁腿听真：今有阮金姐，方在山坨关帝庙哭你万恶行为，帝君震怒，特命我驾前鬼使前来拿你。"说罢，刀声铿然，一把沙撒在窗上。

　　铁腿猛闻，真个一怔，不由抖道："上、上、上差……"一语未尽，于益忍不住扑哧一笑。这一来糟了糕咧！但见铁腿大喝道："什么小辈，敢来虎头上捉虱？俺正要寻捉金姐，原来被你藏在庙中！"说罢，抢出屋，向于益扬刀便剁。于益横刀一架，大骂道："好混账王八蛋！你还敢拒捕不成？"说罢，嗖嗖嗖用刀乱戳。东一下，西一记，通没家数。铁腿哪知就里，不由大笑，挥刀直上。

　　于益格斗数四，放重脚步，咕咚咚回头便跑，一跃登屋，翻落墙外。铁腿大笑道："今天俺定要剥张鬼皮玩玩！"说着追跃出，一气儿赶将去。不多时将到山坨，去于益数步之远，只见他脚势如风，忽地咯噔一站，纹丝不动，头儿扭着，腰儿挺着，脚儿并着，刀儿扬着，很透着奇怪。

　　铁腿怙慌道："莫非他真是鬼使吗？"方一沉吟，忽一石子飞来，啪的声正中鼻梁。于益大笑道："浑蛋东西！还不跟俺去到案，单等周将军来捉你吗？"说着一摆刀，转身杀回。这身本领一现，铁腿方知是大劲敌，

348

便也使出浑身武功，两下里刀势翻飞，铮钹乱响。

于益暗道：别瞧扁这厮，真也有两手儿。可见这白教将来定要闹事的。俺先除一个少一个儿！一面思忖，一面步步退让，顷刻间杀到庙门。于益高报道："马铁腿带到！"虚晃一刀，抢入庙便奔正殿。铁腿大喝道："往哪里走？"顷刻间赶到周仓跟前。于益喊道："傻老弟，该你咧！"

一声未尽，但听扑通一声，马铁腿化为两段，相离尺许远，分横在血泊中。原来逢春听得于益高报，便目不转睛，蓄势已久，所以这一刀甚是扎实。当时逢春大笑道："于兄这把戏真个妙相，俺早等得不耐烦，要在老黑腔后困着咧！"于益道："且莫闲谈，俺还有作用未毕。"说罢，取把乱草，蘸鲜血向周仓刀锋上涂抹得淋淋漓漓。恰好铁腿上半段正仰横在周仓足下，远远一望，周仓怒目下注，很透着精神奕奕，余怒未息。

逢春道："都完了吗？该歇息咧！明晨还上路哩。"于益笑道："明天登程却不必早，届时俺还有处置哩！"于是两人一觉酣眠。直至次晨红日老高方醒，便匆匆唤过金姐，教她一套言辞。金姐见铁腿死状，甚是害怕，便战抖抖跟于益等直奔东村。

刚一入村，村众忽见金姐狼狈之状，又同着两个生客走，不由诧绝，早哄一声围拢许多人，纷纷乱问。于益故作震惊样儿，频望上天，连连摇手，但道："好灵应的神道！俺走了许多路，今天才见这奇事咧。可怕呀，可怕！少时众位听这位姑娘说来吧。俺过路之人，只送这姑娘到家，还要赶路，是没暇闲谈的。"

这时金姐不必如于益嘱咐，一入村，早已泪痕满面。村众见此光景，越发诧异，登时拥定金姐等直奔阮家。刚一到门，只见众教徒业已黑压压挤满，方从空室内揪出酒鬼，拳足交加，拷问他教目下落。这时酒鬼蓬头垢面，非复人形。金姐一阵伤心，抢上前拖住便哭。

于是于益喊道："你这姑娘既到家，快说帝君显圣情由，着人去收殓什么马教目，俺们还等赶路哩。"众教徒一听"收殓"两字，便大骇乱吵道："你这两过路客，定不系好人。快捉起他来！"逢春这当儿也学了乖咧，便恨道："于兄，怎么样？俺说是行路人别管闲事，你看这虱子袄可脱得下吗？"

正在纷乱，本村首事等人也都赶到，便止住众人，听金姐一说情由。大略是说自己躲藏在庙，昨夜三更后，马铁腿忽地闻风搜来，欲行无礼。自己惊惶中，绕周将军神像奔避，但听锵啷啷刀环一响，铁腿已横尸在地。自己一惊，也便昏去。不知何时，却被两过客唤醒来，问知情由，好生惊异。俺便请两客引俺家来。

于益接说道："俺两个今早行至庙前，进去歇坐，不想竟见此异。问起这姑娘，好在是近村人，出门人方便第一，俺怎好不送来？如今请你本村快去料理，俺们要去咧！"

众人一听，无不大惊。关帝威灵，非同别的神道，但有井水吃处，无不尊仰得了不得，是牢牢深入人心的。当时众人吵道："庙破神自在！本来这位马教目闹得太不……"刚说到此，其中有教徒便瞪眼道："怎么？今快去看来！果有这事便罢，不然自有俺王教主和你村众理会。"这时社庙中随来教徒也都赶来。于是闹哄哄拥定本村首事并酒鬼直赴破庙。一看铁腿惨状，并周将军凛凛神威，不由都瑟缩流汗。教徒等虽稍有怙恃的，却因铁腿没人缘儿，也便一声不响咧。当时异尸收殓，由社庙教徒料理毕，一哄而散。不必细表。血淋淋一场事，被于益小小妙计，做得好不轻妙。

且说阮酒鬼回到家下，坚留于益等款住半日，金姐瞅空，早向酒鬼说明杀铁腿的底里。酒鬼感激万分，便率妻女一同拜谢。问知于益等从军之由，越发起敬，当晚便盛陈酒馔，款待起来。酒到半酣，酒鬼叹道："俺这场灾难也是前定。头些日俺因事曾赴青城山下，偶遇一落拓道人，他说俺不出十日定有凶险，幸有贵人相救，今果遇恩公等。将来恩公等从军建功，定要发达哩！"

于益听得道人，心中一动，便道："这道人莫非是人称癫道人的吗？"酒鬼诧道："恩公如何晓得？"于益笑道："俺们此去正经山下，还给癫道人捎了口信儿来哩！"因将元会镇殷妈妈相托之事说了一遍。

酒鬼道："这道人很有意思。俺闻青城山路甚是难走，并多蛇虎魔怪，恩公等若定走穿山捷径，端须仔细。再者癫道人颇能前知，何妨顺便询询他前途吉凶并道路呢？"逢春大笑道："蛇虎俺便不怕，若说邪魔，全是传闻。即如这周将军刀劈马铁腿，远道传说，谁不以为真有神道呢？"大家听了都笑。于益又谈回所见三槐情形。酒鬼道："今川东西教徒横行，便看马铁腿就是榜样哩！"太息，饭罢各自安歇。次日殷殷送出于益等，感泣而别。

且说逢春诛掉马铁腿，甚是畅快，一路和于益谈笑前进。只见林莽亏蔽，陂陀相属，窄径回互，十分确荦，原来已到青城山麓。极目一望，天似穹庐，果然荒寂非常。于是两人拨草而进。于益笑道："老弟仔细着蛇虎呀！"

一言未尽，忽地嗖嗖嗖腥风暴起，两人忙一闪，却见一尺许小蛇，黑质白章，从背后草头上御风而过，昂起头倒有半尺高。逢春大笑道："这小小长虫，咱家乡也多得很！可笑阮酒鬼说得那等凶实。"正说着，忽见那蛇顷刻间已窜出一里外，忽地身儿一盘，昂首回望。

说时迟，那时快，但听背后哧哧哧，便如条条锦带接连抛过。仔细一看，都是四五丈的大蛇，各色都有，一径地奔赴小蛇前后委积，都弡首盘伏在地。幸亏各蛇飞走甚高，皆从两人头上蹿过，这一来，逢春方觉着慌。于益机灵，赶忙拉他同跃伏道旁坎陷中。便听小蛇怪叫，有如羯鼓，各蛇越发弡首盘蹙。须臾，小蛇飞登一大蛇之首，竟啖其脑。如此啖过三四条，腥风一吹，倏忽不见。逢春失惊道："怪呀！"方要贸然跃出，便见余蛇风也似卷回，条条四散。两人幸在坎陷，没被蛇见。

于是两人逡巡起出，于益道："险得很！那小蛇定是极毒物件。俺看它飞走草头，便知有异。你看许多大蛇，都成了菜物货咧！看来酒鬼之言端须留意。"逢春吐舌道："好歹毒的小东西！那庞然大物倒十分脓包。"于益道："物性相制，岂论大小！"两人叹异一番，依然前进。虽没遇虎，却见林径中虎迹纵横，还间有啮残人骨。两人一路小心，过午时，逢一樵夫，一问进山路口，还有四五十里。

于益道："借问足下，从此到山口可还有村落吗？"樵夫笑指道："怎么没有？您看那一处烟树微微，便是进山口的徐妃村。因当年蜀主孟昶曾携徐淑妃避暑青城山，驻跸山下，遂以名村。村中有好些人家，客官今晚宿那里，且是便当。"说罢，扬长而去。

这里两人走得里把地，于益顿足道："可惜咱没询问癫道人是否在徐妃村。"逢春笑道："反正山口边没有别的村落，那鸟道人定在那里。瓮中捉鳖，跑不掉他！"一路谈笑，日平西时光，已到徐妃村。

沙溪环抱，村舍净洁，都涵在山光暮霭中，便如画图。这时已有三五父老负篱闲谈。于益拱手道："打搅老丈，这里有位癫道人，现居何宫观呢？"其中一老将于益等端详一番，笑道："客人探听他做甚？他现执掌朝天观，外兼茅山道宫，便是龙虎山张真人也输他气概。客官从此沙径西去里把地，便是他云房道院哩。"一老笑道："你这老诙谐鬼，如何打趣客人？"因向于益道，"尊客何事寻他呢？他便居沙径西头草室中。"于益道："没甚紧要，不过他亲串托俺向他致意罢了。"一言未尽，众人相顾大愕。正是：

侠客未曾瞻紫气，村人先已诧黄冠。

欲知后事如何，且听下回分解。

第三回

叩前途喜遇癫师
走深山惊逢长狄

　　且说众父老听于益说罢，都惊道："你两位不消说，定姓杨、于，今早癫道人便佯佯狂狂，满村乱喊道：'俺有远客将临，杨、于二姓，众居士不嫌简慢，给俺陪客去何如？'不想二位真个来访他！"

　　于益等听了，好不诧异，便匆匆别过众人，依所指路径寻去。只见榛莽荒秽，不堪涉足，少时沙径尽，得一小小高阜。四外黄茅丛杂，仅通一径。其中草室三间，东倒西歪，上盖儿七穿八洞，透着天光。却有个绝大椰瓢儿挂在檐头，被风一吹，历历有声。围屋短树上条条幅幅都挂着红布字额，写着些"道法济世"等字样。原来癫道人还善符水治疾，这都是病痊之人称颂谢意，并供薪米，所以道人累月价趺坐不出，并无缺乏。

　　当时逢春一见，只笑得打跌，便道："方才那老儿好挖苦嘴，你看真个像茅山朝天观哩！"于益道："不要胡说！道流中尽多异人，咱且进见为是。"于是两人趋近室，方要推门，只听头顶上大笑道："那里捉不着鳖，俺在这里哩！"

　　两人抬头惊望，却见大树杈上骑定个道士，短发四披，道袍褴褛，游荡两腿，拍手道："殷妈妈端的饶舌，向两君提俺做甚？"说着跳下，拖定逢春，便风车儿似转将起来。逢春膂力非常，要想住脚，竟不能够。直拖转数百周，弄得晕喘欲绝，堪堪不支，只好直声怪叫。于益情知有异，忙长揖谢过，癫道人方咯噔一声站住。再看逢春，业已卧在地下，良久方气续，望了道人，只是发怔。于是道人肃客入室，相与落座，里面石几木榻还有米瓮等类倒也干净。

　　于益致过殷妈妈之意，并问起山中道路怎这样难走。道人道："不打紧，既有路，便须人走，不然不会有路子的，停会子慢慢粗叙。"因望逢春道，"都因你这憨汉，还须破费俺一顶破帽！稍吃虚惊，不打紧的。"两人听了，不解所谓。这时道人却取瓦灯点着，一面取米，就室后棚灶做炊。两人跟去，有所问，他只嘻嘻憨笑，却向于益道："我看你煞好儿的，咱们结个道友如何？无拘无碍，何等快活！不强似你奔波险道去杀人吗？"

正说着，柴草忽尽。道人撮唇一呼，其声高亮，便有一黄色矮猿，额有白毫，跳到道人跟前，拱立听命。道人拍地道："老黄哇，快给我取些枯枝来。今夜有客，你且少坐一霎儿，将山猫野狼都与我撵远些。"黄猿听了，一跃而去，须臾果取到许多枯枝，长啸自去。于益见此光景，恍然自失。不多时道人饭弄熟，大家动手，就室中用罢，便相与倾谈起来。

道人道："你等这一穿山，自然是专走捷僻道径，野兽虽多，你二人都有本领，不足为虑。进山四五日都是坦途，并且有山家可以借宿。切记五日后渡一条大山梁，此地名叫鬼脸峡，过此住宿便须留意。"说罢，取过烧残枯枝，撕片破纸，草草划成四句言辞道：

恶不恶，善不善。借宿莫问僧，入寺莫撞钟。

于益等看罢，瞠目不解。道人道："先机不可预泄，你二人谨记言辞，仔细便了。"说罢，从破箧中寻出顶敝道帽，尘垢不堪，珍重重递给于益道，"此物虽微，却有用处。此去如值危难，便速掷此帽，自然可免。"于益接过，甚是悚然。

逢春却撇嘴一笑，因道："道长与其令人打这闷葫芦，你明明白白说给俺，不得了吗？"道人笑道："天下事都预说来，哪里还有世界？你看世人拼命价往前挣，演成这花花世界，正在不能预知哩！依你意思，便是后世编书的都不答应哉，因为我坏了他文法咧！"

于是大家一笑，于益便问他白教将来，道人默然不答。逢春没得问，便说起来途所见蛇异。道人道："那小蛇名草上飞，以蛇为粮，却不害人，便是山灵所遣，驱管众蛇。凡深山大泽都有灵物，不足为异的。"谈到夜分，道人肃客榻卧，自就败壁下趺坐定息。

唯有逢春偏不安生，睡至半夜，起来小解，暝黑中一脚跨出室，忽见对面丛荟中灯光闪烁。逢春暗道：合该俺不摸黑儿，这定是哪家财主，恨家不起，半夜里便来拾头粪。趱去一看，只听哼的一声，冰飕飕凉风忽起，却是只斑斓大虫。一见逢春，长尾一掉，缩身要扑。逢春喝道："好畜生，难道俺怕你吗？"一言未尽，只见黄猿跳来，向虎额一击，一跃跨上，长啸而去。逢春呆望良久，方稍觉癫道人有些异样，却也不以为意。次晨向于益一说，癫道人道："索居无伴，幸这猿公还不我弃。"两人不敢深问，于是殷殷告辞，便奔山口。趱得里余，一回望，还见道人伫立于树影中。

于益叹道："乍见此人，使人世情顿淡。"逢春笑道："别着魔咧！那么你便和他搭伙计去。"一路谈笑，已到山口。就高处一望，只见层峰复岭，崇厚深邃，好一片博大气象，迤逦环抱，何止方圆数百里。真是岳外名山，神仙窟宅。山口远近，村落高下，都掩映于晴岚旭日中，鸡犬相闻，便似云中飘落。于益笑道："好一片真山真水，可惜咱不会吟诗。"逢春唾道："快莫学酸子勾当，恨不得呕出心肝，只图人说好，反将自己搁在诗外。我想这诗，须待它自来寻人，便如喉中有物，非吐出不可，但取自适，管人说甚好歹？如今被你闹诗，俺且唱两句你听。"说罢，顿足拍手道：

　　　　可恨这山挡我路，乱石纵横碍人足。便当一铲铲开去，等我
过去你再这里住。不然试俺好拳脚，什么五丁俺不配做。

逢春唱罢，哈哈大笑道："俺心里有什么便说什么，这便是诗。你想，铲开这山，咱们何等便当呢！"于益一笑，即便前进。

须臾入山，景象又复不同。说不尽花树禽鸟，形形色色。两人一路上也没暇赏玩，果然四五日中，都有山家可宿。问起前途鬼脸峡，都骇然道："那里特荒僻，俺等虽生长山中，却没去过。便是那山梁左近，豺虎所聚，客官如何出此畏途？"于益等听了，没作理会处。

这日别过山家，趑趄过三四十里崎岖窄径，却忽逢一道沙溪。两人趑趄过，忽见深树中鹿头一昂。逢春赶去，却是两个精壮猎人，手执枪叉，将鹿头向背上一仰，拱手道："客官，前途便是鬼脸峡，去不得咧！俺山中老猎户仅仅到此哩！"逢春笑道："俺正要向那里去！"两人趑趄过，两猎人都相顾诧异。

于益等都不理会，刚走了三四里地，只见身左一座平峦上彩光绚烂。仔细一望，却是一条数丈长的锦蟒，电目血口，正在那里蜿蜒晒鳞。恰好有一群野雉飞过，那蟒口儿一吸，便纷纷投入。

逢春道："这物儿倒会坐吸膏血。于兄快给他一镖！"于益道："啊呀！它这贪口，寻不到咱便是万幸，如何还想拨撩它？"于是趱行一程，身已在万峰之间，窄径盘纡，势如升坂。于益极目一望，已见那山梁势如长虹，横亘天半，下面峡水涌动，声如雷吼，两崖削起，何止千尺，一阵阵云气只在梁下萦回。

于益回头道："老弟仔细，到鬼脸峡咧！"逢春道："不打紧，反正有

354

癫道人破帽哩！好笑于兄不嫌腌臜，竟真个牢牢揣起。依着俺早抛掉咧！"
说罢，掉臂当先，十分踊跃。于是于益相随而进，步步留意。到得山梁一
望，不由也倮倮惴惴。原来那山梁长可一里余，径宽尺余，并且势如鱼
脊，搭着苔滑草茸，好不难走。逢春一脚踏去，险些滑倒。于益忙喊道：
"老弟，不是这样走法！你且学俺走就是。"说罢，命逢春退后，自己先从
容立定，集气良久，然后脚势放稳，一抖精神，施展出飞行功夫，步法轻
妙，便如蜻蜓点水，一气儿刷将过去。逢春喝声彩，也便如法继进。究竟
他身体稍笨，方踏到山梁那头，冷不防足下一蹶，骨碌碌竟随梁坡滚将
去。于益惊忙扶起，幸没伤损，不过额角皮蹭去一片。一望日色，业已过
午，于是两人藉草坐息。

逢春捶腿道："好滑的青苔！若非你这走法，真还累赘了哩。"于益遥
指道："闲话莫提，你看此一去苍苍莽莽，杳无人迹，今夜欲投何处宿
呢？"逢春笑道："可是癫道人说得好咧！凡事不能预知，何必管它呢？且
吃饱肚再说。"于是将出所带干粮，两人就泉水匆匆吃罢。于益道："这晚
半日程途，须紧赶些，好歹寻个宿处是正经。"于是两人站起，匆匆前进。

不想山梁这边荒草愈高，两人赶行，势不能快，逡巡之间，业已日光
将落。一抹残阳烘得各峰尖紫翠交映，十分有趣。两人不暇细玩，登高处
一望，四围静悄，不见人家，那一团暮色业已苍然四起。

于益沉吟道："今晚只好寻崖窟过夜咧。"逢春忽叫道："好咧！你看
前途不是人家吗？"说罢，用手一指。于益望去，果见林径尽处，略浮炊
烟，约莫距足下还有四五里光景。两人大喜，便穿林奔到那里，业已掌灯
时分。方要细寻人家，忽听远处山坳里连连虎吼。两人匆忙中，一看炊烟
浮处却是一所绝大草舍，只那院墙便高似城垣。

逢春道："你看山中老哥们盖屋也别致，有这高大木材，却盖草房
儿。"说着奔到大门，啪啪便叩。只听里面瓮声瓮气地应道："是哪个？"
于益在后，猛闻这响亮语音，竟是耳所未闻，方在诧异。只见砰的声门儿
大启，灯光射处，踅出一丈余高的大汉。头如巴斗，朱发靛面，睁起铜铃
眼，血口一咧，铜牙巉巉，穿一件粗布蓝袍，摇摆出来。手执松燎，俯视
两人，哈哈大笑，回音远震，颇有山鸣谷应之势。逢春大骇，一闪身便要
抽刀。于益机灵，顿想起癫道人所嘱"恶不恶"的话，忙抱拳趋近道：
"俺们是山行觅宿的，有搅尊处，甚是抱愧！"

那汉听了，又复大笑，便道："此间难得客来，既如此，便请屈尊。"
说罢，一拱巨灵手，便来肃客，十分和蔼。于是两人从他肘下踅进。大汉
引客，便入正室，一连五间，十分宽阔，没有桌几，只有厚草叠成的大

榻。四壁悬满獐鹿之类，还有把极大石斧头，颇颇古气。宾主列坐定，逢春自顾己身，不觉杳乎其小。见大汉方相一般，衬着于益干瘦样儿，甚是好笑。

大家方要叙谈，只听大门外娇亮亮地喊道："阿兄，怎的不关门呢？这个花斑子，吃我赶了十来里方才捉住。"说着跳进一个女子，和大汉高大相等，一般的蛾眉蠒首，莲脸桃腮。头绾漆光似古髻，结束劲健，拖着一只水牛似的死虎，扑通声抛在地下。一见于益等，不由大笑，便趄进抚摸两人道："小客人，从哪里来的？"说着眉欢眼笑，单将逢春头脑拨弄，便如亲爱小孩儿一般。

逢春也不作声，偷眼瞧她两乳，暗道：这大喤喤儿，只怕俺也吃得饱哩！逡巡间，大汉致辞道："尊客莫惊，这便是舍妹。俺兄妹因天赋异常骨骼，只得潜居在此。世外日月倒也安然，垦殖猎兽，衣食自足。说起俺来，还是汉人苗裔。先母是山中独脚山姑（即山魈牝者），曾遇一狄姓汉客迷道至此，将来配合，生俺兄妹二人，所以体质特异常伦。先父略通书史，常将许多道理教说俺们。所以俺等也通汉语哩！"

于益等听了，越发诧异，因道："狄兄深居不出，日用诸物怎的得来？"大汉道："山中山魈颇多，他们尽能将钱物和山家交易。俺有所需，都使令他们。因山中有种魔物出扰，他们亏俺等在此镇服，那魔物方不敢四出滋扰，因此他们颇乐为俺用。"于益听了，方要跟问魔物，忽听逢春怪叫起来，忙一看，却是那女抱定逢春，捋开他裤，用一手捻着那话儿，只笑得前仰后合。

大汉喝道："莫要顽皮，有惊尊客！"那女放手跳起道："俺当他们没阿哥那物儿哩，原来一般价有，就是和细虫一般。不消说这个小客，物儿也不大。"说着便奔于益。大汉笑喝道："客都饿咧，还不去整顿虎肉。"那女听了，方笑嘻嘻拖虎而出，一面向逢春道："你莫生气，俺给你煮虎肉吃去。"于益一望逢春，却噘得嘴高高的，不由暗笑这兄妹两个究竟挂些野人气味。这时大汉也趄去整顿食物，逢春趁势道："于兄，咱们快趁空跑他娘的吧。方才那女子捻俺，甚有力量，咱们定然敌不过她。少时困下，她若没人样起来，俺可敌不过她那大家伙。"

于益见逢春倔急之状，十分好笑，便道："你若来不及，便将她推向我，我给你挡头阵如何？"逢春恨道："人这里谈正经的，你却来耍贫嘴！"于益见他真个着急，便道："不打紧，你不记癫道人所说恶不恶吗？他兄妹只是质野，并没恶意。方才那女嬉戏，不过因空谷足音，喜极了偶露天真，依我看并无淫邪之意哩。"

逢春还要分说，那兄妹已用大木盘热腾腾端进虎肉，方彧大脔，便如小山一般。外有一大缶新炊黄粱饭，香喷喷且是可口。于益等入山以来，等闲还不知肉味，当时大悦，便主客杂坐，狼吞虎咽。那女子偏拣精肥肉块给逢春布过。闹得逢春又有些心头怙惙。须臾饭罢，谈过数语，各自就息。只好大家同登大榻。兄妹敬客，便卧向榻脚，却是大汉靠壁。

于益好不促狭，冷不防早向榻头靠壁一歪，单闪出中间儿来。逢春没奈何，只得靠于益卧下。这时女子收拾门户毕，月光照窗，十分明了。但见她缩髻解衣，一阵脱光，白晶晶便似个绝大玉人。坐在榻沿，一面引长巾拭抹腿弯股里，一面望月沉吟，嫣然自笑，便手抚紧笃笃玉乳，回望逢春。逢春着忙，暗一肘于益，却又睡着。正在着急，那女子也便仰卧就榻，一团肌暖，早火炉似烘将过来。逢春哪里敢转动，只将屁股挤向于益，且喜女子帖然便睡，方才心下少安。

哪知于益并没敢便睡，见逢春来挤，只好偷眼静观，见没动静，方才入梦，却也不敢十分酣睡，夜深时分，依稀闻逢春嘟念"丧气"，疲困中也没理会。次晨大家起来，于益将出谢金。大汉笑道："俺山中以物交易，无须此物，既蒙见惠，且留此当件玩物。尊客从此去二百来里，须过得蝎尾峪方有人家，所需食物，倒须携些去。"说罢，取出四束干脯，给两人装入行囊。兄妹依依送出，眼看两人趄入深径，方才转来。

这里两人且行且谈。于益道："你看如何？这兄妹二人殷殷款客，端的是'恶不恶'哩！但不知'善不善'却是怎解？"逢春道："咱这一去，不遇人就罢，倘遇着什么和气老头儿、菩萨似的老太婆，只给他个白不理就得咧。"于益道："只好如此！反正多加小心就是。"因笑道，"如今你可放心咧！俺说那女子非淫邪一路，准没岔儿，倒累你偎着腔，挤俺一夜。但你睡梦中嘟念'丧气'怎的？"

逢春听了，哈哈一笑，便道："别提咧！俺睡到半夜，猛醒来一睁眼，只见那女子肥白屁股差不多要挨向俺脸。原来她不知多早晚又颠倒头向榻里睡咧。"于益听了，不由也笑。一路行去，但见长林深菁、兽迹交错。往往坡垞下也有野烧痕迹，知是大队猎人方敢到此。

这日行了百余里，果然没逢人家，日色既暮，恰好寻着一所崖窟。窟外丛荆交映，倒也严密，料是獾狸等所遗宅窟。两人没奈何，进去倚背而坐，幸里面还不霉湿。各匆匆用罢食物，按刀盹睡。只听窟外夜风暴起，吹得林籁寥寥萧萧，夹着禽啼兽吼，远远徐闻。入夜稍深，竟有些寒冷起来。逢春睡不稳，将于益一靠道："啊呀，好冷！俺如今倒想那女子偎着俺，真似火炉般暖哩。"于益笑道："世人都想那等暖法，却不知暖得过

357

火，自己就要冰冷。"于是两人索性揉揉眼，闲谈几句。

这时皓月照彻空山，一痕痕清辉从棘隙透入，筛满衣襟。逢春无意中向外一望，只见两个小人，长可尺余，联臂蠕蠕，从远坡上徐行而来，到得窟畔，仰首望月，一人叹道："今夜大好月，颇似去年在阿紫家玩月光景。"一人道："快莫提咧！那夜称得起煞风景！俺刚吟得一首诗，却被那魔物撞来，竟捉阿紫夹生便吃。俺至今想起阿紫婉转哀啼的样儿，还心痛哩。"

一人道："阿紫伤人甚多，吸得膏髓饱饱的，不料却被那魔物一口吞掉（古来贪吏，黩货殒身，正复此类）。但阿紫是你老相好，焉得不为痛心？而今有狄大汉镇住魔物，不敢游行，咱们可以放心玩月了。真个的，你那首歪诗还记得吗？且吟来俺听听。"

那一人便得意唱道："壶干君莫沽，酒罢我当发。尘世多嚣纷，还山弄明月。"

一人听了，大笑道："你这醉猫，开口不离酒，莫被人捉住，当猩猩去送礼！"那一人笑道："人生当着几两屐？但得酒趣，何惜性命！"逢春大诧，忙一肘于益，便要掩捉。

正这当儿，唰啦啦树叶乱飞，两小人嘤咛一声，跃上高树之顶，穿枝过梗，直没于长林中，倏忽不见。逢春望得只叫奇怪。于益道："此不足异！俺听老辈们说过，黔蜀深山中往往有这些物儿，介乎人兽之间，比猩猩还警慧百倍。其类颇繁，居处深密，人莫能窥。他一般会耕织，制得器皿等物，且是精致。善入人家取食物，却估所值，留物交易。因此人都喜他，相安无事。他名叫木客，好酒好诗。古人说得好：'山中木客解吟诗。'便说的是他们了。

"相传古时有代暴主，遣许多巧匠入山，伐取异常木材盖造宫苑，大木既不可得，众巧匠惧诛，便如徐福泛海一般，一去不还。后来苗裔世处深山，便渐渐化为木客哩。"逢春听得甚是有趣，便道："咱既遇着极大的人，今又遇着极小的人，若平匀起来，岂不甚妙？"于益道："鹏鷃相忘，各适其适，何必强齐呢？"两人谈倦，安睡至晓。

次日前进，那路径越发崎岖。逢春恨道："可恨这山耽延道儿，这当儿俺大哥杀贼，不知何等快活？俺只不服冷田禄倒走在咱头里！倘被他杀尽贼人，才晦气哩！"于益笑道："没这等爽快事！俺不愁冷老弟杀净贱人，却愁他因有功横添骄性。"

两人且谈且走，过午时分，爬过两层巨岭，极目一望，乱峰合沓，却是地势稍觉平敞。两人拨莽前进，气息稍舒，便掏泉润润渴喉。歇息间，用过粮脯，只听雷声轰转，起于深谷，抬头一望，日色如故。

358

逢春笑道："无云而雷，倒也别致。"于益惊道："怕不是雷哩！"因拉逢春临谷边仔细一望，却有一头苍白色老熊，长毛四披，正弯倒腰，就石堆边搬掷石块，寻食虫豸。斗大的石直抛如弹丸。逢春悄说道："于兄快发一镖！"于益拉转逢春，方说道："难道咱迢迢远道来当猎人吗？且留着气力杀贼吧。"一言未尽，只听轰隆隆一声响，便似天崩地塌，两人大惊。正是：

石转空山惊猛兽，客临深谷诧奇观。

欲知后事如何，且听下回分解。

第四回

诛夜叉双侠出险地
会赤霞吴逆得妖雌

　　且说于益等听得一声响亮，赶忙向深草中一伏。便见老熊一跃出谷，擎着块山蚁团子，后面有两头小熊，跳钻钻争来抢食。老熊故意引逗良久，方大步如飞跑去。于益等重新临谷一看，却是那极大石堆被熊掀倒。逢春道："看此光景，这山路野兽越多了。今晚再窟宿，须当仔细哩！"于益道："正是。"于是紧紧结束，依然前进。

　　日平西时，却趄入一弯山环中。西面山缺处，从烟树苍茫中却隐隐似露一塔尖。向道左稍近处一看，竟隐约见废院基址。逢春诧异道："难道山缺处有庙院吗？你看此间又有废房基，定是从前有山家聚落哩。"于益道："不必管他，好在咱正走山缺处，倘有寺观，倒免得今夜窟宿哩。"两人说着，迤逦奔到那里，业已日暮，果然是座古庙。墙垣都塌，破败不堪，唯有颓剩的间半正殿突兀犹存，那荒草几乎没膝。两人看此光景，知没住持，便逡巡趄入后院。只见钟楼并皆摧颓，藏经阁居然还有。阁下行径，却光滑滑地绕向阁后，不由一惊。原来许多白皑皑的残骨，也不辨是人是兽。

　　逢春道："这所在好不颓气。"于益道："你看阁下层倒可住，总强似窟穴哩。"于是两人趄入阁下，席地而坐。阁门是没得咧，两人还未解装，不想阁梁上还有山雀栖巢。见人进来，扑啦啦一阵惊飞出，便奔钟楼。更有一雀屙下些白粪，不偏不倚，正点在逢春额角。逢春怒起，随手抓一石块，打向群雀，只听嗡一声，却打在悬钟上。

　　于益一听，猛然有触，急喊道："入寺莫撞钟！"一言方尽，便听身后窸窣有声。两人忙站起回望，却是个肥大和尚，笑眯眯弥勒佛一般，从阁上循破梯徐行而下，一面两手向人做招式，一面喉中呼噜，便如猫儿念睡经似的。只看那一张笑脸，好不慈善可爱。于是于益向逢春一使眼色，拔步到院。那和尚跟出，笑吟吟只是招手。于益暗道：莫非此庙真有主持？

且看他怎样再讲。于是立定抱拳道："俺等是过路客人，既经宝刹，便求一宿。"

和尚听了，通似不懂，只越发笑不可抑。暮色中看他面宠儿，白得没些血气，衬着碧磷磷两只怪眼，且是怕人。逢春唾道："咱快去吧！可是癫道人说得好，借宿莫问僧，理这秃厮做甚？"刚要转步，那和尚已踅近前，冷不防先揣捏于益一把，即便丢开，却捻住逢春一手，越发甜笑。顷刻间口流馋涎，舌齿间噂沓有声。说时迟，那时快，忽地据住逢春两肩，磔磔大笑，大嘴一张，势将夹项便咬。

这时逢春只觉如束铁箍，方待挣脱。于益大怒，拔出刀向和尚后背便剁。只听铮的一声，火光四射。那和尚扑地怪吼，一跃两丈高，暴风起处，哪里还有什么和尚？却是一个丈余长的大夜叉！赤发蓝面，电目血口，浑身青疙瘩怪肉，爪似钢钩，腾踔如雷，向于益当头便扑。

好于益！更不躲闪，趁势猛进，挺朴刀直刺其腹。但听铿的声，如中石缶。连忙用个滚盘珠式，从他胯下贴地趋过，却趁势刀锋上戳，正中他臀阴之间。哪知夜叉皮肤如铁，毫不理会，只被挑得一颠顿，两手据地。这时逢春早大喝挥刀而上，就他臀背间啪啪啪一阵乱剁。

夜叉大怒，猛地翻转身，旋风似抢来。逢春凑手不迭，朴刀刚一摆，却被他巨爪抓住，只轻轻一掣，人倒刀落。于益大惊，便用个五丁开山式，双手抡刀，一跃两丈余，从夜叉当头直劈下来，满望这一下定能成功，哪知夜叉头皮上火星乱爆，只如没事。于是逢春赤手急进，和夜叉三两个转身。于益朴刀早又从后劈了两下，虽每斫必着，无奈不能伤他，倒撩得夜叉气吼如雷，竭力猛逼。两人只恃耸跃灵便，相持良久，看看不支。

这时夜叉箕张两臂，已将逢春扑到坏墙根。逢春叫声不好，忙用个旱地拔葱式，一耸登墙。哪知墙朽已久，双足方落，早哗啦声随坏砖落将下来。夜叉吼一声，奋爪一扑，已将逢春倒提将起。这时于益惊急中忽想起癫道人破帽，便大喝道："着家伙吧！"说着掏出帽，刚要力掷，只轰隆隆一声响亮，赛如霹雳，眼前金光一炫，那顶帽却脱手飞出。仔细一看，却是柄寸余长的小金剑，奇彩横溢，但见满庙院都是金光。那剑略一夭矫，直注夜叉。于益略一眨眼，便见夜叉大吼而倒，剑光嘶然飞向来路而去。逢春扑哧声跌在地下，跳起来只是发怔。

两人惊定，一看夜叉额下有一小孔，紫血如注，早死停当咧。逢春叫道："好凶物件！原来癫道人真有道理，如何破帽便化为飞剑咧？"于益听了，通不搭腔，只是发愣。逢春道："难道你还有余惊吗？"于益叹道：

"俺见癫道人如此剑术，不觉如有所失。咱们所能真如儿戏了！人家这剑气合一，方是剑术极诣，仙侠同途，真真可羡。俺若能学得它，便一生愿足，任他天大功业也浮云视之了。"逢春笑道："你又着魔咧！当年咱葛先生一定也有如此本领，可见世间异人正多哩。"两人诧叹一番，草草歇睡。次日登程，还恍惚如梦，又走了三两日，方出山界。便一路询途，扑奔雷门崖。这且慢表。

如今且说吴半生，以一奸民，挑起掀天风浪，自围攻永绥之后，各处布置，十分得手，不消说意气扬扬，连石三保叔侄，都有些瞧不在眼。当时掠来子女不可胜计。半生这时只愁精神有限，美色无穷，未免和石姑姑有点儿情疏意倦。好在石姑姑亦复尔尔，面首外宠，任意欢娱。因此两下里还能相安。这时半生新得两个美人，一名楚楚，生得娇媚非常；一名莲姐儿，貌仅中姿，却白腻得十分媚气，是个大家的妖婢，年已三十来岁。半生一与之接，险些魂消骨化。原来此女擅长内视房术，枕席之间，另有奇趣。当时半生喜极，连夜价拥卧不出。群雌粥粥，未免互相传述。石姑知得，也没在意。

一日军事暇，石姑和半生在密帐中置酒款谈。酒至半酣，石姑笑道："那莲姐儿呢？俺闻她会许多浪法儿，到底是怎样个美人儿，快叫来比看看！"半生遮掩不得，只得命莲姐儿进见。须臾香风飘处，莲姐儿扭将进来，向石姑插烛似磕下头去。石姑命起，仔细一看，果然眉目妖媚，白腻得十分可人。石姑自揣比自己还差得多，半生喜她，一定是那话儿与人不同了。沉吟之间，不由眉黛生春，便含笑拉她坐定。一看半生，喜得眼都没缝，连举大杯。

莲姐乍见这只胭脂虎，未免惴惴低头。石姑笑拍她肩道："不必害怕！今天咱都没避讳，且快叙叙。"说着星眸一瞟半生道，"你还有硬根哩，怕什么了！"半生笑道："俺诸事都靠娘子，哪里敢硬？"石姑失口道："只要商议起正事来，你可会软哩！"原来近日半生颇颇横恣，所以石姑冲口而出，却登时自觉失言，便笑着掩饰道："停会子你真个不硬，方算本事。"

半生只好趁势献殷勤，便走拢来勾定石姑香肩，笑道："理这村妇人做甚？你我且亲热吃酒。"石姑不由眼儿一乜，撇嘴一笑，于是两下心头都自啾唧。恰好莲姐伶俐，忙与石姑斟上一杯，就要站起。石姑倚醉道："难道只许他亲你？俺也快活一霎儿！"说着竟将莲姐抱置膝头，结实实亲了个嘴儿，两张嫩脸合在一处，只咂得啧啧山响。半生见了，不由大笑，于是大家欢洽。

饮过两杯，莲姐挣着脱身。石姑偏抱着不放，便笑道："你究竟会什

362

么妙法儿，弄得人魂都丢掉？快教给俺是正经。"莲姐一听，只羞得脸儿飞红。半生笑道："那是马上学不来的，你若愿听，俺且说与你大概。"因如此这般一说衽席状态。石姑这时已红馥馥脸儿，便唾道："不相干！你只说你的快活猴相儿怎的？俺只问她这一边怎样法儿。"说着一瞟，女侍都含笑退出。

半生见惯石姑姑放荡之态，倒不理会。只有莲姐儿，羞得什么似的，樱口翕张，只是说不出，娇眸一转，早瞟到半生面上，无限春态简直地形容不出。石姑见了，越发心荡，便将耳朵凑向莲姐嘴边。莲姐会意，没奈何喊喳良久。但见石姑饧着星眼，红霞簇颊，笑道："便是这等吗？仔细着，你若说谎，俺却不依。"于是婷婷站起，便掩帐幕。半生笑道："等晚上试演如何？"石姑笑道："俺看你敢拗着俺。"于是一阵脱光就帐。那半生趁醉，也便高兴，顷刻间趋进服侍。这个当儿，石姑自然是学步邯郸，加意描摹。便是半生也想急欲求工，以媚石姑。

无奈石姑是末学新进，虽天姿甚高，总不如莲姑老手儿，有驾轻就熟之妙。当时两人心摹体追，颠倒良久。石姑正在不甚如意，不想半生道："且命莲姑上场，你留心去体会，自然也能学得会咧。"石姑赌气子，真个下榻。莲姑继进，两人这一来，却与先时大不相同，真个是功力悉敌咧。石姑见此光景，且妒且恨，方要拖下半生和他理论。

哪知半生吃紧当儿，见石姑横来插手，登时老大不悦，便道："娘子莫胡闹！你在别寨中许多欢娱事，俺从来没讨厌去。"石姑气极反笑道："今天俺偏大大讨场厌！"说着推下半生，拎起莲姐一只腿，向榻下只一抢，只听嘭的声，莲姐头额正中帐柱，长号一声，金莲蹬了蹬，就此交待。

半生惊怒道："这是怎样？"一面穿衣当儿，却见石姑趋抚莲姐尸身，自恨道："这是怎么说？俺想扯下她来，也没用力气，却偏巧撞煞。"因向半生道，"你且恕俺酒后失手，慢慢再选美娘儿补她缺儿吧。咳！这是怎么说呢？"半生听了，只好干瞪眼，伸伸脖儿，咽下这口气，满脸生痛地笑道："不怨娘子气力猛，还怨她脑袋生得脆。小事一段，不必介意！"口虽如此说，只是看了这心坎上人僵卧血泊，甚不舒气。

正这当儿，恰好外报凌鲤到来，于是半生趁势跟出，就此揭过。一连三两日，两下心头却是啾唧，却因战事方殷，也便丢开。凌鲤既来，半生越发气壮。一日，石姑欲请三保来协力攻城。半生良久没搭腔，只微笑他顾道："他老人家坐镇山中，脱不得身，便是来了，也未见便能成功哩。"说罢，一腆脸，竟自起出。石姑见了，未免不平。但这当儿正恃半生分头布置，石柳邓处，时时来使，商议兵事，更兼柳邓所遣的赤霞关守将为苗人峒主女苗乌苏拉，虽勇猛非常，于布置拒守上，未免须请教半生，于是乌苏拉也时遣人来，催半生赴关筹划一切。半生通忙得没入脚处。石姑见此光景，又未免心服他。

一日合当犯口角，便因久攻不下，石姑定计掘下地雷。凌鲤一听，倒踊跃称善。半生这时，正低头沉吟，负着手阔步大踱，大笑道："这种计策，休说是瞒雷扬，便连孔铨也恐瞒不过。快莫胡闹咧！还是一面力攻，一面等俺从赤霞关回头。那里如不甚忙，俺便约得乌苏拉来，且助功这里，倒是好计。"说得高兴，便拍手道，"你等可知乌苏拉，既美且勇，好个人儿哩！"因向石姑道："若得人家来，不强似你那日说去请令叔吗？"

原来半生因乌苏拉屡屡促赴关，已将于明日赴关哩。石姑听了，不由蛾眉微竖，冷笑道："不消说咧，一言抄百总，俺石家人都是废物！乌苏拉难道便有三头六臂？莫非仗着长得俊，将守城敌人都看酥软，无力拒守吗？俺的计策虽不高，倒有一招儿。你巴巴地弄个骚货儿来，难道便十拿九稳、马到成功吗？"半生道："噫！这是兵事机宜，娘子如何儿戏逞嘴？"石姑道："什么逞嘴？俺定要用俺计策！你大驾便请赴关，寻既美且勇的好角色去，俺自和凌老弟料理行事。"半生顿足道："空白损人，这是何苦？"

凌鲤见两人斗口，连忙解劝开，各自乌眼鸡似的互瞧一会儿。究竟半生能忍气，便道："娘子如定用此计，切须当心，但愿计成才好。"因将凌鲤谆谆嘱咐，次日便匆匆登程。哪知果如所料，途中第二日，飞探追来，便报到地雷计败，并凌鲤受伤警闻。半生听了，只好扼腕不已，暗忖道：石姑姑骄性如此，端的怎好？因赴关方急，便暂置此事，俟会过乌苏拉，再作区处，于是率领二百健苗，昼夜兼行。

半生马上顾盼，凡所经稍险隘可藏兵处都为留意。但觉一路地势逐渐而高，不由暗叹道：这赤霞关真是两山中枢、建瓴之势，通两下气脉，一切接应，都须这里。不知乌苏拉可能据扼得来？只不要像石姑姑骄性方好。俺还是通好龙母山时，和她一面，那俏庞儿委实可爱，如今想越发丰艳了。一路胡忖，匆匆行去。这日行抵赤霞关五里之遥，半生驻马，抬头一望，好一派峥嵘气势。但见：

层峰隐雾，拔地千寻，复岭藏云，凌空百尺。杈丫树势，总带些剑戟锋芒；峻削石锋，竟浑似虎狮蹲伏。悬空窄径，有时隐约挂林端；倚险汛房，无不错落据道口。悠悠旌旆，定知其下是

雄关；咽咽鼓箛，便觉此中有兵气。正是：建标名得不虚传，当
关势雄谁与竞。

半生看罢，连连喝彩。正这当儿，忽听山口铜鼓喧喧，须臾一队步卒
迎来。当头一个精悍苗目，见半生叉臂道："乌峒主特遣俺来，敬为前
驱。"于是旋踵导引，直入山口。两旁汛房高下棋布，又经过一所坚大碉
楼，平阔山道方直达关前。半生遥望那关，正当隘径，四山环抱，突兀青
冥，雉堞迤逦，有如半瓮之势。左右一望，半生不由喝彩。原来左有一
峰，锐拔如植剑，迤右却是座雄浑平峦，其象如鼓，正合成剑鼓之势。这
时，关前早已骨笛吹动，须臾铜鼓喧阗，关门大开。

苗目道："俺家乌峒主亲来迎接哩。"便见绣旗翻处，分两翼拥出一队
女苗。一个个长大姣好，结束整齐，各抱长刀，就关前左右站定。便似一
群天魔妖女，好不风流英俊。原来这留人峒，女多男少，并且女的个个美
丽，那乌苏拉更是特出尤物哩。当时半生驻马之间，便见队后两女苗控定
一骑胭脂马，如飞走来。马上那人蛮髻劲装，白嫩嫩一张面孔，真赛如搓
酥滴粉，眉长带秀，目威含媚，梨辅樱唇间，堆满风骚，若比起石姑姑
来，柔曼之态似乎还胜一筹。但见她纤腰一摆，抖辔迎上，嫣然道："吴
寨主别来无恙？端的令人盼望煞哩！"

半生细望，正是乌苏拉，真个比初会她时丰艳许多，不由心头噼噗一
跳，便骤马迎去，方要答话，只听众女苗齐齐一声喊，接着关上众卒齐
应，又有一队人抢将出来，便奔半生。半生大惊。正是：

　　　大姚方看肆雄略，赤霞今又拜雌风。

欲知后事如何，且听下回分解。

第五回

额经略雷门据胜
乌苏拉午夜偷营

　　且说吴半生猛听女苗呐喊，便如娇鸟和鸣，正在心头痒习习的，便见关卒接喊，拥出数十健苗，拥定两乘亮舆样儿的坐具，一齐伺候关前。这时乌苏拉业已翩然下马。半生赶忙也跳下道："怎还劳乌峒主自来迎俺？俺久欲谒候，却因敝寨事繁，所以来迟。"乌苏拉咯咯笑道："别是石姑姑牵住您吧！俺女人家当此重任，盼望您来区处一切，真急得人蚰蜒似的哩。"半生含笑谦逊，和乌苏拉步赴关前，众女苗都含笑呆望。

　　这时坐具早已昇向前来。半生笑道："不须此物，倒是步行舒适。"乌苏拉道："您倒和俺对劲儿，俺虽女人家，也不耐坐这物儿。"说着，和半生并肩而进。众女苗整队，将尾做首，即便先驱。这当儿半生香泽微闻，好不写意，便一路顾盼形势，略略询问。乌苏拉款款答语，却笑道："俺空领许多人，都打成瞎疙瘩，通弄不清怎样布置，今您一来，俺便似有了主心骨儿似的。况且探得额经略不久便到，所以俺十分着急，连遣人去请您。有一天忙得俺只觉肚胀，后来方悟是一天通没暇撒尿。您说不可怜吗？今无论怎样，您须帮着俺干。倘过天您吵着走，俺却一百个不依哩。"说着咬定香唇，俊眼一睐。

　　半生陡觉心头奇快，便趁势携她手道："俺岂不欲久在这里？但……"乌苏拉笑道："但什么？"说着一掣手。半生哪里肯放，反更捏得紧紧的，双双前进。须臾到大寨，就帐落座，两下里各询两边情形。半生道："不须忙，明日俺且同览地势，再作区处。"乌苏拉大悦，当日便大设酒馔，宴半生并犒随卒，大吹大擂，闹至晚方各安歇。

　　这夜半生不知怎的辗转不寐，却不因兵事萦心，倒无端将石姑姑、乌苏拉两人比说起来，弄得无餍淫心摇摇无主。究竟石姑姑滋味半生是餍饫惯的，自然觉这没品尝过的异味不定怎样甘鲜可口。那乌苏拉不消说，便在半生心头多打两个转儿。哪知乌苏拉一夜价春梦颠倒，亦复如是。却是乌苏拉想结好半生，是倚恃他之意居多，因苗人峒美男甚多，半生容貌，她更不甚理会。

次日两人见了，还未开口，不由先相视一笑，匆匆饭罢，便并辔而出。先就关前后巡视一过，只见乌苏拉所布守卒倒也罢了，间有疏略处，半生一一指点。乌苏拉连连称善，又回眸笑道："俺也觉不甚妥当，就是想不出所以然来，今您一说明，俺登时了然，可见是棋争一步。"

须臾趱到近寨后一处，只见一面峭壁，镜面似凌空拔起，上面一线鸟道，不堪驻足。却有株大松树，柯叶茂密，耸然干霄，长风一吹，涛声涌动。半生见了，若有所思，便道："此处也是要地哩。"乌苏拉道："不打紧！这里名独树崖，崖上窄峭之至，人不能到的，所以此间没设汛房。"半生道："敌人出险，窥伺寨后，不可不防。"乌苏拉笑道："那敌人除非有猿猱本领！您既如此说，便等消停添设汛房。"两人且说且行，少时趱至寨前。半生细看那座坚大碉楼，正是寨前屏蔽。楼前面长圩高筑，式如城垣，虽是半规形，却紧接左右山势。这里汛卒甚多，刀弩森列，倒守备得甚是严密。

半生喝彩道："原来乌峒主甚能布置，佩服！佩服！"乌苏拉眼波一转，笑道："俺可晓得什么？只您早晚见了石姑姑，莫笑话俺就得咧。"半生默察她婉娈之态，却与石姑倔强大不相同，不觉失口道："石姑若像你能听人话，便好咧。"于是迤逦行去。半生每有指示，乌苏拉莫不欣然，半生大悦。

这时山光四映，衬着乌苏拉入画丰姿，偏巧穿一件孔雀翠织的披衣，越显得奇丽无匹。于是两人一面款谈，同登高阜。半生纵目四望，大笑道："好所在！真能制胜，将来两山得手，此处便可为根本营地，进可以战，退可以守。不消说非乌峒主不胜此任了。"乌苏拉大喜，只微微含笑。

正这当儿，半生忽见迤北一处树木郁郁，气象雄阔，并且白茫茫一派水光，远浮林表。半生惊道："这是哪里？此处颇可驻队，增本关策应之势。"乌苏拉拍手道："还是您见解高，俺就疏略咧。那所在名雷门崖，依林背河，十分宽敞哩。"半生道："此处急宜驻队，莫使敌人先占。和那独树崖都须仔细的。"乌苏拉连连应诺，便笑道："那鸟经略兵到还没消息，咱有的是时光，自能措置裕如哩。"

这时，女侍便就软草上铺下毡毯，两人对坐歇息，一面笑语。半生默赏娇姿，甚是欣然。哪知乌苏拉正有意笼络半生，不消说谈笑之间暗逗情愫。恰巧女侍等都远远散步去了，半生便笑道："怪不得贵峒号为留人，像您这般丰姿，人来了哪里肯转去呀！"

乌苏拉凝视半晌，却笑道："您既不愿去，再好没有，俺这里有的是峒中苗女，便挑选几个伴您如何？"半生摇头道："俺志不在此！还是您……"正说着，侍女趑近。乌苏拉一瞟眼光，他顾而笑。半生情知入港，大笑而起，便居然携了乌苏拉，双双归寨。

　　当晚乌苏拉深帐置酒，款宴半生，又命苗女歌舞尽致。饮至半酣，两人情不自禁，便携手登榻。新欢乍结，其乐可知。只一夜已将半生给拴牢咧。次日两人欢宴越发款洽，自不消说。一连几日，竟没暇布置正事。

　　一日半生方想料理，恰好探子飞报永绥战事，并石三保亲出攻城、石姑姑去援长水等事。半生正没作理会处，接着探子又报石柳邓那里围攻三城，毕竟还不得手。半生焦躁中一想，趁此间额经略大兵未到，还须转去，急下永绥，以拯长水之危为是，于是和乌苏拉一说。

　　乌苏拉听了半晌不语，忽地秋波萦转，长叹道："您只管去就是。石姑姑那里打紧，俺算什么？您这一趟来，劳驾得很，只当来玩个票如何？"说着娇躯一扭，背过脸伏在旁几上。半生但见云鬟微动，饮泣有声。这一来，半生如何当得？忙趑近抚慰，良久方罢，便忙忙商议拨队去占雷门崖。

　　正这当儿，只见流星探子飞报道："额经略已由中途分遣两军，杀向大姚、龙母，自提大军，杀向这里。"半生正斟起一杯茶，想递到乌苏拉香吻，当时闻报一惊，当啷声茶杯落地。乌苏拉也顾不得装妲己咧，忙跳起诧异道："怎的专探额经略大军消息的两个探子通没来报，倒是这游探报将来？"

　　半生不暇答语，忙唤进探子，却是来往永、绥一路的游探，道："小人从永绥来，奔至半途，便逢额经略所遣之军。领兵之将姓杨名遇春，甚是了得。向龙母去的一般，那主将叫长龄。都是昼夜兼行，只怕这时，杨遇春兵到永绥，都未可知。"半生失惊道："这杨遇春可是生得方面大耳，黑黪黪脸膛，咳唾之间，声若洪钟吗？"

　　探子道："正是！小人探得此人是武举出身，新近投军，仅有个千总职分。"半生沉吟道："你探得可曾确实？此人新进位卑，何能率众呢？"探子道："闻此人系经略特为拔擢，所以竟替德楞太前去领兵。"半生顿足道："好杨遇春！早晚叫你死在俺手。"说罢，挥退探子。

　　乌苏拉听得纳闷，便道："莫非你素知杨遇春这人吗？"半生恨道："若非此人，姓额的早就了账咧。俺是听俺好友王树风从北京逃回时说过的。"因将树风刺额经略之事一说，又叹道："可惜王树风自那时别俺走后，一总儿没有信息，大约又在川陕一带和他教主王三槐厮混哩，所以我早就去信招他。此人若在咱这里，也是个大大臂助。"乌苏拉道："原来树

368

风也有法术能为，但不知比你如何？"半生道："各有各派，却是他一身武功委实不错哩。今闲话休提，快去占雷门崖要紧。"乌苏拉头儿一扭，却笑道："你不是一心价要回永绥吗？"半生道："不须说咧。"

两人正要点拨头目，忽闻寨前一阵喧动，即有一卒飞步入报道："敌人大军已到雷门崖，咱这里先发的两探都被敌人捉杀。后发一探，幸逃来飞报。"半生大惊，顾不得细询后探，便和乌苏拉驰赴关前。纵目一望，果见雷门崖尘头涨天，绵亘数里，一阵阵笳鼓之声随风飘落。少时转静，浮埃豁然，只见树影河光中登时如蜃气吹成一般，忽现出一座营垒，旌旆隐隐，好不威严。

半生瞪目道："不料姓额的用兵如此神速。可惜咱失掉此崖，须费手脚。"乌苏拉道："这不打紧，今夜咱趁他远来疲乏，便去斫营。先给他个下马威，再作区处。"半生沉吟道："你看这营寨扎得四面拱卫，呼吸一气，甚是得法，额某能用兵，于此可见。要去斫营，怕不易入哩。"乌苏拉愤然道："你莫长他人威风，等我去搅他个稀糊脑儿烂！便是明天交锋对阵，敌人锐气，也减却好些哩。"正在指点，那一片残阳已淡淡地西挫下去。于是两人回寨，先吩咐各头目加意警备。

夜交二鼓，乌苏拉全身结束，穿一套纯青短铠，腰佩双剑，笑吟吟向半生道："你但看号火飞起，便是俺已得手，且准备庆功酒，大家痛饮何如？"半生见她兴致冲冲，不便拦阻，便道："此一去却须仔细，如喊斫当儿，敌人坚卧不动，便须急退，切不可贪功败事。"乌苏拉笑道："好碎嘴儿！难道俺是小孩儿，便没深没浅吗？难为石姑姑怎么和你混来。"说罢趋出，领了大队健苗，昏黑中悄悄而去。

这里半生甚是怡惚，只得一面巡视寨众，一面徘徊探望火号。哪知等了一个更次，通没消息，却隐隐听敌营前呐喊，少时便静，须臾一声喊，更加厉害，却如春潮般起得快，落得也急。半生暗惊道：不成功咧！这定是主将镇定，仓促不惊。倘乌苏拉不知进退，或有失闪，如何是好？想罢，急忙结束，吩咐寨前头目仔细看守，便领了一队苗卒杀出关来。

刚滔滔趱至半路，只见对面火燎一闪，一彪军如飞而至，当头一骑，正是乌苏拉。一见半生，大笑道："那乌经略果然是老手儿，俺那般左右冲斫，他只是不理，少时到寨细说吧。"于是合兵一处，匆匆趱转。乌苏拉先检点队卒，倒折损了百十来人，还有些被强弩火枪伤的，也次第呻吟颠将来，自有医药处扶去调理。

检点已毕，业已五更初报。半生便携乌苏拉同归卧帐，不由笑拍她肩道："你看如何？俺说是敌营不易斫入，你偏要去，别的不打紧，倒耽搁咱许多好觉儿。"乌苏拉干笑道:"别提咧,俺明日定须杀他个快活。俺就不信他缩头不出。"说着揽住半生道:"俺就服你怎也有老牛拉车那股子稳当劲儿呢。"半生趁势和她并肩而坐,随手给她捱捱鬓角,还有点儿汗津津的,便道:"真个你费了力气咧。到底到敌营是怎生光景呢?"

乌苏拉怏怏道:"俺到得那里,便分队为三,一声号,齐齐进斫。只见护营兵士通似木人儿一般,眼看看杀到跟前,他寸步不移,竟有两人中枪而倒。登时便有人趋补其位,一例地鸟枪排轰,竭力抵御。更奇的是喝号之外,绝不哗嚣,昏黑中也不出队纵击。相持良久,竟奈何他不得。于是俺又分一队去攻营后。不想那里越发严整,百忙中枪弩如雨,只不见一人乱走。所以俺喊斫两次,归根儿没法踹入。"

半生拍膝道:"你不晓得为将之道端须镇静。古人说得好:'疾雷起于前而不惊,泰山陨于侧而不视。'额某用兵如此,真正可虑。不知永绥那里此刻是何光景?大约杨遇春也不是什么善荏儿。俺急切间又不得去,怎样好呢?"乌苏拉嘴儿一撇,微笑道:"哟!又想起她来咧?难道石柳邓那里和你不是一起儿事吗,你怎的不念诵呢?"说着咬咬牙儿,恶狠狠一指,戳向半生。

这当儿烛影光中,香鬟微蝉,好一段旖旎风光。于是半生大笑,便和她携手登榻,解衣就枕。听听寨前后,兀自铃柝相应。这时半生思潮起落,一会儿忖度这里劲敌当前,一会儿思量永绥久攻不下,今杨遇春又领兵前往,不知三保等可能支持,一会儿又想起石柳邓处,既敌人长龄率兵赴战,如何不赶紧来报近日情形呢?一时心如乱丝,竟闹得两眼怔怔,上视屋梁,虽娇滴滴美人在抱,竟忘却拨云撩雨。

哪知乌苏拉一寸芳心也自有所思。第一思忖的便是明日决胜,方显得自己能为,不但压倒石姑姑,更可趁此慢系住半生,以后事便为所欲为,安见女人家不能做皇帝呢?谁耐烦为大姚、龙母臭男苗出憨力气!如此想,不由兴致勃勃,暗笑道:难道只许男皇帝有三宫六院,任意快活?俺若得志,一般价选美男供奉。想得痴迷迷,纤手轻舒,握住半生所以然所在,不由暗唾道:好郎当货儿。于是香躯徐偎,方要逞媚,只见半生尽管闭了眼,点头咂嘴。忽地将手探向她左乳道:"这里权当是龙母山。"乌苏拉几乎失笑,便忍住看他捣鬼。

半生果然踌躇半响,又抚摸她右乳道:"此间即便当大姚山。啊呀!东西对峙,所以赤霞这里,真是扼要。"于是手势下引,竟一戳,嘟念道:"看来这关门须闭牢哩。"乌苏拉身儿一扭,失笑道:"你也不嫌个忌讳不吉利,咱两人若钻入这深沟,多早晚是出头之日呀。"这时半生手儿又摸到她软绵绵小肚儿，随手将香脐一点，失口道："不打紧的，咱若夺得雷门崖，便八下里都合适咧。"乌苏拉唾道："好晦气！你怎将高冈儿比向人家？可知从这夹撒沟儿攻上去，难得很哩！"半生听了，不由耸然。这当儿，当不得乌苏拉香温玉软，百媚横生，只轻颦浅笑之间，已招引得半生心神恍惚咧。于是便顾不得就人肚皮上指画形势，登时抱定乌苏拉，同心合意，先大战一场赤霞关，然后偃旗息鼓，相抱睡去。

次晨起来，半生、乌苏拉先趋关前一望，只见额营前静静宕宕、鸦雀无声，只有数十巡兵徙倚营前，十分暇逸，却是兵气沉沉，其象甚旺。半生沉吟道："俺料敌人这当儿定取守势，只图牵缀住咱们，他好两处分攻。如若得手，然后集中于此，总言之便是他根本老营。你说是赶紧去挑战，倒也是要招儿。"乌苏拉道："正是！为今之计，须一面遣人赴龙母，请加派骁目前来助守，咱一面价赶紧破敌。额某在此站不牢，他分出去的两股兵马自然须回顾本营。如此那大姚、龙母两处都不打紧咧。"半生听了，连连点头。于是匆匆趑转，饱餐战饭，传令整队，准备赴敌不提。

且说额经略于中道分军去剿两山，便亲提大军，直抵雷门崖，相度形势，扎下大营，便匆匆和德楞太周巡一过。一望赤霞关，地处高耸，果然气概。两人驻马指画之间，却闻河声淙淙，近在左右。逶巡至营右，却见四五里外，有条长河，白浪汹汹，水势甚旺。额经略沉吟一会儿，便唤到土人一问。

土人道："此名星湫河，水虽清冽，却不可食。因此河发源于赤霞关山腹，有一深广之潭，便名为星湫潭。那里是虺蜮所积，草莽毒秽，所以此水蕴毒，入口便病。"经略道："星湫潭地势怎样呢？"土人道："险僻得紧！须由关左小道爬攀上去，是轻易人迹不到的。"经略听了，沉吟点头，便记了土人名字，令他随军听用。

德楞太道："河水既不可食，便须连夜多掘井，以备明天进战。"经略笑道："虏已在吾目中，不须急战。军士多暇，正可慢慢掘井哩。难道原有之井还不足供一两日应用吗？"说罢，从容趑回，却忙拨数卒去守河侧，如水势见落，便速报闻。德楞太不敢置问，却暗暗纳罕。当晚三鼓左右，方和经略筹划军事，忽闻营前杀喊连天，火杂杂竟要抢将进来。德楞太大怒，就要飞步趋出。正是：

　　将将不同将兵易，撼军还比撼山难。

欲知后事如何，且听下回分解。

第六回

德将军大战赤霞关
杨逢春巧岔永绥道

且说德楞太猛闻营外喊杀，知敌人黉夜斫营，不由大怒，方目视经略。经略却从容放下手内文件，夷然道："德将军且去区处此事。"说罢，仍披阅文件。便听德楞太出帐扬令道："各军按队，妄动者斩。但以火枪硬弩退敌便是。"一路传呼，接将出去。经略掀髯一笑，暗道：德楞太究是老将，能晓机宜。少时又听营后喊杀一阵，顷刻便静。这便是乌苏拉去讨厌的当儿。

次日将午，经略方在帐料理军事，只听营外铜鼓大震。左右飞报道："赤霞关逆苗乌苏拉前来搦战。"帐下诸将一听，一个个摩拳擦掌。经略掀髯道："哪个敢去对敌？"一言未尽，左队一将应声而出，生得五短身材，黑粗粗压油礅一般。此人名叫谢安邦，还有个都司前程，在军也算说得出。当时谢安邦声诺如雷，雄赳赳便要接令，只听右队中大呼道："且留这首功给俺。"语声绝处，大步闪出一人，生得凛凛身材，面如冠玉，铠甲鲜明，很有气度。众人一望，却是王化宇。此人是门荫出身，守备衔儿，善骑劣马，使一杆豹尾铁戟，军中有"小温侯"之目。

当时化宇纵步声诺道："交锋之始，须安锐气。谢安邦本领平常，倘有挫败，全军夺气哩。"安邦大怒道："你如何忌俺建功？军令在此，你待怎样？"争执之间，经略喝退化宇。安邦兴冲冲拔步出帐，带了一队人马，杀出营来。便闻得战鼓如雷，喊杀连天。

少时忽闻压阵士卒齐齐呐喊，左右飞报道："谢安邦剑伤左股，大败而回。"众皆大惊。经略稍微沉吟，王化宇跃然出队。经略给令道："王化宇此去仔细！"化宇应诺，接令便去。不多时战鼓大震，惊天动地闹了一阵，左右又报道："乌苏拉剑劈化宇，现已压营列阵，单请经略答话。"众人听了，都各惊愤。经略笑道："鼠辈伎俩，竟敢猖獗！"说罢，捋须沉吟，霎地站起。

众人大惊，只当是经略亲去出马，方要谏阻。唯有德楞太最知经略，便禀道："幺么之辈，德某便当擒之，再加上经略神威瞭阵，便可寒敌人之胆咧。"于是侧身前行，和经略出帐。

且说乌苏拉乘了锐气，连胜两阵，不由提剑大笑，纵马督众，直近营前，列成阵势。方在那里耀武扬威，往来驰骋，只听敌营中鼓角齐鸣，旌旆招展，便有一队军马燕翅般肃然趋出，步法滔滔，水也似流向当场。忽地一变化，登时列成一座四方平定阵式，门旗开处，便有一矍铄老翁便帽缓衣，按辔而出，目光所到，精神四射。那一番渊渟岳峙的气度，就不用提咧。身左右数骑军官，一字排开，中有一魁伟丈夫，全身铠甲，面如镔铁，虬髯猬磔，骑一匹乌云驳，手执三棱点钢枪，气度沉稳，按辔卓立。

乌苏拉料那老翁占主将地位，定是额经略，便轻躯一扭，泼啦啦放马迎去，大叫道："你这老儿好不知死活！俺现已杀伤你两员健将，你这棺材瓤儿还不早早逃去？"说罢，双剑一摆，好不俏利。经略一望，不由大笑。

原来他闻乌苏拉独踞雄关，以为定是个丑八怪似的苗妇，不想竟是个绝俊的尤物。这时乌苏拉高髻盘云，金环璀璨，精铁软铠，苗锦披带。髻插两支白鹄羽，翘翘然迎风颤动。短袖上掀，露着雪也似两条玉臂。眄睐之间，十分妖娆，猛望去，竟和绳妓差不多儿。

当时经略扬鞭道："乌苏拉，你一女苗，如何助逆？今天戈已临，便当投诚献关，从前跳梁之罪，俺都不究。不然徒死无益！"乌苏拉大笑道："俺好好苗民，生生被你内地贪酷官吏欺侮逼反，你这老儿便是个县官头儿。休得巧言，且吃俺一剑！"说罢，一磕马，刚要闯上，只听一声鼓起，那伟丈夫挺枪大喝道："泼贼休走，认得俺德将军吗？"这时经略从容回马，压住阵脚，便听得苗阵上数百女卒一齐娇喊。经略一笑，回顾左右道："你等久惯厮杀，可曾见过这等阵仗？"左右耸望之间，便见两阵对圆，德、乌两骑马荡起征尘。顷刻间剑去枪来，杀作一处。但见：

> 阵云乱卷，杀气漫空。神枪独舞散梨花，宝剑双挥飘瑞雪。一个是幽燕老将，气韵沉雄；一个是苗峒妖姬，丰姿婉娈。枪分三路，咤叱处霹雳起晴空；剑变五花，翻飞时彩虹闪云表。一个是以正制敌，枪到处招招争先；一个思以巧胜人，剑落时步步取势。正是雷门崖下大交锋，赤霞关前决胜负。

两人大战数十回合，不分胜败。德楞太越杀越勇，正思量一鼓擒敌，忽听本阵鸣金，即便回马。乌苏拉香汗如浇，业已累得微微喘息，也便借此收科，领本队退回关寨。

半生问知情形，踌躇道："反正咱等利在速战，等明日俺去对敌后，再作区处。"乌苏拉倦倚靠榻，微笑道："德楞太好大力气！再待一霎，俺还许撑不住哩。"半生笑道："人家力气大小你都觉察咧！"乌苏拉唾了一口，一宿无话。

且说德楞太回见经略道："德某正思擒敌，为何鸣金呢？"经略笑道："乌苏拉没甚能为，咱只徐与颉颃，待两山捷音到，此处一鼓可下。此时何须多费气力呢？"德楞太唯唯而退。次日吴半生率众搦战，两下里也没甚胜负。原来德楞太早喻经略之意，便不肯徒事蛮杀咧。

按下这里，如今且说于益、逢春一路询途，扑奔经略大营。俗语说得好："出门人小三辈，和气为主。"有一日于益落在后面，逢春直了脚跑向前途，恰值一歧路交错的所在，逢春无所适从，颇没好气。偏巧有个笨汉挑了小山似两垛木柴，汗喘喘对面趸来。逢春便道："呔！向雷门崖去从哪道走哇？"笨汉听了，双眼一眈，扬长便过。逢春怒道："你难道是聋子？"一步赶上，抓住担只一按。笨汉怪叫道："压煞咧！"于是气愤愤一指，道："从这带白杨林穿过，便对道咧。"说罢，咧着嘴一望逢春，匆匆而去。

于益在后，不知逢春闹这把戏，于是依笨汉所指路，纳头撞去。但见草树接天，越发险僻。直趸过一日半，再问途人，方晓得上了恶当。原来此路是奔永绥的一股小僻道。逢春听了，只气得乱骂笨汉。于益笑道："你再不怪自己嘴，通似个猪钢嘴！那样硬撅撅，一定招人侮弄的。俺若是笨汉，定也如法摆布你。"

逢春道："得咧！从此后俺便学李逵，装哑道童如何？"一路说笑，须臾趸至一小小镇聚。于益道："别跑瞎腿咧，咱且尖歇后，探明道路。转螺蛳壳儿（谓走回道也），倒好耍子哩！"逢春不敢多语，只得跟定于益，趸进镇聚。

只见小小市面十分荒凉，街坊上还有些男男女女，乱糟糟各携包裹，一堆一处的就地歇息，一个个形容憔悴，便如逃荒的一般。直穿过一条街，却见三五旅客，各携杆棒包裹，一步一拐，撞入一所旅店。于是于、杨随后跟入。这时店伙忙作一团，一面赔笑招接，一面安置客室。于益望那群旅客已入正室，刚要趋就厢房，却见房帘半掀，忽地钻出张粉脸儿，只那点樱唇，便似裂开的癞葡萄。百忙中又踏出一只驼蹄似的小脚儿，只那肉彩，少说着也够斤把，一面哼唧村曲，一面望着众客，恶狠狠眼风儿溜将过去。

店伙登时耸鼻道："好香，好香，俺当是空中过天鹅哩！"妇人骂道："小油嘴，今天生意多，你不给俺捎一膀子，俺让你永远捞不着！给你个油抹狗鼻，生生馋坏你！"店伙道："哟，不劳盛意，俺这里心领吧。真个的董客人去了吗？你今夜没累着呀？他是有名的大本……"妇人听了，笑着要赶打。

于益等料是店妓，回步便走。店伙忙道："这些生意女人本来讨厌，如今楚南一带被苗人们乱得没世界，所以各土娼散得到处都是。这个娘儿叫玉兰花，便是长水县呱呱叫的粉头，前天才避到这里来。听她说起长水乱状，真比听鼓词还热闹哩！"于益等听了，没暇在意，便跟他到正室东头，却有所单间儿，于是两人入去，草草安置。于益偶一外望，还见玉兰花瞅着正室众客做嘴脸。这时众客便在隔壁，正纷纷歇坐，并喊得店伙一片声响。

逢春急于询途，店伙已经跑去，便听店伙周旋道："诸位辛苦哇，这光景都走了累道儿咧。从哪里来呀？"众客乱应道："多年破鞋，提不得咧！俺们都是永绥、长水两县的人。如今官军、苗人越杀越凶，家乡稳不住屁股，只好走他娘的。"店伙道："咳，是呀！俺店里前天住下了个姐儿，便是长水县的哩。这种年光真也没法儿。"客道："那姐儿叫什么呀？"店伙道："吓，好俊名儿！她叫玉兰花。"便有一客大笑道："妙，妙！原来是俺这朱先生的旧交儿，怪道方才进店，她只用手巾掩住脸，原来怕老玉厮缠。如今俺看你躲向哪里！他乡遇相知，大家且痛饮一场再说。这当儿苗人离咱远，趱路不忙咧。"说罢，一迭声便唤玉兰花。

便闻一苍老客人声音说道："咱这当儿都如丧家之狗，快别穷开心咧！"众客噪道："朱先生真是干豆儿，榨不出油！如今不须你破费，俺大家替你老公母俩圆圆房，如何？"众客听了，都各大笑。逢春听得不耐烦，便喊道："伙计！这里来，俺且问你，从此赴雷门崖还须走回头路吗？"

伙计就隔室应道："是的，还须照样儿走回去。"接着拉开亮嗓，怪刺刺地喊道，"玉姑娘，上房客唤！"便闻厢室娇脆脆应了一声。众客登时浑笑道："你看朱先生真镇得住气，把架儿端了个四平八稳。"逢春听了，越发不耐烦，便拍案喝道："你这伙计，难道没长腿子，便不会趱过来？俺有话问你哩。"店伙忙应，如飞趱进。逢春赌气子不开口，还是于益仔细一问。果然须趱回来途，倒是从此向永绥正合道路，不过两日之程便到。

两人听了，方在闷损，却闻隔壁众客悄语道："现在雷门崖兵山将海，这两位客一定是吃营务的。"又有人低笑道："这两人想没出过门，一下子竟岔到这里，来回一般远，只苦了两条腿子。"正说得热闹，忽又哄堂大笑，便闻清脆脆掌音，响了两记，接着娇滴滴地骂道："俺瞅着后影儿便像是你，却躲得人好哩。"

于是朱先生连连道歉，玉兰花俏语浪笑，夹着众客诙嘲，乱糟糟闹成一片。逢春顿足道："人悖晦了，落个店也不得清净！快些唤饭来，趱回要紧。"一看于益却倾耳沉吟。逢春道："听那胡吵做甚？"于益摇手道："反正饭还没到，咱且将息一霎。"于是索性一歪身，拉逢春卧近壁榻。便闻众客向玉兰花说说笑笑，一面价唤到酒饭，且吃且谈。

一客道："玉姐，你在长水不是移向乡间吗，怎么也忽然跑出？"玉兰花道："你不晓得，如今长水越发住不得咧！从花连布兵到，虽也骚扰点儿，还可隐忍。自石姑姑从永绥趱来，和花连布连日大战，自不消说，她手下带的许多生苗到处淫掠，如何当得呢？况现在永绥官兵大集，那统兵将领便是额经略新派去的，真是全挂子本领。不久定分兵助收长水，那场血战如何会免得？所以俺先逃出哩。"

又有一客道："俺闻花连布初到长水，十分英勇，看光景指日便可克复。今还在相持，定是石姑姑厉害得紧。"玉兰花笑道："石姑姑若不过贪男色，花连布早支不住咧！俺听说那该死的杜照，因一夜服侍石姑姑不如意，被石姑姑猛然推掀下身。恰值他要泄当儿，忽然一惊，从此竟得阳痿。石姑姑如何还喜他？他一恨之下，便潜通花营。俺来的当儿，大家正传说纷纷，可也不知果然吗？"

一客道："咳，杜照那小子本是废物货，便如朱先生的那话儿一般，有他也罢，没他也罢。他便不潜通花营，那长水不久也要克复咧。你可知永绥那里额经略拨来的将领十分了得，兵到之日，便直踹苗寨，浩荡荡杀到城下，城围立解。次日出战，立却苗众二十余里。俺从那里奔出来时，永绥城外业已静宕宕的咧。那苗中凌鲤了得，你是知道的，那等武功还被那将领杀败。说起他两人对剑来，简直的是两团电光。"

于益等听到此，不由神凝。恰好店伙端将饭来，两人没暇理会，又听那客接说道："真是强将手下无弱兵！那将领部下有一壮士，步行提刀，和石三保大战，真如猫儿一般，三保马走如飞，休想隔掉他寸步，归根儿研伤三保马腿。若非苗目们抢得紧，三保便交待咧。你想这班将官，将来杀到长水，还愁不马到成功吗？"

玉兰花道："阿弥陀佛，但愿早早平定！俺虽没家没业，过个安生日月也是好的。"众客哄道："你的家业现在身边，好不大的紧！走遍天下，吃遍天下，便如旗丁口粮一般，真是铁杆庄稼哩。"朱先生道："唔呀，说了半天，这经略所派将领如此了得，一定是北京驰名的德楞太咧。还有个长龄将军，不是现已去剿杀龙母山吗？"

一客道："你偏没猜着！德楞太现跟经略驻兵雷门崖，大战永绥的将领姓杨名遇春。那几杀三保的壮士，却姓滕名荟哩。"逢春猛闻，不由一骨碌爬起，大叫道："得咧！咱这一岔路倒是天随人愿。如今用八抬轿，俺也不向雷门崖咧！于兄快用饭，趱路，趱路！"说罢，双拳一舞，啪嚓声打向苇壁。你想那朽苇壁如何撑得住？只听噗嚓哗啦一阵响，壁倒案翻，两室通明，恰好将玉兰花压跌壁底，蹬着两只胖脚丫，只管怪叫。

朱先生不由心痛，不管三七二十一，拉着腿子便拖。不想饭馔遍地，百忙中又抢入两条狞毛大狗，一声呜呜，乱夺乱咬。恰巧玉兰花一拱屁股，竟有一狗两爪上扑。朱先生大怒，尽力子一脚踢去，嗖一声鞋子飞起，啪嗒一落，却正砸在逢春鼻梁上。逢春大怒，一拧身便要挥拳。

众客怒噪道："你这鸟大汉好没道理，压翻人还要放肆！难道你比苗人还凶吗？"逢春乱跳道："谁让你们说杨遇春来？"众客怒道："怪哩！说杨遇春便怎样？难道他是你爹？"

于益这当儿再也耐不得，便先拖过逢春，然后长揖众客，连连赔罪。这时店伙跑来，愣怔怔无从插手。于益笑喝道："都是你苇壁不牢，闹得一塌糊涂。如今快来一桌上好酒饭，便连砸坏这桌，俺都给钱。出门人相遇，总算有缘，俺且请众位叙叙哩。"众客一听，倒都拘住咧。于是大家唱个无礼喏，众客道："方才贵友太鲁莽点儿。酒饭所费有限，如何便劳破费？"

正这当儿，忽听朱先生发话道："唔呀，反正有你的钱就是。你这会子钱呀钞的，不透着不够交儿吗？"大家一看，却是玉兰花尘头土脸的，一面抹乱鬓，一面拖了朱先生咬耳朵。大家不由拍掌道："好！好！真有劲头儿。朱先生口里虽乱吵，只怕心窝上都是舒齐哩。"就此一笑之间，彼此怒气全消，便大家互询姓名。

众客惊望逢春道："原来足下便是杨遇春将军的令弟，失敬！失敬！"于是于益草草一说自己行止。众客听了，越发起敬。这时店伙早已将室内打扫清爽，果然摆上一桌酒饭。恰好那个董客人来寻玉兰花，于是大家打发过他，向于益谢声扰，便依次落座。于益细询永绥战事，方知城围已解，只有凌鲤和几名骁目逗留拒战。石三保又入山抽拨健队，并整备山险事宜去了。

须臾饭罢，众客谢扰自去。这里逢春好不兴致飞舞，便吵道："怎么冷田禄没跟俺大哥来？他若来一定先摆布石姑姑那里。他那股劲，俺是久知的。"于益道："先别乱谈，咱究竟先奔哪里呢?"逢春道："咱寻的是哪个呀? 自然是向永绥咧。"于益道："也好，反正须先见遇春兄。"说罢，开发酒资，刚要结束出店，只听院中店伙喊道："喂，快些别处乞讨去，俺这里不打发!"两人一望，不由一怔。正是：

一波未平一波起，吉闻凶语互传来。

欲知后事如何，且听下回分解。

第七回

石三保爝铜设毒弩
王树风邪法诅生魂

且说于、杨一望，却是两个褴褛老者，形状憔悴，啊哟声蹲在院隅，喘息良久，然后道："店主人，哪里不行方便？俺们从长水逃出，没有钱文，求您口剩饭吃，来世补报吧。"说罢，泪流不已。于益见他苦恼，便把与他数百钱，因问道："现在长水怎样咧？"

一老叹道："合该民人遭劫！前些日花将军累战石姑姑，甚是得手，不想忽然来个贼将王树风，便是贼渠吴半生的好友，因得半生招致之信，前来助据长水。此人武艺超群，又搭着石姑姑，所以花将军连败两阵。永绥得报，杨将军遇春连夜价赶赴长水。王树风战不能胜，不想他甚通邪法，便在县衙后院高搭法坛。不知怎的，他探得花、杨两人生辰命造，便刻了两具小木人，将命造写在上面。树风每夜登坛诅咒，焚符招魂，另有法瓶，收人精魄。据说作法七日，其人定死。"

逢春大惊道："你逃出时怎么样咧？"老者道："俺来时，树风已诅了五天，果然官军中纷纷传说将军大病。可也不知是花将军病，杨将军病，或是两人都病。但见众官兵灰头丧气。百姓们见光景不好，大家乱跑。可怜俺两人这般年纪，虽说是逃出来，也只好饿煞咧。苦哇！苦哇！"一言未尽，店伙喝道："快去吧，人家修好的，都走出十来里咧，你还苦甜胡吵哩。"老者抬头一看，果然只剩个店伙叉腰而立，于是趔趄踉跄出。

原来逢春惊惶中，听得两人都病，登时额汗如雨，拖了于益便跑。一气儿颠出镇，稍稍神定，于益道："不必着急，那老儿说得糊涂，大概是两人中一人病咧！安知便是遇春兄病呢？你忘了遇春兄赴京时光，由滕家寨所寄家信中，写着在途中山王庙曾遇妖巫一段事？那妖巫如此狠诅，都不相干，由此看来，定是花将军被诅病咧。"逢春听了，不由心下豁然，登时脚步放慢，憨笑道："对对！俺大哥那股正气，是不怕邪侵的。咱还是从容走吧。"

于益笑道："你须听我指挥，快走为是。"逢春道："不成功，腿子长在俺身上，俺偏拗你一遭儿。"于益笑道："真个的吗？你想刻下遇春兄何等危险，花连布既病，便没帮手，石姑姑一人本就难缠，再搭上王树风。你想王树风是哪个？便是行刺额经略被遇春兄捉获的，真是仇人见面，分外眼红。吓，遇春兄此刻便如虎落平阳！你还闹腿子在你身上哩！"

一席话不打紧，只见逢春撒脚便跑，冷不防足下一绊，登时闹了个仰八叉。于益大笑，扶起他道："腿子不是长在你身上吗，这是为何呢？"逢春干笑道："促狭鬼，别闹猴儿唎，快赶去吧。"于是两人施展开飞行术，踏踏踏便奔长水。这且慢表。

且说遇春自兵抵永绥，立解城围，一见雷扬，好生器重。雷扬道："今城围既解，小人报孔总镇之德已毕，便当早去安慰老母。"孔铨听了，哪里肯放。遇春询知雷扬奉母入山许多事，越发起敬，便道："雷兄孝思，固难屈高志。但古人云：'移孝作忠。'今苗乱未平，如何便去？一俟两山剿毕，显扬报亲，方为大孝哩。"雷扬惶然道："家母志在隐居，小人便当养志，还是请从此辞罢。"遇春听了，不觉惶然自失，便起执雷扬手儿道："雷兄高行，真真可敬！但今城围虽解，贼焰方张，还望少留些日，俟兜贼入山，再去不迟。"

雷扬见遇春意既殷勤，又是绝顶人物，不由颇动惺惺惜惺惺之意，不知不觉，便耽延下来。连日和遇春出战凌鲤、三保等，甚是得手。这时三保已却退二十来里，按着八卦结了八座苗寨，各有骁目守寨。自和凌鲤居中寨，便如太极图儿似的。因欲回山抽添苗卒，便命凌鲤暂不出战，只用一种燋铜连弩拒敌来攻。

这燋铜是苗峒所产的一种毒铜，熔化了蘸淬弩锋，其毒无比。人若中此弩，什么见血封喉，那尸骸登时腐烂，直至血肉都尽，仅存焦骨。遇春初不晓得，一日督兵去攻寨，苗寨中一声鼓起，弩似飞蝗，前队急退，业已被射倒数十人，死掉情形好不可惨。遇春侦知毒弩之功，甚是闷闷。恰好王树风得吴半生招致之信，又去长水作耗。遇春恐花连布势单有失，便趁凌鲤守寨不战，驰赴长水。这里自有孔铨等和滕荟并遇春所带兵队，与凌鲤相持慢表。

且说遇春带领一彪人马驰赴长水，花连布接见之下，细说战情。方知杜照业已暗通情款，想瞅空儿缚献石姑姑。几日之间，专搜美男去耗乱石姑精神，不料王树风忽地撞来，所以战情大变。

当时花连布扼腕道："花某但自恨步下本领不能胜她！树风这厮长于步下跃耸哩。"遇春笑道："不打紧，这厮本是俺手内逃贼，闻知俺来，想早已胆落咧。将军但看俺明日擒贼便了。"因将树风入京行刺一节一说。花连布大喜，略为沉吟，忽附遇春之耳说了两句，遇春笑道："好好，此计用来，免得那厮知俺到此，早做准备。"于是花连布传下令去，阖营中不许将遇春到来走漏风声。

果然王树风得意之下，竟不觉察，只知永绥将官拨来援兵，并未深探将领是何人，便依然耀武扬威地前来搦战。这时王树风全身劲装，穿一身杏黄色短衣靠。头裹杏黄软丝巾，余巾双绞，就额上结作个蝴蝶扣儿。左鬓边插一枝白绒花，秃秃乱颤。漂丝白带，紧缠腰际。裹腿中露着明晃晃的短攮，手提一把纯钢闪刃鬼头刀，一跳丈把高，大叫道："花连布快来纳命！"

花营中一声鼓，门旗开处，花连布倒提短鞭，纵马而出。却有两个马夫，一色的结束劲健，毡笠齐眉，各抱长剑，紧跟马后。花连布大喝道："泼贼休得自逞身手，且看俺步战擒你。"说罢，一跃下马，鞭势一分。这时右边马夫拢马便回，左边马夫趁就阵角。树风横刀大笑道："前日亏你马快，逃得性命。你若步战，合该纳死！"说罢，退身旋步，唰一声刀光一摆，直抢过来。这一路钩掠劈剁，跳跃如飞，登时将花连布一条鞭影裹入刀光中。但见花连布且战且退，须臾被树风逼近阵角。树风大喝道："哪里走！"用一个苍鹰摩空式，嗖一声跃起三丈余，刀锋一顺，向花连布头顶便揸。

啊哎，厉害得紧！这一手儿名为云里手，取势最凶，非剑派中人是躲闪不来的。当时花阵上众皆大惊，方齐齐一声喊，却见阵角上白光一瞥，突地一个扶摇乘风式，向上一冲，但听锵唥一声，火星四射。树风大叫，趁下落之势，跄踉踉撞出数十步。再看花连布却退压阵角，只有那马夫从容扶剑，卓立当场，微笑道："王树风，咱们额府一会后，你如何越发不长进，公然做贼呢？"

树风一望，却是遇春，刚一怔当儿，遇春喝道："既来做贼，连敌人将领都不探悉，如此废物，还来助人为逆！"树风喝道："不须说咧！姓杨的，俺算认识你！"说罢，一挺刀，使个旗鼓。遇春长剑一动，从容进步，那一番静穆气概，好不慑人。两下里刀剑并举，左盘右旋，顷刻间越杀越紧，但见两团寒光纵横驰卷。

这当儿，石姑方结束得红线女一般，给树风瞭阵，只惊得张开樱口，合不拢来。但见遇春剑法神妙非常，招数出来，都不经见。一柄剑真有十柄剑的作用，却依然从容肆应，并不蹿跳，却是已将树风引逗得猴儿一般，用尽解数，通没作道理处。石姑神耸之间，便见树风喊一声，刀法立变，一路大滚堂，贴地流走。他这刀法原不寻常，虽取敌人下路，他暗含着还有绝户招儿，便是仗他耸跃能为，冷不防刀锋上仰，舂人咽喉，名儿叫倒摘瓜，着实厉害。哪知棋差一步，偏偏遇着个绝世剑术的杨遇春。

当时遇春并不在意，颉颃之间，石姑但见树风刀势便如泼风，遇春随势旋足，从容得很。方在诧异，只见刀光突起，遇春喝声："着！"说时迟，那时快，遇春略一侧身，一足飞起，不偏不倚，正踢在树风手腕，嗖一声那刀飞脱。遇春剑势一挫，直向树风左胁便刺。

好树风，急闪剑锋，突地抢向遇春背后，不管好歹，由后便抱。遇春臂势被束，忙运气挣脱身，摇摆翻身之间，却被树风握牢仗剑手腕，那一油钵似皮锤，便当胸掏来。遇春喝声好，一把接住，两人各逞神威，尽力子一拉夺，登时团团地打了两转。

两阵人大惊，石姑登时掣刀在手，花连布也提鞭要出。正这当儿，只听两阵上一声喊，遇春业已弃掉剑，独奋神威，竟将树风拦腰拎起，趁旋转之势，一个大抛手，唰的声掷出数十步外。若在别个，自然须脑浆迸裂，树风超耸之能真不含糊，当时一头抢去，忙将浑身罡气运向两臂，便这等据地一撑，一个翻山鹞式，双足平落。顷刻间怒吼如雷，拔短攘风驰而进。花连布大骇，方要接战，但见遇春双拳一摆，赤手便上，剽疾如风，登时将身影没在树风刃光中。石姑一看，方知树风耸跃之功不值一笑。当时惊服之下，忘其所以，竟樱唇顿绽，连连喝彩。却是王树风已精神抖尽，倒了十分崖儿咧。于是石姑摆刀抢上。

好遇春！赤手纵横，都无惧怯。三个人丁字儿旋转大战。花连布刚要挥鞭，但见石姑猛一掣身，喝声："着！"唰一声鱼梭飞出。恰好花连布一步蹿到，钢鞭起处，当的声格个正着。梭势一歪，却从树风耳根擦过。大家一怔，霍地各跳出圈子。这时王树风业已筋涨气促，石姑姑唯恐有失，不敢恋战，趁遇春拾剑当儿，向花连布虚晃一刀，护树风败下阵去。这里花、杨督众稍赶，也便收兵。

哪知树风经此一战，究不服气，次日和石姑轮替去战，依然输败。王、石两人方没作理会处，只见杜照耸肩趸近道："王兄不必发闷，不是您本领不济，总算杨遇春单寻您晦气。先在北京闹了那么一档子，如今又赶到这里添麻烦，也称得起是您命宫磨煞。如今只好等石老寨主由山中再派骁目来咧！"说着眼儿一挤，一瞟石姑道，"倒是昨天赤霞关探子来报，说半生兄和乌苏拉战事情形还煞好的。咱这里这般光景，想定出半生兄意料之外。您想他请神似的将树风兄请来，无非给吴嫂添个大大硬胳膊，若知刻下光景，定然惦念吴嫂咧。"

树风听了，只不理他。石姑这当儿已厌气他，便冷笑道："快不用你费心提什么半生兄，俺还没都仰仗他哩。胜败原是常事，怎的老寨主一般回山派人呢？可见永绥连城围都解，还不如这里哩！"杜照没得说，便强笑道："老寨主守寨，有燋铜连弩，足抵猛将千员。"说着向树风一笑。树风气将起来，面色颇变。

石姑恐他不好意思，便笑唾杜照道："你别混说咧！难道燋铜弩没有解药吗？又怎抵猛将呢？"杜照也趁势遮掩道："解药虽有，敌人哪里会晓得！"石姑道："敌人若晓得，除非你这张浅厌嘴去混说。"杜照听了，不由暗暗心中一跳，便缩项道："哟，了不得！照你说来，俺倒成了惹懒女人脚，里勾外连，内外的反叛哩！"于是大家一笑，暂时揭过。

王树风一肚愤气，如何肯罢？他在三槐门下，素通邪法。于是连日免战拒守，却遣精细人探得花、杨命造，便在衙后院设坛作法，暗下毒手。果然花连布连日病倒，初时心焦肉跳，六神不安，暂至昏沉沉不省人事。遇春着忙，不暇搦战。花营人探得树风作法，虽忙报告，遇春哪里肯信，只尽力寻医施治，吃下药去，便如泥牛入海。

这日距树风作法已是六日，下午时分，花连布气息奄奄，喘啜欲绝。虎也似一条汉子，卧在帐榻，遇春唤得两声，方略一张目。花部下将校便禀道："杨将军只执意不信树风作法，今俺主将垂危，怎生计较呢？"遇春还未答语，恰好营外一队健苗老远地鼓吹欢呼，扬扬而过。花部下将校大怒，便噪道："今俺主将既危，俺便拼死杀入城去，到底探探树风是何邪法！"说罢，竟要鼓噪而出。

遇春忙道："不必如此。花将军初病时，俺已遣人驰赴永绥去唤滕荟，原欲他到来可以飞行入城，暗探底细。今势不能待，俺今夜便去一探。但花将军既病，诸君须加意警备哩。"一言未尽，只见左右飞步入报。遇春猛闻，喜得直站起来。正是：

一虎未临方失意，双彪忽到自开颜。

欲知后事如何，且听下回分解。

第八回

勇于益破邪兼断手
憨逢春寻贼转窥春

　　且说遇春正因花连布病倒，孤掌难鸣，忽见左右人报道："今营外有两人自称是于益、杨逢春，自将军家乡来此投见。"遇春一听，只喜得略怔，暗道：他两人定见俺寄去之信，火速赶来，却又怎知俺在长水呢？如先到经略大营，再跟寻到此，以日计之，又不能如此快法。怙惚之间，命左右引于、杨进来。一挥手退却将校，步出帐外。一抬头，早见于益、逢春随左右匆匆趋来。

　　这时两人刀囊已有当值人接过，两下一望，各自笑逐颜开。遇春紧一步拖住于益，向逢春大笑道："吾弟你竟请得动于兄来，真真可喜。冷老弟真正受托，寄的好快信哪！但俺信中请你们赶赴雷门崖经略大营，怎就知俺中途被调拨去援永绥，又一径地直到长水呢？"一席话夹七杂八，于益听了，无从插嘴。逢春便嚷道："大哥特也手儿懒，家中自接到你由滕家寨所发之信后，一总儿没接第二封信，怎的还说托冷老弟寄的好快信呢？俺们这一来，却从人家家信中得知消息的。至于一径赶到此，这里面还有许多绕脖儿。俺的大哥，几乎不曾将俺伯母想坏了！怎还说曾寄信呢？"

　　这一席话更来得沉闷。遇春听了，也唯有干眙眼，于是不暇细语，大家入帐。礼罢落座，遇春站起先问过母、叔、婶的起居，然后将托田禄寄书之事说了一遍。于益听了，不由眼珠略转，便笑道："冷兄弟说他店中有重庆客人还乡。我想这位客人，时斋兄定不曾见。"遇春道："是的，俺一总儿没暇去到冷老弟店中。"逢春贸然道："得咧！俺就信不及冷老弟的话。这重庆客人是张三也罢，李四也罢，巧咧还许没这个人！再不然他将书信夹在胳肢窝都未可定。他哪里去咧？等俺问问他。"说罢，左右乱望。

　　遇春不悦道："吾弟莫这般度量人！俺托他转寄书时，他恨不得你们登时见信赶来哩。"逢春大笑道："他的为人没有实在！今且问大哥，他怎的说他赴京缘故？"遇春述罢。逢春道："即此可见他口内没舌头！他那一席话，直将您瞒在鼓里哩。大哥可记得他村中那个林刀鱼吗？"

于益恐说来不雅相，忙拦道："少时再谈琐事吧！或者那重庆客人不曾还乡，或效殷洪乔故事，亦未可定。今时斋兄好端端在这里，便再好没有。"因从头至尾将寻到长水之故说了一遍。

遇春惊道："原来于兄等此行经这些难险曲折。那癫道人真也是异人咧！如今于兄等来得恰好。"因将近日和石姑等相持情形说了一遍，并自己今夜要入城探侦树风等事一说。逢春嚷道："滕老三不到也不打紧，王树风这小子算交给俺咧。大哥且稳坐营中，等俺找树风去。顺手儿便将什么石姑姑、瓦娘娘一总儿掮将来，便一天鸟事完毕咧。"说着拍膝道，"都是大哥北上时生生将俺拦回家，耽误俺许多好事还罢了，还闹得大哥没人帮助。"于益笑道："哟！你好事耽误，俺久已知道的。在家时，你知时斋兄滕家定姻，便跳道：'外边媳妇儿这般易招，可惜俺被阿哥拦回来咧！'如今不须怨恨，以后安知你红鸾星不动呢？"

一席话不打紧，逢春一张脸羞得红虫一般，跳起道："屁话，屁话！你这人惯会促狭，怪不得当年葛先生说你最顽皮哩。"遇春见此光景，恍如当年大家在书馆一般。左顾右盼，不由心怀大畅，便笑道："两弟且莫谐笑，少停商量正事吧。"于是一问田禄北上之故。于益述罢，遇春不由沉吟，便叹道："他究系咱们总角同学，如今已随长将军去剿龙母，且看后效何如吧。"因又将倩霞失踪等事说了一遍。

于、杨听了，深为诧异，于是遇春起引两人，先去看望花连布，然后回帐置酒，大家用饭。遇春沉吟道："滕荟不见到来，想是永绥事紧，便是经略那里也恐龙母山众策应赤霞。吾欲遣逢春弟赶赴经略大营，以备差遣如何？"逢春听了，哪里肯去。遇春道："经略那里事体更重要，便是首逆吴半生也现在赤霞哩。"逢春一听，方才首肯，只一时间恋着遇春，不无怙惚。

须臾饭罢，业已初鼓发动，这时花连布越发昏沉，但遥闻长水城中鼓吹作乐，阵阵欢呼。遇春等出帐徘徊，甚为焦躁。正这当儿，忽闻一阵阵男女啼号，料是群苗又在杀人为乐。逢春怒道："俺少时定寻树风去！"于益道："你明日便赴雷门崖，该歇歇咧。今夜还是俺去吧。"逢春嗓道："不！不！今夜若不用俺，明日俺也不走咧。"遇春笑道："你两个今夜索性都去，倘得手，也有帮助。"

正说之间，左右又报道："花将军脸色都变，浑身颤抖。"三人跑进一看，果见花连布双睛紧闭，面如青蟹。遇春猛忆《玄女秘籍》中有安神咒语，便如法默诵两遍。果见花连布略为好些，只还是骨节抽搐。逢春嚷道："俺听俺妈说过，诸般邪法都怕蒜汁狗血，快将来洒洒病人，看是怎样？"左右听了，忙去寻觅。须臾取到一试，果然花连布安帖许多。

逢春大乐道："妙！妙！快截粗竹筒装两筒儿，以备整治树风狗娘养的。"于是抢攘摒挡之间，业已二更敲过，于、杨便匆匆结束，各穿夜行青衣，背插单刀，带了百宝囊并竹筒应用之物。于益是短小精悍，逢春是凛凛英风。遇春道声珍重，两人应声回身，离帐数步远，身形一晃，瞥然不见。这里遇春自加意警备慢表。

且说于、杨出得营，一路飞行，不消顷刻，已到苗人城卡。这时月光惨淡，微风徐起，只见数十卡苗卒纵横卧地，还有两长大苗卒牵拢着一个妇人，在林里唁唁争嚷。逢春大怒，便要抢去。于益赶忙拉住，瞥然竟过，悄语道："老弟，不是这等玩法！咱此行便如秀才作文一般，须抱定题目，咱探的是王树风，快别去招猫斗狗，咱这趟总要玩得妙相才是。"逢春道："依你！依你！但到衙署后院，须叫我杀个痛快。"于益道："那更不是蛮杀的事！总之你听我指挥便了。此去一进衙，势须分寻树风，因他未必便在坛所，咱们拍掌为号，聚齐何如？"

逢春道："一个县衙，料不过巴掌大，好说得很。"谈话之间，又趱过一重苗卡。两人越过城壕，已到城下，驻足一听，城垣上铃柝不断。两人便施展能为，如雨点黑子，贴城西走。端详空隙，刚近西门，却闻城上巡苗道："喂，你看这几夜野狸甚多，不但城外乱撞，昨夜竟有个老狸钻到俺幕内拱爪儿。这定是树风咒魂作法，扰得墟墓内狐鬼都不安生。你看城下这影绰绰箭也似的杭杭子，定又是狸老仙儿哩。"

一个道："不错，那会子咱出衙时，树风又登坛咧。听说今天便功成九分九咧！石姑姑高兴，又要作个通宵乐儿。"于益听了，便撮唇吱吱一叫。逢春会意，直扑将去。不多时望见空僻之处，逢春悄笑道："于兄真有你的，咱便从此入去吧。合该树风死掉，他不是现又登坛吗？"于是两人各掏出飞索钩，搭上城头，攀缘而上，如法绾进城。伏地稍听，直奔衙署。原来衙署自杜照、石姑姑占据后，便设有高耸斗竿，所以远望便知。

当时两人一路留神，只见街坊上苗卒来往，或三五成群价扑跌呼嬉，还有怪模怪样穿了汉人妇女衣服，自鸣得意的。两人不暇细看，便由月阴影里，方趱入署左一条僻巷。只见对面火光一闪，两人忙向人家檐柱后一伏身，便见一队苗卒嬉舞而来。

一个道："今天下班早，想是咱姑姑欢喜咧，体恤人。咱趁空也寻个娘儿快活去。"一个笑道："你就知去寻娘儿，你可知衙署后少时咱又要该

386

班儿咧。"那个道："反正他们还没下班儿，趁此空隙，且乐他一下子。"说罢，一行人重复回身，奔出巷口。

两人方要起出，只听来路上口哨一鸣，又有一群苗卒趑近，且行且语道："怎的时光已到，他们还不接班儿去？可见衙署后是屁股后的差使，没人爱当。反正该换班，咱们便走他娘的。"一路嘟念，踢踏而过，须臾走远。

于益低声道："巧得很，这定是署外巡苗交替班儿。趁这当儿，咱们便由此分路如何？哪个寻见树风，且慢动手，等暗地会面后，一面捉树风，一面毁他邪坛。切记拍掌为识。"逢春道："好！好！俺便由署左而进。于兄趁署后没巡卒，便由那里进去吧。"于益道："老弟仔细！你可记清树风模样？"

逢春道："好碎嘴！那会子俺大哥不说得明白吗？"说罢，身形一晃，便奔巷口。于益刚要拔步，忽见衙内西偏高竿上升起一盏红灯，接着一阵欢笑之声。百忙中也没在意，便索性跃登巷屋，仗着轻妙功夫，由屋上路飞去，不多时望见街后，轻轻跳下，仔细一看，果然静悄无人，却有一带高树正临墙后。于益大悦，方要趋登高树，忽暗念道：这树下为何净平如砥，寸草不生？巧咧便许藏埋机械。沉吟之间，一步步试踏去。只见距墙两丈远，都是碎石砌就的各种花纹。于益端详良久，姑用飞索掷触花纹，只听呼啦一声，花纹陷落，露出井也似的深口，嗖嗖嗖数支机弩连珠价仰射而出。

于益斜刺里一拧身，蹿抱高树，暗幸道：险得很！幸亏逢春弟没从这里来。他是实巴巴地交代，不会怙慢的。于是趁势跃上树顶，只见衙墙内一带群房，不像空院，侧耳听听，也没甚动静，只有靠东房儿内一间有灯火射出。良久却闻啪地一响，一人笑道："给你凑个对儿去。"于益这时极目探望，没作道理处。知墙下落不得脚，便由树踏稳树杈，缩身取势，猛一个燕子穿帘，跃上墙头，便一溜烟似的直奔到东房顶，就天窗向内一张，却是四五老苗正在那里碰牌为戏。

一个掷牌道："俺也叫你碰个对，省得你看人家西后院一对对的，眼中出火。"那老苗笑道："咱们过火的人，不但姑姑瞅不着，委实说，自己也来不及咧。倒是咱东后院这主儿，早念完藏经，咱早退班，多歇一霎儿就得咧。"

于益听了，心有所触，便回头伸项细望，不由大悦。便见迤东边，果有一宽敞院落，灯烛辉煌，法坛高耸，隐绰绰一人正在坛上披发仗剑，面北禹步。遥望体态，果然雄健，一如遇春所说树风状貌。于益暗道惭愧，

387

方要急寻逢春。只听房内老苗又笑道："快咧，今天这主儿退坛定早，一来是火候成功，二来还要趁花连布死掉，军心慌慌，便劫营哩！"

正说之间，忽听署外角声吹动，老苗便笑道："劫营队卒都已预备咧。"于益心下一忙，唯恐失掉树风，便不暇他虑，赶忙跳落地，直奔东院。先就墙头探首一张，只见树风回旋，越趋越急。坛几上七盏明灯，形如北斗。外有两具大瓷瓶，口扎红绸，分配在两木人跟前。这时树风忽取令牌一击，只见七盏明灯忽地放出惨绿焰光，唰啦啦旋风暴起，吹得灯焰摇摇，竟如有鬼物往来啾啾。于是树风全神凝注，诵咒越疾。

说也不信！中有一木人，竟趔趔跃动。便见坛下一黑影儿，且前且却。这时灯色业已缩小如豆，满院中顿然黑魆魆的。树风却口不停诵，面北植立。于益大怒，一耸身跳进院，先掏镖在手，一个箭步赶近坛，嗖的一镖，先将两瓶打碎。树风一声怪叫，顷刻间七灯俱熄，只有围坛余灯光明大放。

说时迟，那时快！树风仗剑旋身之间，于益一跃登坛，不容分说，左手扬竹筒向树风面门便摔，噗的声，蒜汁狗血闹得树风没头没脸，方愣怔怔叫声不好，于益右手挥刀，当头便剁。好树风，虽在仓促，还是灵便，百忙中一闪身，急欲拭目先觇来人，右手猛举当儿，恰好于益刀锋削到，嚇一声左腕立断，血淋淋手落于地。树风痛极大叫，险些栽倒，百忙中愤气填胸，挥剑对敌。顷刻之间，两人就坛上驰逐三周。但听砰啪哗啷，几翻物碎。树风数日口沫总算白费咧！

树风怒极，大喝道："你这厮定是杨遇春遣得来！俺虽被你中伤，还定须杀掉你哩。"于益笑道："你这厮邪法害人，简直不够朋友！俺断你左手，先给你个小报应。"说话之间，两人杀落坛下。这时于益精神勃勃，树风被创之后，如何能敌？亏得衙内护卒闻警惊起，火杂杂明燎呐喊，正要齐上，只听西后院人声乱喊道："捉捉捉！这长大野汉上了墙咧。"接着署内外齐呼道："捉奸细呀！"便见一片火光赶向署西偏。接着又闻乱喊道："捉住咧，先砸断这厮的腿！"

这时护卒等业已抢进，四围乱喊。于益猛闻捉住奸细，以为逢春有失，心下一忙，便不恋战，向树风虚晃一刀，蹿出院外，早暗地掏镖在手。果然树风赶出，于益一镖打去，树风急闪。合该有替死鬼，树风背后恰有两护卒奋勇登墙，冷不防那镖到来，登时穿透一个。大家惊喊当儿，于益已跃登群房，眨眨眼，登时不见。这里树风气血过创，也便委顿在地，大家闹嚷嚷暂扶入室。

不多时石姑松着鬌儿，只穿身困衣裤，提剑趄来。额角鬌边还有猩红点点的搽迹，便似特新式的娇装一般，倒显得十分别致。见树风重创，并满面目花花搭搭，秽不可闻。惊急中细询情形，不由大怒道："这两奸细定是一路，亏得俺手下捉住一个，快提来细问，再作道理。"于是一面价给树风调药敷伤，一面命城守苗卒彻夜警备，便气愤愤坐待奸细，良久却不见到，但见左右只管交头接耳。

少时室门前，头儿一露，却是杜照扬扬踅入，笑道："今天端的是怎么档子事，闹得这等七乱八糟？依我说那被捉的奸细，你不必问咧，放掉他是正经！若唤得来，倒大家不得劲儿。我没说吗？这种本地货，是给不得脸的！"说罢，微微冷笑，一瞟树风道，"可叹王兄反被人暗算咧。俗语说得好：'掏人一拳，须防一脚。'可见汉营中真有能人！但是怎样好呢？"说罢，大踱起来。

这当儿，石姑因那会子作乐未畅，便被奸细扰散，百忙中又伤树风，正一肚皮没好气，忽听杜照尴尴话儿，又见他似有得意神气，不由大怒道："你近来也委实可怪，说起话不痛不痒，又不理会军事，难道你另有意思吗？怎的唤问奸细，便大家不得劲儿？你且住着，今日须有个交代！"说罢，蛾眉剔起，按剑而坐。

杜照道："哟！俺是为大家脸面。既如此，由你闹去。"正说之间，左右高报道："奸细带到！"护卒一闪，嗻的声拥进一人。石姑一望，登时脸儿通红。杜照道："怎么样？我看你处置吧！"一言未尽，石姑跳起一剑，将那人登时剁翻，剑势一旋，便奔杜照。树风大惊，连忙跳起拦住，一看杜照，业已矮了半截儿，赔礼许久，石姑方怒气暂息，大家且商议对敌不提。

原来死掉的那苗人叫岑刚，便是石姑手下头目，身体既长大，又生得稍为白皙。有一日石姑高兴，竟偶然和他玩了一会儿。不想岑刚虚有其表，石姑久经沧海的人，哪里留意这涔蹄之水？当时事毕，早已忘掉。哪知岑刚得意万状，同伴知得，早多暗笑。这晚石姑恣意淫乐，许多嬖男都唤了去。同伴便向岑刚道："你看看人家，再看看你，还得意的是什么？便是给人打更也用不着你哩！"岑刚不服气，便贸然夜入西后院，想再得点儿脸面，以傲同辈。不想色运不到死运到，恰值那里乱哄哄捉奸细。岑刚鬼鬼祟祟一乱撞，大家仓促之间，便将他捉翻，飞报石姑。及至看清面目，业已报给石姑咧，所以闹得糊里糊涂。

按下这里，且说于益由衙墙跃登高树，幸喜上班巡队不曾觉察，便轻轻落下，向衙西撞去。暗想：这事情费了手咧！他等喊捉住奸细，定是逢春。俺虽破树风邪法，失掉逢春，却怎好呢？沉吟之间，只望见衙署苗队分头四出，料是城中大索。于益一路留神，躲过风头，自忖道：俺给他个冷不防，还须进衙寻救逢春。想罢，方要转步，只听背后嗖一声，便有一人由后拖住。

于益大惊，一拧身，才要拉刀，只听那人扑哧笑道："俺影绰绰看着像是你，果然不错。"于益看是逢春，不由跃然道："哟，俺的老弟！你如何又在这里？真把俺心坎都吓凉咧！此间不可迟延，快随我来。"于是两人直奔城根，如前跳出。逢春到得僻静地，忍不住哈哈大笑，便拉于益就地少息，具述所以。

原来逢春由衙左逶迤巡跳进，越过一层院，却得一狭长巷道。西墙边有一角门，巷外巡卒三两价不断往来。逢春方暗想道：树风既在后院捣鬼，定须越过这巷才有方向。刚要拔步，只听对面有人笑语。逢春忙贴伏墙阴，须臾来人越近角门，却是两个美童。都有十八九岁，拥肩携手地笑道："今天不知哪个晦气，去给石姑姑挡中阵！俺就怕石姑姑兴致畅动，只管乱颠乱扭，不管人死活。"一个骂道："促狭鬼！提起那天来，俺至今恨得你牙痒痒。越是姑姑吃紧当儿，你偏使坏，将俺推上去。你想俺的本领如何成功？这明是让俺吃两记耳光哩！"

一个笑道："好兄弟，不须怨恨！俺也是成全你的好意。俗语云：'不见大仗，一辈子是小卒。'谁叫你那话儿不争气哩！你看岑刚那厮，恨不得叫俺爸爸，指望俺在姑姑跟前给他说好话，俺还不耐烦理他哩。"一路说笑，便进角门。恰好又一美男从内跑出，笑问道："你俩向西后院吗？姑姑已沐浴晚妆都罢咧！俺便唤某哥去。"于是三人分头各去。

逢春但听得后院两字，不由暗喜道："合该俺老逢顺手。这俩崽子不知胡嚼的什么。既向后院，快些跟将去。"于是略不思忖，随后暗进。哪知角门内是一小小花圃，花树茂密，细路曲折。一望两童，早已影儿不见。逢春憨人自有憨智，略一思索，跃登圃墙，一面向西飞走，一面向北张望。果见偏北有支灯杆，其下灯光闪烁，并隐闻男女笑语。

逢春暗想道：这光景，那灯杆所在定是后院，可见树风是邪僻东西，如何登坛作法也弄得男女混杂？不要管他，宰掉他再讲。于是跳落墙，奔到那里。定睛一看，果是一层整齐后院，其中群屋参差，靠北面一层正室更为高大。逢春纳罕道：这样窄巴巴所在，坛在哪里呢？莫非是地坛儿，便设在正室内吗？沉吟一会儿，先悬攀墙头，探首一张。只见院内设有两支椽烛，业已结了挺长的蜡花儿。正室中灯火通明，只听得里面窸窸窣窣、哧哧笑语，还夹着许多怪声气。逢春等闲不曾开过这种耳朵，不由忖道：妙！妙！这定是树风那小子念什么邪咒哩。这声气只好令人肉麻，如何便要得人命呢？仔细再望，却见正室廊下有两苗女，一面侧耳倾听，一面互相拥抱，顽皮作一处。

正这当儿，风过处，帘儿宕起，便见正室外间儿还有三两美童随意坐地。便有一童趋出，拉一苗女趋入厢室。那一苗女低骂道："浪蹄子，可知你耐不得哩！"于是将身伏窗，孜孜呆望。正这当儿，又一美童趱出，不容分说，便由后扑搂其背，两个一声不响，只管向内憨望。少时苗女一回脸，那美童登时扎实实亲了一口。这当儿，厢室中也便暂起微妙声息。

逢春暗想道：于益嘱咐俺事儿须做得轻妙。依俺意思，闯进院杀掉便完咧。如今若弄轻妙的，只好先就正室天窗张张，省得廊下大呼小叫。想罢撒手翻身，由院外直奔正室山墙。略一耸身，抓住山墙边偏檐，一个风鱼跃浪式，早已蹿上屋顶。一路软步，趱近天窗，踊下身抽刀戳破，向下一张，只见短榻上一个美貌苗妇，正精赤下身，搂定个美童儿，竭力舞弄，一片声容，好不淋漓酣畅。逢春暗诧道：好丧气！这美妇模样儿，和俺大哥说的石姑姑一般，不消说定是她咧。可惜俺老逢寻王树风要紧，不然俺杀人，便这样光溜溜缚将去，才写意哩！想罢一长身，方想去且寻于益，再作道理，不想他跳耸半响，将竹筒缚绳儿摔松咧，啪的声一悠，正触在百宝囊上。

你想囊中很有些铁硬物件，不消说自然有声。逢春赶忙拎住筒，一望窗间，业已冥黑如漆，原来正室中灯火遽灭。若是久惯夜行的人，早知室内人必已觉察，逢春是初出茅庐，当时不但不慌，反倒驻路稍忙。

正这当儿，只听院内众男女一齐大叫道："房上有人，快捉奸细呀！"一声未尽，逢春但觉脑后嗖的一声，登时红光崩现。正是：

　　　　除邪未试英雄手，对敌先逢娘子军。

欲知后事如何，且听下回分解。

第九回

赴雷门遇春荐弟
克长水杜照输诚

上回书说到逢春猛闻脑后有声，登时红光崩现。诸君听书至此，便笑道："作书的段落老套儿又来咧，凡回目之末，定要说得鲜血淋漓的怕人，其实没事一大堆。我猜逢春定然无恙，那脑后声响，定是石姑姑哩。"

哎呀，这一猜倒也近理，但是石姑姑方才还赤条条地取乐儿，她无论怎样伶俐，也须有穿裤结束的时光哩。如此一细想，诸君所猜，未免仅得其半罢了。

闲话搁起，且说逢春猛惊，一回身只见一彪形苗人擎刀扑来，喝道："你这野贼，哪里来的？便是俺岑刚，还不敢上房偷瞅里面哩！"逢春大怒，右手摆刀一晃，连环进步，下面便是一扫堂腿。岑刚冷不防，往后便倒，骨碌碌向下一滚。便听院中男女劈啪乱打，接着院外巡队纷纷抢入。逢春趁势方要翻落墙外，只见屋脊后刀光一闪，风也似抢到一人，正是屋内那美妇，娇叱道："奸人休走，认得俺石姑姑吗？"

逢春一望，更不打话，一摆刀，踊跃直上。哪知石姑剑势风雨般急，逢春手脚原笨点儿，不消几个照面，业已被石姑逼到屋顶西边。西墙外还有所大空园，柴草堆积，杂以马厩。逢春一面格斗，一面张望。只见院内人拥挤乱撞，虽岑刚被捉，后面赶来人不晓得的，依然大呼捉人，恰巧也撞到院西。逢春暗道：坏咧，少时他们要在下面一截，便不得劲咧！急中生智，向石姑虚晃一刀，便趋屋檐边猛地假意失足，踉跄便倒。

石姑喝道："哪里走！"纤腰一折，提剑便揸。逢春喝道："看宝贝吧！"就这声里，将左手竹筒一摔，咕嘟嘟喷出一股腥臭红浪，不偏不倚，正中石姑嫩脸儿。登时觉又腥又黏，先将眼儿糊得结实实，其余香腮云鬓一概淋漓。百忙中顺着嘴角滋入樱口，那一种妙味，就不用提咧。石姑猛惊之间，先由两眼上抓下一把臭烘烘的东西，随手一掷，却听嗒的一声，急觅逢春，业已影儿不见。

这时东后院也便喊杀连天，院中喊捉住奸细，更乱成一片。石姑慌忙中心挂树风，所以急急赶去探望。哪知逢春却跃落大空园，逡巡而出，误打误撞地却巧遇于益。于是于益将自己入衙情形说了一遍。逢春喜道："妙！妙！俺明天赴经略大营，便杀不着这里贼苗咧。今趁树风被伤，咱俩再转去杀个痛快何如？"

于益笑道："你这趟总算开了眼咧！石姑妙态都端详够，比俺快活得多哩。如何还不知足？"逢春听了，便要大笑，于益吃惊，忙拖了他，一路飞行，越城而出。须臾到营，只见遇春面有喜色，起迎二人道："且喜弟辈必已成功，那会子花将军由昏沉中狂呼而醒，现已颜色大和，润汗津津，竟自思食了。"

两人大喜，便匆匆一说入城情形。遇春大悦，便引两人一看花连布，果然清醒如常。大家厮见，自然意气相投。花连布得知于、扬破树风邪法情节，好生感激，便愤道："今趁树风被伤，明天竭力攻城，定然可克。"说罢，想要撑坐起来，哪知精气方复，只是抖颤。

遇春便道："将军且安息调理，克城之事，尽在遇春。昨天杜照还暗遣人来报说，石姑将要回山亲简骁锐，助守这里，并与石三保面商机宜。一俟石姑动身，他便飞报，以便咱乘虚攻城。今树风又伤，想石姑越发要去调人咧！不久城中定有变动，那时一鼓而下，倒省得多伤士卒。"逢春道："好！好！大哥且留着他们，等我从雷门崖杀转时，再杀他个痛快。"遇春等听了都笑。

次晨逢春方打点起行，遇春早作好给经略的禀函交付他手。正这当儿，忽闻营外铜鼓大作，左右进报道："石姑前来挑战。"逢春大怒，便吵出战。遇春目示于益，微笑道："老弟可晓得石姑此来是何用意？"于益道："无非外面示强，瞅空儿却回山调人。看来不久必有变动哩。"遇春道："对！对！"于是下令不许出战。

石姑叫骂一霎儿，果然退去。这里逢春便匆匆起辞，遇春嘱咐道："将来若见冷兄弟，切须和衷做事。"逢春道："俺都晓得！"正要趋出，永绥探子报来，说石三保业已由山中拨去骁锐，加以凌鲤恃爇铜弩固守苗寨，所以我军未能得手。遇春听了，颇为沉吟。见逢春已去，便向于益道："怪得滕荟至今未到，想定是分不开身。如今老弟在此，花将军病又痊愈，他不来也成功咧。只是这爇铜弩设计去破，令人焦灼。"因说起凌鲤为人，助乱可惜。于益听了，也为叹惋。不由又谈起倩霞失踪。遇春道："便是因寻她，连滕芳都不暇从军，不然都是绝好帮助哩！"这日两人从容叙故，甚是畅洽。

次日石姑依然火杂杂前来搦战，遇春只是不理，一连三日，花连布病已大愈。王树风妙药敷创，也便平复，这日竟领苗队踊跃叫阵。遇春暗想石姑定将回山调人，方和花、于揣测此事。恰好杜照暗使到来，果然石姑姑要于今夜率一队捆载金资子女，潜回大姚，火速价简派骁锐，道出枫人渡，取便道奔山。特约遇春于三鼓时分暗袭东门，举火为号，他便斩关献城。原来城东门正是他把守。

遇春闻报，略一沉吟，于益拍掌道："趁此机会，何妨兼提石姑！小弟不才，愿伏众枫人渡，邀擒于她。长水孽众，便竟可告肃清咧。"遇春大喜，便匆匆面语来使，嘱杜照小心在意。方和花连布简料袭城军队，只见左右入报道："滕荟到来。"遇春大悦。

不一时滕荟趱进，一见于益，便拖住大笑道："俺的于兄，端的想煞小弟。"又向遇春道，"逢春兄真好劲头儿，他冷不防一拳，险不曾掏煞俺哩。"于、扬一听，不由怔了一对儿。于是大家厮见，匆匆落座。滕荟却笑吟吟说出一席话来。

原来滕荟既接遇春召唤之信，本欲即时驰赴长水。恰巧傅长兴因前者猛战内伤，又搭着近日里累攻苗寨，都被燋铜弩挡回，气愤之下，引起旧伤，忽然呕血不止。孔铨慌了手脚，便和雷扬坚止滕荟慢行。因这当儿石三保业已陆续遣到山中健队，领队的头目名叫霍洛端。这凶苗身高丈余，面如噀血，两胁下逆鳞横生，浑身虬筋盘结，刀箭不入，用一柄金环烈焰淬毒刀，腾踔如风，真有力逾九象之势。这凶物怒气一发，头发都根根飞立，嚼人心肺，只当寻常便饭。杀得性起，往往赤体跳跃，简直的怪兽一般。

初到时，孔铨等不理会，被他抢近城下，大掠一阵。当场捉住两兵卒，便硬生生劈其脑。雷扬大怒出战，无奈他狼奔豕突，手下凶众乱糟糟一拥齐上，阵既不能列，只好混战一场，顿损士卒。洛端却兴冲冲和凌鲤坚守苗寨。因此之故，滕荟动身稍迟。

这日滕荟急匆匆走了一程，距永绥才数十里路，只见难民纷纷，甚是可怜。原来此处名响水口，不但是永、长两处的大道，更有一岔路，便通雷门崖。这时难民中有从雷门崖来的，便没头少尾地谈些额经略的战事，直将经略说得三头六臂，恨不得额生竖眼。滕荟听得甚是好笑，便逶巡趱入一所村店，喊了两声，方从灶室中慢腾腾趱出个老头儿，两手油面，一面拎裙布擦抹，一面笑道："客官莫怪，这店中只俺自己，打不开锣鼓。俺方才侍候一位客人用过饭，方到厨下。"于是引滕荟到一敞室中。

只见座位纵横，一股脑儿都列室中，小店中往往这样儿，滕荟都不理会，便临窗拣座坐了，置下刀囊，随手抽刀，拭去尘土，置在案上。偶一回头，却见身后座上有一大汉，遍体行装，足踹快靴，正伏案假寐，微微作鼾，伏虎般很有气势，一般有刀囊，倚在座次。

老头儿便向大汉一努嘴，低语道："这才是个雷公爷哩！风火般催饭吃吧，如今他却睡着咧。"滕荟便笑道："俺也是雷公爷的兄弟，你这里吃食什么便当，快快拿来，俺赶路要紧。"老头儿道："那么着便是大汤面吧，连稀带干都有咧。"说罢，先给滕荟端上汤水，自入厨下。

这里滕荟一面饮漱，一面看大汉衣装，也像个军营朋友。正枯坐得不耐烦，只听大汉鼾声渐渐洪大。偏那老头儿手脚慢，只见厨下烟囱柴烟腾腾，却不见面到。滕荟被大汉聒得正在无聊，只听院中有人喊道："喂，老伙计，你这差事真当漂亮咧！你怎便知俺吉二爷正要闹个原汤大面，便忙着整治？好！好！多加醋蒜，外带着拌椒油。俺二爷吃快活了，下次还来照顾你哩。"一路胡噪，直撞进室。

却是个三十来岁的男子，生得邪眉瞪眼，俗厌不堪。一条撺毡小辫蚯蚓似盘在瓜蒌脑袋上。两只黄苞牙（即门齿外露者）支在唇外。穿一身龟盖色短衣，脚下是纳帮鹰嘴鞋。敞披大衫，一屁股坐在滕荟对面，瞅着鼠眼，颔首道："哟！老兄多咱来的？今天这小东儿没别的，俺候了吧！您贵姓呀？"说着四处乱望，随手拿起滕荟水杯，喝了一口，咕嘟嘟一阵乱漱，噗一口喷在地下，便有一股肺臭气冲将来。

滕荟料他是本地泼皮之类，便漫应两语，不去理他。他却笑道："好，好，你老兄真和气得紧！俺叫吉奇璧，排行老二，他们叫白了，便叫俺吉去皮，又叫俺吉老二。因俺好说好笑，爱交朋友，只要有了钱，什么你的我的，便大家吃吃喝喝。却有一件，俺一总儿不曾有钱。他们也知俺是个慷慨人物，便如当年当铜卖马的秦叔宝一般，都替俺赞叹道：'但愿吉二哥有了钱，咱大家便快活咧！'您不信，只管问店老儿，俺是他老主顾哩。您要不嫌弃，咱们也拜一把子吧。"

一席话驴屎加马粪，滕荟听了，本已不悦，又搭着吉二俗恶之状，委实不堪，于是微微冷笑，搭趁着去拭那刀。哪知手方伸去，吉二又大赞道："端的好刀，这枪棒一道，不瞒您说，俺是玩老了的营生咧。"说罢，抢起刀，先用指弹了弹，便挤眉弄眼，做些丑态。

滕荟微怒，便道："寻常刀子罢了，足下何必污目？"吉二一眨眼道："老兄这却小觑俺咧！实对您说，俺们刀子逛（北京谓青皮也）耍了一辈子刀，难道不懂得？"说罢，就刀头吐口臭唾，一溜歪斜地凑近滕荟，却用手一阵混抹，指点道："你看这锋刃蓝荧荧，错过炉工讲究，不成功的。"说着，臭口沫直溅到滕荟脸上。

这当儿，大汉鼾声好不凑趣，沉雷似聒耳欲聋。滕荟躁怒，方要喊店老另寻房间，只见吉二如飞搁下刀，跑到门首，便掀苇帘。却是老头儿攒定眉头，端面进来，一面置在案，一面道："喂！吉二爷，今天委实对不住！您别处吃面去吧，俺这里没的干面咧。"

吉二登时瞪眼道："你这老物儿，真是猴儿拉稀，坏掉肠子咧。你这样搪塞俺，如何使得？俺便吃这碗，你再给客人做去。"说着抢过热腾腾汤面，举箸便是一口。哪知热得很，这小子被烫得眼一挤溜，一张嘴重新吐在碗内。

这一来，滕荟便是泥人儿也忍耐不住咧，于是啪的声击案喝道："店翁快与我另寻房间！今天晦气，怎撞来撞去都是些惫懒东西？"一声未尽，只听背后喝道："哪个惫懒？你搅俺美觉还不算，又来骂人！"说着跳过来，嗖地一拳正中在滕荟后背。滕荟大怒，一拧身便扑大汉。大汉捏拳大笑道："来，来，来，俺杨逢春只跑寡路，一向没打个痛快，今天咱且玩一场子。"说罢，咮一声踢翻案，就要放对。

只见那客人哈哈笑道："你真个是杨逢春吗？"逢春道："奇哩，难道俺还唱个双包案不成？"那客人听了，登时笑吟吟拱手于额。正这当儿，只听翻案下山嚷怪叫，两人一见，不由拍掌大笑。原来吉二正压在案下蹬踢，店翁方拉他腿子力拽，道："吉二爷，这是何苦？这白食便这等好吃？"

吉二闹得汤汁淋漓，愣怔怔爬起，看了逢春气概，有些害怕，便搭趁着逡巡而去。于是两人互询姓氏，逢春道："原来是水底鱼滕三哥呀，失敬！失敬！"这时店翁将座位整理清爽。滕荟道："烦你快做两份面来。方才吉二那厮到底是什么东西？"

店翁唾道："好鞋不沾臭狗屎！尊客们理他做甚？他住在义库巷，缩头缩脑，有时节偏要硬邦邦充朋友。有前劲，没后力，只要三杯落肚，登时呕吐狼藉。方才定是猎人酒去来，所以又露棱露脑（今之露棱露脑，称兵捣乱者，皆当作吉二观）来得罪人。"滕、杨听了，各为一笑，便相与落座，各谈两下事体。

滕荟喜道："据杨兄说来，长水那里不久便克复咧！永绥那里还须费手，不但新添个凶目霍洛端，便是那煨铜弩委实厉害，不然，各苗寨早已破却，便可进兵剿山。便是凌鲤也是劲敌。俺曾闻雷扬谈起，凌鲤前来助逆当儿，还曾赚致山中一双侠气男女。你说他不歹毒吗？"

逢春道："可惜俺须赴雷门崖，没暇到永绥会会这干宝贝。"滕荟笑道："宝贝有的是哩！吴半生和乌苏拉现方雄踞赤霞，龙母山还有一大批，咱们且磨快宝刀，准备去杀吧。"两人说得兴会，相与鼓掌。逢春又略问额经略为人，滕荟略道一二。须臾店翁端上两份面，逢春笑道："俺本因食饱盹睡，今见滕兄，一畅快，俺肚内又空落落的咧！"说罢，两人食罢给资，各整行装拔步出店。逢春自奔大道。这里滕荟便一路趱行，直抵花营。

当时滕荟说罢，大家都喜。遇春也将杜照报秘之事一说，又沉吟道："永绥那里霍洛端一勇之夫，倒不足为虑，只是燋铜弩有些费手。"于益便道："今且商议这里。如今滕兄来得恰好！枫人渡邀擒石姑姑，非滕兄莫当此任哩！"滕荟哪里肯依，逊了半晌，还是于益去。

当时花、杨两人斟酌部署定，由花连布守营，遇春引军由东门杀入。其余三门，各派部下员弁领军外扼，以防树风突门逃脱。却派滕荟领健卒一队奔县衙，单寻树风。一切都妥，单等临时行事，这且慢表。

且说树风这夜晚见石姑姑率众去了，自在城头巡望一会儿，见花营中一无动静，心下稍安。趑回衙却值杜照正在那里向各队目发怒咆哮道："今天晚上大家更当小心在意，却如何这等颠顶？"于是吆五喝六，将各队分遣开去，特带领一队亲信人跟定自己。原来苗卒中也掺着许多汉人，便是内地里亡命贼盗等人，还有平民们被裹胁的。杜照自蓄意投降，便暗地里厚结他们，引为己助。

当时树风道："杜兄骂他们，委实不屈。石姑姑既暂去，更当仔细的。"杜照正色道："什么话呢！若都似俺杜照处处仔细，也不是送情的话，管保那晚您不致功败垂成，还搭上失掉一只手！"说罢，十分愤愤，很够样儿。树风粗勇之辈，哪知他葫芦内卖的甚药，于是两人分头干事。杜照自去守东门。树风却就城内一路趑巡。抬头一望，星光耿耿，这时已有三更左右。不由向南翘首，暗道：这时光石姑敢好到枫人渡咧！

原来这枫人渡距城不过十余里。当时树风方在提剑徘徊，忽闻那方面一阵隐隐呐喊，树风大惊。说时迟，那时快，便遥见东门上一股火光直冲霄汉，登时城内外喊杀连天，尽是汉人语音。树风惊极，只当是花连布等乘虚攻城。方引众扑赴东门，便见三五苗卒流血被面，没命地撞来。大叫道："王爷不好，今杜照通敌，业已献城，杨遇春便杀来咧！"语声绝处，对面火燎如风，亮如白昼，早有大队敌兵潮水似拥过来。当头一将，威凛凛手提朴刀，一路指挥兵卒，逢人便砍，正是遇春。

这当儿，四城上汉兵已满，各处火光飞舞，齐声大呼道："石姑在枫人渡已被捉获，降者免死！"这一声不打紧，树风所领苗卒登时喊一声，散去大半。树风大怒，刀起处立杀数苗，一个箭步，单臂抢刀，奔遇春即便接战。这时满城鼎沸，四门上汉兵喊杀如雷。树风心慌意乱间，又见衙署方向火杂杂烧将起来。于是虚晃一刀，领百余苗卒且奔衙署。亏得别队头目百忙中混撞来，截住遇春。树风刚抢到衙前，只见一队汉兵水也似由衙涌出。当头一人，生得短小精悍，穿一身浅黄短衣，手提朴刀，方要杀向衙左。

树风一怔之间，便闻汉兵大呼道："滕爷仔细，王树风便在这里。"语声方绝，那人用一个饥鹰掠兔式，一摆刀，登时抢近。大喝道："王树风，哪里走！认得俺滕荟吗？"树风大怒，抡刀便剁。两人这一交手，但见刀影翻飞，白光乱卷。一个是势穷心愤，拼命争锋；一个是务擒悍贼，大显绝艺。正杀得难解难分，但听扑哧一声，两个中倒了一个。正是：

生死交关须拼力，输赢顷刻见分明。

欲知后事如何，且听下回分解。

第十回

觇卦板引出叶滕踪
盗异草喜逢向导客

且说王树风把心一横，大战滕荟。两个耸跳驰逐之间，却有一健苗想暗算滕荟，便隐在树风背后，端定标枪，趁树风一闪之间，他突地挺枪便刺。不想滕荟手脚矫捷非常，略拨枪锋，一个进步，顺势儿一刀，那健苗夹肩带项，登时化为两段。树风情知事坏，便乘势一跃，趋入衙前短巷。亏得滕荟地势不熟，张皇一会儿。恰好遇春领众赶到，各门员弁也便鼓行四集，只得且集县衙，料理一切。

这里树风慌张张混出城，回头一望，好不颓气，便一路掩抑，躲过汉兵风头，暗想：事既如此，俺何颜去见吴半生？虽说是石姑轻出，杜照献城，终是俺没有能为，况且苗人性格究竟难与共事，俺还恋此做甚？想罢便惘惘取路，仍奔三槐。这且慢表。

且说遇春会合滕荟，大索树风不见，便入衙先扑灭火，然后检点兵丁并降获的许多苗众，暂派人监看起来。只见衙内还有些被掳男女，正在发放，花连布已拔营整队而入。当夜杨、花两人便彻夜价料理一切。一面先出示安民，一面遣人星夜价报捷经略。直至天光将亮，却不见于益消息。这时杜照猥琐琐猴在一旁，花连布瞋目喝道："你这厮作乱日久，死有余辜，今虽献城，也当杀却！快与我斩讫报来。"左右一应嗷应，推了杜照便走。

遇春道："今杜照虽应斩首，但念其悔罪投诚，尚请将军宽恕。并且苗中情形，他当谙悉，留在手下，亦正有用。"花连布听了，便令放回。杜照惊魂飞转，叩头旁立。遇春道："你可准知石姑姑定走枫人渡吗？"杜照道："枫人渡是赴山要路，但那里最丛杂。于爷这时没转来，一定是穷追石姑姑去咧！但恐路径不熟，或有舛错，还须遣人接应才是。"

滕荟道："如此俺便去！"遇春方在沉吟，恰好人报于益趑趄转。须臾入见，满面惭愧，却拎了一件苗妇丽服掷在地下。杜照便道："这正是石姑去时所穿！"于是于益细报情形。

原来三更左右，于益伏兵枫人渡，果见石姑横刀督众悄悄趱来。苗人们队伍本没纪律，又在黄夜奔走，便似群鸟般直刷过来。于是于益让过苗众，口哨一鸣，伏兵尽起，一声喊，截断苗众。于益瞄准石姑，嗖的声先是一镖。好石姑，略一低头，趁势扬手，嗖嗖嗖三支鱼梭一气发出。于益左腾右闪，末后一梭恰值于益刀起，两下里碰个正着，当啷一声反激过去，却将石姑身旁一苗额门穿碎。石姑大怒，一柄刀泼风似斫进。

于益喝道："你家杜照这当儿已经献城，你这贼苗妇还不快快受死！"石姑一听，心胆都裂。大叱道："俺前些日子在衙，中人诡计，一定便是你这厮。不要走，且纳命来！"于是长刀一摆，两个杀在一处。

这当儿于益手下人踊跃奋斫，不消顷刻，已将苗众赶杀得如奔山野鹿。石姑正在着急，便见长水城内一片火光，并隐隐哭喊之声，情知杜照献城不虚，气愤之下，便且将敌人煞气。哪知于益擒她心切，也使出十二分本领。这一追逐，直撞出三四里外。石姑气急交加，不由香汗涔涔，且战且思逃路。

须臾趱到一带短林，石姑虚斫一刀，急忙跃入，翻手一鱼梭，一气儿钻入深草。这里于益一闪，驻足之间，石姑已影儿不见。于益为人精细，不敢入林，忙跳向高处一望。却见短林尽处似有衣服一闪。原来于益目力非同常人，石姑也是精细鬼，见自己连发三鱼梭不中，便知敌人目力不同寻常。退躲之间，早已打算定逃计咧。

当时于益还不贸然奔去，便悄悄趱至林尽处，先手起一镖，只听唰一声，那人一晃身，依然摇摆。奔近前一刀斫去，连鬼影也无，只有石姑所穿丽衣挂在矮树上。原来石姑早用金蝉脱壳之计，逃奔大姚咧。于益黄夜间无从追赶，只得押了俘获苗众并许多辎重子女，匆匆而回。

当时于益述罢，颇为恨恨。遇春道："石姑虽逃，且喜长水克复，再慢慢作计较不迟。"当日便料理城务，暂由花连布驻守，并发遣被掳男女等人。苗人诚心悔悟的，便令其诅鸡为誓，遣归山峒。原来苗人诅鸡极为重要，苟经此誓，再不会反复的。凡浑朴民族都有一种信神坚心，不足为异。若在汉人，只要当念个牙痛咒咧！于是众人罗拜欢呼，纷纷而去。

这日便大犒兵卒，庆功一日。席间遇春把酒，时时沉吟，忽慨然道："近些日得长将军军情报闻，知他那里连解正大、嗅脑两城之围，只有松桃还在相持之中。大概看来，很是得手。咱这里长水虽克，永绥逆苗却恃燋铜毒弩之故，久抗王师。俺想毒弩定有解法，只一时间无从探悉。却恼人得紧！"

杜照听了，忽低头默然，却恶狠狠一瞟花连布，即便饮酒。遇春等都没理会，唯有于益却暗暗怙惜。既至席散，他便悄悄向滕荟道："俺看方才杜照光景，他在苗日久，定晓得毒弩破法。只是他神气间有些尴尬，须得设法套他实话。滕兄你愿立功，俺却有个道理。"因附耳悄悄一说，滕荟点头，当时各散。

不一时天光傍晚，杜照方在己室闷坐，只见帘儿一掀，于益笑吟吟趸入，道："哎呀！终日忙得很，总没空和杜兄叙叙。今俺略备小酌，咱二位且谈谈，消个夜儿吧。不瞒杜兄说，俺舍下很有饭吃，此来非为争功夺名，不过开开心胸，乐闻些奇事异情，归夸乡里罢了。杜兄久混苗疆，定有一肚皮杂耍儿。这正是俺所乐闻哩！"说罢，不容分说，拖杜照直入己室。榻帏前案上酒馔都已摆列停当，杜照谦逊不得，只得逡巡落座，便有侍者斟上酒来。

于益按壶道："这里不须你侍候，如花将军呼唤俺，急速来报便了。"侍者退去，这里杜照却哼了一声。两人饮过几杯酒，于益便夹七杂八谈询起苗中风俗并土产草木之类。杜照对酒，且开闷怀，也便闲闲谈说。于益听了，哈哈大笑道："妙！妙！等俺回到家，请文人撰述起来，倒是一部绝好的苗疆风俗。却有一样，像蘸毒弩的那等燋铜，恐内地人乍听来，还不相信哩！"

杜照乘酒忘情，便笑道："这不足为奇，一般有一物性能制它。"于益一听，方停杯瞬目之间，杜照业已觉得语失，登时一笑，遮掩道："只是俺记性太坏，如今再也想不起是什么物儿来咧！"于益听了，不由暗笑，便无意中拈起箸，向盘边一敲，须臾侍者入报道："杨将军有唤。"杜照趁势起辞道："于兄有事，咱且散过吧。"

于益道："不打紧！俺杨老兄性最和平，知俺和杜兄款谈，不过三言两语便放俺转来的。"说罢，和侍者匆匆而去。杜照不便潜去，只得枯坐，且吃闷酒，不由顿杯自叹道："好没来由！俺杜照本一行贩，但多趸钱，于愿已足，又晓得什么攻城略地！无端遇一吴半生，又因慕石姑姿色，遂因循至此，幸俺见机投诚，不想花连布几乎斫掉俺头，便是从前在葵花寨误击警鼓，也几乎被石三保杀掉。仔细想来，真正晦气！如今俺如童养媳妇一般，但求没事才好，如何方才险些多嘴，说出吉祥草来？像杨将军宽宏大量，俺助他成功还倒罢了，花连布不能容人，俺才一百个犯不着哩。"一阵胡捣鬼，连举数杯。

方在那里沉吟低首，只听窗外大笑道："好个吉祥草，只此三字，破毒弩便成功咧！"接着跳进一人，却是于益。向背后一望，遇春也含笑趸入。杜照惊怔中，自知失言，连忙掩饰。于益一笑扣榻道："证人在此，不须遮掩咧！"一言未尽，由帏内钻出一人，却是滕荟。于是三人鼓掌大笑。遇春正色道："杜君既已投诚，便当为国尽力。快说明破弩异草，莫误军事！"

杜照情知推谢不得，便慨然道："这吉祥草生在大姚山阴，八九月吐碎花，弥望如雪。但得此草三五棵，捣烂和蜜，作为小丸。水器中投一丸，人饮此水，便可避燋铜之毒。但是产草之所，险峻非常，地名鬼母峪，乱峰丛杂，蛇虎出没。其地还设有百余健苗，专守此草。都善用毒弩，腾踔如飞。距那里四里之遥，便是弋乌峒寨，设或有警，守苗便撞起号钟，弋乌寨登时来人。依俺看来，取此草甚是不易哩！"

滕荟笑道："易不易且慢讲，今鬼母峪距此多远？路经哪里呢？"杜照道："由此西南取路，道经石门谷，从那里僻径一直向西，入山后不过百十里，便到鬼母峪。由此总算起来，不过两日之程。"滕荟道："如此说，还不算远。那么于兄高兴，去一趟吧！"于益暗笑道："滕老三好滑溜！他这一句，正要楔出俺的话来。"因笑道，"还是滕兄去吧！俺等给你团草丸儿何如？"

大家一笑之间，杜照又道："滕爷如恐方向不明，俺便给您画个大概。"说罢，就旁几拈起纸笔，草草画了一图。大家一看，果然明了。于益不由拊掌道："将来剿大姚山，能得如此的详明地图方妙哩！"当时滕荟大悦，收起图儿。

遇春道："老弟此去，怎样计较呢？"于益道："滕兄计较，俺一猜便着！定然是单身去取，不惊苗众，以为将来出其不意，大破苗寨的地步。"滕荟听了，含笑点头。杜照惊道："那所在滕爷单身去，恐不便吧。不但路险兽多，便是那百余守苗也甚是厉害。况距弋乌寨甚近，倘若惊动他们，大大不便。"滕荟道："到那里，俺自有道理。"

遇春听了，便屈指沉吟道："滕老弟此行，往返至快也须五六日。俺虽须急赴永绥，但此城新克复，防石姑或来作闹，只得和于老弟暂助花将军留守。一俟滕老弟取草回，再同赴永绥何如？"

计议既定，便告知花连布，次日平明，遇春、于益眼看滕荟结束伶俐，携了图纸并入山干粮，便取路向石门谷进发，于是和花连布暂守长水，静候佳音慢表。

且说滕荟一路飞行，按图中道路奔将去，当日夕阳未落，已抵石门谷。仔细一望，溪水萦回，乱峰合沓，溪岸上远近村舍甚是寂静。这时淡淡返照，烘映得画图一般。滕荟性最爱水，便俯掬溪流，漱漱口，坐岸小憩，暗忖道：今夜这光景还须趱行，明日早到鬼母峪，也好从容计较。一面沉吟，一面掏出粮脯来吃。

正这当儿，只见溪岸上一家门儿一启，忽地跑出个蓬头小厮，手中拎一根舞棒，上面还挂着些布缕木片之类，一面唧唧呦呦唱山歌，一面西望道："好哇，好哇！阿哥入山，许打个山兔儿给俺。怎的这时光还没转来呢？"说着野鹿似奔向滕荟跟前，瞅了眼，只管乱望。

滕荟见他天趣可爱，便随手撕块干脯给他道："你叫什么呀？且吃肉吧。"小厮大悦，索性丢下棒，蹲在滕荟对面，一面吃一面笑道："好吃得很，比俺阿哥炙的兔儿肉还好哩。俺叫柳阿根，你老姓什么呀？"滕荟笑道："俺姓滕。"小厮道："噫，怎的从这里过的客都爱姓滕呢？"滕荟听了也没在意，便随手拈起舞棒道："你这般长大咧，如何还玩这物儿？"说着一振棒，忽一眼望见一物，不由失声道："哟，小哥你此物哪里来的？"

那小厮正因食肉，过意不去，登时摘下那物，向滕荟怀内便塞道："一个竹板儿罢了，你稀罕只管拿去！这有好些日了，有一个汉子，那长相儿比你还猛实些，和一个绝俊的大姑娘在此游逛。那汉子偶然在俺家对门茅厕中去方便，俺那时正在门内玩耍，便见他掏出此物，插在厕檐。后来他去了，此物还好端端在那里，所以俺把来玩耍。"滕荟听了，越发暗惊道：此板明明是俺手削卦板，不消说俺二哥曾到此处。那绝俊大姑娘，莫非就是倩霞？但俺二哥既寻着倩霞，便当速回，如何反撞在这一带？正在怙惙，只听有人喊道："喂！阿根如何缠扰客人？"滕荟一望，却是个精壮猎人，荷叉牵犬，沿溪岸趇来。

阿根望见，连忙奔去，一面拧股糖似的和猎人撕扭，一面向滕荟乱指，须臾两人趎近前，阿根便跳道："阿哥你好些日前说石三保捉住了一双男女，说那男子姓滕，便疑惑是丢板的客人。如今这位客官也姓滕哩！"猎人向滕荟一打量，便喝阿根道："小人儿不要混说！"

滕荟听了，不由满腹狐疑。便搭趁站起，仍将竹板把与阿根，向猎人拱手道："足下想是这小哥的哥子了，在下行路天晚，可否借尊府暂宿一宵？"猎人道："当得，当得！敝居不远，便请移步。"于是拔步前导，须臾引滕荟到家。叙礼落座，各询姓氏。方知猎人姓柳名运，便是山家住户，只仗采山猎兽为生，言辞之间，甚是直快。滕荟不敢露底，只说是游历闲人。两下里谈叙一阵，十分款洽。滕荟知趣，便取出包散碎银两，把给阿根道："小兄弟，且留你买果儿吃去。"阿根大悦，却一指掏入口中，嘻嘻地笑。

柳运笑道："俺山家过客投宿，只如寻常，滕爷何须多费呢？"因叹道，"如今三保称兵作乱，连俺们采山生意也隔断许多。若在平时，俺待客还要殷勤哩。"谈话之间，阿根却接过银两，跳跃而去。不多时掌上灯，阿根早穿梭似端上汤饭。

滕荟原不饥，因要探滕芳下落，便一面陪吃，一面询柳运方才阿根所说石三保捉住一双男女是怎样回事。柳运沉吟道："此事说来，滕爷须要嘴严。倘有泄露，俺山家担不得偌大干系哩！"滕荟道："不须嘱咐，咱只当闲谈罢了。"于是柳运从容说出一席话来。

原来柳运打猎为生，终日入山厮混，和苗人等甚是厮熟。因苗人嗜利，占不得小便宜，柳运投其所好，每过苗卡，他便将出点儿小意思去点缀。因此大家都喜他，呼他作老柳，一任他满山游猎，通没禁限。所以他各处险秘都知一二。他鹿芝坪有家苗妇外交儿，一日柳运趄得去，恰值苗妇独处草室，两个闭了门，方要云云，只听外面喊道："如何白日关牢门？"说着啪啪两记。

苗妇一听，是苗男语音。大惊之下，一骨碌推下柳运，便牵入室后草团内伏定。这时外面又啪啪两记，苗妇急应道："来咧！来咧！"说着佩上苗刀，如飞奔出。原来苗中风俗，室女淫奔，不但不禁，并且有一外交儿，头上便添扎一小髻，能扎至十余小髻，大家见了，便如见安琪儿一般，无不称羡。如苗妇有外交儿，定规是白刃相仇，没丝毫通融的，所以苗妇临出佩刀，为的是苗男如看出破绽，两个便登时拼个你死我活哩。

当时柳运伏定，好不惴惴。亏得门儿一启，那苗男没哇呀呀一下子，反听得苗妇抱怨道："偏他娘的巧！人家这会子有些不舒齐，刚闭门歪倒要静一霎儿，三不知你又撞转来，闹得扎天动地。你不是押什么滕咧叶咧的，随石纥纥向浴日楼吗，如何这当儿便转来？"

苗男笑道："巧得很！人家石纥纥老爷子真有神通，用不着俺们咧！等我歇一霎说给你。"于是两口儿厮趁入室。柳运方暗幸没事，忽听苗男道："噫！老柳来了吗？他这枪药袋儿现挂在壁上，他向哪里去了？"苗妇道："你真糊涂！老柳为人体面不过，那会子他来寻你不见，抽头便走。饶是俺喊唤不迭，他还掉下这药袋儿。"苗男笑道："不错！前些日老柳许给俺只肥山鸡，准是送鸡来咧，不消说你悄悄受用咧！"

苗妇唾道："不要害谗痞！端的你为甚转来？"于是苗男将石纥纥自押滕、叶赴浴日楼一段事一说。柳运听了，暗暗称奇，却也不晓滕、叶是何人物，因甚被捉。恰巧苗男歇息半晌，依然趄出。柳运吃这一惊，色心都退，倒和苗妇谈起方才伏听所闻，于是苗妇从头至尾将滕、叶被赚原因仔细一说。柳运方恍然阿根所拾卦板是滕芳所遗，回得家来，曾向阿根念诵道："你这卦板是一滕姓客人丢的，如今这客人和他同行的俊姑娘都被石三保赚捉去了。"阿根糊涂涂记得，所以一见柳运，便吵这位客人也姓滕。

当时柳运说罢，滕荟又惊又喜。喜的是滕、叶有消息，惊的是滕、叶地处危险，百忙中又不晓得他两人为甚不回滕家寨，反来探山。怙愡之间，见柳运神态十分直朴，因漫问山中道路。柳运娓娓而谈，十分熟悉，并慨然道："真是天助恶人！那男女两人想刺杀三保，偏又被他捉入牢笼，看来小民们还没日安生哩。"

滕荟听了，暗想此人倒颇颇可用，便笑道："柳兄你道俺是哪个？俺并非闲游过客，俺便是额经略麾下听用之人，为军事来此探山。方才所说被陷滕姓，是俺哥子。那叶姑娘是俺好友之女哩。那会子俺一见卦板是家兄所用，所以来打扰柳兄，探询此事。今俺有要事，还须连夜入山哩！"柳运骇然道："原来滕爷是经略军中人，既贪夜探山，定有机密。可好见示缘故吗？俺虽小民，也是皇家赤子，如有用俺处，当得效力！"滕荟大悦，便先将采取吉祥草之事一说。

柳运道："滕爷本领高强，怕不成功！只是鬼母峪险恶异常，不要说中间须经过熊馆虎洞，势须择路避过，便是守苗在峪左右所下弩机，也须仔细脚踏哩！俺料滕爷必不能洞悉。"滕荟听了，好不踌躇。便取出杜照所绘图儿给他一看。柳运点头道："此不过十得六七。"因指图中一处道，"此名星石屿，由此左奔峻阜，方躲过熊虎窝穴。这图上却没注明！至于弩机所在直然漏掉。再者滕爷孤身，毕竟不得手脚。如不相弃，俺欲去相助如何？"

滕荟喜道："好！好！柳兄去，此行成功，必膺懋赏！"柳运拊掌道："什么赏不赏，俺但愿早除却凶苗，山民们过个太平日月便得咧！"两个说得兴会，都各欣喜。须臾饭罢，柳运匆匆结束，仍执了猎叉皮囊，装了应用之物，吩咐阿根道："你在家仔细门户，俺巧咧明天夜里便转来。"

一言未尽，只见阿根小嘴一噘道："依我看，阿哥别去吧，她又该来混俺咧！"两人听了，不由一怔。正是：

意气相求逢壮士，天机偶露见痴儿。

欲知后事如何，且听下回分解。

第十一回

滕荟探险鬼母峪
鲰神示异鹿芝坪

且说柳运嘱咐毕，刚要和滕荟拔步，只见阿根噘嘴道："前些日阿哥出去一天，邻家那大妮子三不知便撞来，和人玩耍还罢了，她却惯掐人腿里子，摸人家那东西哩！"两人听了，不由一笑，便匆匆厮趁出门。这时天光方起更以后，但见疏星动野，夜气沉沉。柳运步履甚健，竟能追逐滕荟。

两个且谈且行，脚下如飞，半夜间已离石门谷五六十里。须臾踅过一带沮洳，柳运道："过此以往，岚湿气润，最为蛇虫郁生之所，却往往有奇草异卉。鬼母峪一带，除吉祥草外，还有种销骨草，饮其汁，其人登时如蜕。还有种洞肠草，少用之，能治症痞之疾，若稍过分剂，其人便洞肠死掉哩。"两人谈说中，柳运却趋入深菁小径。

滕荟迟疑道："此径和图儿不对吧？"柳运笑道："此地捷径，俺最明了。杜某所绘迂远得多哩！从此踅去，不消四更后便抵山口，正好从容盹歇哩。"这时滕荟随后留神，只见柳运一路纵步，行所无事，果然四更左右已抵山口。只见山势峥嵘，好不险恶。于是两人藉草坐息。柳运道："不须急赶咧，反正明天取草，须趁夜里行事，且就此盹睡如何？"

滕荟点头，一时间却睡不去，但听得山风谡谡、怪鸟夜啼。方要合眸，忽闻一片涛声撞撞。仔细一望，己身却如临小小海岛。中有一楼，崔巍切云，上有人凭槛四望，慨然长啸。背后一女郎，风鬟掩抑，正在搔首。滕荟不由大叫道："二哥、倩霞吗？快跟我出险！"说罢，一个扎猛翻入水，扑通一声醒来，依然坐在草地上。一看柳运，还在倚叉而睡。

这时东方已透出鱼肚白颜色，晓风习习，好不清爽。滕荟暗念梦境，自笑道：真是人有所思，便有所梦！莫非那小岛模样所在，便是浴日潭吗？正在沉吟，只见柳运蹶然舞蹈道："滕爷你看，这便是鬼母峪咧！吓，好俊样的吉祥草哇！"睁眼一看，恰滕荟正愣怔怔瞅着他。于是各道所梦，相与拊掌。柳运道："但看咱俩人这片诚心，没有不成功的！滕爷若非因取草事忙，想早就赶赴浴日楼咧。"

须臾晓色大开，山光清朗，两人站起，便奔山口。滕荟不暇细玩，但随柳运盘迂而进。入山不远，便逢几个山苗。一见柳运，各自环绕嬉跳。有的便狼顾滕荟道："老柳哇，你几时又搭了猎伴儿？"柳运趁口风道："正是哩，俺这伙伴，背狼打虎，全挂子本领，外带着还能打呆狗哩！"一路诙笑，匆匆而过。

这时道左草中忽惊起一只兔儿，山苗等一见，撒脚便赶。顷刻间追过一小小土冈，真似飞的般。滕荟便道："人说苗人捷赛猿猱，果然不虚！"柳运道："苗人善走，虽是天生，但也须练习之功。苗童生数月，便烙足，用漆蜡等物厚涂趾底，久而久之，坚韧如铁，所以能于峻岩荆棘间腾踔如飞。柳运看来，将来经略提兵剿山，很是不易。"

滕荟便道："柳兄能明山路，将来剿山，经略必要借重。"柳运道："哟！俺一粗人，哪里来得及！不过采山日久，略知山中险僻之所。至于石三保所设扼要寨卡并全山形势，俺如何弄得清爽？"

两人且谈且行，趱过两处峻坂，那路儿越发崎岖，深林茂草，一望无际。山庙居处早已渐稀，果然窄径中时有兽迹，竟有一条毒虺唰的声从两人身旁驰过。两人一闪之间，忽然头顶上顿时阴黑。罡风起处，便有一铁角皂雕坏云似压下来，雪爪一翻，便将毒虺抓起，瞥然而逝。

柳运道："前面便是星石屿。这左近虫兽很多，俺往年经此，曾见一大蛇吞飞鸟，甚是有趣。那大蛇藏在老树空腹中，昂起毒口，正齐树穴，飞鸟过此，一个个敛翼便落。吃俺一火枪打煞那蛇，竟有屋梁粗细哩！"

须臾两人趱过星石屿，滕荟留神一望，屿左边果有峻阜，只是荆榛塞路，便像久无人迹似的。滕荟就阜高处四顾徘徊，道："柳兄，左边道儿真走得吗？"柳运道："滕爷莫疑！你且看图中所载之路。"于是向屿右一指。滕荟一望，不由吃惊。

只见屿右之道却是一片宽沟形儿，草木虽略清楚，只是壁岩间洞穴甚多，这当儿正有两只老熊披发探爪，在一洞门外向阳跳踉。少时又两只小熊跳将出来。两老熊一声怪叫，各撮起一个，肩将起来，一路追逐，烟尘抖乱。少时一老熊掀起屁股，就株大树上蹭痒，忽然兴起，尽力子向后一偎，咔嚓声大树立断。于是柳运道："滕爷见吗？咱这当儿没暇向畜类费气力，所以走屿左为是。"于是两人越过峻阜，只见鸟道萦纡，树萝荟翳，若非柳运导引，真难走得很。

过午之后，抵一峭崖。柳运道："滕爷且歇息。此间瞭望鬼母峪甚是得地。"滕荟纵目道："前面凹处好似片山环。那一带林木森郁，微露碉楼，想是鬼母峪吗？"柳运道："正是!"因指画道，"滕爷看碉楼左边，楸树高下，那里便是入峪僻径。咱要严密，俺还有一条道路，甚是捷便。碉楼右边那数亩平坦之地圈，便杂生吉祥草。您看那平地四外，凡荆棘莠翳处都能落足。其余净洁之所，凡近圈都下藏弩机，并设有铜线踏铃，远通碉楼。一有警动，铃声立报。"

正在瞭望，只见从林木中蠕蠕走出一群苗人。柳运道："这便是卡苗。正好他演习标枪纷纷回碉哩。"两人一面谈望，一面少歇，各用些干粮脯。柳运忽笑道："滕爷今晚取草，想怎生区处呢？"滕荟沉吟道："俺想这群蠢苗，直不必去撩拨他，还是设计赚开他，便好于中取事。"柳运道："着呀! 咱们这当儿神不知、鬼不觉取将去，将来用破毒弩，也好出其不意，成功必速。"说罢，如此如此向滕荟一说。滕荟大悦，于是两人婉转下崖，拨路而进。

柳运足之所经，都似无路，他偏能从容行去。日平西时分，忽抵一砑砑洞口，上临危壁，石气蒙蒙。柳运笑道："此处不知是神仙第几洞天，滕爷高兴，进去逛逛吗?"滕荟一听，便知柳运必有奇径，因笑道："当得奉陪!"柳运一笑，两人厮趁而入。

初进去，漆黑也似，潮阴阴窄境滑足。滕荟没奈何，只得牵定柳运，便如瞎子明杖一般，一步步蹭将去，忽地脚下一蹶，险些栽倒。又一举手，恰好一群老蝙蝠正倒栖在壁，扑啦啦一惊撞，泥尘乱落。柳运道："滕爷稍停，且闭目静回神，便看清爽咧。"滕荟驻足，闭目一雾，猛然一睁眼，果然可辨路径。只见洞内便好似长长甬道，上面钟乳悬垂，两旁峭壁间奇石纷罗，千态万状。须臾甬道尽处，得一石阙似的天生石门，倾耳一听，里面只呼呼风响，又似轰雷隆隆。

滕荟惊道："这所在好生险秘!"柳运笑道："此不足奇，里面还有好玩所在。此洞便名秘魔洞，由此穿过，便是鬼母峪的背后，捷便得紧。这似乎风雷的，却是洞内一条蛰蟒，伏居于深窟，无害于人，只是距窟数十步，便奇寒袭人。那蟒呼吸息睡，便如此作响哩。"两人一面说，趱入石门。走得里余地，豁然开朗，仔细一望，洞顶却有许多盆也似孔窍，天光下注，所以明朗。果然道左一深窟，黑魆魆冷气侵人。

柳运道："蛰蟒伏居，不必扰它。"于是两人由道右而进，须臾又抵一石壁，下只露一井口似圆窦，两人蛇行穿入，里面却愈趱愈高，约莫有三四里远近，方由丛薄中取道钻出石洞，登高一望，距那碉楼只好四五里咧。这时天光已将薄暮，于是两人就隐秘处稍息饱餐。初更时分，柳运从囊中将应用等物预备停当，和滕荟趱至近碉之地，嘱咐道："滕爷仔细。少时取草得手，只向方才歇息处寻俺。拍掌为号，切记切记！"说罢，一溜烟似直奔楸树林。

这里滕荟一面留神，一面从微月中，见卡苗三五成群地从碉楼出入不绝。少时有一队，各持标枪，似乎将去巡逻。正这当儿，一苗大呼道："火！火！"于是群苗齐呼道："火！火！难道林内有奸细吗？"一声未尽，碉楼中众苗早都野鹿似奔出，山嚷怪叫。原来苗人是不晓得镇静的，便如山中野牛，只消一个失足落涧，其余便相随投下哩。当时群苗全数儿噪奔入林。

滕荟百忙中一望林内，业已星火错落，高高下下，悬宕得狐仙炼丹一般。于是一矬身形，箭也似便奔圈地，略践棘丛，早已连跃入内，抽出刀一阵芟割，不消顷刻，得草巨束。

这时林中群苗突自狂呼乱跑，竟还有向火叩拜的。或欢噪道："圣灯！圣灯！"原来山中旧有圣灯之传说，说是山灵示现，人以为瑞，是轻易不得见的。乱了许久，有一苗跃登高树，撮下一火星，却是半段粗枝香火。众苗一见，又是一阵乱噪。

滕荟都不管他，背上草，拔步便走。方一跃踏出圈，不想荆草中哧一声跃出一条青黑菜花蛇。滕荟一闪之间，脚尖儿稍沾平地，便闻碉楼中铃声大鸣。林中群苗一声喊，都风也似抢回来，便乱糟糟掌起火燎，各处寻人。这时滕荟早已鹊跃猿奔，趱回歇息之所，轻轻一拍掌。

柳运笑吟吟从深草中钻将出来，悄语道："滕爷快去吧！这群苗人虽一时间不觉得，恐时光稍久，便去检看那洞口哩。"于是两人匆匆转步，仍由秘魔洞穿将出来，连夜奔回柳运家，业已是次日傍午时分。

滕荟一看那草，青葱葱略绽碎白花儿，还带香气。因喜道："亏得柳兄导引，唾手成功。今杨将军遇春现驻长水，便请同行，好录兄功绩。"柳运笑道："俺粗野山民，知甚军务？将来苗乱荡平，俺山民便受惠不浅咧！滕爷但去报功，俺委实不能奉陪。"滕荟听了，不由恍然若失，便道："俺此去缴草，即当转来。浴日楼之行，还须柳兄导引哩。"

柳运沉吟道："导引虽不敢辞，但俺闻石纥纥那老儿甚有道法，滕爷此去，若但仗本领，怕不成功。只好届时再议吧！"不时滕荟告别，转赴长水，将取草一段事细述罢，并言所得滕芳等消息。大家听了，好不惊异。

遇春沉吟道："俺料滕芳弟必因情霞耻于回头，没奈何同去刺三保，致有此失。情霞虽拗性，然其壮气亦甚可嘉。荟弟先去救情霞等自不消说，但俺最喜的是得遇壮士柳运。石门谷正当大姚山阴，将来借柳运，便可夹攻大姚山哩。今于老弟且同花将军居守，俺便赍草先赴永绥。俟破敌之后，再议剿山。近得长将军战事消息，可喜武鸣凤、冷田禄都能立功。一俟倩霞等出险，大家正好竭力报国哩。"大家听了，都各欣喜。

当日花连布置酒高会，席间遇春把酒叹道："草野中尽多奇士，即如雷扬为人，何等磊落，便是凌鲤，也是一意气男子，并非猥琐没脊骨的人。"一句话不打紧，羞得杜照满面通红。遇春都不理会，接说道："今看柳运，淡于居功，又是个山民中有意思的人。他说将来剿山，须寻求熟谙山中扼塞的人，真有见识。但恐不易寻求哩！"

于益笑道："要是俺逢春弟办这档子事，绝不费手。他定捉住山苗，手掐脖儿，硬叫他导引哩。"众人听了，都各大笑。次日遇春赍草率队，驰回永绥准备制草破弩。这且慢表。

且说滕荟急匆匆趱赴石门谷，会着柳运，便议探山。柳运道："此去鹿芝坪小天门，却有一种鲴鱼神，此鱼深居湫潭，性能通灵，善兼咒术，每每化形出入，土人呼为鲴鱼神。小天门路侧有一丛祠，行人至此，都须叩祝致敬。倘有不虔，便遭其侮。便是那石纥纥之为人，也古怪不过。俺闻他监押滕、叶两人，终日价只是儿戏。滕爷此去，也须虔心致祝他，便事事顺手了。"滕荟听了，不由暗笑道：柳运终染些尚鬼苗风，如何信此等没相干。当时却不说出，便谢道："柳兄见教，自然不会错的，但这鲴鱼神究竟是什么物儿呢？"

柳运正色道："方才怎样说来，滕爷如何口角轻薄？这鲴鱼形状如鳢，阔口长脊，不但居水，亦能登陆。往往夜至人家墙角篱下，唛唛有声，其家定有喜庆。至化形示人，其状不一。往年近山曾有虎患，山家聚会，便祷于鲴鱼神祠。果然不消两日，忽有一双角小儿来噪道："山坳中一窝猫，你们如何不捉将去？"大家跑去一看，竟有四只大虫，绵羊似伏在那里，再寻那小儿，却已不见，因此都知是鲴鱼神化身，所以大家崇奉越盛。"柳运这里侃侃而谈，却将滕荟暗笑得肚疼，便道：此去俺定遵台教，不会误事。于是住得一宵，次日两人结束毕，即便登程。

一路上滕荟留神，那道径又是一样险峻。日午后，行抵鹿芝坪，柳运指道："这里便是滕、叶两人被押入山之所了。您看那高岭参云，悬空鸟道，便是向小天门的路儿咧！"滕荟慨然四顾，不由意气勃勃，便唾道："好个峻险山势，却被恶苗盘踞孳育，弄得阴霾不堪，以致山精野魔等物都庞然自大，称什么神道。鲴鱼祠在那里？俺倒要瞻仰瞻仰！"

柳运摇手道："哟！滕爷这是怎么咧？"一言未尽，却见道左转出个娇憨憨苗女，蛮髻拥云，桶裙拖地，一张俏脸粉团似白得稀奇。手持牧猪棒，回头一声咯咯，便有四五大肥豕牛犊般奔来。那苗女一面摇头晃脑价歌唱，一面驱豕跟在后面，两人也没在意。柳运道："那鲤神祠便在前面，滕爷你但随我举止便了。"滕荟漫应道："就是吧！俗语云，礼多人不怪。俺想神道也欢喜恭维的。"说话之间，已到丛祠。

滕荟一望，不由大笑。原来并没庙宇，只在几株老树间筑起个鸡窠儿似的草屋儿，屋前数亩大地面，却寸草不生，四围细草斩齐，便如有界线一般。这时柳运早已肃叩毕，喃喃致祝。滕荟诧异得没入脚处，便道："柳兄啊，劳您驾，连俺那一份儿一总代祝了吧！"说着一回头，恰见那苗女向他嘻嘻地笑，滕荟便道："你这苗妮子，笑什么？何不也祝祝鲤鱼神，保管你得个如意马郎（苗歌称苗男曰马郎）哩！"说罢，拖了柳运，趿跟拔步。刚到草地上，便闻后面苗女喊道："喂！你两个如何拐俺猪去？"

两人怔望，果见那群猪围拥脚下，嗅胫碍趾，十分讨厌。滕荟一脚端去，那猪嗖一声捷似猫儿，任你怎样飞跑，它算跟定咧。两人被绊得筋斗连连，后面苗女却拍掌大笑。柳运有些悟得咧，忙叫道："滕爷且住步！"

哪知滕荟这时怒气冲冲，唰一声拉刀便剁。这一来不打紧，群猪登时人立，一个个扇耳拱嘴，搭起前爪，便如猪相公才出高老庄一般，顷刻将滕荟困在垓心。刀锋所至，如中絮团。便有两猪将爪儿搭在滕荟背上，黑扇似大耳朵摇得好不起劲。滕荟跳纵如飞，只是排脱不开。于是柳运重复向丛祠深深谢过。那苗女拍手大笑，泼啦一声，恍若霹雳。顷刻间旋风暴起，惊沙乱飞，两人惊怔拭目之间，一切景象都变，但见悬磴蛇盘，峭壁插空。柳运怔叫道："妙！妙！这是小天门咧。"仔细一看，哪里还有苗女群猪？

柳运道："苗疆山川气秘，异事甚多。俺闻石纥纥押滕、叶赴浴日楼，便是缩地作用。今眼睁睁无端到小天门，莫非又是那老儿的玄虚吗？可见滕、叶两人该当出险咧。"两人思忖一番，仍然前进。

哪知柳运一番怙悷，竟很有因儿。原来滕、叶自被监浴日楼后，和石纥纥日混厮熟，两人除无聊游览，并闷极习艺外，便听石纥纥疯言疯语。却是石纥纥静坐时多，通不去监察他们。倩霞慧黠，便微叩他道："您那履水不沉法儿，大约不外运气轻身，俺等素习武功，必可学得。可能见示一二吗。"纥纥道："你说武功，是俺道法中之一端，如欲习此，且随我居此几十年，待你成了老太婆样儿，敢怕便成功咧！"倩霞听了，唾一口便走。

一日滕、叶悄悄计定，想捆定石纥纥，威胁他履水之法。滕芳道：

"你且走去和他闲兜搭，俺从后给他个冷不防便动手，俺就不信，一条绳弄不住个糟老头子。他那根哭丧棒舞得且是煞溜，想必是受数（俗谓邪法祭炼曰受数）过的，所以指挥如意，通不离身。你也便趁势先抢在手，他便完了酸儿咧（俗语谓无法可施也）！"

两人方切切私计，正在得意，只听背后笑道："小人儿们旺生旺长，别这么歹毒，并且咱们相聚没多日咧！藤棒不须忙，俺正要赠你两人哩。但是到你们手中，只好将去打狗。"滕、叶回头惊望，正是纥纥，搭煞着白眉毛，眯齐着三角眼趔来，先向倩霞笑道："你是著名的野妮子，没人惦念。"又向滕芳道，"你终不成也没个弟弟吗？"说罢狂笑，直奔潭边。两人赶去，他却眐起眼，一言不发。恰好潭内一尾鱼泼剌一跃，纥纥点头道："你们但记，鱼儿登岸，咱便该散伙咧。"两人见他癫状已惯，倒不理会，只是从此后消弭密计，和纥纥越发亲近。

转瞬间两月有余，你想滕、叶都是生龙活虎般的角色，无端困得不生不死，好不心急意躁。滕芳还可强为排遣，唯有倩霞，一团好胜之念火腾腾的，弄得不痛不痒，无可爬搔，日复一日，竟有些形容减瘦起来。一日对滕芳叹道："咱自拘困在此，通不知经略平苗战事如何。咱两人尽管困着，将来苗乱定，咱被人释出，闹个大眼瞪小眼，才一百个没意思哩！今日想来，还不如由芦花港跟您回寨哩。"说罢，小眼皮一搭煞，不胜怨怅。

滕芳道："霞姑不须烦闷，俺看石纥纥很有道理，综他的疯话想来，咱定有出陷之日。左右没事，咱且和他闲谈去。"于是两人趔去，刚一脚跨入石纥纥静室，抬头一望，不由大惊。正是：

叩寂未曾通一语，瞻垣先已诧双趺。

欲知后事如何，且听下回分解。

第十二回

示道术纥纥嘱慈言
赴军营逢春得健仆

且说滕、叶抬头望去，只见石纥纥端然坐榻，对面墙上却挂着两只脚。两人大骇。纥纥笑道："久坐脚子无用，所以将它寄顿起来。"说罢，向壁一招，两只脚飞凫般冉冉自下。纥纥从容安在胫上，一跃下榻，两人相顾诧绝，便先叩他苗乱战事。

纥纥笑道："你等还在这里，乱事哪能便定？但咱们相聚不久，你等切记鱼儿上岸时，便来寻我糟老头子。什么布桥，通没用的！"两人听了，越发摸头不着。

过得两天，这夜月明如昼，初更时分，滕、叶方临水徘徊，滕芳见水月涵空，衬着林峦静悄，不由四望慨然，道："这所在倒有些像咱寨中水亭。"正在无聊，只见澄潭内水声微动，箭也似一道浪痕直抵矶岸，倏地一翻水花，早有人一跃而上，不容分说，拖住滕芳道："俺的二哥，你真个在这里哩！霞姑快引路，咱先去结果石纥纥。俺便浮水去拽过布桥，快些出险。"

滕、叶一看，梦想不到却是滕荟，惊喜之下，不由恍悟石纥纥鱼儿登岸的话。滕芳忙道："老弟你不知石纥纥大有道理哩！"因草草将石纥纥许多异状并预知其来等事一说。

滕荟愕然道："怪呀！怪得俺窃苗卒护队布桥时，柳运说你虔祝石纥纥，保管事儿顺利。果然俺去窃布桥，一群守卒都睡得死狗一般。今二哥既如此说，快去见这古怪老头儿！"

三人匆忙中方要拔步，只见棒影一晃，纥纥从身旁趱来，笑道："老头儿倒不古怪，只是你们这群小人儿特煞火气大罢了。不要思念摆布人，且随我来。"三人情知有异，如何敢支吾，于是跟他入静室。滕荟乍临异地，见纥纥怪模怪样，心内终有些胡怙惙。

纥纥笑道："偏你这鱼儿不信鱼神，弄得一身猪秽气。"滕荟大惊，不由登时敛念，却将倩霞纳罕得两只俊眼直白瞪。于是纥纥凝神良久，然后张目道："苗族倡乱，终是劫运使然，但天兵入山，难免滥戮生灵，全在将兵者一念慈祥，便造福无量。今老夫无他嘱咐，你等回见经略，切须道老夫之意，便以吾藤棒为志。至于首恶者当伏显戮，老夫却没暇多事哩。你等去后，吾亦从此远逝了。"说罢，正襟危坐，秃顶上放出一片华彩，道气盎然，更没有丝毫癫态。

三人见此光景，不由都肃然叩拜。纥纥挥手站起，拎起藤棒，出得室一望月色，大笑道："咱们去吧。"三人恍惚惚跟至矶边，纥纥将棒向水一抛，顷刻化为一枯木槎儿。倩霞这当儿倒觉得十分恋恋。

纥纥笑道："缘尽了，一刻也留不得。日后你到龙母山，少放一把火儿，便见你情分咧。"说罢，向空一招，凉风遽起，滴溜溜吹动枯槎。三人跳上去，不消顷刻，直抵彼岸。回望纥纥，还仿佛徘徊矶内。于是三人次第登岸，足方踏地，哪里有什么枯槎，仍是一根藤棒浮泳水中。三人郑重捞起，好不诧绝。这时柳运早从蹲伏处凑来，问知情形。便笑道："俺说石纥纥有些道理，如今连布桥都不须用咧！"原来柳、滕两人路逢苗女之异，并忽到小天门，不由滕荟不信神怪。两人途中计议去窃守苗的布桥，柳运便说须虔祝石纥纥。果然到守卡，一无阻碍哩。

当时四人不敢怠慢，便连夜直奔石门谷。柳运殷殷款待，自不必说。只有倩霞真似笼鸟乍出，恨不得一步踏向永绥。滕芳兄弟各述别后之事并遇倩霞及失陷之由。倩霞一旁坐听，却羞得小脸儿绯桃似的。柳运大赞道："叶姑娘大好志气，但听石纥纥临别嘱咐之话，可知叶姑娘建功正多哩。"

倩霞听了，忽地俊眼一转，便起告辞。二滕惊道："你这是哪里去?"倩霞赧然良久，却无一语。滕芳道："你快莫孩子气，连俺这长大汉子都一般中人暗算，何况你个女儿家？你杨叔叔不会笑人的。俺已因你充趱烟瘴远军，难道你还要找个零儿吗？"众人听了，不由大笑。倩霞没奈何，只得鼓着小腮帮子不语。

滕荟便道："刻下永绥凶苗霍洛端猛悍无敌，恐怕这当儿还在披猖，霞姑去了，先斫他大脑袋玩玩，岂不写意吗？"大家一阵哄掇，倩霞方眉黛渐舒，咯的声笑咧。

当日柳运和阿根端正饮膳，大家说一会儿适遇卦板之巧，又谈到凌鲤坚守苗寨怎的了得。滕芳笑道："那小子给俺这恶当上，委实可恨哩！"谈笑之间，宾主欢洽。二滕又殷殷劝柳运同赴军中。柳运只笑而不语。二滕没奈何，便道："柳兄虽不赴军，且做这里的东道主更是便当，将来还须相扰哩。"柳运道："当得，当得！"一宿过后，次日三人谢别，便奔长水。

　　花、于两人乍见滕芳、倩霞，两下里都暗暗称奇。滕荟述罢探山许多事，大家欣喜，自不消说。于益跌足道："可惜俺没缘会会石纥纥。俺若见他，一高兴便不转来哩。"花连布道："于兄真正高逸！念诵什么癫道人还没完，今又添下石纥纥，可见你当年葛玄一先生性好道法，所以门弟子沆瀣一气哩。"

　　滕芳听了，忽有所触。便道："奇哩！俺在凌鲤家中会见他所用的那柄南精剑，上面却镌着玄一款式。难道便是葛先生之物？不知怎的却落在他手中。可惜凌鲤将去助逆，真有辱此剑了。"

　　杜照这时正默坐低头，这一来却捞着话柄儿，于是将凌鲤得剑之异细细一说。大家听了，越发称奇。于益道："俺葛先生本如神龙般，来去莫测，这柄剑或是他云游所贻哩。如此说来，凌鲤也堪称玄一门下了。"倩霞听得不耐烦，便道："俺就恨他那猴相儿。今天大家不商议赶赴永绥去料理那厮，却说这些没要紧。"大家听了，都各大笑。当时于益也要同去，花连布哪里肯放，唯恐石姑姑重复闯来。那杜照是狗拉屎狗知道，料石姑姑恨他切骨，恨不能立时离这是非窝，无奈花连布不曾发话，只好眼睁睁看滕、叶三人驰赴永绥。这且慢表。

　　如今且说杨逢春自村店别过滕荟，直奔经略大营。真个是心忙似箭，两脚如飞，哪里管什么路程，除非腿子撑不住，方才随处歇息。哪知心忙路岔，偏又岔入个小山套，绕了半日，方合大道，正在没好气，只见虎也似的个莽汉，生得豹头环眼，身躯矮劲，手内拎一破篮儿，内贮酒脯香楮等物，大踏步对面撞来。

　　两个通是直铳儿，略不回避，就听嘣一声，莽汉叫声："坏咧！"登时闹了个后坐儿。篮儿一摔，物儿都倾。莽汉方一仰面孔，逢春已掉臂而去。莽汉一不声响，爬起来飞步赶上，拦腰便拖。一只手赛如铁铸，竟将逢春拖得歪歪斜斜。逢春怒起，也给他个闷腔儿，只哼一声，用一个黄龙转身式要想摆脱，竟不能够，于是斜刺里一拳掏去。那莽汉依然不作声，只左手接住拳，再也不放。这股牛劲儿闹得逢春暴躁如雷。两人跌跌撞撞，扯拉了半里地，通是一言不发。末后还是逢春一使解数，方将莽汉摔跌于地，却失声道："俺的爹，你死后，还没福喝盅儿哩。"说着如飞爬起，便拾破篮儿。

　　逢春一看，便赶去问他道："你这鸟大汉叫什么呀？"莽汉眊起眼道："你又不赔咱爹的酒，走你的路吧！"恰好脚下有一斗大的顽石块，莽汉没好气，用脚一踹，早弹丸似滚出多远。逢春又惊又笑，便道："你摔掉之

415

物，俺都赔你。但你这把子气力端的可爱。为什么穷困如此呢？"

莽汉道："不须说咧！俺姓张名起，记得小时节也有田有房，有衣有食，有使唤的人，有玩耍的物，后来不知怎的，被咱爹一顿酒，喝得精光。咱爹临死，只嘱咐俺岁时荐酒。今天是咱爹忌辰，俺乞讨了三两日，方办得一篮物事哩。"

逢春道："你家在哪里？"莽汉道："俺还和爹住在一搭儿哩。"说罢，向道左短林内一指。逢春暗笑道：人都说俺老逢有些憨态，如今看起来还属不着俺。因笑道："去，去，且向你家歇歇脚。"于是两人拔步，趄过里余地，便到短林。逢春仔细一望，只有团瓢似的草窝儿在一坟墓旁边，也没得门扁，只用苇箔子当门。逢春不待人让，闯然入内。里面四壁空空，只有破草榻，壁角下却堆许多鹅卵石。

再看张起，更不解让客礼数，只忙着将余酒尘脯罗列墓前，香楮碎掉，只好插草如仪。逢春正怔看他憨做作，那莽汉已双手抹眼，咧嘴大哭，真有皋鱼泣血之势。倒招得逢春眼角儿也有些酸酸的，暗想这人倒很有至性。于是向前劝住他，同入草窝儿，没得座位，只得并坐于榻。

逢春道："你倒是一孝子，在此庐墓几年咧？"张起道："什么叫庐墓？俺有两间破房儿，为葬咱爹卖掉，只好偎在这里罢了。如今住惯了，倒甚自在。"逢春听了，不由点头，因道："你如此气力，怎不学些武艺？"

张起道："谁耐烦学那些麻烦！俺十余岁时，家还未落，咱爹送俺去念书，俺一字儿也没认得。又叫俺去习武，俺越是记不得手脚招数，那鸟教师偏扎手舞脚的耍得人头晕，吃俺气将起来，猛地将他扑抱住，那教师竟大叫而倒，吐血满地，据说是内腑伤重。俺至今想来，并没用多大气力哩。从此俺武也不学，闲得没干，只是野跑。可恨两只腿一开，便像不是俺的一般，只风也似滚去，您想此去雷门崖，少说着还有四百里地，俺只大半日光景便趱个来回。"

逢春一听，不由大喜。张起道："俺还会桩玩意儿，便是飞石子猎取飞走等物，一下一个，再没不中。既可补助衣食，更可击偷窃之类。所以俺只身在此，甚是安稳。"说着就壁下拈两枚石子，同逢春出来，尽力抛向远处。前石方出，后石随发，但听啪一声，碰个正着。逢春失声道："妙！妙！你这人如何说话不实在？既会此绝技，倒说不曾习武功？"

张起怔道："什么武功？俺幼年时光曾见一邻家老姆飞梭织布，且是煞溜，往往一面价掰挡家事，抚喝儿女，目不注梭，却飞运不失尺寸。俺便道：'阿姆敢是有甚妙法儿吗？却怎能官止神行呢？'邻姆笑道：'俗语道得好，巧者不过习者之门。你想俺自二十余岁便弄机，到白了头发，这梭儿已和俺成了一个人，意之所至，梭自能赴，更不用去注视它了。你看古来之羿射僚丸，哪个不是妙极自然呢?'俺听了邻姆这番话，便终日价抛打石子，果然越习越妙，再无虚发。玩意儿罢了，又什么五功六功咧！"说罢，直撅撅站起道，"时光将日没咧，您也该去寻站宿咧！今日咱爹酒没喝自在，俺还须去乞讨酒钱，明日补荐哩。"

逢春听了，端详张起神色，只觉越看越妩媚起来，便道："你不须乞钱，俺好歹还打搅一宵，酒食之费，俺这里自有。"说罢，由行囊掏出包碎银，约有两余，递给张起道："酒肉之外，尽数儿都买蒸馍，想也够用了。"

张起沉吟道："也罢了的，好在镇上李跛脚还欠俺一张狼皮钱，一总儿把来用就是。"逢春道："何必如此?"一回手再要掏钱，张起已一转身跨将出去，逢春赶出一望，果然见他脚一点地，眨眨眼影儿已杳，不由暗笑道：这人想也好喝盅儿，不然两余银子置备饭食尽也够了。思忖一番，在墓旁徘徊良久，那沉沉暮色业已压将下来。刚趸入草室，只听短林中有人走动，须臾竟近室外。

一人道："依我看，不必寻这倔巴棍子的晦气，这种穷骨头，会随和儿也不至乞讨了。就像前两月，范二老虎请他入伙，不过因他有把子浑气力，善用飞石，要借他壮壮帮风。人家白的是银子，花的是彩缎，特遣大头目和他接洽。他两眼一瞪，将人家骂了个狗血喷头的回去，自己却伛偻脊梁骨，到处乞讨，动不动拿他死爹打桩。"

又一人道："话虽如此说，此一时，彼一时。前两月他还没穷得要紧，如今他吃上顿，没下顿，金刚似汉子瘦了一半，这当儿或听人话也未可知。况且咱借重他，只这方寸草窝儿，由室中挖个地道，便可发王大户的墓子，又不用他费手脚，安稳稳坐分彩头，他岂不愿?"

一人道："哼，这也难说！这种人若怕饿肚皮，如今苗人们乱得一团糟，凭他气力，插入脚怕不得意? 他却和他死爹摽上咧。"两人一面说，已近室外。逢春偷眼外张，却是两个短衣汉子，都生得矮眉邪眼，尴尬样儿。方在诧异，只听林外猛地大喝道："什么鸟人，在俺门前张望?"逢春忙看去，正是张起拎着个绝大荆条篮如飞趸来。

两个汉子忙迎上一步，赔笑道："张大哥，少会呀！亏得俺们没进你屋内，原来不曾在家哩。"张起喝道："闲话少说！你两个俺都认得，咱们水米无交，你寻俺做甚?"两人笑道："好干脆话儿！咱们乡里乡邻的，难道不许谈谈吗？张哥你放心，俺绝不问你借二百钱。"张起道："你等休同我张哥李姊的，有话便说。"一人听了，向同伴道："你的主意你便说，我是奉陪的。"那一人没法，只得先嘻嘻笑了一阵，然后吞吞吐吐一说来意，却一面留神，瞅准张起拳头。

不想话还未完，张起已大跳喝道："好王八蛋，放你娘的狗屁！我只问你，怎的单瞧俺张起不够朋友？"说罢，置下篮，提拳便打。两人喊一声，如飞跑去。张起恰待去赶，逢春已鼓掌趄出。张起余怒勃勃，逢春忙拖住他道："俺都已听明，他借地挖墓，你不允便罢，何必气打起来！"张起怒道："怎的你也如此说？譬如有人向你商量这等事，你倒不气打吗？这等话你耳朵内竟容得？酒饭在此，请你吃饱赶路吧！"说罢，向地大唾，忽地将荆篮掇到逢春面前，大有不容再入屋之势。

好逢春，有生以来还不曾吃过这大茬儿！当时不但不介意，反越发爱张起不过，赔笑良久，张起方才释然，便相与提篮入室，掌上盏昏暗瓦灯。张起便一宗宗将酒食从篮内拿出，乱糟糟堆了半榻。逢春仔细一看，酒却不多，熟看之外，却有五六斤重的炙豚腿，黄牛烂肉一大方，一个个气蛤蟆似的大蒸馍倒有五六十个。逢春惊笑道："咱两人如何吃得许多？"

张起一面劈肉，一面道："停会子细谈，俺今天痛快极咧！却有一桩，心下畅快，鸟肚皮越不做主。今且叫咱爹享用些儿。"说罢，割一块肉，斟了半碗酒，匆匆跑向墓所，不多时便转来，嘴头上油晃晃的，便用那碗先给逢春斟上，然后两人就榻对坐。逢春方要回敬，张起已拎起酒瓶，嘴对嘴灌了一气，便递给逢春道："您自己用吧，俺喝不得这东西。就是一杯的量儿。"说着抓起蒸馍，弹丸似三两个入肚，然后虎也似吃起肉来。顷刻间风卷残云，去了一半。

逢春一见，豪兴顿起，知陪这等客是用不着客气的。于是酒到杯干，肉足饭饱。逢春食量本自可观，如今却小巫见大巫，只吃得十分之三，其余都归张起受用，不由望了人家暗暗纳罕。须臾饭毕，张起扪腹道："啊哟，这肚皮生在俺身上也晦气得紧，今日之饱委实是有数儿的。"说着连连呵欠，就要困倒。逢春道："张兄慢睡，俺看你好条汉子，怎不想些事做，尽管屈在草野中，岂不淹没了？"

张起叹道："告诉你不得！俺都因吃了肚皮大的亏，一人兼四五人之食，起初曾给人放羊，只上工两天，东家噘着嘴辞俺道：'张伙计，咱散伙吧，再过两天，这群羊折变了，还不够你吃的哩！'俺一气儿跑回家，方想起咱爹在时，并没有嫌我食量大，有时节见俺狼吞虎咽，反欢喜不过，而今却受人这等挨薄，便不管三七二十一，跑到咱爹墓上大哭一场。正这当儿，只听背后人唤道：'起儿，你不是给人放羊去了吗，怎又得闲趄回？'俺回头一望，却是邻村刘奶奶，拄着杖儿趄过。此人家道殷实，膝下儿媳一大群，在村中总算福人儿。当时俺气苦中，便将东家辞掉之事一说。

"刘奶奶笑道：'这可应了俗语咧，又要驴儿好，又要驴儿不吃草。你这东家也小气得紧。你食量大，还大到哪里？不须气苦，俺茄园正少人灌种，你愿佣工，便随我来吧。'俺听了，即便到刘家上工。一看那茄园，足有十来亩，大户人家佣伙多，都是成桶价盛饭，成盆价端菜，当时同伴厮见了，俺暗想这等人家，料没有数碟打碗、掂斤拨两的，俺这大肚皮想不至吓着人家。虽如此想，当时俺紧紧肚带，吃个半饱，同伴虽稍诧异，却还未形之辞色。及至俺做起工来，大家都喜得没入脚处，因俺半日之功，便敌他们数日之力。"

正说着，只听室外窸窣有声，张起恨道："莫非那俩王八蛋又来寻晦气吗？您看俺打这囚攘的。"说罢，一捏拳，直撞出来。正是：

微风顿起空林籁，逸事能传壮士心。

欲知后事如何，且听下回分解。

第十三回

死松桃忠魂入梦
战柳邓文吏鏖兵

且说逢春、张起赶出一望，不由大笑。原来人影也无，却是两只鼬鼠儿驰逐。两人依旧入室，张起道："也是俺合当倒运；同伴虽见俺食量大，还不怎样，因他们应做之工，大半推我代劳。不想那少东奶奶却是精灵古怪。见近日来佣伙饭食只是不足用，往往烦她重做，她便向刘奶奶道：'娘啊，咱家佣伙大半是近村人，近来饭食只管不足用，难保没偷漏等事，娘有空儿，须着个眼方好。'刘奶奶道：'是呀，我看近来这群邑邑蛋子凶捣操，也觉诧异。便如前天吃伏热（村佣三伏时有所谓四大顿者，皆犒劳之名目），往年只需一只猪，今年倒用了一只半。过两天便是开秋锄，等我留神便了。'

"她们娘儿计议已定，合该事有凑巧。及至开秋锄那天，真个肉山酒海，您想俺半个肚皮，如何能常常客气？不消说，放量一吃，将同伴都吓得放下箸儿。偏有俩促狭鬼要和我赌食量东道，将四五人的份儿都推向我跟前。顷刻间俺吃了个落花流水，大家欢笑之间，却听厅屏后拐杖儿狠狠响了一下。原来刘奶奶早已张去咧，于是次日便将俺辞掉。俺愣怔怔还以为是工作不济事，后有同伴告诉俺这番情形，俺方恍然，因此俺拼着挨饿，守咱爹苦度光阴，直至而今，也不曾饿瘪了。您看俺生此赘腹，何事能做呢？"

逢春道："这正是你的异相处！你看古来大将大量，昔日赵国名将廉颇，日食斗米，名满天下。当今黔楚苗乱，你若投在军营，正好显名立功，还愁不饱肚皮吗？"

张起叹道："从军一道，俺何尝没思量过？只是而今将帅武人，一肚皮自私自利，拿着百姓膏血养的兵，专以去苦害百姓，凡一用兵，必先提出利国福民，其实是争权势、保地位，民之一字，他眼犄角也瞅不着。你看军务一兴，出军费、供军需的也是民；遭焚劫、遭蹂躏的也是民。两雄互角，狗咬狗一嘴毛，无论胜败，归根儿一方面夹尾巴一跑，便没事一大堆。只苦了老百姓，痛定思痛，破巢未完，疮痍未复，那报复争战的消息又来咧。四民失业，天愁神怨，法治全无，国几不国，所以俺宁甘饿死，不愿与武人做牙爪，攫吸百姓。"

逢春道："哟，你这段议论发错咧！据你所论，正该按到唐末藩镇时代，内轻外重，中央守府，号令不出国门，藩镇拥兵，互相残杀。动不动丘八爷大家一挤眼，宰大帅，杀留守，只当杀鸡子。当时那些藩镇非不吐气扬眉，你看后来杀夺相仍，哪一个有好收场？他目无其上，自然他手下军士也瞧不着他，这就叫'上无道揆，下无法守'，上下交争利的勾当。当今国纲，如臂使指，虽有权相和珅稍窃威福，大纲自在，国本方坚。不论其他，单说这平苗额经略，何等的忠赤才略，武人如他，只怕你日日焚香顶礼也甘心哩。"

张起道："是呀！俺也闻得额经略是个大人物，但俺这一个草民，哪里能到他跟前？"逢春笑道："凡事儿都须慢慢浸去，你若先跟俺去，保管有近经略的机会。"张起诧异道："这是怎么档子事呢？"逢春不由暗笑，因道："张兄你自然是姓张名起了，至于我是张三李四，你怎的也不回问我一声？日后提起话来，你只好说俺是黑魆魆的傻小子了！"张起听了，不由大笑，登时跳下榻，唱个无礼喏，这才愣呵呵听逢春一叙姓氏并现在去投额经略之由，便喜跃道："今且不用提经略咧！即如杨爷兄弟如此英雄，俺也愿执仆隶之役，没齿无二。"说罢，扑翻身，纳头便拜。

逢春大悦，扶掖之间，张起又噪道："这等大事，俺须先告诉咱爹去！"逢春至此，忍不得咧，便道："这爹字，不是与人共称的。"张起听了，不由也笑道："主人说得是！今咱爹……"说着自己掌了一记嘴。逢春笑道："你今且消停，明晨辞墓不迟。"张起听了，忽地扑簌簌流下泪来，撇着瓢儿似大嘴道："俺不恋别的，只怕慑俺去后，没人给俺爹岁时荐酒。"逢春道："你又憨咧，人之神气，无所不在，只要你心诚，不怕千万里外去荐酒，你爹神魂依然得享用的。"

张起大悦道："主人家说得是。"向屋内四顾，笑道，"如今俺没得恋恋了，待俺服侍您睡吧，明早好赶路。"说着将逢春行囊、朴刀一股脑儿堆向榻脚，请逢春和衣卧在榻头。他却猴在榻脚，非坐非卧，神情儿十分好笑。逢春道："客中不拘礼，你也睡吧。"张起这才应声卧倒，鼻息数转，业已沉酣如雷。逢春一时间却睡不去，辗转良久，忽见一人全身甲胄，满面浴血，突地向自己一扑，道："逢春兄，你来得好晚！冷，冷……"说着咬牙挫拳，张目大叫。

逢春惊望，分明是武鸣凤，不由跃起把臂道："武兄，这是怎样？"一声未尽，就见张起跄踉跃起，砰的声向门框便是一拳，大骂道："好俩王八蛋，又来此胡瞅！"这一来，逢春也自醒转，方知是梦，不由惊得蹶然坐起，根根毛戴。再看张起，竟倚了门框打晃儿，竟像自己那年在省考梦见武鸣凤厮打，抱柱酣睡神气一般。逢春惊笑之间，反将方才梦境抛开，忙趱去拖醒张起。

张起揉眼道："原来没相干，俺只当他俩又寻俺挖地道哩。"于是两人重复卧倒。逢春定定神，回思梦境，好不诧异，一时间翻来覆去，没作理会处。只嘟念道："武老哥就和俺对劲儿，他为甚梦中那般光景？"唾一口方要合眼，却见张起一骨碌爬起，拍榻道："明天走不成咧！俺只觉有件事似的，这当儿才想起来。人家苦哈哈挣的工钱须还掉他。好在俺脚子快，主人先走一两日，都赶得上，待俺打野物儿赏偿再去。"

逢春问其所以，却是该邻村黄小乙四千钱。这小乙家去此三五里，素日佣工为业。逢春笑道："这不打紧，俺与你还债就是。依我看，将这草室并你父墓，都托给他照管，且是便当哩。"张起大悦道："主人家心思便这等周密。俺如今可一无牵挂咧！"说罢，又复困倒。逢春这时只怙惚着武鸣凤，也不去理他。刚一蒙眬，又仿佛见冷田禄得意扬扬地趱进，一夜价颠倒迷离，好容易沉沉睡去，方似醒非醒，又听得耳边呜呜咽咽，并禽鸟惊飞。便有人偃声偃气地说道："起哥，你这一去，怕不发达！他老人家有我照管就是咧。"

逢春一睁眼，业已天光大亮，一望榻脚，不见张起，趱出室外，却见他正撅着屁股扫除墓草，还反手背抹泪不止。旁右一人灰扑扑地站定，便是黄小乙。原来张起睡到五更头，便爬起将小乙寻来，托付他一切后，便趁空儿扫除父墓，泣辞起来。于是逢春劝住张起，一看小乙，果然是张起之友，相貌诚朴，可托得很。当时三人入室，逢春把出数两银递给小乙，嘱咐一番。

张起百忙中先将逢春行装背将起来，就屋内团团一望，拔脚便跑。逢春等赶出，却见他向墓喊道："爹呀！你自在住着吧，儿便去咧！"逢春点头太息之间，张起已匆匆出林，便奔大道。于是逢春别过小乙，赶忙趁去。逢春脚步也不算慢，不想眨眼当儿，张起已在四五里外驻足待候。少时逢春赶到，他略一拔脚，又在三里外咧。

逢春暗道：如此厮趱，却不是法儿。于是唤住张起，令他慢走。哪知脚子快得慢不下来，张起脚下似有风催云涌，如神行太保缚了甲马，顷刻间又将逢春抛下四五里。逢春吁喘喘赶上，道："别这么走咧，咱须想个计较。"张起搔首，忽喜跳道："有咧，待俺背着您走！"逢春笑道："岂有此理，你如今已背着行装，若再加上我，好不有斤两。"张起道："不打紧，主人你自负行装，俺再背起您来，便轻松许多咧！"逢春大笑道："你这可成了负袋骑驴的痴汉咧，左右这斤两都在你身上哩。"

张起焦躁道："怎样好呢？"逢春沉吟一会儿，忽得计较，便道："俺借你些脚势，倒还使得！咱们牵挽而行，俺展开飞行术，你将脚步放慢些，如此一调剂，便不致迟速太差咧。"张起大悦，于是依计行去，果然便利。道逢行人，望着两人双燕似的飞快，都觉诧异，两人都不管他。不消两日半，业已将近雷门崖。

战地所在，十分荒凉，间有村落穷户开设小店，却一个个短衣带刀，大家自卫。原来这时节不无逃兵土匪。两人问知情形，趱过两处村店，知距经略大营只有数十里了。却有一曲河湾，漫溢沮洳，将夹河田地淹漫许多。两人盘旋良久，已闻得经略营中鼓角隐隐。恰好趱近一家村店，门首有两个少年叉手而立，一见逢春是军伍打扮，便笑道："爷台向大营去吗？敢好尖歇一响！"逢春点头，和张起趱进客室。

小店逼窄，窗外便是街道。少年侍候汤水毕，逢春道："你只给俺做斗把米饭，不拘什么肉来两大盘，便得咧。"少年笑道："您二位用得了吗？"张起喝道："用不了干你鸟事！"一少年赔笑跑去。另一少年便帮张起安置行装。逢春漫问道："你这一带曾有水灾吗，如何道路上甚是泥泞？"

少年吐舌道："你老不晓得，说起来比水灾还凶哩。这河道名星湫河，靠近经略大营，前几日天杀的吴半生出一毒计，先壅住河源星湫潭的水，猛然一放，要使敌人尽成鱼鳖。哪知经略料事如神，早就使人守测河道深浅，见忽然水势暴落，便料到半生毒计，于是移营高阜，反选派锐健暗伏在敌人劫营要路。吴半生果然中计，不但大折苗卒，反弄得丢盔卸甲，几乎被德楞太擒获，所以此间道路，至今漫溲。"

逢春大悦道："妙！妙！可是俺问你，近来吴半生还能支持吗？"

少年道："吴半生而今被乌苏拉迷昏咧！又搭着屡屡战败，便如孙悟空到了观音菩萨掌心，再也翻不出经略的手。又探知大姚山并永绥、长水，被个杨遇春将军逼得紧紧的，石姑姑累次催他设计较，他已弄得如掐头蝇一般，百忙中龙母山石柳邓处败信频来，也催他去策应。原来长将军一班人甚是厉害，半生没奈何，只胡乱出些计策，使人教给柳邓，哪知通不中用，所以近来半生无聊，只没日没夜和乌苏拉淫乐取快。几次价要亲赴两山觇近来情形，无奈乌苏拉眼皮一搭煞，小嘴一撇，他那张屁股便动不得咧。"

逢春喜道："俺再问你，长将军那里战情怎样呢?"少年道："这个小人却说不清，只闻得正大、嗅脑两城早已解围，便是松桃厅，只怕这当儿也克复咧。前些日有经略营中人道经此间，说长将军麾下折损了一员勇将，又有位姓冷的十分锐猛，立功也多，经略已派人调他来大营听用咧。"逢春听了，料是田禄，不觉又想起梦中武鸣凤来。正在怙惚，只听街众喊道："打! 打! 打!"逢春由窗一望，却是个破衣汉子，青布包头，赤着半段毛腿，足下却蹦双破快靴，望而知为营兵改装，手中抓了半个蒸饼，一面跑，一面往口内填。

须臾街众赶上，拳脚齐下，乱噪道："逃兵溃勇，打死无论。这不是你成群价揽人的当儿咧。人家媳妇子避出去，你还致回人家，给你们烙薄饼、缝破裤，还觍着狗脸道：'俺们兵大爷是保护你们的，俺们一到，你可要过太平日月咧。'"说着便这等乱糟糟撞到店门。

那汉子走投无路，一脚蹿入，恰好少年赶去掩门，啪一声，将汉子那条腿夹个正着。汉子情急大喊道："俺也是打前敌的人，早知如此受辱，还不如死在松桃厅城下哩。啊呀，俺的武爷爷，闪得俺们好苦哇! 你糊涂涂死掉，难道就没灵应庇护俺们?"

逢春猛闻一怔，料他是那营中逃兵，因踅去向街众道："此人若没不法之事，可好饶过他吗?"街众道："都因他抓人蒸饼吃不给钱，你老如此说，便放掉他。"说罢，一哄而散。这里少年拉起那汉子，自去忙碌饭食。张起不管好歹，端给那汉子一碗汤水。

汉子饮罢，喘过气来，将两膊一勒，叹口气向逢春谢过，然后端详良久，道："看你老光景，也是营伍人，如今这碗饭吃不得咧! 是天不佑好人的。"说罢，泪如雨下。逢春道："你莫愁苦，你端的是哪营人，为甚这般光景?"汉子道："小人叫邢胜，从军以来，蒙长将军拨在武把总队下。"逢春道："哪个武把总?"邢胜道："便是讳鸣凤的了。"逢春猛闻一讳字，陡忆梦境，直惊得站起来，急问道："这武爷可是赤脸膛，高个儿，性如烈火的吗?"邢胜洒泪道："正是! 俺家武爷数日前在松桃厅城南殒命，好不冤苦。"说着将拳捏得咯嘣嘣的一片山响，恨道，"好，姓冷的，我就看你旺生旺长一辈子!"逢春惊怔之余，又要闻长将军那里战事，便索性命邢胜安稳坐下，从头说来。

原来石柳邓自结联大姚山众，起兵围困正大、嗅脑两城，甚是得手，又欲东围松桃厅，却被邻邑文山官儿史绍登自率数百练勇并当地民壮一千余人，埋伏要路，一阵飞镖，将苗卒打死无数，所以柳邓不无顾忌，欲得了正大、嗅脑，再围松桃。不想两处的官绅守御得法，急切间竟死守不下，一时相持杀戮之惨，不可尽述。柳邓气将起来，便由山选派骁目，兼围松桃。

哪知松桃厅官儿业已与史绍登联合起来。当时绍登综合松桃、文山两处民壮，据厅城守御，甚是得法，更出奇计，出击苗众，那练勇飞镖甚是了得。绍登马上步下击刺如飞。有一日匹马赴敌，连斩苗目三人，一柄长刀电光似疾，所以松桃虽围，也不得下。这当儿经略大兵堪堪要到。柳邓急起来，便一面飞遣乌苏拉去据赤霞，一面力攻三城，并亲率手下藤牌健卒，驰抵松桃，单搦绍登出战，连接苗寨十二座，将厅城围得铁桶一般。

这日柳邓身披苗铠，头戴金冠，上插雪也似白鹄羽，用一幅红苗锦十字披胸，胸前簇起朵斗大团花，提一把镔铁薄刃刀，长可四尺余，率了藤牌卒，就城下腾踏叫骂，真有喷火裂地之势。

正这当儿，便闻鼓声起处，城门大开，倏有一队练勇燕翼似肃然趋出，压住阵脚，一个个怀抱短刀，腰挎镖囊，只一步趋之间，很透着矫捷非常。中有一人软巾长袍，略为扎拽，提一杆烂银长枪，纵步而出，生得清皙皙甚是文雅，便是那文山县令史绍登。于是两阵对圆，齐齐一声喊。

柳邓大喝道："你文山官儿，俺不去犯你的界也就够了，如何还逞强干预闲事？"绍登喝道："寸地尺天，皆属皇家，你这贼苗，早晚叫你不知死所！"柳邓大怒，一摆长刀，踊跃而上。绍登大笑，只略一移步，用一个白蟒翻身式，长枪一抖，早有一团白光笼罩起来。两军大惊。正是：

　　　　会看屠龙夸妙手，漫云文吏事毛锥。

欲知后事如何，且听下回分解。

425

第十四回

蜗角岩冷武争功
车轮战杨芳困敌

　　且说绍登枪势一摆，登时前后左右银花乱落，柳邓一见便是吃惊。原来枪法在武功中为十八般兵器之祖，在善用者定能制胜，况绍登枪法不同寻常，是从钩镰枪法脱化而出，刺掠之间，另外是个路数，他平居在县教练勇飞镖之外，便注重枪法，四五丈的高楼，可以挂枪跳耸而过哩。

　　当时柳邓不敢怠慢，也便抖擞精神，叱咤而进，刀锋一按，早已卷入枪光中。两人这一交手，直杀得翻翻滚滚，足有百余回合。绍登是从容不迫，柳邓是腾踔如雷。两阵助威，喊了个山摇地动。究竟城守人恐绍登有失，当即鸣金罢战。柳邓率卒抢至城下，却被强弩射回。回至苗寨，甚是得意，便令十二寨骁目轮流攻打。

　　正在狷獗，不想正大、嗅脑两处探子接连报来，是长将军大兵业已杀到，麾下骁将冷田禄立解正大之围；嗅脑之围，却被骁将武鸣凤解掉。苗卒损折，不计其数。刻下长将军用松桃厅本籍人杨芳为先锋，提大兵长驱直突，火杂杂地杀向松桃来咧。柳邓大惊，直气得怪叫，忙询探子两处围解细情。

　　探子道："冷田禄剑术绝伦，善能高来高去。他领兵到正大，便夜入咱寨，飞剑取了咱骁目的首级，就寨中放起火来。他手下兵便一拥斫入。"嗅脑探子道："咳，说也不信，那武鸣凤骑一匹劣马，手使门扇似大斫刀，杀起人如斩瓜切菜，便似天神一般，连踹咱大寨四座，无人敢当。嗅脑城守人鼓噪而出，登时来了个里应外合，重围立解。"柳邓听了，不由急气交攻，又恐长将军先去捣其巢穴。思量一番，只得火速派人入山，吩咐在山各峒主小心守御，便命狗头峒主为护山首领，总制一切。一面将这里各寨分为两区，一区困城，一区扎向要路，名蜗角岩。自领健锐，准备迎敌慢表。

　　且说杨芳和冷、武提兵先行，既胜之后，好不气概，又探知遇春那里也甚得手，冷、武二人越发踊跃。途中二人谈起解正大、嗅脑之围，未免各矜其能，彼此不服气。鸣凤面红筋涨一阵，也就罢咧，田禄一张脸，却气得白渗渗，半晌间还两目作怒。

杨芳笑道："你两人莫孩气，总是自家兄弟，什么我的功、你的功？你看俺从军以来，竟当了好体面的饭桶！迟日到蜗角岩，没别的，该俺露一手儿咧。"说罢大笑。他这意思原为解和两人盛气，当时说过，便抛在脑后。及至将到蜗角岩，杨芳方在帐料理军事，却见人影一晃，田禄笑吟吟趱入，先四外一望，道："老武不曾来吗？今日俺抓个上风儿，这攻取蜗角岩，杨兄便派俺吧！"杨芳笑着摇手道："巧咧，不成功！你如何不早说？昨晚俺已许了武兄弟咧！那么，便屈尊你个接应吧。"

田禄怔了一会儿，没奈何，怏怏点头退下，暗想道：原来他俩是一把儿，怎的便这等巧，俺一请令，就被老武早占了去？打接应是不错，俺且看事做事吧。鸣凤哪里晓得，依然欢天喜地准备立功。田禄看了，越发不自在。

这日杨芳离蜗角岩十余里扎下大营，便微服出览地势，只见苗寨六座，一字儿首尾相顾，甚是得法。北路寨却靠近木麓，草树丛杂。杨芳端详一会儿，暗暗得计，便唤进田禄附耳数语，先遣他埋伏了，然后亲提大队，直压苗寨。

三通鼓罢，武鸣凤率领健卒匹马飞出，不容分说，风也似便击首寨。柳邓大怒，铜鼓起处，夜叉似提刀纵步而出。这番结束越发别致，通身红苗锦，一色鲜亮，便似段才出炉的赤炭。不想阵未及列，鸣凤一柄刀直起直落，业已从苗丛中直砍进来，于是两下里不暇答话，双刀并举，马上步下杀得难解难分，一片钺铮，刀光乱闪。

正这当儿，却听得中寨那里一声喊，纷纷嚣动。官兵大呼道："俺家杨将军已杀进中寨，石柳邓还不纳命！"柳邓百忙中惊望，果见先锋大纛游龙似卷赴中寨，随后官军早潮水似由斜刺里滔滔而进。柳邓着忙，手中刀略一慢，鸣凤大呼道："贼苗哪里走！"大刀一旋，连肩带背劈去。柳邓喝声不好，忙一侧身，反手一刀，只听锵唰一声，刚刚闪开，这时官兵已乘势奋呼而进，刀剑起处，众苗卒血肉横飞。柳邓情知不敌，连连健跃，闯出重围。刚奔赴中寨，只见杀声如沸中，后寨内一派火光，早又冲天而起。顷刻间，草树都燃，风高火猛，黑焰迷空，苗卒哭号，声震数里。

柳邓大惊，情知这里寨不能保，便领了一队残卒从狭路欲奔松桃。正在拨草穿林，斗败的狗似的狼狈前进，只听一声喊，鼓声大震，旗帜飞处，早由深草中撞出一队步兵，一个个短刀阔斧，拦住去路。中有一少年壮士，英风凛凛，貌如美妇，手提长剑，大喝道："石柳邓哪里走！认得俺冷田禄吗？"

原来田禄遵杨芳之计，火烧后寨，趁闹里便伏在此间。原没想便见奇

427

功，哪知柳邓晦气，竟被他等个正着。当时柳邓暴跳如雷，便使出当年斗牛的神勇，长刀一摆，登时和田禄杀在一处。田禄矫捷有余，未免气力稍弱，况柳邓情急，勇力越增。数十回合后，田禄一剑斫去，被柳邓尽力一磕，险些磕飞。田禄健跳，一怔之间，已被柳邓率残卒冲将过去。

田禄大怒，刚要赶去，只听背后大叫道："冷老弟，快快赶哪！"田禄忙回望，顷刻心下一百个不自在。原来却是武鸣凤不及候队，匹马赶到。好狠田禄，眉头一皱，恶念顿起。一面掏镖，一面笑吟吟迎上道："武兄来得正好！你马快，快些赶。"鸣凤不及答话，一磕马由田禄面前冲过。田禄大喜，觑准鸣凤背后，刚要发镖，可奈不作美，鸣凤队卒业已赶到，田禄没奈何，也只得提剑赶去，一路没好气，倒运的苗卒不消说多死几个。一望柳邓，早已钻入深菁中，影儿不见。武、冷不敢再追，便合兵一处，趱转蜗角岩。

杨芳大营早移扎停当，便一面遣人向后路长将军处报捷，一面犒士叙功。不多时，武、冷进帐，各个缴令。杨芳笑道："今日两弟之功都是上选，但武老弟浴血苦战，几劈柳邓，还匹马穷追，应得首功。"田禄不悦道："那么俺伏击柳邓呢？"杨芳笑道："那是侥幸之举！老弟莫怪我说，你违令出奇，岂可为训？我命你烧起后寨，便赶赴中寨，接应我与武老弟，你却伏在狭路上，倘若前寨上柳邓不败，岂非自分军力吗？"

众将校听了，都各佩服，唯有田禄快快而退，暗恨道：这真个费力不讨好！叵奈老武处处压着俺，便连杨芳也偏护他一把儿。气愤之余，便索性枯坐己帐，不去请令奋勇。有时逡巡营中，便听得众兵纷纷价快谈鸣凤之勇，田禄耳根心头越发添了许多不自在。哪知杨芳早看出田禄悻悻之意，为调和武、冷，便密唤鸣凤吩咐道："俺素知松桃城南有一地名枯桐坂，草树茂密，极便伏兵，且为奔龙母山的捷径，你可就此邀击柳邓，断其归路。"

鸣凤道："明日破寨大战，须解重围，俺岂可偏队自逸？"杨芳道："你不晓得，你不见冷老弟急于立功吗？所以这次要他去破寨解围，也是俺调和你两人的意思。"鸣凤怔道："俺两人好端端的，没意见呀！"杨芳笑道："不须多问，你只准备做事便了。倘截擒得柳邓，不消说这场头功还是你的。"鸣凤大悦，却未免怙惚杨芳的话。于是更不思忖，一径地去寻田禄，将杨芳一席话和盘托出。又憨笑道："怪得很，咱俩人只差着没穿一条裤，如何须调和起来？"田禄听了，骨碌碌眼睛一转，赶忙分辩。你想田禄伶牙俐齿，鸣凤哪里解其中玄虚。

次日平明，大兵启行，田禄既得前敌之令，好不踊跃，暗想道：这次不愁姓武的争得功去！俺只遣人在枯桐坂左近多设疑帜，柳邓虽逃，必不敢走那条路。且叫你等呆雁吧！一路盘算，引大军趋松桃。

且说史绍登探知杨芳兵到，并蜗角岩之捷，好不欢喜，方思量趁势斫寨，给他个内外夹攻，无奈柳邓业已连夜价跑回松桃寨内，不暇喘息，便命各寨骁目分头备战，又就自己中寨布置停当，以防敌人忽到，黾夜斫寨。绍登不敢鲁莽，单等杨芳兵到，就柳邓困疲当儿，再出城夹击。

　　这日过午后，绍登上城瞭望，只见正西上尘头大起，鼓角喧天。探子飞报道："杨将军大兵到咧！"绍登大喜，便使人改装出城，先通款曲。杨芳距苗寨十来里，扎营毕，见了使人，询知绍登守城情形，甚是叹服，便嘱使人回报绍登道："城众切勿先动，一俟俺战贼疲困，再出夹击，柳邓定可一鼓擒获。"发放毕，业已入夜。田禄急于见功，便见杨芳道："今趁柳邓新败亡魂，俺想夜去斫寨，定然得手。"一言未尽，恰巧鸣凤踅入，不问就里，便噪道："妙！妙！待俺和你去。"田禄听了，不由冷笑。

　　杨芳沉吟道："黾夜斫寨，倒是一计，只恐柳邓或有防备，今你二人去，互相照应，倒也使得，只临时仔细就是。"鸣凤大悦，便兴冲冲先趋出准备一切，以为田禄准备毕，定然知会同行。哪知候至二更天后，通没动静，鸣凤猢狲似的，时而绰刀，时而振甲，所带队卒也都严阵以待。正在焦躁，左右飞报道："冷爷已开队好多会儿咧，命俺传语武爷道：'小小阵仗，您不去也罢！'"鸣凤大怒道："放你娘的屁！有此话怎不早报？倘冷爷先去有失，看我斫掉你头。"说罢，霍地跳出帐，绰刀上马，引了手下队卒飞也似赶来。

　　这夜星月微皎，风露浩然。且说田禄一肚皮忌愤之念，抛掉鸣凤，跃马行去，累胜之后，未免轻敌，静悄悄引众由左寨取道。只见左寨杳无动静，于是放心袭至中寨，一声号，大呼斫入，却静宕宕不见一人，遥望中帐上灯烛辉煌，有一人伏案假寐，三四侍卒逼定鬼似的立着，见人斫入，通不挪移。

　　田禄大疑，无奈马势走发，急呼道："我兵且退！"一言未尽，那马咴一声，已抢到帐前，但听扑通一声，连人带马凭空地跌落陷坑。帐左右伏苗大呼而出，钩竿长矛一齐上。田禄虽勇，无奈坑内施展不得，饶是这样，他还一跃跳出，刚要拔腰剑奋斫，脚被钩枪钩倒，手下队卒，早被伏苗赶杀四散。于是一苗目当头踊跃，缚了田禄，便赴后寨。原来柳邓已在后寨，他百忙中缚草为人，做此准备，不想竟用着咧。

　　当时田禄夹在群苗中，愤呼如雷，大家也不理他。方至中寨后，只听左寨边忽又喊杀连天，当头苗目忽如飞跑回，刚道得一声："又有劫寨的咧！"语音未绝，便见刀光一闪，一骑马闯进来，顺手挥刀，那苗目登时了账，趁势一旋刀，田禄身畔四五健苗早又麻林似躺下。那人手下队卒也便大呼抢到，救放田禄。田禄定睛一看，却是鸣凤。于是愧愤交并中，登时化成一股说不出的怒气，两膊一振，夺过苗卒一杆标枪，向群苗堆直杀进去。鸣凤一柄刀也便风旋电掣，只杀得群苗叫苦连天。两人率队卒左冲右突，不多时，六座寨次第价铜鼓大震，鸣凤恐众寡不敌，便同田禄奋砍而出。这里柳邓闻田禄既获复失，好不恨恨，检点苗卒，又折损许多，只得准备明日鏖战不提。

且说冷、武遐转营，杨芳询知情形，自然是申饬田禄，奖谕鸣凤。鸣凤绝不理论，只乱噪道："冷老弟开队，怎不知会俺？亏俺抢后赶去，不然还了得！"田禄没奈何，只得满脸生痛地连连称谢。事有凑巧，恰值鸣凤有别事要禀杨芳，不暇周旋田禄，一扬脸拔脚遑去。田禄已然十分不是意思，哪知过节儿偏凑趣，不多时杨芳偏唤田禄，细问他失损多少队卒，又沉吟道："柳邓累败之后，还能准备用计，看来也未可轻敌。你明日临敌破寨，俺令鸣凤助你何如？"

田禄听了，又羞又气，便揣定是鸣凤给他说了坏话，哪知鸣凤禀别事毕，早自去睡大觉咧，连影儿也不晓得，真称得起冤哉枉也。当时田禄只暗恨得咬牙，便道："俺明日临敌，一来有杨兄助阵，二来还有史绍登开城夹击，柳邓虽凶，哪怕他不寨破围解？倒是枯桐坂须少武兄不得！万一柳邓从那里漏网，岂非纵虎归山吗？"杨芳听他说得有道理，也便无话。田禄退回，那一股恶念只在心坎盘旋，几次抚剑要去刺杀鸣凤，究竟良心上有些不许他。良久，倒闹得心烦意躁、起坐不安，便索性寻鸣凤，觇觇动静。

恰好鸣凤一觉睡醒，一见田禄，便笑嘻嘻对烛倾谈起来。说回寨事，又商量明日擒贼事，不但向田禄甚是亲热，更慨然长叹道："近两日来不知怎的，只管梦着回家。更奇的是方才一觉，俺竟梦着杨逢春兄。俺两手抱住他粗胳膊，还像那年乍见厮打一般。"田禄听了，顿忆旧好，险些自供恶念，谢罪起来。特是刹那间天良又隐，便淡淡别过鸣凤，暗分派手下一小队，明日就枯桐坂左右林木间多设疑帜不提。

且说石柳邓次日升帐，唤齐六寨骁目，便拨遣两寨之众去防备绍登夹击。自抽四寨健苗、两名骁目，复率了护卫藤牌卒，骨笛铜鼓，一片声喧，就寨前平阳列成一片阵式，只那白鹄羽便平铺多远。柳邓全身披挂，纵马驰骋。左右两骁目分两翼排开健苗，好不气概。

斯须间大纛飞舞，官兵卷到，两下里射住阵脚。门旗开处，杨芳提刀纵辔而出，一望柳邓阵式，大笑道："此双螯蟹势之阵，后路力虚，在法宜取中权。"便传下令去，命各队都识此意。正这当儿，柳邓阵内一鬼怪似健苗提一标枪，跳跃而出，单那枪锋明晃晃足有尺半。原来苗人标枪，便如而今刺刀一般，一样价有刃口，便于刺斫，甚是霸道。

这时官军中一小校喝一声，飞步迎敌，不消十余合，被健苗一枪刺翻，就胸前顺势一划，直开到小腹。官军大怒，即有两裨将纵马闯上，双刀齐下。这里健苗奋呼当儿，柳邓刀势一摆，嗖嗖嗖，又蹿出三五健苗，哈一声各挺标枪，单取马腹。两裨将舞刀遮拦，未免吃力。眨眼之间，一骑倒地，那一骑方要驰救，又被丛枪刺中马腿，登时跌翻。于是官军各校驰马都上。苗阵锐卒也便蚱蜢似纷纷跳出，两下混战，鼓声如雷。柳邓见苗卒步下得势，便索性跳下马，举长刀东西指挥。

于是杨芳微微一笑，回顾田禄。田禄提剑，用一个苍鹰挐云式，剑光起处，又唰一声就地一旋，便似个极大月阑，凭空及地。柳邓一怔之间，健苗数十早已纷纷倒地，一个个截断脚子，鬼也似叫。于是两下里金声一起，暂收校卒。柳邓大骂道："冷田禄，你是俺帐下囚，如何还敢猖狂？"田禄大怒，吼一声挺剑直上，这一路钩拦劈刹，施展出平生本领，真个精妙绝伦，神出鬼入。若非柳邓勇力有余，也就难逃公道。将个杨芳只看得啧啧点头。这里柳邓也便刀势如风，力敌田禄。两个滚来滚去，冷森森两团白光纠作一处，自辰及午，不分胜败。

杨芳暗忖道：这等蠢苗，须用车轮战法智取。于是鸣金少息，各用强弩射住阵。柳邓杀得鼻口生烟，跑回阵饮水少歇，一腔躁怒只是按捺不下。便有骁目进计道："寨主须防敌人袭取后路，此间对敌，自有俺等承当。"

柳邓正杀性发作，哪里肯听，霍地站起，依然出阵。这次却不见冷田禄，杨芳一拨马，挺矛而出。两人这一交手，又是番光景。一个是跳筕如雷，一个是虚与委蛇。原来杨芳算定，欲惭柳邓之力，却一面遣田禄袭他后路，并接应绍登去喇。这里柳邓却呆鸟似蛮战，但是他这副勇力也就可惊，连敌两将，并没破绽。这时杨芳便处处留神，不多时柳邓暂懈，但那刀势越发价凶。杨芳是何等人，早知他是强弩之势，于是一声长啸，泼啦啦纵马拎矛，直卷入柳邓刀光中。只往来十余合，柳邓已暗惊杨芳真本领，正在拼命强持，只听自己后路上一声号炮飞上半天，众苗卒登时乱窜，势如墙倒。这里官军趁势大呼道："杀！杀！杀！史家练勇已和冷总爷合兵一处，后路得手，快杀贼苗，取头功哪！"

这一声不打紧，柳邓真魂都冒。正这当儿，杨芳神矛起处，喝声"着"，柳邓往后便倒。正是：

> 因宜制胜夸良将，立解城围指顾中。

欲知后事如何，且听下回分解。

第十五回

叶倩霞飞剑刺洛端
杨遇春挥泪斩凌鲤

且说杨芳怒马蹙敌，矛到处，柳邓大呼，一跃闪开，恰好身后一骁目挺枪赶到，杨芳矛锋一按，直将骁目钉在地下，及至拔出矛，柳邓业已如弩箭离弦，直奔后路。于是杨芳举矛一招，官军大呼齐进，漫山遍野价直趸过来。这当儿群苗乱窜，自相排踏，四寨骁目都各逃命不暇，百忙中要觅柳邓，早已不知所在。于是未死的齐声呼降，纷纷跪倒。杨芳意在柳邓，便命手下偏校暂俘苗众，勿得滥杀，却急领一队追赴后路苗寨。走未及到，已见冷田禄飞步迎来，后面绍登旗帜也飞舞而来。

田禄迎叫道：“如今后两寨都破，方才在乱军中，曾瞟见柳邓只领数十护卒狼狈而逃。俺奔赶之间，却又不见。”一言未尽，背后有两卒没命地追来，急报道：“冷总爷快向城南赶去，有人见柳邓奔向枯桐坂咧！”田禄听了，不由大怒。原来他暗设疑帜，本忌的是鸣凤得功。不想柳邓奔山心急，偏不管好歹，奔向那里，虽见左近林木间旗帜隐约，他偏心眼儿活变起来，暗想道：这定是敌人诡计，虚实相反之法哩。

当时田禄急不暇语，挺剑旋步。杨芳料武、冷两人料理得来，便挥大军直迎绍登。两人马上见了，不暇全礼，便合兵一处，直入松桃。将近城外，松桃厅官儿业已率众出来，于是忙碌碌大家入城，且料理一切，单候鸣凤等捷音。这且慢表。

且说田禄争功心切，一路上率队卒火速奔去，不消顷刻，已到枯桐坂，便闻得喊杀连天。纵目一望，只见柳邓业已剩了单身，虽竭力挣命，怎当得武鸣凤久蓄的生力，但见他跃马挥刀，将柳邓杀得披发大叫，跌跌滚滚。少时柳邓足稍慢，跄踉跟向前一撞，鸣凤趁势纵马一冲，柳邓扑地便倒，撒手扔刀，刚要挣扎跃起，急拔短刺，早有鸣凤队卒蜂拥而上，眼睁睁将柳邓围裹住就拿人。

田禄猛见，那一股酸愤之气直彻脑门，顷刻间杀机满腹，便回手掏镖，猛顿喉咙，高叫道："武兄，小心敌人暗器呀！"鸣凤马上一回头，田禄一个箭步已到跟前，手起一镖，鸣凤应声落马。于是田禄大呼道："好贼苗，怎便暗器伤人！"众队卒大惊之间，围势一松，柳邓已兔脱而去。

这当儿，鸣凤队卒邢胜恰冷眼看得分明，当时气恨交攻，一头昏倒，及至醒来，业已剩了一个人儿卧在草地上。原来田禄已声言鸣凤被柳邓镖杀，竟督队抬尸，向松桃去咧。邢胜大怒，便拼命赶向松桃，想要声证田禄之罪。无奈同队的一大半没眼见此事，虽有两人稍为瞭着些，又都畏事，不敢出头。百忙中，长将军大军继到，一面价驻营松桃，一面价分布进攻剿山，正忙得没入脚处。田禄不消说，正在长将军手下大红大紫。邢胜料声证无望，便买了一陌纸钱，就鸣凤枢前大哭一场，一气儿逃跑出，想回家去。经此肚饥抓食，所以被街众赶打起来。

当时邢胜述罢，泪下不止，一望逢春业已脸色惨白，猛地跳起大叫。恰好店少年端了一盘馒头送进，冷不防一哆嗦，盘儿倾落。张起不管他事，一面去拾，一面两个馒头落肚。逢春喊道："有这等事？这武、冷两人都是俺朋友，俺也是投经略大营，名杨逢春的便是。"

邢胜惊道："那么您是俺家武爷常念说的杨爷咧？"逢春听了，登时虎目泪落，顿足道："邢胜，你跟俺去，甚鸟军务，俺也不费他娘的气力。俺算和冷田禄干上咧！你敢去经略面前告证此事吗？"邢胜沉吟道："小人却非怕死，可是俺同队人说得好来，只据你一人一面之词，如何能证冷姓之罪？没的闹成诬蔑，倒搭上自己脑袋。俺看杨爷只好谨防你这位好友，还是去巴结功名要紧。"

逢春听了，只好连连叹气，一看张起，却像拿馒头煞气一般，一壁狠嚼，忽张目道："主人竟有此咯吧吧的好朋友，倒也奇怪。端的这冷总爷怎生模样呢？"逢春没好气，唾道："你看见媳妇子样儿的，便是他咧！"因将田禄容貌一说。张起听了，憨笑道："得咧，俺算牢记上咧！"逢春也没在意。

不多时饮膳都到，热腾腾摆满桌上，便索性命邢胜同用。逢春、邢胜一肚皮不舒齐，少用便罢，唯有张起，只吃得店少年暗暗吐舌。这时逢春深怜邢胜，但取些散碎银两，打发去了，一屁股坐下来，只管发怔，暗道：不想冷田禄这般狠毒，偏又凑巧，俺到这里，经略恰调将他来。这种人俺老逢眼中，如何着得下？还不如趱回，和阿哥破大姚山去哩。气怔之余，便要真个转去，仔细一想，又恐违了遇春之意，二来也终想瞻谒经略，于是长叹一声，只得起行。

百忙中一望张起，却又不见，但听得隔壁屋内店少年哈哈笑道："算了吧，你别怄我咧！便是媳妇子样儿，也有个面面不同，难道一定是柳眉杏眼，一笑俩酒窝吗？你说的什么冷总爷，不过长得白嫩漂亮罢了。你但记清杨爷所说的容貌就是，要一定叫俺比个媳妇子样儿你看，俺可没那副老脸子。"

逢春矗去一望，只见张起正扭头折项做鬼脸。少年大笑道："妙！妙！你活脱便是媳妇子样儿，如何还只管缠俺？"逢春倒为一笑，于是唤出张起，即便起行。日色稍西，业已行抵大营。但见军幕云连，好一片严肃气象，长垒连延，营门大启，正中央飘起经略大纛，长风一吹，猎猎作响，遥望营门前，护队森列。于是逢春驻足，将朴刀也付与张起，略整结束，吩咐道："你只暂在营外稍候，俟俺进见下来，再安置你。"

张起贸然道："就是吧，俺一概都懂。"于是两人厮趱前进，方近营门，只见从西道泼啦啦一骑跑来，上面那人行装大帽，顾盼飞扬，一望逢春，登时抛镫下马，满脸诧异之色，大叫道："噫，噫！逢春兄，你如何来在这里？端的盼煞小弟咧！"逢春一望是田禄，登时气冲两胁，心头乱跳，刚叫出一声冷字，只听张起大喝道："媳妇子样儿的来咧！"语声方绝，从逢春背后一个虎势扑去，田禄冷不防，竟被他劈胸抱紧，恶狠狠往下一压，势如山倒，但听扑通一声，两人对厮面滚倒在地。张起手脱不出，向田禄嫩腮便咬。

田禄大怒，竭力地想翻上来，无奈张起笨力大，将田禄两臂束得紧紧的，再也抽展不得，没奈何顺着手势，只管狠拧他腿里子。两人这一厮挣，本已有声有色，再加着逢春嗔喝张起，拉扶田禄，三个人在营前竟闹得一团糟。少时田禄一运气，摔开张起，跳起来大喝道："你这厮敢是疯癫？"刚要去抓，众护队业已趱过几人，田禄人都认得，便向逢春喝问道："这疯汉是哪个？你是何角色？怎便到此胡闹？倘经略闻得，还了得吗？"

逢春自报姓名，一说来意，众人登时都笑道："原来通是自己人。"于是一望田禄、张起，一个个尘头土脸，委实不像模样，便向杨、冷道："今日也巧，你两个都是才到。上谒经略，冷爷不消说，是经略指名调来，便是杨爷，系逢春将军荐来，也定是经略器重的人，今就这等邋遢媳妇似的进见，未免透着不雅相。"

张起插嘴道："俺就见不得媳妇子样的人，谁见了谁晦气！可知武……"逢春听了，忙使眼色。众人接说道："你俩人且先到敝幕定定神儿，再进见吧。"杨、武听了，各个称谢。张起要跟去，却被逢春止在营外。当时护队引入杨、冷，自去上班。

这里杨、冷互相白瞪一会儿，各怀鬼胎，只得互诉些别后情形，并两方战事。田禄说到遇春托寄家书，便极力掩饰，只痛骂那重庆客人办事不当。逢春冷然道："还亏得从鸣凤家书中得消息。"田禄猛闻"鸣凤"两字，那神情儿就不用提咧，便说他贪功阵亡，赞叹一番。

正说着，典谒吏来传田禄，两人散后，也便无话。少时逢春进谒经略，并呈上遇春禀札。经略喜道："遇春当一面，正自有余，那里军事越发得手，你在此且和冷田禄听候遣用罢。"逢春退下，只得和张起且候消息不提。

啊呀！一张口，说不得两家话。今且说滕芳兄弟并倩霞驰赴永绥，到得那里，遇春已一面煎制吉祥草，一面大败霍洛端两阵，洛端虽连失小寨，却仍然恃勇恣肆，但是已同凌鲤共守大寨，变攻为守，成了强撑之势。况且长水被官军克复，石三保叔侄不能不顾及老巢，布置山中，所以永绥只仗凌鲤等相持。

雷扬见苗氛渐挫，城池无虞，便要辞去面母，却被孔铨、遇春等拦住。这日滕、叶到来，大家厮见，自然意气相投。倩霞见了遇春，只红着小脸，叫声杨叔叔，便跑开。这夜晚，大家置酒快谈，甚是畅快，不觉提起霍洛端怎的凶猛。滕荟贸然道："这厮脑袋早就寄在项上，等俺明日先取将来。"滕芳忙蹑其足，遇春会意，一瞟倩霞道："这颗头自有人来取，俺明日自有道理。"倩霞听了，只淡淡一笑，及至歇息下，却暗叹道：好没意思！人家成心让的功，便得了，也没味儿。俺看杨叔叔似乎是戏掇俺。都因俺曾被人困，才让人看低咧！芳心辗转，竟自掉下泪来，待坐一会儿，忽得一计。

次日遇春集众，议战洛端。大家会意，都推倩霞。倩霞假意攮着鼻儿道："俺昨夜感了风寒，浑身酸楚，一些儿气力没得哩，还是别位去吧！"大家一望倩霞，依然红红白白脸蛋儿，更无病容。遇春方在迟疑，倩霞已翩然而退。其中滕荟好不灵透，便一挤眼，向大家草草数语。大家失笑道："女孩儿性儿，或者也许有之。"便是遇春，不由也微微含笑道："既如此，俺且唤她来，都去临阵。"于是唤回倩霞，大家各自结束。

因霍洛端长于步战，大家除遇春骑马外，一色的短衣劲装。你看雷扬的气象沉雄，二滕的精神骏迈，再加着倩霞的刚健婀娜，那一段琼璧风姿，真也是一时盛集，将个孔铨喜望得只是跌脚，不由大笑道："俺没得干，且给众位准备庆功酒吧。哪位斩得霍洛端，俺须亲敬他一大杯。"说罢，一迭声唤端正酒筵伺候。

按下孔铨喜极欲狂，且说霍洛端这日正在大寨和凌鲤商量再去搦战。凌鲤不耐烦道："你且安静吧，近来咱寨只宜取守势，以待石寨主山中布

435

置好，派生力来援才是。"洛端碰了个软钉子，回到已帐，正没好气，恰好侍卒进饭来说。洛端大怒，跳起就项一抓，顷刻将侍卒脖儿拗折。洛端吼一声，兽性发作，捏着断项，便吮鲜血。帐下群苗正在张皇失措，便听寨外喊杀连天，一卒飞报道："众敌人前来搦战！"洛端大怒，倒提金环烈焰刀，即便出战。及至凌鲤得报，忙去压阵，他已火杂杂奔去咧。

　　且说倩霞随众赴阵，虽不高兴显本领，究竟芳心上有些技痒，况闻洛端凶猛异常，也要看个分晓。当时闪在遇春马后，伶俐俐抱剑留神。

　　不多时阵式排开，直压苗寨。雷扬当头，提刀叫阵。苗阵上一声喊，洛端舞刀飞出。倩霞虽曾陷苗窟，却不曾见这般凶物，当时水灵灵两眼不由一怔，滕荟大呼道："雷兄仔细！"一言未尽，雷、霍已杀在一处。滕荟这里提刀作势，看光景对洛端十分加意。倩霞百忙中一望，雷扬忽然刀法散乱，只办得招架，不由怙惔道：真是百闻不如一见，怎的声闻赫赫的雷扬，竟如此不济事？沉吟之间，洛端刀势一紧，雷扬回头便败。

　　遇春失声道："这凶苗真是大患！"举刀一摆，滕芳早飞步抢出，接住便杀。这一路腾挪闪占，端的可惊。无奈洛端腾踔生风，越杀越勇，并且腿臂上偶中刀锋，全不理会，不消数十合，滕芳虚晃一刀，也便败下。逢春惊顾倩霞，方要抖矟出马，只听滕荟大呼道："时斋尊重，难道俺们都是饭桶吗？"说罢，缩身舞刀，一路风滚，顷刻间兜入洛端臂股之间，不容分说，从他衩裆仰手一刀，削个正着。

　　但听铿一声，洛端趁势跃起。倩霞眼光一瞥当儿，早望见他臂腕以下都是逆鳞。方一吃惊，滕荟剑光又起，眼睁睁削在洛端右髁。洛端腾掷如风，反身形一转，恶狠狠向滕荟杀来。于是两人颉颃半响，滕荟也且战且却。雷扬大呼，提朴刀复出助战。滕芳看出便宜，剑花一撒，从斜刺里也攻上来。那洛端力敌三将，全无畏怯，四个人风团似滚作一处。

　　这时两军大呼，战鼓如雷。凌鲤提剑压阵，十分得意。唯有倩霞，虽好端端站定，那暗中替三人使力气，也就不在小处，秋波溶溶，只随人家转来转去，暗急道：这三位真也是笨到家咧，那厮浑身刀剑不入，如何不思量取他咽喉？正在沉吟，便见雷、滕等又复败下。洛端大喝，挺金环刀直抢到官军门旗边。

　　于是遇春大怒，刚要抖矟，倩霞这当儿再也耐不得咧，忙娇唤道："杨叔叔慢劳动，待俺取他！"说罢，轻躯一耸，彩云似翻落当场，不容分说，便是一路玄女剑，白光闪处，人影不分，并且专从上路取势，便似条条闪电，穿云下击，只管向洛端当头夹项风雨般裹来。

　　这一来，洛端大惊。原来他喉间皮肤也如常人怕人取的。当时洛端不由手忙脚乱。倩霞撒开剑，哪肯放松！一个如闹昆阳的巨无霸，一个如入魏博的红线女，这场大战，端的热闹非常。其间凌鲤大惊，赶忙鸣金。洛端怪发飞立，气愤心忙，业已杀徵。但见倩霞平势一耸，蹿出三丈外。

洛端大吼道："哪里走！"飞步一追。说时迟，倩霞用一个彩凤回头式，娇身一拧，明晃晃剑尖一闪。那时快，恰好洛端昂头赶到，急难回避，但听扑一声，正中咽喉。顷刻间血雨四飞，洛端大吼，还跃起丈把高，方才死掉。于是雷、滕等大呼冲击，苗阵大乱，正想乘势去战凌鲤，却听本阵鸣金。于是两军罢战，各自趑回。

遇春等方到镇署，孔铨已秃着头儿笑迎出来，乱嗓道："俺早已闻报咧，叶姑娘端的好本领哪！"于是大家进厅落座。孔铨便兴冲冲端杯酒递给倩霞。倩霞如何肯受，只是谦逊，究竟她慧心玲珑，一望众人相视而笑的神气，不由瞧科，登时腮儿一晕，牵住遇春不依道："他们装模作样去败阵激戏俺还可说，怎么杨叔叔也不提醒俺？"遇春大笑，大家一阵欢呼。这一来，倩霞嫩脸儿白来红去，越发不得劲儿。

还是遇春正色道："儿戏揭过，且饮过酒，商量破寨要紧。"于是倩霞饮罢，遇春道："方才俺非不想趁势逼敌，但凌鲤而今势同困兽，不虞难敌，但恐其逸。俺知其寨后有一奔山狭路，名木门渡，此间正可截擒于他。明日破寨，哪位去当此任？"滕芳应声道："待俺去，俺就爱他那把南精剑。"倩霞也跃然道："俺也去！俺至今还恨他那猴相哩。"众人听了，不由都笑。

次日平明，遇春大整队卒，都饮过吉祥草水，便和雷扬鸣鼓而进，直逼苗寨。凌鲤大怒，嘱手下苗目等严备毒弩，护住大寨，自己便提剑跃出。一见雷扬，大喝道："怠懒猎夫，今日须见个死活！"雷扬大怒，即便接战。遇春留神，见凌鲤南精剑翻飞上下，精光闪闪。忽想起玄一先生，甚是动念。又见凌鲤剑法委实高强，不由骤马高叫止战。

两人跳出圈子，遇春和颜道："凌鲤，你陷身逆乱，还不早思拔脚，端的负了大好男子。及今投诚，还未为晚！"凌鲤怒道："不须多话，丈夫急难借友，唯有一死。"说罢，挺剑直抢过来。好遇春，端的爱才，只将长刀一摆，闲闲地兜住凌鲤。凌鲤奋勇力战之间，雷扬已率队大呼，直突苗寨，一色的长矛马刀，好不凶勇，虽有苗目抵拒，济得甚事？顷刻斫倒鹿寨。但听寨内一声鼓，那燋铜毒弩便似飞蝗。可奈官军饮过草水，都不理会，顷刻间，雷扬跃入寨门，官军趁势潮水似涌入。

这当儿，苗众大溃，满寨乱窜。凌鲤情知事坏，便死命冲突，脱过遇

437

春刀锋，一连几跃，直撞入乱军中。这里遇春挥兵大进，更张两翼，兜杀起来。众苗卒哭号震天，弃械大半。一晌间，一座铜墙铁壁似的大苗寨，竟被官军搅了个稀糊脑儿乱。于是遇春下令止杀，急遣雷扬、傅长兴分两队搜捕凌鲤，一面起苗中的辎重器械并粮食之类，一看被掳的汉人子女，好不可怜，便一总儿暂带进城，听候遣放。其余俘获苗众，都交孔铨，听候处置。更一面飞骑赴经略大营告捷。不必细叙。

当时遇春忙碌毕，业已夜分，不多时，雷、傅都回，并不见凌鲤下落。遇春笑道："这光景他定逃向木门渡咧。"一言未尽，左右飞报滕、叶擒得凌鲤转来。遇春大悦，便合孔铨就署厅，明烛而坐，左有傅长兴、右有雷扬按刀而立。

正这当儿，忽地剑光一闪，烛影为摇，即有一人飞鸟般瞥然而入。众人大惊。正是：

名剑终当有所托，勇士行见丧其元。

欲知后事如何，且听下回分解。

第十六回

访高士捣穴擒渠
为美人割袍断义

　　且说众人望去，却是倩霞笑吟吟捧定南精剑，呈上遇春，道："凌鲤这厮好不倔强，亏得滕叔踢飞他此剑，方才就擒哩。"遇春接剑一看，果然精光腾灼，再一看玄一铭辞，不由慨然有感，因向孔铨道："可惜凌鲤有负此剑！但其人血性可取，倘知悔悟，便收服他如何？"孔铨道："好，好！但凭处置。"于是遇春置剑于几。

　　不多时，滕芳趑进，略说擒凌鲤情形，便命左右带将进来。须臾凌鲤反剪两臂，大叉步趑人，气昂昂挺然而立。左右喝跪，凌鲤瞋目大吡。遇春道："凌鲤你血气用事，析义未精，一朝失足，急宜觉悟。今圣朝宽大，不戮降俘，你能输心赎罪吗？"

　　凌鲤朗然道："丈夫然诺为重，俺既许友以死，何须多说？"滕芳道："凌朋友，俺且问你，丈夫大节，无过忠孝，你甘心助乱，忠是不用说咧。便是你家老太太那等地拦你助乱，你都不听，这孝字又没得咧。忠孝两亏，还讲什么丈夫？今俺主将不过因你一身武功，又偶得玄一先生遗剑，推屋乌之爱，想谕你归正。这等的仁至义尽，你如何还自糊涂？"说罢，就要趋解其缚。

　　哪知凌鲤一跺脚，破口大骂。你想雷扬是纯孝的人，听凌鲤背母助逆，早已气如山涌，当时掣刀抢近，就要斫下。遇春摇手道："且将他带下去，俟他仔细思想，明日再议。"倩霞气得小脸儿惨白，却不敢说什么，一壁价又怙惙那把南精剑本是滕芳所得，他若见让，自己还有些指望，若凌鲤投诚，不消说物归原主咧。思忖之间，恰好遇春又拂拭那剑，微微太息。倩霞见了，累得这一夜通没好生睡，次晨爬起，便见滕芳道："俺猜凌鲤今日便该死咧！"

　　滕芳便随口道："夜长梦多，这也难说。别的不打紧，俺只爱他那把剑哩！"倩霞听了，只好干眨眼，心头有事，便就押凌鲤处一探情形。方知夜来凌鲤酣醉如雷，似没事人一般。倩霞猜测不出，只得且觇究竟。

须臾遇春命大陈兵仗，带进凌鲤，问道："你这一夜想已思量过来，究竟怎样呢？"凌鲤慨然道："将军推爱如此，俺岂不知感？但恨今世无以报爱。俺生平立节行，实愧夫怀二心事人者，但愿将军推爱，抚视老母弱妹，俺虽死，更无遗憾。"说罢，意气慷慨，哈哈大笑。遇春听了，不由一望几上南精剑，挥泪道："可惜你空遇此剑，却不遇葛先生一番教育。今你既坚志如此，不必再讲。"说罢，一挥手，左右将凌鲤拥出，须臾献首厅前。遇春见了，兀自连连太息。

这时倩霞便如小手儿搔心一般，目注南精剑，十分垂涎，却又笑道："俺想此剑，端合杨叔叔佩用。"滕芳暗笑道：这妮子好不捣鬼，俺不如送个整份人情是正经！因笑道："俺不亏霞姑力战，还擒不得凌鲤，此剑便归霞姑如何？"倩霞听了，这才心头一块石落地，佩起剑来，只管憨笑。于是雷扬趋进道："今城围既解，小人报恩已毕，急需归去见母。"遇春道："雷兄高志，固不可强，但一向军事匆匆，没得和雷兄痛饮快叙，今且消停三两日，看俺布置剿山如何？"

孔铨噪道："正是！俺一向也喉渴得很咧。"于是这日大犒士卒，置酒高会。酒至半酣，遇春沉吟道："今此间剿山人已足用，吾欲分霞姑并芳弟到经略处听用，一来防吴半生或逸，二来如长将军处需人，也可就近去助。"大家听了，都各称善。这一场淋漓痛饮，好不畅快。

少时遇春又指画些剿山大概，忽踌躇道："大姚山径却有些费手。便是内中葵花、石姑两寨左近险扼，端须有明晓地势之人才好。"因顾滕荟道，"你遇的柳运壮士，能深明地势吗？"滕荟道："他不过略晓道路大概，至于苗中卡守之要，恐不了然。"雷扬听了，不由引杯笑道："俺倒有一好友，深晓山中险扼，并绘成大姚山图，甚是详细。"

遇春惊喜道："今此人现在那里？可好遣人相邀？"雷扬道："此人因避乱，现居罗秀山中，但是他雅有高致，恐还须将军屈驾。"因将雷母本欲投奔正叔并正叔为人说了一遍。遇春叹道："观人者必于其友，足下风度如此，那正叔何须再说？曼陀谷不在天上，咱明日便去何如？"大家听了，都各称叹。

这时李一鹤却挺起腰儿道："甄正叔是永绥部民，只消俺去张名刺，加一请字，也就体面不过咧。"众人也没理他。这夜遇春和雷扬深谈至夜分，方才安歇。次日滕芳、倩霞自赴雷门崖。少时雷扬去见遇春，业已换了来时衣装，猎人打扮。遇春惊道："难道雷兄此去便不返吗？"雷扬谢道："小人去志已定，今归去见母，恐老人家不喜见武装，所以换了。"

孔铨听了，登时大跳道："雷壮士快别胡闹！你守城之功，皇家自有擢赏，如何便白跑掉？倘你家老太太拗性发作，不打紧，都有我哩。"雷扬听了，唯有笑谢。遇春称叹一番，索性也换了便衣，只佩短剑防身，更不用坐骑，便与雷扬飘然出城。军中人见了，无不称赞。

且说两人出得城，取道行去，只见郊野荒凉，十分可叹，但是那有情的山色依然青葱。遇春久困军事，不由心旷神怡。路经雷泽镇，那雷扬敝庐还反锁在那里。于是雷扬启门，草草肃客，当晚宿过一宵。次日平明，取道赴山。两人无暇玩景，及至到涧溪常善家，日未及午。雷扬见母亲无恙，不由大喜。遇春恭恭敬敬见过雷母。雷扬一问常善，知正叔果在曼陀谷，便向雷母述知遇春来意，道："娘啊，快给俺们备饭吃，吃罢便去。"雷母听了，却一声不响，便趱向屋后灶炊饭。雷扬便幼儿般蹦蹦跳跳跟去，又说又笑，直将个贵客遇春丢在屋内。

遇春触景，不由顿想起李氏娘子，正在惆怅，只听雷母道："这位将军端的骨相非常，福泽无量，像他方是功名中人，我儿不须羡慕。"雷扬笑道："娘放一百个心。"因将自己坚辞擢赏之事一说。雷母喜道："这般才是！但你为甚又拉出正叔来，使他猿猜鹤讶？"

母子这番闲话，听得遇春爽然自失，便觉白露苍葭近在咫尺。须臾杨、雷饭罢，匆匆起行，不多时峰回路转，便近曼陀谷。但见旷朗幽静，别有境界。入谷里余，却有清溪一道，夹岸长林中，山花扑簌，时禽乱鸣，一阵阵溪风送响，或夹叱犊、浣衣并村童读书之声。

遇春见此光景，心神大畅。一会儿雷扬却搴裳沿溪奔向一个牧童，于是跟将去，便听雷扬道："小哥，从村里来吗？你可知甄先生在家不曾？"牧童道："在！在！前半晌他老人家还教给俺个字儿，说大字裆里添个点，便是太哩。"旁有一儿正蹲在溪边捞水草，便笑道："你偏没说对，那会子他家小童来寻俺玩，说他先生又拎了药锄趱向深山咧，不定几日才回哩。"

遇春方在一怔，那牧童笑骂道："小杭杭子，都是你知道！"那小儿不服气，便奔他一阵撕扭。于是雷扬道："还是到他家便见分晓。"说着引遇春拔步入村，到得正叔山庐一望，不由怔了一对儿，只见门儿静悄悄反锁着。这时村中男妇业已围了一大堆，见遇春气概像个军官，都吓得遮遮掩掩。其中便有人道："方才甄家小童又玩去咧，待俺去寻来。"

须臾那小童如飞跑来，怔怔地一望遇春，却向雷扬道："雷大叔，少见哪！偏巧俺主人采药去咧。"说着启门让入。遇春等步入草堂，只见几净窗明，琴书潇洒，古剑在壁，案有道书几卷，却是室迩人远。遇春不由怅然。这时天色已暮，小童殷殷款客，鸡黍之供，别有风味。须臾入夜，村墟静悄。杨、雷这夜高眠，真赛如做片刻神仙。次日平明，雷扬写一短简，述遇春相访之意，请正叔在家相候，定于四五日后再来，便交给小童，一径地和遇春踅回己家。

遇春军务倥偬，便自回永绥，恰好接到经略之谕，是长龄解围三城后，便提兵进剿龙母，柳邓统三十九峒之众，方在抗拒。狗头峒主与柳邓意见不合，吴半生曾百忙里单骑赴龙母搬兵助守赤霞，都被狗头峒主拒绝。现柳邓在山呼招不灵，大有穷蹙之势，并言冷田禄屡败半生及武鸣凤在松桃阵亡。谕后更有一行字道："杨逢春过于赣直，每与田禄龃龉。一日田禄战败乌苏拉，逢春便诮其贪色，不忍擒获。以此口角，竟至挥拳。吾故遣逢春仍回助君，以平两人之气。刻已奉命就道矣。"

遇春得谕，惊喜之中，又悲痛武鸣凤，方摸头不着，接连着于益书来，请示进剿大姚机宜，并言四五日前，石三保一面布置山险，一面加派骁目去援赤霞。石姑姑曾夜入长水，欲甘心杜照，幸被觉察，只仓皇中将杜照两眼剜去。遇春沉吟一番，早定进剿大概，只俟见正叔地图，便行分派。方料逢春一时来不到，因经略那飞谕是八百里加紧的。不想次日平明，逢春闯然而入，一脚跨入，便噪道："这些日可气煞俺咧！"因夹七杂八先将冷田禄害鸣凤之事一说。遇春猛闻，惊愤中又是疑慨，便道："果如吾弟所说，你却不该踅回，正应监察他才是。幸俺遣滕芳、倩霞赴经略处听用，还可放心。"

逢春问知就里，拍手道："他两个想还没到哩，俺是趁了飞腿来的。"因将收张起之事说明，遇春甚是诧异。须臾张起进见，遇春望他容态有殊，喜道："军中飞足，正是用得着的！"滕荟便打趣逢春道："你该和冷某共事才对，怎的动不动耍起皮锤？你当人家脊梁骨和我一样白挨打吗？且你怎又知人家犯色劲儿，致烦经略形诸笔札？"逢春愤道："你哪里晓得！那一日俺两人双战乌苏拉，俺明明见乌苏拉对他一笑，他登时放开一角哩。"

遇春正色道："且莫乱讲，此后咱对冷田禄小心便了。"逢春却顿足道："俺只恨往返一趟，没立甚功。将来石姑姑等这泡货，端须俺去收哩！"大家听了都笑。转眼过得三四日，遇春依然步行去访正叔。逢春也吵着去，却被遇春止住。

且说雷扬这日在洞溪专候遇春，并与雷母商量移居正叔那里，结邻高隐，正说得入港，恰好遇春到来。于是两人起行，这次正叔已见留简，果然在家相候。便迎出门来，肃客而入，到草堂茶罢落座。遇春见正叔眉宇蔼然，道气满面，不由肃然起敬，便致来意。

442

正叔道："山野草民，何知军事，恐负将军盛意，奈何？"遇春再三恳请，正叔方点头道："今将军既坚欲得地图，以竟大勋，鄙人亦窃有所请。夫苗民逆命，罪固当诛，然上帝好生，夫孰非含生赤子。此后大军入山，请务戢部下滥施诛戮。"遇春听了，越发起敬，便连连点头，并将异苗石纥纥贻棒见嘱之事一说。

须臾正叔寻出地图，展开在案。遇春只见险扼所在，了如指掌。大概是破葵花寨，由牛角沟夺隘。破石姑寨，由飞索桥直攻寨后更为捷便。其余坚碉要路，共有十来处，好不详明。遇春看罢，登时胪在目中，便深深致谢过，请正叔出山。正叔只笑而摇首，却一面价和雷扬说起结邻等事，怎的诛茅，怎的起屋，将遇春羡慕得好不此心飘飘。于是谢别起行，到得雷扬家，还觉心头爽然。方要邀雷扬再赴军中，那雷母已直挺挺地道："将军大功垂成，请放掉俺孩儿吧。"

遇春不便启口，这一夜和雷扬联床夜话，次晨暂太息而别，回到永绥，便忙忙分路剿山，并遣逢春赴长水助于益，由石门谷进兵，袭石姑寨后飞索桥。这里自合滕荟取路牛角沟，提大兵杀去慢表。

且说滕芳、倩霞到雷门崖，既见经略。经略见两人都是异材，恰值前两日长将军因剿山事忙，前来调人。于是火速价遣倩霞助剿龙母。这里滕芳、田禄连日攻关，已将关寨前长圩攻破，进围那坚大碉楼慢表。

且说倩霞到得松桃，杨芳已提兵进龙母多日，已夺了几处山险。军中厮见了，杨芳道："霞姑来得恰好，今狗头峒主虽与三保不和，然尚负隅。吾欲火攻诸峒，彼中必然大乱，便可趁势得手。"倩霞喜道："今夜俺便去。只消烧他朝阳峒，四外诸峒其势自乱。"计议既定，当夜倩霞结束伶俐，提剑便出。

且说石柳邓连日苦战，又恨狗头峒主事事拗手，正在朝阳峒寨和苗女们置酒破闷，忽见正南峒寨火光冲天，苗卒乱喊。柳邓暗想：这四外峒寨都是本山腹地，官军料难飞到，这定是峒寨偶然失慎。遂不以为意，依然饮酒。哪知顷刻间西峒寨火势继起，风高火猛，不多时延连北峒，柳邓方才吃惊。方跳起提刀，想亲去察看，便见一骁目飞报道："寨主，不好了，官军里真有异人！现有一飞仙似的美女仗剑腾踔，在各峒寨纵火狠烧，并且身挟白光，那光到处人头便落。刻下各峒骁目死的甚多。"

一声未尽，只听正南上喊杀连天，接着东峒寨火光也腾霄而起，顷刻将座朝阳峒围在火焰山中。柳邓大惊之间，左右又报："狗头峒主连失五寨，杨芳、滕芳业已提兵杀到灵楸峒。狗头峒主方在力拒。"

原来这灵楸峒正是朝阳的屏蔽。柳邓一惊非小，赶忙分派手下四路救火。及至天明，方知各峒内并没有官军，只一叶倩霞便闹了个不亦乐乎。于是杨芳等围攻灵楸峒甚是紧急。狗头峒主料难支持，便暗地输款官军，擒柳邓自赎，于是率心腹数十人，假作与柳邓议事，直闯入朝阳峒，将柳邓一索缚倒，献上军门。各峒苗一齐投降，不必细表。

这时大姚山也正是剿毕当儿。原来遇春等取路牛角沟，直攻葵花寨，一路上势如破竹。苗人轻飘，见势头不佳，早散伙于深山窟菁中，各逃生命。三保禁止不得，只和数骁目连日苦拒，更知石姑姑也在被困，自顾不暇，不由对左右大叹道："都因俺误听吴半生挑弄之言，遂至于此！但俺三保生为苗人，死为苗鬼，俺终竟完结在此寨中。"说罢，集骁目置酒痛饮，伏剑而死。于是骁目开寨投降。遇春验过三保尸身，收束各事，便命滕荟火速价助取石姑寨。

滕荟到那里，只见石姑寨业已破掉，那逢春只不住憨笑哈哈。问起石姑姑，竟褪毛鸡似的押入囚笼，竟非复花朵般模样咧。原来于益去攻石姑寨，先一面遣队卒，就寨前虚张声势，自己和逢春却半夜里袭取飞索桥。逢春身形稍笨，方一踏索，只是活颤，不由吐舌道："这把戏不是玩的，俺只与你巡个风儿吧。"于是就崖前树后立定，眼睁睁看于益飞渡索桥，直达彼崖。

且说石姑姑在寨前拒战终日，这夜里方要和衣稍息，忽想起吴半生，不由恨得暗骂道：这真是前世冤孽！他一言挑动风波，直至如今，他竟死活在赤霞。俺一朝有暇，定要细细割碎他。正在怨恨，只听寨中嚣动，飞报有警。石姑提刀跳出，方向寨右人声起处抢去，忽听脑后大喝道："贼苗妇，哪里走！"

石姑回望，正是于益，于是顷刻间两人杀起。石姑此时心慌意乱，只杀得数十回合，一气儿便奔寨后，亏得护寨健卒斜刺里撞将来，截住于益。石姑趁空逃向索桥，刚蜻蜓点水般刷将过来，只见深草中猛地一物乌云般飞起，向石姑当头便落，接着一个大汉虎跃而出，不容分说，一把将石姑娇嫩嫩身躯抱得死紧。石姑怒挣，怎当那汉气力大，并且自己有物罩身，不得手脚，登时被人馄饨似捆缚咧。这汉子便是逢春。

原来他待等多时，忽然背痒不耐，刚脱下上衣痛搔，恰好石姑飞过来。俗语说：鲁人有鲁智。于是这宗法宝竟自成功。须臾于益赶到，便命逢春先挟石姑回军，自率队卒焚烧石姑寨，收束降苗。滕荟到来，业已寨破半日咧。于是于益等和遇春两路会齐净山，草草将毕，冷田禄、滕芳大破赤霞关捷音也报来，只就是逃脱了吴半生、乌苏拉。

遇春方在扼腕，那报子密禀道："吴半生果然逃去，那乌苏拉却被冷爷擒得，爱其姿色，藏匿起来。经略并德将军只知乌苏拉在逃，所以没人敢去多嘴。因冷爷破寨系由寨后独树崖涉险飞入，及至杀出来，只说是乌苏拉奋勇逃去哩。"大家听了，甚是诧异，却是这时正和花连布、孔铨等收束永绥、长水两处军事，忙得一团糟，不暇查考，直待稍有头绪，遇春等方领大军，赴经略大营。一切告捷叙功等事，不必细叙。

过得数日，长将军也整队到来，经略大喜，便在营大犒颁赏，大吹大擂价好不有兴。这时冷田禄见了遇春一班人，只冷冷的。遇春初到当儿，便暗将所闻藏匿乌苏拉之事细询田禄。田禄如何肯认账？经遇春婉转开导，命他献出，他只不听。

犒军这日席散后，田禄自归己帐。大家不觉又说起这节事来，倩霞忽一笑趋出，大家都没在意，便谈些军事，并想怎的设法去搜辑吴半生，又揣拟回经略怎的叙功褒奖雷扬。遇春又提起凌鲤，叹道："吾当不负他嘱，将来定恤顾他母妹。"

正谈到热闹，倩霞含笑趌入道："杨叔叔快去看，俺方才暗从冷爷帐隙一瞅，却有个绝俊媳妇儿。若说是乌苏拉，又是一身汉装。"滕芳一问模样儿，拍手道："噫，那正是乌苏拉哩！"一言未尽，逢春气吼吼拎刀便走。遇春忙喝道："不可鲁莽，你只听我说话就是。"于是遇春当头，逢春、于益、倩霞、滕芳、滕荟一个个跟在后面还不算，百忙中张起也尾将来。原来张起替武鸣凤不平，那股愤气还未出哩！

且说冷田禄自负有功，一腔高兴，正在己帐和乌苏拉款款笑语。乌苏拉方轻拢香鬓，趌近复帐幕儿跟前，只听帐外一阵脚步响，遇春等闯然而入。乌苏拉嗖一声掩身入幕，于是田禄惊跳起，双眉微竖，不暇他顾，先将身子挡住复幕，愤然道："诸兄为何这等相逼？"遇春道："冷老弟，你这节事如何使得？不要说擅藏逆犯，罪名甚大，便是吾辈义侠男子，岂可为一妇人颠倒？今便当将乌苏拉献出，大家在经略面前自与你设法遮掩。"

田禄冷笑道："没相干！弟少年无状，却不该在帐潜藏妓女。哪里来的乌苏拉？今承兄谕，即当速遣她去！诸兄速退，也给俺稍留面孔。"遇春君子人，一听此话，不觉面色迟疑起来。哪知逢春不管好歹，冷不防抢向复幕，将田禄尽力一推，唰一声揭起幕帘。众人眼光齐注之间，早见乌苏拉张张皇皇站在里面。众人未及语，只听背后张起大呼，嗖的声一石子飞去，正中乌苏拉脑门，扑地便倒，登时香消玉殒。遇春方顿足失声，便见田禄面孔铁青，不容分说，向逢春拔剑便剁。

逢春大怒，吼一声刚要放对，只听帐外大呼道："且慢动手"！急匆匆抢入一人，横身中间，却是杨芳。于是大家齐上解劝。田禄一时气怔在那里，只大喝道："诸兄见逼，还有可说，怎的奴子张起竟这般欺人？"张起道："俺晓得什么欺人欺心？俺只知武……"遇春叱道："还敢胡说！快给冷爷叩头！"于是大家按倒张起，大笑道："他虽鲁莽，倒了结此一番公案，又可全冷老弟品行，便将功折罪如何？"

田禄没奈何，只得一笑。于是遇春又切切劝导田禄一番，这段事便揭过了。哪知田禄无端失掉活宝，又因武鸣凤一节事料露马脚，愧见同人，气愤之余，邪念顿起，当夜在帐中自家叱咤良久，竟割下袍襟一幅，示与遇春等断义绝交，并留书一通给遇春，自家竟潜奔襄阳，去寻红英去了。说到这里，有分教：

红苗乱平方洗甲，白莲风起又挥戈。

欲知后事如何，且待续编演来。

本书至此，小作结束。续编紧接田红英襄阳起事，创白莲邪教。诸侠从军，戡定大乱。其间多少奇精异彩笔难尽述，如白莲之鸥张，诸侠之出险涉难，种种本领；红英之淫狠，颠倒教中之头目，气焰遍及三省，一时之烈士节妇，抗拒死难，并教中种种惨无人道，而害陈敬济、小二夫妇坚志报仇、田禄之肆恶、高天德之孤行存教、和相之弄权、刘清之战绩，许多热闹节目，都是空前绝后的文字，至其中之闲情逸事，更寻味无穷，只好统在续编中披露。

本书民国廿六年三月十版，益新书店出版，鸿文书店发行。

图书在版编目（CIP）数据

奇侠精忠传·第二部／赵焕亭著. — 北京：中国
文史出版社，2019.3
（民国武侠小说典藏文库·赵焕亭卷）
ISBN 978 - 7 - 5205 - 0835 - 3

Ⅰ. ①奇… Ⅱ. ①赵… Ⅲ. ①侠义小说 - 中国 - 现代
Ⅳ. ①I246.5

中国版本图书馆 CIP 数据核字（2018）第 264919 号

点　　校：顾　臻　杨　锐
责任编辑：卢祥秋

出版发行：**中国文史出版社**
社　　址：北京市海淀区西八里庄 69 号院　邮编：100142
电　　话：010 - 81136606　81136602　81136603（发行部）
传　　真：010 - 81136655
印　　装：廊坊市海涛印刷有限公司
经　　销：全国新华书店
开　　本：720×1020　1/16
印　　张：28.75　　　字数：499 千字
版　　次：2019 年 3 月第 1 版
印　　次：2019 年 3 月第 1 次印刷
定　　价：85.00 元